惊人奇侠传

民国武侠小说典藏文库·赵焕亭卷

赵焕亭◎著

中国文史出版社

赵焕亭及其武侠小说（代序）

  赵焕亭，民国时期著名武侠小说家，被评论界和学术界称为"北赵"。他本名赵黼章，但发表作品上均写作赵绂章，生于清光绪三年正月初六，卒丁1951年农历四月，籍贯直隶省玉田（今河北省玉田县）。

  据新的有关资料记载，赵焕亭祖上是旗人，隶汉军正白旗，始祖名赵良富，随清军入关，携家落户在距离丰润与玉田交界线不远的铁匠庄。第五代赵之成于乾隆三十六年考中辛卯科武举，于是赵家迁居至玉田县城内西街，由此在玉田生活了一百多年，至赵焕亭已是第十代。

  赵家以行伍起家，入清后应有相当经济地位，但无籍籍名。自赵之成考中武举，赵家在地方上开始有了一定名声。之成子文明曾任候选布政司理问，孙长治更颇受地方好评。据光绪《玉田县志》载："赵长治，字德远，汉军旗籍，监生，重义气，乐施济，尤能亲睦九族，世居丰之铁匠庄。悯族中多贫，无室者让宅以居之，捐附村田为义田以赡族。卜居邑城西街，遂家焉。嘉庆癸酉、道光庚子，两值饥，豁全租以恤佃者，计金三千有奇，乡里称善人。"

  赵长治的儿子赵大鹏克承家风，再中己酉科武举人，至其孙赵英祚（字荫轩），则一变家风，于清同治九年中举人，同治十年连捷中第二百七十二名进士，位列三甲，曾三任山东鱼台知县，一任泗水知县，还曾署理夏津、金乡等县，任内主修过鱼台和泗水县志。

  赵英祚生四子，长子黼彤，附贡（即秀才）。次子黼清（字翊唐）光绪二十年中举，二人似未出仕。三子黼鸿，字青侣，号狷庵，光绪十九年举人，二十一年二甲第七十六名进士，入翰林院，三年后散馆以工部主事用，1903年复入翰林院，1907年选任为江苏奉贤知县，但被留省，直至次年年底方才正式到任。辛亥革命爆发，他弃官而走，民国时又担任过常熟县知事。据说他和著名藏书家铁琴铜剑楼主人有交往。赵黼鸿大约于1918年去世。四子黼章就是赵焕亭。

抗日沦陷期间,《新北京报》上曾刊登了一篇署名雨辰的《当代武侠小说家赵焕亭先生小传》(以下简称《小传》)。作者自承"与先生为莫逆,知之甚详,因略传梗概"。据该文介绍,因赵英祚长期在山东为官,赵焕亭的出生地实际是济南,玉田系籍贯所在。

赵焕亭在济南念私塾,还和其二哥、三哥一起,拜通家至好蒋庆第和赵菁衫二人为师,学诗和古文。

蒋庆第,字箸生,玉田人,咸丰壬子进士,文名响亮,著有《友竹堂集》。他历任山东武城、潍县、峄县、章丘等地知县,官声很好,甚得百姓拥戴。赵菁衫,名国华,丰润人,进士出身,曾为乐安知县,"以古文辞雄北方,长居济南",著有《青草堂集》。《清稗类钞》中说他"清才硕学,为道、咸间一代文宗"。赵自署的集句门联很有趣:"进士为官,折腰不媚;贵人有疾,在目无瞳。"(赵的左眼看不见。)

赵焕亭的开蒙师父叫赵麟洲,栖霞人,学问好,对教学有独到见解。

兄弟三人在名师的指导下,学业大进,在济南当地读书人中号称"玉田三珠树"。据《小传》所述,赵菁衫看了兄弟三人的习作,曾感叹道:"仲、叔皆贵征,纪河间皆谓兴象,且早达。季子虽清才绝人,然文气福泽薄,是当作山泽之癯,鸣其文于野耳。"

果然,麟清、麟鸿二人很快先后中举、中进士,麟章则"独值科举废,不得与焉"。根据赵焕亭在小说中留下的只言片语,他参加过乡试,而且应该不止一次。在短篇小说《浮生四幻》开头,他写道:"光绪中,予应秋试于洛(时功令北闱暂移河南)……"

北闱秋试移到河南举行,在清代科举考试历史上是独一无二的,发生于光绪二十八年和二十九年,考试地点在今河南开封。原因是受到义和团运动和八国联军攻占北京等事件的影响,本该于光绪二十六年举行的乡试被迫停办。赵焕亭究竟参加了其中哪次乡试不详,但显然没有中举,之后科举就被清政府宣布废除。

在其武侠小说《大侠殷一官逸事》第十七回中,也有一小段作者的插入语:"……原来那四十里的石头道,自国初以来,一总儿没翻修过。您想终年轮蹄踏轧,有个不凹凸的吗?人在车子里,那颠簸磕撞,别提多难受咧!少年时,入都应试,曾亲尝这种滋味……"

据最后的寥寥十几字推测,赵焕亭在河南参加乡试之前,还曾经参加过在北京的顺天府乡试,估计以光绪二十三年丁酉科可能性最大,他当时已经二十一岁,正当年。其兄赵麟鸿、赵麟清分别于光绪十九年、二十年中举，那时他不过十六七岁，一同参加的可能不是完全没有，但应该不大。

无论如何，赵黼章一袭青衿的秀才身份应该是有的，只是两次乡试都不成功，待科举废除，就再没机会了。传统上升之路中断之时，他还不到三十岁，但没有因此而茫然，继续认真读书。《小传》中说他"矻矻治诗文辞如故"，同时大约为践行"读万卷书，行万里路"的古训，"北之辽沈，南浮江汉，登泰山，谒孔林，登蓬莱、崂山，揽沧溟，观日出而归"。游历之余，他还注意记录、搜集山东、河北等地的风土人情、逸事趣闻，老家玉田本地的名人掌故逸事更是他一直关注和搜辑的对象。这一切都为他后来的小说写作积累了大量素材。这些素材和人生经历是上海十里洋场中的才子们所不具备的，也是赵焕亭终成为"北赵"，并与"南向"分庭抗礼，远胜同期南派武侠作者们的一个重要原因。

赵焕亭正式开始投稿卖文的写作生涯，据其在 1942 年《雨窗旅话》一文所述，始于民国初年。文中写道："民国初，颇尚短篇之文言小说。一时海上各杂志之出版者风起云涌，而文字最佳者，首推《小说月报》并《小说丛报》，以作者诸公，如恽铁樵、王西神、钱基博、许指严等，皆宿学名流，于国学极有根底也。余见猎心喜，乃为《辽东戍》一篇，试投诸《小说月报》，此实为余作小说之动机，并发轫之始。"

《辽东戍》刊登于《小说月报》第五卷第二期，时间是 1914 年 4 月。但据目前发现，早在 1911 年 6 月的《小说月报》第二年第六期上就刊有署名玉田赵绂章的短篇小说《胭脂雪》。关于这篇小说，赵焕亭在《辽东戍》篇末自述中是承认的，他写道：

> ……有清同光间，吾邑以诗古文辞鸣者，为蒋太守箬生、赵观察菁衫，世所传《友竹堂集》《青草堂集》是也。予以通家子，数拜榻下，伟其人，尤好拟其文，随学薄不得工，顾知有文学矣。时则随宦济南，书贾某专赁说部，不下数百种，于旧说部搜罗殆尽。余则尽发其藏，觉有奇趣盎然在抱。后得畏庐林先生小说家言，尤所笃嗜，复触夙好，则试为两篇，各三万余字，旋即售稿去，复成短章《胭脂雪》一首，邮呈吾兄于京邸。兄颇激赏，以为殊近林氏。兄同年生某君，则驰书相勖，后时时为之……

赵黼鸿1907年离京赴江苏任职,辛亥革命爆发方逃回北方,是否在京无法确定,由此推测,赵焕亭的两篇试笔小说以及《胭脂雪》或许写于1906至1907年间。只是《胭脂雪》何以迟至1911年才发表,且赵焕亭似乎并不晓得此事,令人有些费解。倒是他自承笃嗜林氏小说,连所写短篇小说路数都被赞极有林氏风格,倒是研究赵焕亭包括晚清民国作家作品的一个新方向。

林译小说曾带动鲁迅、郭沫若、周作人等主动了解、学习西方文学,并促进了西方文学名著在中国的进一步译介,在文学史上已有定评。俞平伯先生晚年更认为"林译小说是个奇迹,而时人不知,即知之估计亦不高"。林译小说对于当时青年人的影响,用民国武侠、言情名家顾明道的话说:"青年学子尤嗜读之,无异于后来之鲁迅氏为人所爱重也……以为读林译,不但可供消遣,于文学上亦不无裨益。"范烟桥在《林译小说论》中说,民初众人都在模仿林,赵焕亭之言正可为一有力旁证。

关于赵焕亭中青年时期的其他职业信息,目前仅知进入民国后,他曾经有若干机会可以入幕当道要人帐下,但他放弃了。雅号"民国老报人"的倪斯霆先生曾提及,据说赵焕亭民国后曾做过《汉口新报》的主笔,可惜未能找到这份报纸和相关资料,也尚未发现相关的新资料。

自1911到1919年之间,赵焕亭在《小说月报》和《小说丛报》上共发表小说十七篇,有十余万字。是否同期在其他报刊上有小说刊登,目前尚无线索,但凭这些精彩的"林味"文言短篇小说,"当时名士如武进恽铁樵、常熟徐枕亚、无锡王蕴章、桐城张伯未、费县王小隐、洹上袁寒云、粤东冯武越,皆与先生驰书订交或论文"。

赵焕亭后来稿约不断,小说连载与副刊专栏在京、津、沪等地报纸杂志全面开花,持续二十余年之久,应与结交了这么一大批南北方的著名报人、编辑和文化人有很大关系。

当1923年来临之际,赵焕亭进入了小说创作的"爆发期"。

1月,《明末痛史演义》六册出版。

2月上旬,武侠小说名作《奇侠精忠传》开笔,此时他已四十五岁。该书直接就以单行本面貌出现,初集十六回初版于1923年5月,此时"南向"的《江湖奇侠传》第十回刚刚连载完毕,结集的第一集似尚未出版。赵焕亭的写作速度相当惊人。

10月,长篇武侠小说《英雄走国记》开笔,取材于明末清初的各家笔记,描写南明志士的抗清故事,全书正续编共八集。

自 1923 年到 1931 年这八年间，赵焕亭除了完成上述两部百万字的长篇武侠小说之外，还陆续写下了《大侠殷一官逸事》《马鹞子全传》《殷派三雄》（含《殷派三雄续编》未完）、《双剑奇侠传》《北方奇侠传》（未完）、《山东七怪》（未完）、《南阳山剑侠》《昆仑侠隐记》（未完）、《惊人奇侠传》《奇侠平妖录》（《惊人奇侠传》续集）、《情侠恩仇记》（连载未完）、《蓝田女侠》和《不堪回首》（历史小说）、《景山遗恨》《循环镜》《巾帼英雄秦良玉》等十六部各类体裁的小说，至少五百万字，创作力之旺盛十分惊人。

进入 20 世纪 30 年代后，赵焕亭的新作以报刊连载小说为主，多数是武侠小说，少数是警世小说，如《流亡图》。1937 年"七七事变"爆发，华北彻底沦陷，遍地战火，赵焕亭的连载就全部停了下来。截至 1937 年 7 月 15 日《酷吏别传》从报上消失，目前已知和新发现的京、津、沪三地报纸上的小说连载只十二部，分别是：

北京：《范太守》《十八村探险记》《金刚道》《剑胆琴心》《鸳鸯剑》；

天津：《流亡图》《姑妄言之》《龙虎斗》；

上海：《康八太爷》《剑底莺声》《侠骨丹心》《鸿雁恩仇录》《酷吏别传》。

以上这些小说多数都未写完即从报刊上消失，连载完毕的几种，如《流亡图》《剑胆琴心》等也没有结集出版单行本。需要单独提一下的是，《剑底莺声》就是《马鹞子全传》，只是在结尾部分做了一点儿删改。

此时的赵焕亭已经年近花甲，岁月不饶人，伴随而来的是精力和体力的持续下降，对于写作质量的影响不言而喻，这一点其实在 20 世纪 20 年代的写作大爆发后期就已经有所显现。当然，稿约缠身、疲于写作也同样影响到写作质量。而 20 世纪 30 年代全国时局的不停动荡——"九一八事变""淞沪抗战""华北事变"……对于社会的安定造成相当的影响，自然也波及报纸的生存乃至写稿人赵焕亭的生活和写作。

再有一个影响赵焕亭写作状态的重要原因，即赵妻张引凤于 1932 年夏天去世，对赵焕亭的打击异常大。他曾写了一副悼联，刊登在《北洋画报》上，文曰：

夫妇偕老愿终违何期卿竟先去；

儿女未了事正重此后我将如何？

张赣生先生评此联语"痛极反似平淡，一如夫妇日常对语"，可谓一语中的。赵焕亭本来于1933年开始在上海《社会日报》上一直连载武侠小说新作《康八太爷》，到3月份突然暂停，刊登了一批于1932年10月间写下的文言掌故小品，在开篇序言中更道出了对亡妻的深切怀念之情："则以忆凤庐主人抱奉倩神伤之痛，以说梦抵不眠，复冀所思入梦耳……以忆凤为庐"，专栏名"忆凤庐说梦"。原来，妻子周年忌辰临近，勾动了他的伤痛，于是停下武侠小说连载，转发"忆凤庐说梦"，足见伉俪情深。但从另一方面看，丧妻之痛对武侠小说创作有着直接的影响，也毋庸讳言。

当北方京、津及至上海一带战事暂告一段落，沦陷区的生活和社会局面也相对稳定下来，赵焕亭与报纸的合作又有所恢复。自1938年至1943年的六年间，他陆续写下《侠隐纪闻》《黑蛮客传》《白莲剑影记》《天门遁》《侠义英雄谱》《风尘侠隐记》《双鞭将》《红粉金戈》《荒山侠女》等九部小说，不过遗憾仍然继续，这些小说中只有《双鞭将》的故事勉强告一段落，聊算是不完之完。其他的均是半途而废，有的甚至只连载数月就消失不见，最长的《白莲剑影记》连载三年多，但从情节看，似还远未结束。

从有关信息推测，"七七事变"前后，赵焕亭已在玉田老家居住，抗战期间似也未曾离开。作为当时知名的小说家，自然经常有人向他约稿。从作品遍地开花的情况看，赵焕亭对于约稿有求必应，或许因此备多力分，造成不少作品烂尾，当然不排除有报方的原因。另外一直流传一个说法，谓那时不少作品实为其子代笔，或许这是造成作品连载未完就遭下架的另一个原因，不过目前没有发现确凿证据，仅聊备一说而已。

1943年以后，报刊上就看不到赵焕亭的作品了。目前仅发现一篇《忆凤庐谈荟·名士丑态》于1946年发表在上海的一家杂志上。同年12月，北京《一四七画报》记者曾发文，征询老牌作家赵焕亭近况。两周后，《一四七画报》报道："本报顷接赵焕亭先生堂孙赵心民来函，谓赵焕亭先生及其哲嗣彦寿君，刻均在玉田，此老仍康健如昔，知友闻知，均不胜欣慰。"

之后的报刊和市场上，再也没有出现赵焕亭的作品，但他在武侠小说史上，已经占据了应有的位置——"北赵"。

1938年金受申《谈话〈红莲寺〉》一文中即出现"南有不肖生，北有赵焕亭"一语，估计这一评语的真正出现时间应当更早，因为针对二人的武侠小说成就，在1928年5月的《益世报》上，就刊有署名木斋的读者发表了《评〈北方奇侠传〉》一文，该作者指出："近时为武侠小说者极多，而以（赵焕亭）氏与向恺然氏为甲。"并认为："（赵焕亭）氏之长处为能以北方方言、风俗、人情、景物，一一撷取，以为背景。盖氏本北人，于此如数家珍，而向来技勇之士，亦以北人为多，故能融合于背景之中，使卖浆屠狗之徒跃然纸上，读者亦恍若真有其人，为其他小说所不易见。其描写略似《七侠五义》及《儿女英雄传》，而卓然自成一家，盖颇具创造之才，非寄人篱下者也。"

对于与赵焕亭齐名的、同为武侠小说"甲级高手"的"向恺然氏"及其小说，木斋却并没有做进一步评价和比较，反而以当时著名的南派通俗小说家李涵秋与赵焕亭做比较，认为"苟取二氏全部著作之质量较之，则赵之凌越李氏，可无疑也"。

从这个角度看，木斋虽然把赵焕亭与向恺然相提并论，但他对赵氏武侠小说特色的评论，可以用之于任何小说。或许木斋心中对于小说类别并无定见，一定要遵循小说上的标签，但从另一方面来说，赵焕亭小说的"武侠特征"与向恺然相比，颇不相同。

简而言之，"南向"偏"虚"，而"北赵"重"实"。"南向"《江湖奇侠传》等小说是玄奇怪诞的江湖草莽传奇故事；"北赵"《奇侠精忠传》等小说则是在一幅幅市井、乡村生活画中，讲述的历史人物传奇故事。

虽然是传奇故事，总的来说，赵焕亭小说中的大部分故事都有所依据而非向壁虚构。《奇侠精忠传》据一部《杨侯逸事纪略》敷衍而成，《英雄走国记》则采明末笔记中人物和故事而成书，《大侠殷一官逸事》来自河北蓟县大侠殷一官生平逸事，《山东七怪》《双剑奇侠传》则依据山东济南、肥城一带真实人物的乡野传闻等。对于情节中涉及的历史事件，他的基本态度也是尊重历史记载，如《双剑奇侠传》中，浙江诸暨包村人包立身率众抗拒太平军，最后兵败身死。赵焕亭基本是完全采用相关笔记记载，连所谓的法术传说也照搬。为了故事情节的充实与好看，他当然会做一些发挥和演绎，比如把包立身这个普通农人改为武艺高强、韬略精通的英雄，同时还有好色的毛病，但这类演绎都不会改动历史事件本身的结果。

而对于不涉及历史事件本身的内容，赵焕亭就表现出化用材料的本领。在《续编英雄走国记》中，有一段谈到广西的"过癞"（俗称大麻疯，一种皮肤病）之俗，当地女子若不"过癞"给男子，自己就会发病，容毁肤烂，于是，很多过路人因此中招，而一个广东公子因女方多情善良，得以免祸。该故事原型出自清代著名笔记《客窗闲话》，发生地本在广东潮州府，"发癫"人也是男方，不惧牡丹花下死而中招。幸得女方情深义重，主动上门照顾，后来无意中让男的喝了半缸泡了乌梢蛇的存酒，癫病豁然痊愈。赵焕亭改变了故事发生地，发病人则改为女方，于是，一方面表现了女子的多情重义，另一方面又展现了男子一家的明理与知恩图报。治癫之方则仍然是那半缸乌梢蛇酒。

"北赵"的重"实"，还体现在小说内容的细节上。举凡山东、河北等地的风景名胜、美食佳肴，或出自前人笔记如《都门纪略》之类书籍，或出自作者往来京、津、冀、鲁各地的亲身经历。就连书中不经意间写到的地方风物，也同样是实景实事。《北方奇侠传》中有一段情节写向坚等几兄弟于苏州城外要离墓前给黄骠饯行。此地风景如画，"左揖支硎山，右临枫泾"，不远处是"隐迹吴门，为人赁春"的梁鸿墓。笔者曾根据上面这段描述向苏州一位熟悉地方文史的朋友询问，他证实苏州阊门外确有支硎山这个古地名，今天见不到小山了，清代曾在那里挖出过古要离墓的石碑。

赵焕亭的长篇武侠处女作《奇侠精忠传》，洋洋洒洒上百万字，以清朝乾嘉年间杨遇春兄弟平苗、平白莲教事为主干，杂以江湖朝野间奇侠剑客故事以及白莲教的种种异术奇闻，历史味道看似浓厚，然而里面有关奇侠剑客的内容所占比例并不算大，平苗和平白莲教的战争与武打场面也有限，倒是杨遇春师兄弟及各色人等的日常生活与交际、各类生活琐事的碰撞与解决则占了相当大的篇幅，农村空气中漂浮的乡土气味仿佛都能闻得到。其他长篇小说如《英雄走国记》《北方奇侠传》《惊人奇侠传》等也莫不如此。

一触及生活内容，赵焕亭手中的笔就显得格外活泼，村夫野叟村秀才，恶棍强盗恶婆娘，还有诸如闲唠家常和赶庙会的农村妇女、混事的镖师之类过场人物，其言语举止、行为谈吐，或粗鄙，或斯文，或虚伪，或实在，展示着世间的人情百态、冷暖人生。比如《大侠殷一官逸事》中，名镖师李红旗的镖车被劫，变卖家产后尚缺几百两银子赔款，以为和北京镖局同行交往多年，这最后一点儿银两多少得到点儿帮助，结果各位大小镖头该吃吃，该喝喝，拍胸脯的、讲义气话的、仗义执言的……表演了一个够，最后锄子儿不掏，躲的躲，藏的藏，还有捎回点儿风凉话的，把李红旗气得半死。已故著名民国通俗小说研究学者张赣生先生称赞这段文字不让吴敬梓《儒林外史》专美于前，而类似的文字在赵氏小说中也不止一处。

虽名"武侠小说"，而满纸人世间的生活百态与人情勾当，使得赵焕亭小说表现出与大部分武侠小说颇为不同的特色。书中的侠客奇人们更多地表现出"世俗气息"或曰"世情味"，而缺乏"江湖气"。他们活动的地方多在乡村、市镇乃至庙会中、集市上，除了头上被作者贴上个"大侠""武功家"之类的武侠标签外，其日常言语、行为与普通市民、村民并无二致。若说"南向"小说中人物是"江湖奇侠"，那么"北赵"书中人物最多称得上是"乡村之侠"。即使是已成剑仙的玉林和尚、大侠诸一峰、南宫生等，也没有在名山大川中修炼，反而在红尘中如普通人般生活，有当塾师的，有干算命的。《奇侠精忠传》和《英雄走国记》属于赵焕亭小说中历史类武侠，书中正反面人物各个盛名远播，也仍然近似普通人，而无我们常见的武林人面目。

应该说，这样的侠客源自他心中对"侠"的认识。在《大侠殷一官逸事》（1925年）序言所述："予独慕其生平隐晦，为善于乡，被服儒素，毕世农业。侠其名，儒其实，以是为侠，乌有画鹄类鹜之虑乎？……俾知真大英雄，必当道德，岂仅侠之一途为然哉。"

再如次年所写的《双剑奇侠传》，男主角山东大侠梁森武功大成之后，"恂恂粥粥，竟似一无所能，武功家的矜张浮躁之习，一些也没得咧。……绝口不谈剑术。春秋佳日，他和范阿立有时巡行阡陌之间，俨然是一个朴质村农。"活脱脱是大侠殷一官的又一翻版。

可见，"儒其实"才是赵焕亭认可的"侠"之本质，侠行、侠举只是外在表现。真正的英雄豪杰，必是重操守、讲道德的人物，苟能如此，又不一定只有行侠一途了。他有这样的认识，无疑与前文述及的自幼年即长期接受儒家思想的教育密不可分。其实，在更早的《奇侠精忠传》中，他就是完全按照儒家的做人标准来写主人公杨遇春，一个类似《野叟曝言》主人公文素臣般的完人。其人武功高强，处处以儒家的忠孝礼义廉耻观念要求自己，也教导、劝诫贪淫好色的师弟冷田禄，更像个老夫子，不像个名侠，刻画得不算成功，但"侠其名，儒其实"的观念已经形成，并一直贯彻到后面的作品中。如1928年写的《北方奇侠传》，主人公黄向坚事亲至孝，终于学成绝艺，最后万里寻父，同样也是"儒其实"的表现。

就这一点而言，"北赵"之侠或又可称为"儒侠"。"南向""北赵"之别不仅在于两人的地理位置之不同，也在其侠客属性有所不同。

作为"儒侠"的对立面，自然是"恶徒"，武侠小说中不能没有这样的反面角色。赵焕亭自然不能例外。值得一提的是，赵焕亭小说中的不少主要的反面人物并不是一出场就开始作恶，甚至很难说是一个恶人，如《奇侠精忠传》中的冷田禄，虽是名师之徒，但屡犯淫行，品行不佳，但在杨遇春的不断劝诫与行为感召下，心中的善念在与恶念的斗争中，曾一度占了上风，于是冷田禄力求上进，千里赴京，追随杨遇春投军，在平苗战役中立了不少功劳，但最后还是恶念占了上风，彻底滑入邪魔外道中。又如《大侠殷一官逸事》和《殷派三雄》中的赵柱儿，本是聪明孩子，性格上有缺点，虽有师父、师兄的提点、劝告，但终不自省，终于蜕变为真正的淫贼。《马鹞子全传》中的主人公马鹞子，由乞丐小童成长为武林高手，然而不注重品德修养，逐渐热衷功名富贵，不论大节与是非，反复无常，最后羞愧自尽而亡。马鹞子王辅臣是真实的历史人物，最后结局确实如此，小说中发迹前的故事多是赵焕亭的自行创作，讲述了一个武林好汉如何变为热衷功名、三二其德的朝廷走狗的历程。

上述这类角色身上都或多或少反映了人物性格的复杂和多变，赵焕亭或许并非有意塑造这样另类的武林人物，但与同期包括之前的武侠小说相比，大约是最早的，有些角色也是比较成功的。

对于这些角色包括书中的真恶人，其为恶的途径与发端，赵焕亭却处理得很简单，基本归于一个字——淫。恶人无不是好色之徒，也往往由各类淫行，终于走上为恶不归之路。更有甚者，普通人物也往往陷入其中，招致祸端。如此处理人物未免过于简单，只是赵焕亭在这类事情上的笔墨也花得有点儿过多。

顺带一提的是，时下论者都认为"武功"一词用于形容功夫系赵焕亭所创。其实他用的也是成品。清朝著名笔记《客窗闲话》续集里有《文孝廉》一文，其中就有"我虽文士，而习武功"一语。准确地说，赵焕亭的贡献是在民国武侠小说中率先使用而非创造该词的新用法。赵焕亭自己肯定没有想到，这个词竟然成为日后百年间武侠小说作者的必用词语，也成为日常生活中的常用语。

赵焕亭的武侠小说具有其他名家所没有的"世俗风情"，以此似完全可以单独撑起一个"世情武侠"的门户，与奇幻仙侠、社会反讽和帮会技击诸派别并立于武侠小说之林。

作为掀起民国以来武侠小说第一波高潮的领军人物"北赵"，作品无疑极具研究价值，可惜一直未能得到应有的重视。1949年新中国成立后，直到 20 世纪 90 年代才有零星的赵焕亭武侠作品出版，至今二十多年间，仅出版过四种。

此次中国文史出版社全面整理出版的赵焕亭武侠作品，大部分是新中国成立后从未出版过的，所用底本也尽量选择初版或早期版本，即使如出版过的《双剑奇侠传》《奇侠精忠传》《英雄走国记》和《惊人奇侠传》，也都用民国版本进行校勘，由此发现了不少严重问题。《奇侠精忠传》漏字、漏句和脱漏段落十余处，近 2000 字；《惊人奇侠传》漏掉了大约 15 万字；《英雄走国记》20 世纪 90 年代的再版只是正编。这些意外发现的问题已经在此次整理中全部加以解决，缺漏全部补上，《续编英雄走国记》也将与正编一起出版。

此次出版的作品集中，还有几部作品需要在这里略做说明：

《南阳山剑侠》是赵焕亭写于 20 世纪 20 年代的文言武侠小说；

《江湖侠义英雄传》，又名《江湖剑侠英雄传》，系春明书局 1936 年出版的长篇武侠小说，封面、扉页均未署有作者名字。从赵焕亭所撰序言看，也许另有作者，他则如版权页部分所示，为"编辑者"；

《康八太爷》和《风尘侠隐记》都是未曾结集的报纸连载，也没有写完。为了让广大读者和研究者全面了解赵焕亭 20 世纪 30 年代和 40 年代不同时期的小说特点，特地予以抄录，整理出版；

《殷派三雄》在天津《益世报》上一共连载四十回，未完。天津益世印字馆出版单行本三册，仅三十回。此次出版据报纸补充了未曾出版的最后十回，以示全貌予读者。

笔者多年来一直留意赵焕亭的有关资料，幸略有所得，今效野人献芹，拉杂成文，期副出版方之雅爱，并就教于识者。

是为序。

顾　臻

2018 年 8 月 20 日于琴雨箫风斋

目　录

第 二 集

第 三 集

第 四 集

自　序

　　有清光绪中，济南寓公之以绝艺名者，得三人焉，曰松小梦之书、贺夫人之画、方二戏官之技击三人者。偃蹇秾丽，既如怪松妖蒪，相映于鹊山泺水之间而逸致独标；复有王黑妮之说书，与为颉颃，时号"四绝"。四人者，异禀绝艺，各恣奇趣。

　　方之事概，已具吾书，独其年逾八秩，犹能饮酒御女不衰。常着朱衣，躡高屐，行沽明猢市上，人望之若仙，盖其秉赋有独厚者。黑妮则貌仅中人，而娟秀在骨，能称其艺，《黑驴段》（大鼓书名）之风靡一时，有由来矣！

　　松小梦，名年，蒙古人，进士为官，折腰不媚。其书承安吴（包世臣）之余风。上溯篆隶，颏然天趣，识者宝之。至贺夫人之风流放诞，尤为奇绝。其夫贺荆如，名璞，工诗能书，亦名进士，历宰繁剧，固当时能吏。顾夫人则恃其才貌，恒佣奴之，以故不赀宦橐，悉为夫人所罄。后卒以夫人代其坐堂皇听讼事。去官，贺既抑郁死，夫人晚年亦贫窭，则鬻画自给。恒挟画乘独轮车，出没于芙蓉金菊之间（芙蓉街、金菊巷，多南纸店，夫人收画润之所也）。士大人有与款谈者，夫人清言霏玉，名理湛然，白发青裙，盖犹有林下风致云。之四人者，当时点缀湖山，殊不寂寞；而方二戏官之逸事流传，犹艳称人口。予曾于友人处，见其所作泼墨山水大帧，气格苍劲，雅近米南宫。是则技击之外，复精绘事，可与周浔（清初剑客）画龙并传矣。因综予所闻，勒为斯书，亦剑侠传中之饶有逸趣者也。

　　　　　　　　　　　　民国十八年阴历二月上浣焕亭氏序于潜庐

1

第 一 集

第一回

锦秋湖乡人开庙会
女郎祠大侠寄游踪

哈哈，快活得紧，今日为民国十八年阴历元旦之晨。你看那暖暖庆云、瞳瞳瑞日、溜溜的暖风儿，阳和气转，万象更新，举穷冬之阴霾苦雾，一扫而空。也就像统一告成，销尽了累年的枪枪兵气一般，从此日月光明，甲兵洗净，端的是千载嘉会，眼睁睁便开太平之运了。

正这当儿，作者却躬逢其盛，新春试笔，草这么一大篇吉祥文字，正是：

> 回遑天地无穷意，都入风云变态中；
> 笔下春雷谕凡响，且看剑气作长虹。

诸公不要忙，请您慢慢瞧下去，这部书的情节热闹得多哩！但是作者秉笔之下，未免又感慨系之，因为此书中这段事迹还是作者总角时听得一个中表老辈说的。那位老人家雄饮健谈，又酷好吸旱烟，简直烟筒不离嘴。作者至今思其形容犹恍在目前。他是个持独身主义的，有个老婆，丢在家中，他却整年价作客四方。后来老得跑不得路，方久客于先君门下。

其为人倔强耿介，殊不以贫阨为意。遇有俗客，辄白眼相向，甚至骂座；但是却喜与儿童辈谈说故事。每当月落风定，必就庭中赐潭腿数周，又时作熊经鸟伸状，或鼓腹作雷鸣，谓是运气。自谓能敌壮夫四五人。然而他老人家却日益干瘪，瘦得两颊赛如髑髅；偏又是个老口嘴儿，独露着椒圆的灼灼两眸，便如老猴儿一般。但是他谈起故事，却又舌本翻澜，每谈至淋漓酣畅处，顿脚抡拳，声震屋瓦，真有柳麻子说武松打虎的光景。

其时作者初入家塾，每听他谈故事，真是饭都顾不得吃。放学之后，必定同了姊姊哥哥一窝蜂似跑向他跟前，两只小眼不望别处，先望到他那两片子干瘪嘴。于是你去牵衣，我去揪胡，又你争我夺地抢过他那根三尺来长的大锅烟筒，装烟吃着，插向他口中。于是他哈哈大笑，一面轩动长眉，两只老眼霍霍上耸，一面价吸得那烟筒烟气腾腾，浑圆的白烟圈儿连续而上。直至他啪啪地磕出烟烬，拉一拉膝下的长筒高袜，然后又很沉重地咳嗽两声，这便是他该开谈的时光咧！

这时作者和哥姊等环绕看他，都坐得石佛一般，哼哈都无，只有时彼此价一挤眼儿，以表乐意。有时怕他或谈鬼怪，便争着挤靠上去，抱了他那长筒高袜。哈哈！此情此景，不想遂已四十多年。他老人家既久已化为朽壤，荡为轻尘；而作者悠悠忽忽，饱尝如茶世味，晨起揽镜，又已两鬓皤然。过眼前尘都如梦幻，唯此老所说之事迹，犹时时往来予怀。当时作者头角堑然，初入塾，只得两天便念熟了半本子《三字经》，曾蒙他老人家"一日千里"之誉，再没想到一事无成两鬓斑。而今更加不长进，却拿他老人家当日所谈的故事儿混编起书来骗饭吃。你想回忆前踪，能不令人感慨系之吗！

话虽如此说，却又亏得作者不长进，文不能安邦，武不能定国，室无隔宿之春，门有责逋之客；然后方能纳着头儿细编这书，从纸上叱咤风云，消磨壮志。便是他老人家当年之须眉跃跃，也就赖此书以传。仔细想来，倒也十分有趣。诸公若问书中人都是些什么角色，且待作者先来段楔子，那书中人物随后就登场来也。正是：

　　白日堂堂去，风云冉冉过；
　　但传游侠意，宁畏俗人诃。

如今且说那山东济南府的地面，地水清丽，民风豪爽，自古以来便多流寓的人士。因为都爱那片山川风物之美，并那民风颇有燕赵间慷慨悲歌之意。那济南风景，如鹊华、龙洞、千佛岩、趵突泉诸名胜，自不必说；更有府治下章邱地面，那片真山真水，说起来，真个赛如画图。

这片山水便坐落在章邱距城不远之明水镇地面。左有女郎山，右有锦秋湖。山之隈、水之涘，其间不合大如砺，便是明水镇的坐落。万家烟楼，正涵浸在湖光山色之中。不费登涉之劳，便坐享烟云供养。虾菜美味，不断地樵歌送响；渔唱传声，使人闻了魂梦都清。

镇中是水陆通衢，商贾繁盛，很整齐的酒楼茶肆，一概俱全。虽是个小小镇聚，士女们偶然出游，都穿着得靓丽闲雅。一衫一履、一钗一钏，总要模仿些省会时妆。四时价歌吹相间，轮帆不断。更有春夏两季，越发地热闹异常。因为女郎山桃花最胜，每当花时，弥漫山谷，烂若云锦；锦秋湖是芙蕖最胜，一片清漪，真不啻莲花世界。届这两季，那来游玩的人们简直摩肩接踵。那明水地面得湖水灌溉之力，水稻为多。弥望青葱，绝似江南风景。又特产一种桃花稻，米色如绯玉，名贵异常。像这等的好所在，总算是人间福地了。

哪知却有一桩不妙，就是左近多盗。因为这镇距长清之灵岩、肥城之陶山，都不过百十来里。那两山中便是盗寇的巢穴、奸人的渊薮。若问这两山中怎的便多盗寇，却因二十年前鲁东峄县地面闹过一番白莲教匪。东抚调通省得力的兵队，又檄下费兰峄三县会剿。用兵数月之久，其患方息。

当时教徒们除几个铮铮有声的，大半授首；其余的黄巾绿林之流，见教主大势已去，便哄的一声散向各山谷中，依然时聚时散，做他那劫人越货的营生。所以这灵岩陶山中隐伏的白莲余孽最多。两山中都地势险阻，便是官中都奈何他不得。久而久之，这两山中一总儿为盗所据。直至这当儿，那远近的奸盗还向两山中趋之不迭。虽不能像先年时十分猖獗，然而就在近地面明火打劫，或冷不防地来抬肉蛋（即掠人勒赎），却是不能免的。因而，明水镇上人不免惴惴然颇有戒心。

好在山东老哥们素好拳勇，远近那邑间很有几个著名的武师。如马子连之内家拳派、陶安杰之浙僧枪棒，都是呱呱叫的角色。于是镇中少年们便集资择地，火杂杂地延请武师，创立了个什么锦秋武社。终日价踢天跳井，舞剑抡刀，闹了个乌烟瘴气。

起初一辈人意在御盗防身，保护地面，黑汗白流地打熬力气，研习武功，真还很够瞧的。及至后来，社中所延的武师既非其人，那从学的少年们除了是花拳绣腿的轻薄子弟，便是偷鸡摸狗的街坊土混；却一个个敞披大衫，横着膊子，满街坊上乱闯乱跑，惹是生非。什么结伙打降咧，闹小娘儿争风吃醋咧，搅得三瓦两舍价鸡犬不安。因此镇上人见了武社中少年们，都攒起眉头，躲得老远。这也不在话下。

且说那锦秋湖边，有一座女郎祠，其中塑着一位锦袍玉带的女郎，土人便呼为"孝姑庙"。据说是南宋年间，有个女子乳名儿就叫孝姑。因家贫奉母，至老不嫁，倍极孝养。并且正值金兵北犯，山东大扰，孝姑奉母避兵，备尝艰苦。后来流寓到锦秋湖边，日日入山打柴，以奉老母。因孝心所感，其舍下数有白兔驯雊之瑞。老母殁后，孝姑负土成坟，庐墓三年，慕恋成疾，一旦哀毁而殁。

当孝姑殁时，土人隐隐闻空中音乐之声，又恍惚见许多的幢幡宝盖、风马云车簇拥着孝姑，冠服上升，良久乃没。因此土人钦其孝行，谓其理当成神，便给她起庙湖滨，便是那女郎山也因此得名哩。这片野人之语虽属无稽，然而总是教孝的一点儿古迹了。

这孝姑庙面湖山之胜，位置得宜。庙外一带空场儿杂植桃柳。远望则山色空蒙，近挹则湖光潋滟。每当春夏之交，游人最胜。或舣棹湖边，或骞裙岸上。尤其是妇孺之辈，好列庙中随喜，不知从哪里说起，愣说孝姑是她们的老姑奶奶，并相语以老姑奶奶专以会保护孩儿。每值农忙之时，妇女们下场操作，居然将三三五五甫及周岁的小孩儿寄放在神殿之中，一任他爬爬滚滚，横躺竖卧。说也奇怪，那些小孩们从没个跌撞撞坏，都欢虎似的玩耍，等着孩子妈抱回家去。因此村俗定例，每年夏季便斩牲酬神，叫作接老姑奶奶来住母家。

每年届这日，庙前一带甚是热闹，游人如蚁。数十里远近的妇女们，逢赦不赦，必要列场。一时间宝马香车，行行队队，直然地锦川缛野。在庙中随喜毕，便徜徉于湖边，大家赏玩野景。一般地携樽提榼，各就嘉树芳草之间，设帏列坐。远望去，便如一片屯幕一般，真也是一时胜会。是日也纵情极乐，弦管嗷嘈，喧阗终日。直至夕阳西下，方才各寻归途。因此之故，远近的游人甚伙。一来为赏玩湖边风景，二来捎带着瞧女人们。还有些生意小贩并镇中开茶馆酒肆的人们，这日都来趁生意，各择风景佳处，搭起棚幕。更有些无赖痞棍这日却大得其所，除勒索摊贩以谋醉饱以外，便是尾缀妇女，抓俏吊膀，做出了种种丑态。总言之，这日里便如小小庙会一般哩。

这一年为有清光绪中叶，山东地面颇颇安静。五月望后，麦秋已毕，收成甚好。堪堪又到接姑奶奶住家之日，镇上人因年景收成，便归功于老姑奶奶的福佑。于是大家议定，这年特特地演剧酬神，巴巴地向省中订了孙顺（孙顺为当时名伶，善演老生等剧，后来名伶路三宝，即出其班中）的高升班徽戏。

这消息传出，那远近来游的人好不踊跃。先一日，明水镇中客店都满。及至届期，大家都潮水似直趋湖滨。那庙前戏台上正在开演，庙内外人山人海，闹到午后，歇了台。须臾，晚半晌的戏目贴出，却是孙顺的《定军山》中轴。这轴戏本是孙顺的拿手绝作，其中有段科白孙顺作来更为干脆绝伦。便是老黄忠道罢了"夏侯渊我的儿，难免老夫拖刀之计"两句，接着便拍肩捶肘，砰啪扑哧，一气儿几个飞脚。那"拖刀"两字，拉作长声儿，沉雄老当，既显出老将神威。那几个飞脚，势儿矫健，更能传出据鞍顾盼之概哩！

当时这戏目贴出，台下观众简直欢声如雷。更老早地各占地势，拔起腰板，单等瞧这出好戏。不多时，锣鼓大作，孙顺登场。方唱过"黄龙宝帐传将令"一段，大家正在凝神倾耳，点头默赞，只听耳边突地起个霹雳似的，有人喊道："他妈的！你这厮，真个讨打。既长脚子，怎不揣在怀里，却放在地下？踏了你，那算活该。你再言语，便揍你个狗肏的。"

大家望去，便见观众呼啦一闪，猛可地从外面大叉步挤进两人，一色的青袖短裤褂，外披蓝布长衫，脚下是实纳帮扎花的搬尖洒鞋，都盘起一条懒龙似的大辫。头一个生得青旺旺的脸膛儿，碎白麻子，削刀眉毛，衬着两只迷齐色眼，并那拧钻的水蛇腰儿，褂襟敞处还露出大红缎扎着牡丹花儿的绣边兜肚。后面那个却生得短小伶俐，攒眉逗眼，满脸上透着油滑。拿一把江西柳的黑扇儿，刮刮刮溜得山响。一面晃膊子甩开观者，一面弯下腰去掸鞋上尘土，口内还骂道："也不知哪里来的一只乡鸟，居然敢向咱们愣立眼睛。"

正说着，却有一个乡人噘来大嘴也从人丛中漫趋进来，望见那两人，抽头便跑。大家认得那两人，头一个叫俏皮麻四，后面一个叫花刀李五，都是锦秋武社中的无赖少年。本领虽稀松，都目空一切。平日价胡吹乱嗙，就仿佛似个朋友一般，这时是在台下欺侮乡人哩。

大家见了，正在互相一笑，只见李五掸净鞋土，大家一见他那鞋不由都笑将起来。原来鞋帮上扎的是一幅春宫暗花儿，被尘土一呛，居然黑白分明。于是便有人笑道："李五这鞋子真个俏皮。若是俺们穿在脚上来逛庙，保管就有人揍屁股哩。"

李五听了，哈哈一笑，十分得意，便拖了麻四挤向台下正中间儿，一堵墙似的挡在观众面前。一面向左右看台上乱瞧娘儿们，一面搔头晃脑地大说大笑。

大家见状，正在心头暗骂，便见观众略闪，又挤进一位六十来岁老头儿，生得疏细身材，长眉大目，满脸上一团和气，又蕴蓄着微微笑容。虽是偌大年纪，两只眼睛还滴溜溜地乱转，闪闪灼灼，便如电光。秃着头儿，飘萧着几茎花白鹤发，却用红绒绳扎起个小歪辫子，辫穗下端缀着一枚五铢古钱。穿一件毛蓝色粗布长衫，又肥又大，从热蒸蒸的人群中挤进来，却不见他一些汗色。一只手提着一根毛竹管的旱烟筒，上面挂着个大红烟荷包，足有三尺多长，又做烟筒，又做拐杖儿；一只手膀子上却架着个雪白的大鸽子呜噜噜地怪叫。但见他方站在麻四等身旁，便闻台西面人丛外有一群小儿拍手唤道："喂！架鸽子的老爷子，你赢了俺们的钱就算了吗？咱们问庙里阶石上跌博玩，不好吗？"

那老头儿听了微微一笑，便举起长烟筒，出人头地向台西面晃了两晃，以示不去跌博之意。大家见了，正在暗笑这老者没正经，偌大年纪犹有童心。忽见西面看台上有个绝俊的小媳妇，正凭着台栏，探出一只藕也似的嫩胳膊来买下面小贩的糖葫芦儿（又名山楂黏）。下面一只尖翘翘的小脚儿也便从台席缝露出。

这时麻四扭着脖筋向那媳妇子瞅去，两眼都直。正这当儿，那老者却自语道："人老了，眼睛真不中用，原来戏台在西面哩。"一句话招得大家都笑。那麻四脸上一红，瞅瞅老者，方要瞪眼，只听台上金鼓大震，台下震天价一声挑帘的好儿，《定军山》的中轴业已唱到热闹当儿。于是大家不暇乱望，都侧耳凝目地且自瞧戏。

偏那麻四两只眼仍然是左顾右盼，一面和李五没说强笑地只管啾唧。要说剧场中，这种乱人耳目的行为本来讨厌，何况麻四又自充明口。台上孙顺一拉架儿，一动手脚，他也便指手画脚地道："这是花招儿，那是实胚胚的硬功夫。"并且连珠价怪声叫好。闹得大家正在攒眉，三不知地那李五又说了一句道："无怪孙顺人都称他为老把式，你瞧方才一连几个鹞子翻身的舞式，错非晓得点儿运用罡气的真实功夫，是不成功。"

一句话不打紧，登时招得麻四拉开了话匣子，一面价大吹武功，一面拍拍脐下道："老五，你讲运气，须向这儿瞧。"说着，眼瞟西面看台上，大喊道："俺这根屌，运起气来便似个小小的铁棒槌。舒在石砧上，你用铁锤来砸，都不要紧。"

大家正在愕然，连看台上的娘儿们也乱闪俏眼向人丛乱望。这里麻四得意至极，正在哈哈大笑。只见那老者扑哧一笑道："真是人老了，什么蹊跷话都听得到。俺只听骂人的话有什么金屌银屌，如今又出了铁屌咧。"

麻四听了，双眉一挑，恶狠狠望望老者。方要开口，恰好台上老黄忠演到紧总科白、挂打飞脚一段儿。台下观众齐声喝彩之间，不知从哪里挤入个十来岁的孩子，泪淫淫的两眼，带着哭声直喊道："大丑子弟弟呀，哥哥在这里呢！"一面喊，一面四下乱望。

大家料那孩子是丢了弟弟，正要劝他向人丛外面去找。不想人多乱拥，那孩子一个趔趄却踏了麻四一脚。麻四大怒，一回身揪住那孩子的乖

8

毛儿，不容分说，向他头上便连凿了几个爆栗。那孩子一面乱跳，一面怪哭。

这一来观众大乱，登时闪出一条长衖，一面拉开那孩子，一面向麻四赔笑解劝。那麻四还一跳丈把高，却眼瞟西看台上，一顿乱骂。

正这当儿，只听十来步外有人哈哈一笑，便发出几句话来。正是：

燕雀遇鸿鹄，虽狡安所施。

欲知后事如何，且听下回分解。

第二回

逞游戏大侠显身手
凑淫资无赖闹缝穷

　　且说众观者听得十步外有人发话道："既长了根铁屌来，却生两只豆腐脚。小孩子踏一下子怕什么呀，还值得如此鸟乱？"大家望去，却是那位老者，吸得那烟筒烟气腾腾，背着脸儿竟自从容趄去。

　　这里大家见麻四被嘲，正都心下畅快。只见麻四吼一声，大叉步赶将去。到得老者背后，大喝道："你这老小子，真个作死！你就敢向麻爷屡次地来撒拉腔儿，呔！着家伙吧。"说着，伸出小葡萝粗细的手指，运足气力，向老者屁股眼子内便是一戳。

　　这一来，众人大骇。原来麻四手把上很有点儿功夫，据他自己说是练过铁沙袋，可以戳穿牛腹哩。当时众人正替老者捏一把汗，呼一声赶上去想要解劝。猛见麻四矮了半截，杀猪似乱叫，额上是汗下如雨。一面膝行而前，一面伸着手指还不肯退出。但见那老者就如没事人一般，用臀片夹定麻四的手指，仍然是从容前步，并且吸得那烟筒越发起劲。

　　这一来，闹得大家且惊且笑。便是那麻四，却越发地山嚷怪叫。正乱着，后面李五赶上老者，一阵价替麻四赔礼作揖，请求恕罪。老者愕然回顾，却笑道："啊哟！你这老兄也特不开眼咧。就凭俺这干老瘪臀，还劳足下见爱吗？"于是李五在一旁连连作揖。

　　那老者略笑笑，猛地一松臀片，只见麻四业已球儿般滚向后面数步之外。这里大家正在惊望，那老者已从容混入游人中，斯须不见。于是众观者诧笑之下，纷纷议论。有的道："这老头玩得好标劲儿。"有的道："瞧他那光景，当少年时，准也是个促狭鬼。"

　　不提众人胡噪之下纷纷各散。且说李五从地下扶起麻四，一瞧他那手指不过微微地红肿。麻四道："好霸道家伙，不想这老儿屁股上这么有劲。俺的手指刚刚到他臀缝，便如塞入铁钳。若不是李兄你赶来，真还不得了咧。"

李五笑道:"我瞧这老儿有些蹊跷,说不定便是武功家的老手把儿,才有这运气的本领。"麻四笑道:"什么武功家呀,又是运气咧!咱们在武社中这些年,只听说有运气的,却不曾眼见。这老儿想是有点儿笨气力,屁股长得粗糙;再者我又不曾提防,所以被他占了上风儿咧。"

两人一面说话,一面向湖边趱去。只见一处处红男绿女,并有许多的村姑田妇,也都扎括得妖妖娆娆,就那湖边树荫芳草之间就地歇坐。有的敞胸露肚地乳喂孩儿,有的丢眉拉眼地闲瞟游人,瞧得个麻四心头火腾腾的,因向李五笑道:"咱今天是饱煞眼睛,饿煞那个。真个的,你这几天没得些俏事吗?"

李五耸肩道:"别提咧!俺的事还瞒你吗?镇上纱帽巷田寡妇家,俺下了十来天的水磨功夫。那雌儿闪在门后,水灵灵的眼儿瞟着我,虽也有些意思,但是终不落实,哪里么得俏事呢!"

麻四笑道:"这怨你是屎壳郎爬树——臭攀高枝儿。你想那富家寡妇,深宅大院,又且耳目众多,要说入港,甚不容易。你想抓俏救急火,就须随高就低。你别瞧乡下的小门窄户,一般也有俊人头儿。不瞒你说,俺头两天在东乡中,没费了一瓶醋钱,只得三两日工夫,便轻松松得到一桩便宜俏事哩!"

李五听了,眼睛一转,忙笑道:"哈哈!真有你的,这不消说,准是东乡里枣林庄街西头碎石门墙的那一家吧。那小娘儿,骚骚的眼睛爱斜睒人,见了人掩口就跑,不想却被你下了手咧!没别的,过两天,你快领我去拾个残落儿吧。"麻四笑道:"这何消说得!假如你搭上田寡妇,难道还没我那一份吗?"

正说着,只听头上鸽铃清越,两人抬头望去,却见那老者站在道旁一处高阜上拍手放鸽。身旁围着一群顽童,都仰着脸儿乱跳乱笑。

两人见了也没在意,便信脚趱入湖边一处茶肆中,靠后窗拣了座儿坐将下来。探头向窗外望望,只见西边一带棚幕相望,游人热闹。东边一带,却是一片高林并有一处旱坑,里面是蒿草丰茂。游人至此,都已裹足,倒显得一片天然野景。于是两人唤到茶伙,依着麻四,吃茶之外,还要闹些点心,却被李五一做眼色拦住。

及茶伙跑去端茶,李五却笑道:"麻老哥,你这么精灵也有失神的时候,要吃茶肆中点心,那便费了。你等我出去外买,咱少说着也省个百十文哩。"不提李五说罢,真个匆匆趱去。且说麻四一面吃茶,一面眼观四路。因自己腰中带钱不多，想抓个熟识朋友来会茶钱。不想累得眼睛酸酸的，一个熟人也没得。偏那李五又良久不来，自己坐得闷闷的。正想到肆外去张张，只听窗外东面有人细声细气地道："啊哟，我的妈！可累死我咧。偏他娘的人多没闲地，连泡尿都没处出脱。我且在此歇歇脚，再挣命去吧。"接着，便闻窸窣之声。

麻四由席棚宽缝向外一瞧，却是个二十多岁的缝穷婆儿正在一块大石丛草之间安置提篮。生得长细身段，紫膛色容长脸儿，弯弯的两道眉，溜溜的一双眼，小嘴薄唇，很挂几分骚俏。穿一身补缀裤褂，提得撒脚裤管高高的，露出一段细白腿腕；下衬着尖翘翘的半大脚儿，也竟有些动人之处。

麻四望得真有些心下怙惙，便见那婆子置下提篮，揭起前襟，扇了扇凉风。四下望望，一径地趋入丛草中，向下一蹲，便闻得渐渐声响。张得麻四正在暗笑，事有凑巧，恰好一阵风儿吹过来，那丛草向四外纷披之间，这里麻四眼光一闪，早望见那婆子的白馥馥臀儿，好不丰腴异常。于是麻四心下大动，再要瞅时，又恐肆中人张见不像模样。没奈何，回身就座，一面摸摸腰包，一面暗想道："这事儿不成功咧，像这样的缝穷婆儿，若和她讲回买卖，少说着必须一吊大钱开外。俺腰包内只剩了六七百钱，却差得多哩。"一时间，正怙惙得抓耳挠腮，偏又闻得那婆子在外面只管轻声轻语地兜揽生意。这一来，闹得麻四竟自再也耐不得咧，于是脱下长衫，径出茶肆。

不提麻四且去要他的脸憨皮厚。且说李五为省几个钱，大宽转价就庙前食摊上去买点心。一面走，一面心头算计道："两壶茶，须八十文，俺拼着四十文买上些麻花油条去当点心也就够咧。我既买到点心，那茶钱难道他还扳我开发吗？这一来，俺却大得便宜。"想得得意，到食摊上匆匆买毕。方要趔转，只见那架鸽子的老者和一个仆人模样的人由岔道上厮趋而来。行至分路处，那仆人笑道："方老爷，寓在镇上四合店，他们伺候得还周备吗？俺家老爷早预备下大坛的花雕陈绍，等您去开怀痛饮哩。您若今天进城，咱一同走吧。"

老者笑道："不忙哩，等俺逛两天女郎山再去不迟。他们都说山上开元寺中有把永镇山门的宝剑，据说是唐朝年间有一个漫游侠客夜宿此寺，忽然间有个美女前来戏逗，那侠客一剑劈去，但见一溜火光破窗而出。天明时告知寺僧，大家去寻，却于寺后石洞中寻出个琵琶大的老蝎，蝎背上剑痕俨在。从此寺僧留侠士那把宝剑永镇山门。往往于风雨之夜发现奇光，便如长虹一般哩。"

那仆人笑道："我的方爷，你怎么听说宝剑就这么着魔！见景不如闻景，你若见了那把宝剑，管保闹个大扫其兴哩。那是寺里和尚们耸人听闻愣添古迹的勾当。就在正殿大梁上雕刻出一柄剑鞘，硬说宝剑藏在梁木中。你想游客们谁还真个拆他的大殿，劈他的梁木不成？"那老者听了，不由哈哈一笑。正这当儿，又趱来一群游人，两人趁闹中，也便一哄而散。

李五见了也没在意，即便匆匆价跑回茶肆。一瞧座儿上不见麻四，因久驰渴燥，方放下点心，灌了一杯茶，只听麻四在棚外低笑道："好人儿，不要作难。五百文的数儿，也不算少咧。虽说是冲天冲地，委屈你点儿，咱们可是拉个长交儿。俺响当当的麻四爷，大概你也晓得的。"

便闻又有妇人低笑道："你休来向我报字号，你张二也罢，李四也罢，咱们是钱货交换。干完了，各奔东西，谁还向谁拉丝扯线不成？你这个数儿，如比戴了草帽子亲嘴，差得远哩。"

李五听了，暗诧之下由棚缝向外张去，只见一个缝穷婆儿坐在石旁草地，身上兜着麻四的长衫，伸出一只腿，勒起一段裤管，露着白生生的小腿儿；跷着只半大脚，一面就腿上搓双线，一面低着个漆黑的鬓子，却斜瞟麻四裆中，抿嘴而笑。这里李五随她眼光瞟去，只见麻四蹲在婆儿小腿一旁，乜着眼儿，业已口涎滴下。那裆中已自凸得高高的。

李五见状，几乎失笑，情知麻四是和人家磨价儿。便见麻四吸溜一下子，一滴口涎正滴在婆子小腿腕上，便一面借着拭涎，伸手去抚摩，一面笑道："乖人儿，不要作要，今至矣尽矣，咱就是这个数吧。不瞒你说，便是这个数，俺已是倒净出皮，再添一文，也没得咧。"说着，用那只手撮指一捏（市语七数也），那抚腕之手早趁势将婆儿脚尖捏了一下。

哪知那婆子一撇嘴儿，哧地一笑道："乖乖儿，你不用和我来蝎螫，俺说的数儿是随行市价。这镇上像俺似的娘儿们也有的是，你只管去打听，俺若向你多说了，你便白……"说着，低唾一口道，"这是怎么说呢？既想那个，又舍不得这个，俺还没许愿舍你哩。"说着似笑非笑地瞅定麻四，忽然略拳腿儿，歪着膝盖，向麻四裆中一触。

麻四不曾提防，登时闹了个后坐儿。正在爬起之间，这里李五再也忍笑不得，不由扑哧一声。麻四听得，知是李五趱转暗张。逡巡之间，倒忽然得了计较，于是匆匆爬起，只向那婆儿一使眼色，便取了长衫，如飞地跑回茶肆。见了李五，两人一笑会意。于是麻四竟附了李五之耳，喊喳数语。

李五含笑点头道："不成功！你出七百文，却占了头水。俺只此系少二百之数，便给你刷大锅。俺有这五百文，还向镇上熨斗巷（猥妓所居）独个儿取乐去哩。"

麻四发急道："你这是什么话！今天虽屈尊你杀后阵，等改日咱再搭伙计，俺再补付，你也不吃亏哩。并且那会子，俺探探她的货，是个烂倭瓜式子。俺素知你好这式样儿，所以才和你商量。你若一定拿筋节，没别的，俺只好去当长衫了。"李五跃然道："真的吗，既如此，却说不得咧。但是你不要吃头酒没够，须知还有猴儿急的哩。"

麻四笑道："岂有此理，快着些吧，俺已禁不得耽搁咧。"于是将长衫交与李五，忙忙地取出腰包。这里李五也便一五一十地数了五百文装入他那腰包之间，却闻肆外游人一阵乱笑道："飞咧，飞咧！这个老头儿倒好快腿。"麻四等望去，又是那位老者，仰望着空中飞的白鸽，竟自向东面高林中追去。这时麻、李两人都已色心滟滟，哪里还顾得理会老者。

不提麻四凑足淫资，如飞出肆。且说李五仍由棚缝中外瞅。只见麻四向婆儿交清了一吊二百钱，那婆儿笑了笑，置入提篮，向着那旱坑所在微微地一努嘴儿，即便扭头折项地站起来，扬长而去。这里麻四也便遮遮掩掩，尾缀向东。

李五情知停当，直望得那婆子的身影儿闪入旱坑一处深草中，方才转就茶座，一面吃茶，一面大嚼点心。本想给麻四留两枚，不想麻四良久不来，于是便都收拾入肚。一瞧麻四那件长衫儿，正在好笑，只听肆外有人唤道："李五爷暇逸呀，今天怎的没伴儿呢？"声尽处，踅进一人。

李五一瞧，却是城内壮班上的洪头儿，业已提着个画眉笼子踅到座前。原来这洪头儿有七十多岁，为人多经事故，好说好笑。又有一份好记性，提起老事儿或古话儿，真有前知五百年、后知五百月的能为。他老家本在明水镇上，因此和李五等都自熟识。

当时两人厮见，彼此落座，谈了回没要紧。李五有事在怀，只盼他速速踅去，哪知洪头儿谈锋既纵，屁股上便如堕了千斤闸一般。一迭声地唤茶伙换了两遍茶，还是不去，急得个李五什么似的。望望日影，业已挫西，不由暗想道："这麻四真不够朋友，完了事还不转来，好替下俺去。这不消说，准是舍不得离任拿出印把子，等俺这后任亲去交代哩。"

思忖之间，好容易洪头儿一笑站起，谕扰自去。这里李五更耐不得，忙忙地唤茶伙开罢茶钱，三脚两步刚奔出肆外，只听后面茶伙喊道："李爷转来，这里还有长衫哩。"李五回头一把接过，方胡乱地挟在胁下。只见趱近两个小乞儿，一伸手儿道："你老修好，少吃杯香茶，赏给俺个钱吧。"

李五这时怕耽搁时光，忙掏出两文钱抛将去。这一来，不好了，便见呼一声，又围上一群乞丐，闹得李五走投无路。没奈何打发清爽，拔脚便跑。方距那旱坑不远，却又见那位老者从东面高林内徐步而出，忽然向李五微微一笑，即趱便去。

这里李五一肚皮火气腾腾，殊不理会，便假作闲步光景趱向坑沿。一步步走下去，就那丛深草先自侧耳听去，不由十分诧异。正是：

先听模糊语，行看大体双。

欲知后事如何，且听下回分解。

第三回

大体双点穴惩淫徒
红蓼洼采山逢异境

且说李五倾耳一听，便闻麻四正在喘吁吁的，似乎是用出全副力气。招得李五暗笑道："真有他的，狗也似恋到这当儿，还没够哩。"怙惚间披草一瞧，不由心头火起。只见麻四侧卧着，掀起那婆子一只腿儿，下面只管乱挺乱耸。但是两人交接之处，却挤得一缝也无。那婆子又两手下垂，眼儿都闭，竟似乎睡去一般，一任麻四推搡摆布。

当时李五性起，不管好歹，揪了麻四一只腿子，一面拉，一面低声道："麻老四，你也太不像话咧！便是你多出二百文，难道就忘了还有候缺的不成？"一言未尽，只见两人身体仍尽是在一搭儿。并且那麻四通身是汗，直着眼儿，见了李五竟有些不大认得咧。

这一来，李五大骇，忙附着麻四耳朵轻唤两声。那麻四呼的一声，长出一口气，一瞧是李五，不由气急败坏，说出一席话来。李五听了，只惊得大睁两眼。

原来那会子，麻四和婆子入港之后，便登时风狂雨骤，直闹了一顿饭时，那婆儿已自花憔柳困，便颤笃笃地推着麻四道："咱们先时交代得明白，你还有个伙计哩。是你上场，他来收场。你如今使出吃奶的气力竟要收场，俺挣一份钱，应酬两个，咱们是怎么算呢？"

麻四听了，更不答话，越发地大肆驰骋，闹得婆子气将起来。正要推身挣起，只听丛草外有人笑道："娘子，这不打紧，他既出一半儿钱，你也就管他一半儿，打住，打住，且安静静地留交后任吧。"说着，扑哧一声，先伸进个长杆烟筒，随后却探入头儿。麻四一瞧，却是那位老者，吓得一怔，急欲分开之间，只见老者用烟筒先向婆子后腰一戳，又趁势向麻四左足心一点，笑嘻嘻道声："失陪！"竟自瞥然而逝。

这一来，惊得麻四愣怔怔地仍自抱了婆子，百忙中觉得她阴中霎时箍紧，颇为舒适。及至细瞧，那婆子却已气息都闭，绵软软地连口眼都开不得。那麻四大惊之下，急欲抽戈而起，哪知已和婆子联结得如生成一般。却又作怪，偏那物件膨胀如故，要缩也不能够。所以麻四只得在此挣命哩。

当时李五听罢，骇然之下，通没作理会处。便姑且凑到婆子身后，两手用力，扳住她腿胯，令麻四手推婆子上身儿，向外力拔。哪知刚一着手，麻四已痛得额汗如珠。末后还是李五恍然大悟道："那会子俺说那老者或是个武功家，你还不信。他被你欺侮了，岂肯罢休？这不消说，是他使的什么促狭。本来高手武功家有什么点穴诸法，被点得血脉都闭，七窍皆死，所以这婆儿如此光景。至于你那物膨胀不缩，想是他又点了你的兴阳穴道。如今解铃还须系铃人，亏得俺闻得他寓在镇中四合店内，人称什么方老爷。等我快去求他，再作区处。"

不提李五说罢匆匆跑去。且说麻四连着个光着下身、半死不活的婆子，又是羞急，又是害怕。堪堪地日落下来，四外价暝色渐起，但闻得坑畔游人纷纷散动。有人在坑沿上稍为驻足，便吓得连大气儿都不敢出。

正这当儿，忽闻沿上有人笑道："你瞧那丛草怎么似乎动动的，莫非有凑野对的吗？"麻四听得正在乱抖，却闻又有人笑道："你别胡说咧！自那年庙会上，胡狗儿和叶老九的媳妇子在坑内被人捉住，便没人敢闹这把戏咧。"说着，一路踢跶，其声渐远。

这里麻四惊魂稍定之间，早已晚风遽起，初月东升。但闻满坑中荒草萧瑟，并那东面高林，一片价风声树声，喎喎呀呀，诸籁并作。麻四越是发悸，越觉得丛草左右总似乎有人走动一般。并且细瞧那婆子，垂头闭目，俨如死人。

正在惊急交加，愧悔不迭，忽闻对面丛草外真个的履步行动。麻四疑是李五，又恐是他人撞来，急急望去，只见两只灼灼眼光一闪，呜的一声，却是一只大尾巴的长毛野狗，竟自溜溜瞅瞅，向婆子屁股后面赶来。不容分说，竟自舒过长嘴，呜的声一龇牙儿。麻四大骇，百忙中又不敢吆喝，只得腾出一手，由身旁摸一土块掷去。那野狗偏又不去，只略退退，依然有欲扑之意。于是麻四屡掷土块，那狗蹲向对面，通不在乎。少时，忽掉头自去。

这时麻四心下少安，正望着那穿云疏月倾耳远听，猛觉背后稍作窸窣，登时觉屁股上面奇痛入髓，一个啊呀没出口，当即晕去。恍惚之中，听得李五呵斥声、野狗叫号声并那老者哈哈的笑声。及至醒转来，只见李五已挟了自己的长衫儿蹲在身旁，那婆子也穿好衣服，坐在地下且泣且骂。原来李五恳求那老者来至这里，正当麻四臀肉被野狗咬去一片之时哩。

当时麻四为片时快活，受了无限惊急，末了又搭去一片臀肉，好不晦气。不提麻四忙起结束，也顾不得那婆子，便和李五匆匆出坑，趁夜里各自回家。且说李五，过得几日，偶然进城，勾当些事体。一日午后，行经县衙门前，恰值县官儿送出一位客人。那客人官靴大帽，气概伟然，向县官拱拱手儿，扳鞍上马之间，李五仔细一瞅，却是那个摆布麻四的老头儿。不由心下怙惙道："这个老儿毕竟是何等人物？俺那晚上到四合店去求他，他那光景就是个谐鬼似的，今天又如此气概。"

正在怙惙，只听背后画眉儿一阵山哨，接着便有人笑道："李爷进城来了吗，何不到俺班房中吃茶去呢？今天俺不该班儿，闲暇得很。"李五回望去，却是洪头儿业已笑吟吟提着鸟笼踅到面前。李五正想向他探问这老者是何人物，于是彼此厮见过，即便举步。

须臾，到得班房，果然静悄悄的，当由班中小伙计烹上茶来。宾主落座，彼此间谈过两句话，李五便一问那方才所见的老者。洪头儿笑道："提起这位老头儿，却大大有名。他是直北人氏，流寓在济南城内鹊华桥街上业已多年。有个绰号，人称为'方二戏官'。自少至老，他总是谐鬼似的龇着牙儿。哈哈！你猜他是个什么人物呢？"

李五笑道："瞧他今天这气概，也像个官府样儿。"洪头儿道："不错的，人家是秀才出身，却从游幕和军功上面弄到个候补知府的功名，他却一总儿辞官不做。这几日，是游山已毕，寓到县中哩。"

李五听了，不由愕然道："嗳！他还是位知府大人吗？"说着，不由哈哈大笑。洪头儿问其所以，李五便将那老者摆布麻四一段事细细一说。

洪头儿正含了一口茶，不由扑哧声喷在地下，便拭着笑出泪的眼睛道："哈哈！这老头子，真罢了哇。你们好鲁莽，无端地惹他怎的？亏得他是出于游戏，若说他手指下点煞的强人恶盗，也不知有多少咧。便是那二十年前，峄县地面白莲教首李孟周和铁背僧吴元化、粉面郎君陶宝成、红衣魔女邬三娘、赛霹雳王天福这一班魔头，都一个个死在他手。他的剑术绝人，神出鬼没，生平价行侠尚义，奇事甚多。他曾千里送死友之丧，万金济灾民之困。那指困赠友、挥金结客的事，也不知做过多少。正是个专打不平的英雄、肝胆照人的名士。好笑你们在武社中踢天跳井，竟不晓得此人吗？"

李五听了越发愕然。洪头儿笑道："左右俺今天没事，你李爷也是闲着，咱且闹一壶清茶、四两瓜子，润着嗓儿，磨着牙儿，待我慢慢地演说他的事迹，那等闲的没干的先生们，运生花之笔，掉粲花之舌，花花绿绿地编出一部书来，倒也有趣得紧。"说着，正襟危坐，你瞧他这一阵娓娓清谈，源源本本，有根有蔓。

那洪头儿本来善谈，又述的是豪侠事迹，说到高兴处，不觉忘其所以，便登时手舞足蹈，指天画地。时而叱咤如雷，时而喁喁细语。听得个李五目定口呆，只好如顽石点头；及至见洪头儿语势已毕，不由一吐舌儿道："啊呀，我的妈！原来那老者竟是这等角色。怪不得我们麻老四吃了大亏哩。"于是叹异良久，别过洪头儿，自行趄去。

说了半天，这位老者究竟是哪个？如今楔子已毕，正书开场。众明公静坐压言，且听作者拙口笨嗓，慢慢来说道一回。一声未尽，便有笑的道："作者先生，打住，打住。人家人通书局主人是慕你善讲武侠一类的评话，有些柳麻子说书的伎俩，当此全国统一、新正大月，所以烦你编一部龙争虎斗、刀光剑影的奇书。一来为高尚娱乐；二来振振中国尚武的精神，叫大家都晓得武功体育为立国之要素，将来便不至于老受邻舍家的欺侮咧。你怎的马马虎虎要来段山东大鼓呢？"

作者听了，这才恍然，因笑道："诸公莫怪，俺今天这一马虎也有个缘故，且今天为正月初六日，不瞒您说，却是作者悬弧的良辰。岁月惊心，忽忽地已五十二周，频年来鬻文为活，煮字疗饥，也就可叹得紧。今天是老妻怜我，特具壶觞，为我称寿，诗人说得好来，大烹瓜菜茄瓠荳，高会荆妻儿女孙。他们大家硬把我撮到上座儿，算作个老寿星。那时我大碗的酒也喝咧，大块的肉也吃咧，且足今朝乐，明日非所求。左顾孺人，右抚稚子，倒也其乐陶陶。虽无拊缶呜呜之歌，也学唾壶击碎之唱，因为作者随手儿抓了一本贾凫西先生编的历史鼓词，看到他老先生那番推倒古今、掀翻天地的思想词句，并那一片驰骤呜咽、淋漓慷慨的神情儿，不由令我猛地舌尖上起个霹雳，便白眼看天，一路侉唱。所以这当儿还有鼓词余音哩！

闲话少说，言归正传。如今且说那直隶省平谷县地近畿辅，甚是僻陋，在通省中要算个最小的县份。却有一件，山水最佳，满县中山田弥望，斗大县城便涵浸在四围的晴岚翠霭之中。官其地者，真有刑轻政简、笑傲烟霞之乐。因为那县份民风淳朴，男耕女织，都无外慕，大有与他县老死不相往来之风。又复东接蓟州，北邻密云，都是山水宅窟、民风朴健之乡；其地又复气候适宜，丰于出产，每年价各种山果大宗地鬻销于京津之间。所以家给人足，堪称乐土，这也不在话下。

就中单表那平谷县偏北乡中有一处世外桃源的所在，名为红蓼洼。虽以洼名，却非低湿之地。因其地居山洼之中，多产红蓼，故得此名。这所在说起来还有一段逸闻。便是当明末清初年间，有个樵夫入山砍柴，适因日色将晚，疲乏上来，便置下柴担，就一处岹岈山口旁假寐少息。恍惚中，似闻人语道："咱们不踏此地转眼间又一年多咧，你瞧这山口间补植的小树儿长得好快。这一年的光景，不知山外的世事变迁又是个什么样儿？"

即有一人道："管他哩！休论世上无穷事，且乐山中现在身。你瞧山口间，草树繁茂，越发地给咱们遮断红尘。俺但愿山中日月永与世人间隔才好哩。"那樵夫从一株大树后忽睁倦眼，只见两个老头儿都穿着圆领大袖的衣冠，飘飘摇摇，正从树前踅过，一径地竟奔山口。不知怎的，忽然不见。

这一来，瞧得樵夫好不惊疑，暗想道："怪呀！那山口虽名为山口，却久已被那嵯峨怪石、槎枒老树塞断道路，他二人怎便能入去呢？又居然穿的是前朝衣冠，莫非山口内还有世界吗？"想至此，好奇心起，也顾不得去挑柴担，只腰中挟了把柴斧跑到那两人没影之处。仔细一瞧，只见该处石壁之下，从一丛老藤蔓葛纠结之中隐隐地现出个小圆口儿。于是樵夫拔出斧头，立断藤葛，见那圆口高可容人，便登时跳入口去。

才行数步之远，抬头四顾，豁然开朗，一处处阡陌相望，一带桑麻蔚然。加以远峰叠翠，近水拖蓝，鸡鸣犬吠之声，俨似云端飘落，谁说不是另有个世界呢？一瞧那两个老头儿正在前面厮趁而行，当时樵夫喜极，便一声不响尾缀了去。一路上曲径逶迤，野花香发，真不啻神仙福地。

须臾，转入一处村落，一般地人家相望，竹篱茅屋，饶有幽趣。那樵夫正在东张西望，前面一位老头儿偶一回头望见樵夫，不由大惊。于是彼此趋前，各相问讯。那樵夫方知那两位老者，一个姓王，一个姓方，都是明末年间的诸生。因见畿辅大乱，便同了戚族乡人等，大家携家避地到此。大家便公举王、方两人为村老主持一切，便相与耕田凿井，筑室立村，过起了太平日月。又恐山口间树木或稀，致露此一片秘境，每年价都要补植小树，以阻外人的踪迹。更隔数月，由王、方二老到山口巡视一回。这次又去巡视，不想却引入个问津的樵夫。

当时方、王忽见个山外人，真是空谷足音，砉然而喜。又问知樵夫姓商，是蓟州白涧庄商姓一族。那方姓老人便喜道："俺原籍是永平卢龙，族人大多和白涧庄商姓世通婚姻，如此更不属外了。"于是欣然同那王姓老人邀樵夫到自己家中。一面价杀鸡为黍，款待异客，一面招请村中父老都来相陪。

村中男妇闻得有山外之客，争来瞧看。那樵夫瞧大家衣冠古雅，和气融融，真不啻羲皇上人。想起山外的兵荒马乱，改朝异代，不由又是叹息，又是羡慕。因略述山外的世事变更，闻者无不惊惋慨叹。

方、王二老更慨然道："俺们就因避乱，所以来此绝境。昔因缅怀桃源之乐，不想天壤间真有此境。如今且喜鼎革事过，足下又复惠临，看来此境不能终闷了。此地泉甘土沃，一片山洼，足容十来处村落，毕竟不失为人间福地。明日当导足下游览一回。"

当晚樵夫宿在方老家。晨梦初回，便闻枯槔灌园声、叱犊耕田声、村塾读书声、绩女纺织声，再衬着好鸟啼晴，野花迎旭，真令人魂梦都清，尘襟尽涤。又向村墟间闲眺一番，只见男妇往来，熙熙皓皓。

正在徘徊欣慕之间，便闻林影中有人道："商兄起得怎早？老夫今天特为远客行沽，咱便用过早饭，且作竟日之游如何？"声尽处，由林中转出一人。正是：

山川开异地，间气产英才。

欲知后事如何，且听下回分解。

21

第四回

黄腰怪遣使闯寿筵
盖天王伏剑酬良友

且说那樵夫望去，只见方老者杖头悬着个酒葫芦飘然而来，后面跟着个垂发短童，提着山毅野蔬之类。于是樵夫跟方老踅回客室。须臾，王老亦至，大家谈次间用过早饭，便相与步出村落。只见平畴映带，山色四围，好一片辽阔地势。更有一曲清溪发源于山趾之间，屈曲萦带，水活如驶。溪两岸桃柳弥望，杂以水蓼甚多。时方秋初，红英始绽。

樵夫望那距溪数里之外，有一处山势峥嵘，如张锦屏。中有一处白质纹石，远望去便如月阑；又有一处飞瀑，奔流于山半石崖，势如长虹饮涧，明闪闪的，又似剑气掣空，好一片奇丽风景。

方老者指那山势道："商兄，你瞧那山势，藏风聚气，远照看这股溪水，形势甚佳。若就这片地创立村墟，管保是气脉甚旺哩。那山就名为锦屏，其中幽曲险阻、月阑样儿的，名为挂月岩，其气秀洁，象主文明；那道飞瀑所在名为剑虹峰，嵚崎峭拔，气带武象，端的是一派气脉哩。"

樵夫听了，唯唯之下又随意周览各处，真个是土田衍沃；但是荒田甚多，竹树杂木，随地皆是。樵夫不由暗喜道："这片好所在，不消说是别的，只这柴木薪草，天然之利，便用之不竭了。"一面怙惚，一面不觉喜形于色。早被方、王二老瞧科，因都笑道："商兄，想是有意来结芳邻吗？天生奇境，本来不能终闷，便请来此同居。但是不必张扬，怕的是来者无尽，此境也就如山外一般了。"说罢，哈哈大笑。

及至三人踅转，业已日色将落。是夜，樵夫仍宿于方老家中。次日，村中父老又争来延款远客。一连几日，这家儿、那家儿的，倒闹得樵夫困于酒食。于是樵夫谢别，仍由方老导引，出得山口。回望时，但见云峰合沓，草树连天，真如梦游仙境一般。一瞧自己那柴担，还好端端地置在那里。

当时樵夫诧叹一回，挑了柴担匆匆回家。向家人乡里等一话其异，有的疑信扎半，有的笑得嘴歪，说他是说梦话。那樵夫都不理会，过了几日，居然向那山口内移家而去。其中就有好事者跟去觇望。这一来，一个传十，十个传百，大家都知这左近地面就有这如此的好所在。于是争先恐后，都向山口内移起家来。

因为这时光清帝定鼎燕京，畿辅之间，不但群盗如毛，成日夜价打村劫舍，并且清帝入关先下了跑马占圈之制，不怕你富有田土，一下子便给你愣圈了去。据老年人说起来，这种虐政真也少有。便是令旗下武人们随意价收拾田地，只要相中这片地，便骑了快马引了没头的长绳，先就起手之地，下桩系绳，便嗖的一鞭放辔跑去。直至绳儿将尽，方才兜转马来。这片地便成了那武人的私产咧。所圈地内，不论有甚坟茔房舍，一概平毁。那本地土儿只好咧着大乖乖，一旁去叫妈咧。

有那机警些识时务的，便投到武人门下，卖身为奴，还承种这项地，给他纳租税，竟由业主变为佃户。那武人便叫他做庄头，从此便世世为奴，永受羁勒鞭笞之苦。一时闹得畿辅一带地覆天翻。那些失业无归的人既知山口内有那好所在，自然是趋之若鹜了。自那樵夫移家入山不过月余，那山口间业已喧阗若市，人骑相属，有的担负家具，有的携妇襁儿，蚁儿似相属于道，都是山口内搬家的。

从此，这红蓼洼的地面方才与世相通。果然是人多地易开辟，又过得数月，这红蓼洼内居然创立了十来个村落。就中两个村落招手可通，地势最好，就是方老叹为气脉甚旺、清溪环抱之地。分为南北二村，南就名为挂月，北就名为剑虹，皆以山势命名。

方、王二老本为世交，两人又都爱这片地势，便由先居之村移居此间。王老占了南村，方老占了北村。既通山外，二老没奈何，只得换了清代衣冠。又命原居的村人们也一概换掉，又一面修筑社庙，订立乡约，并仿那保甲之法，按户出丁，以御强暴。复就那山口据险之地，设立碉楼炮台，以备不虞。没过得一二年，那红蓼洼地面竟成了一片富庶山村。过客偶经其地，无不啧啧称羡。这都是方、王二老一番的建设擘画。

一日为方老寿辰，红蓼洼十余村众不期而集地都各烦了本村父老，牵羊担酒，前来贺寿。方老坚辞不得，只得会同了王老就一处广厅上款接来宾。寿筵既开，主客款洽。酒过数巡，各村父老未免歌功颂德。那方、王二老正在谦让未遑，只听院中有人粗声暴气地道："你们这班奴厮好生可恶，俺见你家主人自有话讲，便是官府还不拦送礼的哩。"

方老等听了方要起视，早见一个头戴毡笠的汉子大叉步直临筵前。手

23

内拿着一封红柬向方老面前一掷，顷刻间，双手叉腰，啪的声，一扎步势，却哈哈地怪笑道："俺家主人本想亲到祝寿，又恐一时间惊扰大家，所以命俺来致贺哩。方先生，你是朋友，咱就此拉个交儿，俺还要扰你一杯寿酒。你若瞧不起俺主人也不打紧，便请将原柬掷还，俺好回去交代。"

方老等见状，正暗诧这份送礼的来得古怪。便见那汉子猛地将毡笠一掀，大喝道："咱老子行不更名，坐不改姓，绰号儿'独角豹'朱八太爷便是。你等若想缚俺，就请动手；不然，却须与俺说个分晓。"

这一来，大家都惊之间，便见方老略一沉吟，顷刻间大笑出座，将那汉子拽坐席上，亲与他斟上一杯道："朋友，既承你主人瞧得起方某，今闲话休提，十日之后，两万担白粮俺方某亲送到贵寨如何？"说着，手携那汉竟自殷勤送出。

这时大家趁空儿一瞧那红柬，不由都一齐吓呆。原来那密云地面牛栏山中有一伙打家劫舍的强人，雄踞山巢。为首的绰号儿"黄腰怪"，生得长躯伟膊，力大无穷。每敌官军，头裹红巾，腰束黄带，用两把夹钢板斧，步下往来，风旋电掣，好不凶恶得紧。

这时畿辅间有两股巨匪，一股便是黄腰怪，那一股却在遵化地面之平山堡，也是据山形险恶立起山寨。手下喽啰众至千余人，比黄腰怪还要凶实。为首强人名叫姜须，生得黄面凹目，十分狞恶。他本是洪承畴部下的一名军官，在关外杏山、松山之战临阵失机，罪应斩首。其时还有一个军官姓孙，两人惧罪，便跨马私逃入关。行至平山堡地面，却被几个毛贼诱入山中一下子捉住。当时两人慷慨陈词，一说来历，吓得那几个毛贼都罗拜于地，便请两人主持此山。

姜须为人本没正经，又以情急在逃，正无栖身之所，便登时欣然允从。那孙姓军官却慨然道："姜兄既欲托迹绿林，俺亦挽回你不得。但愿你绿林其迹，国家其心。一旦遇有机会，还当为朝廷效力才是。请从此辞，咱两人各行其志便了。"姜须听了，不觉泫然泪下，极口唯唯。

两人在承畴军中都是一时健将，素来患难相共，情意甚洽。于是姜须慷慨置酒，跨马引众，为孙姓祖道于平山堡山口之间。趁着那寥寥西风、荒荒白日，两人酒酬以往，回溯生平，旋牵别绪，又不觉相顾，慷慨各自流涕。于是各取佩刀，互断一幅袍襟，交换过收起，以为别念。

姜须道："孙兄此行，是束身归官，或遁迹乡里呢？"孙姓笑道："跧伏乡里，吾不能；对簿廷尉，吾亦不屑。此后踪迹，但当随缘流转耳。"说罢，执手为别，跨马径去。一时间，闹得姜须怅然若有所失。正在林麓逡巡、骋望良友行尘的当儿，忽见孙姓拨马转来，姜须欣然道："孙兄去而复返，莫非有意共上此山吗？"孙姓笑道："吾此来，只有一语嘱兄，勿忘国家罢了。"说罢，转辔倏忽驰去。

从此姜须居然做了强盗。起初还谨志孙姓临别一语，想遇机会再为出头。虽做打劫勾当，还能约束部下，有个分寸。所取者皆贪官污吏、土豪劣绅等之财。久而久之，意得志满，除打劫外没得消遣，未免思及声色之娱。偏有手下头目们瞧出老大哥的隐衷，便公然劫取了两个良家妇女献与姜须做了压寨夫人，只说是从远处用重金买来的。姜须有什么不晓得，却只作不知，暗含着就重用那献美人的头目。此端一开，众头目群起效尤，今天你献个穿红的，明天我进个挂绿的，便如临潼斗宝一般只管比赛起来。

姜须瞧瞧这个，柳嫩得可怜；望望那个，又花娇得可爱。欲心一纵，哪里收拾得来，早将孙姓的嘱咐抛在脑后，便索性一不做、二不休，大干起来。从此纵任手下，约束全无，分遣喽啰到处里劫烧淫杀，整个成了强盗面目。官中几次发兵剿捕，却被他火杂杂的两把板斧杀了个屁滚尿流。连那领兵的武官儿都被他活捉将来，摘心下酒。于是平山堡众，声势震动，在畿辅群盗中竟坐了第一把交椅。

那姜须便雄踞山巢，公然自负，自号为"盖天王"。出入时黄盖龙舆，卤簿鼓吹，更带了一班神头鬼脸的头目花妖月怪的妖娆，铁骑成群，番车拥路，所过之处里落为墟，血光遍地，美其名曰"盖天王出巡"。他虽强梁到如此地步，但是满人定鼎之始，只顾了发兵南下经营各地，便不暇特发重兵来收拾他；只靠些防范地面的兵丁严备一切，只求他不来攻城掠邑也就是咧，所以纵得盖天王日横一日。那别处的据山强人都和他通气联络，倚为靠山。那牛栏山黄腰怪一股盗众，自不消说。那姜须直纵横了三四个年头，收拾得平山堡那座山寨铁桶一般，就名为"姜须寨"。拉起了大黄旗，好不威风阔绰。这当儿，把那孙姓临别嘱咐之语忘得影儿也没咧。

一日，正在内帐中饮酒为乐，美人环侍。忽左右入报，有蓟州地面田盘山云罩寺住持特遣行童前来下书，并有缄封一裹。说罢，呈上缄封并那书札。姜须暗喜道："俺久闻田盘山云罩寺庙产丰富，为畿辅之冠。这住持忽地来通殷勤，一定是恐俺前去劫掠，他先来通好的意思，这缄封内不消说定是什么金珠宝贝。"想至此，不暇启书，先打开缄封一瞧，不由猛然忆起孙姓，却又一时间摸头不着。

原来缄封内并无他物，只有当日自己赠与孙姓的那幅断襟并一幅山水小画儿，上题"青松红杏图"五字，分明是孙姓的手笔。姜须沉吟一回，

25

不解其意，忙拆书一瞧，不觉呆在座上。原来那书赫然是孙姓笔迹，自述别后身世，业已削发空门，法名智朴，现方住持云罩本寺。（智朴，为盘山诗僧，著有《田盘山志》，与渔洋山人为方外交，唱和最多。山人曾有诗赠智师云："柳栗横肩未有期，年来短鬓已成丝。玉堂人忆岩栖客，黄叶秋风无尽时。"）但是书中除自述并寒暄以外，又无他语。

当时姜须把书沉吟，又反复价瞧那断襟和图画，不由顿足长叹道："故人情重，这分明来点醒俺的迷途。俺姜某有负故人，好生可愧。这青松红杏的山水画儿，不但隐寓当年松山、杏山战败之恨，并且隐示俺遁迹入山，以全其身之意。他寄回这断襟，已是和俺绝交之意了。"想至此，汗流浃背。又思及自己做强盗以来，真是众恶奉行，万死莫赎。不由将死的良心发生，越想越愧，直然地无地自容，就帐中大踱半晌。忽然自披其项道："俺今只有此物可报良友了。"于是立召手下头目都集前帐。又命那司会计主藏蓄的人尽数儿摆列出金银财帛，按头目人数儿分配平匀。

这时众头目一个个挺胸腆肚集在前帐，瞧了那一份份的金银财帛，正不知老大哥葫芦内卖得甚药。只见姜须满面惨痛之色，腰佩短刀，哈哈哈一阵狂笑大又步竟入帐中，尖厉厉眼光一瞟，众头目正在一齐俛首，便见姜须慨然先述明智朴致书之意，然后长叹道："故人情重，指俺迷途，俺只好随他去了。但是俺姜某和众兄弟相处一场，今当散场，无以将意，便请各取财帛一份，转散手下人众。能归正为民，固好；不然，请各随其便。自今日便当清除这平山堡哩。"

众头目听了，只认是姜须也要跟智朴去当和尚，正在纷纷拦劝之间，只见姜须向随身两健卒一使眼色，两卒旋踵即出。须臾，左右价架定那下书的行童拥进帐来。那行童不知就里，正吓得面无人色，只见姜须命两卒将行童扶上正座，自己纳头便拜。张得众头目一阵价惶惑失度。正在都睁大眼，便见姜须倏地站起向行童道："有劳你家师父远念故人，但俺委实生无面目见他，今有一物，便烦你带去交与师父。一来如见故人，二来俺亦可以稍赎前罪。"说着，嗖一声拔出短刀。

这里众头目见他辞色有异，正想要抢上，便见姜须明晃晃短刀向项下一横，红光现出处，便闻扑通、啊呀，有两人栽倒于地，于是满帐中一阵大乱。正是：

　　头颅报良友，慷慨亦人豪。

欲知后事如何，且听下回分解。

第五回

方老翁乞援赴白涧
后花园散步遇红妆

且说众头目见姜须自刎死掉，连那行童也吓得跌倒于地。大家一阵大乱之下，其中便有迁怒于行童的拔刀想斫。亏得有稍明事的连忙拦住，便大家作了回面，将姜须白刎之事说明，打发行童回报智朴。一面价将姜须埋葬过，大家只好一哄而散。从此平山堡盗众肃清。至今那座山寨依然无恙，如座小城一般，土人还呼为"姜须寨"哩。以上所述，都是后话慢表。

且说那红蓼洼各村父老一瞧那红柬是黄腰怪借粮之函，又素知黄腰怪和姜须都通声气，这个魔头哪里是好惹的？今一旦来借两万石白粮，这分明是来找岔儿咧。大家正在忐忑，只见方老攒眉趑回，于是大家一阵价七嘴八舌，纷纷议论。有的主张报官，有的主张豁着干，大家置备守御，拼命防盗。

方老叹道："官中如有能为，强人还不至于如此的明目张胆哩。仓促守御，咱村人又没得什么武功，亦非善策。今欲保全山地，只好速筹粮石。但是咱们盖藏有限，便是四出购买，十日后亦难济事。为今之计，俺只好向蓟州白涧商姓家暂借用此项粮石，俟后咱们再为筹还罢了。幸得俺们方姓和商姓世通姻好，今患难相求，或不致白去一趟哩。"

原来那白涧商姓不但族大，并且各门头都甚富有。共分了五个门头儿，便以"德"字名堂，用金、木、水、火、土五字排为次序。那族长商大用，便是金德堂的主人。就姻谊而论，还是方老的姻叔辈数。但是方老只闻其名，却不曾晋谒过。这时因事急，又稔知商姓富有，定然可通缓急，所以欲去相求。

当时大家听了方老之话，都各唯唯，却又未免怀着鬼胎，唯恐商姓不允借粮，黄腰怪一怒之下，若再勾引了平山堡的盖天王来，这片所在还不踏为平地吗？

不提当时草草酒罢，大家攒眉散去。且说方老连夜价收拾行装马匹并馈送大用的礼币，次日登程，如飞地便奔白涧。好在百十里远近，日还未落，业已趱到。方老下马牵了，到大用门首抬头一望，果然好一片瓦窖似的宅舍。但是墙垣甚矮，仅能及肩。向里一望，堂奥皆见。

方老有事在怀，也不暇理会，忙用马策叩门。只见里面徐徐趱出个老仆人，一面低头嘟念道："这又是哪位爷？越是族长不在家，他们越来麻烦。只按寻常功课习练就是咧，还左禀右问怎的？"说着，一抬头望见方老，便失笑道："原来是位客官，俺还当是家里的大爷们哩。"

方老听了，也不晓得他嚼念的是什么，于是迎上去，自通姓名，草草地一说来意。老仆微笑道："原来您就为这点子事呀，这还不好办吗？但是俺主人这两日却没在家，您只好稍候两天吧。"说着，拉过方老的马，转身导客。

须臾，进得客室。这里方老一面由马上取下馈送的礼币，一面又详细说明自己的来意。那老仆只有微笑唯唯，便捧了礼币送入内院。少时趱出道："俺家主母说来，请客人暂候两日就是。"说着掌上灯烛，摆上夜膳，十分丰腴。

方老一面用膳，一面向老仆略询商大用的行踪。老仆笑道："南京到北京，他的朋友交得多哩，知他在哪搭儿留恋住哇？"方老忽想起所见墙垣之矮，因笑道："你这里宅墙如此矮法，难道不怕贼盗吗？"老仆失笑道："不瞒您说，俺这里都是夜里大敞门过日子。便是那矮墙，还是虚设儿哩。"

方老叹道："如此说来，你这里安静极咧。像俺们那里，居然有强迫借粮的事，好生令人气闷。"老仆笑道："那都是你们纵容他们放肆，若打他个狗娘养的，他们早就不敢去滋毛儿咧。"说话间，方老饭毕，老仆撤具自去。

这里方老就室中闲蹀一回，只见东条桌上摆着几册乱书，翻阅翻阅，却是《易筋经》并讲拳棒的等书。方老瞧得没味儿，便抛在那里。一瞧东壁上挂着一幅《风胡铸剑图》，倒画得很有神气。正在注目赏玩，只听内院有妇人笑道："小翠呀，今夜该你和桂儿值夜，怎还不上班去呢？"便闻有小女语音道："哟！外边有客，奶奶吵什么呀？桂儿屁股上生了个热疖子，洗屁股去咧。少时俺们就去。"

方老听了，方暗羡此地安静，婢女们就能值夜；便闻又一小女道：

28

"死妮子，你倒会照顾我，向着奶奶说瞎话。俺刚到后院撒泡尿，你倒说人家去洗屁股。谁都像你似的，三日两天洗屁股，恨不得洗得比脸蛋还白吗？"即闻那妇人笑唾道："妮子们别胡呲咧，快上夜去吧。"说着，一路嬉笑，其声渐远。

这里方老秉烛少坐，又怙惙回借粮之事，也便熄烛安寝。次日起来，仍是那老仆前来伺候，一切供给丰腆，不必细叙。转眼间，过得两日，却不见主人来款客，方老未免心下焦急，累次询问那老仆，只说主人未回。逡巡之间，又是两日已过，方老暗计那交粮的期限，好不着急。偏那宅中也没得人客往来，闹得自己吃饱了就睡，睡醒了再吃，便如坐软监一般。

这日方老委实闷极，用过中饭，盹了一霎儿，便揉揉倦眼，散步前院，无意中趄向东夹道，一路低头沉思自己之事，忽一抬头，只见眼前花木如绣，亭轩似画，石山池沼，掩映相接，仔细一瞧，竟是一片绝好花园。再瞧靠南面，卅垩字粉墙，墙里面屋宇参差，隐闻得妇女笑语。自己却站在一处芍药亭旁一丛很高的木槿花后。方老见墙内似是内院，这所在不消说是主人家的后花园，为内眷们往来之所。正在逡巡却步的当儿，只听花外啪的一声，亭上却有妇人笑道："荷儿这手法还不错，就是出手毛毗（即轻躁之意）些儿。"

接着又闻啪啪两声，妇人赞道："还是小翠大两岁，标线儿取得稳练。"一言未尽，又听得有个粗声粗气的女子道："俺就不信翠丫头的稳练，奶奶瞧我的吧。"说着，嗖嗖两响，便闻那妇人咯咯地笑道："笨妮子，别气我咧！这取中是用巧劲儿，你只管用牛气力，济得甚事？"

方老听至此，不觉由花后偷张去，只见旁前一片广场，距亭百步之外，设有一根小指粗细的画杆儿，亭前有三个婢女，一色的帕儿包髻，结束伶俐，正在那里试镖；两个含笑站在一旁，似乎是镖中得意。一个粗眉大眼的，噘了嘴儿站在亭前，手颤一支钢镖，还在瞧望取势。再仰瞧亭上，却有一个二十多岁的小媳妇子，生得端丽苗条，举止大方，眉梢眼间颇挂亢爽之气，穿一身家常布服，甚是整洁，正在亭亭然倚栏含笑。

方老见状，不由暗想道："这位少妇大约是商大用的姬妾。主人不在家，所以引了婢女们在此玩要。看起来俺这位老姻叔也就老没正经，偌大年纪还有这样花不溜丢的姨娘哩。"

正在怙惙，不想有一头黄蜂儿忽地从花梢飞下，慌得方老侧身一闪。这一来，衣襟晃动，早被旁站的两婢张见，便拍手向亭上妇人道："奶奶，可了不得咧！咱们只顾在这里玩要，却被客人瞅得去咧。"说着，笑嘻嘻一拥而上，早从花后将方老拖出。

这时那妇人也便款动金莲，含笑下亭。一瞧方老那愁眉不展的神气，不由笑道："方老侄，你想是等你姻叔闷坏了吧。咱既是亲戚，何必客气！你闷得紧，何不向内院谈谈呢？亏得俺今天遇见你咧。不然，你回去还说婶婶慢待晚辈。"说着，竟老气横秋地踅过来，就要携方老的手儿。

这一来，闹得方老登时一怔，暗道："这倒不错，来不来，俺就遇见老婶娘咧。"但是心下还以为是大用的继室夫人，所以年轻，于是模糊糊，姑且长揖为礼，一面笑道："俺到尊府，还不曾拜见您哩。"

妇人笑道："什么拜见不拜见哪！你胡儿都苍白了，大儿老侄的，就免了也使得。"说着，便坦坦然携了方老手儿转身便走，小脚儿且是煞利。倒累得方老十分竭蹶，鼻孔中但闻得一阵衣香发气。须臾，由堊字围墙边一个角门踅进内院。

方老一路留神，只见房舍连延，帘幕相望，间以花木盆景，位置得宜，比前院越发整齐。这时正有一个垂髻婢女站在正房廊下，一见方老并那三个试镖的婢女，一面抿嘴而笑，一面揭起软帘。那妇人逊客入室，便随脚转向正面榻前。方老一抖机灵，便笑道："俺今天初见您老，总要行大礼的，婶娘请上，且容小侄拜见。"

在方老之意不过客气一下子，哪知妇人忙笑道："论理说，既是姻亲，何必磕头礼拜的呢？但是咱们行个礼儿，以后往来，便好分个辈数。那么你……"说着，哧地一笑，竟端然坐向榻几之旁。这一来，闹得方老客气不得，只弯着老腰插烛似竟拜倒绣鞋尖下。那妇人见方老站起，方才敛衽还礼，逊客就座，一时间由婢女献上茶来。

方老趁空儿细瞧室内，只见几榻书画，陈设不俗，东墙上还悬有宝剑；再瞧妇人伉爽洒落之概，料是个能以主持家事的妇人。正想陈说来意并询问大用的归期，只见妇人笑道："贤侄屈尊在舍下，转眼就是四五日咧。你瞧你姻叔就似个没把流星一般，往往十天半月地不着家，气得我也不待价理他。好在我料理一切还能来得。说实了，没他也过日子。如今贤侄你来借账，要用多少，简直地和我说吧，还等他怎的？"说着，笑顾女婢道，"俺想你主人，想又在哈家耍（谓赌也）昏咧。"

婢女听了方在微笑，这里方老已怔得大睁两眼，因将自己来借粮乞援之意一说，说到迫切之处，不觉泫然泪下。这一来，招得妇人拍掌大笑，一面向婢女道："你瞧那老东西多么浑蛋，他送进方爷的礼物只说是求见你主人前来借账，何曾提黄腰怪一个字儿？不然，早就寻你主人来咧！却白叫方爷着急了这些日，这是怎么说呢？"说着，眉梢一挑道，"你快给我飞了去，叫你主人立时就来。不然，我赶去连哈家的王八窝都给他拆掉。"说着，一梗脖儿，两只耳环只顾打秋千似的乱晃。又笑向方老道："老贤侄，你快别着急，这点子事通不算什么。少时你姻叔来了，他若没抽展时，婶婶就跟你去。我只在红蓼洼山口外大马金刀地一坐，我看什么王八小子强盗敢抬了我当老太太去？"说着，目注壁剑，猛地一踩小脚。旁有一婢女便笑道："奶奶只顾说话，连这铁尖鞋子还没换哩。"

妇人也笑道："都是你们这班笨妮子要去跳猴儿，连我也闹糊涂咧。你还不去拿我的鞋来。"

方老见状，正在莫名其妙，只见那婢女已从里间内拿出一双半新不旧的水红缎凤头小鞋儿，那妇人唰一声一把夺过来，更不客气，一面伸出脚令那婢女剥脱鞋儿，一面弯起腿儿，手抚着纤纤罗袜，却咬着牙儿，向方老道："这些狗强盗，真恨煞人的。他术从起意，也小打听打听，难道他就不知你和白涧商家是姻戚吗？好轻松话儿，一借就是两万石白粮。咱有这粮，还留着喂猪狗哩！"说着，慢慢穿了一只凤头鞋儿。

方老眼瞧她那一只白莹莹的小脚，又是好笑，又是怙悷她的语气，似有不允借粮之意。正在心犯含糊，连连摇首，只听院中有人响亮亮地大笑道："你这妮子倒好像凤娘娘，什么要紧的事，你娘儿们便闹了个人仰马翻，又飞签火票地将我捉来。俺在场儿上刚转转彩兴，这一来，又被你们闹丢咧。你奶奶分拨分拨，打发方爷转去不结了吗？"

方老听了，料是大用转来，赶忙恭身站起。妇人却仍然手按香钩，一撇嘴儿，微笑道："你瞧他这半吊子样儿，将客人丢在家白不理，他倒有了理咧。"说话间，帘儿启处，便见去寻大用的那婢女笑嘻嘻拥进一人。方老一瞧，不由又是一怔，只见那人年方二十四五岁的光景，生得白俊面皮，眉目英爽，猱头跣履，只着一件长袍儿，一见自己，只略哈哈道："慢待得紧，俺这会子才知老侄枉驾舍下，你瞧你婶婶多么惫懒，这会子才告诉俺。"

一言方尽，便见那妇人着鞋跳起，笑嘻嘻说出一席话来，正是：

　　排难解纷意，从容谈笑中。

欲知后事如何，且听下回分解。

第六回

飞虎旗威名退大盗
剑虹村闲气产奇儿

且说方老意念中的商大用，既是商姓族长，一定是个白毛鬖鬖的老头子；今见那少年直呼贤侄，方暗笑自己又遇到一位老叔。便见妇人跳起来，向大用笑道："你倒是属猪八戒的，专以会倒打一耙。如今闲话少说，黄腰怪那狗头欺负到咱亲戚头上，你是怎么办吧？"

大用笑道："好办得紧。停会子分拨二房里开泰大侄和四房里狗儿孙，跟方老侄去就得咧。还有什么大不了的事吗？倒是方老侄闷了这几日，今天须要畅快喝一场子才是。"妇人笑道："真难为你说，这款客的事儿，俺还想得到哩。"于是立命婢女们就室中摆设小筵。

须臾，酒炙罗列，大用指客就座，两口儿左右相陪。大用是谈笑风生，妇人是殷勤劝酒。方老怀着鬼胎，饮过数巡，不见大用提借粮之事，于是吞吞吐吐又一述自己来意并红蓼洼数村之众惶悚待命之状。大用笑道："不须虑得，明日俺遣两人跟你去，他自能了结此事。其实呢，老贤侄若要黄腰怪的脑袋，也不算什么。但是咱们好鞋不沾臭狗屎，叫他知道咱们不是好惹的也就是咧。"说着，哈哈大笑，即便飞过一觥。

方老听了，越发怙惝莫测，然又不便再请，心下一烦闷，索性纳头痛饮，日色未落，业已醺然大醉。恍惚中觉得被人扶入前厅，沉沉睡去。

次日起来，只见大用在前院已吩咐人等与自己整理行装。自己马匹之外，还有两头毛团似的小驴子。那妇人却笑嘻嘻站在驴旁，一面手按驴背，一面扭着头儿笑顾大用道："没的俺也跟方老侄去吧，一来逛逛红蓼洼，二来瞧瞧这黄腰怪毕竟是个什么东西，就这等作耗。"大用忙道："你别逞疯咧！这个驴子劣蹶得很，就是狗儿孙能降伏它。停会子踢了你，又是不好。"

正说着，那驴子果然耸耳大叫，招得仆人们都笑之间，只听头门外有人笑道："爷爷奶奶起得好早，俺开泰叔还没到吗？"声尽处跳进一个十三四岁的孩子，生得干筋瘦骨，小脸猴儿一般。但显得双睛灼灼，并且一头泡花疮，流脓滴水。扎着个小指粗细的朝天髻子，穿一身邋遢衣裤，活脱似乡下村厮。进得门来，先向那叫驴唰的一掌，方一眼望着方老。又闻头门外咯咯地一阵痰嗽，接着便有人有气没力地道："狗儿呀，你这孩子，总是毛脚鸡（谓性急也）似的，就不等等我老人家。"说着，佝佝偻偻踅进一人。

这里方老忙又望去，只见来人年近七旬，须发皓白，手拄短杖，背负一个小小行囊。老长的白睫毛盖着搭撒眼皮，行步蹒跚，大有见风就倒之势。进得门来，先向大用夫妇恭恭敬敬垂手一站，然后问方老拱拱手儿，道："足下便是方老弟吗？俺开泰奉族长之命，特来伴行，勾当尊事。如今时光不早，便请登程吧。"

方老一见这两个老弱残兵就是料埋自己事体之人，止在倒抽一口凉气，只见大用一整面容，登时由怀中取出个一尺多长的锦匣儿，慌得开泰肃然接过，即便装入囊。一时间和那狗儿各牵了一头驴子，当头便走。后面仆人也便代扯了方老的马匹准备送客。

那方老这时心中就如十五个吊桶打水，七上八下。正要再问问大用怎的便能了事，那妇人却笑道："方贤侄，你管放心去吧。开泰等一去，别说是黄腰怪不敢放肆，便是平山堡的盖天王咱也怕不着他哩！倒是事毕后，你常来望望俺们，便再好没有咧。"说着，和大用一齐送出大门，直望得方老等行尘不见，方才踅转。

不提方老一路怙惚，和开泰等直奔前程。且说那红蓼洼数村父老自方老去后，大家便各怀鬼胎，不时到山口觇望动静。这日大家聚在一处，屈指方老的行踪，业已去了七八日的光景。

大家胡乱揣测之下，便又到山口觇望。只见道途上人影都无，但有野风肃肃。有的揣测方老由白涧便赴牛栏山去交粮，有的揣测商家或不允借粮，所以方老还在那里做秦庭之哭。正在纷纷议论，只见道途上行尘大起，登时由一片远林中飞也似驰来三骑。前面一骑马，影绰绰的虽似方老，但是后面两骑分明是两头毛驴儿。大家以为是同行的客人，也没在意，于是欣然迎上。

须臾，来骑切近，果是方老，但是却垂头耷脑。后面两个驴子上是一童一叟。那童子倒坐在驴背上，手弄一只铁环，只管顽皮。那老叟猴在驴上，人虾似的，不住地连连呵欠。

这时大家只顾了去奔方老。方老下马，还在攒眉未语，那童叟两人也自跳下驴来。方老匆匆中向大家略述商大用一切言语，大家方知这童叟两人就是来排解事体的，不由许多眼光都注向着童叟，心下却暗诧得没入脚处。以为这两人一身鸡肋，还不敌黄腰怪一个手指头，莫非人家是真人不露相，果有能为，亦未可知；或是商大用有其他作用呢？怙愓之下，大家只好肃客进山。

须臾，到得方老家，大家即便陪侍远客。哪知那老叟更不客气，一进客室便连连嚷饿；童子是横蹿竖跳，便似个开锁猢狲。须臾摆上酒饭，两人便据案大嚼。饭碗一丢，童子是跑出宅自去玩耍，只剩个老头子。大家方要探探他的口气究竟是怎的料理事体，哪知他更来得干脆，向榻上一歪，一个懒腰没伸完，业已鼻息如雷，竟自寻周公去了。大家没奈何，相视价愣了一回，姑且散掉。

次日，仍集会在方老宅中，逡巡之间，又是一日。童叟两个吃饱了，睡的还是睡，玩的还是玩，不但瞧得大家越发怙愓，连那个素持镇静的王老也有些心下含糊起来。于是会同方老向开泰一说黄腰怪借粮之期堪堪已到，届时无粮，他定然率众来攻，咱究竟是怎样准备呢？

开泰笑道："不须虑得，你们但瞭望着黄腰怪等将到山口，再报俺知道。那当儿，还误不了毁这小子哩。"方、王听了，莫名其妙；然恐大家心慌，只得姑持镇静，一面轮班价分遣村众，就山口瞭望动静，一面又派出机灵探子侦信回报。

转眼间十日之期已至，数村人众惴惴然胆战心惊自不消说，唯有方老更为难受。因为自己向村众满搂满许地向商家去借粮了事，如今却弄得一塌糊涂。数村人众的生命便悬在童叟之手。眼睁睁黄腰怪率众到来，这片所在哪里还堪设想呢？于是他慌急之下，把心一横，便定了个与数村同其存亡的主意。索性抛却害怕，单瞧开泰等怎的。

这日匆匆早饭罢，那开泰一个呵欠看光景又要盹睡。大家正急得暗暗跺脚，恰好探子如飞来报道："黄腰怪领了大股贼众，声称要踏平红蓼洼十余村落，业已距山口十余里之遥咧！"

这一声不打紧，登时间满堂大乱。那方老摇手止众，方要开口，开泰却笑道："你们鸟乱的怎的？那厮既真来找二皮脸（不知进退之意），你瞧俺打发小子上路。"正说着，那狗儿一面滚着铁环儿，一面蹦跳而入。一见开泰，便笑道："老叔哇，如今咱该弄热闹咧。您瞧是文干，还是武干呢？"开泰喝道："你少要逞顽皮，咱来时族长说得明白，什么武干呀？杀人不过落两把血，咱犯得着吗？"

大家听了方在怙惙，那狗儿却一噘嘴儿道："既如此，却没甚大趣儿咧，俺还满想着斫他十来颗脑袋踢球儿玩哩。"说着，没精打采地与开泰取过短杖。开泰却打开行囊，从里面取了那只长锦匣，一面价接过短杖，一面向方老等道："如今恶客既到，咱好歹是个主人，且给他个面子，迎迎去吧。"说着，和狗儿厮赶便走。

这时大家一闻黄腰怪将到，只顾害怕，更不暇诧异别的。于是由方、王二老率众后跟。刚一出山口，大家抬头一望，不好了，只见里把地外，尘埃涨天，一片马蹄蹴踏之声浑如春雷般地影影绰绰。还有许多的步下贼众，密杂杂的刀剑光芒雪片也似直刷过来。

须臾，贼众震天价一声呐喊，便有两骑当头，风驰而至。前面一人，便是那来致书借粮的"独角豹"朱八；后面一人，生得凶眉暴眼，紫糖色横肉脸，齐嘴巴络腮胡子，一个高而且大的鼻头，衬着一张蛤蟆嘴。两人各挺长矛，猛抖得银花乱飐。那大鼻头的便叫道："好小子们，给脸不要！如今太爷们自来取粮，连你们的狗命都捎着，也叫你晓得俺'癞皮象'吉二爷的厉害！"原来这吉老二和朱八都是黄腰怪手下得力的头目。

当时方老等骇急之下急望，开泰却在山口一块大青石上坐得四平八稳，便笑顾狗儿道："你这孩子莫要手骚（俗谓杀人也），但是这小子的大鼻头委实难看。你瞧着给他修修面孔，也是好事。"狗儿大笑道："就是吧。"说着，猛可地一抖铁环。

这时朱、吉两人哈了一声，双矛齐到。说时迟，那时快，倏见狗儿一跃两丈多高，便有一团冷森森的白光随之而起，倏然一旋，便向朱、吉两人头上直罩下来。这里方老等忽见铁环化为月阑似的一片剑光，正在相与大骇，便见朱、吉齐齐地啊呀一声，回马便跑。朱八是辫发落地，头顶上赛如血葫芦；吉二是大鼻削下，偏又连着一丝肉皮，却血淋淋地耷拉在腮嘴之间。

这一来，贼众大惊，颓墙似的向后退。那狗儿大喝一声，手提颤巍巍无情青锋，方要赶去，却被开泰将手一招，道："噫！"狗儿见状，登时跑转，却笑道："你老人家就是这样蝎蝎螫螫的，那么咱就取出看家的宝贝来吧。"于是从开泰手中接过锦匣，却从里面取出个上画飞虎的小白旗儿，迎风一飐，便笑嘻嘻站向开泰身旁。

这里开泰突地一挺腰板，两膊一抖，双目一张，赛如闪电，哪里还是向来的那颓唐神气？高据石上，便如小老虎一般，正在以短杖划地，口内乱骂之间；只见贼众倏然地回头一卷，便如波分浪裂，长矛如林，分为两翼，从一片喊杀声中一声大叱，突地跳出个步下汉子，头裹红巾，腰束黄带，手提两把泼风似夹钢板斧，火杂杂直卷将来。方老等认得来人便是那杀人不眨眼的黄腰怪，正在吓得模模糊糊，便见狗儿手举白旗一展，开泰猛地跳起来，大笑道："他妈的，小子们，真不睁眼睛，难道瞧不见商家字号吗？"说着，短杖挥动，疾如风雨。不但黄腰怪双斧齐落，一望白旗，抽头便跑；便连那蝗虫似的贼众也登时跌倒一片，爬起来向后便卷。

顷刻间，一片山口仍是静宕宕的。但见里把地外，喧呼杂齐，粪蛆似大搅一阵，再望时业已没得强盗影儿唎。唯有开泰和狗儿一片笑声回震山谷。

这一来，望得大家恍如梦寐。少时，惊定而喜，当由方、王率众向开泰等拜倒在地。慌得开泰连忙扶起方、王，却向狗儿道："如今咱事体都毕，你大用爷还等听消息，咱也便转去复命吧。"狗儿应诺，一面价将旗入匣，恭敬敬交与开泰，便要拔步。方老等哪里肯依，于是一拥齐上，登时将开泰拥回宅中，一面略为歇息，一面置酒称庆。饮洽之间，方、王二老问起开泰等怎的便有如此的武功，并那面飞虎白旗的作用。开泰掀髯一笑，略述缘故。大家听了，无不骇然称叹。

原来白涧商姓世习武功，凡族中人无不略通拳棒。那大用正是族中健者，虽然年少，行辈却为族长。其妻刘氏，浑身的软劲功夫，深通剑术，便是北五省著名镖师刘无敌的女儿。夫妻定姻，就从较武比剑上结合。两口儿既是一时的英雄英雌，便亦以保镖为业。真个的威名远震，群盗敛手。那白旗便是所用的镖旗，人称"飞虎商家"。那方老只知与商家世有姻亲，却不晓得他世习武功，大用又如此了得哩！于是方老称谢一回，又向开泰等大赞道："姻台等如此本领，好生惊人。怎的那只铁环便能化为长剑呢？"于是开泰一笑，便命狗儿呈上剑来，只用两手一屈，剑尖儿插入剑柄上的枢纽，仍然成为铁环。原来此剑是百炼精钢，所以柔能绕指哩。

不提当时大家越发叹异，次日便盛备馈赆，数村父老都来送开泰等回归白涧。再说红蓼洼自经此番险难，大家都知武功为保卫之要。当由方、王二老，由白涧商姓族中请到两位教师，命村众们愿习武功的都学些拳棒。虽不能如白涧之精，但是保护村坊也尽够用了。

那方老从此后也和大用时通往来，因此红蓼洼阅时数代，安静异常。居民们也便生齿月繁，居然是平谷北乡中著名的村庄了。其中的挂月、剑虹两村因地势之佳，越发地人烟稠密，方、王两姓仍为两村的大户，世相往来。

一直到了有清道光、咸丰年间，人事无常，故家衰落。那占居挂月村的王老后裔，只剩了两个孤儿寡妇，儿名王建中，小名大妮儿，才得七八岁。因其生得温温聪俊，取个女名儿，祝其好生活。母亲许氏也是大家之女，知书识礼。母子二人，既然茕茕可怜，偏又家境贫窭。

那建中之父殁后，还有数十亩薄田，却因丧葬急等用钱的当儿，被族中一个悭刻鬼、外号儿“发曲包”叫王原的，好歹地七折八扣，略给田值，将田赚去。因此建中家越发艰窘。亏得许氏苦力支持，又复仰给于十指的针黹浣濯，还有方老的后裔方维正方老太爷时为周恤。

这方老太爷论世谊，长于建中两辈，因其子方樾是孝廉出身，曾做过一任教谕，所以人都以“方老太爷”呼之。但方樾夫妇皆中年死掉，只抛下一个孩儿，取名绳其。这时年岁与建中相等，便同附村塾读书。两个孩儿都生得玉娃娃似的，论聪明伶俐，在伯仲之间；若讲到顽皮上，却让绳其独步。又天生得气力壮健，身体灵便，终日价活泼泼的小脸儿上常蕴笑容，真有上没皮树的能为。方老太爷因他是孤子，也便不去管束他。

未几方老太爷去世，只剩了老太太邵氏持家，瞧了这独苗儿的孙儿，越发娇得他什么似的。因此绳其终日价踢天跳井，只要放学以后，便招邀许多顽童，就街坊上横蹿乱跳，喧笑连天。什么捉迷藏咧，跑马城咧，甚而至于比赛尿箭；便是各脱出个小蚕蛹似的东西，大家站齐了，一声喝号，努力撒尿，瞧谁射得远。又有“放黄炮”的名目，便是将雷子花炮插在一堆黄屎中，老远地一点火线，砰轰一声，那黄屎迸得可天都是。

这些小小玩意儿绳其有时玩得不耐烦，便指挥诸童分作两队，你做里国，我做外国，各持秫麻杆儿当作兵器，一般价列成阵式，两阵对圆。这时绳其雄赳赳小辫一撅，立向高阜，手持一面红纸小旗儿。你看他指挥叱咤，闹得两阵儿童风团儿似的乱跑，满街上烟尘抖乱。张得村中父老老远地便攒眉躲开。有的便道：“方家这孩子如此淘气，将来恐不成材。”有的便道：“古语云‘快犊必能破车’，但是好起来，亦能致远。孩儿们性气变化是说不定的。”又有笑的道：“俺看方老先生塾中学生虽有七八个，所论聪明，还属建中、绳其。但是顽皮起来，也属他两个。这才是枣木榔头，一对儿哩。便是前两月还有个笑话，你说绳其这孩子多么淘气！便是他素知先生惧内，每逢师母脾气发作，先生必要将收没得学生的食物，把去献勤，求师母个笑脸儿。在先生收没学生的食物，虽说是塾规，其实也就是爱小。凡收得来的食物，先生舍不得吃，都装在榻头一个小纸盒内，以备师母不时之怒。绳其瞧在眼里，也不作声。

"一日，绳其淘气，被先生责了二十板，适值师母因天热做罢饭，累得没好气，又在内院蹾盆丢帚的一阵吱喳。先生听了，这才丢下夏楚，匆匆跑入。绳其眼睛一转，便趁空跑向对门药店中，趁人家忙碌之间，竟在一个药抽斗中捏了一撮药末儿，忙忙跑回。这时诸生趁先生不在，只顾了干那捉苍蝇、画大拇指做鬼脸的等等把戏。绳其趁乱中悄悄地打开那纸匣一瞧，只见里面只有四五枚夹糖甜饼，于是悄悄掰开，逐个价鼓捣完毕，又复捏合。

"方才踅回自己的座位，便见先生笑吟吟踅入，取了纸匣又入内院。适值邻翁来请先生吃酒，于是先生兴冲冲便去赴席。这里诸生稍静一会儿，但听得东隔壁客室中主客逊座声、纷纭劝酒声，知是先生业已在那里大吃二喝，逆料席散就须半日时光。这等淘气的机会是等闲遇不到的，于是你说捉猫猫，我说唱哑戏（哑戏者，只婆娑作态，恐先生闻也），乱过一阵，却不见绳其的影儿。大家因他是淘气的头儿，忽然不见，未免诧异；又觉着蛇无头不行，于是大家向院中一搜，却见绳其正在东夹道内茅厕外边，拿着一根油脂脂的裤腰带挂向厕门。

"大家哄去一瞧，便笑道：'这不是塾佣徐二晒晾的那根腰带吗？你挂到这里做甚？'绳其低笑道：'悄没声的，你们不是常说师母屁股胖得有趣吗？少时叫你们且瞧个光屁股如何？'诸生听了，都含笑莫解其故。正这当儿，便闻东邻客室内哄然笑道：'如今方先生似乎吃酒多唡，且容他静静地卧一霎吧。'说着，脚步纷纷，似乎是大家各散。

"诸生正要拖绳其问其所以，只听夹道西墙外内院中，师母喃念道：'好凉爽，这新汲井水泡夹糖饼吃下去真个受用。不知怎的，却挂点儿药腥气，莫非这只碗没洗净吗？'

"绳其听了，向大家一挤眼，回头便走。"正是：

> 顽童眼飘瞥，师母腹膨亨。

欲知后事如何，且听下回分解。

第七回

啖糖饼师母屙稀
扳树干先生落溷

"且说诸生都溜边鱼似的，跟定绳其来至夹道门儿外。绳其低语道：'你们都别作声，且跟我瞧把戏吧。'说罢，虚掩上那门，和人家从门缝中向夹道张去。只见夹道内通内院的小角门儿依然掩得好好的。原来这位方老先生就是绳其的族叔，是个教学挂刨地的角色，瞧着学生造粪是一笔笔大大的进款，所以特置茅厕在这严密夹道中。怕的是大家把屎拉得零散了，一来是收拾费手，二来未免塾佣偷粪去卖，所以夹道口还置门儿，就为的是夜间上锁。又因为内院窄巴巴的，不便再置女厕，所以连师母也附在这茅厕内出恭。

"当时诸生料得绳其必有作用，一面瞧着角门儿，一面望那厕门上挂的腰带。正在心下怙悇，便闻师母噔噔的大脚走动，吱扭声，角门立开。便见她低着头儿，攒着眉头，两手插入襟底先自解裤，头也不回，跑出角门便奔茅厕。猛抬头忽见腰带，哼了一声，连忙趔转，却尽力子一掩那角门道：'真他娘的巧，拉泡屎还须候缺哩。'

"诸生见状方待嬉笑，绳其连忙摆手。便闻得师母脚步只管在角门内打旋儿。须臾，腹鸣辘辘，一阵阵隐约可闻。又闻低唾道：'真是贪嘴没好处，可恨该死的老徐偏这当儿来凑份子。他再闹个大肠干燥，才是笑话哩。'说着，从角门一露头儿望向茅厕，一张脸子业已紫胀，没奈何，又复咧着大嘴缩回。

"张得诸生正在互相忍笑，说时迟，那时快，只听师母肚内咕噜噜一阵山响。接着，师母便大恨道：'管他娘的哩，难道活人拿屎憋煞吗？'声尽处，嗖一声冲出角门，三脚两步，竟自就夹道中解裤蹲身。白亮亮臀儿一现，噗嚓一声，接着便黄汁淋漓，好似那醉汉的口角一般，只管淌个不住。于是师母呻吟有声，渐渐委顿，两只腿支持不得。

39

"眼睁睁臀儿沾地要打屎腻之间，忽见方先生唰的一声从东墙头上跳过，迷离醉眼，方想向前扶起师母。哪知被臭气一熏，登时大嘴一张，哇哇大吐，并一面跌脚道：'你怎的越老越没打算，像这一泡连稀带稠的大粪，少说着也值十来文，如何白丢在这里，不拉向茅厕中呢？便是少时晒干了，起屎饼子多少总要掉渣儿减分量的。'

"师母唾道：'难道你不睁眼，你不见徐二的腰带挂在厕门？他在里面，难道我也进去拉不成？'先生诧异道：'不能吧，方才徐二还在邻家帮忙儿，怎的会在厕中呢？'说着，向厕跑去。这里绳其唯恐先生张见，忙和诸生悄悄转步，还闻得先生大诧道：'你瞧厕中空空的，如何徐二的腰带挂在门上呢？'于是便闻似乎是搀起师母，一径地趄入角门。

"这一来，招得诸生诧笑不已。一问绳其，方知都是他一人作祟。那腰带是虚设疑阵，使师母肚痛转疾，一定要急不择地，便脱出屁股。至于师母怎的肚泻厕稀，却是他在夹糖饼中加入些巴豆霜曲哩。"

当时那位父老说罢，大家都笑。又有一人道："不错的，若说绳其捉弄先生，笑话多哩。你们曾听说他叫先生滚屎蛋吗？便是有一天先生出去串门儿，恐诸生淘气，便出了一个七言对儿，是'红日满窗人未起'。他老早地对停当了，却没得事干，找这个做个鬼脸，寻那个龇龇牙。大家都知他促狭，也没人敢去理他。唯有一个姓韩的学生，刚想得一个对，却被绳其一阵吵掉，于是两人揪住乖毛毛儿（即小辫也）乱打一顿。

"绳其气力小，未免脊梁上挨了两捶。你想他如何肯依？但是瞧瞧韩学生身长力大，自知不敌。当时只作不理会，仍然在韩学生案前蹿跳。偷眼一瞧他对的句子，早已得计，便各没事人似的趄向一个姓马的学生案前。这姓马的生得浑浑实实，动不动便讲打架。当时马学生正在攒眉苦思，绳其便悄笑道：'马老哥，咱哥儿俩不错，我替你闹个好对儿，你却不可声张，快快地先送到先生案上，管包是你第一名哩。'说着，附耳数语。马生大悦，便振笔一挥而就，是'青云有路我先行'七字，便忙忙送向先生案上。偏巧这时韩生因自己对得得意，写毕以后，站起来就室中来回大蹀，以鸣得意。马生眼瞧他从先生案旁蹀过两遭，唯恐他偷袭了自己的句子，心下就有些不高兴。

"少时，韩生送对纸，望见马生之对，忽大诧道：'马兄，你不对呀！唆人矢橛，不是好狗，你怎的抄袭俺的对儿呢？'马生大怒，便和大家跑去一瞧，只见韩生之对是'青云有路我先登'，恰恰地只差一字。马生怒喝韩生道：'你这厮真不害臊，你方才在先生案旁蹀了两遭，明是偷瞧了俺的对句，改换一字愣算你的。拾人唾余，这才不是好狗哩．'于是韩生亦怒，两人闯上前，彼此价揪住领子，一阵好打。

"那韩生被马生骑在身底下，虽有大家扯劝，已被马生捶了几拳。那绳其痛快之下，正在背着脸儿拍掌大笑，忽觉脖颈上啪的一巴掌。忙忙回望，却是先生撅着胡儿趔转。于是诸生都悄没声地趔回座位，只剩马、韩两生还在就地下支空架子，却被先生吆喝起来，问知所以。

"先生一瞧马生的对，还未开言，忽见绳其暗向马生挤眼儿，于是心下恍然。便拉过绳其，大施夏楚，并叱其挑拨同学之过。这一来，恨得绳其牙儿痒痒，但是一时也无隙可乘。过了些日，又当夏月，适值夹道中茅厕雨漏，觅人收拾。先生唯恐学生出去拉屎，粪款有损，便在塾后园中墙角下一株歪脖小榆树后面另辟粪坑，又宽又深。为的是屎尿齐收，浸浸得坑中之土都好做曹家粪用（俗谓和土之粪，为曹家粪）。坑成三两日，里面业已黄花绿冰，蛆虫乱搅，半桶小桶，胶条似的粪就有二尺米深。

"一日绳其忽张见先生出恭毕，因蹲得腿乏，必要手扳那小树挣身而起。再瞧瞧那树，只有一虎口粗细，于是绳其顿然得计，便悄悄从街上张木匠处借了个小锯，瞅空儿将小树摆布停当。那先生哪知就里，这日又去出恭，方用手一扳那树，咔吧一声，树干中断，先生被闪得一个后坐儿，咕唧一声，便落粪坑，弄得臭烘烘一塌糊涂。直委顿了两三日，总觉口吻间屎臭气。后来因张木匠向绳其来要小锯，再细瞧那折干，却有大半边的锯茬儿，这才知是绳其所为的。"

众父老听了，都各大笑。于是大家随意价就篱落之下，或蹲或坐，谈一回种植，又少头没屁股地谈回近日新闻。一人便道："俺听说西村里于疤眼的小儿子叫茂森的，中了秀才咧！别的且莫提，先可以出去坐馆，将来西村的头儿脑儿还不是人家吗？人家坟地里总算有那棵蒿子，瞧不出于疤眼马马虎虎的就有这个漂亮儿子。"即有一人道："这事也怪，近几年西村里很觉旺相。"因向大家道："你们可晓得吃斗行的崔老继的儿子名叫瞎抓头的吗？"

众人笑道："晓得，晓得。那小子吃喝落拓，连带赌嫖；后来至于偷鸡摸狗，这话有四五年咧。因为赌博，和东村里冯二愣打了一架。那小子一气之下，小辫一撅，下了关东，一总儿也没音信。那种人好煞了，是喂了关东狗，你提他做甚？"

那人正色道："唔，唔！你们可是隔门缝看人把人瞧扁咧。人家瞎抓头，增称得起光棍回头金不换。"说着，一竖大指道，"人家这当儿，出来是高头大马，护兵相随。手下领着一哨人，业已因军功挣了个千总前程，做了武老爷咧。便是前些日还打发了两个护兵，拿着白花花的大东西（俗谓银两），来接老公母俩去享荣华。将个崔老继的老婆乐得屁股都要笑，登时晃着膊儿，见了人，掏话不迭地乱夸儿子。又要做衣裳，又要打头面，将那银两摆来弄去，只管吱喳着走马上任，要去当那乐不够的老太太。却被于疤眼劈面唾道：'咱们这那老棺材瓢子的样子，不在家赇吃坐穿，远巴巴地还去现什么世？那关东大雪片儿下来，怕不冻煞你这老物儿吗？依我说，拿这银子置地喝粥，末了做你的棺材本是正经哩。'他老婆不依，两个人还打了个乌烟瘴气。你瞧西村文的也有，武的也出，多么旺相！人家风鉴先生说，西村里就因在村后挑了一道沟，引通咱南北二村的溪水，所以才笼住旺气兴盛起来。"

先语的那人道："此话不差，便有咱南北二村，上月里有个拉驴卖药的南蛮子，只管望那片山形溪势啧啧不已。俺走向前一问其故，你道他说出什么话来？"

大家听了，不由都含笑相望。正是：

　　村墟钟秀气，篱落得奇谈。

欲知后事如何，且听下回分解。

第八回

闹邻家夜捉煞神爷
开家宴大聚娘婆会

且说大家听了那人之语都含笑相望，那人便道："那南蛮子说得才有趣哩。他说走遍各处却不曾见过如此的地势，他说挂月村气象文明，准有人发科发甲；全个济也要出个方面大员。剑虹村气象威武，不但土有人从武功上得功名，并且准有豪侠之士崛起其间哩。"

大家都笑道："如此说，咱南北两村也该发旺咧。只是南村里张财主的儿子念起书来，其笨如牛；北村里李大户的少君虽有把子蛮气力，家里现请着武老师吊膀子拉弓，但是也不见得准能成材，那么这该发旺哪个呢？"便有人一笑道："你们别这么眼皮子薄，难道有出息的孩子就准该出在财主大户家不成？依我看，便是方老先生学塾中那班学生都生得好相好貌，焉知那里面没有文成武就的呢？其中建中和绳其更为聪俊，莫非南北村中该发旺他两个吗？"

大家哄笑道："你若说建中温温雅雅的，将来会成材，俺还信些；绳其那孩子如此踢跳，却叫人不敢奉承。如今正将他祖母愁得什么似的。因为方先生就了别处的远馆，散掉学塾，人家王建中容容易易又在南村中毕先生处上了学咧。独有绳其，只在毕先生处上了三天学，已被先生辞掉，说他是害群之马，搅得一塾人都不安生。方老太太没奈何，素知西村赵先生管学生厉害，便将他送往西村。那赵先生打学生惯用反巴掌拍头顶，你瞧绳其多么坏，他暗暗弄枚花针置在帽子上，只露点点尖儿。赵先生不知就里，啪的一反掌，扎了个长血直流；这才知他帽子中置有暗器，于是也将他辞了出来。后来又转了两处学塾，都不成功，气得个方老太太要在家中请专馆。无奈左近先生们都知绳其顽皮异常，谁也不敢去就那馆，所以近来绳其越发淘气得无法无天。

"要说那孩子胆子也真大，他竟敢去瞅煞神。说也不信，竟被他捉住个小偷儿。便是有一日，他在家正淘气得不耐烦，适值某邻家丧事上回煞之期，傍晚时光他跑向邻家瞧热闹，只见亡人室中设了灵位祭筵，很丰盛的酒肉果品，又有许多的炸面果儿做得玲珑精巧。那邻家男妇就灵前行礼已罢，又在室中布了芦灰。据说是亡人魂儿若来家，那灰上便现足迹；又说是还有鬼神押解亡人，大概是牛头马面之类。这丰盛祭筵便是与亡人犒享鬼使之用。又说煞气怎的厉害，真是树遇树枯，人遇人死。说话之间，大家便毛毛眙眙虚掩了室门儿，都藏得影儿也无。

"绳其见状，暗暗好笑，也便趁闹中溜将回来。当晚微月之下，他和家中一个小佣厮就院中踢跳了一回，又练了回毛毽儿，业已二更天后。两人都觉饿将上来，那佣厮方要寻剩饭来吃，绳其便笑道：'你这呆子好想不开，现有邻家的丰盛祭品摆在那里，单是那炸果儿，准好吃的。趁那里无人看守，咱何不去把来吃嚼？他们还以为是真有煞神来吃去哩。'可巧那佣厮也是个浑愣儿，一听此话登时大悦；但是终恐撞着煞神爷，未免缩头吐舌。绳其便唾道：'你这脓包不济事，且瞧我的。若没得煞神爷便罢，若有时，你听我咳嗽为号，咱两人先捉住他再讲。'说着，爬上墙头，竟自跃入邻家。

"在绳其之意，本不信有什么煞神，所以和佣厮取笑。哪知一到亡人室外，那盏案头的冥灯照得窗纸上半昏不明，又搭着灵风吹窗忒忒作响，那穿云的微月又照得院中树影俨似人影乱晃。绳其这时未免也有些毛手毛脚，便放轻脚，一径登阶。先将右手作推门之势，张开左手作个抓势，准备着冷不防地推门闯入，抓了炸果儿，回头便跑。哪知方到门外，却闻里面咕嗫有声，分明是吃喝的响动。

"绳其略忙之下，暗想道：'人死如灯灭，哪里有什么煞神！这一定是猫儿鼠儿趁没人在此受用。亏得俺来得不晚，不然都被它们啃嚼了，岂不可惜？'思量间，先就门缝向内一张。这一来，不由大骇，只见里面居然有个青脸红发的煞神爷，身披蓝祆，腰系豹皮裙，案旁倚置狼牙铁棒，上挂一串纸钱；还有一个小小蓝布包袱也置在案角，正在那里咧开了血盆大嘴，伸出钢钩似手爪，大把价抓取酒肉，痛饮大嚼。又一面瞧着案上的五供锡器，似有笑容。

"须臾，壶酒既罄，便将壶一脚踏扁。张得绳其暗想道：'这个煞神，倒不客气，吃得碟干碗净还不算，还要踏扁酒壶。'但是见他没动那盘炸果，正在暗喜，忽见那煞神站起来，抹抹嘴巴子，昳昳四顾。登时将包袱取过铺在案上，先将那盘炸果尽数儿倾向包袱。绳其见状，正在怒从心起，又见他拾起酒壶，并搂取五供锡器一股脑儿裹在包袱内，一手提了，那一手提了那狼牙铁棒，忽地尖厉厉怪啸一声，就室中一阵乱跳。吓得邻家男妇都在别室中毛发森竖之间，这里绳其已自瞧科，暗唾道：'好小子，这才是当面做鬼哩！煞神爷，真吃真喝已经有些说不下理去，如今竟是个三只手咧。'于是索性闪开室门，伏向庭树之后。

"及至那煞神出得室踅过树前，绳其一声咳嗽跳出来，以后面拦腰便抱。那煞神急忙回头，见是个十来岁的孩子，正待举棒来打。哪知墙头上啪的一声先打来一片破瓦，随后跳下一人，一个冲天炮噢一声早将自己一脚放翻。这一来，惊动邻家男妇，只得硬着头皮出来一瞧，只见煞神爷倒地哀鸣，身上骑着方家的佣厮。绳其在一旁鼓掌大笑，过去一把先揪下煞神的假面具。邻家男妇仔细一瞧，却是左近的小偷儿名唤毛二的。原来毛二知得邻家这夜回煞，所以戴了面具，穿了彩画的纸裙，提了扎缠的狼牙铁棒，原想装神偷一家伙，不想却撞着淘气的绳其哩！"众父老听了，都各失笑。

不提大家闲谈一回，听得午鸡啼声都各回家，去吃自己的清水老米饭。且说那剑虹村中，一日又当夏月，村中照老例，麦秋之后有一个祭神的庙会。届这日子，无非是闹台村剧，各家里请亲会友，吃喝逛庙。有句笑谈，是接闺女犒劳做活的（即佣工）。言其这日，佣工散庙吃犒劳，接姑奶奶住家，大家热闹几天。转眼间，庙会已至，满村锻鼓鞚鞬，游人如蚁。那神庙里外是棚幕云连，许多杂耍小贩闹成一片。神殿上香烟缭绕，夹着许多花鹁鸽似的妇女们。有的烧香，有的就东西壁下攒三聚五，分曹而坐。

那老年的便互敬烟筒，沫沫渍渍地乱叙家常；少年的便嘻嘻哈哈，七大姑、八大姊地吱喳一阵。有的搔头弄姿，眼儿乱瞟；有的腼腼腆腆，一会儿引起褂襟盖盖小脚，一会儿抿着嘴儿转面向壁。瞅个冷子，从食物包中抽出根油条，昂哧一口，便是半段；还有些中年老气的，大敞辕门，解襟露胸地喂奶孩儿；又有叉着脚子，半蹲半坐，一面掸鞋上泥土，一面笑骂道："可恨那些浪男人们，只管直眼子四下里望他娘，三不知地就踏人一脚土。"

一时间，殿内杂沓，说不尽的形形色色。更有许多妇女成群结队，或就后殿上来个碰局（碰局者，彼此相遇，不问谁何，便相与围坐斗牌也），或闹个黄雀抽签（黄雀抽签者，为江湖卜术中之一种生意。其雀驯养有素，能代问卜者抽取卦签。卜者即据签大发论断，其论断皆系套词云），占占旺运。有的便围住瞎先生们乱问流年，那瞎先生便撑起白蛤蟆大眼，撮人口风，一阵价胡诌乱嗙。真个是问财得财，问子有子，大把价卦钱扳来，只管往腰包内装。

就中单表那绳其，这时便如开锁猴子一般在庙内外玩了半晌。瞧瞧日色已将及午，正要回家用饭，只听背后药铃响动，接着有人扯起腔调道："阴功能济世，药治有缘人。俺这里丸散膏丹，一概俱全。哪位要照顾俺马傻子，那算他活该病好；哪位要当面错过，那算他活该倒运。您要治风湿瘫痪，咱有金不换的膏药；您要治五劳七伤，咱有神仙一把抓的万灵宝丹。真个是是病都治。却有一件，您要患起不害臊的病来，休说是俺马傻子，便是神仙也治不得。因为皇上没有杀不害臊的刀，医生没有治不害臊的药哩！闲话少说，诸位且闹包通窍败火的打喷嚏的药末何如？"

绳其回头一望，却是个一嘴长胡的游方卖药的。身背药箱，手拿药招，一手擎了许多纸药包儿向游人乱塞。有的真个接过通窍药来，拈些闻闻，登时便阿嚏连连，涕泪交下，招得大家都笑。

那马傻子哈哈地得意道："怎么样？你瞧立时见效，这是吹大气吗？你这位老哥，若在饮汤吃酒之后肚腹胀满时一闻此药，若下面不注意收煞点儿，一个阿嚏，管保马上就利小水哩。"大家听了，又复大笑。

绳其听得好玩，便也买了一包儿揣入怀内。刚挤出人丛想要踅去，只见一个青皮掉臂闯来，一举手向马傻子脑后便是个脖儿搂，接着便笑道："喂，老傻呀，大爷这两天耍得有些不高兴，你有什么耍药（俗谓媚药），只管偷偷地孝敬你老婆，也该孝敬俺些才是。"马傻子笑道："耍药倒有，就是偏不卖你。你一个光棍子价，少耍为是。"

青皮听了，便上前和马傻子一阵撕扭。绳其见马傻子的药招摇摆，正在呆看，只听背后喘吁吁地有人道："好跑好跑，你奶奶等你用饭，急得什么似的。再者诸位婶婶姨姨，长辈儿都到齐，你也没见个礼儿，却只管在这里乱跑。他们撒村胡诌的有什么听头哇。"说着，咻一声，拖了自己，匆匆便走。

绳其一望，却是自己族婶外号儿"风婆婆"的。因她性儿急燎，大脚善走，故得此号。原来方老太太就庙会热闹大会亲族，请得许多女眷来吃中饭。这风婆婆也是女客中之一，因家中仆妇忙碌，所以特烦她来寻绳其。

当时绳其倮随在风婆婆肘下，只被拖得脚不沾地。眼瞧着许多热闹，没法留恋，心下已有些不高兴。哪知方一脚踏进内院，早听得上房中许多

46

女眷吱吱喳喳。便闻方老太太道："你瞧绳其这孩子可怎么好？又没要去上学，请老师，谁也不愿教。成日价野马似的，这会子还不见他转来。"即闻有个沉重老妇的语音道："大姆姆，这话可不该我说。像你们绳其，就须给他个厉害牙爪。小树不攒还长歪了，何况小人儿呢？您忘了，俺家大酉子小时节多么淘气，也叫我一顿闷棍治过来咧。俺就不信小人儿们他不顺溜。"

绳其听了正在长气，便闻又一妇道："此话不差！小人儿是惯不得的，他那疯性儿总须给他煞煞。像你们绳其，也不用打，也不应骂。他既不向好上学，简直就叫他受受，弄个粪箕子，叫他一天捡若干粪，不够数儿，连饭都不给他吃。再不然，叫他跟着佣工们放牛拾柴、做饭烧火，当个小杂使儿。不消磨炼他一两年，他就许还想念书，少淘气咧。"又有一妇道："是的，是的。管束小人儿，是早下手。若等他翅膀硬了，你这里一句话还没说完，他那里哗声哐气，气气你个翻白儿，那才是没法治哩。"说着，大家一阵乱笑，并夹着逊坐推扯之声。

绳其不由暗恨道："哈哈，这群老婆们每人夹着个那个，大马金刀地坐在炕头上来吃嚼我，还向俺奶奶排揎我，真个岂有此理！"怙愲之间，已被风婆婆推拥而入。一眼便望见六七个婆娘，都扎括得光头净脸，新衫新裤，脚下踹着新鞋子，一个个围了炕桌儿，坐了个四平八稳。一见绳其，都抹搭着眼皮儿，笑了一笑，却又登时一绷脸儿。

原来村中乡俗饶有古风，最讲长幼之节。众婆娘故示矜持，便是等绳其问好行礼之意。当时绳其细瞧众婆娘，都是亲族中的长辈儿，还有两个素行烂污的。一个诨号儿"大白鹅"，姓郝，是个小贩的老婆，生得团头大脸，一身肥肉；一个叫"颤凉粉"，生得妖妖娆娆，浑身没得四两重。好戴花朵，走起路来，抖抖擞擞，故得此号，是醉鬼阮三的浑家。

绳其瞧罢，暗恨道："这群老婆既暗地排揎我，又端得好大架子，我只给她个大麻木，看她怎的？"想罢，向前笼统着向众婆娘问了一声好，方要趋就祖母座前，只见方老太太微微含笑，便说出几句话来。正是：

矜持看众妇，礼节谕孤孙。

欲知后事如何，且听下回分解。

第九回

阿嚏药一撮涨春流
都来看群儿嘲裸妇

　　且说那方老太太见绳其被风婆婆拖拉着，跑得满头是汗，小脸惨白，起先是着急，如今又心痛上来。因怕他行礼累乏，便笑道："绳其呀，你这孩子真不着调。诸位尊长来了这半晌，你还没行礼哩。如今你就立着行个平礼，不省得再启动诸位吗？"

　　绳其听了，方要勉强着向炕长揖，只见大白鹅瞅瞅大家，便发话道："说实了，一个孩儿价，谁还争他的礼吗？但是咱们乡风要紧，这个平礼的端可开不得。往后小人儿们若渐渐地不知长幼礼法了，不成了一窝反叛吗？"说着，脖儿一梗，大胖脸蛋子一哆嗦。那颤凉粉也扭头折项地道："此话不差！越是老太太这里越须讲礼法，也叫穷亲族看个样儿。若老太太这里都随起便来，像俺们穷人家更该没大没小咧。"

　　方老太太忙笑道："不是的呀！俺是见诸位好容易让席坐定，因为绳其行礼，未免又要起动诸位，如今便请吩咐一句，立着行个四叩大礼，诸位也不须起动咧。"众婆娘笑道："论说呢，家庭不讲礼，何必叫孩子磕头礼拜。不过俺们都为乡风起见，老太太既吩咐下来，俺们虽人多，还能叫他一份份地行礼吗？如今咱这么办，不村不俏的，叫他行个三跪九叩的礼儿也就是咧。因为既是立着，所以须多磕个头儿。"说着，大家一笑，都坐得石佛儿似的。

　　这一来，绳其大恨，但是没法儿，只得起起跪跪，一面磕头，一面眼睛一转，早已计上心来。及至礼毕，发脚便跑。到得厨房中，只见厨师正在忙碌，案上的干鲜果品、冷荤碟儿都已摆设停当。一个大蒸笼置在地下，里面都是大碗大盘的鸡鱼肘肉、各种汤菜，看光景上得蒸锅，就要开饭。

　　绳其一步闯入，便拍掌道："你这厨子真没用，方才有个大花猫衔着段肘蹄儿正在西夹道里啃嚼，你还不快瞧瞧去。"厨厮听了，撒腿便跑。

这里绳其逐各种菜蔬上各撮上一撮盐。及至厨厮被赚跑回，那盐末都已融化，绳其都不管他，又到茶炉上吩咐了多备滚水。

这时方宅外厢还有几个族中孩儿，也是方老太太叫来吃中饭，饭毕后，都在后院场房一旁玩耍。这场房便是方宅仆妇们值宿之室，仆妇们都在内院忙碌，所以后院静悄，众孩子都凑向这里。当时绳其又跑向那里，向众孩子附耳数语，众孩子大乐道："有趣，有趣！大白鹅的大屁股准有瞧头儿。便是那颤凉粉，也颤得有趣。咱们一定是这么办，哪个要不喊'都来看'，咱大家都不依他。"

不提众孩子一壁价欢欣跳闹，一壁价暗暗留神。且说绳其溜回上房，刚到穿堂帘外，已听得里面叮叮当当，杯箸乱响，夹着一片咕嘬之声，便如群猪哄食。这个道："他大嫂哇，你闹块肘子皮吧，真是喷香稀烂。"那个道："他二婶呀，你怎么还撂筷儿？人家老太太精心诚意地预备饭食，你要客气，不惹老别人（俗称长辈）怪吗？你瞧这炸丸了，外焦里嫩，多么得味，你且闹两个，再夹段春卷儿，才妙相哩。"说着，似闻布菜之声。

众妇哄然道："他二婶，你还不撕她嘴。你瞧圆彪彪的两丸子，衬着段直长长的春卷，这不是拿你取笑吗？"即闻一妇道："阿弥陀佛，罪过，罪过。拿这种好东西比方那个，等我都吃了，给她消消罪孽吧。"于是，啃嚼之声又复大作。少时一妇拍手道："咱们只顾吃，不抬头，你瞧就把阮三嫂给吓住了，真个就像林黛玉数米粒儿吃哩。"

绳其听了，几乎失笑，方要掀帘趋入，却闻众妇摔破瓢似的一阵笑，接着便噪道："咱快给郝大嫂捶捶吧，噎煞了可不是玩的。本来这东坡肉又烂又咸，块儿又大，郝大嫂再端起汤碗来，一下子喝了半碗汤，向下一送，那块肉一个咽不迭，怎怪她堵住呢？"说着，捶背之声继续大作。即闻一妇道："好了，好了！郝大嫂吃紧了，闭住气，且一边歇歇吧。"

一言未尽，便闻大白鹅呼的一声，似乎转过一口气，便噪道："哪儿呀，若提起俺这毛病来，就恨煞了俺当家的。他每逢心不顺，或酒后，单等我吃饭时，他就鸡蛋里找骨头，因此我落了个噎气的病根儿。只要心里一添别扭，登时就犯。方才俺一嚼那肉，咸得煞口，想喝口淡汤送送。不想那汤也如酱油一般。俺方暗想今天厨子准是打煞卖盐的咧。只这么一别扭，就登时犯病。若非在老太太这里，人家不说是抢肉噎住吗？这才是笑话哩。"

众妇听了，又笑道："真个的，今天这菜蔬委实口重。但是咸中出味，少时饭毕，只好多灌些茶吧。"一句话，招得方老太太也自笑了。正吩咐仆妇先去备茶之间，绳其这里掀帘而入。只见方老太太坐在地桌儿旁，业已用罢素饭。原来今天是吃准提斋的日子，炕上一席酒业已杯盘狼藉，碗底朝天。

众婆娘都已吃罢，正舐舌抹嘴地鬓汗津津，直嚷好热，都排墙似偎向炕里，瞧着众仆妇收拾炕桌，捡撒器皿。有的还剔着牙儿，向仆妇道："少时你忙完了，先泡两壶酽茶来解解渴吧，今天这菜蔬口重得紧哩。"

绳其瞧着，暗暗心喜，便不等仆妇，自到茶炉上取了两只青花瓷大茶壶，只装入点点茶叶，取起滚开的水，每壶里只泡半壶，却从水瓮中又泡了一半冷水。这一来，弄得温凉可口，其实却冷热相激。这种茶一入肚，势非泻肚不可。

当时绳其两手提壶，匆匆地踅入上房，置向炕几。众婆娘这时又已各吸了两筒旱烟，喉吻既燥干异常，又夹着满室中饭气烟气、热气汗气，烘腾腾赛如洪炉。一见绳其提得茶来，不由眉欢眼笑。那大白鹅便先赞道："你瞧绳其这孩子，淘起气来，气煞人的；他伶俐起来，又爱煞人的。他就知咱们口渴，先弄茶来。"于是和众婆娘大家动手，命仆妇取过茶杯。有的还嫌不济事，命仆妇留了四五只干净饭碗，便哗哗地斟起茶来；就如一群奔泉渴骥，没命地都灌下去。两壶未尽，又有先去的仆妇提到滚水续入壶中。本来壶中茶叶不多，众婆娘越喝越淡，越不解渴；越不解渴，越是手到杯干。须臾，四五壶滚水都已罄尽。

你想众婆娘填了一肚子荤腻，又泡了许多乌图水（即不温不凉之意），这一来，大家肚内便如春冰解坼一般，隐隐噗喳作响。肚胀还可，唯有那暖谷春流，大有一泻千里、汪洋莫遏之势。但是饭罢便入厕究竟觉得不好意思，只得一个个盘腿煞腰，就像没事人似的只将那要紧所在连夹带挤，暂抑其势。因为每人着件单裤，势不能许其浸淫而出。

就中那颤凉粉因提气过甚，业已震动得头上花枝招摇作态；唯有大白鹅，一身肥膘，腆起个大肚皮，虽悄悄地松松腰带，无奈肚皮里没法轻松，不觉挟气而喘，有声如牛。正要老着脸儿告个便儿之间，忽见绳其笑嘻嘻地跑过来道："俺那会子在庙上买了一包消化胀散，据说着比槟榔化食丸还强得多，只少闻一撮，登时食闷全消，清爽得紧哩。如今饭罢没得槟榔嚼，诸位婶婶姨姨且闻些儿吧。"说着，从怀中取出药包摊在炕几上。

众婆一瞧，其白如雪，清香扑鼻，不由都欣然道："绳其这孩儿真得人意，难为他怎么想来！"于是各伸一指，拈些入鼻。唯有大白鹅业已肚胀到十二分，当时便哈哈一笑，欠起胖屁股去取那药。三指一撮，就是一家伙，腾哧一声，抹入鼻孔。

这一来不好了，那欠起的屁股未及下落，便登时阿嚏一声，接着那嚏声便如连珠炮一般，不但涕泪交流，并且下体一松，哗的一声，那胖屁股顷刻间阴湿了半个，竟如小孩们灌了两裤筒子屎。

众婆娘见状正在笑成一团，哪知还没转眼，大家嗳声响成一片。你也唤啊哟，我也叫不好，一个个弯腰揉肚，下炕要跑，屁股后面都已淋漓尽致。有的将湿裤夹入臀缝，有的回手遮掩丑处。偏巧那颤凉粉穿的是大红布缎色撒脚裤，这一来，弄得顺裤脚直淌红水，便如月事方到一般。

当时众婆娘丑态毕露，一个个尿了裤子，诧异得方老太太什么似的，又是笑不可仰，因喝绳其道："你这孩子，弄些什么打喷嚏药来，弄得大家这个样儿。"绳其伴惊道："好好的消食散，她们自愿尿裤子，却不干我事。"说着，一溜烟跳将出去，却听得方老太太命仆妇们寻出六七条裤子，并向众婆娘笑道："诸位快到后院场房中悄悄换上尿裤吧，若叫佣工们瞧着，可委实的不雅相哩。"

不提众婆娘听了，只得老着脸儿，各抓裤子，大家扶挽了便奔后院。且说后院众孩子，一面玩耍，一面探头探脑。忽见绳其如飞跑来，先奔向场房屋门，咔吧一声，上了大锁，然后向大家一挤眼，相与隐身花丛树身之后。绳其竖起一指道："你们但瞧我竖指为号，便一齐大呼。哪个忍不住若先笑的，咱便大家捶他。"

众孩听了各自点头之间，早望见角门边黑压压的吱吱喳喳挤到一群婆娘，手内各拎一条裤，下面是淋淋浪浪。有的攒眉咧嘴，有的直嚷晦气。那白大鹅这时已气急败坏，委顿不堪，被两个婆娘挽扶着，走在前头。到得场房前，抬头一望，叫声晦气，不知高低，原来又遇着锁门恭候。

众婆娘急欲进去换裤，忙丢了大白鹅，一阵大乱。有的说取砖来砸，有的说问仆妇去寻钥匙。众孩子暗瞧她们窘急之状，正在忍笑，只见大白鹅坐在屋前一块长石上，便发话道："你们鸟乱的是什么？左右这里又没得人，咱就此换上裤不结了吗？"说着，解带松裤，向下一拉，白亮亮的肥臀胖腿早已现将出来。

于是众婆娘恍然大悟，纷纷然坐向屋门阶石，七手八脚一阵脱光。各跷起两条白腿，每人挤着两片精皮，便如临潼斗宝一般，你瞧我我瞧你的，一面笑，一面举裤欲穿的当儿，忽听花丛树后小手齐拍。登时一片童音喊入天半，齐叫道："你们都来看哪！"正是：

　　　裸身嗤众妇，拍掌噪群儿。

欲知后事如何，且听下回分解。

第十回

争驴肾一儿作祟
咬木棒双瞽挥拳

　　且说众婆娘听得众孩子呼声，百忙里手慌脚乱，穿裤不迭。有的玉股交并，穿入一只裤管；有的金莲双叉，一下子叉住裤腰；还有站起来张皇四顾，不知所为的；又有刚穿上，又复落下，一迈步儿绊个大跤的。一时间，粉臀玉股，纷纭起落。那大白鹅因身体特胖，偏又抓着条瘦小裤儿，只装入两只腿，那裤腰业已箍在腿根之间。急得她一阵撕掠，哧啦一声，裤儿绽破。因为力猛，往后一闪，登时闹了大面朝天。两条大腿正在乱舞，却从一片"都来看"的声里，猛从西边墙头上冒出几个笑嘻嘻的脸儿。于是众孩大乐，一个个从隐身之处拍掌跳出。

　　原来西墙外的跨院儿就是方家佣工的下房儿，这时大家也因过庙会，吃犒劳，大家都聚在那里谈天说笑。忽闻众孩子大呼，因后院无人，恐他们玩弄火烛，不是耍处，所以都扳墙来望，不想却瞧到这段奇景。

　　当时众婆娘忽望见墙头上冒出几个男人的面孔，虽说是一冒便下去，却早都羞得恨无地缝可钻。正在鸟乱，亏得方老太太闻得后院喧闹，忙遣两个仆妇前来查看。两仆妇惊笑之下，这才喝跑众孩。一望场房门是锁的，正在诧异，只见绳其绷着脸儿，从老远的树后踅出，却笑道："这群孩儿真正顽皮，俺们在此玩得好好的，他们见人家换裤子就要喊。俺越不叫他喊，他们越喊哩。"

　　仆妇一瞧绳其装作之状，早已恍然，便笑着凑去道："还是你是好孩子，快拿钥匙来吧。"绳其听了方要跑去，早被仆妇从他怀中掏出钥匙。于是众婆娘顿悟这段事，前前后后都是绳其作祟。

　　不提众婆娘又羞又气，又是好笑，只得跟仆妇入室。大家好歹地换上裤儿，各挟一条湿漉漉的尿裤，便从后院的后门儿溜之大吉。且说那仆妇踅回上房，向方老太太一述绳其捉弄众婆娘之状，招得方老太太又笑又气，便正色道："这孩子可了不得咧！如何连长辈们都侮弄起来？将来他怕不拿我要猴儿吗？这两年没得先生，越发惯得他成了疯牛野马咧。"于是一迭声唤到绳其，正在正颜责数，恰好人报建中踅来。

须臾，建中入见，规规矩矩地行礼如仪，又替母亲许氏谢过方老太太时常周济之惠。原来方老太太体念世谊，又敬重许氏贤明，自维正殁后，依然地周恤不断。所以许氏逢时遇节便命建中前来问候起居哩！

当时方老太太见建中温温雅雅坐在那里，大人儿一般，问了他几句家常话并在本村毕先生处读书的光景。那建中言词朗然，对答如流。方老太太欣然之下，因顾绳其，微叹道："你这孩子就晓浑淘傻闹，先时念的书大概也都就饭吃咧。你瞧你建中弟弟多么安详可喜。你也不害臊，还向我逞头上脸的哩。"绳其听了，都不理会，倒拖住建中道："走，走！好容易你今天放学，又是大庙会上，咱且玩耍去吧。"

不提两人一路嬉笑匆匆跑去，且说当日日色平西时分，村中游人纷纷各散。一时间，黄童白叟笑语相携，就那一片山光溪色之中缓寻归途，真也是山村中一段太平景象。昔人有诗咏村社，道得好来，是：

> 鹅湖山下梁稻肥，豚栅鸡栖共掩扉。
> 桑拓影斜村社散，家家扶得醉人归。

慢表那夕阳影里，游人如画。且说村中有三四父老，因在庙场上吃酒，回途行经一片溪湾疏柳之间。晚风徐吹，十分爽适，便就一处板桥旁藉草而坐。大家酒意上涌，正想歪倒打个盹睡，只听桥那边明杖响动，接着便有人笑道："喂，何老哥，今天好热天气，咱就在此歇歇脚，闹一盅吧。亏得你告诉我贵村人喜奉承，今天卦钱甚是凑手，论理我也该谢谢你。"又一人道："得咧！咱们同道，理应相助的。将来我到贵村，还愁你不照应我吗？"声尽处，由桥下踅上两个算卦的瞎先生。明杖之外，每人提着一哑酒壶（厚油纸所制，形如伏龟，俗呼为"王八壶"）。头一个生得凹鼻凹眼眶，翻转红眼皮，瞪着大瞎睛，大家认得是本村中的瞎何六；后面一个生得闷闷浑浑，戴一顶大草笠，穿一件又肥又大的蓝布袍儿，歪着龅牙嘴，却是个外村的瞎先生。

两人摸摸索索，就板桥上置下明杖，各放下哑酒壶，便相与席地而坐。又倾耳向四下听听，何六便笑道："这所在静僻得紧，是没得人来搅的。不瞒你说，咱们干这番贼的营生（隐语谓算命也）全仗着耳灵心快，撮着人的口风，便给他来一套大江东的奉承话，人家腰内钱才能到你兜肚内。你若倔巴巴地掏丧话，还成功吗？再者，随机应变，全在临时心活。你若遇着老妈妈子来问行人，不消说，是惦着他儿子；若小媳妇来问行人，不消说，是想念她丈夫。咱就从此上一门她爱听的话，骗得她多给卦钱，便大事完毕。江湖勾当，若讲真的，便成了大傻瓜咧。不瞒你说，俺就因嘴头子来得甜蜜，不但生意得法，还曾得到点把俏皮勾当。可惜这当儿，俺这个相好的早又寻人去咧。如今俺五更头睡醒，偶然想起她来，还有些不得劲儿哩。"说着，喷喷两声，神情儿十分好笑。

大家见状，正在悄悄诧笑，便见那瞎子惊笑道："真的吗？如此说，你倒有本事。难为你摸摸索索，怎的瞎抓来？"

何六得意道："若说俺们那档子事，也是缘分，也不必说她姓字名谁，住在哪里咧。总言之，有个好说好笑、有钱的寡妇家，俺虽瞧不到她的娇模样，但觉她浑身肉皮滑溜得异常可爱。尖尖脚儿，多说着，敢好也有三寸。便是她最好算命，又好听个小书段儿。俺赴村趁生意，往往被她叫进去，胡扯一面。一来二去，熟滑咧。咱没眼的人耳朵是灵的，听得她说话娇嫩，行步伶俐，便知是个俊人儿。但是咱也不敢冒昧，不过借着接茶接水故意价碰她手儿一下子。有一天，我大着胆子，趁她来递茶，故作失手打落杯子，便赶忙弯腰去摸碎杯，就势捻了她脚一下，她倒咯咯地笑我瞎摸。

"又有一日，俺趁她一转身猛然地向前一撞，正挨着她胖胖的屁股。但是她只唾了声，依然地说说笑笑。要说咱们没眼的人，受的是前生孽报，今世里就不该做这些污事。无奈事到其间，由不得我。你想面前现成的肥羊肉，谁能只顾忌口呢？从那一天，我便放大了胆儿。但是她那光景，仍是有意无意。我知得人家，是不见好货不肯贸然来照顾的。不瞒你说，我瞎虽瞎，却也有点儿得人意处。你不信，摸摸我的鼻头，便晓得的咧。一日，恰值雨后天儿，她院中泥泞不堪。我明知她在厢房前铲除泥泞，帚儿直响，却只作不知，摸出门来解裤便溺。说也不信，登时帚儿声停。你想我既故意引逗她，自然摆布得有可观的物件了。只那一泡长尿没完之间，忽闻耳旁咯咯一笑，接着便一帚柄儿，打向俺那所以然的所在。咱们是长话短说，从此俺们两个的所以然才凑到一处。你说我嘴头甜蜜，没好处吗？"

那瞎子听了，向四外倾倾耳朵，然后笑道："真有你的，你倒作的得诀法。将来俺串村庄去审贼，若遇着此等事，也学你些儿，不好吗？"于是两人对翻眼皮，哈哈一笑。张得大家又笑又气，方暗想何六这瞎厮，瞎掉眼睛，还造罪孽；只见何六笑道："咱们只管干嚼蛆，当不了肚皮饿。伙计，把咱买的那所以然拿出来，咱也吃个快活酒儿。你是远客，先敬你一个头儿，以后，咱是彼此传递，一人一口，谁要多咬一口，叫他嘴上立时长个老大的疔疮哩。"

那瞎子笑道："何老哥，你真罢了，就这等的小心，俺是向来不吃昧心食的。"何六登时一翻白眼道："那也难说，咱话先讲明，省得吃到快活头上，再捣麻烦。"说着，拎起酒壶咂了一口，一挥手儿道："伙计，快拿出来，你就起头来吧。"

这里大家听了虽不解他们说的所以然是甚物件，但是都猜到是熟食下酒之物。正在含笑注目之间，只见板桥那边小影一晃，却是绳其和建中悄子蹑脚地趔来。每人手内用草绳拴着一个癞蛤蟆，绳其手内还提着一尺来长的一段泥污木棒，上面的臭滋泥都已晾干，想是就桥下拨寻蛤蟆用的。当时绳其忽见何六等，便向建中一挤眼儿，一径地鹤行鹭伏，竟趋到何六眼前，悄悄蹲定。建中远望着，只是憨笑。

大家见绳其顽皮素惯，倒也没人理会。正要相与趔去的当儿，便见那瞎子由怀中摸出个油纸裹的长卷儿，大家以为是油条之类，哪知抖去油纸，却是一具紫渗渗的卤煮驴肾，连那翻开的头儿俱全，颠在手内甚觉好笑。原来村中素有煮驴的汤锅，据说着全驴之美无逾此物，所以两瞽合资买来，准备着下酒解馋。

当时大家见两瞽茫然相对，各据咂壶，又颠着这段美肴，真可谓瞎吃瞎喝，不由都逡巡笑望。便见那瞎子猛一口咬去肾头儿，一面大嚼，一面赞道："人家王回回煮驴肉，端的得味。何老哥，快来吧。"说着，直竖竖递将过去。何六这时业已先张大嘴，接过来昂昧一口，更为扎实，登时撑得两腰气蛤蟆一般。于是白眼一翻，转递过来。彼此穿梭，夹着大嚼不迭。百忙中又须咂酒，四只手瞎摸瞎抓，并且彼此提防多咬了去，接肾之间都挂张皇之态。这副可笑的神情儿已经是等闲瞧不到的。

正这当儿，只见绳其置棒于地，小眼儿瞟准了何六，趁他唰一声递出驴肾，赶忙接去抛向背后，闹得何六愕然道："你瞧你，多么嘴急手快，就像抢的一般。"那瞎子也愕然道："你说什么？你只管咬不够，舍不得递过来，怎反倒打一耙，说我手快呢？"

何六登时一翻红眼皮道："放屁！你要胡厮赖，想吃独食，须不成功。哪个瞎王八蛋才没递去哩！你不用故意地迟延时光，暗含着多咬两口。天理良心，你吃了昧心食，老佛爷也叫你生大疔去。"

那瞎子发急道："喂！何老哥，别逗笑儿，你委实没递过来。"何六大怒道："这是什么事体？俺和你逗笑儿，咱彼此黑汗白流挣的钱买这酒肴，可是小事哩？"那瞎子听何六气急败坏的语气不像逗笑，因诧异道："这事也怪，莫非你手慌递掉了，也未可知。等我摸摸我跟前再讲。"说着，一手置下酒壶。

这里绳其好不手快，连忙褪下那半死的蛤蟆，先置向他跟前，又复置棒停当。这里何六还微微冷笑道："你唱功平常，装扮倒不错。你多咬一口也不打紧，你就赶快递过来吧。"那瞎子也不理他，只顾了就地乱摸。一下子摸着蛤蟆，忙唾一声推开去。

须臾，摸到那段木棒，因上面有半湿带干的污泥，绝似油腻，便以为摸到驴肾了。于是不容说，抄起来昂唏一口。这一来，咯嘣一声，两门牙险些坠落，啧的声，向外一拔，又掠了一嘴臭滋泥。何六顷着耳朵道："怎么样？俺若没递过去，你嚼这么热闹，难道是你的屌不成？"一言未尽，但闻那瞎子大吐大呕。何六晃着脑袋道："该，该！吃昧心食，总不会受用的。"

这时绳其早已抽头跑去，遥和建中大做鬼脸，招得那三四父老掩口揉肚，极力忍笑之间；便见那瞎子头筋都胀，一抛木棒，大喝道："哈哈，何六儿厮，你这瞎万辈的死王八，也不对呀！你不递酒肴，满算都撑到你肚子里去，也不过多造一泡粪。咱们同行同道，也不算什么，你不该弄你娘的哭丧棒来赚我呀？"

何六越怒道："好小子！你还胡说，你干脆快拿来吧。"那瞎子怒极，哼了一声道："就是吧，你且等等。"说着，从地下摸起蛤蟆，约略准何六的脸子，手腕一翻，唰的声便是一下。

可巧何六正在气张了大嘴，又探身作势准备接肴，与那瞎子相距咫尺。这一来，咕唧一声，那蛤蟆正入口中。百忙中，一摆脑袋，不暇辨是什么东西，更不暇说话，急匆匆回手掏出。一面价反手回敬，一面两手据地，吼一声，一个虎跳扑过去。哪知那瞎子早做准备，倏地歪身一闪，嗖一声，跳将起来。可巧何六扑空，爬在地下，狠狠地两手乱抓，却抓住那瞎子一条腿子。俗语云"秃子愣怔瞎子狠"，当时何六抓住腿子，一咬牙，添上那只手，顺着腿便向上抓，意思是来个老王摘瓜，下取的毒招数。

那瞎子一只腿子既站稳不得，又须防备胯下，便弯着腰子去掰何六之手。三晃两晃，两人四手相持，滚作一团。不约而同地都剩出一张嘴来，不管他脑袋屁股，给他个乱啃乱咬，又一面呜呜有声。

原来瞎子打架大半是闷腔的，都讲扎扎实实，坐实一个"狠"字。诸公切记，凡遇瞎子打架不可去拉，只要他捞住你，那就不可解脱了。

当时众父老见两人撕打凶实，顷刻之间，两人面上都已长血直流。正要赶去喝劝之间，便见两人拖扯着，就地一滚。你想一个小小板桥能有多大所在，砰然一声，业已同落桥底。虽然是溪水不深，但是两人泥首其间，都已闹了两口水，不由得惊慌放手，扯开了叫驴嗓子大喊救命起来。于是众父老急忙赶去，先取明杖递与他们，两人方才泥母猪似的爬将上来，便一面乱骂，一面彼此摸着酒壶。那瞎子还拍胸道："何六，你别觉着你是地头蛇就欺咱外村人，等你下村庄时咱们再见。"于是各自分途，于于而去。

这时众父老只笑得打跌，正在桥上笑望绳其等。只见绳其向大家背后望望，忽地拖建中闪向一株树后。大家回望去，只见从远远的苍然暮色中踅来一位扶杖的老妈妈。及至近前，却是方老太太。一见大家，便笑道："诸位可曾见俺家绳其和建中孩儿吗？这俩孩子真个淘神，这当儿还不上家。散庙的时光，人挤马踏，是玩的吗？"

众父老正要答语，却见绳其从树后向大家摆手儿。一父老便笑道："今天怎么起动你老人家御驾亲征呢？"方老太太笑道："今天大庙会上，佣工们忙了一天，这会子再支使人家满处里找孩子，不显得咱没分晓吗？我一来老不歇心，二来既过会子庙，我也到庙场上应个景儿。但是绳其他们向哪里去了呢？"

众父老听了，方笑着向那树后一努嘴儿。方老太太未及回顾，只听背后唱一声道："奶奶，俺在这里哩。"这一来，闹得方老太太猛一哆嗦。一见绳其、建中，又登时笑逐颜开，却一挂拐杖道："你这孩子可怎么好！就是叫人淘神。还不和建中弟弟家去玩哩。过两天，你也去瞧瞧王家婶婶。一年大二年小的，你也该像个人似的咧。"

不提众父老见绳其顽皮，又想起方才笑话，便别过方老太太，纷纷各散。且说方老太太领了绳其等慢步回家，刚一脚踏到门首，只见门前歇凉石上有一人扶头倚装而坐。一见方老太太，赶忙站起。正是：

　　龙钟携稚子，邂逅得明师。

欲知后事如何，且听下回分解。

第 二 集

第十一回

觑贫士有意留宾
谈富儿无心闲话

　　且说方老太太见歇凉石上那人站起，只认是本村庄众偶来歇脚。仔细一看，却是一个陌生的贫士，生得干筋瘦骨，细长身材。戴一顶破草笠，穿一件补缀长衫，脚下踏双张嘴的布鞋子；行装上面还掖着一卷对联。看光景有四十多岁，不像那《红鸾喜》中的莫官人，也像那《偷蔓菁》内的蔡秀才。虽是意态寒酸，但是顾盼之间委实有些精神。一见方老太太一个长揖还没作完，只见宅内跑出两个少年佣工，便噪道："老太太快别理他，这厮早就在门首探头探脑，说起话来侉声侉气。咱这里又没学房，他游学也不睁眼睛。"说着，抢向贫士，一阵价连推带搡。哪知那贫士山也似屹然立定，其中一个佣工因推势过猛，自家立脚不住，扑的一声，倒闹了狗吃屎。于是爬起来，大怒道："你这厮还讲打吗？"说着，和那佣工四拳齐奋，一拥便上。

　　这里方老太太连喝佣工住手之间，便见那贫士微微一笑，只略略手臂稍动，猛可地一撒身势，登时将两人闪跌一跤。两人越怒，爬起来，重复便上。那贫士只脚下轻捻，滴溜溜身躯一转，两人一对儿扑空，嘣的一声，又彼此撞了个仰八叉。慌得方老太太急用拐杖相拦之间，只见绳其拍手跳笑道："有趣，有趣！你这先生好灵便手脚，倒好耍子，咱两个来来。"说着，从后面猛地一个老羊触角。那贫士不曾理会，真个被他撞得向前一探身儿。于是方老太太一面笑，一面喝住绳其等，又向那贫士道歉道："佣工辈粗鲁无知，倒多多得罪先生。但是舍下却委实没得学馆，不便款待先生。"因顾佣工道："你快与先生将出两串钱来。"

　　贫士忙愧谢道："小可穷途落魄，偶游至此。闻得贵府是本村著姓，一定是开有家塾的，所以写得一副对联来，冒昧上谒。今贵府既没得学塾，小可也不便打扰。便请老太太留这副联儿，糊墙芥壁吧。"说着，从行装上抽下对联，徐徐展开。上面写的是五言联儿道：

　　　尚友天下士，乐读古人书。

　　那字儿体兼行草，纵横郁拔，写得来颇有奇气，下款儿只落"亦山"两字。

　　当时方老太太一见此联，又瞧那贫士落落然意态不俗，知非寻常游士之流，不由得心中一动。原来这方老太太系出名门，知书识字。便是当年方樾成名，也是母教为多。方樾还有个胞妹，嫁在密云葛垞村吴家，这当儿早已去世。当年未出阁时，学习针黹之暇，方老太太也便教以读书识字。

　　方老太太既颇有学识，所以绳其虽顽皮异常，她有时管教起来，并不像蠢妇训儿一般，只讲蛮骂狠打。因她见绳其活泼聪慧，总不像没出息的孩儿哩。

　　当时方老太太接过对联，一面称赞，一面心头怙惙。只见那取钱的佣工直撅撅地趸来，当的声将两串钱向那贫士脚下一掼。方老太太忙笑喝道："你瞧你多么粗鲁，便是给先生钱，就这么一掼吗？快拾起钱来。如今天色将晚，且请先生屈尊一宿，俺还求先生写两副对联哩。"

　　佣工愕然道："你瞧瞧，你老有这话怎不早说？却叫俺去取钱，白跑一趟腿。"说着，拾起钱来，索性替贫士提了行装，却笑道，"好了，好了。如今您总算抓着饭东了，快跟我去下房里歇息吧。"

　　贫士听了正在微笑，那绳其却跑过来将佣工一推道："这先生手脚煞利，好玩得紧，不像那老板板的先生们讨人厌烦。你快将他行装安置在客室中，少时俺还寻他要子去哩。"说着，拖了建中一径地先跑入宅。

　　这里方老太太却笑道："先生不要见笑，这孩儿便是俺的孙儿。你瞧这么大了，只知顽皮，可知老身为他耗神哩！"说着，命那佣工引入贫士，自己也便逡巡趸入。到得上房，却不见绳其，只有建中坐在那里。问起仆妇，仆妇笑道："方才大官官一进来，便欢跳得什么似的。直吵了方才门首来了个游学先生怎的手脚煞利，怎的闪跌佣工，张手舞脚地比画了一阵，并笑道：'这先生写得好字，又会手脚，委实有趣，等我寻他玩去。'说着便跳出去了。这会子想是在客室中哩。"

　　方老太太沉吟一回，只微微一笑，便自和建中用过晚饭，悄悄到客室窗外向里一张。只见贫士尚在用饭未毕，绳其跳跳钻钻地偎着他，一面价瞎三话四，一面将可口菜蔬只管大箸价与贫士布过来。并笑道："你这先生端的有趣，等明天你千万别走，便在俺家玩吧。不知你那手脚伶俐法俺也学得会吗?"

贫士笑道:"天下事,只要肯学,岂有不会之理?你看古今来许多的文臣武将,文能提笔安邦,武能提刀定国,哪一个不是学得来?公子,你只要愿学,还有不会的吗?"

绳其跃然道:"有趣,有趣!俺只学你那伶俐手脚,玩起来才有趣哩。明天你千万别走,你先教给我上树爬高。俺后园里老树上有个猫儿头(俗谓枭鸟曰猫儿头)的窝,俺早就想掏它下来哩。"贫士笑道:"当得,当得。公子你还是老实,若是我,早就掏它下来。"

一句话不打紧,乐得绳其只顾乱蹦,又跌脚道:"可惜今天晚咧,不然,咱这会子就掏去。"忽又笑道:"怎么你这先生,独说我学什么就能会呢?不瞒你说,俺往时上学时,个个先生都说我学什么也不会的。气得我就跂一跌,你说我学不会,我就不学。"

贫士大笑道:"那是他们摸不着你的性子,所以如此说法,总是不善教你罢了。率性之谓道,便是尽己之性以尽人之性。他们是不会尽你之性,所以说你不能成学哩。"

方老太太听到这里,不由暗暗点头。正在心下欣然,只见绳其怔怔地道:"你什么杏子、桃儿地说了一大片,如今后园里只有夜猫子,明天咱先掏它来玩吧。"

一句话招得方老太太几乎笑出,便欣然悄悄趑转。便寻出卧具并衣服帽履之类,唤到佣工,命与那贫士送去。

须臾,佣工噘着嘴趑来,道:"他们外路人真不通情理。咱好酒好饭地款待他,又给他送衣物,他就像一百个合得着一般大咧咧地收了,连个谢字也没得,却和大官官在室内跳得山摇地动。这会子两人还正捉迷玩,又商量着明天上树去掏夜猫子。这个大孩子头儿若在咱家,不招得大官官越发淘气吗?依我看,老太太不必招惹这外路人,趁早打发他走清秋大路比什么都强。"

方老太太听了便是微笑,便和建中灯下闲话,又问回近日读书的功课。建中却道:"俺大哥不在毕先生处读书,倒也罢了。因为毕先生只能训蒙,教不得开笔学生。俺母亲因俺已开笔作文,却因此事甚是发愁哩。"

方老太太欣然道:"好孩子,原来你已能开笔作文了。你对你母亲说,不必发愁,不久我还要请位先生,你便附在这里来念书。且是好哩。"

正说着,只听院中奔马似的一阵脚步声,便见绳其蹦跳而入,头也不回,便拖建中道:"走,走!咱快向客室中去困觉,和那先生玩去。他一肚子古迹儿,只愁你听不了的。他又说他会夜间打坐,按骨节儿都会作响，说是能以增人气力。老弟，你去学学，长长劲头儿，且是好哩。"说着，一面将建中拖得东倒西歪，一面唤仆妇便搬自己的卧具。

方老太太忙笑喝道："你建中弟弟不像你似的只好贪玩，如今时光不早，人家那先生也该歇息了，你还去胡扰做甚？"

绳其听了哪里肯依，便扭股糖似的拉住一个仆妇喊搬卧具。那仆妇一面笑，一面望着方老太太的眼色。逡巡之间，被绳其啪地一脚踏了脚尖儿。正在皱着眉，又笑又吵，只见绳其赌气子自取卧具，捎了便跑。再瞧方老太太，却含笑不语。

这一来，闹得那仆妇甚是诧异。因为方老太太疼爱孤孙，一总儿叫他跟自己困觉，片时不见都不成功；今竟容他跟个陌生的野先生去困觉，所以觉得奇特哩。

当时方老太太又和建中谈回家常，偶谈及建中族人王原赚取建中田亩之事，不由叹息，因笑顾仆妇道："你瞧老天也不睁眼睛，偏发旺这种刻薄黑心人。俺听说王原这时在南村中也是有头有脸、属一属二的财主了。这种人，享用富厚，真叫人心不平哩。"

仆妇笑道："哟！老太太别说了。俺家就在南村住，王原家的事儿俺有什么不晓得？他虽发了刻薄财，要说他会享用，真是高抬了他咧。你老还没见他那狠琐样儿哩，成年价穿件二大袄，系条葛条带，刺猬团似的小辫儿，恨不得都擤成毡。风里也罢，雨里也罢，只会驴子似的在地里忙工作，真是连个草刺儿都拾到家里来。冬月里农事闲了，便拾柴捡粪。家中小驴儿没事干，他还外挂着放脚拉车。脚打后脑勺地闹一天，蹲在厨房里和佣工们大家嚼两个高粱窝窝头，闹碗糊涂粥，这算他享用完毕。有时节赶集上市，溜溜瞅瞅的，买斤烙饼，夹上些死驴烂马的肉。再狠狠心打上二两烧刀子，蹲到人家墙檐下，胡乱啃嚼了，这又算他享用大发哩。饶是如此，他还成日价得不着人家的好气。老太太倒会俊样着说他享用哩。"

方老太太失笑道："照你说来，这就无怪他发财了。你看如今的刻薄财主，哪一个不这么起家？但是千算万算，不如老天一算。也是我活的年纪大，经的事多，凡这种刻薄的后人，不是浮华倾家，便是痴呆废业。因为自己算计人，机心用到尽头，所以冥冥中便有人给他散财哩。"

仆妇笑道："老太太这话真不差。那王原的儿子小名带头，只比咱家大官官大两岁，却长了个傻大个子，就似个傻忒儿厮。念了两年的赵钱孙李，只认得了他那姓儿。见了人就会傻笑，便似缺个心眼一般。但是王原总觉得他儿子肥头大脑，挂些福相，还一火心地供给他儿子上学。两年工夫倒串了五六处学门，如今还闲在家里哩。"

方老太太笑道："傻儿子也罢，怎的他还得不着人家的好气呢？莫非邻舍家有人欺侮他吗？"仆妇笑道："咱邻舍家都是眼皮子薄的，见了财主抱粗腿还抱不迭，谁去欺侮他呀！要说他得不着好气，都是自己找的。他先前的老婆死掉，只剩下个傻儿子。论他财势，怕没人给他正经坐家女儿？但是他发财没够，总怕繁费，又想从续老婆这件事上得点儿外财。便嘱咐媒人留心查看，如有那有积蓄的二婚头，不怕长得丑八怪似的，他都不嫌。媒人听了，只好留心查看。事儿没成之间，未免先想他点儿油水，哪知他一毛不拔。那媒人恨在心里，过了几日，便来说对王原说：'某村里有个崔二姑娘，新近孀居，思量再醮。不但人头儿一百成，并且富有妆奁，更能当家理纪，真是上炕的一把剪子，下炕一把笤帚。像你这家宽业大的门户，止该娶这么个家主婆来作家哩。'

　　"王原不知就理，只乐得心花大放，当即一口应允。亲事停当，及至半夜弄辆车把新人拉过门来，只见新人眉儿眼儿、头儿脸儿果然不村不俏的，有六七分姿色。并且是一双尖翅翅的小脚儿，穿着满帮花的鞋儿，比自己死去的老婆便强多咧。但是见新人下车之后，十分大方，羞涩之态一概没得。两只水汪汪的眼，鸡精一般。大马金刀地吃喝完毕，又略问王原的常年进款，便笑道：'我听说你不会理家，以后你须事事听我话。但瞧你今天连客室都没收拾出来，可见你连人情世路一概不懂，着实须我来调理你呢。便是明天俺的亲戚来贺喜，你就不款待吗？'说着，立命王原去收拾客室。王原听她说有亲戚来贺喜，未免心痛备酒繁费。应对之间略为逡巡，那新人登时大怒，一径地将王原推出新房，嘣一声，关了房门，便一把鼻涕两把泪地呜咽起来。

　　"王原一来是爱新娶的二婚头，二来终究是贪她的积蓄，哪里敢违拗她，只得半夜里忙碌着收拾客室。又猴在房门外，赔了许多小心，方胡乱着进房去做了新郎。只这一夜之间，不是俺当着老太太说句粗话，那王原已被新人摆布得服服帖帖。真是叫他向东，不敢向西；叫他打狗，不敢撵鸡。简直就认了小妈儿咧。"

　　一句话招方老太太和建中正在都笑，只听帘外有人笑道："你这小妈儿只顾了瞎三话四，俺的手烫掉了，你也不接接俺。"大家听了，不由一齐外望。正是：

　　　虽富金银气，依然龃龊流。

　　欲知后事如何，且听下回分解。

第十二回

悭刻儿贪心娶滥妇
游学士高论诏奇儿

　　且说大家望去，却是个仆妇拎着开水壶来换新茶。说话的那仆妇便笑道："原来是你这蹄子，怎不烫掉你的手呢？可是你从前院来，大官官和那先生都睡了吗？"那仆妇一面泡茶，一面笑。泡毕，却凑向方老太太跟前道："老太太呀，我看留这先生哄咱大官官玩耍，倒罢了。那会子两人又说又笑，俺听得还讲文论字的。方才俺是提水去，到客室外瞅瞅，两个人都在榻上盘膝打坐，好笑得紧哩。"

　　方老太太听了微笑之间，那仆妇提壶自去。这里仆妇仍接说道："可是的哩。次日王原兴冲冲地起来，一面招请邻舍，一面整备席面。果然时方近午那新人的亲戚业已次第价趸到四五个。却都是横眉斜眼、敞披大衫、歪戴帽子的角色。一进门来，也没个里儿表儿姓字名谁，便一窝蜂似哄到新房中，径就榻上横躺竖卧，并偎着新人说些不三不四的话。见了王原却都眵起眼儿，有的从腿里掏出把明晃晃的宰牛攘子，气吼吼地就鞋底下磨两磨，重复插入。

　　"王原觉得这班贺客有些诧异，趁空儿调出新人蝎蝎螫螫地问她来客都是些什么亲戚。却吃新人劈面唾道：'没的你自家臭美，疑惑人家高攀你这门显亲，难道人家没亲强认不成？实对你说吧，那都是我的表兄哩。'王原听了正在摸头不着，恰好又趸到个凶实实的大汉，一抡铁柱似的胳膊，却笑道：'你就是王某人吗？今天你大喜事上，咱是一床大被盖个严。是话不提，咱且吃酒。'说着，向新人笑了笑，大叉步便进房中。即向那四五客哄然道：'老大哥来啦，咱且吃酒吧。'于是拍桌打凳，一迭声就新房中便要吃酒。

　　"王原见状，越发诧异。正想邀他们且入客室，那新人却正色道：'你不用胡怙惚，你就依他们意儿比什么都强。不然，你是自找麻烦。'王原

66

不知就里，只得依言。那班人在新房中划拳行令，猫声狗声，直吃得都有半醉，方掉臂而去。后来王原终究心疑那新人怎的便有这许多五颜六色的表兄，及至悄悄到某村左近细一打听，方顿足不迭，暗骂那媒人不已。

"原来那崔二姑娘是个顶不堪的烂污货儿，自做女儿时已有'小花鞋'的诨号，陆陆续续结识了许多野汉，大半是浪子地痞之流。那凶实大汉姓宋，人就叫他宋金刚，更是个讹诈为生、专拿肉头的角色。及至崔二姑娘出了嫁，以至孀居，那班野汉一向没断往来，招得大门前成日价狗打莲花落。那媒人因怀恨没得油水，所以特地与王原撮合了来。其实崔二姑娘浑身除红绫半尺包裹元宝一枚外，并无他物。这个老当上得好不扎实哩！当时王原探明底细，只好憋口闷气，但是还痴心指望他老婆或有积蓄。哪知没过得几日，宋金刚已握刀登门，硬借了一注钱去。嗣后便是其余野汉穿梭价来胡闹。

"王原陪酒搭肉，外带着还须贴钱。稍一逡巡，那班人开台便骂，甚至于脱得光溜溜跑向他老婆房中，高卧不起。王原虽悭刻，却没胆子。街邻都恨他索行，谁来管他闲账？于是王原大窘，只得哀告他老婆给他留面孔。后来终究又花了一注大钱，方才由宋金刚承首，打断了那班人，王原这才重新充起人来。但是得不着老婆的好气，也便从此起手。啊哟！老太太还没见哩。他老婆擦脂抹粉，打扮得狐狸精似的，睡到日头大高才起。茶来伸手、饭来张口地排摆完了，照照镜子，紧紧鞋子，洒花大汗巾一拎，向外便扭。不是踏出一只花鞋儿斜倚门框乱睃行人，便是俏摆春风地去串门儿。那王原刺猬团似的劳碌一天，连顿粗粝晚饭也须等老婆逛回再吃。饶是如此，他老婆不高兴时还挠得他脸上挂血。老太太还说他享用哩！"

方老太太叹道："为人太悭刻了，总要有人来磨治他，不然还了得吗？但是我听说王原待他母亲还算孝顺，这一节，却有可取。"仆妇道："那个老奶奶从先时倒是享点儿福，自王原娶了那老婆，那老奶奶就可怜了。上月里俺回家去还见着她，已不成模样，还有多大的活头吗？"

正说着，只见建中一个呵欠，方老太太笑道："咱只顾谈天儿，就忘了小人儿盹困了。咱们也该歇息，明天那淘气精还不知多老早就吵起来哩。"于是仆妇退出，方老太太和建中即便各自就寝。建中是倒头便困，方老太太却辗转良久，又怙惚回那贫士，方才蒙眬睡去。

次晨方在倦眼迷离，只隐闻后园中喧笑连天，又时或奔马似乱跑一阵。接着，又闻绳其乱笑道："飞呀，飞呀！咱且拴起这崽子来吧。"方老太太睁眼一瞧，业已红日满窗。于是和建中急忙起身，喊唤仆妇来整备盥水。喊了两声，那仆妇方远远地答应着，从二门外跑来。一见方老太太，便笑道："老太太快吩咐那先生去吧！这会子，正领着大官官真个爬上后园大树掏夜猫子哩。瞧不出他那落拓样儿，吓吓地爬起树来就似猴儿。又教给大官官怎的轻身提气，拊手移脚。若这先生在此住常了，咱大官官还不上房揭瓦吗？"

正说着，忽觉脖颈上毛茸茸的咮溜一下子，吓得仆妇一哆嗦。那绳其已用麻绳拴着个夜猫崽子从背后跳将过来，一面拖得那崽子就地乱扑，一面来拖建中道："走，走！咱快寻那先生玩去。少时，他还要打拳脚玩哩。"方老太太喝道："人家建中弟弟不比你只晓得淘气，你快玩你的去吧！"

不提绳其一笑跑去，且说方老太太留建中用过早饭，然后命佣工送他转去；便一面留那贫士暂住数日，款待酒饭，十分丰腆。只这数日之中，绳其和那贫士险不曾将方宅开了个底儿朝上。踢球打弹，上树爬墙，跳高跳远，由前院以至后院直闹得烟尘抖乱。喧哗之声直彻内外，将方宅人等都诧异得什么似的。但是方老太太却如没事人一般，不但越发地款待贫士，反索性连绳其都不去问。

过了两日，绳其在家玩得不耐烦，便拉了贫士满村中任意玩耍。起初，还不过只在本村穿林打鸟，下溪摸鱼；渐渐的，红蓼洼十余村落无不踏遍；更渐渐的，上山玩耍，如挂月岩、剑虹峰等处，自不必说，更往往探涉幽阻。每一入山，必至日暮方回。那贫士更自制一种竹签袖箭的玩具，射飞逐走，无不命中。往往两人归来，用长竿儿挑些鸟兔之类，嘻嘻哈哈，玩得十分起劲。

村中父老见了，也都诧异方老太太没分晓，留个陌生外路人在宅中引逗着孩子野跑。倘若那贫士不系善类，发生些意外之事，岂是耍处？于是便有人向方老太太一说此意，那方老太太只付之一笑，仍然款待贫士，恭敬有加。却时时地暗觑贫士，和绳其玩耍回来便面有喜色。

过了几日，绳其忽然不出，客室中也便跳闹声少静。但闻钹钹铮铮、伊伊呀呀，一片提琴弦索之声。原来绳其又和贫士玩起音乐。过了几日，音乐亦没得，但见绳其每入内院，小脸儿上便青红黄绿，涂抹得一塌糊涂。原来又弄了许多颜色碟子，和贫士玩起图画，并且画了许多的虫鱼花鸟并奇诡的神仙鬼怪之类，贴得各处都是。又过了几天，图画亦罢，但闻两人玩起围棋，叮叮然落子之声，半晌一下。客室中，居然显得雅静非常。

那绳其有时进来，往日都是一跳丈把远，至此忽然雅步起来。方老太太心下暗喜，但是也不去理他。又过得两日，忽见绳其没精打采，仿佛没着落、没得玩一般。那贫士见他不大来吵着玩，也便取出行囊中带的书籍，自家翻阅。方老太太窃喜，机会已至。

这日晚上，又就客室窗外去伏觇，只见贫士就灯下危坐观书，绳其候在他对面。一会儿也抓过一本书瞧瞧，又扔在那里；一会儿又挠挠脑袋，眼望着壁上悬的那幅“尚友天下士，乐读古人书”的对联发会子愣。忽地问道：“先生，你还有什么好玩的法子吗？这些日，咱什么法儿都玩到，却只管都腻烦了。”

贫士笑道：“凡百玩法，没有不尽的意味，自然是玩久生厌。你要玩久不厌，并且越玩越有意味，将来还大有用处，只有读书的玩意儿最好。那么，咱就读书玩吧。”绳其愕然道：“呕，呕！那读书闷得人脑子都发昏，你怎的还说好玩呢？”

贫士道：“读书玩，是头清眼亮，心下是又开展又快活。今公子说脑子发昏，想是你那先生不会讲解，引发你的兴趣，所以便觉得不好玩了。要说书中，什么道理没有？什么故事没有？不用说别的，你但看古圣人造下这字儿，一字有一字的形象并义理，若细玩起来，增人多少的德慧智术！你若识得这读书玩法，便什么都不想玩了。”

方老太太听了，正在欣然，只见绳其跃然道：“真个的讲解好了，就能引人兴趣吗？”说着，指着那对联道，“先生，你且讲讲那对联，咱玩一下子。若能引起俺的兴趣，从明日起，咱就读书玩，你道好吗？”

贫士笑道：“那副对联也不用深讲，就是叫人学成文武全才之意。乐读古人书，便为的是明理立品，文章华国，求取功名，显亲扬名；尚友天下士，就是行侠尚义，交朋结友，遨游天下，做个富贵不淫、贫贱不移、威武不屈的大丈夫。像公子这等资质，正如一块没受琢磨的美玉一般。若真个晓得读书玩得有趣，玩着玩着，就能玩成个瑚琏大器哩。”

绳其听了，只乐得手舞足蹈道：“原来读书这般好玩，可恨俺从先那些先生们只说读书为的是做官发财。怎的摆势力，怎的抓钱财，怎的吃好的、玩走马、跑热车，怎的盖阔房子，怎的多娶些小老婆子，怎的又给子孙谋干功名、置买庄田，许多的沫沫渍渍讨厌的话。俺一想，若读书只为这些没人味的勾当，那古人留下书来，不是专教人学坏吗？但是我自己又悟不出个道理来，所以我见了书就觉头痛。如今先生既讲得如此有趣，又能玩出文武全才来，咱为什么不玩呢？但是我瞧先生虽好抡拳踢腿，想还不会搬石锁、射箭、耍大刀的武功。这武功一道，俺只好俟后再学了。"

贫士笑道："你说的是寻常考武的武功，那种把戏算不得数。真正武功是增长气力，锻炼身体。小而拳棒，大而剑术，藏其用，足以自卫；显其能，更可济人。古人云：下马做露布，上马能击贼。必须这等武功，方配得起那个文字。再深言之，还有兵机战策，龙韬虎钤，行军对垒之方，锐攻坚守之策，这方是文治武功中那个'武'字哩。"

绳其越发欢喜道："如此说，先生想都会这等武功了？"贫士笑道："俺哪里有如此本领？不过略通拳棒门径。须知武功中派别各异，深浅不同，若研求起来，亦是无尽无休。公子若欲兼习，俺只可做个识途老马罢了。"说罢，哈哈大笑。

就这声中，方老太太欣然之下，不由又略为沉吟。正是：

骥足能千里，偾辕亦可忧。

欲知后事如何，且听下回分解。

第十三回

叙逸事暗警童心
游木兰偷觇御猎

且说方老太太觇得那贫士议论不俗，并且能识绳其的性子，确确乎堪为帅资。一面欣然踅回室内，一面不由沉吟起绳其性儿原是跳荡不羁，倘一火心价学起武功，不但有误读书，并且少年们血气作用，再恃有武功，其流弊正自非浅。这其间却不可纵了他的性儿。

正在沉吟，只见绳其嗖一声跳将进来，便拍手道："好了，好了！奶奶可不必愁着没先生教俺咧。从明天起，俺便跟那先生读书玩。那先生文的、武的原来都会，俺先学两套拳脚，留着给奶奶耍看破闷儿，且是好哩。"

方老太太正色道："你这孩子这些日越发淘得不像样儿咧。那先生哄你玩，便是哄你读书，都也罢了，怎又凭空地吵什么武功？那武功练胳膊练腿、摔跤劈叉、枪儿刀儿地耍成一片，小人儿柔筋脆骨，一个不小心便伤筋动骨，一辈子落成残疾，是玩的吗？再者，咱人不想闯江湖、挣字号，又不和人家结仇结怨，学那武功做甚？没的你还想飞檐走壁，学个黄天霸吗？你小孩子价是不懂事儿，上些年，蓟州白涧商家出了个武功绝伦、天下闻名的商允恭，人称'白头商老太'。因他生有异禀，十来岁上便头发全白。却是膂力绝人，走及奔马，那劣蹶性儿，简直就提不得咧。十来丈的高楼，一跺脚便能上去；多高的墙垣，只如平地。成日价在外胡撞，不是将这个孩子打破头，便是将那孩子拧了腿。招得人家大人寻上门来，累他父母向人赔许多小心，还赔出医药之费。及至他父母寻他责打，如何能抓住他的影儿？后来他往往一出家门，便是半日。问起他来，他也不说去干什么。他父母正在胡疑，恰好有个北京亲戚来串门儿，一见他父母，便笑道：'你们允恭赴京做甚事去了？一连好几日，俺遇见他在前门天桥上坐着吃羊肉酱烧饼哩。'她父母听了，不由一怔。

71

"等他亲戚去后，寻着商老太一问其故，方知他天天去吃羊肉烧饼。只半月之间，业已往返二百多里了。他父母一想，这孩子如此闹法，将来知识开了，怕不闯祸？于是趁他早睡方酣，便集人缚起他来，想要活埋。但是族中人究竟不忍，便有人献计道：'如今盘山天宁寺竺源长老正想寻两名行童，咱商家又是竺源的香火施主，给他送个孩子去，料他不能不收。且蠲蠲允恭的性儿，或能改变过来，亦未可知。'他父母听了，只得应允。

"那允恭既做行童，果然比在家驯顺多了。也是他该以武功著名，一日，有个河南嵩山少林寺里的僧人行脚到寺，不知怎的，忽然病将起来。那竺源本是个当家和尚，俗事既多，酬应宾客，事儿又繁，哪里把那僧人挂在心上，只嘱咐行童们去照应他。那僧人缠绵床褥，闹汤饮药，本来讨厌，又搭着病人没好气，将行童们厌恶得不可开交，便都躲得远远的，由他去呻吟辗转。唯有允恭独可怜他是个远方僧人，便日夜价尽力服侍。每至夜间煎药，允恭便取些老粗的木柴来，一面煎药一面玩耍，将那木柴一根根用两指捏开，咯吧吧地响得且是有趣。

"那僧人瞧在眼里也不言语，及至病愈，却向允恭道：'俺承你服侍之惠，无以为报。今俺暗瞧你捏柴的力量，真是天赋异材，如能学习武功，便可名世。贫衲不材，当竭尽所能教授于你。但是武功一道，首重气量，气盛然后力有所附，不知你气量何如？你能在十步之外嘘灭灯火，便大有可造了。'说罢，命允恭站在距灯火十步以外。

"那允恭不管好歹，就鼓腹集气，撮紧嘴唇，噗的一口吹将去。只见那灯火微微一摇，允恭方在爽然，那僧人却欣然道：'好的，好的。你没学习过积气运气之法已能如此，端的是天赋异材哩。'说着，用手一指，那灯火立灭。

"允恭方在诧异，僧人笑道：'这不足为异。运气精熟，可以随意所至，气便达到；再精熟之至，可便化为剑气，那便是武功绝诣了。'允恭听了，惊喜之下，知遇异人，从此便拜就那僧人为师。已有天才，又得明师教授，不消四五个年头，早已武功大就。一切的软功硬功、内功外功，无所不能。有时师徒俩较量起来，那允恭猛锐之势，乍望去比那僧人还胜三分，但是僧人还不甚许可。一日两人又自较技，只见允恭逡巡缩手，步步退让，只取防御之势。那僧人大悦道：'你这伎俩，业已成功，能知以静制动之道，便已处于不败之地。再能行之以廉抑，去掉矜胜之气，便终身可以远祸。老衲所能，亦止于此，咱两人便别过吧。'

"允恭听了，好不恋恋，没奈何，送那僧人至盘山脚下，直望得他影儿不见，方才逡巡踅就回途。但是窃幸武功之成，好不心头高兴。便一面掉臂长歌，一面施展开飞行术，举足如风，在那山径间一路跨跑，招得远近的樵夫牧竖都愕然惊顾。正这当儿，允恭只觉得脑后有个巴掌似的黑影儿。初还不以为意，哪知自己越跑得快，那黑影在脑后越晃得凶；后来那黑影竟贴在脑后，闹得痒痒刷刷，分明是人的手掌儿。

"允恭大诧，嗖地转身一拳猛搨去，却连个鬼影也无。正在张皇四顾，便觉背上有人轻轻一拍，道：'允恭，你如何刚离了我，便自矜张起来，在道路上惊人耳目呢？俺因有几句言语，忘掉嘱咐于你，所以又跟你转来。你须知武功一道，无穷无尽，天下能人甚多，切不可矜胜致敌，更须留意方外人和妇人女子。因为这两种人，凡敢出而问世，大半是身怀绝技。如与之较量，不胜徒自取辱；幸而胜之，他必然蓄志报复。这两种人，阴狠之性，十分可畏。切记，切记！'允恭听了，急忙回顾，但见那僧人衲袖一晃，又已影儿不见。

"当时允恭怅惘回寺，谨记僧人之语，性气和平，将从前劣蹶之性不知不觉消除净尽。他父母晓得了，自然欢喜，便命他拜别竺源，回家授室。说也不信，从此允恭循循谨饬，居然大姐儿一般，承欢父母之余，便日以操持家计，为乡人排难解纷为事。有人问起他武功来，他只笑谢不敏。但是声闻所被，哪里掩得？不是这里镖局来请出马，便是那里捕家来聘办案。允恭一概谢绝，只在家农圃消遣，便如个粗笨乡人一般。更于春秋佳日，置辆小车儿，自辇了老母出游村落。遇有野花儿便撷取了，与老母插戴，剩下来红红紫紫都插向自己头上。娘儿两个，招摇笑语。每当车声辘辘穿过村坊，招得妇孺们嬉笑纵观，允恭却越发怡然自得。但是，久而久之，他武功声闻越发大著，远近间好武的朋友提起商老太来，争以识面为荣。于是你来造访，我投缟纻，闹得允恭送张迎李，昏头奔脑。没奈何，只好往往出游以避喧嚣。又因老母多病，许了每年泰山进香之愿。南至江淮，北至辽沈，一路上游踪所至，所做的扶危济困、除奸铲恶等事甚多。但是允恭只务韬晦，绝不欲人知其姓名。

"一日游至热河木兰围场地面，适值皇帝举行秋搜打猎之典。原来这片围场宽广二百来里，里面山林草泽，无所不有。专有管围的官吏，从关东一带打洪围（大队列人，俗谓打洪围）的猎人手中购办许多的熊虎豺子并麋鹿雉兔之类，用铁笼拳养着，以杀其鸷猛之性。及至秋搜举行，皇帝驾到，那围场中早已设备整齐。有御幄处，为皇帝驻跸歇息之所；御卫

73

处，为侍卫屯集之所。还有神机、锐健两营，远远扎在围场外面，以防不测。至于扈驾的文武官员，也各有行幄，为歇息之所。

"每当围场开时，真个是千乘雷动，万骑云屯，火枪与羽箭齐飞，哨角于号铃共响。择适中之地，山环林麓之间，特辟御围场，约莫着皇帝的逍遥马将要到来，那该值的养兽人等早将笼兽槛鸟安置在冈峦森林、幽僻所在，单等皇帝御马驰至，便次第价开放鸟兽，各有秩序。先是打鹿，另有引鹿人披鹿皮，戴鹿头，吹起一种口哨子。其声费之，呦如呦鸣，俨在御马前百余步外伏定。及至引得鹿来，皇帝便纵马张弓，一发得之。于是全围人众咸呼万岁；接着便大放雉兔等物，这一场更为热闹。因为扈驾的大臣并勋贵子弟职为御前侍卫者，都得与猎。一时间，射飞逐走，弓鸣镞落，毛血落飞。皇帝也便怒马如龙，拿出马上神武，以示君臣同乐，不忘武备之意。

"闹过一阵，群臣便献获马前。皇帝有时高兴，便宸翰赋诗，群臣能文者，争来相和，藻曜高翔，作些个裔皇典丽、歌功颂德的文字。至此，各为就幄少憩，然后又开猛兽之场。这番热闹，更自不同。先是侍卫净过场，又有几队侍卫步行持枪，按四角列队立定，以防奔轶溃围之兽。那专司放兽的，左擎红旗，右秉画角，全副劲装站立在高阜之上。这当儿，全场肃静，真是蚁儿行动也闻得。须臾，标枪对对，马蹄隆隆。那御前众侍卫雄赳赳带刀持枪，簇拥皇帝直入御围。另有十来名手搏侍卫，短衣伶俐，腰束黄带，各持短枪，锋芒如雪，分列在皇帝前后左右，以防猛兽犯驾。于是那专司放兽的，红旗一挥，吹动画角。接着四角上众侍卫震天价一声呐喊，名为'惊兽'。

"就这声中，群兽咆哮齐出，便张牙舞爪，乱蹿围中。于是皇帝怒马独出，御前侍卫奔走如风。远者发射，近者枪取，烟尘抖乱的，直驰逐十余里远近方才罢围。那奔蹿过远之兽，自有专司养兽的设法拦取，以备来年之用。总之，这秋搜之举，说着是不忘武备，其实是皇帝在深宫中玩得不耐烦，要在外边疏散疏散罢了。你想那久豢之兽，猛性已减，又有许多的侍卫防备；即或间有特猛之兽，不过偶然伤个把侍卫罢了。

"且说允恭既值这热闹的秋搜，正想设法儿混入围场瞧瞧。事有凑巧，恰值内务府大臣领的一班御膳房人众，内有一人名叫醉猫郝盛，因他为人好说好笑，十分和气，又好杯中之物，他家下开爿山果店，专做御膳房的买卖；因此之故，每逢山果开市，他便带到蓟州一带山场中走走，一向和允恭甚为熟稔。当时，允恭寻着郝盛，一说来意，郝盛吐舌道：'你瞧可

是瞧，可要仔细。那所在非同小可，连拉屎放屁都须仔细。倘被巡场的识出是生人来，连我这吃饭的家伙也没得咧。'

"允恭笑道：'俺只仔细着，听你吩咐就是。'郝盛道：'那么，你须装个下等膳役，瞧罢御围也各处不要去跑。那处御膳离御幄近近的，更不可去探头探脑。'说着，便与允恭打扮起来。先弄顶油晃晃的帽子与允恭盖上白头，又取些煤灰，就允恭脸上涂抹得花花搭搭，然后穿上蓝衣油裙。装毕一瞧，甚是好笑。便又取一面腰牌，给允恭挂在腰间，即便直入围场。

"这当儿，场中万众，混进个把人去自然都不觉得。那允恭混入人丛瞧罢御围，果然是风驰雷动，有声有色。须臾，皇帝驾转御幄，传餐少息。允恭和郝盛趱回御膳处，那郝盛见没得甚事，酒性发作，便弄了一大壶酒，取些熟食，就御膳处行幄之旁藉草席地，竟自斟自饮；却向允恭笑道：'今天这酒，没别的，我可不敢让你。因为你倘吃醉了，不见要处。其实呢，我也该少吃才是。但是，但是……'说着，却连连引满，却又道：'你瞧着，我吃着一壶，便不吃了。什么话呢？这等所在，若只管一杯一杯复一杯，真透着爱喝盅咧！'于是索性儿拾起壶来，又是一气。

"招得允恭暗暗好笑，一面觇那御幄前，静宕宕人声不闻。只有十余个长大侍卫带刀鹄立，并有一个黑凛凛、雄赳赳的大汉，生得猿臂蜂腰，十分壮健。左足微疲，也穿着侍卫服色，却戴着宝石顶儿，大叉踏步价率领两个侍卫，就幄外来回檄巡。允恭向郝盛一问其人，郝盛一竖大指道：'这就是勇力著名、人称疲脚七额附的哩。他是位公爵，现兼着御前侍卫领班的差事，所以在此。此人勇力也不知有多大，曾在北京雍和宫和一个勇力喇嘛角力，被他一拔脚将那喇嘛蹴出三四丈远，登时折了腿胫哩。'"

方老太太说至此间，便饮了杯茶；听听街柝，已交二记，再瞧绳其业已听得直了小眼儿。正在心下好笑，要继谈前话之间，只见一个仆妇揉着眍眼，跐着鞋子，蹭进来道："如今时光不早，老太太和大官官还不歇息吗？"

一言未尽，那绳其跳起来。正是：

　　　　童心难就范，逸事诏奇儿。

欲知后事如何，且听下回分解。

第十四回

格猛兽显名御围场
扮大盗巧窃点穴法

　　上回书交代到绳其正听那方老太太谈述逸事，津津有味。无端仆妇进来打岔，便登时直跳起来。原来小孩子们听到人说古迹儿，真是连生日都忘掉。作者曾记小时节，听人说起"洪羊洞孟良盗骨"一段事，那焦赞一斧劈煞孟良，知是错误，方哇呀呀一声喊叫。作者正聚精会神地要听下文，恰好有人来打断说者的话头。当时恨得作者真有一口吞了那来人的心肠，直闷了好几日，还不舒服，大料着这时的绳其，亦复心同此理哩。

　　且说绳其直跳起来，一面向仆妇吵着快去，一面莽熊似便奔去推。那仆妇自要歇困，已抖去脚缠，只光脚趿着鞋子。这一来，脚下一歪，鞋落脚光。绳其都不管她，眼睁睁将那仆妇推出，又复一脚，踢出鞋子，招得个方老太太笑喝不迭，一面道："你这孩子这么劣蹶，还要习武哩。"

　　绳其跳过来道："奶奶快说吧。这段古迹好听得紧。"于是方老太太接说道："当时允恭听郝盛说罢，又细瞧那七额附行步之间果然矫健非常。便随手拾了一块三尖棱的长石子儿，一面刮磨鞋底上的泥土，一面游目四瞩。忽闻身旁扑哒一声，一瞧郝盛业已颓然醉倒，手中还把着个空酒壶。正这当儿，忽闻靠御幄东面唰啦啦风声掣动，接着便火枪数响，尘埃乱飞；又闻警哨一鸣，东西巡场的侍卫一齐大呼。惊得允恭站起来正在瞭望，便见一只土花豹子没命地从东奔来，眼睁睁冲到御幄之前。吓得幄前众侍卫一阵大乱之间，那豹子回头望望，似有所惊，猛地吼一声，竟自腾踔而过。便见东面一溜烟似的，驰起一股尘土。中有一物，身高丈余，乱发四披，一面价腾跃如风，一面价张臂乱舞，顷刻间已到御幄前。

　　"这时允恭望得分明，不由大惊。原来那物却是一只苍发老熊，浑身皮肤经沙石磨炼，松香黏附，简直将短毛儿粘连成一片，又坚又韧。真个是目闪双电，齿排群峰，颏动舌鸣，火杂杂地一跃丈把高。看光景，舍掉那土豹，竟要直奔御幄。原来这熊和土豹都是从御园中偶然蹿出，便藏伏在东面林草中。不想有个巡场的侍卫闲得没干，偶然向林里放了两下火枪，先惊起土豹。大家正想拾个狠蛋（即无意得之之意），哪知熊老官随后便到，大爪一翻，早已拉煞一个侍卫，所以直蹿到御幄之前哩。

"当时允恭正在吃惊，便见幄前众侍卫越发大乱。中有两人拔刀斫去，那老熊两臂一撑，当的一声，如中铁石。这时，其余侍卫也便各抄标枪麻林似攒刺上去。那老熊性子发作，只吼一声，抓过两支标枪，咔吧一折，已成四段。就势一爪抄去，竟将一个侍卫倒悬起来，嗖地一抡，早已肢体零落。于是众侍卫大骇，只得硬着头皮闯上前，奋刀乱斫。

"这当儿，四外巡场的侍卫警哨大鸣。大家正在各挺枪刀，风驰而前。这里允恭眼光一眩，但闻一片叮叮当当，恍如打铁之声。原来众侍卫佩刀斫去，那老熊只如不知，反倒撩得它凶性大发，长发直立。迎风一吼，那咽喉上却现出茶杯大小的一片白毛儿；呼吸之间，那片毛只管凹凸。

"允恭一见，恍悟那片毛定是脆薄，要取此凶物，端须扼此要害。怯慑间，手颤长石想要打去。忽又想起郝盛嘱咐仔细之语，不可冒昧。正在逡巡，便见众侍卫你跌我滚，佩刀乱斫。那老熊更一跳数丈，猛地从大家头顶上乱踏过去。大爪一伸，竟已哧一声抓落御幄的帘帷。这一来，幄中宫监一齐惊呼。那老熊吼一声，一低脑袋，正要鞠身而入。说时迟，那时快，这里允恭眼光一瞬，便见七额驸从斜刺里大呼挺刀，一个箭步赶上去，向老熊拦腰便斫；只听呛啷啷一声响，震得七额驸身体一晃、刀折两段的当儿，那老熊猛一回身，恰好七额驸脚腰跑发，业已抢临近切。于是额驸大呼，索性抛却断刀，手搏直上。

"要说七额驸，手脚功夫委实可观，在北京御扑营（满人重手搏摔跤之技，特设御扑营，选满洲勋贵子弟充之）中并无敌手。真个是臂似铜浇，腿如铁铸。当年林清教匪之变（在嘉庆时）后，其余党勇士陈德假充厨夫图谋行刺，却被七额附一脚踢翻。那陈德也便拗伤额驸之足，所以额驸左足微跛。今虽年龄稍高，但是依然恃了当年的英勇，所以竟敢徒手挡熊哩。当时额驸奋起神威，前蹿后跃，一阵价拳脚如雨。虽招招都中要害，无奈那老熊皮坚赛铁，更复力大于象，一阵价乱扑乱抓。

"三晃两晃之间，七额驸力乏，脚下偶然一慢，早被它拦腰挟起。望得众侍卫一齐惊呼，纷纷乱跑。那老熊长啸一声，接着便大笑不止，便将七额驸颠来倒去一阵玩弄，仿佛如得异宝一般。又伸过它那毛茸茸的容长脸儿，向七额驸脸上嗅了又嗅。每嗅一下，越发大笑不已。那口角馋涎也便直拖下来。

"原来熊之为物，捉住人要噬，便如猫儿逗鼠一般，总须玩弄尽兴，方用舌头舐煞。据说熊的舌头好像极细的钢锉，上有极坚的细刺，所以它杀人用舌。当时允恭见七额驸势已危急，眼睁睁那熊便惊及御座，不由雄心陡起，便不顾一切。正要拔步抢去，便见那熊猛地将七额驸耍了个倒背花儿，趁势向地下一掷，它便一屁股坐将上去，只乐得拍掌大笑；却一脚踢开地下那柄断刀，远及寻丈之外。

"正这当儿，忽一阵扶摇风起，吹得老熊长发乱披，一下子罩住面孔。可巧那四围抢来的巡场侍卫已临切近，大家虽不敢公然直上，却先来了个拐子打围，给他个坐着喊。这一声不打紧，闹得老熊正在乱分长发、势欲跃起之间，这里允恭更不怠慢，便一连几个箭步直蹿过去，觑准那老熊右眼，嗖一声，手起一石。便闻咕唧一声，那熊右眼角上竟自安了个石橛儿。原来那石子长而且尖，就如铁镖一般。

"当时那熊奇痛之下跳起来团团乱转，狠命地一分长发，忽见允恭一个退缩猛扑之势，未及发动；这里允恭赶忙价拾起断刀，正想运足臂力猛揕它的咽喉；便见风起尘飞，那熊倏地一个悬空巨跃，竟向自己直扑过来。

"好允恭，真是会家不忙，神气闲定。只倏地一矬身闪开来，那熊一下扑空，方累得向前略撞。这里允恭喝一声，平旋一腿，用一个顺风扫叶势，啪的一脚，正踢在那熊后腰之间；接着便移足换步，运足平生之力，又是个蹬倒泰山的式子。可巧那熊被踢得正在乱晃，这一来，扑通一声，往后便倒。好允恭，更不踌躇，直赶过去。只右手紧握断刀，左臂一撑，立了个纹丝不动。望得大家只顾了骇汗如雨，更不暇细瞧允恭是哪个，就这一片纷纷乱喊声中，便见那熊猛跃而起。方一把抓住允恭左臂，忽地狂吼一声，一跃三丈多高，牵连着允恭一同飞起。

"及至人兽一齐跌落，那熊咽喉间却插入一柄断刀，一径地刃出后项，径自死掉。于是大家惊定而喜，一拥齐上，恍惚之下更没人询问允恭。妙在允恭也忘其所以，便掺入众侍人中，七手八脚地先自拖开死熊，然后趋视七额驸。且喜虽带重伤，还不致命。

"这当儿，扈驾官员也便都黄着脸儿次第赶到，自有御前大臣趋入御幄，一面跪请圣安，一面奏明有熊惊驾并有人杀熊的情形。这里七额驸和众官员一瞧允恭，虽是御膳房厨役的模样，但是躯干凛凛，不像厮役。又搭着允恭跃荡之间帽儿脱落，露着一头白发，分明是个陌生的人拦入围场。

"这一来，大家又是一惊，正要趋前查问，恰御前大臣也自额汗淫淫地跑来。原来皇帝一问那杀熊之人是哪个，登时将那大臣问了个张愕巴（即愕然莫对之意），所以忙赶来查问。当时那大臣和七额驸一问允恭的姓名来历，允恭这才恍然悟过。但是畏惧，却情知欺瞒不得，只得硬着头皮一报姓名，并说明由郝盛引进围场。

"七额驸等听了，骇诧之下，便先命人拖过郝盛。可是那郝盛还在醉梦颠倒，急切里睁眼不得，只认是同伴和他开玩笑。便一面乱舞空酒壶，一面马马虎虎地道：'他妈的，得咧！别这么闹，你瞧老哥哥，规规矩矩，只吃这一壶，准误不了差事哩。'正说着，一睁醉眼，不由大骇，只见七额驸站在面前，额驸背后便是允恭，有两个侍卫业已反剪了允恭双臂。

"这一来，郝盛摸头不着，以为允恭不定是闯了什么乱子。急切间要问所以，无奈连急带吓，又搭着醉的舌头不受使令。正在一阵价张口结舌，那七额驸便将允恭杀熊之事一说，然后问他是否由你引进围场。哪知郝盛半日价最佩服允恭的武功。当时听罢额驸之语，直惊喜得忘其所以，登时一竖大指，向允恭道：'哈哈！商老兄，真有你的。你这杀熊救驾，这个大响儿总算叫着了。咱老郝的朋友，真不含糊。'说着，转向额驸道：'不错的，是俺引进，是俺引进。'几句话，招得额驸和那大臣全都笑咧。但是两人见允恭凛凛一表都有爱惜之心。于是命两侍卫暂押允恭，即便一同去复奏皇帝。不消说，两人都与允恭善为说辞。果然龙颜大悦，不但不究允恭混入围场之罪，反要赏他个侍卫的官职。哪知允恭不愿为官，只在御幄外碰头谢恩，竟自飘然而去。

"从此允恭的武功声闻越发大著，中年以后，益务韬晦。但是遨游之间，同声气者，到要逢迎，往往因情面难却，也累次助人捕擒巨盗。至于平生所行侠义之事，更是不可胜计。及至晚年，倦于出游，便教授几个弟子，以为消遣。最能传其技的，有穿云燕田保义、铁砂掌郝隆基、过耳风许春芳、一声雷马明善等人。但是田保义等不过各得允恭之一体，业已名著当时。独有一个弟子，却是辽阳人氏，姓施名照，本是个流寓的苦孩子。起初在允恭门下只当个小活儿（即佣工也），为人沉默寡言，不说不笑，便似个木头疙瘩一般。积的工钱一个也舍不得花，都交与允恭存蓄。及至允恭开设武塾，便派他在塾伺应一切。

"一直五个年头，那施照除了早晚奔走之外，连塾门都一步不出。每逢诸生学艺，无论是文功（导息运气）、武功（跳荡奎跃），他必要在旁呆瞧，又时或憨笑。诸生以为他是个呆子，也没人理会他。少年人性儿都好玩，大家习艺之暇，因允恭约束甚严，不许外出，闲得没事干，未免便拿施照消个遣儿。不是这个过来一拧他的胳膊，闹个鸭浮水；便是那个跑来猛托他的下颏，来个犀牛望月。甚而至于大家把他脱光，撮弄得馄饨一般。两人掀起他屁股，其余人便光了脚板，扑扑地踢他响屁。施照只是憨笑，也不理会。

"有一月，时当夏日，允恭出塾，诸生等又在塾后园一片荷池之畔顽皮起来。恰值施照由园内下房中出来，手内拿了两枝纸花儿，还有一件红袖子镶滚花边的女衫儿；却是宅中仆妇们托施照向家中寄去的。当时诸生望见施照，便牵羊似的牵过来。不容分说，便夺花的夺花，抢衫的抢衫，登时与施照插花披衫。扎括停当，大家一阵鼓掌大笑道：'你瞧小施儿，腼腼腆腆，大闺女似的，扎括起来真不含糊。咱快叫他扭个来回儿，给咱瞧瞧。'

"哪知施照听了，忽地脸一沉，一阵子揪掳下花儿衫儿，拔步便走。大家还笑道：'你瞧小施儿，上了脸了（即玩恼了之意）。咱偏叫他扭扭。'说着，奔去一人，伸手一拉，施照一翻腕接住来手，趁势一甩，那人扑通声趴在地下。大家见了还不觉得，即又奔去一人，手还没到，业已被施照一脚放翻。

"大家见施照手脚发出甚是得法，虽觉诧异，但是忽见他真恼了的样儿，大家也就未免气往上撞。于是呼一声，一拥齐上。本想先拖住他再作道理，不想施照滴溜溜身形乱转，不但引得大家乱跌乱撞，搅作一团，并且瞅个冷子便是一下。不是这个头上挨一掌，便是那个屁股上闹一脚。这一来，大家都怒，便都施展出所学本领实胚胚地攒打起来。施照更不理会，一阵价身转如风，目闪似电，指东打西，绰有余裕。

"不多时，吆吆喝喝，大家逼得施照已到荷池沿上，堪堪无路。便有一人倏地抢去，随后大家大呼继进。本想一下子踢他落池，哪知施照略为侧身闪开池沿，一个扫堂腿，业已有两人扑通落池。接着一纵身，两臂一张，又是个大鹏展起的式子。只这么手势一翻，又将两人凭空扯落。吓得其余人正在不知所为，只听荷池边假山石后有人大笑道：'怪得俺瞧你像个大有深心的人，却难得你这般地深沉不露。你等早都在他包涵中，还只管跳荡怎的？'声尽处，闪出一人，却是允恭。

"原来允恭出塾回途，行经后园墙外，听得里面吆喝跳闹，便悄悄跃入，闪在石后，觇了个不亦乐乎。又因每逢诸生学艺，施照便一旁注视，允恭虽觉他有异，却想不到他的本领能超乎诸生之上哩。当时允恭喝住施照，又命他试回拳脚，不由大加称叹，从此便收施照在弟子之列。因他年岁最小，同学人们都呼以么弟，或呼老么。久而久之，施老么技击大名，独著于允恭门下。允恭所独擅之技，便是剑术为点穴之法。但是他甚秘惜那点穴法儿，以为此等绝技如或传之非人，为害非浅。施照虽屡次请教，允恭却笑而不语。

　　"又过了二年，允恭教授颇倦，正要谢遣生徒，恰值那铁砂掌郝隆基偶然去帮人打降，一掌下去竟闹了一条人命，连允恭都遭传讯。好容易麻烦过了，又有一个高去高来的强盗被捕，自家大言，愣说是允恭的弟子。亏得允恭侠名素著，朋友不少，有人在官府跟前与他辩白，方才没被牵连。但是酬应朋友，打点公人，业已闹了个昏头昏脑，于是允恭越发地颓然意倦，立谢生徒，唯有施照依然是恋恋不去。那允恭虽知他意有所在，但是毕竟秘惜那点穴法儿，不但不肯传与施照，便连自己的女儿也不肯传于她。

　　"原来允恭中年后方得了一个女儿，名叫兰姑。俗语说得好：有虎父便有虎女。那兰姑性儿跳荡，天生好武。允恭是慰情胜无，得此娇女，自然将自己本领传些于她。但是兰姑柔弱，那闺中技艺若和施照比较起来，就差得多了。不过因家有名父，随便儿学习罢了。因施照从先本是家中的小活儿，所以出入间都不回避。

　　"一日，施照在宅内前院中试了回手脚，想起那点穴法来。正在闷闷地眉头不展，恰值兰姑来掐花儿，两人言语之间，施照却只管发怔。兰姑问其所以，施照叹道：'姑娘你不晓得，如今同门都散，俺也该趄回家瞧瞧，料理一件事体，尽俺为子之道。俺所以远出佣工，便是因家贫，父母亡后，至今停厝未葬。且幸数年来积有工资，可了此番心愿。只是俺因未得师父指教点穴之法，总觉此心不安。偏偏地他老人家总不肯教与我，我用尽了哀求的法儿，通不中用。俺因此事，所以踌躇不去，不觉发起怔来。'说着，竟自泪落。

　　"兰姑笑道：'你不必伤心，他老人家性儿俺是知得的。你越明求他，越不中用。俺给你出个计策，猛然地出其不意，他必然施展出点穴之法哩。'因向施照一说计策。施照欣然道：'果然好计！但是姑娘却不可大意，若接应得迟了，俺的性命要紧。'兰姑道：'岂有此理，这岂是儿戏之事！'于是两人约定时候，单等次日行事。"

　　方老太太说至此间，不由一个呵欠道："啊哟！好困。咱娘们拉这段长古迹，也够半本子书咧，且等明天再拉吧！"绳其听了，又自跳将起来。正是：

　　　　殷殷驯犷性，娓娓述遗闻。

欲知后事如何，且听下回分解。

第十五回

揿飞拳恶客寻仇
开学塾伧人附骥

　　且说绳其正听得高兴，见方老太太忽要打住词锋，你说他如何肯依？便跳起来杀鸡抹脖地一阵乱央。

　　方老太太笑道："你这孩子只要听见抢刀舞剑的故事儿就高兴，须知俺说这一大套，正是见学武功没甚好处，小人儿总是用心读书才是。"于是又接说道，"且说次日晚上，允恭料理家事都毕，又亲自就前后院中检点了门户，然后到自己室内解衣磅礴，洗沐头面并上身儿。原来允恭素讲修养气体，早起必要散步，临睡也要洗浴，是一日必行的功课哩。

　　"当时允恭正在赤蹲散发，只穿条裤衩儿，弯着腰儿，就外间屋门旁面贫架上洗擦头面。忽闻微风飒然，檐瓦略响。允恭略挺腰儿急忙瞅去，便见帘影一荡，嗖一声跳进一人，帕首涂面，浑身夜行衣，分明是强盗模样。明闪闪一挺短刀，向自己腰间便刺。

　　"允恭大惊之下，百忙中没得抵御，只得略一侧身，趁势健步猱进，骈起双指，唰一声，直点向来人肋下。那来人撒手扔刃，一跤栽倒。这里允恭急忙拾刀，方要研下，忽闻里间内咯咯一笑，便有一人抢上前将自己胳膊托住。允恭急瞧，即是女儿兰姑。因急挣道：'你这妮子，好不误事！这等大盗，岂可留得？'于是兰姑一笑，忙述所以。允恭诧叹间，先仔细瞧那来人，可不正是施照。原来这冒险探试点穴之法，便是兰姑的计策。

　　"当时允恭赶忙点醒施照，既感他冒险求艺的诚心，又叹他积资葬亲的孝行，料他是个端人正士，这才将点穴法传于施照。从此施照武功几与允恭齐名。过了些时，那施照拜别欲去，允恭亲送出数里之遥，觑望着东去的行尘，不由慨然道：'施照入客室、窃吾宝，今且挟以东去矣。'于是徘徊良久，方才趑转。从此便只务田园，以娱晚景，等闲连里门都不肯出。人家有提他当年英雄的，只付之一笑，并常向人称叹本师临别之语。

人家听了，也不在意。

"不想过得两年，居然有个仇人寻上门来。若非允恭机警，不但一世英名付于流水，并且立毙拳下。大家方悟他称叹本师嘱咐之语是意有所感。你道端的为何？原来允恭这年正当七十，依然精神矍铄。这日偶从亲串家回途，距家下还有四十多里。允恭出门，无论远近，大半是步行为多。当时行抵一处山村，忽觉口燥，向四下一望，恰好靠溪边有个小小的村店。允恭踱进去，只见里面倒也干净，并且还是隔断的里外间儿。到里面瞧瞧，布帘泥壁，十分素净。允恭喜其雅致，便就里间落座。

"刚吃得两杯茶，只听院中有人粗声瓮气道：'酒保在吗？酒家在此用些酒饭，还要就左近庙宇挂单去哩。'说着，履声橐橐，趔入室内，即便落座。店伙跟进，连忙伺候之间。这里允恭悄就帘缝一张，只见外间临窗案上侧着脸子坐着一个长大头陀。正一面卸卜背上的黄布经囊，一面问店伙道：'你这里左近哪里有庙子呀？'店伙赔笑道：'由此向东，十余里外便有个慧泉禅寺。帅父你去挂单，且是方便。他那里方丈和气，款待周到，并且……'头陀喝道：'少说闲话！俺且问你，这里距白涧多远哪？'

"允恭听了，不由注意，又是暗笑这头陀好生倔气之间，便见店伙道：'这里离白涧敢好有四十多里。您若穿那偏左的小道去，敢好少走个五六里路哩。'头陀拍案道：'他妈的！酒家叫你少说闲话，你就少说。如今酒家用罢饭，先去挂单，越快来越好。'店伙听了，连忙跑去。这里头陀却用手拄腰，挺然而坐。猛地一伸右拳，向对面壁上虚摁道：'好生痛快，俟明日俺敢好到白润了。'声尽处，簌喇喇，对面壁上泥土乱落。

"允恭一见，好生骇然。正暗忖这罡气飞拳，除自己经本师指点略晓一二外，别人是不会的，但是自己所能还不及他的精猛。这头陀他是何人，如何便会此等绝技？想至此，方要趋出，问何来历。忽见那头陀猛一回头，在鬓角上有个栗子大的紫瘤，丛杂着怪毛如猬，赫然曜入允恭眼中。

"这一来，允恭大惊，暗道一声'惭愧'道：'亏得我无心觑见他，原来就是这秃厮。但是他询问白涧，来意可知。'于是一面价悄悄准备，一面价思量得计。待至那头陀饭罢，自去挂单。这里允恭忙开过茶钱，也便拔腿便跑，取小路一气儿趱回家中，便连夜价吩咐家人如此如此准备起来。家人等虽诧异到十二分，但是摸头不着，只好依他。

"及至次日，商宅门前是丧幡高挂，白棚搭起。门外是哀乐齐鸣，中堂是灵筵摆定，并且灵帏后高厝漆棺。灵牌上大书'商允恭得寿七十岁之丧'。里外价穿白人众纷纷往来，闹得好不颓气。但是大家都谨遵允恭之话，不许嬉笑，还须做出哀戚之状。大家没奈何，虽是闹把戏，却一面暗笑得肚痛，未免彼此地交头接耳。有的说允恭老悖，没正经，自寻晦气；有的说他必有作用，谁肯装死玩呢？

"正这当儿，忽闻宅门外人声喧闹。大家跑出一瞧，果然有个长大头陀正睁起凶睛，向门首执事人做错愕之状道：'怎的这么巧？俺和商允恭相别二十余年，特特地远来相访，不想他竟自死掉。'说罢，一阵哈哈大笑，十分尖厉。少时，却顿足道：'真便宜他！但是俺既到此，总要披帏一吊的。'说罢，大叉步向内便走。

"直至灵前，见了灵牌，登时面孔上杀气横飞。望得大家正在惶惑莫测，便见他举拳向棺，一连三揸，即便一跺脚，掉臂趄出。这里大家追出相送，业已不见他的影儿。但见一团尘气，滚滚然向西飞卷。

"当时大家知头陀去远，忙踅转欲报允恭。只见允恭手抹额汗，已从灵帏后转出道：'好险，好险！俺若被那厮揸上一拳，怕不立时送命吗？'大家听了还未相信，于是允恭命启棺，一瞧里面装的那块石头虽是好端端的，用手一捻，却已碎如腐粉。大家见了，仍是不解其故，允恭道：'此名罡气飞拳，纯是用气击人。被击者皮肤如故，却立中内伤，必死无疑。俺想那厮和俺结怨在二十年前，今得此飞拳绝技，前来相访，岂有好意？所以诈死，以避其锋。'于是一说结怨之由。

"原来二十年前允恭曾赴泰山朝山进香。刚行至一处山径要路，只见人骑填塞，纷纷乱嚷，又有一片木鱼声轰轰的便如春潮。允恭越众向前，只见一个莽头陀，生得凶眉暴眼，左鬓上有个紫瘤；头戴束发金箍，身穿烂锦衲衣，石佛似堵坐在要路正中。左倚戒刀，右置木鱼。那木鱼黝然有光，似是铁质，上罩丹漆。那头陀手执尺许来长的一根铁棒，敦得好不起劲。一任众人乱喊乱骂，他连眼皮都不抬，只管喃喃地念道：'朝山朝山，广结善缘；若欲过此，向我抛钱。'

"允恭向一人问所以，方知是凶僧恶化。从巳分起，隔住生路，直至这当儿。允恭听了颇觉生气，但是又想起本师嘱咐之语，不欲惹他。正要上前劝他躲开，恰好有四五个少年客人都气得粗脖子红脸，便喊一声，一拥上去。有的便撮肩拉臂想扳倒头陀，有的便两人合手去提木鱼。哪知木鱼竟纹丝不动，那里头陀只身臂略动，去扳的客人又早纷纷跌倒。于是允恭更耐不得，便向前提起木鱼，嗖一声，直抛出数丈之外。恰好触在大石上，啪嚓声，石火乱爆；那木鱼也扁在那里，原来果是铁制的。

"众人见了，正惊允恭力量之猛，料那头陀定要一场厮打。哪知头陀反欣然站起，向允恭合掌道：'居士本领如此，端的可敬。敢问尊姓大名，仙乡何处？贫僧异日如云游到贵处，还要登门拜访哩。'允恭听了，以为他是一时口硬的江湖套话，哪里在意，便冷笑着一通姓名邦族。那头陀微微一笑，便佩起戒刀，拾了木鱼儿，扬长而去。当时允恭殊不以为意，不想进香已毕，下山回途，刚经过一片森林跟前，忽觉脑后飕然生凉，便是个金刃劈风。

"允恭不及回顾，只侧身一躲，趁势翻身一足蹴去。但见黑影一晃，便有一柄戒刀斜飞起丈把高，唰一声斜落在草地里；即闻林中那头陀大赞道：'好朋友，真有你的！咱们改日再见。'及至允恭赶入林中，早已人影都无。允恭至此，颇悔自矜身手，致结人怨，从此一二年中，颇有戒心。久而久之，也便抛在脑后。及至晚年，连此事都忘掉，不想那头陀二十年后还来报复。可见学武功的人最为险毒哩。"

方老太太说到这里，便问绳其道："你想学武功，便是全挂子本领。如商老太一般，老来老来还险些遭人毒手，又有什么好处呢？你若不好好读书，只想和那先生踢跳玩耍学什么武功，等明日俺便打发那先生走他的清秋大路哩。"绳其忙道："好奶奶，俺只依你的话就是。但是那商老太后来怎样了呢？"

一句话招得方老太太扑哧一笑道："你倒会刨根撅底子。后来商老太直活到八十余岁，无非是人过留名，雁过留声，慢慢地老煞罢了。"

绳其跃然道："人只要留个美名儿，老煞打甚紧！但是奶奶，你怎的晓得这商老太这么详细呢？"方老太太道："咱方家本和白涧商家有老姻亲。不过后辈人们不去走动，便疏阔了。当年你老祖宗因大盗黄腰怪强来借粮，便是求的商允恭的祖上商大用，才保全了咱这片所在。便是你祖父、父亲在时常夸说这商老太，所以我知得详细。那商老太的女儿兰姑嫁在密云葛坨村杜家，和你的姑母同居一村，还认识哩。当年你姑母住娘家时，往往因话及话说起商老太，所以我越发知得详细。如今约莫起兰姑来，也不过四十多岁。你姑母常说她爱穿铁尖鞋子，偌大的宅舍场园，连条守夜的狗都不喂。打的山柴明堆在墙宅外，连个柴刺都丢不掉。因为左近的小偷歹人知得商家的姑娘厉害，都躲得远远的。连那葛坨村附近村落都甚是安静哩。"

绳其拍掌道："啊哟！如此说，还是武功有用。等俺读书之暇，还是学些好哩。"方老太太道："你别气我咧！如今咱既攒学馆，便须招几个学生。建中是不消说，附在这里读书，再招三两个也就够了。"祖孙说话间，业已二更天后。

不提绳其喜跃而去，仍就那贫士歇困。因说方老太太次日出见那贫士，问起他姓名邦族，方知他姓耿，名海峰，山东登州人氏。问起他因何游学，他却慨然不语。方老太太不便深诘，便将自己欲留他教读之意一说，耿先生欣然应允。

本村人知得方家要开学馆，都要瞧瞧耿先生学问如何，准备着附送学生。及至和耿先生接谈之下，无不倾倒，于是争来附送。方老太太恐学生过多了有妨绳其的功课，只酌留三个。一个姓谢，一个姓石，一个姓陆，都是村中的半大学生。到了置酒开馆之日，各家父老都衣冠齐整，携了诸生，拿了资敬，前来会晤先生，一面准备陪先生吃酒。那学塾里早已收拾整齐，供了先师孔夫子的神位。

各家父老和先生厮见过，宾主落座，即便客气数语。谢生等便七长八短地站在一旁，有的瞟着先生，有的左顾右盼，通没个安详气儿。各父老没得话讲，只好互相谈论起耕种刨锄。

正这当儿，方老太太左携绳其，右挈建中，一步趄入。大家站起，先将绳其等一瞧，端的似琼树双株，玉山并峙。绳其是活泼有余，建中是端静可爱。两人站在一起，先将个方老太太乐得什么似的。于是诸生站起，先行谒圣之礼，然后又拜过先生。各父老又向先生托付一番，无非是孩子蠢笨，先生多多费神等语。

乱过一阵，大家坐落，方老太太今天是正主人，便指挥着塾童就西敞间内摆上酒筵。正想站起入内之间，只听院中腾哧腾哧似有孩子饮泣。便有人低喝道："还不住声！你这孩子，就欠你妈打着你捡粪去！"声尽处，趄入两人。

大家望去，便是一怔。正是：

　　来嚼先生馔，又携毢褷儿。

欲知后事如何，且听下回分解。

第十六回

开学塾方宅宴宾师
闹后园傻儿遭戏侮

　　且说大家听得院中有人呵斥孩子，正在猜疑这是哪个。且见帘儿一启，先钻进个戴破帽的脑袋，忽地龇牙一笑道："好巧，好巧！俺爷儿俩紧赶慢赶，正赶上先生开馆。"说着，回头道："你这孩子，真没出息。听得上学就像赴死似的。"于是一回身，推进一个十二三岁的孩子。偏那孩子还是后缩，并一面横伸一指去抹眼泪，小嘴儿已撇得瓢儿似的。

　　两人一阵推拉之间，这里大家先将那人一望，只见他生得一张坠腮脸，攒眉挤眼，倒是满面红光。两撇鼠胡儿，一嘴黄板牙，看光景有四十多岁。穿一件撅腚粗布袄，系一条帮硬猪毛绳，一只手提着一串钱，一只手摸着屁股后面挂的一根毛竹管烟筒。

　　大家认得是建中的族叔王原，一面诧异这位轻易不出门的稀客，一面一瞧那孩子，生得滚圆的大胖脸，肥头大耳，蹙额掀鼻。两只小眼儿被壅肉堆挤得仅留一缝，更是个坠腮大下巴，那豁唇嘴倒有一寸来厚。头顶留发只有烧饼来大，撅着个小指粗的弯辫儿。穿一身蓝布裤褂，支棱棱的，倒是簇新。一只手抹着眼泪，那一只手却揣在怀内，哧溜一声，拖下一股口涎。望见屋内人多，却只管向王原屁股后面藏，气得王原先去拭他的口涎。

　　这里大家早又识得那孩子便是王原之子带头，但是方老太太却不识得他父子，正疑惑着是本村庄众偶然到此。只见那人向建中道："建中，你今天来入学，怎不叫着你哥哥呢？却累我这路好跑。"说着，便向方老太太一个大揖，道："反正老太太多操点儿心吧。您这里既开学馆雇个先生来，束修节礼，酒饭款待，咱既花了大钱钞，也落个值得。为甚学生少，叫先生吃饱了白蹲膘呢？一个羊也是放，俩羊也是放，咱既拿大钱雇妥先生，正好大家驴大家骑，所以俺今天将大小子给您送来，请您费心照料。多添一个学生，您多进一份学钱，便可以少摊些束修。先生呢，多教个学生，也无非是挂角一将，捎带着的事。逢时遇节，倒多收一份学礼，且是肥狗拱门的勾当。

"今天小子他妈恐您不收学生，直吵着亲自送他来。一来看望看望方老太太，二来想嘱咐嘱咐先生，因俺这大小子性子笨些，又乍到生地处上学，请先生不要太管紧了他。明情理在那里摆着哩，俺们庄户人家，又不图念出书来进学中举，做官发财。不过认个庄稼字儿，瞧得账本，识得数目。将来完粮纳税，赶集上店，不至于两眼迷瞪黑，受人欺赚，也就是咧！是俺向他妈道：'你这点子事，俺去就成功。人家方老太太，又大量，又和气。真个的咧，咱连村街坊家送个把学生还不收吗？于是俺便嘱咐建中等等俺一同来，不想他自己先来咧。"说着，一拉那孩子，向方老太太一指道，"这便是方老太太，你还不快去行个礼儿。将来阴天下雨不便回家时，都须老太太照应哩。"

那孩子听了，一面眯起细缝眼乱瞅，一面探出怀中之手将食指插入口中的当儿，这里方老太太听罢王原乱嘈嘈的一席话，正在摸头不着。只见建中向绳其一挤眼儿，便向方老太太略述数语。方老太太这才晓得来人便是王原父子，意欲到此附学。一时间情面难却，又想起那天晚上仆妇谈的王原家事，不由好笑得颤巍巍的，一时间说不出话来。

这时绳其早已跑到带头跟前，一面举手去掏他嘴内的手指，一面笑道："王老哥，你早来一步好咧。如今俺们都拜过老师，你快先见见俺奶奶，也就给先生行礼吧。"诸生等见又添了个新同学，也便都高兴。逡巡间，都围上去。

这一来，闹得带头登时涨红了大脸，不知怎样才好，只得直撅撅地向方老太太一个大揖。怔了半晌道："你老好哇！"大家见了正在发笑，恰好有个仆妇来请方老太太进内，刚一脚踏到带头身后，恰值他大揖方罢向后一拱屁股。那仆妇向旁急闪，却又踏了王原的大脚。

大家正在哄然一笑，方老太太却笑向王原道："你这孩儿倒老实得紧，只是俺们绳其顽皮有的名，你不怕孩儿委屈，附学在此，倒也甚好。"因顾绳其道："如今人家到咱家，你就是主人，你可不许欺负人家呀！"绳其道："就是吧。"说着，领了带头，胡乱价拜过耿先生。那王原手内颠着一串钱的贽敬，偏要带头亲呈与先生，带头是死也不肯。末后，还是由绳其转呈过，便和诸生一齐退出，且去玩耍。

不提学塾中大排酒筵，由各父老肃先生就座，且自吃开学喜酒，连那王原也嘴上抹石灰，白吃一气。且说方老太太退入内院，一面歇息，一面照料着佣工们给学塾中提酒送菜，仆妇们也跟着在厨下忙碌。内中有个新雇来的仆妇，姓黄，生得白白致致，只得二十多岁，三不知地偷开酒瓶灌了一气。自觉脸上热辣辣的，唯恐人瞧出酒意，便借着到后院柴堆后去小解，趁势风凉风凉，煞煞酒气。哪知趸回厨下，只管呵欠连连，咻咻地耸起鼻头，似嗅着什么香气；又无端丢眉拉眼，咯咯咯只管谈笑，颤浪得连碟碗都拿不得。方老太太正在诧异，便有一仆妇道："哟！黄大嫂，新来乍到，又年轻人儿，身上有个不洁净，莫非撞磕（俗谓邪气附身也）着什么了？"

又一仆妇一瞅那酒瓶，便笑道："她的病儿俺知道，只消盹睡一霎就好了。"说着，拖了黄氏便就厢室。须臾转来，方向方老太太笑述黄氏偷酒吃醉。只听后园中绳其等喧笑连天，闹成一片，方老太太便笑道："绳其这孩子又逞疯咧！人家都是新来的同学们，倘若闹恼了，岂非是笑话！单等着明天，猢狲上锁，他或者就好些咧！"正说着，恰好一个佣妇由后园取到一捆劈柴，一见方老太太便笑道："老太太快瞧瞧去吧，咱家大官官把人家王带头摆布得恨不得成了王八蛋样儿咧。那孩子真也傻，就似面剂儿受人搓弄，先是叫他爬老鼋、装虎跳，又叫他学猪八戒拱地。这会子又叫他摸瞎糊捉，大家弄得人家磕磕撞撞，都带哭声咧。"

方老太太还未语，众仆妇也笑道："难为王原这儿子就这么漂亮，可见伶俐劲儿都叫他老子拔尽咧。那会子咧着大嘴直喊妈，就像那《瞧亲家》（剧名，一名《探亲》）里的傻小子。咱大官官可捞着玩意儿咧。"

方老太太笑道："傻瓜结得大。要紧，咱别委屈人家的孩子。"说着，又吩咐众仆妇几句话，即便趸向后园。老长的一段路，又搭着方老太太脚步迟慢，及到园门，业已听得喧闹渐静，却闻绳其道："王老哥，咱俩玩吧。他们都是促狭鬼，不必理他。你瞧方才你怀中掉出食物，亏得我与你拾起吧，不然他们早抢去吃咧。你瞧你头上撞了个大紫包，这是怎么说呢！"即闻带头道："方兄弟，你倒不错。俺吃兜中还有好东西，咱俩吃，偏馋着他们。"绳其拍掌道："对，对！咱偏馋着他们。往后谁欺负你，你只管向我说，我替你捶他们。快掏出吃兜来，我瞧瞧。"

方老太太听了，一面好笑，一面放轻脚步，隐身门后。向内一张，只见建中等围了个栲栳圈儿歇坐着，居中是绳其、带头。这时带头浑身已滚得土人儿一般。望他头上果然有个杏子大的鼓包，料是捉迷跌撞所致，正一面回手怀中掏取物件。建中等都望着他发笑，绳其却暗向大家挤眼儿。

须臾，带头掏出个很鲜艳的织花大红绸汗巾包儿，便放在地下胡乱打开。这里方老太太仔细一瞅，不由好笑。只见包儿内夹七杂八，什么花生咧、糖粘咧，麻饼咧，面果咧，无所不有，更奇的是还有肉圆子、猪蹄肉，腻腻脂脂，也都掺在里面。这时诸生许多小眼都望着绳其。

绳其一面价向他们使眼色，一面拈起糖粘向口便吞。并向带头道："王老哥，你爸爸倒喜欢你，就给你这些好东西。想是因你今天来入学才给你买的呢！"

这时带头正嚼着一嘴猪蹄肉，一面向衣襟抹油手，一面咽一声咽下肉去，然后笑道："他哪里舍得给我好东西吃，这都是俺妈吃剩的，丢在后院伙计屋中。不瞒你说，俺饿了常常去抓吃。你瞧这条汗巾，还是俺妈丢在伙计床上的。不知怎的，汗巾里面还裹着俺妈的一双软底鞋子，是俺抖在床上，便用这汗巾包了食物来咧。你吃只管吃，却不要声张。倘若俺妈晓得了，藏起食物来，连我也没得吃咧。"说着，拈起两个肉圆子又复入肚。

诸生听了，正在嘻嘻而笑，绳其却正色道："不声张的，你有好东西尽管拿来吧。但是你妈真个理家精明，想是伙计们回家或出门，后院中没人上夜，所以你妈替伙计去看屋子，弄些食物丢在那里吗？"带头道："不是的，伙计们都在屋中困觉。不知怎的，俺妈往往半夜里想起一件事来，便去吩咐伙计。一吩咐，便没时候转来。有一天，俺因泻肚到后院中去厕屎，却听得俺妈在伙计屋中唊唊地笑。咕咕喊喊，也不知是吃嚼的是什么。那伙计也喘吁吁的，不知俺妈叫他做甚营生。少时，俺妈却唊地一笑，道：'你就似个喂不饱的馋痨狗，索性由你捣揉（俗谓吃也）吧。'俺听了，方知他两个又在里面吃好东西哩。次日，俺悄悄到伙计屋内去寻残落（俗谓残剩食物），合该晦气，什么食物也没得，只有俺妈戴的一朵纸花踏扁在一张躺椅旁。俺因搜寻食物，掀掀床席一瞧，只见有一块阴湿不干的蓝布，上面花花搭搭，似乎是揩抹糨糊用的，作一团价塞在那里。俺瞧着不像伙计之物，不消说，是俺妈包裹食用的。俺趁着没好气之下，便拎了那蓝布，直撅撅地给俺妈送去。原想俺妈必然欢喜，给俺些好吃的；哪知俺妈一瞧那蓝布反登时红了脸儿，气吼吼地打了俺两下子，又骂道：'你这呆子，再要到伙计屋中去瞎抓，等我揭掉你的皮！'果然吓得俺好些日没去寻食物。这是今早俺才寻来的，你只管吃吧，咱偏馋着他们。"

一席话不打紧，不但招得诸生索性拍掌乱笑，便连那偷瞧的方老太太也暗笑得什么似的。正在暗想那仆妇说的王原家事不虚，王原的老婆果然是个烂桃儿。便见绳其没事人儿似的，一面乱剥花生，一面皱眉道："咳！王老哥，你有东西都舍得单给我吃；如今你有灾难，我如何瞒着你呢？"

带头愕然道："什么灾哪？莫非先生厉害，爱打学生吗？不瞒你说，俺挨先生的打，总算是练出来咧。"因一摸头上的鼓包道："像这么大的鼓包，俺自从上学以来，一总儿头上也没断过，又何必在乎这位先生厉害呢？"

绳其搔头道："你不晓得，这位耿先生开学的规矩是先将学生打顿屁股板子，就仿佛杀威棒一般，来不来的，先扳扳学生的拧性儿。你来的时节，俺们都已挨过。少时先生吃酒毕，一定要打你补数儿。可不知你的屁股练过挨打不曾？若没练过，赶早儿想法才好。不然，一顿板子，不但长血直流，还要时时地起烂疮。就因为不曾习练，皮肉虚松之故。"说着，向诸生一挤眼儿，便附着带头耳朵，低低数语。

带头欣然道："如此好办，等咱吃完了，便叫他们来给我练屁股吧。"绳其正色道："岂有此理！你请人家给你练屁股，如何不先请人家吃一嘴呢？"

这时方老太太不知绳其捣甚鬼，正在竭力忍笑，便见带头沉吟道："他们若吃罢一散，丢我不管，怎么办呢？"绳其笑道："不打紧，都有我哩。"于是向诸生一招手儿，大家齐上。顷刻间，分取食物，各自大嚼。那带头还不放心，一面也乱吃食物，一面还嘟念道："你们若是白吃了，不给俺练屁股，俺不依的。"因顾建中道："你好歹地帮我照看点儿，不要叫他们吃白食跑掉了哇！"

建中听了只顾笑，还未答语，便见绳其一抖那汗巾道："如今俺们都吃饱，有了劲儿。事不宜迟，王老哥，快脱出屁股来，咱们也该练着了。但是你舒眉展眼地脱出屁股，未免腼腆，待我与你蒙上这汗巾，且是好哩。"说着，上前与带头蒙裹停当。

说也不信，那带头真个一转身解松裤子，白亮亮地撅起屁股。招得方老太太再也忍笑不得的当儿，忽隐隐听得内院仆妇们一阵乱吵道："看这样儿，黄大嫂准是撞磕着咧，咱先给她门厉头烧炷香送送吧。"（凡为邪附者，则门后烧香以禳之。至今北方犹有此俗。）

方老太太听了，正在倾耳，便见诸生争着脱去鞋子，光着袜头儿，就带头光屁股上呱呱呱踢起响腚。

这一来，绳其大乐，便拖了建中回顾诸生道："你们且给王老哥练屁股，俺可不陪咧。"说着，和建中直奔园门。

方一脚迈出来，早被一人一把拖住。正是：

　　宾馆方高会，群儿且畅嬉。

欲知后事如何，且听下回分解。

第十七回

溺柴堆仆妇撞仙姑
浚废井贪夫得古镜

且说绳其拖了建中正跑得起劲，却被一人拖住。绳其一瞧是方老太太，便笑道："奶奶在此做甚？"方老太太笑道："你这孩子倒来问我，我那么嘱咐你不要欺负人家同学的，你为什么还作弄人家王家学生？"

绳其笑道："他自乐意练屁股，干我甚事？"方老太太喝道："你还胡说哩，俺早已瞧得明白。起头儿都是你作弄人家，还不快去抚藉人家一会儿。学塾中各家大人吃罢酒，也要领学生转去咧。"因向建中道："你就去监视着你大哥，省得他再向人家使促狭。"

不提建中听了便笑嘻嘻拉了绳其转去，且说方老太太因听得仆妇们吵黄氏撞磕着，未免十分诧异，便慢慢踅回内院。一眼便望见厢房内挤了许多仆妇，更闻得黄氏咯咯咯一阵尖笑，接着便道："各位大嫂子，都坐下，咱们都是有缘的，所以都辐辏在善门吉第。不过人有人道，仙有仙道，俺又是个闺女东家的，不便来蝎蝎螫螫的，惊动你们。今天这个姓黄的小蹄子，委实叫人出不来气，所以俺非整治她不可。"说着，便闻啪啪的两记耳光，又是一阵怪笑。

方老太太正在愕然，室内众仆妇便乱噪道："莫非你是这宅内的一仙姑（俗谓雌黄鼠曰仙姑）吗？俺黄大嫂是个蠢笨人，劝你不要和她一般见识。她究竟怎的得罪了仙姑，你且说来，容俺大家替她烧香赔礼，送您回府不好吗？"

黄氏咬着牙儿笑道："不干你们的事，你想谁家没个大门净地的。便是只猪儿狗儿，她也不该出门就尿呀！谁想这姓黄的小蹄子，风风火火跑了来，正堵着俺的大门，脱出屁股，哗哗哗便是一大泡尿水子。你们不信，俺且学她个样儿瞧瞧。"

众仆妇乱噪道："好仙姑，快算了吧！没的你形容她，你就好看了吗？"方老太太听至此，赶忙紧走两步趑入厢室，仔细一瞧，不由且惊且笑。只见黄氏斜眉溜眼，脸上挂着可怖的笑容儿，正蹲在床下露出白馥馥的臀儿，作个小解之势。众仆妇是七手八脚，一面搀扶她与她系裤，一面将她推坐榻上。

那黄氏还微合两眼，扭头折项，忽又羞涩涩地道："你们想，俺一个闺女家，瞧得惯那歪剌浪形儿吗？今天若不整治她，往后，她还许骑人脖颈屙屎哩！她即没臊，俺就叫她光屁股街上跑去。"说着，百忙中竟要解裤。于是众仆妇一齐按住黄氏的手，没口子乱许香愿。

那黄氏却只管搔头儿，又一面价娇声嫩气唱将起来。其中有个仆妇，有些不信邪气，便闪向一旁，冷笑道："这股子劲儿（指邪气），你越拿它当件事似的，它越逞强，专以撮人的口风胡闹，只须白不理它，它也没能为哩。什么仙姑仙姊的，左不过是些黑嘴头子（指老黄鼠吻黑）的物儿，俺就不信这股子劲。"

众仆妇听了，正在向那仆妇乱捻握，只见黄氏拍手打掌，又是一阵怪笑，便向那仆妇道："某大嫂，我瞧你不说话也罢！你还在人前显贵怎的？不过俺给你留面孔不说你就是咧。你不信这股子劲儿，怎么偏向苇坑草地里闹那股子劲儿呢？头两天连簪子都丢了，你还赖这个偷、那个摸。啧啧，这是怎么说呢？"

众仆妇一听，越发耸然，忙瞧那仆妇，业已脸儿通红。原来那仆妇前些日果曾告假回家，回来便吵丢了簪子。当时众仆妇回想那仆妇来时后衣襟上微沾些坑泥土，又是她什么表弟送来的。今闻黄氏之语，恍然之下，不由都笑。

那黄氏却又一撇嘴儿道："你们也别乐大发了，哪个心内有毛病，须知瞒得人眼，瞒不得仙眼哩！"说着，耸起鼻，咈咈乱嗅。少时，却颤巍巍地道："你们这班浪蹄子是成心欺负俺闺女家，你等着，俺们老爷子（谓老黄鼠也）寻来再说。不一个个治得你们翻白儿，就是不了。"说着，嘴儿一撇，方要大哭，恰好方老太太一步趑进。于是众仆妇呼啦一闪，不想那黄氏正靠着人手舞足蹈，这一来，闪得前仰后合，便像个醉汉似的。

众仆妇忙道："仙姑别闹咧，俺家老太太来咧。"黄氏听了，索性儿大睁两眼道："老太太便怎的，无论是谁，也须讲理。难道她家大门口便许人撒尿吗？今天哪个来也是白搭。等我一根根扯掉这歪剌骨的头发，也叫你大家瞧个样儿。"说着，真个去用手揪鬓，却被方老太太举手隔住。但是瞧那黄氏神色迷惘，正没作道理处，恰好建中匆匆跑入。

原来这当儿，前院学塾业已席散。建中和绳其送出带头并诸生，便信步先自跑来。因为黄氏着邪之事，前院业已都知得了。当时众仆妇望见建中，不由心中一动，暗想道："人家都说小人儿们若是命贵福大的就能避邪，何妨且试试看呢？"于是拥了建中直向床前。

说也奇怪，那黄氏竟像晓得大家之意一般，便登时一挑眉儿，道："你们越这样胡思乱想，拿大帽子来压人，俺越不去。他一个文绉绉的大妮儿，虽有点儿官威，俺却不怕。"

大家听得叫出建中的小名儿，正招得扑哧一笑，只听院中绳其大笑道："什么仙姑哇，等我来瞧瞧。问她的白大姐、黄大姑（俗谓狐黄白柳，为四仙。白者蛇精，柳为刺猬云），快别放跑它，看我的法宝擒它。"说着，雄赳赳地一跃而入。

大家见了正在好笑，便见绳其一径地捻起拳头奔向黄氏。方老太太不知就里，连忙笑喝之间，忽见黄氏一眨眼儿，居然有畏缩之态，呼一声爬向床里，却依然咯咯地笑道："方才俺文的都不怕，难道俺就怕你这武的吗？"说着，忽又眼光乱闪，却又惊叫道："啊哟，我的妈！你不要使促狭，我去，我去。"

大家见状，正在互相惊异，便见绳其一回手由怀中掏出一物，猛地向黄氏迎面一照。那黄氏啾然一声登时昏卧于榻，但见额汗淫淫，气喘吁吁，却是神色之间业已复转。大家知她邪气已退，于是一面捶唤，一面瞧绳其所持之物，却是方老太太室内常挂的那面小小的古铜镜子。

原来这面古镜还是当年绳其之父方槭为某县学官时所得。因为靠着官学，有片菜园也归官学管业。其中有树有井，又有几间茅斋，本来是休息种植很好的所在。却因其中时见怪异，凡有人进去就觉头痛脑涨；又往往于风雨之夜那井中便腾灼光气，有时似磷火偶闪，有时似电光倏掣。因此之故，那菜园便经年牢锁，废在那里，不过隔些日子命学役们进去粪除粪除。

这年夏季里大雨连潮，加以疾雷暴风，霹雳一声，便见一个栲栳大的圆火弹一坠向官学；并连着菜园的墙垣轰隆隆一声响亮。不但震塌先师殿一角，并且连菜园内靠墙根的一棵老槐树一劈两半。

当时大家只见赤练似红光一掣，势欲破空。接着刮喇喇又是一个无情霹雳。及至雨止，方槭领人到雷火处，一瞧光景，好不骇然。只见距槐树数步之遥却有一条尺半长的紫皮蜈蚣死在那里，那蜈蚣须爪狰狞，皮坚似铁，半个脑袋已变成灿灿金色。这物本自身发电，敢招电气，本不足为奇；但奇怪的是，方樾等到园居然好端端的，并不觉头痛咧。于是大家方悟一向都是此物作怪。当时方樾筹出款项，召集工匠，先修理了塌的殿角并筑好园墙，放倒老槐。正想浚浚旧井，命学役们种起荒园。一来可以消遣，二来正合苜蓿盘餐的风味。

哪知浚井未毕，却有两个害财迷的学役因一件物儿彼此争夺，竟自打了个头破血出。原来那两个学役一面监督浚井，一面想起井中的光气，说不定便是财气发现，井底下或有整窖的黄白货都未可知。

当时两人趁夜里沽酒壮胆，商量着摸掘财物，真是越说越高兴，越高兴越喝。须臾，两人都有八分酒意。甲役便道："喂，伙计！活该咱哥儿俩发点儿小财。俺听说一段古话，有这么一家子……"乙役笑道："我替你说吧，底下准是两口子。"甲役正色道："不要取笑，真有这么档子事哩。有这么一家子，靠宅子有空片园，里面往往见个穿白戴白的大人儿，每夜到三更之后便出来满园乱串。有一天，有个大胆的客人宿在园中，闻得此异，便枕刀而睡，暗暗留意。果然二更以后，狂风遽起，便见那大白人逡巡踅出。那客人大喝一声，提刀赶去一下子斫将去。忽然白光一闪，大人不见。伙计，你猜怎么着？原来那客人一怔之下觉得地下有物碍足，仔细一瞧，却是一个一尺来长的大银指头。从此那客人便发了横财。想系斫个银指头便发财，少时咱们财运一到，焉知不掘出个大银人来呢？喂，老伙计，咱两个这注财是发定咧。俺早就打算下咧，等我有了银子，先娶个花不溜丢的家主婆，再养上两个大小子，便万事都足咧。你是怎么打算哪？"

乙道："俺的打算却不像你，俺因为经过荒年，委实把俺饿怕咧。俺有了银子，先囤上几万石谷米，由我横吃竖嚼，不怕年年下冰盘大的雹子，将田苗砸得一茎不剩，俺也不怕咧。"甲役欣然道："对劲儿！你是存谷防饥，俺是养儿防老。咱俩这个下半辈子的快活，就在这一掘哩。事不宜迟，咱先动手，回头再喝发财的喜酒吧。"乙役道："依你，依你。但是咱分银时须要公平。"甲役道："什么话呢！俺连个银渣儿都不多要，便是掘出一文钱来，咱们是一掰两半。"于是，两人次第下井，即便动手。

哪知摸了半晌，只由甲役摸到一面古铜镜儿。两人上得井来，大失所望。那甲役气愤之下，便要将那镜儿仍抛入井。乙役道："慢着，你不要，便给我吧！好歹是个古物儿，拿到古董行中说不定便值个吊儿八百的。"

甲役听了，暗笑道："哈哈，这小子倒有计算。既是古物，还许值得多哩。"于是将镜儿揣怀中，道："既如此，此物换出钱来你就不必分用咧，只当你少囤一囤谷就是。"乙役怒道："你可要讲天理良心，你若独吞此钱，娶了老婆，咱须大家公用哩。"

当时两人说岔了，彼此揪扭，一阵乱打，又互相囤谷、老婆地乱吵。方樾听得了摸头不着，便走去喝开两人。问知所以，倒招得扑哧一笑，便赏了两人几串钱，要过那镜儿仔细一瞧，只见那镜圆径可数寸，只有碟子大小。镜面上并不十分光彩，只如常镜。此镜背上有个盘螭纽儿，分三层围廓。外廓花纹是天干十二禽相，栩栩如生；中廓作云气雷鼓的花纹，并有暗龙儿，仅露片鳞一爪；内廓却没得花纹。居中是"乾元"两字的篆文，外围八个很苍劲的隶字，其词为"涤秽荡氛，永保贞吉"。

方樾端相良久，知"乾元"是镜名，隶字是铭词。再细瞧镜背上，古锈斑驳，铜色黝秀。用指甲扣之，其声清越异常，端的是面古镜。但是方樾并非考古之家，便把来置向斋头，殊不珍视。从此以后，每逢风霾之日，那镜面必晦暗异常；或值阴雨之先，镜面上必起一层湿晕。起初如鸲鹆眼，渐晕渐满，便如人的呵气一般；待至雨霁，湿晕亦敛。方樾虽觉异样，但是以为古物淹埋井中，岁月既多，或能应天地之气，理亦有之。仍然抛置斋头，不以为意。

一日方樾偶犯臂寒，困卧斋中。无意中取镜来照照面容，忽觉镜面上温气扑脸，十分舒适。那执镜之手也觉似有一缕温气，由手达臂，转眼间，竟自所患若失，以后屡试屡验，从此方知这镜儿是个异物，便稍为珍视起来。及至方樾殁后，方老太太因此镜是方樾所爱之物，便把来挂在自己屋中，做个纪念。又因睹物思人，不忍去摩挲它，一向在壁上尘湮土渍。不想今天，却被绳其把来一下子照退了黄氏的邪气。

当时众仆妇惊定而笑，便争问绳其怎知此镜便能避邪。这时绳其手舞镜儿，只乐得乱跳道："你们哪个还各处里瞎撒尿来，等我先与你们照照，不省得邪气来寻吗？"方老太太喝道："不要顽皮，真个的，你怎知此镜避邪呢？"

绳其道："俺哪里真知得，不过把来试试罢了！皆因耿先生前些日哄我玩时曾用小咒语拘禁鼠儿，因说起古来传说的邪物邪法都是有的，并说古剑、古镜之类往往便能避邪。所以俺把此镜来试试，不想真个把那仙姑给吓跑咧。"

大家听了，都各称奇，又有笑向方老太太道："方才那仙姑说咱大官官是武的，又说王相公文绉绉的，有点儿官威。依我看，还许是他两个命大福大，能镇得住邪气哩。"

方老太太笑道："别胡说咧！咱且瞧瞧着邪的人吧。"于是大家趸近床，只见黄氏业已平复如常，只就是面色煞白，如病起一般。问起她方才情形一些不知，只知那会子在后院柴垛后小解毕，曾打了一个寒噤，心头便模模糊糊的哩。

不提方老太太命一个仆妇伺候黄氏，便叫大家趸离厢室，且自分头料理内外诸务。且说耿先生次日开学上课，先排定诸生座位，各略问大家学业。虽是六个人，也只得分作三班。头班是建中、绳其；二班是谢石等；唯有带头没有配搭，只好一个人儿耍独班，孤丢丢作了三班。从此方宅前院中弦歌大作。

耿先生因材施教，十分得法，只过得数月，便是其笨如牛的带头，也居然大有进境。建中、绳其自不消说，每经先生教导，真赛如洪炉点雪。那耿先生于经义之外，更通杂学、医药、占验，都能来得；又会些小小禁勒之术，如画病、圆光之类。并且性儿和易，往往于课余之暇，使徜徉于村坊郊野之间，或寻父老等谈笑半晌。但是有人问起他家事并因何游学来，他却笑而不语，或有时微微一叹。因他和气不过，又多艺能，村中人或有小疾并丢猫失狗等事，都要来请教先生。久而久之，满村妇孺无不知耿先生者。

方老太太见绳其等学业大进，又知村人等都敬爱先生，自然欢喜。但是心下总怕惬着，绳其从先生习学踢跳，有误读书。便留心前院动静，却不闻踢跳喧闹，因此也便心下少安。

一日，耿先生被人请去吃酒，放假一日，诸生各散，建中、绳其也便出去玩耍。方老太太偶到学塾中瞧望瞧望，只见先生榻脚下置着一方青花石块。粗估去就有五六十斤重，两端滑润，似乎常有人搬弄一般。仔细端相，却是后园中压菜的那块石头。

正在心疑绳其从先生练习气力之间，只听大门首一阵喧闹。正是：

先生方出塾，恶客又当门。

欲知后事如何，且听下回分解。

97

第十八回

恶丐卧门肆猖语
诸生角武戏憨熊

且说方老太太正在心疑绳其从先生练习气力，忽闻大门外有人破锣似的嗓音喊道："你也睁开狗眼，瞧瞧这泡尿是人撒的，是狗撒的？你别觉着你们财主家有气势，老子是穷光蛋，难道怕你咬我屌去？你们既这么说，咱就玩个卧门儿。喂！伙计，抄家伙，干哪！今天咱非要他两吊钱不可。哪个拿他一吊九百九，算是松攘的。"

便闻又一人道："就是吧！老哥，快吹起咱的摇山动。这码事算交给我咧。"正乱着，哼的一声，闷筒响起；接着便有人哑起嗓音，叫驴一般，大喊求乞。百忙中又是两声，夹着仆妇们一阵吱喳，竟自闹了个锅滚豆烂。慌得方老太太趄出学塾，刚要去瞧，恰值一个仆妇气得脸红筋涨地从外跑来，一见方老太太，便吵道："也不知从哪里撞来两个大花子，凶模恶样，就似山贼。方才俺们到门首，正遇着他两个在门旁探头探脑。内中一个还斜着身子、叉着腿，手内颠着他那物在大门墙角下挤扯眼泪（谓尿也）。吃俺们呵斥了两句，他们反登时发横，放起刁来。老太太不要出去，等我叫伙计打那贼花子再讲。"

正说着，大门外闷筒之声越发响亮，那乞讨声中又夹着乱骂道："不要惹爷们性起，一把火烧你们个腔眼毛光。干脆，拿两吊来，那算你识相的。"方老太太听了，不由略为沉吟。原来村庄中专有一种泼皮恶丐，在丐行中另是一类。都是二三十岁的精壮汉子，专讲耍骨头、卖打儿，简直软硬不吃，外号儿便叫"滚刀筋"。

这种丐人轻易不登门乞讨，据说他在行中占坐第一把交椅，专以给其余丐者档横拔创。众丐所得，先撿上份儿贡献于他。但是他若一登门儿，却非寻常丐者可比。恶索之下，往往便开山带彩（以刃割额也）。他所仗恃的便是偷着放火，所以村中人无不畏惧此辈哩。

当时方老太太情知是恶丐到门，唯恐伙计粗鲁打出事来，便连忙唤住那仆妇。大家到门前一瞧，只见正堵门口仰卧着一个稍长大汉，蓬头赤足，光着半个脊梁；穿一件破短裤，露着漆黑的毛腿。合着眼子，吹两口闷筒，便将闷筒直矗矗置在胯下。一面作挺动之势，一面乱嗓道："你们这干歪剌骨，不拘哪个，快些把出来，爷们这里等不得咧。"

气得门前两个仆妇正在乱嚷，这里方老太太望向街心，却又见一个五短身材的丐者，生得油晃晃一张胖脸，肌肉磥砢，有如紫漆。盘起懒龙似一条辫子，上插一朵通草花，披一件一口钟样的破麻包，光着两条青筋暴露的粗胳膊，正当胸一片皮肤，便如灰铁颜色。正坐在那里两手举砖，狠命地瞪起凶睛，砰砰地向胸口打下；并一面乱瞟街上村众，大喊道："不干事的人快躲远些，少时血溅你们，不是要处！"

方老太太等闲不曾见过这等凶样，正在颤巍巍心下乱跳，便见村众中闪出两个上年岁的人，道："喂！你们乞讨罢了，却不该这样的。"那丐张目道："怎么？你不服气，你就拿两串钱来；不然，快闭了你那鸟嘴，好多着哩。"

这里方老太太心慌之下，正要命仆妇去快取钱文，便见村众们齐嚷道："这等恶丐还了得吗？快缚起他，送官处治。"说着，气吼吼奔出四五人，喝一声，便奔两丐。不想那吹筒之丐两脚一蹦，砸砖之丐双臂一分，奔去之人登时价纷纷跌倒。原来此等丐人平日价都打煞气力，练习手脚。一来为防备挨打，二来还捎带着做些偷鸡摸狗的营生、跳墙爬寨的勾当，所以手下甚是来得。

当时村众们一阵大乱，两个恶丐越发得意，那卧门之丐举起闷筒，便向着方老太太呜呜大吹。慌得方老太太正在躲闪不迭，忽一仆妇遥指道："您瞧，那不是咱家大官官和王相公吗？快些喊住他，少时再进来，吓着了可不是玩的。"

方老太太随她手势望去，果见绳其掉臂当头，和建中如飞地由东跑来。这里方老太太百忙中还未喊唤，便见绳其一个箭步蹿向那砸砖丐人背后，冷不防地照后腰便是一脚。可巧那丐人一面砸砖，一面正俯仰作态，这一来，猛地向前一扑，啪一声，一个额盖正撞在砖上；只痛得他啊哟一声，一抹血脸，还未及跳起之间，这里绳其一连两跃早又转向卧丐跟前，不容分说，便去夺那胯下闷筒。那卧丐见来者是个十一二岁的孩子，哪里在意，便索性一手拿筒夹竖胯下，却张开那只大手乱抓绳其。

原来这种卧门恶索是有规矩的。无论怎样，若不得所索之物是不许起来，其名儿就叫"卧发财"。不怕遇到硬茬儿上被人家打脱下半段，也不许皱皱眉，欠欠屁股，讲的是要这份穷骨头哩！当时那卧丐向绳其一阵乱抓，早急得方老太太言语不得。便有个伶俐仆妇想趁势拖进绳其，刚刚的三脚两步跑到绳其跟前，恰值绳其怒起，啪一脚，踢开来抓之手，趁势向他腿胫一踏，尽力子双手夺筒，由他胯下向外一拔。只听哧啦一声，招得村众们哈哈大笑之间，那仆妇眼光一眩，却见闷筒脱处忽又有一个黑紫紫、累垂垂的小闷筒，出现于卧丐胯下。及至定睛一瞧，不由哟了一声回头便跑。原来那卧丐糟烂破裤本不禁撕扯，何况又力夹那筒，更搭着绳其向外力拔，两下里一挣，所以登时裤裂，现出个妙相物儿哩。

当时门首众仆妇也都望得分明，正在红着脸儿乱吵，但见那砸砖之丐吼一声，跳起来便奔绳其。这里绳其手舞闷筒，方一转身，背后卧丐也便跳起来，踊跃而上。眼睁睁四只大拳，只离绳其头顶分寸之间，便见绳其一挫身形，滴溜溜向旁一闪，两恶丐一齐扑空。为势既猛，脚下又快，急切间躲避不来，吭哧一声撞个正着。正在四手交叉，乱喊晦气，这里绳其一抛闷筒，转向卧丐身后，猛地退缩几步，一低头儿，用一个老羊觝角势照定那卧丐背上便是一下。

这时村众们恐绳其吃亏，正在拥上，便见两丐一堵墙似的往后便倒，登时闹了个一仰一合的罗罗儿。那卧丐被触得向前一蹿，两腿一叉，却夹住那丐的脑袋。可巧那累垂之物正贴向那丐口吻之间，于是那丐大秽大喊，百忙中手足乱舞。

当时村众们只顾一面哗笑，一面扶起两丐，作好作歹地撺他去掉，却没人理会绳其力量之猛。唯有方老太太见此光景，越发疑惑绳其是从先生学习踢跳。不消说，书塾中那石块也定是绳其撮去练习气力的。于是携了绳其等和众仆妇大家进内。一问自己心中所疑，绳其哪里肯认，建中在一旁只是憨笑。方老太太虽然心下怙惝，但是留神前院总没得踢跳响动，也便放下心来。

一日耿先生又复放假，建中和方老太太正在闲谈，只见绳其笑嘻嘻趱来，向建中一使眼色，回头便走。这里建中一笑，方才一欠屁股，方老太太便笑道："住着，这不消说，你们瞧看先生出去，不定又淘什么气去。"

绳其正色道："今天遭瘟还遭不迭，哪有工夫淘气？先生临走，愣出了两道题。建中弟早早做完，所以在此。我这会子只弄完一篇半，恐一会儿先生转来交不了卷要挨手板，所以来请他帮个忙儿。"这里方老太太刚道得一声"不害臊"，一瞧绳其业已拖了建中跑到院中，却回头望望，彼此价相视一笑，如飞而去。

方老太太情知他们是撒谎淘气，唯恐又捉弄人家王带头，方要随后跟去觑觑，恰值来了个常串门的街坊家李婆子。这李婆子贩卖针线为业，又是个四不相的道婆儿，仗着两片了巧嘴，花说柳道，串百家门儿。据说她家供着个什么大仙，以此哄人施舍钱财。这婆子已四十多岁，却还描眉画鬓，扎括得俏生生的。她自己说为奉大仙多年孀居，但是她所居之处，往往招些个不三不四的人出出入入。她对人说都是些叩仙看香的，虽没人管她的闲账，然而邻舍家未免笑得嘴歪。她和方宅走动，却因方老太太娇爱绳其，信了两句俗语儿，是"若得小孩发，认个苦瓜妈"（即烂污之意），于是便命绳其认她做个干娘，所以她常来走动。

当时李婆子见了方老太太，一屁股坐下来，无非是张家子长、李家子短地胡拉八扯。好容易等她趋去，业已耽搁多时，方老太太倾耳前院还是静悄悄的，正在心疑耿先生或已转来之间，只见一个仆妇笑嘻嘻地从二门外趋来。一见自己却向前院偏西一努嘴儿，又匆匆地说罢数语，然后笑道："老太太快瞧瞧去吧。他们叫人家带头耍狗熊倒也罢了，如今锋快的单刀、麻林似的柴棒，大扎大斫，可不是耍处哩。"

方老太太惊笑道："怪不得绳其换下来的旧袜子，那袜底就像蹋过泥塘似的。原来他怕我听得，却悄悄地闹这鬼儿，你瞧他多么嘴硬。那一天他撞跌两个花子，俺问他是否从先生学习踢跳，他还小嘴儿梆梆梆的，一百个不认账哩。"

不提那仆妇听了含笑自去，且说方老太太一径地趋向学塾，果然一个人也没得。只有绳其等的鞋子，横七竖八，撒置在地。又有半大碗粉墨置在带头案上，淋淋漓漓，撒泼得一塌糊涂。方老太太暗笑之下，先倾耳向偏西院内，原来这前院偏西是个很宽敞的空院儿。其中除了更房并佣工们下房之外，便是一片平沙净场儿，并且日间没人十分静悄哩。

当时方老太太倾耳一听，只微闻西院中沙沙的脚步响动。便悄悄趋去，一瞧那角门恰是虚掩的。刚要轻轻去推，却闻带头嘟念道："丧气得紧！那会子比试输了，被人家捶顿屁股还不算，又被罚装狗熊，跳了半晌，如今又叫我看门儿。不消说，先生猛地撞了来，一定要先打我出气的。他们却躲得远远的，旁不相干。有咧，等我也挪个窝儿，咱们是有打大家挨，只捉我一个人的老傻，却不成功。"说着，便闻窸窣之声。

方老太太忙就门缝向内瞅去，急切间竟辨不出头儿脑儿。只见一个灰白色、毛茸茸的东西，在门内拱起屁股，大大地伸了一个懒腰。忽一回

101

头，倒将方老太太吓了一跳。只见那东西，满脸粉墨，涂了个猪八戒的丑脸儿；翻穿一件老羊皮袄，正当屁股奄拉着一段猪毛绳，似乎是权当尾巴，正在那里一步三摇。逡巡间，踅向院墙下一块大石上昂首而坐，并且摇着头儿，自语道："只捉我的老傻，不成功的，不成功的。"

方老太太仔细一瞧，却是带头，便忍着笑，眼光一转。这一来，不由大吃一惊。只见建中手执一面红纸小旗儿，站在场后一块大石上，似乎是令官模样。再瞧场中，业已两阵排开。左边是绳其，手提一把亮晶晶的挂大红穗儿的单刀，卓然而立；右边是谢石等三个人，一字排开，各持一段柴木短棒，也都做出气势虎虎的样儿。望到脚下，却大家都光着裤头儿。便见建中红旗挥动，左边绳其倏地一扬刀，使个旗鼓；这里谢石等轻轻地哈了一声，即便抢捧便上。

顷刻间，刀光棒影，闪闪飕飕。谢石等三条木棒，也自抡得风车儿一般。偏那绳其一柄刀卷舞如飞，更趁着身形伶俐，不消片刻，早已瞧得方老太太眼花缭乱。

正这当儿，便见谢石等三条棒丢掉两条，大家笑嘻嘻向后一退之间，便见建中红旗又举。这里绳其霍地跳转，明晃晃刀势一摆，独舞当场。一阵价前蹿后跳，脚下无声，便似个灵猫儿一般。

方老太太虽不晓得什么路数门径，但是戏场上的花刀片儿却是见过的。今见绳其一柄刀银花乱飑，比那戏场上刀片儿还觉煞溜，便知他定是从先生学起武功。本想踅进去问其所以，又一瞧他舞式方酣，那锋快的刀锋倘猛然被惊失手，却不是耍处。于是略为沉吟，竟自悄悄返步，一径地隐身二门之内，且觇动静。

还没一盏茶时，却见一个学生由角门探探头儿，又复缩回。方老太太情知他们将要散场，不由暗想道："绳其这孩子一张嘴比猪钢嘴还硬，我那么问他是否从先生学习武功，他都不肯说；如今须要如此如此，他便没得抵赖了。"

不提方老太太想罢，真个的自去埋伏。且说绳其等踢跳已罢，各就下房中置下刀棒，又与更夫送还皮袄，便大家溜溜睃睃，溜回学塾。唯有带头学了半晌跳狗熊，又披了一件老羊皮，这当儿虽是脱去，早已闹得大汗如浇。一进塾门，便大嚷道："哈哈，方老弟，今天你可把我冤苦咧。你瞧我脸上，这会子还淌花花水哩。以后你们再去踢跳，别算着我咧。"

绳其忙道："你这呆子，嚷什么？这里离内院近近的，倘被俺奶奶听得了……"一言未尽，只听里间内有人扑哧一笑。

这一来，绳其带头大骇，只认是先生转来。带头便带着个糊涂花脸儿直奔自己的座位，嗖一声抄起书来，刚要高声朗诵，只见一人从里间掀帘而出。正是：

　　未睹先生面，偏瞻寿母颜。

欲知后事如何，且听下回分解。

第十九回

王家儿负重走长途
耿先生闲游访古刹

且说带头、绳其胡吵之下，只见方老太太由里间含笑踅出。于是诸生情知事泄，正要各奔座位，那建中立近里间门口，却被方老太太一把拖住，便笑道："好孩子，你不像绳其似的嘴硬。你们几时从先生踢跳起来？如今竟拿刀动杖，这还了得！"

绳其忙笑道："没有踢跳，不过方才在西院中逗只呆狗玩耍罢了。"那里带头哼了一声，方老太太道："你还嘴硬，你瞧你们一个个光着袜板，弄得好玄虚哩。"诸生听了，不由都笑。便忙着各穿鞋子，当由建中笑诉所以。

原来绳其自上学后便撺掇诸生从先生学习武功，诸生不过借此玩耍，唯有绳其性既好武，又复专心致志。那耿先生教他先从"八段锦"软功儿入手，又撺提石块，增益气力。为时不久，业已会了好几路拳脚并两路花刀；所以今天趁空儿，又踢跳起来。至于那柄单刀，却是绳其由西村法兴寺了明和尚处借来的。

原来法兴寺庙产丰富，庙佣众多，了明为防备宵小偷窃，所以置有枪刀等物，叫佣工们准备值夜。其实了明是个酒肉头陀，生得肥头大耳，一个大酒糟鼻子，整年价亮澄澄的，便似癞蛤蟆皮一般。又因他和气善笑，有时节腆起大西瓜肚皮，绝似那画的布袋和尚。大家便赠他个诨号，叫他"癞皮布袋"。他置有枪刀并不是专为防盗，因为他醉饱之下，养得大肥躯，精精壮壮，又搭着银钱凑手，不消说，须设法消弭这亢阳为患。和尚家出去乱钻，自比平人多一番心虚胆怯；况且他素有油水，岂有不防备人来讹诈之理？所以置些枪刀，一来防盗，二来摆摆假威风，敲山震虎，好叫左近无赖们有顾忌之意。那了明专以趋奉各村的财主大户，差不多谁家有建醮佛事都是他去承办。所以绳其从他那里借把刀来。

当时建中含笑述罢，方老太太便笑向绳其道："你们这班猴儿学生这样地拿刀动杖，还将我瞒在鼓里哩！也没见了明那秃厮这样锋快的刀便借给孩子来舞弄。方才你那个苦瓜干妈，还向我说了明怎样的和气好性儿，凡街众们偶来借物无不立给。也不知他借了那秃厮什么物儿用，便夸得抹蜜似的。如今竟索性借与你们枪刀舞弄，不成了个瞎秃厮了吗？"

绳其忙道："奶奶不要生气，那柄刀少时就给他送去便了。"方老太太笑道："你也不用向我蝎螫，又一时价急得猴儿屁似的。你既诚心从先生学习踢跳，我也管不了许多。但不要伤了筋骨、荒了读书就是。那柄刀既是借来，送还他也不必忙在一时。等过几天，我打发你瞧瞧你干妈去。她家离法兴寺只隔一条巷，那时你顺便送刀去，不省得巴巴地跑上一趟吗？"

绳其听了正在乐得手舞足蹈，那带头却拍手道："妙，妙！法兴寺好玩得紧。他庙后园中有这么粗、这么长的大白薯，咬一口，稀甜蹦脆，俺足连整个的都吃过的。万老弟，你要么时，千万叫着我呀。"说着，吸溜一声，口涎滴下。他便趁势顺嘴角两下一抹，登时又闹了蝴蝶嘴。这一来，招得诸生哈哈大笑。

不提方老太太又嘱咐绳其数语，即便含笑趑回内院。且说绳其一向价暗习武功，总不畅快。今一旦奉天承运，好不欢喜。及至当晚耿先生趑回塾中，绳其便述说方老太太命习武功之意，并立叩武功之奥要。耿先生一笑之下，便沉吟道："我所能的不过都是些寻常武功，哪里说到'奥要'两字。你既愿学，咱就分个刚柔日子。刚日习文，柔日习武，不过活活身体罢了。"绳其听了，甚是高兴。次日里，便公然命佣工们收拾出偏西空园，索性地由本村少林会（少林会者，村中武社也，专习花拳枪棒，为春秋庙场出会之用）中借到许多的枪棒刀剑，一桩桩从耿先生练习起来。

建中是性不好武，又因家贫奉母，锐意苦苦读书，唯恐习武误了课程。谢石等顽童性儿，有时高兴，便也走去踢跳。唯有带头，只管笨得像只牛，都偏要死求白赖地跟着绳其踢跳。真是人没有白用的工，过了几天，居然也能抄起大棍耍两个背花儿，或丢手掉脚闹下个四门斗儿。那王原晓得，只喜得咧开臭嘴合拢不来，便向村人发话道："你们别瞧俺傻带头，咱们是属了看西湖景的，往后瞧。说不定，将来顶门支户，还是俺傻带头哩。"

不提这里绳其从此便跟耿先生日习武功，进步甚速，转眼间又是月余。且说方老太太这日见天气晴和，忽然想起李婆子，便准备了两样果饼，命绳其去瞧望干妈，就势给了明送那刀去。

绳其领命，去向先生告假，恰值谢石等都因有事不曾到塾，只有建中和带头在那里。那带头听得绳其要赴法兴寺，正在心下乱跳，只见耿先生笑道："这些日俺也不曾出去散步，今天索性放一日假，大家都去散散，瞧瞧那法兴寺如何？"绳其听了，登时笑吟吟瞟向带头。

这里带头正喜得心头怪痒，只见绳其道："俺和建中同先生去吧，王带头的生书还没念熟，趁势叫他看学塾，且是好哩。"带头听了，直急得要哭出，倒招得耿先生扑哧一笑，因起身道："咱还是大家都去吧。"说着，趑入里间略整衣履。这里带头方恶狠狠瞪了绳其一眼。

绳其眼睛一转，便蹭到带头跟前，低语道："你真个想去吃大白薯吗？了明那秃厮好不悭吝，你白去吃嚼他，须不成功。"带头一怔道："那么怎样办呢？"绳其笑道："你一定要吃，倒也有个机会。前两天，他曾想借俺家压麦的石碌碡用用，你今天顺便儿与他背去，他欢喜之下，自然便把出稀甜蹦脆的大白薯给你吃咧。不过那石碌碡稍为重一点儿。"带头欣然道："不打紧的。既为了吃，说不得受累。既如此，俺先抄小道儿走着，咱们是庙门口聚齐儿，不见不散，你道好吗？"说着，便匆匆跑去，自向后园内去背碌碡。

不提这里绳其和建中相视一笑，分携了果饼单刀，便随耿先生慢步出门。一路价从容瞻眺，赏玩野景。师弟们说说笑笑，直奔法兴寺而来。且说带头趁着一天高兴，又自恃近来踢跳，气力增加，便莽熊似的奔到后园。一瞧那碌碡，圆骨鲁的，约四五十斤重。这碌碡本可拉着走，但因绳其叫他背着，他便不会想到抱着。正在那里撮撮放放想弄到背上之间，恰好有两个佣工趑来，问知所以，不由暗笑得肚痛，便索性凑个凑儿道："王相公，你回头时若给俺们带两只白薯来，俺们帮你撮上背如何？"

带头欣然道："就是吧。"于是两佣工挤挤眼儿，便命带头蹲下身去，先寻长绳拴好碌碡，然后与带头扎缚在背。其中一个佣工又笑道："这碌碡万一脱滑下来，砸了尾巴骨，可不老好的。王相公，你索性背过手来，托着碌碡，连手都缚牢，便万无一失了。"

可笑带头，真个的一一如命。两佣工给他扎缚停当，大笑趑去。这里带头也便拔步便走，高兴之下，一面如飞地穿过街坊，一面嘴内还嘟念道："送碌碡，吃白薯。吃白薯，吃白薯。"招得村众们都笑。带头却越发得意，便大步小步地乱踏将去。

哪知没趑过半里地，只觉背上越压越重。少时，缚绳甩松，那碌碡并且直向下坠。牵得脊梁骨笔管通直，后脖筋根根胀起。没奈何，背手用力，挺起前胸，虽可以勉强前进，但是两条腿子，因直直挺挺的脊梁牵扯，迈出步去，竟似醉汉画符一般。又趔过半里来地，早已累得他大汗如浇，一阵阵喘息不迭。想要歇歇儿，又恐绳其久候；想要唤人，给紧紧碌碡绳儿，偏偏小道上又没得行人。俗语说得好：傻人多拧性，当时带头着急之下，一股浊气上攻，登时暗想道："俺就不信，一个大活人就比试不过一块死石头。哪个唤人来弄你的，就不是好小子。"想罢，哼了一声，趁着气头儿大步猛进。

偏那小道上碎石确荦，又有些刺衣荆棘，闹得带头磕磕撞撞，脊梁上磨得生痛，脖筋是根根抽掣。这气头儿简直就大咧，便狠命地愣低脑袋，不管他三七二十一向前一冲之间，只听有人忙叫道："慢着，慢着。"一声未尽，但闻噼里啪啦，一阵跳跶；接着便有人道："喝，喝，喝！"这里带头也忽觉有两只毛茸茸的长耳朵蹭了嘴巴子一下，并且眼前有片红郁郁的东西一晃。

这时带头已累得眼花缭乱，正要仔细觇望，早被一人扯了一把道："你这小哥好生莽撞，幸亏老汉子手快带住驴子，不然，车歪人翻，连你都压煞咧。"带头愣怔怔抬头一瞧，自己却撞到一辆驴车辕之旁。车上坐着个穿红的媳妇子，已吓得花容失色。和自己说话的，却是个赶车的老头儿。正龇开胡子嘴，望着自己背的碌碡，一面发笑，一面道："你这小哥，敢是傻憨咧！石碌碡不就地拖了走，却背起它来？"带头听了越发长气，便喝道："干你鸟事！今天俺反正和它干上咧。拖了走，哪个给大白薯吃呀？"说着，歪歪斜斜，拔步便走，将个赶车的老头儿诧笑得没入脚处，也便驱车自去。

慢表带头负重而趋，一路上声嘶力竭，且说绳其等从容价步向西村，趔过一处横溪小桥，早已望见法兴寺的红墙一角。四外是烟岚映带，竹树交荫，颇有清幽之致。靠西面，沃田弥望，隐隐有几个农人就陇畔辍耕歇坐。向庙东望去，却从一片烟树迷离中现出一带参差房舍，高高下下，错落着自成蹊径。

耿先生见此光景，正在心旷神怡，忽听午鸡啼声，颇助幽趣。因笑顾绳其等道："你瞧了明和尚不耕而食，不织而衣，只凭一钵传宗，受尽十方供养。又住在山水清虚的所在，倒也自在得紧！"

绳其笑道："先生哪里晓得！若说起他那不自在来，比咱们俗家还要加倍。他整年价放债种地，收庙租，起庙粮，外挂着应酬交接，建斋打醮，已经累得他昏头耷脑；不知怎的，他又和气不过，靠他庙左近并种庙田佃户家的妇女们，见了他便眉欢眼笑，不是这个认他的干亲家，便是那个送孩子来做寄名和尚。了明不但不厌烦，逢时遇节，他往往便向人家去走动。整斗的白米，整担的菜蔬，打发了一份又一份，累得他黑汗白流，先生还说他自在哩。"说着，向西面几个农人一指，道："先生瞧那些种地的，便是他庙中佣工。这会子他也在田里督作，亦未可知哩。"

耿先生失笑道："如此说，了明却苦恼了。和尚出家如何又当起家来？"师弟笑语之间，不多时趄到庙前一瞧都静悄悄的，只有一只灰白色长毛瘦狗，合着眼子，有气没力地卧在那里。听得人来，只略抬头儿，方要去再续残梦，忽见绳其刀光一闪，吓得它跳将起来，夹尾便跑。

正这当儿，忽闻庙院中家雀乱噪，接着便呼啦一声飞上半天；少时复互相追噪，次第价投落庙院。绳其便笑道："看这静悄光景，了明和尚真许没在庙中，咱不如先到李婆子家去歇坐吧。"耿先生道："既到这里，咱还是进内瞧瞧，没得和尚，咱只逛庙就是。"说话间，正要举步，恰好有个年老庙佣从内趄出，一见绳其提了刀来，便笑道："方相公，借得刀去，只管玩吧，还忙的送来做甚？"

绳其一面递与他刀，一面道："今天庙门前怎这么静悄？莫非和尚在田里督工吗？"老庙佣冷笑道："他有精神去督工倒不错，他夜里三不知地溜出去，已分时才火眉燥眼、垂头奔脑跑回来。一头歪在榻上便沉沉大睡，连午饭都没吃。瞧他脸上，竟似瘦了一停。这会子还抱着个长枕头，呓语模糊。便似个冻狗子，口内只管镀金点翠、三钱四钱地乱说，不晓得是哪股子劲头儿。你们要寻他，等我去唤起他来。"

绳其听了正在目视先生，拟取进止。只听背后带头颤巍巍挂哭的声音道："啊呀，我的妈，好难吃的大白薯哇！方老弟，快来救命，接接儿。再撑一会儿，俺这条小命就要交待咧。快叫和尚把出大白薯来，若少了俺可不依。休要惹我性起，我破着压煞，还照样儿背回去，看是哪个合算！"

绳其等听了急忙回望，只见带头满头是汗，业已趔趄不堪，晃晃荡荡就要歪倒。耿先生见此情形，虽摸头不着，便是见绳其笑作一团的神情儿，情知是他作祟。于是紧走两步，扶住带头，先给他解开缚手，然后又解下碌碡。

这时带头气喘如牛，只剩了干眨两眼。耿先生笑问所以，他哪里说得清爽。还是建中向先生笑述所以，这一来不但招得先生笑不可抑，便连那老庙佣也登时哈哈大笑，便道："你这位相公想是上了方相公的当。俺庙中虽是借碌碡，怎敢劳动相公们愣背了来呢？"

带头听了，这才心下恍然，不由望着绳其点点头儿，哔的声长出一口大气。大家见状，又复大笑。耿先生便道："如今了明既困觉，咱却不便去扰他。那么咱且到李婆子家里歇坐一霎，也使得的。"绳其听了，因笑向带头道："王老哥，咱快走哇！说不定李婆子那里，还有大白薯哩。"于是大家一笑，即便举步。

不提这里老庙佣笑望一回，进庙去唤出伙计，且搬碌碡。且说绳其等大家举步，趱向庙东，穿过一片疏疏的竹林，早望见一带人家，一色的槿篱茅舍，碎石短墙，忽地微风吹过隐闻妇女吵笑之声。

绳其遥指道："先生瞧远远的那株歪脖树下便是李婆子家。那婆子是走星照命，不知她恰巧在家不曾？"说话间，趱向那树，却闻妇女吵笑越发地乱成一片。仔细一听，那声音就出在李婆子邻院中。

绳其等止在略为驻足，便见一人披发跣足，直由邻院中抢将出来。正是：

柴扉方在望，诟谇忽相闻。

欲知后事如何，且听下回分解。

第二十回

诬盗窃忽起耳环争
解纠纷小试圆光术

且说绳其见一人如飞抢出，定睛一瞧，正是李婆子，业已气急败坏，一张脸子怒色冲冲，发乱鬓歪；前衣襟撕破一块，一只脚上也没鞋子，拖得布缠死蛇一般。一面价乱掠鬓发，一面回头骂道："你不用和我滴滴剥剥耍巧嘴子，狗拉屎，狗知道，你自家凭良心吧！俺簇新新一对耳环因有人瞧瞧样儿，照打一副，人家瞧完了，俺便放在枕头底下。那会子是哪个浪张着来串门儿，是哪个单瞧俺到后院去解手的当儿便悄悄地浪张回来。呸！不害臊的歪刺骨，你还要倒打一耙？不依老娘，你是好些的，咱就向了明庙里对神起誓去。哪个要诬赖好人，哪个要昧心不认，老佛爷显个灵应，叫她头顶上生疮，脚底下流脓；叫她得气蛊；叫她咯嘣一声，马上死掉，立时肉烂骨脱；叫她连骨头渣儿都不剩；叫她那辈子变个大母猪去填还人家。"说着，猛地转身，双脚齐跳，索性扑哧一把抓破面孔，顷刻间，长血直流。

望得绳其正在诧笑，便见眼前人影一闪，小脚儿一阵乱响，嗖一声，又由院内抢出个媳妇子，生得明眉大眼，十分精灵。一般地发乱衣皱，却揎起两只雪白的胳膊，剔起两道细梢眉，滴溜溜眼睛乱转。一面恶狠狠咬着牙儿，一面扑向李婆子指着脸子骂道："你这作死的浪张货，说什么？你耳环也罢，手镯也罢，自家不小心，不知夹塞在哪里，如何无端的来寻俺晦气？你那里孤老野汉成日价出出入入，人多手杂，你都不犯疑心；俺偶然给你脸去串个门儿，倒招得你恶声浪气。你等着吧，咱们起誓明心是不消说，但是你剜口拔舌闹过一阵，咱还须说说理哩。"李婆子大怒道："什么理呀？我看着不说也罢，你有胆子，咱马上起誓去。"

那媳妇听了，反倒咯咯咯一阵冷笑。忽地眼睛一转："李大嫂，你也不用干着急。你究竟再细心想想，你那耳环准不是放忘了地处吗？"李婆子不知是计，只当人家是心虚话软，便登时一腆脸子，道："怎么样？可见你心是虚的，这会子便把话放软。你既知理屈，俺也不会赶尽杀绝。只要你拿出原物来，咱们是万事全休。便是那会子咱犯彼此，都不算什么！"

那媳妇听了，越发冷笑，一面还是手不离鬓，趁势又凑前两步，道："如此说，李大嫂，你是耽待我了？"李婆子道："什么话呢？俺毕竟比你大两岁。再说咱们又是老街近邻，你一个年轻人儿，一时间做事欠思索，俺怎的不耽待你呢？话虽如此说，但是你也须叫我过得去。如今闲话少说，你就将原物拿来，咱们是黑白不提。没的大家乱吵架，好看相不成？"

那媳妇听了，略作沉吟，忽地眉儿微挑，放下理鬓之手，便是一个万福道："李大嫂，既是耽待我，我这里先谢谢你。"这一来，竟闹得李婆子还礼不迭。但听噼啪的一声响，那媳妇两手一扬，一个左右开弓的势子，两记耳光早已刷将来。

这里李婆子一个啊呀没出口，忽地两手揪裤烊丁半截；一面杀猪似的乱叫，一面乱喊道："救人哪，都抓破腿里咧。"那媳妇都不管她，一面用头儿顶着李婆子向后直退；一面骂道："好你个烂娼根，你还越说越样儿上来。你既耽待我，我就叫你耽待我个大的。我倒瞧瞧你这张嘴是横长的，是竖长的，就会红口白牙含血喷人？今天若捋剩你根毛儿，就不是我了。"说着，两只手只管在李婆子裆中一路乱抓，直顶将去。

那李婆子弯着腰，既须抵御，又须退走。三晃两晃之间，扑通一声，两个人一齐倒地。李婆子是两脚乱蹬，那媳妇是臀儿高耸，四只手扭作一团，登时压了个大摞摞儿。

这里绳其见李婆子吃了大亏，诧异之下正要赶去解劝，只见吱吱喳喳又从那院中赶出几个村村俏俏的妇人，头一个手内还提着一只女鞋子，猛地望见耿先生便连忙掩入襟底。恰好绳其一转脸儿，那妇人便笑道："哟！方相公来的好巧。你瞧你干妈和人撕打，你还是快去拉劝哩。"

这里绳其还未答语，那李婆子就地宛转之下也自张见绳其，于是大喊道："方相公，快来帮我一把。"说着，一扬那只光脚。不想那媳妇恨极之下，不管香臭，一歪头儿，照准李婆子脚尖儿便是一口。这一来招得大家哈哈大笑，倒闹得耿先生笑既不敢，去又不得，只好绷着脸儿，眨着眼儿，且自端相那歪脖树。

这时左近村众闻得喧哗，早已踅来四五人，一瞧李婆子和那媳妇相持之状，百忙中正没作理会处，便见绳其拖了带头直奔上去。那带头因碌碡压得正没好气，模模糊糊，一弯腰，抄住两只腿子尽力价向下便拖。本想是拉下那媳妇，哪知阴错阳差一下子倒抄住李婆子两只裤脚。那媳妇被带头一阵推搡，登时由李婆子身上翻落在地；但是李婆子也便哟了一声，忙用两手掩住脐下，便有白嫩嫩一片肉皮曜入大家眼中。

原来李婆子的腰带被那媳妇抓挠得已经放松，如今被带头又猛地一拖，所以那裤儿竟白脱到脐下。亏得绳其眼明手快，先一把推开带头，然后又扶起李婆子。

这时村众村妇都已围上，李婆子是指天画地，那媳妇是余怒勃勃，吱吱喳喳，越说越乱，通也没个分晓。

末后，还是由村众们止住两人喧哗，慢慢地一问所以。方知李婆子有一对精巧耳环，因有人瞧样，便取出来放在枕下。那会子邻家那媳妇去串门儿，坐了半晌，便自去了。不想李婆子寻那耳环竟自不见，未免疑及邻妇。两人交代之下，自然是越说越忿，所以由院中直打出来，并吵着起誓明心，去寻了明哩。

当时村众等听了两人各执一词之语，正在作好作歹地纷纷解劝。只见绳其拍手道："你们这会子上庙起誓去寻了明，须不成功。俺们方从庙中来，那了明方睡得死狗一般。据庙佣说，他夜里也不知干吗……"

李婆子忽地脸儿一红，道："出家人不过念夜经，打夜坐，或者累得少睡失眠，难道还会干别的不成？"因向那媳妇道："左右是人凭良心，佛爷仙爷都会给人个见过儿。既是如此，且向俺家就大仙跟前明明心吧。"那媳妇唾道："不害臊，歪剌人供不出正经神道，并且知你捣得甚鬼？俺还没呆透腔听你捉弄呢！"李婆子一撇嘴儿道："喷，喷！可见你是心虚胆怯。"那媳妇大怒道："你说哪个？"于是两人又复口角。

这时耿先生瞧了半晌歪脖树，自觉好笑，情知李婆子打架方酣，也不便向她家歇坐，便携了建中慢步赶来。本想命绳其交代了那两样果饼即便回塾，不想方趑过来，绳其忽心中一动，便笑向李婆子道："如今倒巧。你要查落这耳环下落，只须求俺家先生。"于是匆匆数语。

村众等听了，都哄然道："真个的呀。耿先生圆光法儿甚是灵验，看来比起誓明心还实在哩！"众妇女一听，登时都眉欢眼笑，水灵灵眼光儿直注先生，并且一阵价交头接耳。

这里耿先生笑扯绳其，正在连连摇首，只见左有那媳妇，右有李婆子，一齐向自己万福不迭。并且隔着自己的身儿还彼此指手画脚，口角不已。慌得个耿先生躲又不好，劝又不好，正在左顾右盼，无所措手，那媳妇冷不防一个扑虎势，本想给李婆子个措手不及，不想脚下一滑，反歪入先生怀中。

这一来，气得个李婆子又复双脚乱跳道："哈哈！你这老婆，还要暗下毒手吗？"说着，一迈步，想去还手。哪知被那只光脚上的布缠一绊，登时也闹了个后坐儿。

耿先生见此光景，情知推辞不得，正在沉吟，村众和众妇早又哄然拥上，道："先生既会圆光，给她两人解开这结子也是好事。小小的一副耳环，说不定也许是猫拉鼠拖。圆这么一回光，两下里便心平气和咧。"

耿先生听了，还在含笑沉吟，那带头却拍手道："有趣，有趣！这圆光倒好耍子。俺的眼睛又干净又亮，等俺和先生玩一下子，瞧瞧这个偷耳环的，究竟是猫儿还是鼠儿。"原来这圆光之术甚是奇妙，只是就一张素纸上画个绝大的空圈儿，贴向墙上。行术者诵咒焚符毕，便命一真身童子注视圈内。初视时，只如素纸；须臾，那圈儿越放越大，并且亮如镜面，耀眼生辉。

童子目注既久，不由神游相外，得其寰中。便见那镜面似的圈儿，有时如云气迷蒙，有时如水光晃漾。须臾，光气一敛，豁然开朗，那圈中便如西湖景一般，顿时现出一个境界。一切人物，如为寻人，真能见到失踪之人在何境界；如为寻物，便能见到窃物之人是哪个哩。（吾友侯宗亮，字并荆，天姿绝人，僻傲避俗，治哲学佛学并精诗古文辞。生值浊世，每有逃禅之想。数上书当道，又落落无所合，乃愤，乃游，恒塞驴褙被，携所爱书籍一簏，抵旅舍不废披读，雅有顾亭林朴学之风。民国十一年春，忽别予往游京津榆塞间，自是忽踪迹杳然，至今无耗。其家人倩人为圆光之术，则现一山村幽境，中有一处，槿篱草舍，庭有女子，颇风致。方事浣濯。堂上有男子，负手徒椅，略仰其首，若有所思，神态间依稀似侯。其家人以侯素不羁，或另娶小妇，屏居山野，则遍语戚友以光相中所见，祈踪迹之。然至今依无耗。侯或果娶妇别居欤？或逃禅欤？均不可知。每念良友，辄为怅惘弥月。其夫人则长斋绣佛，冀佛力以佑其归。嗟乎吾友！亦今之奇人也。因吾书附记于此，阅者诸公，或有知其踪迹者，幸促其速归，则幸甚矣！）

当时村众听了带头之语，便趁势道："你这学生说得不错，咱大家且去圆光就是。"于是更不容耿先生再为推辞，先自簇拥了带头，当头便走。更有两人匆匆地去寻新纸新笔，众妇女也便七手八脚簇拥了李婆子和那媳妇子。

一行人闹闹嚷嚷，正要举步，只见李婆子足下一蹶，接着便龇牙咧嘴。其中一妇便笑道："哟，可了不得！真是连俺们都被你俩闹昏咧！李大嫂快这里来，俺给你个体己物儿。"说着，由衣襟底下取出一只女鞋子。

耿先生到此地位，休说是推辞不得，便连笑笑也只得忍着，只好一纳头儿由村众拥了便走。却还听得李婆子在后面噪道："今天真丧气，闹了个丢盔卸甲，好厉害的小老婆，一脚便踹脱人的鞋子。等少时圆出光来，咱们再见。我要不把那偷耳环的浪张货整治得蔫头耷脑、吐天哇地、一股股地淌白水才怪哩。"

那媳妇听了又要吱喳，却被众妇劝住。便这等嘻嘻哈哈，都拥在村众背后。这一来，早招得左近男妇又复围来许多，听得耿先生要圆光寻物，谁不想瞧个热闹儿。

这当儿，寻取纸笔之人也便如飞趄转，屁股后面还招了几个村童们跳跳跃跃。于是男男女女，七长八短，一窝蜂似的竟自拥入李婆子家内。你想李婆子家窄窄房舍，哪里容得许多人？大家只好挨挤在一个偏厦子跟前。但是门外续来之人，还不住地探头探脑。亏得绳其跳去，嘣一声关了大门，方才少静。

这时李婆子百忙中还要请先生入室少坐，以尽主人之谊。耿先生忙道："不须客气，这偏厦中十分敞亮，咱就在此作法吧。"于是，先命带头坐在一只凳子上，闭目凝神。然后取过纸，贴向厦壁。

这当儿，大家静悄望着那张纸，就像有什么神秘。但是先生取笔在手，念念有词，更不用画甚灵符，只向东方吸气一口呵向笔端，向纸一挥，便是一个滴溜圆的大圈儿。恰好这时，微风徐振，飒飒有声，闹得众男妇竟自有些毛骨悚然，居然有别转头去，目视他处的。其实那纸上，依然是个水痕的圈儿。于是绳其扶过带头，命他向圈儿端然立定。耿先生便道："少时你注目圈中时不要嬉笑，俺有所问，你便报来。"

带头听了，得意到十二分，便紧合两眼道："就是吧。俺的眼睛最尖不过，不怕一个小小蚊虫，老远的俺就瞧见它。有一天，天热时光，俺娘屁股沟子里有个跳蚤，刚爬到俺爷小肚子底下，就被俺张见咧。何况纸上这么大的圈儿呢？"

大家听了，正在哄然一笑，只见耿先生一整面容，举起笔来向那圈儿中心轻轻一点，便喝道："你且睁眼吧！"

一言未尽，便见带头猛可地双眼一睁。这里绳其不由扑哧一笑。正是：

圆光擅奇术，觇相笑痴儿。

欲知后事如何，且听下回分解。

第 三 集

第二十一回

谈法术先生论古
会乡饮地保称尊

　　且说绳其见带头猛睁双眼，大嘴一张，正在扑哧一笑。带头却挤挤眼睛道："有咧。"大家惊问道："有了什么？"带头道："有了圈儿罢了。"大家不由哄然一笑。耿先生忙道："不要喧哗，这圆光之术，亦是精神作用。精神一弛懈，便不灵验了。"说着站向带头身旁，先自端然正色。

　　大家见了，也便肃然无哗。但见带头目注圈中，半晌不瞬。不时，忽地张口吐舌，似有所见。耿先生便问道："你见到什么所在呀？"带头道："是大庙门前。"耿先生道："有人物吗？"带头道："有的，是个胖和尚，耷拉着脑袋揉着困眼睛，向庙直奔哩。"

　　大家听了，正在相顾惊笑，便见邻院那媳妇瞟着李婆子，一撇嘴儿道："你听听，这里面可有俺吗？"耿先生连忙摇手，又问道："那胖和尚进庙去了吗？"带头道："是的。但是他行走慌忙，由怀中落下个小纸匣儿。如今有个小沙弥从庙内跑出，见了纸匣，惊喜拾起，瞧了瞧便跑进庙去了。"

　　大家听至此，好不惊诧，正渐渐地都目视李婆子，便见李婆子红着脸儿道："这事也怪。"一言未尽，那媳妇忙抢说道："怪什么？咱今天总须见个水落石出。"因抢近一步，拍着带头肩头道："好相公，你仔细瞧瞧，那和尚是什么面貌哇？"带头道："还细瞧什么，那和尚耸着个大酒糟鼻子，分明就是了明。他还给过俺大白薯吃哩。"

　　一句话不打紧，不但那媳妇咯咯乱笑，便连大家也顾不得耿先生禁止喧哗，竟自哄然鼓掌起来。再瞧李婆子，业已脸如火发，直然地不知怎样才好。

　　耿先生见此光景，不由心下瞧科，便暗暗一拉绳其。绳其会意，方闯上前去，哧一声，撕下那圆光之纸，只听大门上啪啪啪一阵乱敲，接着便有人喊道："喂！李大娘，快拿进这副耳环去。那会子俺师父将此环丢在庙门首，被俺拾着。方才俺师父睡醒来，俺将此环交与他，他说此环是你的。因昨夜他瞧罢了环样儿，忙忙碌碌便置在你枕头底下。今天他慌慌张张地回庙，不知怎的，便随手揣去，所以赶着叫我与你送来。喂，李大娘，耳环在这门砧石上哩，你拿进去吧，俺还忙着去打酒买肉，不得闲了。"说着，一路脚步乱响，似乎是跳跃而去。

这一来，大家分明听得是法兴寺小沙弥的声音，更顾不得去笑李婆子。正在相顾错愕，乱吵耿先生好灵法术之间，便见邻院那媳妇唰的声一勒胳膊，指着李婆子的脸便唾道："你这浪张货，可听清爽咧？自家夜里留个大和尚，也不知瞧的是什么浪样儿，马马虎虎被和尚夹去耳环，却诬赖在老娘身上。可是你说的好来，只要圆出是哪个偷去耳环，你便整得他蔫头耷脑，吐天哇地，外带着直淌白水。如今大家都在这里做个见证，咱们就去寻那秃厮，你若不治得他直淌白水，你就是个和尚老婆。"说着，当胸一把揪住李婆子，向外便拖。

慌得众妇女连忙想劝的当儿，恰好绳其由门外石砧上取到耳环，大家一见那小纸匣儿，又是一阵乱赞耿先生法术之妙。这时众妇女拖拖拽拽，吱吱喳喳，有的抱住那媳妇，有的扯开李婆子，百忙中，还有望着耿先生点头咂嘴的。三晃两晃之间，竟将耿先生、建中、带头困在重围。耿先生见此光景，情知这里歇坐不得，赶忙地拖了建中，拔步便走。离得李婆子家数步之遥，还听得众妇女笑吵不已。

不提绳其先向李婆子交代过耳环并所携来的果饼，然后又帮同大家劝走那临院媳妇，且说耿先生一路好笑，慢步回塾，因为来回地足无停趾，弄得口干舌燥，正在饮了两杯茶，略为歇息，恰好绳其也赶回来。先入内院见过方老太太，便向先生笑道："这圆光法儿甚是有趣，但是怎么个道理呢？"

耿先生道："凡此类玄妙法术，其理难言，大概是精神作用，又仗着咒禁之力，不但这小法术其理如此，便是古今来许多的邪术大法，其理也不过如此。所以法术一道只能以自娱，或偶用以济人。事体既小，精神专注，所以其术必验；若用以兴妖作怪，惑世诬民，则其术必败。并非是其术不验，因为事体既大，行术之人又入邪途，心既不正，其清明精神自然涣散。你看古今来许多恃法术作乱的，自五斗米教，以至近代的闻香、白莲，哪一个能成大事呀？"

绳其道："真个的哩！俺听俺祖母说，往年林清教徒大闹北京，进宫作乱时，真有纸人纸马，却被一场大雨都给浇扁咧！又被皇太子嘣嘣两鸟枪，由宫墙上打下两个狰狞大汉，仔细一瞧，也是纸人儿。又说那嘉庆年间，齐二寡妇闹三省教匪时，越发奇怪，满街上神头鬼脸的纸人儿乱冲乱撞。甚至纸人儿还会使纸钱，购买东西，闹得各商店栏柜上都置个水盆儿，接过钱来便丢入盆，以验钱的真假。莫非说这些邪法至今还没绝吗？"

耿先生道："这邪法是不会绝的。自五斗米教互相传衍，简直是历代都有。不过是每一乱起，改个名称罢了。如薪尽火传，或隐或现。即如老年间，俺山东地面，栖霞的于七、寿张的王伦，这两个祸头子都带些邪教性儿。于七是个归附本朝的军官，王伦是个浪荡不羁的秀才，两人都因遇着会邪法的匪人，便愣要坐皇帝那把交椅。可见这邪法不会绝的，不过没乱子发作，大家便不觉得。便如刻下不曾听说谁会邪法，但是暗地里也恐有人习练哩。"

绳其笑道："先生这话不差，上年时，俺村中曾来过个外路佣作，他就会㧢禁长虫，咒抓旋风。说也奇怪，他就地画个圈儿，那长虫便淹淹地爬入去；他迎头一掐诀法，不怕是几丈高的大旋风卷得尘沙小塔似的，轰轰怒响，却就是移动不得。大家见他鬼鬼祟祟都不敢雇他的工，后来他便去掉咧。据此看来，这法术的事，真有人暗中习练哩。"

耿先生道："走江湖的人，往往会点儿异术，原不足为奇。"说着，忽频频搔首，慨然叹道："俺若不因性好游戏，略晓此等禁勒之术，还不至于背乡离井、累年游学哩。"

绳其听了，忙问所以，耿先生却又笑而不语。光阴迅速，转眼间又是数月，耿先生教授得法，绳其、建中居然都文有法度，那绳其踢跳功夫也便大进。

方老太太和各家父老见先生是异乡孤客，便不时地馈送衣服等类。唯有王原一毛不拔，反不时地踅到塾中，一坐便是半晌，和先生说些个不三不四的话。更讨厌的是哭穷说苦，看那光景，总想刮削先生些方是意思。每逢塾中开饭，他便搭趁着坐下就吃。将个绳其厌恶得什么似的。这也不在话下。

又过得数月，业已时交冬令，山村中山风料峭，虽不甚冷，早已初试棉衣。塾中诸生一个个都穿得厚墩墩的，唯有建中还是一件夹袍儿。绳其问起他的棉衣来，建中扭怩半晌，方说道："前几天，俺母亲病了两日，所以还未做成。"带头听了，不由扑哧一笑，道："亏你撒的好谎，昨天也不知是哪个拿了两件针黹，到俺家去借钱，说是做棉衣用。如今你母亲又会病咧。"

绳其一听话中有因，便背了带头一问建中，方知许氏曾命建中持针黹向王原押钱。不但落得白跑一趟，并且受了他一顿奚落，因此气得许氏真个病了两日，所以至今棉衣尚未做成。

当时绳其便笑向建中道："你向这等人去通融钱，真是与虎谋皮了。"于是向方老太太一说此事。方老太太笑道："你瞧我这些时，颠三倒四，也有些老悖晦了，怎的建中没穿棉衣，我就没理会呢？那么明天你便向建中家去一趟，一来瞧瞧你许氏嫂子，二来便送些棉布，索性再带些钱钞。眼看这冷冬将到，买柴籴米，哪里不用钱呢？其实他家被王原谋去的田亩，还能找价得一笔钱。但是王原明欺他孤儿寡母，也就没法说咧。"

绳其愤然道："像王原那种人，要整治他，就须掐脖子；和他讲理，是没得用的。"当时祖孙商量停当，次日绳其便奉了祖母之命，携了钱物，竟赴王家。那建中母子感激，自不必说。

过了些日，偏偏王原时气发旺，居奇了一项粮米，既赚了大钱，又适值本村地保缺出，便有些抱财主粗腿的人们胡乱弄张禀词，公举了他，那官中自然照准。这一来，闹得王原便如屎壳郎脱壳一般，登时甩掉臭坯，大变特变。撅腚袄是不穿了，换了毛蓝布长袍；猪毛绳是不系了，换了细布拷包；大草鞋是搁起不穿了，架上了双梁官样缎儿鞋子。有时节戴了红缨官帽，骑了油光水滑的毛驴子，嘚嘚地进城点卯。哈哈，说也不信，居然是个出头露面的人儿咧。

俗语说得好，是个毛神就有来进香火的。那王原既做了六老爷（俗谓典史为四老爷，地保为六老爷），自然有一班街混地痞，腥的臭的二人来趋奉他，并且不断地小小点缀，冀托荫庇。于是王原室中堆得大包小裹便如杂货店一般，都是些果饼之类。乐得他老婆崔氏整日价嘻开小嘴，越发扎括得骚骚俏俏。那尖翘翘的花鞋儿，一日里就须变几个样儿。并且欢喜之下，瞧得王原也煞是顺眼了。又因他做了六老爷，人来客往，多少须给他点儿面孔，于是饮食之间，谈笑之下，甚至于床第之上，那王原居然得到了生平未经的快活，闹得王原模模糊糊。

起初，还不大信自家是个角色，久而久之，未免扬眉吐气；又久而久之，腆肚挺胸，终至于见了凡人不大说话起来。一般地请酒赴宴，给人家捆场了事。不过两月的个老土龟，竟自闹得有头有脸。唯有绳其知得了，却甚是好笑，这也不在话下。

一日绳其因事赴邻村某姓家，恰值某姓因本村青苗会事大集村众，有所商议。第一重客便是王原，某姓见绳其到来，趁势便邀入席。当时众客都到，酒筵齐备，大家在广厅上相与座谈，只候着重客一到，便要吃酒。

绳其仔细一瞧这班灰扑扑的村众们，正在好笑，只见一人道："六老爷这时光还没到，想是又在苟董事家说体己话哩。"即有一人道："唔！你哪里晓得，这事该来问我才对。如今六老爷和苟董事不大过什么体己话了，另有个主儿，人家手笔相应，心眼儿又快，很和六老爷说得来。近些日，不是他找六老爷，便是六老爷找他，两人要好得像穿一条裤。你们猜这个主儿是哪个？"

大家听了，正在相顾诧异，便又有一人啪的声一拍大腿，却摇着头儿，闭着眼儿，一面用手指向空中乱画圈儿，道："噫！这个主儿俺是知道的，错非他那机灵劲儿，如何巴结得上六老爷呢？本来苟董事倚老卖老，好排老腔，端臭架子，也是画雪里荷花，有些不对景咧。"说着，一仲拳头（市语谓六数也），猛然张目道："你们瞧这个主儿，对不对呢？"大家不由恍然，便乱嗓道："对，对！怪得北街里陆先生近些日满面红光的，原来他暗含着和六老爷走动起来。本来陆先生眼睛宽亮，公事明白，这是咱们背后的话，像六老爷，虽然办事干脆，却吃亏了笔下差些，还真须陆先生帮他的忙哩。"

绳其听了，正在暗暗作呕，便见座中又有个两撇鼠须、满脸阴鸷纹的老头儿，眙起眼睛，微笑道："你们捣的什么鬼？只管胡嚼念人家六老爷。虽然威实威实嘴头子，就不怕六老爷多打些没味的阿嚏吗！那会子俺来时还遇见六老爷在庙头上吩咐和尚些会事，见了我，一定扯我进去吃茶。我见人家六老爷忙忙的，不便打搅，便先向这里来咧。饶是如此，六老爷还拉着我的手说了半晌话，又一定让我骑他的驴子。我当时暗想道：'就凭我这粗粗野野的臭屁股，骑六老爷新鞴新鞯的小驴儿，真有些不知自量了。'所以我连忙跑掉。六老爷虽是人物，却不会分身法，你们这会子愣说他在陆家，真是做梦哩。哈哈，六老爷！"说着，笑眯眯一捋鼠须，十分得意。

那说六老爷在陆家的人听了，便冷笑道："六老爷在陆家也罢，在庙前也罢，就算六老爷让你吃茶，六老爷拉你手儿，六老爷叫你骑驴子，究竟六老爷，还是六老爷；你……哼哼……还是个你！难道你还成了六老爷不成？"

大家听了，不由哈哈一笑。那老头儿涨红了脸，正要发话，只听大门外驴声大鸣，接着某姓仆人飞奔入报道："六老爷到！"这一声不打紧，满堂主客哄一声齐往外跑，登时挤住在厅门口。正在互相推搡之间，便闻王原在院中道："丧气得紧，今天为赶个嘴头子，倒叫这王八驴子跌了俺这么一跤。伙计，这驴子不必揭鞯，饮饮它就得，俺是没工夫久坐的。"

这时绳其不便独坐，也只得闪在众客背后。便见众客霍地一闪，那王原便一路蹒蹒跚跚将进来。一眼望见酒筵，登时攒攒眉头，更不待主人相让，便一屁股坐在正面躺榻上，趁势一歪身，只管捻起拳头慢慢地细捶腰胯。于是众客又一阵互相耳语，那主人急忙趋跄，先狗颠似捧上茶去。

王原只向榻几上一努嘴儿，便有一客赶忙代接过茶杯，却向主人低语道："六老爷一路劳乏，且请他歇卧一霎吧。"大家听了，顷刻间悄手摄脚，溜溜瞅瞅，各归座位。正这当儿，只见王原啪的一口唾吐在当地。然后起身，向大家拱拱手儿，却失笑道："好没来由，俺如今却不如你们了。你想这寒天冷月，你们众位，柴上架，粮上囤，吃饱了，热炕头上一偎，便是天塌也不管他。像俺这东跑西颠，这里抓，那里唤，搭了昧心钱，跑了冤枉腿。事情办好，落个值过；不好时，成大兜地骂，都须挨着。更霸道的是城内官差一个朱谕下来，便弄得你横蹿竖蹦。哪一场不到，便是漏子，这才是没罪找枷扛哩。"说着，笑向主人道："今天你老哥叫俺来，又有什么吩咐呢？"

主人听了，正在惶悚，众客却哄然道："人是一分精神一分福，像您这份精神，俺们都要托福的了。又道是'能者多劳'，地面上的事，您不出头，还了得吗？"

王原得意道："什么能呀！不过承大家瞧俺像个人儿，捧着办罢了。"于是大家乱过一阵。那主人方从容向王原一说本村青苗会之事，原来要改订几条会章。绳其正听得有些不耐烦，只见王原攒眉道："俺近来事体太多，委实照顾不来。像这点把事，你老哥和众位就斟酌着办吧。如今本堡催粮聚票，简直忙得要死。并且一入腊月，俺还打算与家母出殡安葬。咱们虽是小举动，也须先期准备一二。"说着，向厅外喊道，"喂，伙计，拉驴来。"于是站起，向大家点点头道："失陪，失陪。俺委实忙得紧哩。"逡巡之间，却又攒着眉，捶捶腰胯，向主人拱拱手儿，就要拔步。

绳其见状，正在扑哧一笑，便见主人登时吓黄了脸儿。正是：

　　庞然称巨物，得意笑黔驴。

欲知后事如何，且听下回分解。

第二十二回

馋老饕信口开河
小书生无心窥秘

且说那某姓主人见王原忽地要去，不由吓慌道："您别忙，无论怎的，今天须赏俺们个脸儿。"众客趁势道："正是，正是，那么咱就坐席吧。再客气了，倒有妨二爷的公务。"于是七手八脚，登时将王原撺向首座。

这时绳其坐在旁席，偷瞧王原那副昂然自得的神情儿，不由想起他谋占建中田亩之事。正在又笑又恨，便见王原向主人举杯谢酒，一吸而尽，道："俺如今不知怎的，走到哪里，便被人硬捉吃酒。前天俺进城，只耽搁一天工夫，就扰了四家儿。清早晨，刚出被窝儿，已被壮班上黄头儿捉去。还没过午，户房里胖先生又亲自捉我到家，吃他娘子自酿的黄米甜酒。正喝着，恰好西厅（俗谓典史也）里告二爷来串门儿，一定拉我去吃西街万福馆的涮羊肉。你说俺能不去吗？及至掌灯时分，俺回到店，可要歇歇嘴，睡个自在觉儿。哪知活该是饱煞的命，不知怎的，又被南街里阮乡绅阮二老爷摸着俺的踪影，巴巴地打发他贴身小厮拿了大贴，来请我去吃他的沧州酒。哈哈，这一下，可把我吓住咧。因为阮二老爷拳高量海，又复好说好笑，每逢请客，总要把客人灌得吐天哇地。但是人家阮二老爷既瞧得着咱，咱能给脸不要吗！没法儿，只好去舍命陪君子了。一到那里，俺更知是非醉不可。原来在座的都是些有名人物，有盐店里跑外大走，有恒昌典当夏老西儿，还有大衙里毕师爷的侄少爷。还有一位，说起话侉声侉气，却十分爽快，俺悄悄一问阮二老爷，原来是他远来的一位朋友，名叫冯少坡，家里是堆金积玉，骡马成群，是个好交好游的大富户。"

说着，拍案道："俺再没想到，咱这点儿小名望就会惊动人家。当时那冯老爷一见我，就像几十年的老相知一般，又搭着在座诸位，哪一位也不肯放松我，只管大杯价斟过来。你想这当儿的我，虽是已吃过三家儿，酒顶喉咙，能说是不陪人家吗？这一来，不好了，模模糊糊也不知何时散

123

的席，也不知怎的出得阮府，简直便如做梦一般。及至俺一觉醒来，原来安稳稳卧在店榻上咧。闹得我从此进城，就像溜边鱼一般，再也不敢大大方方地上街，唯恐再被他们捉去灌酒。诸位你瞧，这不是笑话吗？今天咱是这么办，俺只吃几杯，应个景儿就是，委实俺还有要紧事哩。"

众客哄然道："就是吧，咱们也不敢多让，您随意就是。"说话间，数杯已过。席面上又上来热腾腾、香喷喷的红烧大肘子，绳其以为王原定该起座，吵着要走。不想他勒勒袖子，略欠屁股，拉了个骑马式，举起箸儿，只向大家道得一声"请"，向那红皱皱肘皮上用箸一划，一翻手腕，抄起半个肘皮，忒喽一声，猛可地伸伸脖儿，业已入肚。

大家这里方在举箸相逊，唰一声，王原双箸又已飞出。大家眼光还未及瞬，盘中那半个肘皮又已飞入王原口内，一面价鼓着腮帮子大嚼，一面价放下箸儿，跟手便抄起汤匙，接二连三地喝了几匙高汤。然后笑道："不知怎的，俺近来的脾胃，就是容不得油腻，想是应酬酒食的缘故了。"

绳其听了，几乎笑出。便见一客道："真个的哩。方才王爷说腊月里给老太太办白事，是怎样个预备呢？千万头两天，赏俺们个信儿，俺们虽没什么孝意，帮个忙儿，总还可以。"王原道："咳！说起这件事来，俺正有些犯怵惬。论理呢，她老人家黄金入柜的大事，俺这当儿总算有碗饭吃，又被大家抬爱得像个人儿，办这大事，应当惊动亲友、风光热闹才是。但是俺又一想，俺现在当着官人，不断地在官面上晃晃，看那么大张旗鼓，撒开了收礼，办起事来，自然哪，那明理的人知咱是破着耗费，也要风光老人家；那不明理的，未免背后就言三语四咧。敢说是姓王的小子，真不够角色，如何拿着老人家敛钱收礼，做那撒贴打网的勾当呢？只这一句话，你说咱走外面的人，架得了吗？所以俺现在甚是踌躇。将来办事，也不过是席面整齐，拣至亲好友知会一下子。再要热闹，用上一棚经，敲打敲打，也就是咧。"

众客笑道："王爷虽如此打算，但是到那时节，大家既躬逢老太太这样的大事，哪个不去尽点儿穷心呢？这都因王爷平日行为到感动人的地步，这可不是钱买来的哩。俗语说得好：有钱难买灵前吊，您就准备着风光热闹吧。"一席话，恭维得王原哈哈大笑，直至席终，他也没大放下筷子。

不提当时大家纷纷谢酒，当即各散。且说绳其回得家来，将王原情形向方老太太述说一遍。祖孙都笑之下，方老太太便道："小人乍富，伸腰凹肚。便是王原，既是左近的地保，咱虽是求不着他，他家既办白事，咱

124

也须去随个人情。等临近时，你去随礼份，便在建中家落落脚，且是便当哩。"

不提绳其唯唯，次日里，照常入塾，转眼间已到腊月。且说那建中之母许氏，因腊月初二日是方老太太的寿辰，便先期做了两样针黹，又配了一双鞋子。这日检点了一回，总想再配些水礼才好。仔细一算，就须十来吊钱。一时间，发起愁来，不由又勾起年关的一切用度通没着落。正在闷闷，恰好建中放学回头，放下书包，便要抓冷饭来吃。原来建中虽常在方家食宿，隔两日必来家省视母亲。因他来时无定，所以一时间没得热饭。

当时许氏忙道："那冷饭不好吃的，待为娘与你热热吧。"于是燎着炕灶，好歹地与他热好。许氏一面瞧建中大口小口地用饭，一面心下难受，便叹道："儿呀，咱家那几亩薄田，若不被你王原叔谋占了去，你何至吃这样粗粝饭呢？"说着，不由落下泪来。

建中见母亲凄惶，忙笑道："娘不必想那块地，反止地是人挣的，等孩儿大将起来，给母亲挣个百儿八十顷，稀罕那点点地做甚？"许氏笑道："你倒想得开，为娘正有件事吩咐你。这不是方老太太的寿辰眼看着到咧，咱整年承人家高情厚谊，虽说是送点儿礼物，不算报答，但是也须像个样儿。如今针黹等物都有，还须配几样水礼。我左思右想，哪得钱来！只有王原占去的那地亩，咱没多少有的，还可以找一项价。万一你那好叔叔发了慈心，咱得那一项价，不但可备寿礼，便连过年的用度都有咧。你明天便向他家去上一趟，看是如何？"

建中沉吟道："依孩儿看来，不去也罢。上回咱拿针黹只押借有限的钱，他还不肯，倒被他奚落一顿。如今去找地价，他如何便依？"许氏道："那也难说。而今他当了地保，总该顾惜脸面，难道还蛮不讲理吗？"建中听了，难却母亲之意，只得应诺。次日早饭罢，母子又商量一回。

慢表许氏送出建中，且听消息。且说建中一路怙惚去寻王原交代之事。刚趱出巷口，只听岔道上有人唤道："王相公哪里去呀，今天没上学吗？"建中一瞧，却是后街的苗大娘，手内提着四匣果饼，笑吟吟趱到面前。建中便道："俺到王原家串个门儿。苗大婶，哪里去呢？"大娘笑道："巧咧，俺正要瞧望你母亲去。"说着，一举果饼道："这是俺闺女家与我送来的，俺想一年到晚劳动你母亲给俺做针线，如今有稀罕物儿，难道都留着自己吃不成！咱们回头再说话吧。"说罢，匆匆自去。

这里建中也便举步。须臾到王原门首，只见静悄悄没个人儿，却听得临街客室中猫声狗气，有许多人讲话，什么桌席咧，棚座咧地乱吵。建中以为王原又要请客派份子，做那吃打穴（俗谓敛财也）的把戏。

正在逡巡之间，恰好有个老年佣工忙忙地从内趱出。建中迎上，略说来意。那老佣笑道："他这会子忙得要掉屁股，哪有工夫见你！你且到间房中候候，俺与你通知便了。"说着，转身前导。

建中一路留神，只见由二门外夹道中，一径地穿入后院。便奔靠西的一个小角门儿。进得角门，却是个盛柴垛的小小院落。靠北面，有三间东倒西歪的小草房儿，却是两明一暗。那老佣一面走，一面笑道："今天俺这里里外都忙得很，外边一班各村子的人，乱讲铺排；里边一群庄户婆娘，帮忙裁剪。偏他娘的新雇来个毛头小厮干活儿又不着调，所以我也成了忙神咧。"

建中道："那么这里有什么事吗？"老佣道："今天没甚事。过两天倒有点儿事，其实也是地保想钱的勾当。"建中听了，也没在意。说话间，进得草房，老佣向西里间一指，道："那里是俺的住房，你且进内歇坐吧。"说着，匆匆自去。

这里建中先将外间仔细一瞧，只见横七竖八堆着些凌杂什物。正中间有一垛长长的稻草，正当门，北壁还拴着个瘦驴子，见自己入来，耸起鼻儿，向空嗅嗅，依然低下头去。稻草里边靠西里间壁下，都是些抓乱的稻草，平铺了一世界。还有个破驴鞯，卷弄得枕头一般丢在那里。

建中逡巡之下，忽觉凉飕飕一阵风来，便随手虚掩了房门，揭起西里间老厚的苇帘儿，逡巡入去。只见里间除草榻木桌并老佣的铺盖之外，并无别物。且喜桌上有个小瓦盆，里面居然有一两星炭火。靠桌里，尘土狼藉中还有两小本破书。建中拈起一瞧，一本是《七言杂字》，一本是《蓝桥会》的唱本儿。建中随手放下，便坐在一张矮凳上，一面向火，一面怙愿王原家有什么事，就这等地里外忙碌。

待了一霎儿，却不见老佣来唤，只见满屋中冷气飕飕，于是略拨那星星之火，拈起那本《蓝桥会》来。刚瞧到尾生女子约定幽会一段儿，只听院中啄食的小家雀忽地扑啦一飞，接着便角门微响。须臾，有妇人轻唤道："老魏，老魏。"

建中由窗缝向外一瞧，却是个三十来岁、白白致致的仆妇。一只半大脚业已迈入角门，却手扶门框，探进头儿，水灵灵眼睛正向四外乱瞅。见没人搭腔，登时笑吟吟回头一努嘴儿，嗖一声，闪将入来。

这里建中方在眼光略瞬，忽见仆妇后面又一个二十岁的短衣小厮眼张失落地蹭将进来。一回身，先关上角门，一面趱近仆妇，一面低语道：

126

"真没人吗？你可要瞧仔细呀！俺是新来的人，摸不着门，又初次干……"

仆妇笑唾道："瞧你这猫叨热鱼，又要吃又怕烫的猴形儿，咱就散伙。既这样芥子似的胆儿，那会子在后院中，为甚瞧着大奶奶的新鞋子只管向我笑呢？如今到没人所在，你倒蝎蜇起来。快些乔完咱的事，俺还要忙晚饭去哩。"说着，彼此一笑，便奔向草房房门。

建中料那小厮是老佣工说的新雇来的毛头小厮，以为他们是来取稻草，便仍然坐向矮凳。刚要瞧书，只听房门一响，两人趄入。小厮便道："哟！你瞧虽没人，却有驴哩。"妇人笑道："你这猴儿，真气煞人。驴的眼睛怕它怎的？啊哟，这一路跑得我只管心跳，左右老魏今天没空到这里，等我歇歇再说。"于是靠草垛窸窣有声，似乎是两人藉草而坐；却闻仆妇哧地一笑道："你这会子收起猴形，立刻就没人样咧。"

小厮低笑道："这冷哈哈的天气，你先偎偎手儿，不好吗？这狗儿，热辣辣的，正可手儿，管保比手炉还妙相哩。"即闻仆妇唾了一口，小厮便道："你说这事也怪，俺听说主人家悭刻不过，钩割不舍，怎的过几天发送他妈，还要那么大热闹一下子呢？今天客室里是棚匠杠房、厨子裱糊匠等人，来订各档子的事体；内院里，是许多街邻婆娘，也乱嘈嘈地缝孝衣、撕孝带。又给咱大奶奶扎花扣朵的，做了两双小白鞋儿。俺听说还请了了明念整棚的经，外挂着跑金银桥，大放焰口。这还不算，又订了城里冥衣铺许多纸扎，什么开路鬼、方弼方相咧，四飞四走咧，童男童女咧，更热闹的，还有各样的戏出。单是这纸扎一项，就须摆半趟街。又请了城内阮乡绅的二点主官，某人某人的四相，由启灵到发引，大吹大擂的，一干就是三天。外搭着一片白的大破孝，连应候宾客，带料理丧事各档，你说须多少钱来挡挡呀。"

建中听了，方恍然老佣工说过几天有事之故。正在怅惘来得不巧、那王原必要借端推脱不肯允找地价的当儿，只听那仆妇颤笃笃地笑道："论理说这当儿，俺没工夫和你闲磕牙。但是你又浑得令人长气，你当是咱主人这样铺排，他自己破费吗？他才不这样傻憨哩！他这是借此生财，狠狠地撒上一网。单是收得人家沉甸甸的干礼儿（谓银两也），恐怕除了各档开销之外，还有老大的剩头哩！俺没说吗，人家该发财的人，真是走子午运，死掉个老干瘪妈，浮厝了好些日，一高兴，抖擞出来，也会赚注大钱。"

小厮欣然道："如此说，好了，俺那个死妈，现在也胡乱浮厝着哩。等我弄出她来，赚注大钱。"说着，忽地啊哟道："慢着，慢着。你这么搓

127

勒，不要登时了账吗？"便闻仆妇笑道："瞧你这浑包样儿，就欠把你这浑根子揪掉了。你不想想，你是什么脑袋，人家主人家站在什么地位上？"

小厮道："哦！我明白咧。原来他当着地保，便有人来奉承他呀！但是咱只管说闲话，也当不了正事，咱们也刻……你就叉开……歪上一歪……快快地来……"仆妇唾道："呸！小猴儿，乱戳的是哪里呀？难道你干这个，还挂着合辙押韵的数来宝吗？"于是两人一阵嬉笑，越发地窸窣声动。

少时，仆妇忽低低哟了一声，接着便软颤颤地道："小猴儿，人小鬼大，你只顾端相俺的脚怎的？可知你那会子直瞅大奶奶的新鞋儿哩。"

建中听了，虽不甚了然，但是料他们是做暧昧勾当。正在一怔之间，只听大声发于耳畔。正是：

　　一鸣能解秽，惊起野鸳鸯。

欲知后事如何，且听下回分解。

第二十三回

闹柴房老佣胡打落
会丧葬地保大排场

且说建中正在一怔，只听草垛那面北壁下，啪啪的驴蹄子刨了两下，接着便哇哇大叫。方在余音顿挫、哼哧哼哧地当儿，便闻草垛前脚步乱响。那仆妇笑道："啊哟，我的妈，可吓煞我。这老魏真不干好事，弄个浪驴子拴在这里。"那小厮也笑道："亏得我起得紧，你瞧它伸着脖儿，瞪着眼睛，大长的耳朵，几乎蹭着人屁股，你还说驴眼不怕哩。如今这不上不下，就像赴席不饱，怎么办呢？"

仆妇喘吁吁地道："少说闲话，如今冷哈哈的，快挪个窝儿吧。"说话间，两人履声竟自趋近苇帘。吓得建中连忙屏息站起，忙就帘缝偷觑去，恰见两人都提着裤儿，身影一晃，已自奔向草垛这面靠北的铺草地下。

建中这里不敢大揭帘缝，但见那小厮忽地抓过那地下的破驴鞯，便狗也似爬在那里。建中斜眼望去，仅仅瞧着他蜷跪两腿并高耸的臀儿。便闻他笑道："你瞧这倒巧，还有现成的枕头。但是土淹淹的，不玷了你的髻子吗？"

仆妇笑道："你这呆子，俺索性做成你，教你个乖，等我欠欠腰……你瞧……好不好呀？"建中听了，正在莫名其妙，只见那小厮一面臀儿越耸，一面笑道："哈哈，原来这枕头还有这等使用。你瞧这高鼓鼓的，省人多少气力！"说着，啧的一声，建中便见他臀儿落下，一阵乱偎；接着又见仆妇一只半大脚跷得高高的，竟是搭向他臀后，不住地晃摇。

这一来不打紧，登时又有一种奇妙声息，竟为建中所未闻。但闻两人气息喘促之间，并夹着唧唧哝哝，只管嬉笑，闹得建中越发愕然。百忙中，又怕他两人高兴之下，闯入里间。

正这当儿，两人声息越发奇妙，忽闻小厮道："你瞧你身上肉皮多么白净，不就像大奶奶那么嫩白吗？但是这两只脚儿却不像人家。这会子，若得大奶奶的脚儿，才写意哩。"

仆妇唾道："你别得一望二地不知足咧。大奶奶是个什么稀罕货呀？她到王家干的那些说不得勾当，臭得一街两巷。不过人家这当儿，当了六老爷的太太，为六老爷面子打算，不能不咬咬牙，忍着些儿罢了！你若是头半年到这里时，还愁得不到她吗？你不信，去问问你那些先来的伙伴，哪一个没用手指量过她脚儿的大小呀！没人样的，你瞧着她，又成了稀罕货。"说着，唰啦一声，似乎是铺草响动。那小厮忙笑道："慢着，慢着。"仆妇道："慢着什么？如今冷哈哈的，老娘不待价只管卧冰咧。"

建中觑至此，顿悟他两个原来是如此这般。正在替他们心下乱跳，便见那小厮臀儿一阵价忙忙起落，那仆妇也便喘促不迭。这里建中方想闪开帘缝，又闻两人一阵低笑。仆妇忙道："快放我起来，闹到破驴鞯上不打紧，湿漉漉沾一衣襟，什么样儿呢？"说着，窸窣响动。建中忙望那小厮，业已弯着腰拱将起来。

正着当儿，忽闻角门上啪啪地叩了两记，仆妇道："哟！可坏咧。你快拉驴去，等我去答对老魏。"

这里建中眼光一闪，早见仆妇乱着鬓发，红郁郁的脸儿，后衣襟上沾了许多的尘土草叶。一面系腰，一面拍拍屁股，如飞地抢向院中。

正这当儿，呼啦一声，那草垛歪了一片，原来那小厮慌忙之下去拉驴子，一下子给撞歪咧。这里建中正在好笑，只听角门上啪啪又是两记。仆妇忙应道："来咧，来咧。你仔细点儿，提防着跑出驴去。"说话间，角门响动，便闻老佣工诧异道："奇哩！某大嫂，这会子内院中忙碌碌的，你关了角门在这里干什么呀？你瞧你红头涨脸，莫非犯了刺挠瘆（俗谓痒也）吗？"

仆妇笑道："你别胡说，皆因奶奶要研磨，命新来的那小厮来拉驴子。小厮不晓得这院儿，所以我引了他来。"老佣工道："拉驴也罢，怎的还闹个关门大吉呢？"仆妇道："俺是怕驴子劣蹶一下子跑掉了，关上门儿，便放心了。"

老佣工道："对，对！关上门儿，自然诸事放心。便是你头发乱乱的，嘴圈湿湿的，出气儿又不匀停。哈哈！我老人家倒有些心下犯含糊咧。你别忙，等我到房中张张再说。"仆妇笑道："你这老货，没的扯淡。小厮在房中拉驴子，张什么呢？"老佣工道："那也难说，你们拉驴子，拉高兴了，不许再拉点儿别的吗？"

建中听了，正在暗笑这老佣工偌大年纪还好诙谐。便闻两人已到屋

130

中，于是仍从帘缝瞅去。便见老佣工进得门来，先望望苇帘儿，微微含笑。恰好这时那小厮慌张得手忙脚乱，百忙中，偏又解不下驴子。那仆妇趁势帮他去解，一面向他一使眼色之间，这里老佣工已望见铺草上的破驴鞯，便向仆妇道："你们拉驴也罢，却拉得这么热闹，连破驴鞯也丢在这里。"说着，伸手去拿。忽地一甩手，但听哒的一声，那仆妇见此光景，拉了小厮方要转身跑掉。早被老佣工一横身，两手一叉，挡住门儿便唤道："王相公，快些出来，你瞧这是怎么回事呢？"

建中听了，忍不住扑哧一笑的当儿，那仆妇啊哟一声，便和小厮忙一低头儿，嗖一声，竟由老佣工臂下冲将出去。因为冲得势猛，倒将老佣工撞跌一跤。于是建中含笑趋出，那老佣工爬起来，道："王相公，你瞧俺主人这里，就是糊炒包子乱炒面的勾当，是没法说的。方才俺去与你通知，倒惹得他没好气。如今客室内人众已散，你便去见他吧。"

不提建中听了，便随老佣去见土原，且自交代田由找价之事。且说那许氏自送得建中去后，闷坐良久。正想趁空儿做些针黹，恰好那苗大娘提了果饼来串门儿。彼此厮见过，苗大娘便说在街上曾遇建中。许氏烦闷之下，便将建中去寻王原之事一说。

苗大娘笑道："不是我打你高兴的话，你这打算，巧咧，就是白跑一趟。王原那种人没当地保时，还要谋占你的田亩，如今又披上老虎皮，他岂肯应你找价呢？"许低叹道："俺这也是得病乱投医的想头，万一他大发慈悲呢？"苗大娘笑了一笑，又坐谈了一回，即便踅去。

这里许氏一瞧这四匣果饼甚是精致，颇堪充寿礼之用。不由暗忖，倘若王原不允找价时，有这果饼，再配上几样物儿，也就是一份寿礼。沉吟一回，即便拈起针线，堪堪地日色转西，还不见建中转来，许氏不由暗忖："建中此去，事或有望。不然，这当儿早该转来咧。"

正这当儿，只听院中绳其笑道："你这趟腿，真跑得有些冤枉。怪道你今天没上学，原来是向他那里碰钉子去咧。"许氏刚要下榻去瞧，便见建中、绳其双双踅入。原来绳其因建中忽然没到塾来此瞧望，半路上正遇建中，问知所以，于是一同踅来。

当时许氏一瞧建中噘了大嘴，情知事已无望，便一面让绳其落座，一面询问建中交代的情形。建中沉吟道："不说吧，没的娘听了倒要生气。"许氏听了还未答语，绳其恐许氏烦闷，便跳起来笑道："老弟，你跑了半晌，又闹了一肚子气，等我来替你说吧。"于是跷起脚尖，扭了两扭，忽地一丢眼儿，随即一掩嘴儿，逼紧喉咙，又向建中一招手儿，哧地一笑道："哟！你不是建中侄儿吗？稀客呀。今天哪阵好风把你吹来呢？俺听说你来，欢喜得什么似的。因为你叔叔这里过几天就办白事，若当家同户的大侄儿都不登门，叫人家外人瞧着不是有些不仿佛吗？不想俺刚欢喜了半截，你叔叔就对我说咧，说是你娘叫你来找什么地价。我听了真还不信。因为那块地早已买卖两清，如何冷锅爆热豆，忽然找起地价来呢？可笑你叔叔老直桶性子，就不会揣人心缝，只当你真来胡闹，登时气得雷秃子一般，倒招得我笑了一场。如今明人不用细讲，建中，你娘的用意俺也明白。本来也是呀，一个居家过日子，说不定就有个手头窘住。况且咱们一个王字没掰开，好歹的总是一家子。真个的，谁就瞧谁支撑不开不成？但是你娘应该为什么说什么，却不该没情理地转这螺蛳弯子，不但当不了事，并且惹得你叔叔生气着恼。再者家讹家、户搅户的勾当，一来既不是咱们有头脸人家办的；二来被外人晓得了，不笑掉大牙吗？依着你叔叔倔气头上，就要踢你顿窝心脚，还要去问着你娘，然后再同你们到官面上说话，亏得我好歹地劝住。建中，像你呢，也是个大孩子咧，又识文断字，怪仁义的，就不该听你娘的糊涂话，来此一趟。但是既来咧，俺做婶娘的，没多有少，总要应付你些。"

绳其说至此，一扭身段，忽地从怀中掏了掏，探出手来，骈起二指，仿佛是夹定一物，却扭头折项，暨近建中，用那一手摸摸建中的小辫儿，却叹道："咳，你瞧你娘，也不像个作家过日子的，只知打发你出来赊借，连你的小辫儿都不晓得与你梳掠。你晓你刺猬蛋似的，不像个舍哥吗？你少时回去，向你娘说，过日子只靠赊借，是不成功的。谁家没有一窝八口哇？日头爷没照到哪家呀？凡事要颠个个儿想想。"说着，将骈起的二指向建中怀中一撒，仿佛放物一般。便笑道："如今这么办吧，只是四吊钱的钱票，还是我背了你叔叔拿出来的。你回去交给你娘，叫她不要无是生非地惹人笑话了。"说着，又扭了扭，一捏喉下，娇声细语地唤道："老魏呀，你快给建中相公端碗饭来。孩子家跑了这么远，还许没吃饭哩。"

当时绳其一路鬼脸儿，不但招得许氏又是笑，又是摸头不着，便连建中也自扑哧笑了，道："大哥真好记性，俺只在路上向你略说说，你就形容得活现一般。"于是向许氏一说当时见王原交代的情形。

原来建中初见王原，一述许氏之意，那王原眍起眼睛，倒也没可否，便命建中暂且歇坐，自去入内。建中这里正怙慅，便闻得崔氏在内院吵了个反沸盈天。须臾却笑吟吟踅将来，以下情形，悉如绳其的形容。建中料是事体无成，所以赌气子抛下钱票，便踅回来哩。

当时许氏听罢，好不长气。绳其却笑道："这件事不是如此办法。像王原的为人，和他讲情情理理，怎会成功？就须另想个妙法儿去治他，不怕他不拿出钱来。"许氏笑道："你倒说得妙相，他既不讲理，还有什么法儿呢？"绳其笑道："不必忙，等有机会再说。"

不提绳其坐谈一回，即便趱去。且说许氏见找地价不成，只得走向素来常用针黹的各主顾家，暂为挪借了一项钱，办了几样水礼；又搭上苗大娘送来的两包饼果，再配上针黹并鞋子，尽也像个寿礼模样。但是这一料理，又是两天耽搁，及至方老太太寿辰到来，建中送了礼去，绳其问知所以，不由又笑谈回王原悭刻。

方老太太晓得了许氏料理寿礼如此为难，倒甚是过意不去。思忖一回，趁次日绳其到建中家谢寿之便，便给许氏带去一包银两，命她归还挪借之项。所余银两，便做用度。那许氏感激之下，未免又惶愧不安。再搭着思量王原为人，越想越气。明明的该我地价，愣不允找，倒将建中奚落一顿。妇人家心路是窄的，一时间竟闹得又病了两天。建中只顾了服侍医药，一连几日竟未上学。绳其晓得了，越发恨那王原，自不消说，但是也没作理会处。

又过得几日，王原家白事之期业已将到。先两日，挂月村中已经热闹的会场一般。什么丧棚咧，过街棚咧，纸扎棚咧，一色的攒色起脊，辉煌照耀。大门之右是净场宏开，经棚高揭。又有什么焰口法台，用桌椅并黄布、白布扎成金桥银桥，远远望去，飞空架险，便如两条黄龙白龙一般。桥左右是幢幡宝盖，应有尽有。法台上虽未铺设完备，却已先挂起水陆图画。再望到过街棚并纸扎棚中，越发令人眼光缭乱。过街棚中，是丧仪执事、牌伞等类。

王原自家虽只是个地保的头衔，但是王姓本是大族，追溯起合族的上辈子来，自然便有许多功名官衔。于是王原便都借用了，写起官衔牌来，倒也十分热闹。纸扎棚中是堆垛的许多彩扎，楼台殿阁，人物鸟兽，结构彩画得俨然如生。它门白彩花坊前，分左右价摆定两个矗天矗地的显道神，一色的金盔亮甲，威风凛凛。左一个黄面抱锏，右一个黑脸提鞭，据说着是秦叔宝、尉迟敬德的神像。你说偌大一个山村中，忽然地如此一铺排，自然惊动左近的男男女女都来瞧望。

这当儿，偏又有些远处宾客都先期赶来，再加着法兴寺的僧众，系由了明向远近各庙中所招请，启厝破土这日，十二僧众一色的头戴毗庐，身披袈裟，打起了大钹大铙，吹起了笙箫细乐。另有四个小沙弥各执提炉，在前引路。主僧了明是手执一炷清香，念起超生度劫的神咒。就这等两行排开，吹吹打打，一路上仙音嘹亮，炉香氤氲，竟由法兴寺直赴王宅，先去念那破土起厝的经卷。

这一来，越发招得人山人海，竟有许多生意小贩便如赶会场一般，提篮担担，挨挨挤挤，争着就王宅左近各设摊场。更热闹的，还有本村庄众。原来村中习俗，凡丧事家都须请落忙（即帮忙也）的。落忙的又分内外两档子。外一档是男人，专忙奔走等事；内一档是女的，专忙伺候堂客。男人不过是本人来，又不知谁兴的例子，女的还许带孩子，上一份礼钱，就可以铃铛寿星带一大嘟噜，齐来吃嚼。因为是丧主特请的，所以须先期酬谢，大吃二喝。

不提王原宅前车马杂沓，人众喧阗，明日便是开吊之期。且说建中因本族丧事，势须前去会葬。连日价同了族众，出入王宅。又知得绳其要来落脚，便特地将前院客室收拾停当。

这日王宅开吊，日暮时分，建中由王宅回头见过许氏。原来许氏因气那王原不过，又搭病体初愈，竟索性没去会葬。当时母子闲话一回，又嘟念回绳其将到，业已掌灯时分。建中踅入客室，徘徊一回，正在怙惙绳其或者明日到来，却听得啪啪啪有人叩门。

建中听了，不由如飞跑出。正是：

　　　扫榻待良友，款关来傻儿。

欲知后事如何，且听下回分解。

第二十四回

放焰口大师主经座
跑彩桥憨子抱娇娘

　　且说建中听得有人叩门，以为定是绳其到来，连忙欣然趋出。及至门儿方启，却没头没脑地撞进一人，不容分说，一把拖住自己道："走，走！你这呆了，放着热闹不瞧，老早地跑回怎的？今天晚上经棚上是全套的《普安咒》，法台上是撒食放灯的大焰口。便连咱们老爷子也都高兴起来，少时就要跑桥打鬼，接引亡魂。俺来时，瞧热闹的人业已拥挤不动，咱也便快去吧。"

　　建中仔细一瞧，却是带头，便笑道："你这呆子，快别胡闹。你比不得我可以随便的，你这当儿不在灵帏后老实实坐地，如何混跑起来？"带头道："谁耐烦猴在那里呀？那里许多婆娘们，皱眉挤眼地不断地掩着脸子呜呜。俺瞧得不耐烦，所以跑来。不瞒你说，俺今天跑的路，少说着也有四十里。好容易家里有热闹，怎么不瞧呢？过这村子，就没这店，再要热闹，除非是咱们老爷子死了。走，走，咱快去吧。"

　　建中听了正在好笑，只听门外黑影中有人笑道："带老哥，这话不错，再有热闹，真不容易。你们老爷子，怕不活个千年万年，一时哪里还有热闹呢？你们慢走一步，咱一同去瞧如何？"声尽处，踅进一人，正是绳其。于是带头大乐道："方老弟，来得正好，咱就走吧。"

　　绳其道："慢着，咱且歇歇再讲。"于是三人踅入客室。带头一眼望见榻上，有两副铺盖，问知绳其是落脚，准备明日前去吊奠随礼，因拍手道："妙，妙！你们两个在此倒自在，那么我也搬来吧。"绳其笑道："岂有此理！你家办丧事，谁不嫌你丧气呢？你有空儿来玩玩，还可以的。"说罢，进内去见过许氏。及至踅出，却不见带头。一问建中，方知今晚上跑桥打鬼，王原因自家事忙，便命带头替代，方才已被他家人寻得去。绳其笑道："这个呆子去打鬼，不定闹甚笑话，咱倒不可不去瞧瞧。"建中听

135

了，便去禀知母亲。

不提许氏这里，自去掩了大门，且自灯下做些针黹，静听门儿。且说绳其、建中一路上说说笑笑，刚转出巷口，早已望见王原门前一片价灯烛辉煌，鼓吹如电。经棚中是梵音徐唱，香烛迷漫。更有那两座彩桥，这当儿是满缀明灯，临空高跨，从夜色苍茫中望去，便如两条烛龙一般。桥左右，人声浩浩，灯火错落，并夹着小贩叫卖和妇女们呼男唤女之声。

绳其等又踅得数步，忽闻经棚上梵音罢唱，接着便空璇法鼓敲过一阵。忽地急管一声，飞上半天。那余韵流空正在凄咽婉转之间，又有两支哀管尖厉厉地接和音调。须臾，笙箫并作，杂以云锣，那一片怆恍之韵，十分高亮。

绳其等略为驻足，正想先去瞧瞧那焰口法台，恰值呼一声从岔道上拥过一群人，一面价把臂直冲，一面乱噪道："你听这套《五圣佛》吹得多么气足，您听吧，少时吹起《普安咒》，还要写意哩。这不消说，准是天香寺的和尚们。人家是专讲这份吹管子的气工儿，错非真正和尚能从丹田里拔气，是不成功的。"即又有一人笑道："你别胡吹乱嗙咧，是个和尚就会弄管子。若讲弄管子，从丹田里拔气，依我看来，还属了明那秃厮哩。"

众人愕然道："不能吧！那秃厮淘漉得空空的，气都少少的，还能拔吗？"那一人大笑道："你们好发呆，俺说他弄的是随身不响的那支管子哩。"众人听了，都各大笑。顺势一拥之间，绳其、建中身不由己，竟已随他们踅向经棚。一望便眼见带头，大白狗似的，趴在经坛下面。身旁左右，业已站定两个鬼使模样的人，一色的披发涂面，扮相狰狞。一个是手执引魂长幡，一个是提着蒺藜刺棒。坛上面，了明和尚端坐合掌，垂眉闭目，正在那里装模作样。

这当儿，笙管凄咽，直闹得灯火不明。少时，副座上有一僧人站起来一振法铃，下面绳其因身儿矮小，被人挡住，正要向前蹭蹭，只听众人哄然道："咱们大家都不许喧哗，且听听这套《普安咒》。少时，就要跑桥打鬼咧。"原来棚内所扮的两个鬼使，便是伺候孝子行事的。

当时绳其等挤不上去，索性挤出人丛，便奔彩桥。哪知那里越发的人涌如潮，许多的妇女们都坐向彩桥两旁，占据地势，都扎括得光头净脸。有的抱着孩儿，有的拉伴闲谈，一面价嘻嘻哈哈，一面价乱瞟游人。明灯之下，都显得妖妖娆娆。其中竟有白毛蹀蹀的老太婆们，一面端相彩桥，啧啧叹赏，一面慨然相顾道："像你我这老业障样儿的，便是死了，再脱生；脱生了再死，也不用想这么风光了。像人家王老奶奶，才是几辈子修来的哩。"

136

即有一妇道："人家修来的，是不消说。不修来，会有那么气势的儿子吗？人家总是烧了成股的高香。像咱这个，准是前辈子烧了他娘的驴那个，外挂着还没烧着哩。"一言方尽，恰好绳其等踅过，便又有个媳妇子一扯那妇人道："哟！你别撒村咧。人家大男人们听了，什么意思呢？"

那妇人望望绳其等，不由扑哧一笑，赶忙地一绷脸儿。及至绳其等踅过，却笑道："你这人惯会失惊打怪，倒吓了我这么一跳。像这样大男人，若钻到我被窝里，我一脚怕不蹬他八丈远吗？"

绳其等听了正在好笑，忽见桥旁游人纷纷乱跑。众妇女也都站将起来，齐向着法台乱指道："你瞧那里，业已撒食放灯，敢怕一会儿就跑桥咧。"绳其等回望去，果见法台上灯火大亮，许多僧众念起了花腔焰口的经咒。又有四名僧人就台前回旋作态，两个持钵撒米，两个安放莲灯。须臾，满台上莲灯错落，高高下下，灿若星宿，便如一座鳌山灯一般。就这一片灿烂之中，却见带头又已匍匐法台坛下，两个鬼使仍然夹近左右。靠台之右，却设有一具长梯，直接彩桥。但是这次带头却不安生，趴在地下，只管拱上缩下。

须臾，又见两僧人就台前设了高凳，凳上置一具铁盆，盆内是满注火酒。于是众僧人经咒大作，一齐地绕盆三匝。末后，是撒米两僧高举米钵，只向盆内一合，只听哄的一声，登时盆内熊熊火起。那焰头直冒得数尺高，绿莹莹的，照得人面目皆青。偏这当儿，东风微起，吹得满台上灯焰摇摇，长幡飘拂。那梵乐中又吹起一种哀厉尖管，便如绕盆儿有许多鬼声魃魃，攫拿抢食一般。这一来不打紧，望得彩桥旁的妇女们都有些毛毛眊眊，一面就人背后遮遮掩掩，一面还伸起老长的脖儿去瞧热闹。

正这当儿，忽地游人又是一阵拥挤。绳其等再瞧法台上的那两个鬼使，业已将带头扶向长梯，接着法台上便铙鼓大震。这里绳其等情知是要跑桥打鬼，方想占个地势以便瞧望，就见桥旁游人一阵大乱。恰好有个媳妇子被大家拥得踉踉跄跄，直撞到绳其跟前。却一把抓住绳其，方才立稳，因笑道："你这两位相公，且靠后些。少时人多了，挤倒你们，不是玩的。"说着，一扭身儿，竟将绳其等挡了个严严实实。

绳其等向后一退，说也凑巧，却有个高高的土坡儿。于是两人一跃而上，抬头望去，反倒得势。逡巡之间，那媳妇一个髻子业已挨着绳其的小肚，因为东瞧西望，那髻子只管耸上抵下。绳其正被她挨擦的小肚下痒习习的，几乎笑出；便见彩桥上长幡如飞，前面那鬼使引着带头，旋风般直跑过来。后面那鬼使是且跳且舞，一根蒺藜棒挥挥霍霍，一面紧跟带头，一面向桥左右虚作击刺之状。

绳其遥见带头跟定那引幡鬼使跄跄踉踉，正觉好笑。说时迟，那时快，便见长幡飘处早已跑近自己跟前。这时绳其望得分明，只见带头业已累得气喘吁吁，满脸是汗，噘着一张大嘴，一面价眼张失落。恰好桥旁观者又忽地一拥，那媳妇不曾提防，啊哟一声，一个后靠儿向后要倒。慌得绳其赶忙地一挺肚儿，一面扶住那媳妇，一面哈哈一笑。

这一来不好了，便见带头望向自己，忽地大叫道："哈哈，你们原来在这里哩。如今俺累得要死，你们快快来替我跑两步吧。"

众观者见状，正在哗然，那带头却不管好歹，三脚两步，跑向桥栏，两手一张，便来了个夜叉探海的式子。在他本意原想援引绳其等上桥，哪知那扎缚的桥栏禁不得人，正在摇摇欲坠之间，那两个鬼使见他闹得不成局面，于是跑过来，四手齐上，向后便拖。

这一来，闹得带头登时性起，便一面两手据栏，一面又来个驴子炰脚，蹬起双足向后直踢。偏那两个鬼使也便拧性发作，抛幡的抛幡，丢棒的丢棒，竟趋势每人抄得带头一只腿子，哈了一声，来了个倒拖死狗。

哪知带头更不含糊，虽是一身悬空，仍然两手用力，并且索性一声不哼，使出了全副气力，又拿出和碌碡较量的手段来和两鬼使干上咧。你想一个扎缚的桥栏，怎禁得三个人生拖死拽？望得众观者笑成一片，又都是喊不好的当儿，但听咯吱吱、唰啦啦一声响亮。桥旁观者呼地一闪，那片桥栏早已平铺在地。带头是吭唓一声，直跌出丈把远，随后是两个鬼使也便球儿似滚将下来。

三个人正在乱抓乱爬，说也不信，偏那绳其跟前站的那媳妇，这时瞧得有些害怕，望见带头爬来，赶忙嗖地一闪。正想从人缝钻出，便见带头猛地一个蛤蟆跳势站起来，不容分说，向自己的当胸便抱，道："哈哈，这下子，俺可捉住你咧。没别的，方老弟，你快替俺跑两步吧。"正是：

　　跑桥已颠蹶，入抱又模糊。

欲知后事如何，且听下回分解。

第二十五回

哈老三乔扮吊丧人
许娘子闲愁责通客

且说那媳妇猛被带头一把抱牢，直急得大喊大跳。亏得绳其眼明手快，赶忙过去，一把掰开带头的手，拉了那媳妇，回头便走。

止在这当儿，众观者义是一阵且笑且拥。就这一片喧闹声中，绳其抛了那媳妇，拖了建中赶忙地离开彩桥；却还听得那桥栏折下之处乱成一片。绳其唯恐带头再张见自己，便和建中一径地闪入黑影之中。

方趱得数步，却见那媳妇也从黑影中摸索了来，并且一面嘟念道："真丧气得紧，方才向后一靠，歪了髻子；被那呆子一阵拉扯，又丢了鞋子。这种热闹，瞧得好不冤枉。"

不提那媳妇影绰绰自行趱去，且说绳其、建中一面谈笑带头，一面又趱向王宅门首，徘徊一回，即便趱转。那许氏早准备下精致夜饭，便摆在内室中。大家用罢，绳其说起带头呆状，招得许氏笑个不了。一宿晚景，匆匆已过。

次日绳其等在前院方起结束，只见带头大呼而入，道："方老弟，你不对呀！俺不过叫你替俺跑两步，你不干，怎的反拉个媳妇子，三不知地绊我那么一跤。哈哈！俺虽绊了一跤，她也甩脱鞋子，却被我随手捞来咧。那媳妇子是哪个？你快送还人家的鞋子是正经。不然，不惹得人家骂吗？"说着，真个从怀中掏出一只四寸长短的小鞋儿，花帮锁口，更衬着绿锦提跟，且是漂亮得紧。便笑嘻嘻地向榻上一掷，随即一屁股坐在一旁，道："啊呀！昨晚上可把我累坏咧，今天又不知玩些什么把戏！你两个敢是自在，又有伴儿，又趁空儿只管瞧热闹。单累我一个人儿，我就不干。今天无论怎的，我是和你两个比上咧，要玩把戏，咱大家都去；不然，咱就比着，怎么俺爷给他妈出殡，单单地累烦我呢？难道我是傻子不成！"说着，大眼一翻，竟很透着机灵不过。

这一来，招得绳其、建中哈哈大笑。绳其便道："你这呆子可怎么好！你昨晚扑下桥来，莽熊似的抱住人家媳妇子，只当是我。若不是我拖开人家，人家一定要抓你个满脸花哩！怪不得人家昨晚直嘟念丢了鞋子，原来又是你捞去。你不要忙着送还人家，我教给你个妙法儿，等事情消停了，你拿着这鞋子挨门去问。若问出鞋主来，说不定人家还许请你吃烧饼麻花糖三角哩。"

带头欣然道："真有这些东西吃吗？"建中忍不住笑道："你休发呆，也是叫你挨嘴巴拳头窝心脚去哩。"带头听了，又是一阵笑跳。

正乱着，忽闻许氏脚步走动，绳其恐她进来张见那鞋子，便随手略拉铺盖，将鞋盖上。这时带头又已指手画脚，只管耽延不去。绳其道："你这呆子，快些转去。等晚上有空儿，咱们再玩耍何如？"

不提带头匆匆跑去，且说绳其等用过早饭，直奔王宅。这日是主祭之期，门前人众越发热闹。绳其等刚到门前，恰值四位襄赞大宾，一色的顶冠束带，一步三摇，从内踱出，就门前排班站定。须臾，街东面锣声响亮，舆盖飞扬，头踏前驱，分两行价列定全副仪仗。从一片马蹄杂沓之中，早已望见那主官阮乡绅，头戴官帽，身着公服，扎括得天官赐福一般，猴在四人大轿中，徐驱而至，于是四襄赞趋跄迎上。

那大轿方才落地，宅门前吹手楼上是鼓乐爆作，接着便震天价三声大炮。这里四襄赞各撅屁股深深地一躬到地之间，那阮乡绅已自伛偻下轿，一面嘴内吸溜着，一面向四襄赞还揖不迭，即便相让而入。这里门前一时间舆马塞途，观者乱挤。

绳其等方要入去，忽宅西面一阵喧笑，即有一群人蜂拥而至。其中却有人响亮亮地道："干鸟吗！俺哈老三穷虽穷，究竟还是好朋友。王大哥，如今做了六老爷，虽不理穷朋友，但是俺哥儿俩好了一场，他家办大事，俺怎好不到场呢？没别的，穷人尽个穷意思。喂！家里的，快走哇。咱到灵前吊奠吊奠，说不定人家六老爷想起当年和我在庙后头的交情，还许请我陪主官哩。"

众观者听了，正在哄然一笑。这里绳其等望去，便见那群人呼地一闪，其中登时现出两个怪物。一个是大步昂藏，一个还扭扭捏捏。仔细望去，却是一男一女。那男的有四十多岁，长大的一张驴脸，黑而且麻。戴一顶纸糊的官帽，翻穿一件七零八落的老羊皮，只搭膝盖；下露灯笼破裤，却着双卷鞔破帮的厚底官靴。忽地一晃头儿，登时闪出红光绿彩，原来还戴着山楂的红顶、松枝的花翔。一手擎着半箍短香，屁股后面却挂着一陌纸钱，一面价高视阔步。那一手，却携着个花枝招展的老婆儿。

那婆儿生得五短身材，一张横肉脸，又圆又扁。戴一顶花花绿绿纸糊的凤冠，穿一件丝丝缕缕戏班甩箱的女袄子。没得罗裙，却系条厨司用的油布。望到脚下，居然是金莲三寸。仔细一看，却是踏的木跷。一手挽定那男子，那一只手却撮起五指，擎定一个木盘儿。盘内是三牲祭品，是一个猪钢嘴、两块鸡脑袋，外搭一段鱼尾巴。就这等一扭身段，迈开了俏步儿，居然态若行云，闹了个上身不动。望得绳其正在暗诧这婆子如何就会踏跷走法。便见那男子向婆儿道："太太，你怎的这么没紧没慢。难道新鞋子不附脚吗？"婆子道："呸！天杀的。你不说给俺雇乘轿子，俺如今自己来了，你还嫌人家走得慢哩。"说着，一飞眼风儿，扭头一笑。

这一来，众观者哈哈都笑。这里绳其等方恍然这婆儿也是男子所扮。正在诧异之下，却被大家一拥，便见那男子和婆儿趱到五宅门首，方要登阶，恰好有两个乡客从内趱出，一见他两人，便怒喝道："哈老二，你和陶狗这厮这么胡闹，却不成功！你瞧这是什么所在？你当是平常人家的丧事，由你们性儿胡搅吗？"说着，回头向庄众道："来俩人，先把这厮们拴起来再说。"

庄众们答应一声，方要动手，慌得那男子先摘下官帽，垂手一站道："小的不敢，小的在这里伺候。"乡客喝道："哪个要你伺候？还不快滚开这里。少时，有你们开发儿就是咧。"

正这当儿，宅门内一阵哀乐大奏，两个乡客匆匆趱去之间。这里绳其等方要举步，恰好那男子和那婆儿从身旁趱过，一面狠狠地望着两乡客的后影，一面悄骂道："他妈的，怎么揍的呢？刚丢下粪箕子，就来混充他娘的人物。老子等你来开发，怕不饿穿了肚皮哩。"原来这哈老三和那扮婆子的陶狗，都是左近的无赖恶丐。凡人家有红白事，他们便去揽门儿，非闹个吃饱喝足是不肯去的哩。

当时绳其、建中相与一笑，即便匆匆入宅。建中领绳其先到账房，上了礼钱，然后到灵棚。方想吊奠，却值灵棚内点主方罢，正上午祭，黑压压挤了一群人，正在那里各执其事。建中见插不下脚，便领了绳其趱入内院。却见许多女客们都遮遮掩掩攒簇在灵棚之后，有的便笑道："少时上罢祭，就要念安主的经卷咧。大奶奶还须跪经，怎么这当儿还没来呢？"

绳其听了，料得一念经卷又须耽搁多时，莫如先向外边散散步，然后再行吊奠。正拉建中方要转步，便见正房中窗儿一启，趱出个妖娆婆娘，浑身缟素，衬着尖翅翅的白鞋儿。刚下得阶来，便水灵灵眼睛一瞟，向众妇笑道："你们在这里嘟念什么？主人家不忙，客倒忙咧！左右俺跪经还须待一霎儿，咱且歇歇去吧。"于是众妇相视一笑。

其中便有一妇一面瞅着那婆娘的白鞋儿，一面笑道："真是人家说的好来，若要俏，三分孝（谓戴孝也）。你瞧大奶奶这一打扮，不就像白衣菩萨吗？恐怕白衣菩萨还没得这双爱煞人的小脚哩！"

那婆娘听了哧地一笑，忽地望见建中，不由一整面孔，便和众妇踅入正房。绳其认得那婆娘便是崔氏，因向建中一笑，便从后院后门踅出。走了数步，方向建中笑道："你瞧你族婶这么精灵，你那天直撅撅地愣去找地价，怎会成功？你不要忙，俟有机会，你瞧我显显手段。你族叔的钱便是穿在脊梁骨上，也须乖乖地往下勒哩。"建中听了，只是微笑。

两人逡巡间，慢步行去，却忽闻灵棚内梵唱徐起。绳其料已念起经卷，因笑道："你瞧了明这秃厮，这两天也够累的。单是由经棚到灵棚来回地跑的腿子，也就不少。"建中笑道："那还不算累。今天晚上，辞祭之后，还有一场送行经。全棚僧众都须在场，恰是了明的主座儿。这场经念完，就须一个更次。并且全堂客人都集在客室里，准备着送灵行礼。诸事都毕，差不多就须一夜哩。"两人说话间，踅向经棚，只见僧众还在诵经，带头又跪在坛下。仔细望去，却不见了明。

绳其恐误了吊奠，便和建中踅向宅门。倾耳里面似乎是念经已毕，静悄悄的。哪知刚一脚踏到灵棚前，便见了明面北而立。一面价手击木鱼，口中喃喃；一面略歪脑袋，两道毒毒的眼光只管射向灵儿之右。绳其循他眼光望去，不由暗笑得肚痛。原来灵儿左边，是王原匍匐在地；右边却是崔氏，正低着个漆光似的大髻子，丢秀秀、娇生生跪在那里。后面是布裙微揭，正露出一双尖翘翘的白莲瓣儿。于是绳其一拉建中，闪向一旁。

两人方相视一笑，恰值有两个执宾到来，望见绳其，便笑道："方相公还没吊奠吗？少时念毕经，也就好行礼了。"说话间，了明经毕踅出。恰值丧家主妇还有一场送路的礼节，是用族中晚辈抬着亡人的一件衣服，主妇跟在后面，到宅外十字路口，将那衣服放在一辆冥车上，一同焚化，取个送路长行之意。

当时那崔氏扶了仆妇，由灵棚中扭将出来。一面掩袖嘤嘤，一面袅娜而前。绳其偷视了明，直望得崔氏出了宅门，方笑眯眯回头望望，这才踅去。绳其又循他眼光一望，又为恍然。原来灵棚前因人众来往，蹴踏了一片浮土，上面明白白印着许多小脚印儿哩。

慢表那两执宾导引绳其吊奠如仪，礼罢之后即便引就客席，又自去周

142

旋他客。且说绳其饭罢，仍然去找着建中，两人又就宅外游览一回。

及至回途，业已天色将晚。两人笑嘻嘻跑入内室，却见许氏面有不悦之色，皱着眉儿一面沉吟，一面呆呆地瞧着榻上一个小布包儿。一见两人暨入，便笑道："你两个怎的这会子才转来，那会子急得我什么似的哩！"因向建中叹道："咱们真是越渴越吃盐。头些日，咱找地价不成，不想倒引出老账户来咧。便是那东村的田老奶奶，咱们欠她数十吊钱，三四年的光景，都是我给她针锈做利钱。她不知听谁说，以为头些日咱找到一注地价，便立着眼睛来索还欠账。从过午便来，直到傍晚，还不肯去。一任我说破嘴，没找到地价，她哪里肯信。我没法儿，只得寻出两件东西来抵还她。她又嫌好道歹地不肯要，又吵了半晌，方沉着大脸子暨去。还说是明日再来哩。"说着，拈起榻上的布包道："你们瞧瞧这两件东西，总还值得数十吊钱。只好明日拿去当了，再还人家的账吧。"说着，打开那包儿，却是一副白银攒花、玲珑精巧的手钏儿并一副黄灿灿的包金戒指。

建中见了，还没答语，绳其却笑道："看起此事来越发叫人气不过。那老婆田奶奶怎的便那么耳朵长，就晓得找地价之事？这不消说，一定是那老婆得意之下逢人张扬，显得她伶俐能干哩。"

许氏笑道："不必说咧！咱气她好会子，也是枉然。真个的，你们跑到这会子，想也饿咧，且吃些点心吧。"说着，方要取苗大娘所送的果饼，便闻大门上啪啪啪一阵乱敲。正是：

　　　　何来款关客，疑是责逋人。

欲知后事如何，且听下回分解。

第二十六回

方绳其巧赚香钩
了明僧偷觇色相

且说许氏娘子听得有人叩门，不由吃惊道："你瞧，这不田老奶奶又来麻烦吗！"绳其跳起来道："不打紧的，等我三言两语且打发这老货转去。"说着，和建中匆匆跑去。

这里许氏一阵价心头怙惚，便取了一匣果饼。正在顷耳静听消息，忽闻绳其乱吵道："慢拉，慢拉，我劝你早些回去是正经，你别只管胡搅咧。"

这一来，许氏越惊，以为定是田老奶奶到来。正要亲去瞧看，只见建中笑着跑来，道："不相干，方才来的是俺带头哥要拉俺们去瞧念送行经的，这会子正在客室中乱吵哩。"许氏听了，这才放下心来。

慢表许氏这里一面打开果饼匣儿装了两盘，一面命建中烹茶待客。且说那带头拖了绳其直入客室，便张牙舞爪地道："今晚上，这场送行经热闹得紧。并且上过辞祭便没我的事咧。咱大家正好耍了，你们怎的不去呢？"

绳其听了，一面掌上灯烛，一面笑道："你这呆子，忙的是什么？便是去，也须俺们歇息够了再说。你且稳稳屁股，少时我还请你吃点心哩。"于是两人就榻几旁对坐下来。绳其一时间没得话讲，便一面和带头瞎三话四，一面又想起方才许氏拮据的情形，都因找地价不得之故。于是联想到王原悭刻，十分可恼，怎的想个法儿整治他于刹那之间；又想起了明偷觇崔氏的贼形儿，十分可笑。

正在仰望屋梁、微微含笑之间，只见带头啪的声一拍大腿道："这事也怪，怎的和尚家偏偏嘴碎，又好打听些没要紧呢？"绳其笑道："和尚嘴碎，无非是想词儿起发施主并打听经钱多少罢了。"带头笑道："不，不！原来和尚的眼睛更管闲事。便是了明那秃厮白天午祭念经之后，却悄悄地问我灵帏后面那些女人都是哪个？你瞧他的记性也好，哪个穿蓝鞋儿，哪个穿着黑鞋儿，他都一一问到。末后，又问我灵几右边穿白鞋的女人是哪个，吃我没好气道：'那就是你妈。'哈哈！说也不信，他听我一骂，登时就像浑身起刺一般，挠挠头，又蹭屁股，却扑哧一声笑咧。你说一个和尚家，自家不要女人，却偏有闲心儿打听人家的女人。这不是一百个嘴碎，没要紧吗？"

绳其大笑道："你这呆子，晓得什么？他既嘴碎打听，想是有些要紧哩。"带头点头道："这话也对，他或者想寻她们瞧个什么耳环样儿，也未可知哩。"绳其听了，越发失笑。

正这当儿，建中蓦入，手内端着个漆木盘儿。盘内是果饼茶具，一径地置在榻儿。绳其便向带头道："你瞧怎样？方才我说请你吃点心，不哄你吧！等咱们吃饱了，再去瞧念经的，还不迟哩。"于是三人都围几而坐，一面吃茶，一面各取果饼。

建中坐挨绳其，便取一果饼，递向带头。带头忙道："俺不吃咧。这两日，行行步步，老是吃点心，委实有些腻腻的。因为这两日俺家收了许多果供，大包小裹的，都堆在俺妈榻头一个换鞋筐箩子一旁。俺偷空摸空便去抓吃。那点心各式各样，比这点心还好吃。你们要吃，等我去摸两包来。"

建中听了，方在摇手，不想绳其听了"换鞋"两字，忽然心有所触。登时眼睛一转，哈哈一笑，便悄悄一捏建中，却由铺盖底下拿出那只女鞋来托在掌中，向带头笑道："你不必摸点心来，倒是把这鞋拿去是正经。只管丢在这里，算怎么回事呢？"

建中见了，虽颇诧绳其离奇可笑，但是因方才被捏一把，料得绳其必有作用，于是也便含笑相望。便见带头摇手道："一只臭鞋子，知它是哪个的呀？你随便抛掉不完了吗！我那么大工夫，还拿去哩？"

绳其听了，微微一笑，索性地将鞋儿置在几上。一面反复赏玩，一面笑道："你们瞧这鞋儿多么小巧，恐怕左近女人们的鞋子再没有比这鞋子小的了。"建中听了，越发诧异绳其语气不伦，便见带头哧地一笑道："方老弟，你这话却没说对。不用说别个，便是俺妈的鞋子，就比这鞋小得多哩。"

建中听了，正在扑哧一笑，绳其却乱摇头儿，道："梦话，梦话！俺就不信还有比这鞋子小的。你马马虎虎的，晓得什么大小？咱是口说不算，眼见为真。你不要故意地死抬硬杠来怄人了。"

一句话不打紧，气得带头嘟嘣跳起道："我就不服气，咱两个倒是谁死抬硬杠。俺妈的鞋子就在榻头筐笸里，你不信，待我马上去摸一只来，比上一比。难道这是空口说白话不成？"绳其越发摇头道："唔唔，不信，不信！"带头大跳道："真气煞人，你不信就瞧着。"

这里建中正在俯仰绝倒，那带头竟自如飞而去。于是绳其向建中如此这般一说所以，又笑道："像王原那悭刻鬼，就须如此整治他。他如今正顾头脸、充角色，是定然肯破钞的。这么一来，不比和他讲理找地价痛快吗？事不宜迟，你快去取应用之物，少时，咱就行事哩。"

建中听了，只笑得捧腹不已，于是逡巡入内。恰值许氏正在灯下低头做活儿，建中只做去扫榻，便悄悄袖了那银钏和戒指，一径踅出，交与绳其。

两人正在相视一笑，建中略一沉吟，忽愕然道："不成功的！他便是摸得鞋来，哪里肯丢在此呢？"绳其笑道："不须多虑，这一节，只须如此如此。他慌忙之下，只顾了跑，哪里还管鞋子呢？"

正说着，忽闻大门外脚步响动，势如奔马。两人料是带头，赶忙一整面孔，早见带头大呼奔入，道："你不信，就瞧瞧。人怕赛，货怕比，难道这是死抬硬杠不成？"说着，喘吁吁就榻坐定，早从怀中掏出一弯香钩置在几上，端的是纤妙非常。昔人有阕词儿，说得好来：

> 涂香莫惜莲承步，长愁罗袜凌波去。
> 只见舞回风，都无行处踪。
> 穿宫样稳，小立双趺困，
> 纤妙说应难，须从掌上看。

当时绳其等一见那只鞋儿，尖瘦瘦只有三寸光景，平底软帮，便如一瓣白莲一般，情知是崔氏的无疑。于是建中一笑，径自踅出。这里绳其拿起先那只女鞋子，正和带头争长论短，较瘦量肥。只见建中匆匆跑入道："可了不得，带大哥，快些去吧。方才家里有人来寻你，因为这会子就上辞祭，大叔寻你不着，正气得大闹大跳哩。"

不提带头听了，丢下鞋子拔脚便跑。这里绳其等也便忙忙收拾，随后赶来。如今且说那了明，因为白日里张见崔氏，不知怎的，只觉心头模模糊糊。傍晚时光，独自从经棚溜将下来，本想蹭向灵棚张张，或者望见崔氏，不想刚踅至僧众歇坐之处，却被一僧拖入去，只管商议些念经之事。

了明一面唯唯，一面歪身榻上。逡巡之间，一个呵欠，正想趁势盹睡一霎。恍惚中听得小沙弥唤道："师父起来，少时便要念送行经咧。如今灵棚中正上辞祭，甚是热闹，师父怎不瞧瞧去呢？"

了明听了，正想起去，不知怎的，抬头一瞧，已到灵棚跟前，果然里面灯烛辉煌，丧主的阖家男女正在上祭。了明一眼瞟去，早见崔氏斜倚着半个身儿，用纤纤玉手半揭灵帏。从灯光隐约之中，露出半个雪白的俏面孔。忽地眼光一转，竟向自己飞来。

了明大悦之下，不由暗想道："没的我在这里做梦吗？"恍惚之中，竟乍着胆子注目而视。这一来，越发妙相，居然见崔氏嫣然一笑，三不知地又从灵帏下面露出一只尖尖脚儿，竟有意无意地向自己略点鞋尖，一撒手放下灵帏。

这里了明正在头乱跳，便见那灵帏徐徐又启，水灵灵两道眼光儿又复飞到。这一来，闹得了明竟自忍耐不得。正想从百忙中混入灵帏之后，再作道理。忽闻有人大呼道："你瞧这火头儿多么大，若不是我跑了来，你怕不闹个火炼金身吗？如今辞祭将毕，就要念经，你怎只管做梦呢。"

了明睁眼一瞧，原来真个是梦，自己正仰卧在榻，一只脚蹐到榻前大火盆上，里面通红的炭火业已烤得脚面发热。榻前是一班僧众，都已结束整齐。原来大家在经棚上不见了明，所以一径地寻到这里。

当时了明模糊糊站将起来，一面回想那香甜梦境，一面被僧众撮走。到得灵棚，果然正值辞祭已毕。这时是丧家男女哀声动地。僧众们插不下脚，只好一个个装模作样站在棚前。但是各人都光着眼儿，也不知瞧的什么，却往往条条眼光，冷不防地便向灵帏之右瞟一下子。不是这个咳嗽一声，便是那个搔搔秃头。唯有了明痴怔怔的，更与别人不同，竟恍惚重入梦境。原来那灵帏之右，穗帐半搴，果然上露半个雪白脸儿，果然下露一捻香钩，又果然秋波萦注，简直地注向自己。仔细价瞧一瞧，不是崔氏是哪个呢？于是了明越瞧越呆，偏觉那崔氏一道眼波，也只管溶溶漾漾，就仿佛含了无限的柔情蜜意直送过来。

这一来不好了，直引逗得了明心猿跳跃得丈把高。刹那之间，业已形融神化，骨软筋酥，是梦是真，不复可辨。登时痴痴迷迷，目光都定。恍惚中已和崔氏越凑越近，并且越近越凑，越凑越快活，越快活更须越凑。直至凑无可凑，快活得也便无可再快活，倏然地一股奇痒，由脑门直彻脚底，恍惚中，竟似从甜蜜梦中猛然醒来。哪知定睛一瞧，却不是梦，不但灵棚中举哀已毕，灵帏深垂，意中人已自不见；并且自己不知怎的，已被

147

僧众们撺弄到靠灵帏的经座跟前就要登座诵经咧。但是逡巡之间，忽又觉胯下湿阴阴一片粘冷。

了明自料是那话儿，正在心下越发地模糊不清，无奈两旁僧众业已纷纷地各就经座；于是自己也只好胡乱地挤挤胯下，振衣登位。一面闷昏昏揭开经卷，一面趁着僧众们梵唱之声，且自思忖那恍惚中的一番奇趣。百忙中，又以为崔氏眉目送情，真个瞧上了自己，便索性合掌瞑目，假作庄严，慢慢地细咀起情味来咧。

看官，你道崔氏真个的在灵帏后瞧上了明吗？说来且是好笑，原来崔氏因久闻得了明和尚是个大酒糟鼻子，当时见他肥胖大脸上配着个红而且光蒜头似的东西，暗笑之下，未免就注目了一回。哪知了明恰当幻梦之后，情思迷离，属剃头挑的正在一头儿发热，便登时以为这娘看上了区区小僧。不禁不由，竟闹得怡然而感，精气走失。这便是神不守舍，意淫之故。由白日里张见崔氏而注念，由注念而幻梦模糊，由模糊中再觇崔氏，遂致丧精失神。

了明自家只管颠颠倒倒，其实崔氏当了明登座之后，早踅向内室和众妇女说起了明的酒糟大鼻，大家笑个不了咧。但是了明哪里晓得，却依然细咀情味。

这当儿，经棚中是梵音如潮，前厅中是宾客聚谈。王原虽当着孝子，但是因事体纷纭，自己又是头头脑脑的人物，满座宾客，怎好不去周旋。于是在经座前跪了一霎儿，即便起去照料一切。

不多时，梵唱暂息，接着僧众们又各抄法器，细吹细打。这时灵帏之后也便静悄悄的，因为众妇女都已听经疲倦，有的准备明早送殡，早去安歇；有的拉了伴儿，且向崔氏房中，大家闲谈，这且慢表。

且说那了明自猴在正座上，虽喜后靠灵帏，无奈背后没长眼睛。没奈何，只好提起全副精神，用向两耳。但听得灵帏后面，窸窸窣窣，间以低低笑语。有时妖嫩嫩微嗽一声，有时咯咯地嗤然一笑。少时，似乎人来越多，便隐闻喊嚷相语声、拉衣让座声。百忙中，又有莲步细碎声、裊钏相触声，听得个了明心头怪痒，便一面越发端坐，一面悄悄地将脊梁紧靠灵帏。

阅者诸公，若问他是何用意，恐怕连他自己都不晓得。依作者的揣测，这便是无赖无聊，两种心念一凑合，便闹了这个丑态。以为紧靠灵帏不但心头觉着熨帖些儿，并且万一若被里面的活菩萨们碰触一下子，虽不能全体快活，这脊梁一部分，总算先大得便宜，得其所哉了！哪知靠了半

148

响，不便脊梁上通没得温柔接触，便连耳朵内的温柔声息也渐渐不闻。偏偏旁座僧众细吹细打越发起劲，闹得了明也委实没法再用耳力。

正要敛神息念，且自了下这场经事之间，忽觉后脊上猛然一痒。这一来，了明大诧。正是：

情丝入人握，牵动似傀儡。

欲知后事如何，且听下回分解。

第二十七回

闹经场忽现火中莲
感义气特设和事酒

且说了明神驰之后,好容易收得心猿。正要规规矩矩念回经卷,忽觉后脊上微然一痒,竟似乎被人搔了一下。赶忙地倾耳听去,帏后面却没动静,便以为是风动帏扬,偶然地触着后脊。逡巡间,略向后偎。

这一来不由大诧,原来后脊上分明有个小手儿,不但细指频搔,并且摸摸索索,只管自上而下,顷刻间已到尻缝。这里了明恍惚中又疑入梦,本想回手去探探,一来恐僧众们瞧着不雅;二来,又想万一远来的手便是崔氏,自己若贸然间回手去探一下子,吓跑了她,那还了得!

正在怙惚,不想那只小手儿更不客气,不但就自己尻缝边连连搔动,并且慢慢地暂摸向前,大有来探胯下之势。于是了明转诧为喜,百忙中忽得一计。便趁僧众们吹打正酣,悄悄地一低褊衫大袖,只作去搔腿痒儿,却暗从袖里褪回手去,由褊衫褉缝回探将时。

这一来不好了,哪里是什么小手儿,但觉又软又滑,尖尖十指,简直春笋一般。并且戒箍在指,钏儿在腕,若说不是女娘纤手,哪个肯信?当时了明喜极之下,模糊糊只疑是梦。但是近而瞧瞧两旁僧众,听听一片吹打;远而看棚外灯火、客厅人众又明明白白,都在耳目之间。于是从一片迷离惝怳之中,一面价把握来手,一面用那只手狠狠地向自己头上一搔,居然觉痛,这才知并非是梦。

当时了明直高兴到十二分。正在暗中摸着那兜罗绵似的手,得趣之至,偏偏僧从们吹打暂息。了明恐人瞧着,只得赶忙地由低袖中探出手来。须臾,僧众少息,吹打又作,了明又赶忙地退入那手。

这一来,说也不信,顷刻间闹得了明激灵灵一个寒噤。眼前是金花乱滚,便有一股奇痒习习然发自心窝。若非坐得牢稳,竟险些儿一跤跌下。你端的为何?原来这次摸去,不但是纤纤女手,并且有只尖生生的小鞋儿

150

一径地塞入自己手中。接着便力搔示意，并隐闻帏后嗤然微笑哩！

不提这里了明暗喜奇缘天来的大，赶忙地将那鞋子揣在贴胸，只觉香喷喷、温软软，熨帖着自己的肉皮儿，好不快活。且说僧众们吹打既毕，接着下一场，便该念那经卷中的超生神咒。照例地念这经咒都是主僧，大家不过帮帮腔调。又因这经咒念毕便要散场，所有众客还须行送行之礼。

丧主因僧众劳乏，宾客久待，散场之后，还有一场酒筵，便设在前厅之中。所以这当儿，满院人众，越发热闹。有的便簇拥在灵棚前，觑望动静，准备行礼；有的便凑向王原，瞎三话四。至于那往来奔走、伺候酒筵之人，越发地来热酒、喊开桌地闹成一片。

慢表这厅内院中，十分热闹。且说那一班僧众因吹打良久，早已一个个泛上饿来。又搭着夜深寒生，满盼着经咒事毕，大家即便吃喝散场。哪知了明偏偏猴在正座上，不但对了经卷一声不响，并且摇头晃脑，挤眉溜眼，一张脸儿也不知是惊是喜，接着便站起坐下，更抖动两只大袖，手儿是伸伸缩缩，便如猴儿坐殿一般。

大家见了，正在相顾诧异，便见他猛地站起，大嘴一咧，一个扑虎势跃离经座。一面举手乱抓前胸，一面价乱揪袈裟，尽力子跌跌乱跳。逡巡之间，竟已面色大变。

这一来，僧众大惊，只疑他是癫痫发作，呼一声，一齐奔去，不由喊声大举。正这当儿，王宅人众闻闹毕集，其中有两个多经事故的执客却疑是灵棚火发。其中一人便去鸣锣集众，登时闹了个反覆盈天，由王宅直到街坊一片价锣声响亮。顷刻间，东邻西舍，狗跳鸡飞。那递接传呼火警之人，并那奔来救火的庄众，喧喧嚷嚷，便潮水似都向王宅涌来。

那一位执客赶忙跑向灵棚，方一脚踏到棚前，便见王宅人众呼啦一闪，随后是一班僧众，一个个唉声叹气，乱糟糟各挟法器经卷，架着个垂头耷脑的了明和尚，竟自奔向宅门。

那执客正在摸头不着，恰好有位宾客从棚内趄出，一见执客，便悄悄地拉了一把道："某兄，少时咱再细谈，如今咱且散却门前人众要紧。"于是两人趄去。只见门里外的救火庄众，业已散却大半。原来当僧众趄出的当儿，已知是误传火警咧。于是那位宾客谢退庄众，便拉那执客到一处静室内，先一说灵棚内哄闹的情形。

原来当那宾客一步抢进灵棚，正见了明解衣掷地，跟手便有一只白色女鞋儿由了明兜肚中落在地下，并且鞋帮上，烧着一块。王宅人众见那素色鞋子分明是崔氏的，一怔之下，正要去抓打了明，却被一人抢向前，横臂拦住，道："这秃厮如此混账，污辱主人，不是抓打的事儿。且待明日和他当官办理。这鞋儿便是证物，咱大家都是证人，难道怕官儿不按法惩治他吗？"说着，拾起鞋儿，扑灭余火，竟向大家微微一笑，从容趱去。

大家见那人，却是绳其。当时这一怔，便如蒙在鼓里一般。因为崔氏的鞋子愣会钻到了明怀中，钻到了明怀中还罢了，一只鞋子，还愣会自家发火。及至鞋掉在地，却又被个刁钻古怪的方绳其一把抢去。人儿虽不大，发出话来，沉甸甸地且是大有斤两。于是大家怗懘之下，只剩了望着了明龇牙咧嘴的怪脸子，相与发怔。

这时恰好赶热闹的那位宾客素知绳其为人与众不同，便料得其中定有个大大螺蛳弯子，说不定连那了明都在被他捉弄的数儿。于是赶忙地挥出了明等一班僧众，正想去寻王原说明此事再作道理，却恰好遇着那位执客。

当时那宾客说罢，便道："某兄，我看此事有些蹊跷。了明虽不是什么正经和尚，但是这只鞋子总是有人送给他，他方揣入怀中。若说这鞋主儿当年的行为，或者也许玩玩这把戏；如今人家已归正道，此事未免可疑了。并且鞋内藏着小火炭儿，慢慢地从内烧起，以致了明人前丢丑。便是真个鞋主儿爱上了明，便不应如此作弄他，反将自己的传情信物抖擞出来，这是一节可疑之处。至于绳其抢去鞋子，声言到官，一个孩儿家横来干预此事，这更是岂有此理！据我揣度着，这件事儿，说不定便是他闹的玄虚。这其中，就仿佛和王原过不去一般，要他当官去丢个大丑。但是有一节，却令人猜度不出。你想绳其一个孩儿家，和王原并没交涉，他为何闹此把戏呢？"

那执客听了，沉吟一回，忽然低语道："你且别乱，你这话端的有因儿。绳其虽和王原没交涉，便是建中和绳其却甚是相得。他有什么不平的事，自然不会瞒绳其的。便是前些日，王原不找给建中地价之事，咱大家晓得了，还都替建中暗抱不平。何况绳其既和建中相得，并且性儿豪爽，心思灵变，焉知他不做此狡狯替建中出口恶气呢？但是依我想来，绳其和王原并非真有什么过不去的事，一定要出王原的大丑。不过是借此要挟叫王原找给建中地价的意思。你别瞧他这狡狯勾当，用意却十分义气可敬。本来王原也太煞地死心瞎眼，说不下理去，听以惹得绳其如此。我看此事，咱们给他两家圆了场儿，倒也罢了。方、王两姓本来都是世交儿，为甚不大家和好呢？却有一件，王原既不是什么慷慨角色，又是个牛性物儿，他若舍不得找出地价，再不服气绳其来闹把戏，这事儿便不好办了！"

那宾客笑道："如此说来，这把戏一定是绳其干的咧！但是你所虑王原一切，却不尽然。你可知王原如今非同昔比，一来知道顾惜脸面，二来，因当了官人儿遇着事也尽有些抽展，并不是那一个死跟头栽到地的性儿了。如今事不宜迟，咱便先寻王原，说好这一面儿，再去寻绳其何如？"那执客听了，点点头儿。

两人正要蹚出静室，却听得内院中一阵大乱。崔氏乱吵声、王原暴跳声，又夹着许多男子纷纷拉劝之声。两人料是王原模糊糊发作起来，正在相视而笑，便闻院中脚步一阵价势如奔马。两人抢出室门，抬头一望，不由吓了一跳，只王原一张脸子业已气得瘟神一般，倒提着一柄厨刀，火杂杂地正从灵棚内直抢出来，并且喘吁吁地乱噪道："你这贼婆娘，不要嘴硬。你换的鞋子，愣会到秃厮怀中，这事儿……咳，不说也罢！等我先料理那秃厮，回头咱再算账。"说话间，已到静室跟前。

两人抢上前，方才一把抱住王原，便又看见灵棚内一阵人乱。不但众妇女嘈杂声中夹着崔氏一片哭喊，并且乒乒乓乓，满棚中什物乱飞。什么桌椅咧，供品咧，顷刻间横七竖八，打翻一地。便从一片声喧中，却有一人放声大哭。两人仔细听去，却是带头。

原来带头自那会子上完辞祭之后，便自去沉沉大睡。这会子却被王原崔氏一阵吵打，惊醒了来，所以一时间吓得大哭。

当时那两客尽力子拖住王原，先夺过那柄厨刀，正想拖他入室，再说分晓。说时迟，那时快，只见唰的一声，早由灵棚内飞出一种丈把长的暗器，砰的声落在地下，却是一根门闩，随后便是众妇女拖拽着崔氏跌跌撞撞一拥而出。这里王原望见，又要奔去的当儿，亏得王宅人众大家赶到。

且慢表王宅人众一面价劝进崔氏，一面且收拾那捣毁的什物。且说王原被两客拖入室内，一时间，还暴跳如雷。及至那两宾客先述罢在灵棚中所见的光景，然后又说出猜度绳其做此狡狯，是因建中找地价不得之故，并将欲为两家圆场之意一说，请王原允找地价。一来同族和睦，二来，免伤方、王两姓的世交。

王原听了，这才恍然，不由联想到当日谋占建中田亩之事，十分愧悔。大凡人的良心一复，就能见理明白。当时王原愧悔之下，不由又暗叹绳其此举都为义气。自己偌大年纪，竟被他小小人儿玩弄于股掌之上。想至此，不由扑哧一笑，一腔怒气早已瓦解冰消。于是沉吟良久，便慨然道："两兄既如此说，想是不差，便烦前去交代一切。俺不但定于后日找给建中地价，还要准备一席和事酒儿，便请两兄邀得绳其、建中来，当面

153

交割。咱大家趁势细谈一回，倒也有趣。"说罢，哈哈大笑。

那位执客听了，倒颇觉出于意外，因为王原向来不曾如此爽快过。不由暗想那宾客说王原今非昔比的话，真个不差。

不提王原这里感愧之下也要做一番义举，且自听候两客的消息。且说那两客寻了提灯，出得王宅。虽是夜深，因为明天便要发引，所以街坊上执事人等并许多庄众还未散，有的还向凑一处交头接耳。

两客料是谈论了明之事，便一面暗笑，一面直奔建中家下。那位执客忽笑道："这件事，咱们虽料得十有八九，便是见了绳其怎样个开口说法呢？"那宾客道："容易得很，我想绳其那样机警，他一见咱们去寻他，定能料知来意。咱更不必蝎蝎螫螫，简直地给他个单刀直入，一口道破。你瞧着，我到那里自有道理。"

不提两人计议停当，匆匆趱去。且说当时绳其拾起那鞋儿，出得王宅，从约会之处寻得建中，两人笑嘻嘻便奔家下。依着建中，便想将绳其之计先去告知许氏。绳其笑道："你不要忙，不消半个时辰，咱的事儿必有着落。那会子俺在灵棚抢取鞋子，便见有位客宾只管瞧着我眼睛乱转，看那光景是业已识破我用意，少时也必愿替王原来此斡旋，咱且在此静候就是。"说着，将那只鞋子端正正摆在榻几之上，并一面催促建中速去烹茶，伺候来客。

建中听了，甚是怙惚，忽想起进门半晌竟是忘掉了关上大门。正想趱去关门的当儿，忽闻院中步履响动，接着便有人哈哈大笑道："方相公在吗？如今王爷因你这番游戏，委实是出于义气举动，你的用意王爷不但都知，并且十分愧服，特烦俺们来通知一切，并道歉意。今不但允找地价，并订于后日草设薄酌，请足下去当面交代哩！"声尽去，趱进两人。

建中一眼望去，只见前面那人果然是那位宾客，后跟一人，却是一位执客。这里建中正在暗诧绳其料事如神，便见绳其起迎来客，却故意价一绷脸儿，连连摇首道："足下这番话俺通不懂，这里面没我的事。俺只知寻了明那秃厮，和他去当官办理，怎的人家女娘儿的鞋鞋脚脚，愣会钻到他怀中去呢？"

那客宾大笑道："方相公，不须说咧！那王爷便是模糊点儿，难道我们都是呆子不成！"于是又匆匆价代致王原之意。绳其听了，也忍不住哈哈一笑，便和建中肃客就座。

那位宾客一面含笑望着绳其，一面瞧着那榻几上的尖尖鞋儿，却一时间没作理会处。自家既不便亲手携去交与王原，又恐置在这里，回头见了

154

王原没得交代。怯愒之下，不由竟嘻着嘴儿，对了那鞋子一阵价颠头拨脑。忽抬头望见那位执客，不由计上心来，便道："喂，某兄，咱的事体既已交代明白，便可转去回复王爷。如今劳您驾，便捎着这鞋儿吧！"那执客听了，正在乱摇头儿，绳其却大笑道："不须如此，俺想你二位都不便携去的。等过两日，请建中送去就是。"

不提两客听了相与一笑，便匆匆去回复王原，自有一番光景。且说建中当晚将绳其设计并王原允找地价等事，细细地告知许氏。招得许氏又惊又笑，却又叹道："怪道绳其提起咱找地价之事，便替咱抱不平儿，原来他却有这番义气游戏的举动。只是王原为人怎忽地如此爽快，却叫人心下疑惑。你们后日去向他交代，却须着实仔细，准知他没有坏计吗？"建中道："不打紧的，绳其机警，自能仔细。"当时母子谈话一回，一宿晚景已过。

次日绳其就如没事人一般，同了建中依然前赴土宅，执佛送殡。一时间灵杠发动，鼓乐喧天。灵前是孝子族众，衰经如雪；灵后是送殡的丧车，载着孝妇崔氏并本族会葬妇女，一路上吹吹打打，宾客如云。灵前是哇哇大号，灵后是嘤嘤细泣，好不风光热闹。偏那崔氏车上高高地揭起车帘儿，那崔氏扎括得一枝梨花似的，坐在车内掩面而泣。两旁观众虽望不着俏面孔，却瞧着一双尖尖脚儿。大家想起了明昨夜的丑形儿，不由便你嗤我笑。

绳其从一旁偷觑去，正在好笑，只听观众中有人低语道："你瞧老佛爷真有报应，了明那秃厮昨晚回得庙去，便嚷小肚内痛，如今还趴着哼哼哩！"一人便笑道："这不消说，一定是小鞋内发火，烧了小肚儿咧。"便又有一人道："这却不然。烧了小肚，不过是外面痛；如今小肚内痛，依我看，他是连惊带吓，又加着一阵撤抖，受了风寒。再说，他既揣着那么俏皮的物儿，自然心内是热辣辣的，身上是火腾腾的。这当儿，愣脱了衣服，你想冷风外袭，邪火内攻，小肚怎会不痛？巧咧，还许转个阴寒哩！"绳其听了，不由越发好笑。

不提当日王宅丧事已毕，又自酬宾谢众地忙过一日。且说王原次日里老早地请到那两位客，一面烦他们去邀绳其等，一面就前厅上大摆酒筵；又巴巴地翻箱搜柜，从许多文契里面拣出一张字据揣在怀内，然后就厅中随意落座。不知怎的，只觉心下舒泰异常。望望天空，也似宽广了许多，瞧瞧日影，也觉融和得可爱，一时间怡然静坐。正在自得，恰好绳其等一齐趋进，慌得王原唧嗤跳起，和绳其彼此一揖之后，百忙中却抓不着话茬儿。

正在干眍眼儿对瞅笑面的当儿，恰好建中一步趱进，一只手探入怀内摸摸索索。本想是先交代了那只鞋子，但是逡巡之间，却又不便公然呈上。一时间，三人呆立，只好嘻嘻而笑。

正这当儿，只听院中有人大笑道："好了，好了。如今和事酒还没吃，你们业已喜笑颜开，俺们这陪客算是做定了。咱们是是话不提，彼此心照。建中快将那物件交入内院，回头咱就吃酒吧。"

一言未尽，即有两人含笑趱入。正是：

　　　　言欢欣置酒，和事赖调人。

欲知后事如何，且听下回分解。

第二十八回

敦族谊慨赠腴田
值令节会吃寒食

且说王原正在和绳其等相对呆立，一时间没得话讲，只见那两客含笑趑入，于是王原趁势又向绳其一揖之间，这里建中却一拉王原，将那探入怀中的一只手向衣内拱了两拱，即便笑嘻嘻弄向内院。

王原料是那只鞋子，只好望着绳其哈哈大笑，便趁势向那两客道："可是两兄说得好来，咱是是话不提，彼此心照。且交代过正事，咱就吃酒吧。"

正说着，仆人送上茶来，大家相与落座之间，那建中又已趑入。于是王原从怀中掏出一纸字据，却慨然向建中道："咱们这点点家务，皆因我做事不明，处置不当，倒烦劳方贤侄做此游戏，指教于我。他这番义气，端的可敬。他既有为友仗义之心，我岂无恤族敦本之意？如今更不必说什么寻找地价，这项地亩你便仍然收去。至于我原买的地价，亦不必提。"说着，展开那字据，向绳其等道："这便是那地亩的买契，咱便当场焚毁如何？"

大家听了，正在耸然一惊，只见王原手起纸落，那字据登时掉向火炉中哄一声，青烟袅处，顷刻化作许多白蝴蝶儿，飘飘地映着那满窗旭日，竟已混入一团和气中，斯须而灭。

这一来，闹得大家出于不意。绳其、建中方在相顾恍惚，那两客却鼓掌大笑道："痛快，痛快！非方相公不能做此游戏义举，非王爷不能成此义举。如今事成两美，这席酒端须吃个痛快。且叫那了明秃厮干吃个哑巴亏，且自慢养烧伤吧。"

大家听了，不由哄然大笑。就这一片笑声中，建中连忙拜谢过王原。绳其却逡巡搔首道："俺倒不想王老叔如此慷慨，这当儿俺却深悔鲁莽了。"两客忙道："方相公怎又如此说？咱方才说得明白，是话不提，彼此心照。咱且吃酒是正经哩。"于是大家又是一阵欢笑。

须臾茶罢，由仆人调开桌椅，一时间兰馐蜜醴堆满春台，主人王原肃客就座，这时大家心头都各爽快异常。绳其、建中自不消说，王原是乍觉理得心安之乐，两客是对酒开怀，见绳其感动王原，因而乐人之乐。当时这一阵杯来盏去，且谈且饮，好不款洽。

不多时，酒过三巡，菜呈五味。绳其不敢多饮，正要谢酒起辞，只见王原含笑站起，先斟满一杯，递向自己，然后笑道："方贤侄，你这番游戏，俺固然略晓大概。只是当时捉弄了明的细情儿大家还都莫明其妙，便请说来，且好下酒哩。"

绳其听了，还未答语，两客鼓掌道："正是，正是！这段趣闻倒不可遗漏。将来人家编书的先生们，还要借重这美妙书科哩。"建中听了，正在扑哧一笑，却见绳其笑嘻嘻向自己一使眼色。建中会意，便笑向王原等娓娓数语，早招得大家笑个不迭。

原来绳其趁那灵帏后妇女都去掉的当儿，便戴了银钏金戒指去挑拨了明。绳其手儿本来细腻，了明哪里辨得是男是女？至于鞋儿到得了明怀中愣会发火，却是绳其用薄棉包了块小小火炭，塞入鞋中，所以了明当时瞎狗抢馒头似的一把捞入怀，始而温暖得要死，继而却烧得要死哩。

当时两客听了，正笑着连连举杯，只见王原沉吟道："这件事还有些不对茬儿的所在。便是贱内的鞋子……"因向建中道："这不消说，准是你瞧着你婶婶不在屋内时悄悄地把给方贤侄了。"建中忙道："不是，不是。"

一句话不打紧，闹得王原登时一愣道："哈哈，怎么还不是？这就……这就……"说着，一张老脸竟是讪讪地发起红来。这时招得绳其再也忍笑不得，正含一口酒，赶忙喷在地下，便笑道："王老叔，莫要着急，您觉着这鞋儿只有建中弟拿得，哪知还有一人比建中弟还不属外。不瞒您说，这鞋儿便是俺带头哥把给俺的。"于是一说赚取鞋儿一段事。

两客听了，一阵拊掌，那王原也笑得直擦眼泪，却一面顿足道："原来这里面还有那傻厮。"

正这当儿，恰好带头一步闯入，噘着大嘴不容分说，端起席上一盘红烧肉来，却向王原道："喂！咱娘说来，叫我来吃撤桌。我如今等不得，便先闹这盘肉吧。"说着，向绳其等咧嘴一笑就要跑去，却被王原喝住道："你这厮还来胡抓乱抢，连你娘的鞋子都抓去，你……你……"

带头睁起大眼道："那不干我的事。都是方老弟愣和我死抬硬杠，所

158

以我才拿鞋去比上一比。如今想还丢在建中家，只须拿来就是。那臭烘烘的东西，难道怕人吞下肚，就值得这般着急？"说罢，一扭身，三脚两步竟是跑去。这一来，招得大家又是一阵哈哈大笑。

绳其趁势谢酒起辞，王原哪里肯依，于是大家重复坐下来，且谈且饮。那王原不由笑且叹道："你瞧俺家带头，可怎么好！便是个三岁孩儿，也比他心眼多些哩。"那位执客忽笑道："真个的哩！如今说起孩儿来咧，像你家这个大孩儿，出出入入，真还须留些神思。因为刻下京门子左近往往过些逃荒的男女，一来便是成群结队。据他们说起来，真是离奇，说是那里面真有会什么铁算盘邪术的。便是哄入人家，只要被他瞧着盛银钱箱柜，他就能用铁算法愣把银两算了去；又有什么拐诱小人的，也不知用甚法儿，能叫孩童跟了他跑。前些天，俺有个朋友从京中来，说是京门一带很有些丢小人的。像你家这大孩儿，傻狍子似的，不该留些神吗？"

人家听了，都为一笑。王原道："不打紧的，咱们这山洼之中，哪里来的逃荒男女？便是他偶然经过，咱只须留神就是。"

那位宾客道："这外路的野人们本不算什么，反正是一过草的勾当。就怕有左近无赖们钩串着他们到哪里盘踞起来，哪里算倒霉定咧！俺听老年人说，康熙初年的时光，某岁大饥，有许多流民盘踞在京南某县。他们始而是成群搭伙，搅闹村坊。渐渐地聚赌招娼，说声和本地人打架，便如窝子狗一般一拥齐上；末后竟至于窝匪通盗，大为地方之患。因其中有两个首领，一个叫小太保苏大章，是本县混混儿；一个姓李，诨号儿赛李七，是京西地面滚了马的强盗。这两个魔头，一到流民中主持起来，所以当地面上被他们搅了个泰山不下土。那某县出产一种土布，很是交易大宗。土布行设有经纪头，每年进项颇颇肥实。后来赛李七因硬争这个经纪头，和人打降，却惹恼了当地一位豪士。费了许多事，又出重金聘请能人打手，这才将李、苏两人毁掉，那流民方渐渐散去。你说这逃荒男女不讨厌吗？"

王原道："咱这山洼儿是块福地，怕那流民怎的？"于是人家一笑，伙谈甚欢，直至日色过午，方才各散。

不提建中趑回，见了许氏，一说王原焚契赠田之事，许氏欣慰之下，未免又感叹一回。且说绳其出得王宅，一径地回到家下，将捉弄王原并王原赠田与建中之事向方老太太细细一说。方老太太虽笑得什么似的，少时却正色道："你这孩子，虽说是替人打抱不平儿，却终是轻举妄动。这幸亏是王原回心向善，不然的时节，我看你拿人家一只鞋子哪里消发？"绳

159

其笑道："俺早打定主意咧，若事儿僵住时，只好一客不烦二主，还叫带头把鞋子拿去罢了。"

不提当时祖孙笑了一场，并绳其游戏这段事传遍远近，竟落了个念完经打和尚的笑柄儿。光阴迅速，转眼间残冬已过，又是春正。村庄中正月景儿，甚是热闹。街坊邻里，彼此价请酒唤筵，堪堪地已到元宵佳节。南北两村人，大家高兴，又胡乱地扎条龙灯，点缀新春。

这时方宅学塾还未开课，耿先生闲得没干，除和绳其谈笑并练习拳脚之外，无非是展卷消遣。一日耿先生偶检庋积的书籍，只见里面许多鼠粪，最下层的帙头布面颇有啮残之处。正思量喊唤塾童，大家整理；恰好有只半尺长的大母耗子，嗖的一声，从书架上面竟跳向耿先生肩头。只尾巴一甩之间，早有几点骚尿溅到面颊，接着便跳落于地，钻向榻底。

这一来，先生大恨，正想念咒拘鼠，恰值绳其手内拎着个竹皮水激筒，一步趄进。问知所以，因笑道："先生与其拘这可恨鼠儿，还不如拘那作怪的黄鼬。"说着，一举水激筒道："俺方才还用这家伙，向它窝内打了半晌哩。"

耿先生笑道："你又淘得甚气，那黄鼬没碍着你，你无端打它怎的？"绳其道："先生您不晓得，它虽没碍着我，却作怪得令人长气。便是后院柴堆间那窝黄鼬，自往时迷附那仆妇后，一向不曾作怪。不想昨天傍晚时，俺偶向后院，却见两个黄鼬溜溜瞅瞅从柴堆内探探头儿。少时，竟人儿似的，立着跑出，并且拖了一段烂绳儿，各用前两爪拉起一端，嗖嗖舞起，所以俺方才用激筒去打它。"

耿先生听了甚是好笑，于是跟绳其从夹道中趄向柴堆之旁，果见一片激水之痕，尚且未干。耿先生便笑道："黄鼬这物儿最是怪气，专好模仿人，便如灵猴一般。它立着要那绳儿，定是模仿近两日要龙灯的。你且瞧俺拘它来，舞回鲍老如何？"（俗谓跳大头和尚，为社火百戏中之一。一人戴假面具，着彩衣，郎当而舞。）

绳其听了，大悦之下，赶忙地闪向一旁。便见耿先生唇吻略动，即有一头黄鼬从柴堆内徐步而出，但是被咒力所禁，一时间蔫头耷脑，拖着条很长的尾巴摇摇摆摆，已经招得绳其笑不可抑。不想耿先生嘴动略快，那黄鼬也摇摆略快。

少时，耿先生喃喃声动，说也好笑，那黄鼬前爪一拱，顷刻间跳浪如风。并且摇头摆尾，一阵价曲踊作态。这一来，招得绳其正在哈哈大笑，恰好那黄鼬一个趔趄抢到跟前，后腿一软险些栽倒。

这里绳其两手儿舒出激筒，向前一递。本想是架住它，哪知一递之间，去的手忙势猛，咕唧声激水喷出。再瞧那黄鼬时，已自拖着条水淋淋湿尾巴一下子钻入柴底。于是耿先生顿足笑道："你瞧这鲍老还没舞罢，却被你闹跑了。你不晓得，这天一之水最能解诸般禁咒并诸般迷药，无论是被迷被咒，只要一沾冷水，便立刻清醒哩。"于是师弟一笑，即便趄转。过一两天，依然开塾上课。

光阴似箭，堪堪二月中旬，又将到清明节候，这也不在话下。如今且说这方、王两族中各有一项祭田，每年价轮流承管，经营出一项钱来，除常年修补墓茔之外，便把所余的钱来会吃寒食。怎么叫会吃寒食呢？便是到寒食这一天，由承办的人老早地先到坟茔中，扫除坟房，埋锅搭灶；然后叫厨厮，抬米肉的抬米肉，搬柴的搬柴，打水的打水，一切都毕，即便煎炒烹炸，整治起很丰盛的祭筵。

须臾，族众渐来渐多，并且手中各有所挟。富的是鸡鱼果饼，贫的是蔬菜瓠豆，等等不拘，无非见个孝敬祖先的意思。便一股脑儿都交与承办的人，以备看核之用。这便是那会吃的"会"字，是大家会齐之意。又少时，族长到来，族众毕集，分男女两班，依次价各执其事，将那桌礼盛祭品一样样献到坟前。

这当儿，雁行鱼贯，依次而前。但见老的少的，村的俏的，服饰都丽的，衣裳褴褛的，大家一阵挨挨挤挤，嘻嘻哈哈，不禁不由面上都挂上些油然思慕之意。

少时，礼毕撤祭，仍由大家一样样端将下来，便就坟前广场中，肆筵布席，分曹列坐。仍然分男女两班，大家团团地一围，就这么大吃二喝。这便是那会吃的"吃"字，取古礼馂余、享受福胙之意，并借着会吃寒食，联联同族的情感。

话虽如此说，其实也因是清明佳节，大家醉饱之下，便顺便儿踏踏青，散散心儿。尤其是妇女们，在这一天更为写意。也不知是哪个懒妈妈留下来的古例儿，愣说寒食这日不许动针做活，若真个动针做活，那青头愣大蝎子，巧咧，就许钻到裤裆内螫那个。因此之故，大家聚会在坟地里，便趁这一日之间各得其乐。那好游玩的，便是踏青挑菜；好安逸的，便攒三聚五，就那茵芳草上大家围坐下来。有的谈叙家常，有的赏玩野景，更有那手头儿好发痒的，却应了俗语儿咧，是"腰内带着一副牌（即纸叶子），逢着谁来就谁来"，只须掏出那牌来，举得高高的，轻轻地向四外一招，一扬声儿道："谁来呀？"

161

这一声不打紧，嗬！你瞧吧，便听四外价喝骡子一般，哦哦哦地接连不断。不消顷刻，居然就牌局来上，直至夕阳时分，方才如群鸦噪晚，纷纷各散。

寒食这日，本是家家上坟，在方、王两姓，一来族大人多，二来又有会吃寒食的老例，所以尤为热闹。到了寒食这日，耿先生是循例放学。

且不提建中、带头会同族众，自去上坟。且说方老太太这日里因自己年迈不便亲去上坟，便老早地就家中祠堂屋内叩罢祖先，又与绳其准备了所携食物。早饭罢，方在室内稍为歇坐，只听绳其在院内唤道："奶奶，你老若发闷，且等俺给你打雀摸鱼来玩吧。咱坟地左近，有林有溪。林里面，有绝俊的翠雀儿；溪里面，有许多的麦穗小鱼儿，一捞就是，且是好玩哩。"说罢，笑嘻嘻蹦跳而入。一手提着个小小瓦罐，里面还盛着十来枚石子儿，便是准备着打雀捉鱼的。

于是方老太太笑道："你就是淘气没够！你到坟地里玩一霎儿，早早地回来，好多着哩。咱们坟地，既远远的，又须经过破窑那段路。那所在路僻人稀，树木丛杂，倘一个天晚了，撞着个马虎子（俗谓狼也）可了不得！"

绳其听了，不由捏起一个拳头，笑嘻嘻向着方老太太便是一拄。正是：

　　未谒墓门道，先矜拳勇风。

欲知后事如何，且听下回分解。

第二十九回

拜祖墓仕女嬉春
走破窑绳其探险

　　且说绳其一拄拳头，却笑道："俺有这个，怕它怎的？"慢表方老太太一笑之下，又复切嘱早回。且说绳其一径地挟了食物，携了瓦罐，出得剑虹村，早已望见各岔道野径上男女纷纷，各持香梢，并那远近间的踏青游人络绎不绝。更衬着春山如笑，杏花始放，柳线摇金，远远地洒帘在望，饧箫隐闻。

　　这一番寒食野景儿，虽不能像那《清明上河图》繁华热闹，却也十分有趣。昔人有诗道得好来：

> 南北山头多墓田，清明祭扫各纷然。
> 纸灰飞作白蝴蝶，泪血染成红杜鹃。
> 日落狐狸眠冢上，夜归儿女笑灯前。
> 人生有酒须当醉，一滴何曾到酒泉！

　　当时绳其一面价眺望野景，一面练习起腿脚功夫，趯步如飞。不消半晌，已到半途，便遥见那座破窑半截坏塔似的，突兀于高原荒莽之中，正临道左，并且里面隐有炊烟腾起。

　　绳其以为是野丐所居，也没有意，便慢慢地放下步来，就道左一株大树之后稍坐歇息。正在暗想这时带头和建中也必然都赴坟地，忽听得树前脚步踢踏有声。即有一妇人语音道："你这天杀的，放着肥猪大羊不去捞，却偏偏放不过老娘。辛辛苦苦的，叫我跟你去逛坟圈子。拾柴割划，又腆着脸子，向人家要撤祭剩饭吃，被人家吆吆喝喝。你瞧，合得着吗？"便闻一男子道："悄没声的，怎的肥猪大羊地乱吵起来。你晓得什么？便是要捞，也须瞧个时候。这会子相相货色，且是好哩。"

便闻妇人啐道："你不要叫我恶心。这会子你又会相货色咧，俺又不晓得什么咧？老娘绰号儿刮地风，领了一帮人，冲州过府，刮到哪里，都是大马金刀地要吃要喝；瞪瞪眼睛，他们连个大气儿都须仔细着往外出，却不曾像你这偷油耗子的贼形儿。如今俺是话不说，反正上了你的当就是。你不用瞧什么鸟时候，早晚咱还有散伙的时候哩。"说话间，履声已近。

这里绳其听得那男女都是外路口音，便从树后偷觑去，却是两个粗野男女。那男子有三十多岁，生得诡头滑脑，攒眉挤眼，短小身材，行步之间颇为壮健。身穿短衣，脚着麻鞋，戴一顶帽儿，白巾绕项，结束得怪模怪样。手提短木棒，背着一只柴筐。再望到那女人，倒将绳其吓了一跳。一面暗笑世界上真有丑物，一面瞧去，只见她油晃晃的一张横肉大脸，黑而且麻，两道扫帚眉，一双铜铃眼，秤砣鼻子，蛤蟆大嘴，直挺挺身材，又高又肥；趁着两只鲇鱼大脚，梳一个钻天椎似的髻子，猱头炸鬓，草鸡窝一般。也穿着蓝布短衣裤，外束腰带，手提一把斫柴的短柄斧头。气昂昂、雄赳赳，便这般大踏步趌过，真个是声赛破锣，势如奔马。还没转眼间，业已越过那男子数步之遥。两人一路厮趁，竟奔向那处破窑中，斯须不见。

于是绳其恍悟那破窑中冒有炊烟，或系这男女两人便在窑内居住。以为不是墦间乞食之流，便是外路贫民就破窑暂托栖止。当时匆匆，殊不在意，依然地站起前进，一路上观玩景物带打雀儿。偏偏这日因野地中人众往来，野雀知机，早都躲得远远的，靠道上树林中一个也没得。闹得绳其东寻西觅，竟瞎跑了冤屈道儿。及至到得坟地，业已时将及午，于是匆匆地随众礼毕，照例地大吃二喝。

须臾，大家散步，随意游玩，不消说是人以类聚。男子中年岁大的，便相与徘徊于坟垣树木之间，有的谈谈风脉，有的说说培筑；妇女中老气些的，无非彼此陈谷子、烂芝麻的谈谈家常，说说生计；那少年的，有的引了孩儿结伴游瞩，有的便嘻嘻哈哈，相与席地斗起牌来。一时间钗光鬓影，照耀于芳原绿野之中，倒也赛过仕女嬉春的一幅图画。

这时绳其便如开索的猢狲，早跑向群儿之中。趄到这里踢球场望望，插不下脚；跳向那里打瓦处瞧瞧，又动不得手，奔了人家去说话，不是这个一声不哼，便是那个一扭脸儿。原来绳其促狭有名，大家都怕上他的老当，所以都不和他玩耍。

当时绳其转了一会子，没着没落。正想奔向远林中且打雀儿，只听背后儿童一阵喧呼道："跑咧，跑咧！"绳其趁去一瞧，却是一群掘野鼠的村童，其中一童望见绳其，便笑道："方老哥，你来得正好。如今鼠儿掘不出，咱是怎么玩呢？"

绳其笑道："放屁嘣坑、撒尿和泥玩，你道好吗？"群儿笑道："你别取笑。真个的，这掘鼠倒好玩，就是掘它不出。"绳其拍掌道："你们便这么笨，快取些乱柴来，还怕熏它不出吗？"

一句话提醒群儿，便登时大家动手。由绳其居中指挥起来，分列群儿，作个圆阵形儿，火攻的火攻，堵捉的堵捉，一时间，柴烟腾处，野鼠乱窜。大家赶忙地追逐蹦踏，喧呼跃舞，好不热闹，熏过一处，又是一处。

这一来，不但群童高兴异常，便连绳其也忘却时光早晚。忽一抬头，业已日色大西，遥望坟地内族人等已经纷纷各就归途，绳其这才想起方老太太嘱咐早回之语。百忙中，又想起还没摸取鱼儿，于是匆匆地奔向溪沿。本想就手擒来，哪知刚到溪沿，早见沿上滋泥中许多的儿童脚印，靠沿的溪水还浑得稀糊一般，原来许多小鱼早被人家摸得去咧！

绳其没奈何，只好且俟水清鱼上，猴了半响，只捉得两条小鱼儿。瞧瞧日色，已自衔山，但觉四围静悄，溪水潺潺，并远远的村墟中呼鸡唤狗之声。再遥望自己坟地时，竟已归鸦乱噪，人影都无。那一片轮囷树影中，早已稍延暝色。

绳其正在将鱼入罐，贮了溪水，又将打雀剩的石子儿揣入怀中。方要拔步，只见看坟人趑来，道："大相公还没转去吗？刻下时光不早，不然，俺送你一程吧！因为近来左近村庄中很不安静，昨天山脚下辘辘庄姓吴的家中愕丢了个七八岁的女孩，大家都猜疑是被狼衔去。他家男人又不在家，急得个吴奶奶求签问卜，通没下落。这当儿你才转去，却有些不妙。再不然，你就住在俺这里，明日再去如何？"

绳其笑道："不打紧，俺脚步飞快，不消一霎儿，便到家咧。"不提那看坟人眼看绳其拔脚便走，且说绳其则趑过里把来地，望望四外岔道上，早已人影都无。那一片苍然暮色，已渐渐地从四野合拢将来。绳其暗想，正当月之中旬，少时月色便上，哪里在意。

正趑过一片短林旁，却闻林内有人唤道："小哥慢走，咱且搭个伴儿吧。"声尽处，便见林中人影一闪，似乎有人向着自己招招手儿，又复喃喃了两句。这里绳其恍惚之中还未及望清来人，忽觉耳旁轰隆隆一声响亮，忙定睛一看，不好了，竟不知到了什么所在。但见左边是白浪滔天，右边是烈火遍地，后面是狼嗥虎啸，又仿佛有鬼物攫拿，只有足下窄窄的一条道路。望向前面数步之外，却有个黑魆魆的人影儿。于是绳其大骇，赶忙地奔趁前人。

但是逡巡之间，不由又暗想道："方才好好道路，怎的便境界忽变？看此光景，后面那人定有蹊跷。或竟是什么江湖歹人，亦未可知。"想至此，赶忙定神，便不理会眼前景物。忽又想起耿先生说的天一之水能解诸邪法来，且幸瓦罐中便有清水。于是提起瓦罐，只一口方才入肚，说也不信，顷刻间恍如梦醒，所见景物一切都杳，依然是坦坦长途。只见后面那人，只管纳头行去。

当时绳其惊定转怒，料那厮定非善类，方想掏石子打去，忽又好奇心起，想要觇个究竟；便一径抛下瓦罐，随后便赶。却一面暗暗留神，并故意价跄跄乱跑，做出迷惘惊怔之状。果见那人屡屡回望，手舞足蹈，似乎是十分高兴。两人这一阵前引后逐，便如流星赶月一般。

不多时，前面那人转向岔路，脚下渐慢。绳其索性地赶到他背后，一面暗做准备，一面从暝色朦胧中细辨道路。再细觇那人的步履状态，不由恍然，知是日间所遇的那负薪男子。原来这时已到那破窑跟前，遥觇窑门内隐约价透出灯光，并影绰绰又有一人在窑门前，徒倚觇望。

绳其料得是那提斧的妇人，不由暗想这男女两人的行径，或就是拐贩一流。怪不得看坟人说吴姓家中丢了小女孩，说不定便是他两人干的把戏。想至此，越发地好奇心起，要觇究竟。

正这当儿，果见窑门前那人黑魆魆地直迎上来，一面价轻轻拍掌，这里男子也便拍掌相应。那人却哧地一笑，道："天杀的，你怎么这时才来？老娘等得你不耐烦，业已偏了你两壶酒咧！如今猪子在那里，赶快进来安置吧。"

绳其听了，正暗喜自己所料不差，便见那男子道："你这歪剌骨，只知聒吵人，不去赶猪子。如今货色到门，你又吃酒。停会子，待弄齐货色，就要发脚。你若吃醉了，走不得路，我可不管的。"

那人唾道："你不管，打甚鸟紧！老娘一生一世，就好喝盅儿，哪个贼王八他也管不得。你别觉着你赶了个把猪子来，就要聒吵老娘。如今俺也索性不管你，且去吃酒。"说罢，赌气子一翻身，踅入窑门。

这一来，倒闹得那男子扑哧一笑，便一回手拖了绳其随后踅入。这时绳其顿觉眼前一亮，却不敢露出清醒样儿，只作痴呆，由那男子推坐在壁角边一堆乱草之上。偷瞧那男子转身，这才仔细张去，却又是一番光景。只见那窑内黑洞洞的，便如魔窟，地面却甚是宽敞。距自己坐处数十步之遥，却有一处草铺，紧靠破壁。壁下有断砖堆垛的一个方台儿，台左右还有大石块的座儿。台上面就着砖缝，嵌插了半段油烛。从那半明半暗的烛光中，却照见台面上摆列的一席肴酒，是很大的一只皮呷子大酒壶，掺杂得着一大堆食物。远远地望去，大概是馍饼牛肉之类。再望到草铺上，却有一只草筐置在铺脚，里面是夹七杂八破衣等类，大约便是两人的一肩行李。灯光射处，只觉筐面上亮荧荧的。绳其仔细一瞧，却是那柄柴斧。再瞧那两人，可不正是日间所遇的一双男女。

这时那妇人正坐在靠榻头的石块上，业已吃得满面红光，醉眼乜斜。一面仰靠破壁，又开八字大脚；一面还拎起酒壶连连呷下，并模糊糊地乱骂不已。那男子却坐向她对面石块上，一面歇息，又似乎是沉吟什么。瞧得绳其正在心下沉吟，单要瞧他两个把自己怎的。忽闻乱草堆后稍作窸窣，又见壁角旁黑魆魆的 个物件微微 动。仔细瞅去，竟是 只肥猪子，被绳儿系了腿子，只管在那里摇摇欲扑。看光景，甚是困怠。

这一来，张得绳其又是 阵疑惑。因为那妇人吵起猪了，大概是拐贩的黑话。如今竟真有猪子，莫非是拐贩还带着贩猪不成？

正在怙惙之间，微闻草堆后窸窣又作。便见那男子忽然站起，向妇人赔笑道："你莫着恼，咱们货色都齐，还是趁这时发脚为妙。我劝你少喝一盏，就收拾吧。俺也便去先瞭瞭路径，趁夜里赶出货色，且是方便。"

妇人听了，只待理不理地哼了一声，拎起酒壶啪的声向台上一蹾之间，这里男子趋向草筐，抄起那柄斧头大叉步竟自趱去。绳其料他是去瞭路径，少时便回。逡巡之间，忽因那柄斧头却想起自己没得兵器。百忙中，忘其所以，竟自一阵价东张西望。方瞧那男子所拄的那根木棒倚在榻脚的当儿，只见那妇人猛地站起，一阵价手舞足蹈，竟似乎向自己扑来。

这一来，绳其大骇，正是：

身处危疑地，自多不测情。

欲知后事如何，且听下回分解。

第三十回

救小女智胜邪徒
搜窑窟惊觇人彘

　　且说绳其猛见那妇人站起，只认是因自己张望露了马脚。正想索性地跳起来，给她个先发制人的招数，便见那妇人哈哈一笑，一径地又拎起酒壶来咕嘟嘟紧赶一气，随即一撒手，啪嚓一声，壶落于地。便骂道："这个挨刀的贼坏子，只赶得个把猪子来，便向老娘恶声浪气。收拾忙什么，且待老娘睡他一觉再讲。"说着，手脚一扽挲，顺势向草铺上一歪，竟自鼾声大作。

　　这里绳其暗喜她醉倒之下，又恐那男子一时转来。正想且取那木棒再作区处，方一转眼，忽见那草堆有一处竟自索索地乱抖，接着便呦呦了两声，似乎儿啼，又似乎小羊叫一般。偏偏这当儿，台上烛煤已自结了个的鬼眼似大火花儿，紫漆漆、颤巍巍的，射出一片绿荧荧的光焰，照得满窑中鬼气森然；又搭着草铺上那妇人仰着一张凶脸子，醉得如死人一般，乱鬓蓬松，紧合两眼，却咧开大嘴龇出一排子雪白的大牙，被那惨绿的灯火一照，简直就像僵尸。

　　这一来，闹得绳其不由有些毛发森竖。逡巡间方要站起，却闻那草堆抖处竟自呦呦地小语道："你这相公好大胆子，他们既没拴着你，怎么还不趁这时快跑呢？"说着，草堆一歪。慌得绳其耸然跳起之间，早张见乱草之中，居然现出个小歪辫儿。于是绳其惊诧之下，情知有异，赶忙地掀起乱草，定睛一瞧，不由暗想那看坟人说吴姓丢却小女孩的话并非虚传。看起来，这两个狗男女定是拐贩无疑了。原来草下面正有个缚着手脚的七八岁的女孩子，虽是困顿不堪，瞧她面色却还清醒如常。

　　当时绳其忙与她解开手脚，匆匆地问其来历，果然正是那吴姓女孩。原来当绳其方到时，已被女孩偷偷张见。直待这当儿，男子趱去，那妇人又醉倒，方敢声唤起来。

当时那女孩虽是手脚被解，却仍然十分惊慌，便向绳其道："咱两个还算罢了，趁这当儿快些跑吧。俺是昨天就被他们弄了来，因我年小，只拴了手脚。今天他们又弄了个十几岁的大孩子来一顿摆布，就如变戏法一般，几乎没把我吓煞。如今不暇多讲，咱快跑吧。"说着，一拖绳其便要拔步。不想她被缚既久，血脉未和，一个软颤登时跌倒。

绳其忙扶她起来，一面既想离开险地，且自救她出去；一面又想起自己被迷，却恨那男子不过。沉吟一回，忽然得计，便向那女孩匆匆数语。

不提这里两人出得窑门，赶忙地分头安置。且说那男子忙忙地瞭望回路径，且喜无人，即便如飞趱转。一瞧妇人业已死狗似的醉倒在榻，不由怒从心上起，便抢上前拉住两条分叉的腿子一阵撕掠，加以摇摆。原想是撼她使醒，不想那妇人因吃酒发热，又吃了许多食物，一时间肚儿发胀，便模糊糊解松腰带以舒气息。猛然地被人一阵拖拉，不但睡梦中一个恶心，登时间呕吐狼藉，并且腰卜一松，咻一声，裤儿脱落。

这里男子既被她酒臭熏蒸，百忙中，又张见她那件胡子嘴似的妙相物儿。正忙松两手弯腰大呕的当儿，哪知那妇人恍惚之下竟以为男子来干把戏，便模糊糊地道："恨煞人的，你不是说不管俺吗？怎的这会子又用着人家，便急得这个猴形儿。看起来，俺就该也不管你，由你没法摆布，没法出脱出去。但是俺心慈面软，不像你们男人家想射箭才找挡子，过了河又想拆桥。用着人，便似个热火罐；用不着人，立时便似凉冰桶。如今老娘瞧你怪可怜见的，且舍给你一遭儿，看你以后还管我不管？哎哟！乖乖儿，这是怎么说呢？原来你们男人家只有这点儿事横劲儿呀。"说着，两只大腿高高一扬。

恰好那男子正在弯腰低头，这一来，竟闹个玉蟹舒钳，来夹龟头。不但两条漆柱似的小腿儿竟已搭向男子两肩，并且趁势两脚一钩，屁股一耸，男子冷不防地向前一抢，她那里肚皮一腆，那男子一张脸子也不知挨到什么所在，但觉鬃刷子似的一件东西业已合向唇吻之间。于是男子大恨，尽力摆脱。方才脱出脑袋，那妇人手脚一挓挲，早又沉沉睡去。任凭那男子生拖活拽，休想得醒。

当时那男子一阵发愣，通没作理会处，便赌气子丢了妇人，想且去收拾草筐准备上路。一眼瞟去，却不见那根木棒；望草堆时，又已抖乱得一世界。慌得他急寻绳其和小女孩，竟已影儿不见。

这一来男子大骇，忙望那猪子，却依然拴得好端端的。于是他惊骇之下料是有异，便顾不得去唤妇人，抄起那柄斧头来，一个箭步蹿出窑门。

只见夜色清虚，月明如昼，四外价草树模糊，歧路交错。

正在略为驻步，想奔向高坡，且望望绳其等的去向。只见头顶上绳其大笑道："你这呆鸟，怎不向这里瞧瞧？俺已在此等候多时了。"

这一声惊得那男子赶忙地一摆斧头先自护住面门，仰面瞧时，但见一片树影重重中漏下了散碎月光。原来那男子立的所在正当窑门旁几株细树之间，并且连着窑顶颓壁上生得许多的丛莽短树，所以乌影影望不清爽。百忙中，仰着脖子，张了大嘴，提着一柄斧头，正在那里望天狄似的东张西望，便见对面数步外，树影动处，嗖一声，一个石子直奔面门。

这里男子赶忙一闪，那石子才落地的当儿，便见树上绳其身影一长，一举手儿，大喝道："看家伙吧！"这里男子方才望清他，及闻喝声，赶忙地又是一闪。哪知这次却不相干，但见绳其猴在一株细树杈儿上，倒提着自己的那根短棒，似有手忙脚乱之状。

那男子不知是计，愤怒之下，又料绳其一个孩儿家有甚能为？便放心大胆地吼一声，仰着脸子提斧奔去。哈哈！这小子一来是恶贯满盈，二来也是浑透腔咧，他也不想想绳其既不着迷，又能脱走，并且还居然在树上恭候台驾，这等的孩儿家岂同寻常呢？

当时那男子方才发脚，便又见绳其手儿一扬，却又是个空。于是他便不理会，一摆斧头，咔嚓声斫在树身。一扬脸子，方道得一声："你这孩子，快些下……"一个"来"字没出口，说时迟，那时快，但见绳其那里喝声"着"，右手一举，这里男子右眼上登时咕唧一声，一个石子业已硬生生挤出眼珠。这小子登时闹了个白哈痫眼儿，只就是睛珠太大些，未免努突着，有些不受用。

当时只痛得他啊呀一声，跄跟跟一个风转磨，几乎跌倒。接着便一跳丈把高，挥动斧头向树身一阵乱斫。

你想一株细树上，绳其猴在上面本已摇摇欲坠，哪里经得他尽力子这么一来。上面绳其紧提木棒，正要趁势且跳向别树，便闻咔嚓一声响亮，树干一摇，连着上面半个树头儿向下便倒。

这一来，闹得绳其随势跌下，赶忙地两手据地。一抬头儿，方想跳起，但闻耳朵边嗖的一声，接着便亮光一闪。好绳其，真个眼快，便趁那据地之势来了个倒翻筋斗，一跃而起。只双足方才落地，那男子早从地下拔起所斫入数寸深的斧头，莽熊一般直扑将来。更趁着急痛之势，一面价跳吼如雷，一面抢斧乱斫。顷刻之间，竟逼得绳其一面价抢棒格架，一面倒退数步。偏偏所处之地，既多树株，又是个偏坡棱儿。地下碎石既已碍

170

脚，一根短棒又须照顾老大的斧头。逡巡之间，业已为势危急，亏得绳其身体灵便，并且习过拳脚，毕竟心内有个主心骨儿。你看他放开身段，左蹿右跳，引得那男子东撞西扑。越砍不着，越是气大；越是气大，越是痛得眼眶如裂。

正这当儿，说也凑巧，那绳其向后一退，一个跟跄，险些栽倒。原来背后面竟是一株合抱粗细的大树，并且左边是很高的一段土崖，右边是密杂杂一片荆棘。慌得绳其脚下加劲，略扭身形，嗖一声，方才闪向树后，这里男子咔嚓一斧，因用力过猛，一下子斧陷入树。百忙中还未拔出，好绳其，更不怠慢，便趁势挺起短棒，觑准他那只左眼便是一戳。

这一来，又如石杵入臼，那男子一个眼珠，喷的一声又变了一头烂蒜。于是大叫一声，往后便倒，一时早已痛极昏去。树后绳其情知停当，但是因为势颇险，也吓得心跳不已。便拾了一土块试向男子打去，见他不动，方走向他跟前一瞧，只见四脚跆人，一张血脸上搭着两个瞎眼眶儿，好不难看。于是绳其匆匆转步，却从窑门旁一处深草中唤出那小女孩。

原来绳其料那男子从外趔回，势须动武。恐被他堵在窑内，万一那妇人再醒来，究竟是双拳难敌四手；所以预伏树上，出其不意，先打瞎他一只眼睛。但是绳其毕竟是孩儿性儿，因好奇便来冒险，这会子见那男子既已昏去，又无意中救得那女孩，也便不管别的闲账咧。

当时绳其唤出那女孩，正思量且携她到自己家中再作区处。只见她惊耸耸地道："如今窑内还有个猪子哩，这便怎处？"绳其笑道："一个猪子，咱管它做甚？"女孩摇头道："不，不，那不是真猪子。那会子我没说吗，那男人今天又弄了个十几岁的大孩子来。不知怎的，刚入窑门，那男子向着他念诵了两句，又就他面门一拍，他便登时变成猪子咧。"

绳其听了不由大诧。但是因自己在迷惘中曾见过一切怪象，今听小女孩如此说法，不由不信；便一面和小女孩匆匆入窑，一面暗想人变猪子，定又是那男子弄的甚邪法，只好且用清水解救，看是如何。

怙惕间，恰好张见草筐跟前有个瓦罐，内贮清水，便先去提过来。这时那小女孩已将猪子拖到当场，先与他解了缚绳。那猪子垂头耷脑，动也不动。这里绳其暗诧之下，忙就罐中吸了口水劈头喷去。那猪子一个抖嗦，方才颓然倒地。却闻草铺上那妇人从醉梦中哼了一声，慌得绳其奔去一瞧，却不相干。

正要回身去瞧猪子，只听那小女孩一声惊呼，接着便闻有人哼了一声，随即乱吵道："哈哈！你这厮好没道理。俺给你一只脚，你还夺我的头。快快把过来，我这头儿咱爹还要哩。”

绳其听了，忙回身一瞧，不由呆在那里。正是：

无端遭魔幻，且喜遇同人。

欲知后事如何，且听下回分解。

第四集

第三十一回

王地保领众索匪徒
刮地风裸体搅典肆

　　且说绳其忽闻背后有人乱吵，忙望时，只见那猪子竟已化为带头。当时两人彼此摸头不着，不由都呆在那里。

　　书中交代，你道带头为何被拐到此？原来这日王原因官事忙碌，不曾去会吃寒食，又因近来财运亨通，心下高兴，便特备了一只肥猪命带头前去与祭，就势大享族众。带头晓得王原好吃猪头猪蹄，便留了这两样儿准备携回。

　　过午以后，族众陆续各散，带头提了头蹄趄就归途。方经过一处高冈之旁，只听冈后有人有气没力地道："啊呀，你这位大相公行些好吧，俺三天没吃吗咧。"说着，转出一个三十多岁的短衣男子，竟是大叉步奔来乞讨。

　　带头见他来势怖人，又在旷野，便赶忙给他那副猪蹄儿。哪知他接过猪蹄，又冷不防地夺了猪头，回头便走。带头大怒，方一面喊骂，一面追逐。便见他猛然回身，向自己顶门上便是一掌，以后便懵然无觉，直到这当儿，方稍清醒。但是还惦记着那大猪头，所以一径地乱噪起来。

　　当时绳其见带头神色还有些迷惘，料他尚在恍惚之中，便连忙命他饮了几口清水。少时，带头大为清醒，先述罢自己所遭，又闻绳其说出所遭、打瞎那男子救醒自己并那小女孩等事，不由惊得目定口呆。但是顷刻间又复气涌上来，倏地夺了绳其的木棒，便要奔那妇人。却被绳其拖住道："如今事不宜迟，咱们快转去知会庄众，再作区处吧。"于是左挈带头，右携小女，一径地出得窑门，便奔大道，亏得这时月色大明，可辨路径。

　　三个人方转向大道，趄得数步，倏见前面百余步外火光一闪。绳其这里略为逡巡，却闻道旁土坡后有人喝道："喂，什么人？"声尽处，篝灯一亮，便见从坡后抢出两个长大汉子，一个身负布囊，一个手提标叉。

这时绳其正有戒心，以为或是那男子的党羽，便向后略退。方要动手，只见前面那汉子一举篝灯道："噫！好巧，好巧，你两个不是方相公和王相公吗？方才王爷从此过去，正寻得王相公好苦哩。"说着，一指那前面火光，道："那便是王爷一班人，你们快些赶去吧。"

绳其匆匆一问他两个，却是左近村中人背了布囊，埋了踏机，趁夜里伏在这里来打野猫（即兔子）。那会子，曾遇王原询问他们曾见带头没有，所以这时如此说法。原来王原因带头傍晚未回，心疑是被绳其拖去玩耍，便和建中跑向学塾一瞧。不想方老太太正在那里吵得反沸盈天，又一面吩咐佣工们各抄棍棒，点起了灯笼火把。连耿先生都结束伶俐，手提一杆锋闪闪的花枪，看光景，就要率众出发。王原问知连绳其也没回来，所以大家忙合作一处，寻将下来哩。

当时绳其不暇和两村人细述一切，拖了带头等直奔那前面火光。亏得带头放开了大傻嗓子一路大叫，前面人众闻得，即便愕然返步。

须臾，两下里越凑越近。绳其一眼便望见王原和耿先生率众当先，如飞趱来。于是急忙迎上，匆匆价一述所以。大家听了好不吃惊，耿先生道："江湖中原有这种变易人形的拐匪，名为造畜。"王原便道："不想咱这地面上竟有这等事，如今事须报官，快去捉住那厮们要紧。"说话间，忽闻左近庄中锣声响亮。须臾，由四外趱来十余人，都各执刀枪棍棒。

王原料是左近的联庄会众望见火光疑是有盗警，恐彼此误会起来，不是要处，便连忙大叫止步。来人等闻得王原语音，方才放下心来。及问知所以，不由当时都大惊小怪。其中一人却拍手道："谢天地，原来俺外甥女儿却被方相公救得咧。"那小女孩一见那人，也便哇的声大哭起来。王原一问那人，却是小女孩的舅舅，名叫郝大，便和小女孩之母吴奶奶同村居住。

绳其便道："如此，郝大哥来得恰巧，便请携她家去，且是便当。"说着，将那小女孩交与郝大。这一来，招得庄众们都各注目绳其，十分称赞。

不提郝大向绳其深深致谢，便送小女孩回家，见了他姊姊吴奶奶自有一番光景。且说绳其领了王原、耿先生一干人众便奔破窑，先到那男子昏倒之处一瞧，只见一片土草上逐处里都是手脚蹬刨的痕迹，想是他痛极所致。这时大家高举火亮，却不见他的影儿。

绳其愕然之下，正在张皇寻觅，只见耿先生叫道："有在这里了。"说着，举枪向一处深草土坎中一戳，便听里面破口大骂。大家都不管他，早由两个庄汉奔去，倒拖死狗一般，将那男子从土坎中拖将出来，当即捆缚停当。

这里王原等就火把之下，正审视那男子血淋淋的两个瞎眼眶，觉得可惨。忽闻破窑内有人大喊救命，接着便闻有妇人模模糊糊地骂道："你这天杀的，那会子只管吵收拾想走你娘的西天大路，如今却又来摸索人。难道老娘还怯你不成？"说着，咕咚一声，似乎有人跌滚，那人喊救之声越发似杀猪一般叫将起来。

大家听了，且不暇顾那男子，便由绳其引路，一拥价便奔窑门。方一脚踏入去，大家不由且惊且笑。只见那妇人合着两眼还在醉态模糊，一条撒脚裤甩在草铺旁，露着光溜溜的下半身儿，正撅起一张肥黑屁股，骑马式跨在一个少年庄客身上，一面趴下身向庄客头脸上乱亲乱啃，一面用手向胯下乱撕乱抓。逡巡之间，竟耸动屁股大做起落之势，并模糊道："谁叫你三不知的便来摸索，老娘是人醉心不醉，咱且玩个倒插……瞧瞧……你想想老娘没上你的当时，领班率众，冲州过府，又曾怯着哪个来？何况你……你……"

这时那少年庄客是仰卧在下，两手竭力地遮护胯下，一面大叫，一面极力挣扎，竟是摆脱不得。原来这少年是个半吊子性儿（俗谓没正经也），那会子听得绳其说窑内有醉倒的妇人，他以为至不济也该是个花不溜丢的小媳妇儿，拐匪的老婆定是挑着样儿拐来的，那小模样儿还用说吗！及至大家搜寻那男子的当儿，他便悄悄地踅入窑内。一眼先望见那妇人两只大脚，未免心头高兴打去一半。但是他以为虽然脚大，不一定模样便不济。逡巡间，凑向铺前仔细一瞧，方暗道一声晦气，刚要回身，不想足下一慌，扑哧声正跌在妇人身上。赶忙地两手一撑，正要跳起，早被妇人从醉梦中一把抱牢，趁势便是个黄龙转身的式了。于是两人一上一下，登时便扭噪起来。

当时大家惊笑既定，赶忙七手八脚先去拖下那妇人，一面价扶起少年庄客。这时那妇人猛地醒来，忽见乱嘈嘈许多人各执枪棒围住自己，又见绳其不但好端端的，并且在里面指手画脚，再瞧猪子和那小女孩也没得咧。正在发怔之间，恰好带头一步踅过，于是妇人情知事坏，冷不防地跳起来，便奔窑门。

这时窑门边正有三四个庄客，虽是众手齐上，竟几乎被她冲出。亏得耿先生赶去一脚，这才把她放翻。大家不由都诧异她气力凶猛，便一面令

177

她穿好裤儿，一面先将她两手反缚了，暂置一旁。当由王原一面命人去牵那男子，一面和大家就窑中搜检一回。除那只荆筐内贮破烂衣物之外，更无他物。

正这当儿，庄众们牵到男子。这里王原等还未开口，那妇人这时已听得看守她的庄客们说给她绳其识破那男子的诡秘并打瞎男子等事。于是一面乱瞟绳其，一面望着那男子骂道："你这王八，终天打雁，今天却叫雁啄掉眼咧！老娘常劝你不要干那没天理的蹊跷营生，你哪里肯听？这是你自作自受。只是老娘响当当一个人，跟你胡混一场，才是一百个不值得哩！如今是闲篇揭过，且说正经，等老娘抖出你的根子来，咱们是大家散伙，各奔前程。老娘就不能跟你去吃官司受罪哩。"说罢，便不待王原等来问，便向大家匆匆地一说来历，并一面望着那男子道："你这死王八可听明白，老娘可不能陪你咧。"说罢，跳起来就要跑去。

这时大家一面拦住，一面暗想去年冬月里传闻的京门左近的流民们竟居然滋到这里。原来这妇人绰号儿"刮地风"，很有点子笨气力，是个女光棍、雌老虎的角色，曾领了一帮流民各处流转。所经村镇，便如到了可天的蝗虫一般。刮地风又自恃是个妇人家，每到了大家富户，更不客气，腿里面掖上一把明晃晃的牛耳攮子（即短刀也），便大叉步直入华堂。单寻那文绉绉的主人，或妖滴滴的家主婆，咔嚓一把，劈胸揪住，一面瞪起凶睛为流民请命，一面便摸索那攮子柄儿。

这当儿，是门外流民填街塞巷，一面价喊声大举，一面是黑压压跪满于地。其中又有专炼头皮的功夫的，便就主人家大门限上嘣嘣地乱磕响头。

你想那大家富户，哪里禁得起这等阵仗！不消说是悉听刮地风吩咐一切，真是要一吊老钱，不敢给九百九十九哩。因此刮地风领众流转以来，甚是得意。但是她所经之处，强索恶要也曾遇到硬茬儿上。那刮地风要硬胳膊既不得，便将脸一抹，给他个胡撕恶赖，她就能脱剥得一丝不挂，闯入那硬茬儿家内。不但摔砸个落花流水，并诬赖人家强奸。归根儿，还须那硬茬儿把出钱来，方才了事。

她曾有一事，甚是可笑，便是有一日她行经某镇，正值一处大宅门内优戏鞶鞑，人众往来，十分热闹；又有许多乞儿们都猴在宅门左右，不住探头探脑。刮地风向乞儿们一问缘故，方知这本宅主人是某典当铺的少东，十分阔绰。今天是给他老翁做寿，并且少东高兴之下，吩咐当铺中今天一日，无论什么物件，一概都收，并且多给当价，所以众乞儿在此窥望，想俟主人宴罢，得些残羹冷炙。

刮地风听了，便一拍胸膛，笑道："你们好没出息！有我在这里，只须我略展手段，怕他不给咱成桌的席吃？稀罕他那残茶剩饭哩。"

乞儿们都识得刮地风，因骇然道："你可别这般说，你的本领虽然了得，你哪晓得这少东的本领更是不弱。没的你去一头碰到南墙上，俺们连残茶剩饭都摸不着咧。"刮地风愤然道："我就不信，你们只须快去准备寿礼，且瞧我的。"

众乞儿拗她不过，又知她是个角色，便欣然都去准备。这里刮地风便一屁股坐在宅门前上马石上，一面且瞧热闹儿，一面盘算寻衅之事。

正这当儿，却有个管事的先生从宅门踱出。望得刮地风一眼，又复踅入。刮地风只顾盘算，也没理会。须臾，众乞儿便如临潼斗宝一般一个个将来寿礼，居然真是酒烛挑面，另外还有一份龙虎斗的新鲜寿礼。便这般从街坊上借了个白茬木盘儿，乱糟糟地摆列停当，由刮地风领众竟是登门来献寿礼。一时间，叫喊连天。这一来，招得宅门外人众如潮。

慢表这里刮地风左顾右盼，揎拳勒袖，先自做出了气势汹汹。且说那典当铺的少东早闻得那管事先生报说刮地风前来寻衅之事，只付微微一笑。这时见左右呈上那份寿礼，仔细一瞧，却是黄花绿沫的一黑碗酸酒；剥皮断心、老鼠啃剩的两半段蜡烛；四个烂桃儿，便如翻肿的臭痔疮；一窝杂合面，又如抖乱的断钱串。至于那龙虎斗的新鲜寿礼，越发来得别致，原来是一条黑紫的大曲蟮（蚯蚓也），缠着个翻白的死蛤蟆。

当时那少东见了，忍不住气往上撞，方霍地站起，却被一位座客拖住，道："此等无赖，狗也似的人，何必理她？只须酌量着赏她们些食物钱文，她们也便去咧。"

少东一想也对，便从新坐下来，一面酬酢诸客，一面吩咐仆人将礼物璧回。每人给他四个馍馍、十文钱，叫他们快离宅前。那仆人唯唯跑去。

这里少东方劝客吃过两杯酒，只听宅门外一阵喧哗，接着便有妇人拉开了破锣嗓子大喊大骂。

大家听了，正在一怔，便见那仆人飞步入报道："不成功的！那泼妇凶得紧，接过钱物便乱抛了一世界，说是主人小看了她们。如今不但吵着进来吃成桌的酒宴，还要主人亲自迎接她们，深深赔礼，再把出百十吊钱来做个见面礼儿，不然，那泼妇便打进来咧。"

于是少东听了，大怒趋出，一眼便望见刮地风正在门首揎拳叉脚，跳掷如风。一见少东，即便大吼奔上。这里众客随后赶来，两人业已交手一

179

处，只三晃两晃的当儿，刮地风用一个黑虎掏心的式子，嗖的一拳，便奔少东胸口。少东喝声"来得好"，霍地跳开来，一翻手腕，啪一声接住来腕，趁势一甩，便是个顺手牵羊。但听吭哧一声，刮地风大嘴啃地，忙撅屁股方要爬起，又被少东赶去，向屁股上便是两脚。

刮地风卧在地下正在破口大骂，恰好众客一齐赶到，便一面好歹地拖回少东，一面命仆人等众手齐上，一阵价又着刮地风，直趱出这条街坊，方才尽力子掼在地下，即便一哄而散。

这时刮地风一来自知不敌人家，二来又因自己所领的一帮流民一时间没有在左右，也便破着吃这个小亏咧。不想逡巡之间，众乞儿次第寻来，大家一挤眼，向自己纳头便拜，道："俺们大家今天亏了你才吃着成桌的酒宴，这一辈子总算活值咧。没别的，俺们这里先谢谢你吧。"几句话不打紧，直羞得刮地风面红过耳。

事有凑巧，一抬头，恰望见那少东的典当铺便在前面。因今天是物都收，给价又多，正有许多人围拢着柜台争当物件。柜里面有个胖胖的老掌柜的，正腆着大肚皮坐在那里，迷齐着一双近视眼，一面捋着短胡儿，一面笑微微瞧着众店伙，发话道："今天咱们虽是是物都收，你们可要着实地掌住眼睛。说不定，就有来当稀稀罕的哩。"

众伙计一面唯唯，一面道："不打紧，有你老这双老眼，还怕不识货不成！"老掌柜听了，欣然得意之下，这里刮地风已自得计，便向众乞儿道："你等不必如此。快些分头去知会俺的帮众，马上都到此聚齐儿，俺自有道理。"说着，便解松裤带，唰的一声，众乞儿不由大诧。正是：

　　赫然清白体，裸向眼前来。

欲知后事如何，且听下回分解。

第三十二回

泼悍妇怪相闹街坊
无赖子穷途卧古庙

且说众乞儿见刮地风脱却裤儿，一时间白羊似的，胯下乌影影地夹着两片精皮。止在诧笑之间，便见她头也不回直奔当铺。这一米，招得街众们势如潮涌，一片哗笑，顷刻间将那当铺围得风雨不遗。

不提众乞儿料她是搅闹当铺，成心是和那位少东过意不去，便忙去知会帮众。且说当铺中众伙计见老掌柜吩咐已毕，退入柜房，大家正在柜台内忙碌一切，忽见柜外人涌如潮，接着便呼啦一闪，便有一片白亮亮的光彩直飞过来。即闻柜台上扑唧一声，有人大喝道："喂！快写当票，老娘还急等钱用哩。"说着，便有一件衣物飞落柜内。

大家忙聚眼光，急切间先望柜上，不由哗然大诧，声彻柜房。那位老掌柜听得，便作恨声道："你们这班年轻人儿真没法说，遇见当稀罕物的，不说是沉住气，掌住眼睛细细地验看，先自鸟乱。鸟乱得没个所以然，动不动便来麻烦我老人家，真正可恨。想当年俺站柜台时，连那当死孩的都应付过，也没像你们这样的大惊小怪。"说着，啪啪地烟筒响动。

大家听了也没暇去理他，急瞧柜上，却有个妇人，只穿一件短衫，正盘起两条光腿，坐了个四平八稳。一面捻着大腿尖子，一面向众观者道："也没见你们就这么不开眼，人穷了脱光腔当裤子，什么稀罕?"说着，忽地一蜷腿儿，就柜上来个半蹲半坐的姿势，不但圆彪彪的肥臀儿擦着柜台，并且还有个妙相物儿一径地耀入大家眼中。于是众观者越发笑拥，偌大的当铺门首登时万头攒动，其中早有些街痞无赖趁势怪声怪气叫起好来。原来典当铺这桩生意易招人怨，那无赖们没事时还想去没缝下蛆，今儿刮地风是著名女光棍，来搅当铺，所以越发起劲。

当时众店伙见此光景，一个个往后倒退。没奈何，拾起柜内那条布裤，捏着鼻儿略为审视，只见里面破绽，不过值得吊把钱；但是大家都认得刮地风是领帮的女光棍，知她来意非善，想去请老掌柜的意旨，又恐他嫌麻烦。于是大家挤挤眼儿，相与会意，便由一店伙写了两吊钱的当票儿，趁着脚子笑嘻嘻蹭近柜台。正瞧着刮地风小肚下的乌影影的一片，便如那连鬓胡子老哥的嘴巴子，有些不敢再往前进。却被刮地风猛一探身，一把拖住，提鸡子似的提到跟前。先夺过钱和当票抛向柜台，其余店伙只认是刮地风翻了面孔，连忙趁上之间，便见刮地风喝问那店伙道："我且问你，今天你这里是物都收，为甚俺当条裤子，你们便慢腾腾待理不理？难道欺负俺外乡人不成？"

那店伙被她一拖，业已吓慌，于是一面挣扎，一面没口子乱应道："不错，不错。今天是物都当，因忙碌所以写当票慢些儿，你老……"刮地风喝道："少说闲话，今天是物都当，这就是咧！如今老娘穷不起，还要当一件东西，并且你们瞧着值多少钱，写多少钱。咱们是公平交易，你道好吗？"说着，放了那店伙，哈哈一笑，便就柜台上躺了个四脚哈天，啪唧一掌拍向那物儿道："如今老娘没得别物，就剩了这件东西，快快地写当票来。若给上大价儿，说不定老娘还要白舍给你们哩。"说着，两股略张，招得众观者反倒顷刻间鸦雀无声，都光着眼望向柜内。原来这时大家都瞧出刮地风是来成心作闹，少时定有一场不可开交哩。

当时众店伙见此光景，情知这件东西非裤子可比。休说给价为难，便是那当票儿又该怎的写法？便是胡乱地拟价写票，请问这件东西抠不下、剜不得的，又当怎的收取法？只好去麻烦那位老掌柜的了。

当时店伙中有个促狭的，因嫌老掌柜的嘴碎不堪，便向大家一使眼色，径入柜房。只见老掌柜正怡然自得地坐在账桌旁，一面慢慢吸烟，一面摩挲着一块脓斑血浸黑魆魆的汉玉仔细赏玩。一见自己，便笑道："你瞧这件古董货，老老气气，很有滋味。错非俺能识货，是不敢要的。"

那店伙趁势道："如今外面正有人来当件古董，只怕经这件儿还要老气，还有滋味。俺们因那东西是个稀稀罕儿，又掌不住眼睛，快请你老去瞧瞧吧。"

老掌柜的欣然道："真的吗？你瞧着，咱们今天抓件便宜货，无论他怎的稀稀罕，是瞒不过我这双老眼的。瞧古董是讲究眼看手摸，外带着鼻闻舌舔。真正古物，那色泽胎质自然逃不出眼和手，便是那古气古味儿也逃不出我老人家的鼻和舌头的。"

那店伙忍笑道："如此恰好，那古董现在好端端地摆在柜台上，你老快去瞧瞧摸摸、闻闻舔舔。你老眼睛不得力，待我指与你便了。"

老掌柜听了，一面迷齐着近视眼，置下烟筒，一面笑道："俺这眼睛虽不得力，但是遇着好货也会发亮的。"于是兴冲冲跟了店伙，徐步而出。一眼便恍惚见柜台上一片白亮亮的长条儿，中间还有一处高耸耸、乌影影的，好像半个木鱼儿置在那里。

这时老头儿欣然之下，简直地目无旁瞬，便不管三七二十一奔过去，低下头儿还未及用手去摸，早有一股奇妙气味直冲上来。慌得他仔细一瞧，不由登时向后一闪，弯腰大呕。

那刮地风趁势跃起，竟入柜台里面，不容分说，抢起柜里面桌儿上的一柄裁纸尖刀，便大喝道："快写当票来！老娘出脱了这东西，走路还轻松许多哩。"

这一来，柜内柜外顷刻间一阵大乱。这时老掌柜被其余店伙拖向一旁，便有人将刮地风因吃了少东的亏特来寻衅之意　说。老掌柜骇诧之下，赶忙命店伙们取讨那条裤子并十余吊钱，亲自送到刮地风跟前。并一面连连作揖，以为这一场便可收煞咧。

哪知刮地风瞅也不瞅，却登时一摆尖刀，冷笑道："今天咱是公平交易，准不含糊。你的钱来，俺的货到，难道俺是搅你不成？"说着，下揿刀锋，就要割取那件宝货。于是众观者既笑且骇，当即有人趱入调停。归根儿被刮地风凭空讹去百十吊钱，方才没事人似的穿好裤儿，掮了钱。方出得铺门，却见众流民蜂拥而至。这里刮地风略一挥手示意，众流民又如怒潮顿落，回头卷去。望得大家正在骇然，刮地风已寻着众乞儿，竟自狂笑而去。

当时这段奇闻哄传开了，刮地风妇棍之名越发大著，真个是领班率众，过府冲州，所到之处，十分得意。不想去年游至京门子一带，流民等有的结队出关谋生，有的因流转日久，手中稍有积蓄，纷纷回乡，只剩了刮地风一个人儿。正在没着没落，恰好弯刀遇着瓢里菜。

那男子名叫马二混，本是个积年的拐匪，还会些变人形的障眼法儿。一向混在他帮流民中，到各处借行其术。后来因瞧上帮头的老婆，被帮头看破情形，便趁大家行经旷野的当儿，向二混捉个由头，立时喝众将二混打了个臭死，竟自率众而去，从此二混单身流转。

合该孽缘凑合，这日二混混到京门子一带，因拐诱营生不顺，业已闹得穷困不堪，褴褛如丐；又正当残冬腊月，那小西北风儿飕飕吹来，真是刮身如刀。二混穿着破单衣，外披一块七零八落的破麻袍，手抱双肩，快如奔马，就各村落中行乞一回。只管拉开驴嗓子，爷爷奶奶地叫了半天，连口热汤水也没叫出。瞧瞧日色，偏又阴沉沉的，似个欲雪光景的，村中人家已各自掩篱关门。二混料得天光将晚，说不得，今天肚皮只好抱些委曲，便紧紧裤带，趄出村头。

一抬头，只见数步之外有处破庙，墙垣略有缺塌，倒是好大的基址。距庙不远还有几个贫民的窝铺，参差错落，便如乱坟头一般。二混无心细看，一面奔向破庙，一面暗叹道："今天空了肚皮，且喜有存身之处，只好着实地睡上一觉解解饿了。"思忖间，一瞧庙门却已上锁。料是里面没得看庙的，于是转向庙右，径从墙缺处一跃而入。只见里面廊庑倒坏，枯草落叶，十分狼藉。正殿门儿都已没得，还有三四片缺头少脚的破槅扇歪歪垮垮遮在那里，上面疏棂是三五缺断。

二混逡巡间上得殿阶，抬起头来，方想瞧瞧是何神殿，只闻檐头上咕噜一声，白渣渣一泡臭鸽粪直落下来。二混忙闪，连道晦气。一瞧殿额，却已没得。但见里面破神龛内塑着个青脸红发的神道，明盔亮甲，外披闹龙锦袍，下踹挖云战靴，一手托着个圆盒儿，一手仗剑。虽还有当年威风，却是通身上剥落不堪，就像如今的下野将军一般。再瞧到神道面孔上，不但蛛丝雀粪一塌糊涂，连两只琉璃眼睛也都没得，想是被村童剜去踢弹儿咧。

二混逡巡趄入，只见殿内东西两壁下，一边停着两口木棺，一边有些乱草，还有几块半段砖横三竖四地丢向壁角。两壁下塑得许多神将，是东倒西歪，断胳膊缺腿，有的连脑袋都没得，却还都执戈带刀，横眉怒目，便如一群战败的士卒一般。两壁上被村童们用瓦岔煤头乱画得奇奇怪怪。什么驴儿马儿、人儿虫儿，无所不有。又摹画些戏出儿和西湖景内的画片儿。那壁角隐暗之处，还画些妖精打架似的春宫儿，或是来个门闩长短的那话儿。

当时二混端想一番，一面怙惓困觉的所在，一面趄近神龛前向那神道托的圆盒中一瞧，里面却有几上泥捏的蝗虫。于是二混恍悟这所在，却是蝗神庙。

正这当儿，忽闻殿外一阵价萧萧飒飒，溜溜的北风吹起，好不凉瘆。满殿中虽是一团暝色，于阴沉之中却掺着异样的明光。闹得二混一个寒噤，忙向殿外一瞧，原来落起鹅毛大雪来咧。

二混暗想道："真是俗语说得好：屋漏偏遭连夜雨，船歪又遇打头风。今晚肚皮空是不消说，便是这夜冻，也就够受的咧。"于是趋就壁下乱草上，略为坐憩。须臾，满殿漆黑，外面是风声喁吁，那雪是越下越大，便如揪绵撒絮成大片价直盖下来。

这时二混猴在那里，一阵阵寒风刺骨，是越冷越饿，越饿越冷得透心。不禁不由，上下牙齿只剩了捉对儿撕打。偏偏雪生夜明，那雪下了一个更次，竟照得满殿上十分皎然。二混从乱抖之中瞧见那些狰狞神将一个个龇牙咧嘴，瞪着大眼，就像嗔视自己一般。又搭着二混作恶，心中发虚，于是饥寒之外又加上一层恐怖的难受。

当时二混长叹一声，狗也似卧向乱草中。紧紧那身上的破麻袍，两眼一合，本想是逃向睡乡，暂离饥冻。哪知五脏神却不许可，在肚里大展神通。不但睡魔远避，并且饥火上攻，那二混便想略静神思，都不能够，闹得二混索性爬起。正没作理会处，忽闻殿檐内宿鸽鸣噜噜的，似乎是雏母相偎。二混不由暗叹道："俺偌大个人，还不如鸽雏自在！吃得饱饱的，还睡个暖和觉儿。"

逡巡间，忽又暗笑道："我好发呆！现放着饱肚皮的美味，又有烤暖的柴料，我怎的白挨饥冻呢？"想到这里，跃然而起。一面摸出腰间火种，先点着一堆乱草烤烤冻手，便摘下一扇很高的槅扇倚向廊柱，仿佛梯子一般，做个接脚。

二混久串江湖，本会些偷摸手脚。于是登了槅扇，一扬手，掏着檐间的鸽窝儿。那老鸽扑拉拉惊飞之间，这里二混早已双雏入握，便跳下来摔煞鸽雏，趁势放倒槅扇。啪啪几脚，踹落五六根椽木，一总儿拿进殿中，便就乱草火上烧起椽木，一面烧烤鸽雏，一面向火。

须臾，火气腾暖，炙香发越。二混精神渐长，高起兴来，便一面价呜呜乱唱，一面剥脱熟鸽。昂哧一口，半个鸽胸脯儿早已入口。你想这等异味，乍到饥口，自然是甘美非常。

当时二混大嚼入肚，方自语道："这等好吃的东西，就可惜没得盐料。"忽闻背后有人大喝道："该死的贼花子，你想好东西吃，老子且管你个饱！"说着，砰啪扑哧，拳脚齐上。惊得二混急忙转身，已被一个很雄壮的看庙的拖狗似的硬从殿中一径地拉到庙外雪地里，又复踹了两脚，方才转去。原来这看庙的便在庙后住家儿，因夜起解手，忽望见庙内火光熊熊，所以忙赶来察看哩。

当时二混既冻且饿，又挨了一顿暴打，不觉登时昏去。恍惚之中，闻得耳畔有人唤道："喂，你这汉子，且醒醒儿。俺这里还有菜粥，你且用些如何？"

这里二混啊呀一声猛然醒转，仔细一瞧，不由大诧。正是：

孽缘偏巧遇，垂死竟能生。

欲知后事如何，且听下回分解。

第三十三回

结孽缘二憾混江湖
瞻旱象村众望雨泽

　　且说马二混睁眼一瞧，简直恍惚如梦。只见自己身卧一处窝铺草榻之下，居然盖着一床旧被。草榻旁坐着一个长大妇人，正就壁灯下用箸儿调和一大碗热气蒸腾的菜粥。窝铺内是日用之具大概都有，并有刀棍之类置向榻脚。你道这妇人是哪个？好在阅者诸公都是明眼人，不必待作者点明，自然知是刮地风了。

　　原来刮地风自帮众散后便独居在此，不过敷衍着不致冻馁。这日晚上因天气寒冷，做了些菜粥。方要吃时，忽隐闻庙门左右有人呻吟，便冒雪寻去一瞧，只见二混昏卧在雪地里。当时她恻然动念，所以将二混背到窝铺。知二混是一时冻僵，便忙与他盖上被子，慢慢声唤哩。于是二混诧异之下，料是被人所救，便要挣扎着起身叩谢，却被刮地风止住。忙与他菜粥用毕，二混饥腹既饱，寒战亦止，彼此价一相询问。那二混却将拐带的营生瞒起，只说是流落的贫人。刮地风却一字不瞒，述出自己领流民帮众的威风，听得二混暗暗称奇。

　　当夜刮地风自就草榻上公然高卧。次日二混本想趱去，哪知连日价雪势未止，两人没得事干，只好偎在窝铺中。醉饱之下，无非是说说笑笑。你想这等男女聚在一处，便是没得事干，也总要想些事儿干了。当时两人事毕之后，竟登时彼此大悦。原来马二混壮盛异常，刮地风颇满娄猪之欲。这当儿，二混方才实说出自己做拐诱的营生，刮地风又正在独居失势的当儿，于是两人居然结合，由马二混拐诱了小人儿，便转卖与人贩子。刮地风虽然凶实，却不以二混所为为然，但是因自己失势，也便姑且相从。不想马二混合该倒运，这日流转到红蓼洼地面，却被绳其识破行藏。

　　当时王原等听了刮地风一席话，都为愕然。便一面拦住她奔跳，一面拖过二混一问来历，果如刮地风所言。王原听了还未开言，耿先生却道：

"我看这妇人如此凶实，也应一并送官惩办才是。"王原道："便是如……"一个"此"字没出口，刮地风早抢过来咕咚跪倒，乱磕响头道："诸位快高抬贵手放俺去吧，那邪僻拐诱营生都是马二混干的。一人做事一人当，又牵拉俺妇人家做甚？俺方才闯着想跑，并非凶实，便是狗急了跳墙。你众位不信，请来摸摸俺胸口，这会子还扑蹬（即心跳也）哩。"说着，一转眼风儿，招得大家倒都笑了。于是王原和耿先生、绳其斟酌一番，也是一时间大家大意，便命庄众们解脱她缚手，由她自去。

不提刮地风幸免捉向官里，便忙忙收拾，背了那荆筐鼠窜而去。且说王原等领了庄众押了马二混出得破窑，仍然是火燎照耀，吆吆喝喝，便奔回途。闹得左近村中人起狗叫，都相传这段奇闻，又称赞绳其机警不凡。

须臾，王原等行抵岔路，各奔本村。王原是监守二混，次日押送到官，按法惩办。耿先生和绳其回到宅内，那方老太太见了绳其问知一切，自然也有一番惊诧喜悦的光景。

过了两日，南北两村的父老因左近居然藏有歹人，便一面议定克日去拆毁破窑，免得藏奸，一面命村人等仔细门户，闹些个贼过关门的勾当。一切繁文，都不必细述。且说那耿先生在方宅教授，堪堪已是两年余。这时绳其十四岁，建中十三，都已文笔清通，大可出应小试。便是带头也胡乱着能作两句破承题儿。

这年恰值县试，方老太太高兴之下，便欲命绳其等出出场儿。耿先生却笑道："不必忙的，这小试的勾当却瞒不过我，总要蓄足锋锐，使他一发命中。若漫为尝试，不但侥幸不可必得，并且恐挫了锋锐，反为不妙。且待下次出场，还不迟哩！"

耿先生说过这话，师弟们依然照常用功。不想到了县试的这几日，那带头连日间竟没到塾。绳其等以为他是偶然抱病，也没理会。又过了几日，忽然满村中哄传带头去应县试。绳其等正诧笑得没入脚处，又有笑柄传来，说是带头业已撅着乖乖，趱回家中，一本试卷上只写了七个擘窠大字，是"王胜借钱五十吊"。

原来当县试之前两天带头曾随王原进城，本想是逛个考季上的热闹儿，不想遇着两个旧同窗儿，一见带头到来，便如拾到香饽饽一般。明知他是个大傻瓜，手头阔绰，遇着这等土鳖若不拿，未免有些说不下理去。于是两个同窗儿捉住带头，一阵价帮吃帮喝，掇臀捧屁之下，便索性劝他进场，夸他必中。

他的两个同窗，不过是得了便宜还打趣他，卖弄自己乖觉之意。哪知带头是傻人心眼实，便模模糊糊，竟不自菲薄起来。一般地报名应试都托他两个同窗代办，这里只管闹了个乌烟瘴气，那王原因事体忙碌，竟没理会。于是带头兴冲冲逐队就试，一到了座号上，可就直了眼儿咧。因为那两个同窗撺掇他去考，原说的是到里面看机会可以替他作文字；不想偏偏这位县官亲自监试，十分严肃。诸童休说是擅离座号，便连个眼势手势都不许互相沟通，所以带头大窘。还亏他不肯便交白卷儿，一时灵机忽动，便援笔大书七个大字。那王胜是他家中的佣工，不多日子曾借了王原五十吊钱，不想却成了带头的文料咧。

当时绳其等笑了一场，依然逐日读书，并习武功。那王原自带头被绳其救得之后，越发和绳其相得，便不时趸向塾中。两村中如有事务，两人即便商酌办理。北村父老们见绳其虽然年幼，做事却有条有理，机警异常，便都翕然推服，这也不在话下。

单说这年春月间，畿辅一带甚是亢旱。自正月初直至三月底，没落点滴之雨。红蓼洼一带地处山中，更是干燥不堪。大家见麦秋无望，只好日望云霓，盼种大田。哪知空劳望得眼红，那天气总是日日燥风，即或偶然阴起天来，分明阴得水灌似的，听得云磨声（雨势将到之声，俗谓云磨）轰轰怪响，瞧那雨势顷刻便到，不是呼啦啦一场热风吹得云散天空，便是那阴云忽变为黄澄澄一片风气，或化作几个大钱大的疏雨点子，噼里啪啦，屁嗣似的闹过一阵；再瞧天上地下时，依然是赤日当空，浮云岔起。

堪堪四月又过，将届端阳，红蓼洼一带干旱得地如龟坼，井水将涸，并且酷热异常。往年时南北两村轮年价操办春月的庙社，不是演戏，便是请会，倒也十分热闹。今年却应归挂月村操办，但是大家因旱得没兴头，直至这当儿还没举行。王原因是向来敬神的，香火庙社不便忽然废掉，这日便分头知会两村父老都在法兴寺聚会，以便大家商议此事。这时忙碌了了明和尚，便在庙中会事厅内端正茶水，伺候一切。

须臾，绳其同了耿先生先自到来。耿先生和了明周旋数语，便自向大殿上徘徊散步。这里绳其无意中道："和尚近来曾出去念经做佛事吗？"了明忽有所触，便笑道："我的方相公，你还提念经做佛事哩！那年你为王建中田地之事，却玩得我好苦。俺至今小肚儿上，落了个烧的疤瘌，每逢阴天下雨，那疤瘌便痒痒得钻心，好不难受。"绳其笑道："你瞧今年，旱得连个寸毛儿都没得，俺们正盼你痒得难受，才好落雨哩。"

两人说笑之间，众父老陆续毕至。因王原尚未到来，大家便品茗闲谈三言两语。先说到近来旱象，不由一个个各陈见解。有的说今年是六龙治水，龙多不下雨，便如鸡多不下蛋、人多瞎捣乱一般。有的说准是什么古墓子里出了他娘的大旱魃，这种怪物最为歹毒，它能以变个一尺多长的白胡子老头儿，专以猴在山顶上，觇望着阴云方起，它便吹口妖气，登时云散。又有眨着眼儿的道："你们说的都不沾谱儿，今年旱的所在宽广咧，连山东、河南，北至关外，还都是光地哩。难道各处里都有旱魃不成？看来总是人心奸坏，上天示警。便是今年正月初一恰赶上日食，这还不算，过了几日，夜里因俺家里的添小人儿，俺到西村里去请老娘（稳婆也）。方踅出咱村，只见从西北角上飞起一团栲栳大的红火弹，随后是许多的小亮星儿，便如一条火笼，一溜红光，雷也似的直落到西北方向。这还不算，便是今年二月里，京西妙峰山大雪没膝，冻死若干朝山进香的男女。滦州海啸，永定河忽然水涨。更奇怪的丰润遥黛山，愣倾下一片山崖。至于许多的小变怪，如某县里鸡生双头，人产怪胎，还有某村中一个媳妇了，光光的下颌上愣长了漆黑的胡儿。你想这种种不祥之兆，岂不是上天示警？如今想挽回旱劫，据我看来，非人人把那颗心从胳肢窝挪到正当地位不可。"说着，微微一笑。

便又有一人点头道："你老这话不错，无论什么心都须搁在正当地位。怎的你那个铅秤心，总叫它忽上忽下的呢？"大家听了，哈哈一笑。先说话的那人正一时红了脸儿，只见王原、耿先生一齐踅入，于是大家站起，彼此让座。

乱过一阵，当由王原提议今年庙会之事。众父老都攒眉道："论理呢，不但咱们老佛爷历年的老香火不该间断，便是这场庙会，什么雇工们劳苦一年，散散疲倦咧；左近穷人赶庙贩货，趁些生意咧，也都不可间断才是。但是刻下这等旱象，不但大家都没兴头，更是敛醵筹办庙会的花费也是为难。如今免了庙会，觉得过意不去；举行呢，又不高兴。依我们的主意，倒不如变通着办一下子。庙会虽然举行，却不必唱戏请会的铺张繁费，只须上上供，发发神驾，心到神知也就是咧。咱省下繁费的钱来，倒可以办些正事，或是请了明和尚建醮念经，或是请人铺坛求雨，总要想法儿治治这旱象才好。不然，眼睁睁连大田都没指望，怎么好呢？"

绳其听了，正悄悄一拉了明，挤挤眼儿，只见王原沉吟道："众位这话不错，这等旱象端的须想个法儿。既如此，咱大家慢慢斟酌，是念经禳祷好呢，是铺坛求雨好呢？"

正说着，由小沙弥端上两盘素点，无非是烧饼麻花、糖糕蒸馍之类。当由了明让客，与大家斟上茶来。便有一人道："念经禳祷，固然也好，但为旱象的事，似不如求雨，较为相宜。"众人都道："正是，正是。既是求雨，咱红蓼洼十余个村落，便可以联合起来铺坛。铺坛所在，自然须麻烦和尚。至于这首事之人，只好又借重你老了。"说着，都望王原。

王原慨然道："当得，当得。其实这求雨勾当，是大家诚心感动神明的事，也用不着什么首事，不过俺跑在前面操办就是咧。只是这求雨的人，三河地面玄帝观的魏老道还有些名望，那么咱就派人去请他吧。"

大家还未答语，只见一人摇手道："唔，唔。魏老道佯佯狂狂，不妥当的。他的求雨，都讲硬来，简直是用劫雨之法。未从作法，先喝得烂醉，狗肉吃饱，然后披发跣足，只拿一柄破蒲扇儿踉踉跄跄登坛。你也别说，他倒有点儿神通，不怕万里无云天气，他一来符咒，登时便阴云四合、雷电交加，那刮啦啦的大劈雷，只在他头上乱转。有时电火赫然，就像从他身上冒出一般。他只用蒲扇一挥，雷电立退，那雨果然立降。却有一件不妙，就是那一阵雷头风、杠子雨，下过之后，就如遭了雹灾一般，于田地上通没用处。"

大家听了，都各称是，便又有一人道："我看求雨之法，还是用那木郎祈雨咒儿，又灵验，又妥当，又不用别请求雨的人，只须公举一人习念神咒，主持坛事就成功。不过是叩坛仪节并准备应用之物，少为累赘些，并须选用属龙的童男女共十二人，须先期念熟神咒，费点儿事儿罢了。"

王原笑道："那不打紧，咱只先期准备就是。"于是大家议定，过得端阳节，即便借开庙会这日举行十余村众联合祈雨，又一面公举出一位李姓父老主持坛事。

大家计议停当，即便略用素点，一面闲谈。其中一人忽笑道："咱既求雨，就盼落雨。便是那些将干之井也须掘掘，通通水气，堵塞的沟洫也须挑挑，准备泄水哩。"

大家听了，正在都各称是，只见又有一人猛地一拍大腿，便失惊打怪地说出几句话来。正是：

筹防不厌细，未雨且绸缪。

欲知后事如何，且听下回分解。

第三十四回

耿先生占卦诧灾变
法兴寺祈雨设神坛

且说那人猛地拍膝道："你瞧咱大家说了半天，倒把件顶要紧的事忘掉咧。俗语云：久旱须防涝，您别瞧这当儿旱得冒烟，说不定下起雨来就没完。闹个发水秋涝儿，像咱红蓼洼北面那金塘堤，历年间都没培补，趁这当儿也该修理才是。"

原来距挂月、剑虹两村之北面数里之遥，有一处长堤，名为金塘。因为那所在颇近于北面的卧牛山，或值秋霖不止，山水暴发，其势凶猛异常。红蓼洼一带正当其冲，为患尤烈，所以筑堤以为之备。当年方、王二老倡议筑堤时，不知费了多少心力，任了多少劳怨，方克告成。因为堤北面许多村落自不欲潴水其地，于是火杂杂地连日聚众，一面筹商对付红蓼洼之策，一面扬风卖嚷，说是业已破出两个人给方、王二老偿命。那恐吓的揭贴蜚语早充满了方、王的耳目，哪知两人不为所动。北面村众没法儿，只得就本村扼要之处各筑小堤，以防水患。又搭着山洪暴发也是十年九不遇的勾当，所以一向相安无事。

往年时，那金塘堤都有岁修，及至方、王二老殁后，便渐渐隔几年方一培补。及至近几年，因总没水患，又因方、王两族没人出头，所以大家也便没人去理会咧。当时那人说罢，大家都笑道："你老兄这话也不错，但是培补一回却不容易；二来，究竟非当务之急，哪里便怎么巧，旱后就涝呢？咱还是先准备求雨之事吧。"

正说着，忽然院内吹起一阵飘风。风过处，落下几点疏雨，慌得大家都跑去瞧望的当儿，业已云散天空，倒簸起黄浑浑的一天土气。于是大家扫兴踅回厅内，不觉又谈起旱象，各征灾异地乱过一阵。忽一人望见耿先生，便拍手道："你瞧咱们只顾瞎吵求雨，这求雨的说法，却等等不一。也有说雨有定数，老佛爷要降灾哪一方，便是一滴雨也求不下的；有的说诚心感动天和地，像古来那贤明长官们为民求雨，如响斯应的。究竟这雨是求得来，求不得？究竟是旱到几时，咱何不请耿先生占上一卦，断断卦象，咱们心内多少便安稳些咧。”

众人哄然道："此话有理，咱大家真也是被老天旱得发昏咧！现放着耿先生的好灵卦，咱为甚不先占占呢？"于是不容分说，便有人从左近人家取到一部《周易》，又从了明要了五枚铜钱儿。

耿先生见此光景，推辞不得，即便就厅内东壁下独桌儿端然正坐，凝神静虑一回，然后撒摇铜钱，各记了每次的字幕，以定奇偶之数。须臾卦成，即便检阅卦象。这时大家都远远地围拢着，未免都心头怯惬，唯恐耿先生说出求雨不得来。

正这当儿，便见耿先生忽地沉吟，忽地摇首。一会儿又啧啧两声，瞑目沉思。末后，又反复地细玩卦象，忽地拍案道："这卦象倒也奇怪。雨且莫说，只好尽人事以听天命。怎的这卦象，俺竟有些推测不来？其中地水风火，爻变都异。仔细看来，今年或有灾变，却不一定是亢旱成灾哩。"

大家听了，不由惊且笑道："既不一定是亢旱成灾，那么咱求雨一节，总还有望。如今是火烧眉毛，且顾眼下，管他还有什么灾变呢？"耿先生道："正是，正是。天道难测，咱只看人事，准备求雨就是。"

不提当时众父老纷纷散后，便分头知会红蓼洼十余村众准备祈雨。且说王原和那主持坛事的李姓父老，一面命人就法兴寺高搭神棚，设了坛位，先供上四海龙王，又在那离村七八里远近的一处湫潭边，搭了取水的神棚，一面价就各村选定了属龙的童男女，先命他们习念《木郎神咒》。因为《木郎神咒》是很长的七言韵语，便如一首柏梁体的古诗一般，所以须先期念熟。

正当这儿，又有他村父老建议，说是亢阳过甚，须以纯阴之气调剂之。两气既平，理当下雨。更须选用寡妇十二人，一般地习念神咒。

王原听了，觉得也颇有理，便模糊糊一口应允。哪知命人去向各家选定寡妇，却被人家五马长枪地骂将出来。原来这项寡妇须用俗所谓白虎的方为合格，取其与青龙相斗之意。里巷相传，久有此无稽之谈，所以妇女们也都晓得。

当时王原仔细一想，倒觉好笑。本来这项人才没法选取，难道自己还能钻向人裤裆中亲眼查看不成？于是匆匆之下，只要是寡妇便算数儿。只这一两日之间，虽还未开坛求雨，那红蓼洼一带村落业已热闹异常。大家小户都就门首设了水缸，插起了青枝绿叶的树枝儿。远望去翠幄相接，水洒飞尘。并且各门首水桌儿上都供了龙王驾马，烧得那香是烟霏雾结。儿童们出入跳跃，早已都戴上绿莹莹的柳枝帽圈儿。更有趣的是妇女们，屏却红裙，穿上绿袄，一个个迎门笑语，就像瞧什么庙会一般。就这一片扰攘中，却又听得四面价鼓声动地。原来这祈雨队众都用跨鼓（即合抱之大鼓也），所以预先地演习起来。

不提这里各庄众兴冲冲准备一切，且说绳其因为帮同王原料理一切，便连日价住在建中家。转眼间端阳节过，祈雨期到。这日绝早起来，已隐闻得远近村中号锣响亮，加以断断续续的鼓声音乐。绳其料得各庄众聚齐儿准备赴坛，也便不敢怠慢，忙和建中匆匆饭罢，便奔法兴寺而来。

方趱至半途，早见村众从四外如潮而至，一色地持着风调雨顺的小旗儿，各按部队，头戴柳圈，赤着双脚，三五相间便是一个专敲跨鼓的，次序走法是老弱居前，壮者在后。最前面一人扬旗领队，就如会头一般。每队之后是一班鼓吹手，一时间音乐喧大，鼓声动地。

正这当儿，忽见人众一闪，绳其等忙望时，却是王原和那位李姓父老。两人一般地秃着头儿，光着两脚。每人手内点着一箍高香，面上都露出一番诚敬之色。随后父老四人各有所携，是两人捧定求雨通诚的黄表，两人用长绳儿提着汲取法水甘霖的宝瓶。四人背后有壮男两人，异定一抬全体的猪羊祭礼，那猪羊头上还插着鲜红的喜花儿。随后便是一班笙箫细乐，细乐过后，却是了明率领了本寺僧众，一色的结束庄严，随驾而行，只是望到下面一般地光着两脚。接着后面，号锣响动，四只旗幡开处，早望见壮男四人异定了龙王龛驾徐驱而来。那后面随观的人众，正在乱拥乱挤。

这里绳其料王原等引了神驾是向湫潭取水，正要随去瞧看，只见岔道上呼的一声，人众乱跑，便闻有妇人骂道："挨千刀的，怪不得老天不下雨，你们这种东西便是大旱魃。老娘带子，开不开的，干你鸟事！便借事为由，捻了俺的脚这么一下子。老娘今天是有正事在身，不然……你这小蛋蛋子……"

正说着，人众一闪，便有个油滑少年嗖一声笑嘻嘻地钻入人丛中，随后便乌云似的一片光彩，从衣袂飘扬之中早趱来十二个寡妇，一色的青衣练裙，鬓儿上各蒙一披青纱，手拎白帨，飘飘地直扭过来。

当头一人足有四十多岁，生得黑麻大脸，肥而且矮，远望去便如肉堆一般。一面踹开鲇鱼大脚，一面还眼张失落，似乎寻觅那个少年。绳其认得这婆子，便和王原住在一条街上，人都称为麻娘娘，是个泼辣货儿。为人好说好笑，村中少年们大半和她有个小吸溜儿（即诙谐也），所以这会子又自吱喳起来。

当时绳其一笑，拖了建中一径地趋赴湫潭。只见王原等一班人众，业已就神棚内稍为歇息。祭礼香烛都已就潭边摆列停当。绳其等先趸向潭边一瞧，只见碧沉沉一泓水潭，仿佛是其深无底。更衬着四围的深草高树，阴翳映带，飔飔飔长风起处，倒也似有些灵气，并且那潭水停静异常，倾耳听听，里面似乎风声响动。这时那抬祭礼的人众都凑在树荫下歇脚，一人便道："喂！你听听潭里面，响得多么怕人。人家都说这所在就是海眼，所以无论怎样的旱，这潭水却永不涸落。"

即有一人咙地一笑道："怯哥哥你别瞎话咧！像这巴掌大的湫潭就会是海眼吗？若说海眼，是在那邯郸县天母宫后面的白龙潭。那潭宽广，足有十余亩大小。你瞧那水，真是沉黑得怕人。你站在潭边上，那水气袭得你真是倒噎气。每逢天旱年头儿，皇上家便派了红顶子的大官儿，赍了黄表，备了祭礼，到那里焚表上祭，请取铁牌。说起这铁牌来，真是神道，便是那大官儿致祭已毕，呼的一声，潭水一涌，愣会从里面浮出一面铁牌来，上面还弯弯曲曲画着天书似的许多字儿。据人家识文断字的先生们说起来，是龙王老爷子判定的落雨的地面并落雨的点数。他老人家判定了，多落半个雨点，那奉命行雨的神将就须得罪。不但神将得罪，便是他老人家也担不了天老爷子的处分。你不见往往隔河便不下雨吗？便是这个道理了。

"那大官见铁牌浮出，赶忙叩首谢神，用黄锻盒盛了铁牌，头也不回，即便飞身上马。说也不信，那大官儿紧加两鞭，泼啦啦方才放马跑去，但听后面刮啦啦一个劈雷，登时由潭中涌起一片乌云，四外价风声大作；那雨势便如排山倒海一般，紧跟定大官马后。那大官一辔头跑到北京祈雨坛下，连气儿不暇喘，方供上铁牌，外面业已大雨如注，这是千灵百验，再准没有的。事后又由皇上家遣官谕降，送还那牌。所以那白龙潭，小小所在，天下闻名。但是那位请铁牌的官员，总须又会跑马，又有胆气。不然那一路侉跑，便不成功。

"人家说有一年，一位官员胆气撑不住，放开辔头之后，只觉背后面雷电交加，吓得他越是加鞭，越觉背后云催雾趱，堪堪将到坛下，不知怎的，他吓极之下，猛一回头。这一来，不好了，只见后面浓云如墨之中简直地露出个瓮口粗细的大龙尾巴，就空中略一摇摆，那一片蒙蒙雨脚便如白雾一般直盖下来。于是他大叫一声，翻身落马。亏得有接应的人员，捧起铁牌。你若说白龙潭是海眼，还不离谱儿。凭这个潭，就会是海眼吗？"

先语的那人不服道："这里若不是海眼，你听听，怎的里面似有风声呢？"那人听了，还未答语，便又一人笑道："老潭深山之间，人的足迹不大踏到，往往便有异样的响动。即如咱这北面卧牛山，鼋神庙后身山冈上，有一片半空悬嵌崖头。自五六年前游人踅到那里，便闻崖头下面似乎像小磨子转动声响。越是阴雨天气，越发听得清晰。仔细搜寻声响的发出，似在崖里，又似乎出于地中。以后每年逐渐声大。今年春月里，有个斫柴的从崖下经过，竟听得磨声闷沉沉的，轰轰隆隆，似乎雷转一般。因此大家叫那所在为自响崖，倒添了山中一景。难道那所在也是什么海眼不成？"

先语的那人道："得咧！俺一张嘴说不过你两个，咱别抬杠，留着劲头儿，少时抬供桌吧。"说着，赌气子转过脸去。

绳其等见了止住好笑，便闻神棚前嘈里啪啦喜鞭响动，接着便细乐奏起。先是了明等僧众踅来，绕潭诵经毕，随后是王原和众父老一齐就潭边叩头焚表。当由那提瓶的父老恭取法水，供入行龛。这里是大家动手，将全桌的香烛祭礼一股脑儿掀入潭中。仍由王原等领众，一路上吹吹打打，便奔回头。

这当儿，红蓼洼十余村之众都已分路到齐，一队队纷纷走动，都向法兴寺而来；真个是香乐沸天，锣鼓动地，一处处柳圈帽儿，翻翻滚滚，老远望去，便如一片绿海一般。但是向空中瞧瞧，依然是片云不生，赤日如炽。火腾腾的热风，卷得黄尘足有丈把高。闹得大家汗出如注，被尘土一呛，一个个都如土人儿一般。亏得所过村落，各家门首都有水桌儿，见求雨的庄众一过，便是闺女媳妇们也都揎臂勒袖，提水的提水，斟茶的斟茶，嘻嘻哈哈都争着应候大众。

这时绳其，跟在那行龛后面，遥见王原并众父老，虽是跣足奔驰，喘汗相厉，但是面色上却越发诚敬异常。不多时，将近法兴寺，各庄众分队列定。各有首事人，从一片香烟迷漫中纷纷入寺，这时寺门首早又有接驾的父老们拱立而待。须臾，喜鞭响动，庙门外庄众一齐跪伏。

就这一片扰攘之中，王原等导引行龛业已入寺，便闻寺内钟鼓齐鸣，梵乐大作。绳其等随众入去，仔细一瞧，却又是一番光景。只见庙内那神坛棚儿前扎起松枝匾额，匾额左右平列着圆光白纸，上写八个大字是"风调雨顺，国泰民安"；匾额是"仰荷神床"；棚柱上悬有对联，是"沛三尺甘霖，救一方民众"；棚内神坛之下，设有一具鬼脸青的大瓷瓮，内贮清水，外扎彩绸。神坛左右设有长凳，一边是童男女，一边是寡妇十二人，都在那里正容端坐，一面价唇吻龛壁，默习神咒。

这时那李姓父老先已登坛，一面叩拜过龙王的座驾，一面亲持那法水瓶儿趄下坛来，向那瓷瓮中倾入。接着便转身登坛，趺坐瞑目，诵起神咒。于是童男女十二人连翩趱过，一面价应声诵咒，一面婆娑作态，绕瓮而趋。须臾三匝，那诵声越发高亮，一片童音，倒也十分有趣。

少时咒毕各退，李姓父老少为歇息，执坛人再炷新香，这次便是那十二寡妇一般地联袂绕瓮，诵咒如仪。偏那个什么麻娘娘，念诵得口角流沫，甩动胖屁股步趋如风，引得那一干寡妇也只得白帨招展，体态翩翩，做出许多姿势。百忙中，又夹着了明和尚只顾就棚前趄出趄入，也不知乱的是什么。可巧，一个寡妇因绕瓮太快，足下略撅，了明无意中瞟了一眼，招得绳其忽想那年摆布他的事儿，几乎笑出。

正这当儿，诸寡妇诵咒已毕，退坐原处。接着便是了明等就龙王神驾前添香注水，诵起了吉祥神咒。须臾，庙外庄众鼓声大作，四面价逢逢合击，加以音乐沸天，真个是声闻数里。

绳其等由神棚前向外一望，但见黄尘抖乱，杂以人声浩浩，倏地热风扬起，那浮埃直冒得丈把高。望望天上，依然是骄阳照灼，那阳光映着浮埃，便如罩了个瞒天的黄罗大幕一般。想见一缕云气儿，却是没得。

绳其等暗笑之下，再瞧棚内，只见那李姓父老越发趺坐得石佛一般，瞑目定息，十分恭敬。原来求雨之法，须主持坛事者行如此的仪节，其名儿就叫"坐坛"。譬如铺坛三日，便须愣坐三日，动也不许动，只饮少许清水，以接神气。便是大恭小便，对不住，也须忍着些。讲的是这份诚心，感动天地。据说着，坐坛之人须是道高龙虎伏、德重鬼神钦的僧道方为合法。但以这样的僧道甚是难得，与其弄些歪剌老道、酒肉和尚来凑数儿，倒不如选用那年高有德的父老了。

说到这里，作者忽有一段感想，又想起一段笑话。像这求雨之事，叫如今的新学家说起来，自然是迷信这一端了。但是作者却亲见一事，就作者鄙见想来，似乎这天人感应之理真还不诬。便是敝邑某年曾经大旱，直至五月望后，一点雨点也没得，道上浮土可以埋人，极深的井只剩些浊泥汁儿。敝乡有句俗语，是"大旱不过五月十三"，因为伪传十三这日是关帝的诞日，那周仓将军，照老例的于这日必要洗洗赤兔马，磨磨青龙偃月刀。他老人家要一闹水，必要拿出当年水淹七军、活捉庞德的本领。一高兴，在水中打个篷篷（俗谓游泳也），所以这日必要下雨。

这年旱景儿，已到五月望后，于是合邑人众惊惶愁叹之下，未免便商议求雨。这时敝邑有位行脚僧人，人称"慈云大师"，方住持兴隆寺，素行甚高，善信视仰。慈云为人并非什么名僧高僧之流，也不甚诵禅参禅，也不去登坛说法，只守了本寺田产，胖手胍足，耕种刨锄，实胚胚地过起农家生活。

他年至七十余，还不肯稍息劳力，远望去，俨然老农，不过是个光头儿。但是他纯讲行谊，是释门中道学人物。当时邑人等商议既定，便大家去请慈云铺坛求雨。慈云因自己年岁已高，恐支持不得，但是见大家一片诚心，也便慨然道："老衲当舍身为众檀越一叩苍昊。"于是知会诸山，大集僧众，一面价择日铺坛。届期，僧俗毕集，人至万余。

那慈云坐坛至四日之久，神色湛然。但是骄阳愈烈，炎风愈起，慈云却危坐愈恭。五日后，颇见困惫，行童等即以米汁进，小屏却不食。六日后乃大困，邑人等有以撤坛请者，辄叱却之。当是时，酷热异常，慈云坐久，形销骨立，远望之绝似深山比丘。然慈云跌跏不稍懈，竟全蝇蚋坌集于顶。直至七日，行童等都惊惶泣涕，不知所为。正这当儿，竟已大雨如注，直至霂足方止。诸位你瞧，这不是天人感格，其应如响吗？

至于那段笑话，却是敝邑某狂生的一桩故事。某狂生好酒落拓，诙谐不羁，以名孝廉，隐于市廛，恒与屠沽厮养辈哄饮于市，以此颇不为人所重。又嗜狗肉，偶步街坊，必以黑小子（俗谓砂酒壶，乞儿等喜用之，以煨酒易热也）自随。遇有背负油筐叫卖狗肉的，嗬！您瞧吧，那算他活该过生日咧，便狗肉烧酒闹个醉饱方休。

有一日县中祈雨，请的是僧道两众，并列的高搭素棚，铺设神坛。一边是瑜珈铙钹，梵音彻空，一边是法鼓云璈，步虚声远。两坛上香烟缭绕，正在鸟乱，恰好某狂生从市头上吃得酒气醺醺，跄踉撞来。破腰带上一边挂着个黑小子，还有吃剩的半段狗腿便挂在屁股后面。这时棚外许多瞧热闹的女娘儿，一见狂生那落拓形儿，未免都哧哧乱笑，一时间许多俏眼儿都由僧道身上移向狂生。于是僧道都怒，便借事为由说狂生酒肉不洁，触犯神坛，一阵价驱逐开去。

但是这日铺坛时本是个浓阴的天色，及至天晚事毕，反倒星月皎然。次日，僧道又去铺坛，只见众观者都望着棚柱上笑得嘴歪。大家诧异之下，趱去一瞧，不由都色丧气沮，只见棚柱上大书一联道：

几辈恶吏贪官，九叩首，拜退了风云雷雨；

一群恶僧妖道，三通鼓，打出了日月星辰。

当时大家知被狂生戏侮了去，却也没奈何。转眼间，铺坛三日，一个雨点也无。于是僧道忽然告退，那亢旱天气越发火巴巴地干蒸起来。

县官儿见此光景，只愁得眉头不展。正和僚属们商议着再另请高僧高道，只见有人投牒，自言可以求雨，并且准保两日内甘霖立沛。县官儿得牒大悦，及至瞧到具牒人的姓名，不由又踌躇起来。原来投牒人非别个，就是那名传一邑的某狂生，那官儿也素耳其名哩。当时官儿沉思不决，便有某僚属道："某生虽是佯狂，但其为人却是端人正士。他今自荐，或者有些道理也未可知。何妨叫他姑且试试呢？"官儿点头，便命人延入狂生。一叩祈雨之法并铺坛应用等物，狂生笑道："一切不需，但请与俺辟一静室，准备下醇酒十坛、烂煮狗肉一锅；以外再备《离骚》一卷、长剑一柄。但是俺一人吃寡酒，却耐不得，还须与我抬致名妓一人。诸物都备之后，老父母但瞧俺鞭云驱雨如何？"

那官儿听了不由直皱眉头，只得一切如命，却是究竟放心不下。待至狂生既入静室之后，便不断地亲去偷觑。只见狂生科头跣足，只穿一条裤儿，并命那美妓也脱却上衫，和他袒裼相对。一面价饮酒歌呼，一面价诙笑杂作。有时舞剑，则浏亮风生；有时读《离骚》，则清音回荡，更有时撒手舞脚，倒头便睡，却枕了美妓的膝头。这一来，张得个县官儿恍然莫测。

转瞬间一日已过，那天色还是晴得咯巴巴的。直至次日日色矮西，越发地郁热异常，真是万里无云，如张火伞。再瞧狂生时，业已大醉，呕吐得静室中一塌糊涂。他却抱了那美妓，鼾鼾大睡。于是官儿大怒，正想命人拖他出来责他妄言之罪，忽见天际西北方面突地推起一片墨也似的浓云，接着便长风陡起。那日光射入浓云，便似一座紫金环山一般。

须臾，云随风走，疾如奔马，并向四外价渐晕渐满。还没转眼之间，业已黑了半壁天。接着刮啦啦一声霹雳，顷刻间雨声响动，便如海潮暴起。喜得那官儿忙登高阁一望，但见西北向白茫茫无边无际，随着风势直刷过来，倏地疾雷又震。就这电光一闪之间，那雨已哗的一声，俨似翻江倒海。一阵过后，却又飘飘飒飒，直至次日午后方止，业已四郊霑足。

当时官儿敬礼狂生自不必说，便是邑人们无不惊叹，都以为狂生定有异术。唯有狂生一位老友却暗自怙惙万分，因为狂生虽然离奇，却不会什么法术。一日，两人相值，那老友便问其缘故。那狂生鼓掌之下，去脱出一条精腿，上面许多的风刺疙瘩，因指着向老友道："你瞧，这便是俺祈雨的法术。"那老友听了摸头不着，及至听狂生述罢，不由大笑而去。原来腿上的疙瘩，每逢天要落雨便刺痒异常，是再准不过的。所以那狂生趁机会诡言求雨，却骗了两日的醉饱快活哩。

且说绳其等见那李姓父老跌坐益恭，再望望棚内人众，一个个喘汗相属；尤其是那班寡妇们挤坐在一条长凳上，被那人气烟气熏灼蒸腾，都已娇汗淫淫，那鬓角鼻翅之间都似含着露水珠儿。

须臾，衫儿淹透，却贴在高鼓鼓的乳儿上。又因众目交集，不便公然敞开衫襟，只好大家掀起衫襟来，扇取风凉。这一来，不打紧，登时招得了明一颗秃头便如拨浪鼓一般，那毒毒的眼光只管向众女腰间射来。

原来众妇只顾了力揪衫襟图取风凉，却不提防每人都露着雪白的肚皮儿。瞧得绳其正在好笑，只听庙门外震大价一声欢呼，接着便闻儿童们拍手齐唱道："风来咧，雨来咧，王八背了鼓来咧！"正是：

甘霖犹未降，亢旱欲成灾。

欲知后事如何，且听下回分解。

第三十五回

得甘雨转起淫霖叹
惧灾变叩问紫姑神

　　且说绳其等闻得儿童欢唱雨来，忙趄向庙外一瞧，果见晴空中微有几缕浮云。但是炎风吹处，却越发干燥异常。这时各村农众当不得骄阳炙顶，都三三五五地各趋树荫，箕踞歇息，一面相与说笑。

　　绳其等信步行去，便见一人道："喂，郝大哥呀，你瞧着，不出三天准要落雨。"即有一人笑道："你是专管行雨的（俗谓老鼋能行雨），自然晓得。你为甚不伸伸脖儿，晃晃膀子，做点儿好事，不省得大家吃苦吗？"那人笑道："屁话，屁话。咱是说正经的，你没见这两天只管燕雀低飞、蚂蚁搬家吗？这就要落雨了。"

　　大家听了，还未答语，却又一人闷闷浑浑地道："不错的，不消明天准要落雨，因为俺老婆吵着叫我给她买醋糟去哩。"大家哄然道奇道："老天落雨的事，碍着你老婆吃醋什么事？"那人道："你不晓得，皆因俺老婆有个老寒腿的症候，每将落雨必要犯病，是又痛又痒，总须醋糟来煨熨寒气哩。"众人听了，都各大笑。

　　绳其等就庙外散步一回，仍复入庙，直至傍晚，方才随众各散。便是当夜里，果然落起细雨。次日，求雨之众越发高兴。

　　话休繁絮，那李姓父老坐坛三日，一连价清风细雨地闹了三日，真个是点点入地，枯苗勃然。大家见了好不欢喜，便又忙碌着撤坛送神。就法兴寺中，大会红蓼洼十余村的首事人商议秋收之后怎的谢降，或演戏酬神等事。

　　乱了两日，大家又赶忙插种大田。百忙中，又因这次求雨的李姓父老和王原两人颇为出力，大家便商议着公送匾额，以荣其闾。

　　正在闹得兴高采烈，哪知那雨昔日是盼它不来，今日是厌它不去。从撤坛之日起，只管淅淅零零，无尽无休。仰视天空，昏澄澄地作一种奇异的灰白颜色，并非是真正阴云，并且奇寒彻骨，须着棉衣。一连价半月光景，已将至六月初旬，那雨又瓢泼一般下过半日，方才止住。但是那天色，仍然灰白白地瘆人。

大家趋视田中，不由都攒起眉头，只见各田中烂如泥塘，不堪着足，所播种的籽粮早已漂烂无存。看此光景，非放晴之后晒干地皮不能再为播种。于是垂头丧气，纷纷趑转，都苦了一条脖颈不断地白眼看天，盼它放晴。哪知老天是向来自己有个大主意，不会顺人心的。

转眼间过得几日，不但天不放晴，并且连点儿风丝儿也没得，只剩了湿气蒸郁，奇寒乍退，酷热便来；闹得大家喘息如牛，各处甑中。这时天色从灰白中又掺合上黄澄澄的颜色，便如黄沙蔽空。各村父老们见此光景，无不攒眉相向。有的猜测郁久风生，或转成风灾；有的怙愄雨甚易涝，或引起秋霖。大家每日价互相聚叹，却也没作道理处。又因耿先生那日占卦说今年或有灾变，人家心头越发怙愄，便三三五五不断地去寻耿先生，没头没脑地乱问。

偏那阴晦天色依然如故，并且每当更深夜静时，便隐闻北面方向轰轰有声。唯有就枕之后，越发闻得清晰。有的说是鬼推磨，有的说是天鼓响。此等话头儿一说开，那些妇女们便添枝加叶，越发乱说得离离奇奇。有的说夜间望见天上许多的火亮儿，有的说三更左右，分明听得九头鸟叫唤，并且啪啪在屋顶上扇大翅膀。如此地相惊以怪，大家自吓自，都吓得小九儿一般。没到天晚，便争着关门闭篱，呼男寻女，索性丢了家事不做，只管在街坊上乱串门儿。

那南村中王原见不像回事，便多方晓谕各家不必自扰，久雨之后，天色阴晦难晴，理亦有之，不一定便有什么灾变。大家听了，虽也心下少安，但是一时间如何便止住自扰。

正这当儿，恰好西村中新来了一个巫婆，自言奉着紫姑神能以断定休咎，于是众妇女纷扰之下，便具了香烛供品，都赴西村巫婆处叩问这天色的休咎。

看官，你道这紫姑是个什么神道？据说着，是东晋朝代某县里有富家的婢女，名叫紫姑。这紫姑性儿伶俐，又复忠诚，那富户远行商业，每年回家一次。这紫姑的主母某氏是个淫荡妇人，正在青春，未免空床难独守，三不知地却搭上了邻家少年。

有一天，两人趋向后院空房里，光溜溜的，学那妖精打架。正在钩手抱脚，掀臀劈腿，打得喘吁吁你呻我唤地难解难分。不想紫姑因需用柴草，向空房去取，蹬一脚闯将入去。当时某氏大怒之下，一来欲罢不能，二来又明欺紫姑是个十几岁的小丫头，便命她站在榻前，不许少动，一面价仍和少年极尽丑态。

那紫姑拘了主仆礼儿，只好光着眼呆望。少时，某氏快活已毕，竟叉着两腿，露着个胡子老哥才吃罢茶汤的大嘴，命紫姑引巾揩抹。那紫姑虽羞得无地自容，但是因主母所命，不敢违拗。哪知揩罢之后，那某氏却冷笑一声，便骂道："死妮子！你既偷偷摸摸想瞧这个，我就叫你瞧个够。"于是拉住那少年的那物儿，也命紫姑去揩。这一来，慌得紫姑低头要跑，却被某氏拖过来痛打一顿。从此，某氏和少年竟自公然淫媾。

过了些日，恰值那富户有信儿将次到家。某氏接得此信，甚是不悦。紫姑伶俐，早已暗暗留神。一夜里，某氏和少年在帐帷里淫媾之后，只管喊喳。那紫姑本常在外间值宿，早已暗听明白，便暗暗地自做准备。

不一日，那富户果然趱回。那某氏相见下十分欢喜，当晚便浓妆艳抹，与富户置酒接风。俗语云"新婚不如久别"，那富户开怀之下，对了娇妻，正要斟酒来饮，只见紫姑好端端地捧着酒壶，忽然一跤跌倒，壶碎酒流。于是某氏大怒，跳将起来，拖过紫姑一顿暴打。

那富户见此光景，正在心下不忍，恰好有朋友们前来相访，当时富户匆匆趋出。好友久阔，大家相叙之间，却被朋友们拉赴酒楼与他接风。当夜竟至大醉，便就近宿那友人家中。事有凑巧，次日那富户方要回家，却闻得某地有一桩便宜生意可做。商人们重利轻别，便从那友人家一径赶赴某处。及回头，已耽搁了月余光景。

那富户匆匆地方才进城，却遇着一位忘形老友，一见富户，不由悚然一惊，便拉富户暂到自己家中。一说某氏的行为，并那日置酒，壶中已下了毒药。亏得紫姑假意跌倒，方才救了主人的性命；并言紫姑已被某氏毒打不堪，竟缢死在茅厕之中。原来紫姑因触怒某氏，日遭苦打，曾有一次逃到那老友家中，所以老友尽知底蕴哩。

当时那富户得悉缘故，盛怒之余，登时休却某氏，重新厚葬紫姑，自不消说。但是从此后，紫姑时现灵异。一时人家中若恍惚见个红裳女子，其家定有喜庆之事。大家又敬她忠心救主，便群以"紫姑神"相呼。不知怎的，凡请紫姑神，总须寻一柄茅厕中的破笤帚，给那笤帚披上红布，插上朵纸花儿，并须竖在房门后头，就地下插香摆供，愣说那紫姑灵来，先附笤帚，后附巫婆。但见那纸花儿似乎巅动，便是神降。这许多的妈妈典故，也就不必深考了。

当时众妇女一窝蜂似的哄到西村，一瞧那巫婆的大门儿却关得紧紧的。大家不容分说，啪啪啪一阵乱敲，哪知里面通没人搭腔。大家不由诧异道："她这窄巴巴的房儿，难道还听不着不成？"

正这当儿，却闻那巫婆有气没力地道："来咧，来咧！吓煞人的，你们是干吗的呀？便这等没头没屁股地一阵乱敲。亏得俺方才退了神，不然真应了俗语儿，巫师奶奶掉裤子——慌了神咧。"说着，门儿一启，趑出个三十来岁的伶俐妇人，生得明眉大眼，颇颇骚俏，乱乱的鬓角儿，晕晕的眼角儿，拖着双褪旧鞋子，似乎是盹睡方醒光景。一见众妇女，便笑道："俺当是什么人，原来是你们这群小蹄子。不消说，准是麻烦俺家姑姑来咧！你们问流年、问财运都使得，却不要问子息。俺家姑姑，就是不管这一档子哩。"

众妇唾道："不用胡说！俺们因近日价天色怕人，人家都吵着恐有灾变，特来叩问你家姑姑到底是有何灾变？还有法儿禳解没有？"

巫婆笑道："既如此，众位请进。但是俺家姑姑方才与人问答罢，须要歇息片时。便是我的精神，一时也来不得哩。"说着，长长地伸了个懒腰。众妇笑道："你瞧你这浪样儿，这是咱们求着你咧，就这等张致。"说着，一哄而入。

那巫婆一面引路，一面回头笑道："你们可要悄没声的，如今厢房内，还有个问神的客人歇坐哩。"众妇听了，还未答语，果见厢房窗内人影一晃。于是一妇低问道："来的是什么客人呀？"巫婆道："左不过是个老爷子罢了。"

说话间，大家入得正室，随便落座。只见靠北面长案上供着个小小神龛，黄青帷幄，源源下垂，案上设有香烛茗果，龛之右边并设有一架小罄。虽是小小三间屋儿，满壁上悬着许多的酬神黄布匾额，上面写着些"有求必应，心诚则灵"等语。东壁下设有一榻，为降神之所。西壁下，设有桌凳茶几，为叩神人客坐落之处。再望到房门之后，却设有很小的矮榻，上铺黄布褥儿，端端正正置一把破笤帚，并有红布纸花，用盘儿盛着，置在一旁。

大家见了，知是降神之用。当由一妇当头拈香，就长案前领众叩神。那巫婆在一旁敲罢罄儿，大家站起，忽见神龛左边设有一架立橱。大家趑去一瞧，只见橱里面有镜奁妆具之类，还有许多的小鞋儿，五颜六色，一双双地庋置在里面，都挂着黄纸条儿，上写"某某信女敬献"的字样。

众妇女料是献鞋酬神的，因向巫婆笑道："你家姑姑这么些鞋儿，你

203

为什么不拿去穿呢？"巫婆听了，忙摇手，悄语道："哟，可了不得！你们在神前如何竟说起顽话？俺家姑姑好不灵觉，是有千里眼、顺风耳的。有一次，有位大嫂因她丈夫在外没信，前来叩问归期。姑姑说是当天就到，果不其然，次日那位大嫂便眉欢眼笑，扎括得俏生生的前来酬神，并替她丈夫叩问某事。不想这次，却被俺家姑姑罚了她五十斤香油，添注神灯。"众妇诧异道："怎么呢？"

那巫婆一瞟大家，抿嘴儿低笑道："怎么不怎么，我看你众位也须留点儿神，提防着被姑姑罚了去。你们自想想，那位大嫂盼汉子盼得甚似的，那当天真个趸回。不消说，两口儿自然有些没要紧的事办办，所以俺家姑姑，罚她个身上不洁哩。"

众妇听了，都为悚然。但是其中真就有脸儿发红、赶忙讪讪地躲向一旁的。于是大家一笑，随意落座。那巫婆陪坐一旁，一面伸腰拉胯，只是发懒，一面又诌些紫姑灵应之事。

大家正要请她上香降神，只听厢房内微嗽一声。巫婆听了，登时满面堆笑道："你瞧俺只愿张罗你们，把人家客人都忘咧。"说着站起，趸入厢房，便闻和人喊喳密语。少时却哧地一笑道："你就去，难道我还少……"即闻有男子笑了一声。

大家因那笑声不像个老爷子，方凑向窗边外望，便闻厢室内啧的一声，接着便听巫婆低笑道："没人样！今晚上你再……"

大家听了，正在相视而笑，只见那巫婆从厢房门口一探头儿，向正室前张张，重复缩入。便道："再来呀！"即闻男子应了一声。

这里大家眼光略转，早有一精壮少年从厢室内逡巡趄出，竟自笑眯眯低头径去。这里大家不由恍然那巫婆只管发懒之故，正在相与暗笑，却闻巫婆在院中笑道："你瞧这个糟老爷子客人多么絮叨，只管问我酬神该用什么。这酬神的勾当是出乎本心，出乎本身，他却只管问别人。"说着，一步跨入。

大家望到她脸上又添了个湿湿的嘴圈儿，不由又悟到方才那啧的一声。其中有个促狭妇人便笑道："不错的，俺猜这个小老爷儿，准有本身上的妙相物儿扎扎实实前来酬神，一定不会虚儿飘儿，磨皮蹭痒的。"

一句话，说得那巫婆脸儿一红，只好干眨了两眼。于是大家又闲谈两句，便请她上香请神。

这时大家退向客位，但见那巫婆先向神龛焚香叩首，喃喃默祷，然后转向房门后，就地下插爇香枝，又叩首喃喃，捣了一回儿，这才端正正就那门后竖起笤帚，如法地披上红布，插上纸花。大家老远地望去，就像个小人儿站在门后。大家正在都有些毛发悚然，恰好院中吹起一阵微风，一阵价窗纸乱响。

这时，那巫婆做作都毕，忽地连连打起呵欠。一面价趋就东壁登榻端坐，望得大家颇为悚然。

正这当儿，却有一妇猛地指着门后道："你瞧，你瞧。"大家望去，不由一惊。正是：

欲问灾祥事，先来拜紫姑。

欲知后事如何，且听下回分解。

第三十六回

因风訾谈天说雷祖
祭雹神望远赏山形

且说众妇随那妇指势望去，只见那笤帚上的纸花竟似乎微微颤动。大家正在色然而骇，只听东壁下榻上啪哒一声，似乎是重物堕下。这时榻前伺候的一个女仆赶忙放下榻帐，然后向众妇招招手儿。

大家知是神降，连忙趋近榻前，便闻帐内咯咯一阵娇笑，道："咱们大家今天有缘哪！俺知大家在此久待，但是俺也一路好跑。因为俺方和瑶池三娘子在琼芝圃中掐了两朵碧桃花儿，便忙忙赶将来。路过那玉尘沙溪，踏了俺一鞋子玉屑，偏又遇着南岳夫人的侍婢书琴儿在那里淘滤溪沙，为刮磨丹炉之用。三不知地她又摘了两个玉蕤叶儿，来剪替俺的鞋样儿。这一耽搁，却劳你大家久待了。如今你等来意俺已尽知，灾变是有的，但是天机不可泄露，你等也不必惊惶，横竖是在劫难逃。咳！可怜，可怜，便是俺们仙家，也正替你们想法儿哩。"说着，微微一叹，那语音好不娇嫩。

这一来，闹得众妇越发悚然。又听得"在劫难逃"之语，不由一个个花容失色，便乱噪道："好仙姑，你既知有灾变，定有禳解法儿。难道俺们都在劫吗？便是俺们也没有打公骂婆，也没有泼米撒面，更没有做贼养汉，搅家不良。仔细想来，老天爷应该可怜俺们才是哩。"

大家说罢，正在惶悚，即闻帐内哧地一笑道："你们如此说却不对的，你们虽没有打公骂婆，说不定也有时向公婆横横眼儿，心头嘟念两句；虽没有泼米撒面，说不定刷锅洗碗也有作践米粮时；虽没有做贼养汉，说不定去串门儿捏人些针头线脚，或遇见过小白脸儿多瞟两眼。老天爷就座在人心里，有什么不晓得？这便是应该在劫了。"

众妇听了，越发惊惶，连忙叩问禳解之法，于是帐内娇音复作。先是悠扬婉转地唱了两个劝善歌儿，然后笑道："众位想免劫运，唯有做些布施功德。"众妇听了，自然是欣然乐输，于是你许钱布、我许米粮的，乱过一阵，这才又叩问毕竟是什么灾变。帐内笑道："那会子俺没说吗，天机不可泄露。但是诸位既做了功德，俺怎好不透些消息。若说灾变，倒也没什么大不了的。不到三两日间，有场风灾罢了。"说话间，帐内呵欠一声。这里女仆连忙揭起帐门，只见那巫婆依然坐得好端的，见了大家，一笑下榻，赶忙地又就神龛前叩首上香，然后慢慢地去放倒那笤帚。收拾都毕，又向众女称喜不迭。

不提众妇各掏香钱，一哄价趔出那巫婆的门儿，一路上疑疑惑惑各自回家。且说风灾这句话登时传遍各村。大家虽是疑信参半，然而那天色总是阴晦，郁久生风，理亦有之。大家相聚，未免又各皱眉头，互相揣测。其中又有好事者跑去问那耿先生，耿先生无可置答，只好付之一笑。

转眼间，两日已过，真个的长风渐起，飔飔地刮了半日。那天上的阴晦之气，真个的淡了许多。及至入夜，风势加大，仰视天空，阴云解驳，一片片奄互相逐。那云薄之处，竟稍露闪烁疏星。那风刮全夜半，也便渐息，于是大家都喜，以为风灾已过。不想次日起来，一瞧那天色，又复黄澄澄的，并且闷热异常。大家在屋内耐不得，便立向街坊相与聚谈。有的便三五成群，步出村外，想望望田中光景。

正这当儿，忽地唰啦啦长风暴起，一股风头扶摇直上，顷刻间吹遍天空。但见四角价草树纷披，一处处随风乱卷。少时那风越刮越大，俨如牛吼，旷野中望得分明。但见那风势从四面价乱裹上来，一道道卷起尘沙势如小山，逐处乱涌，少时混作一处，不复可辨。但闻耳轮中如万鼓骇震，轰轰隆隆。再望天空，早已低压若盖。于是大家都惊，回身便跑；但是被风势卷舞，一个个都如醉汉一般。

好容易撞入家中，业已白昼晦暝。只觉得所居屋宇，如小舟泛海，四面价风涛鼓荡。那一处处树拔屋颓并男女号呼之声，简直乱成一片。于是大家栗栗屏息，直待至日西时分那风势方才稍煞，但是依然狂吹不息。须臾入夜，风势转大。

大家这一夜惊惊耸耸，哪里敢合合眼儿！约莫有五更左右，那风势方才止息。须臾，东方曙色，居然透明。大家久处阴晦天宇之下，这一喜非同小可，都跑向街坊一瞧，不由又互相惊诧起来。只见街坊上竟仿佛翻了个底儿朝上，满街上吹落的屋茅平铺一地，小些的草房儿都连顶掀去。街心中有棵老树，也自虎穴龙颠地倒在地下，还砸坏一家的高门楼儿。其余一处处颓垣断壁，不一而足。

这时街坊上男女聚集，千态万状，口讲指画，无非是风的形容。有的说某家屋塌，有的说某家树拔，有的说狂风中还有妖物，分明见个大黑人矗天矗地，披发跣足，手执一面大皂旗，舞到哪里，风头便随到哪里，说不定便是什么风伯。有的说如此大风一定是有神道的，不然那位风娘娘管干吗的呀？说不定和风伯老爷子，两口儿一高兴撒起疯来，所以才有这场大风。又有笑道："你们通是胡说白道。据我说这风，便是天老爷子出气儿，就如各人呼吸一般。俗语云'天愁落雨，天笑打闪'，都是一个道理。"

当时那人说罢，招得大家都笑。但是乱了一阵，通没作理会处，不但街坊凌乱不成模样，并且远近村中间有哭声隐隐，却是些贫苦小户墙坏屋掀没处栖止。大家商量一回，只得且寻王原、绳其，再作道理。

当日两村父老便又齐集在法兴寺中，会商一切整理街坊，并收容抚恤贫户等事。乱过两日，方才略定。大家都以为巫言有验，灾难已过，也便放下心来。哪知那天色虽半阴半晴了两天，一日夜间，又刮了些小风儿，次日那天色依然阴晦起来。堪堪已到六月下旬，这日为雹神诞日，每年照例南北两村便齐合了到雹神庙内上份公祭。何况今年天色有异，大家早就疑惑着或有雹灾，这场公祭自然是不可免的了。

原来这雹神庙，便在两村大北面的卧牛山山半之间。历年上公祭，都须亲诣其地。那庙中有个庙祝，就是山中农人。平日价也不大在庙，只等诞日前两天方才到庙扫除整理，准备着人来上祭。

且说上祭那日，两村父老仍集于法兴寺中，一面价整理祭品，觅了抬夫，一面价等候王原、绳其等。须臾两人都到，连耿先生也飘然而来。原来耿先生因连日郁闷，游兴忽作，所以趁势放学一日，想去疏散疏散。

当时大家都齐，便先命抬夫抬了香烛祭品匆匆去了。这里大家闲谈数语，也便随后起行。方出得村头，趔过二三里，早望见那卧牛山一片山势，崒起于苍莽之中。但见连岭复峰，蜿蜒起伏，远望去首尾隐约，真似卧牛一般。只可惜当此阴晦天气之下，望不见什么紫青缭白的山色。

须臾，趔过里余，大家一面前进，一面闲谈起金塘堤历年失修之事。耿先生留神望去，遥见那金塘堤，一线横亘，果然地居扼要。说话间已近堤边，只见石坝堤基还是完整，不过上面培补的沙土颇有颓坏之处。

大家慢步上得堤去，北望山势，不由眼界一阔。那卧牛山首西尾东，绵亘出数十里，峰壑隐然，历历可辨，并有两大支山径由山腹分披下来，一股正冲金塘堤，那一股却斜向西南，崎岖直下，远接一处小小山洼。有一处特起的山峰儿，形如石幢，山径至此为林木所亏蔽，不复可见。远观山径形势，便如一条绵长缅系着卧牛一般。那山峰下郁郁苍苍，村落映带足有十余处，遥望去，甚有气势。

耿先生见此山景正在赏叹，便有一父老遥指那山峰道："先生，你瞧那山峰形儿也奇怪，就似拴牛的石橛一般。据人家风鉴先生说，此山雄硬之气，都偏注在那里。所以峰下村人们秉性强悍，动不动便讲蛮干打架。那山峰便叫石幢峰，其下一带村落之处，统名为石幢峪。峪中人们另有一种生虎性儿，种耕之外，都习枪棒。值不值的，便和外村人聚众厮斗。头些年时，峪中有一土豪，因他善用花枪，诨号儿'赛罗成'王大保，屡屡地向人打降还不算，后来竟至于喝殴官差，领众抗粮。这才招怒官中，把他拿办。

"自他死后，外村人都额手相庆，以为可除了个扰人的祸害。哪知坏地长莠子，除了旧的便生新的。如今王大保的侄子王老一，诨号儿'滚刀筋'，泼皮无赖更在大保之上。简直地不务农业，各处里交朋结友，寻事生非。领了一班抹花脸、绾小髻、要大胳膊的角色，专以替人打降拨创。偏那峪中浑愣儿人们都听他的话，说声打架，登时便哇呀呀的盘辫子。王老一被大家这么一捧，他便成了那峪中的爷爷咧。便是前些日咱们求雨时，石幢峪人们本想插入伙儿，却被王兄婉言辞退咧。"

王原笑道："那等人们咱总以远着他为是。俺听老年人说起，便是当年咱红蓼洼人众筑这金塘堤时，他们石幢峪很多方地与咱们为难。甚至于夜里遣人来扒堤脚，拔毁桩木，闹了个乌烟瘴气。亏得咱力持镇静，方得堤成哩。"即又有一父老道："真个的，咱们是短事长虑，便是这当儿，咱们如果修补这堤，说不定那个什么滚刀筋还许来寻是非哩。"

绳其听了，忽地雄起起一捻拳头，嗖的声做个挂势，却笑道："他如果来寻是非，只须俺和先生给他一顿这个，打发小子走路就是。"

大家听了，正在一笑，只听北面轰轰有声，借着一阵微风直送过来。耿先生听了，不由略怔。正是：

异声来旷野，隐约响空山。

欲知后事如何，且听下回分解。

第三十七回

耿先生预识潜蛟患
红蓼洼重兴护堤会

且说耿先生听得北面轰轰有声，疑是山下村庄中设有水磨，因一问所疑。众父老笑道："北面山下没得溪水，哪里会有水磨？"因将那鼋神庙后自响崖之异一说。耿先生欣然道："如此说，倒是山中一奇。少时咱到那里，颇可以细瞧瞧。"说话间，大家就堤上徘徊一回，又顺便踏视回应该修补之处。大家便席地而坐，略为歇息。

一父老遥指那两大支山径道："俺还记得七八岁时，卧牛山发了山洪，咱红蓼洼的人众都来守护这堤，鸣锣聚众，好不热闹。俺那当儿也跟了来瞧望。那年山洪据说着还不算凶，但是遥望两支山径上，白浪滔天，水石相礧。那浪头直激起丈把高，便如两条大白蟒一般，分循山径直灌下来。那时石幢峪一带就似个碗子，浮在大河里。那水头撞到这堤下，飞花蹴沫，声如雷鸣。斗大的石头冲刷得弹丸一般，随波乱滚。至今想起来还令人心悸哩。"

又一父老捋着胡儿笑道："你提起这话，少说着也有五十多年咧。那当儿，咱红蓼洼设有护堤会，遇有水险时，每家一人，都须上堤守护。平时一年四季还须操演两次，便如操演火会一般。哪家不到，是有罚数的。后来因总没发山水，大家一来二去，便把护堤会也丢下咧。咱如今既想起修补这堤，连那护堤会也该恢复起来才是。"王原道："这话不差，天灾人事没有一定，本当防患未然，且待慢慢商议吧。"

大家听了，都各称是。又歇息了一霎儿，即便迤逦起行。这时绳其一路上和耿先生且走且打雀儿玩耍，穿林拨草，单寻那崎岖道儿去试脚步，转眼间，业已落后。王原等也没理会，便一径地慢步登山。

少时，到得鼋神庙，只见抬夫等都在院中歇坐，那庙祝已将祭品就神案前摆列停当，于是大家登殿。焚香叩拜罢，就殿中徘徊一回。只见那鼋神座后墙壁下忽有一洼清水，大家趋近一瞧，竟是碧泓的一个泉眼。因诧异着问庙祝道："这庙左近向来没有泉眼，这是几时才有的？"

庙祝笑道："好叫诸位爷台得知，这泉眼便是头些日落雨时才涌出的。并且庙左右泉多得很，往往从石隙土凹愣钻出来。便如庙院中随便价揭起块砖来，掘个一尺来深，便有小泉儿汩汩地向上直冒哩。"

大家听了，都各称奇，便随庙祝到殿后院中，由院祝发砖来掘。果然深只尺余，便有一股清泉随手涌出。历试两处，都是如此。大家见了，无不称奇道怪。料得耿先生多闻多见，想要问他是何缘故，这才觉得耿先生和绳其还没到来。

不提大家由庙祝让入一处厢室，一面歇息吃茶，一面等候绳其等。且说绳其和耿先生一路上逍遥玩耍，虽然落后，却不理会。迤逦价将近山脚，可巧被绳其从草中蹴起个灰色大兔儿，长耳一捩，向道左斜刺里便跑。耿先生飞步跑去，啪的一脚，没跺着，倒闪了一跤。方才大笑站起，那绳其喝一声，拔步如飞，向斜刺里便赶。还没转眼之间，兔和人都已登山。

耿先生望得起劲，也便双足一踩，如飞赶去。绳其回头见先生施展开脚步的功夫，喜跃之下，哪肯落后。当时两人一兔，便如弩箭离弦。顷刻间，已从登山的正道斜向偏西。须臾，转过一处冈头，却是一片深草斜坡，四面价乱石纵横。乍望去，竟无道路。那兔儿见草便如鱼儿得水一般，嗖一声钻入去，早已影儿没得。闹得耿先生正在哈哈一笑，绳其猛省道："先生，咱只顾了落后玩耍，他们想已老早地到庙咧！咱也赶快将去吧。"说着，和耿先生一望道路，但见羊肠曲屈，草树连天。细看来，虽似有鸟道可寻，但是不晓得由哪里可抵那雹神庙前。

两人正在徘徊骋望，恰好一樵夫荷担趸来，一见绳其等，便笑道："你两个敢是想逛自响崖的吗？今天越发响得清爽，快听听去呢。"绳其道："俺们是想赴雹神庙，逛自响崖做甚？"樵夫笑道："那雹神庙便在自响崖之前，正是一路哩。"绳其道："从此处赴自响崖，道路也能通吗？"樵夫笑道："怎的不通？你们从此去，且是捷便。"说着，向偏北遥指道："你瞧那处高冈上有孤丢丢的一株大橡树，从那树旁转下冈儿，便是一片矮林。穿过林子，便是渐行渐高的一道斜坡峻坂，再过得一处溪桥儿，便是自响崖了。"

不提樵夫说罢含笑自去，才趸得十余步，业已樵歌发动，声震林木。且说绳其等依那樵夫的话，匆匆行去，直至那处溪桥。下得桥不及百步，已抵自响崖下。但见那崖头，嵌空玲珑，形如半厦。崖下空处可容数百人，藤葛纠结，阴森幽曲。因为崖头翳日，下面永远见不着阳光，所以苔藓滋滑。试一涉足，竟是十分沮洳。仔细一瞧，原来草根石隙间，触处滋水，都是小泉眼儿。

耿先生方在仰望那崖头嵯岈之处十分幽闷怖人，恰好有只老蝙蝠闻得人声一翅膀扑向草际。这里绳其一脚踏去，嗖一声，却从草际惊起一条尺把长的菜花蛇，一下子钻入石隙。于是耿先生笑道："真是见景不如闻景。这所在，地既沮洳，又黑魆魆的，没甚可观。"说着倾耳听去，不由大骇。因急问绳其道："你听听这闷隆隆的声音，便是这自响崖所发之声吗？好生可怪！"说着，面有惊色，忙忙地东瞅西顾，似乎寻那发声所在。

绳其不解其故，因笑道："先生又来咧！这声音若不可怪，怎么算山中一景呢？"先生若寻声所发处，是没得的。人家说起来更奇怪，说这声音会随着人的耳朵，你听在东，就似在东；你听在西，就似在西，并且逐年加大。有人说，若卧在地下去听，这声音越发加大，满耳中就似沉雷闷转哩。"说着，才一转眼，忽见耿先生就一干燥之处居然卧地，将只耳朵贴在地下，光着眼只管乱转。招得绳其正在好笑，只见先生一面听，一面面色越惊。这一来，闹得绳其也就因先生之惊而惊，只好呆立发怔。

正这当儿，只听背后有人笑道："原来你师弟俩先到这里玩耍来咧！先生跑累了，与其卧在此休息，不如快到庙里去哩。"绳其回望去，却是上祭的两个父老，厮趁趋来。原来王原等在庙久候耿先生等不至，两父老觉得发闷，所以溜出来散步至此。

当时绳其迎上去，一述耿先生闻响吃惊之故，两父老不由好笑。便大家趄向耿先生身旁，只见他攒眉瞑目，一睁眼望见两父老，也自一语不发。

大家见状正在相顾而笑，只见耿先生猛地跳起道："祸事，祸事！不出一月之间，这片所在就要陷为深潭。水患所及，还不知哪方遭难。如此祸事，咱大家快做准备才是。"说着，惊汗涔涔，指着地下道："你们且听，这事还没含糊！怪不得这怪响逐年加大，原来是这凶物作祟。"

绳其等听了，不由骇然，忙问所以。耿先生一面拔步，一面道："咱到庙，大家细谈，赶紧斟酌个准备的方法吧。"

不提绳其等惊惊诧诧，跟了耿先生匆匆赴庙。且说王原等都在庙中，大家闲谈，又说起随地出泉之异。有的说是本有泉脉，忽然发现；有的说是前些日久雨之故，引动地气。正在纷纷议论，只见绳其跳跃而入，向大家匆匆数语。

王原骇然之下，方道得一声："耿先生真有这话吗？快请他来，问个分晓。"声尽处，恰好耿先生和那两位父老一齐趋入，于是大家拥上，乱糟糟争问缘故。

耿先生一面就座，一面道："这场祸事，俺断着十有八九。因为数年前，俺故乡不其山中曾有这般的祸事发作。当时祸事未发，便是这般的怪响。你道这怪响是何缘故？便是地下伏有潜蛟。"

一句话不打紧，登时听得大家面面相觑。

耿先生料灾蛟患，北方是不多见的，所以大家都一时懵然。因接着说道："这蛟患甚是奇怪，若说这蛟形状，就如猪婆龙一般，四爪如铁，头生独角，浑身鳞甲，力逾九象；身所到，洪水壁立。个发使罢，只要从地下发作起来，休说是奋起之处立成深潭巨浸，并且水势滔天，随着它冲刷直下。所过之处，一片汪洋，人畜田庐，一概随波而下。

"据说这蛟也是天生的奇物，出地后，一直奔海，更不回头。并且它领的那股水也是异样，既到海中，与海水并不混合，还是由它领了在海中大搅大闹。总须逢着巨鱼神鼋之类，方把它一口吞煞。至于蛟之产生，越发奇怪。原来这东西并没有自己的种类，系野鸡与蛇交媾而生。那野鸡与蛇交后，产得一卵。据说这卵便是蛟所从出，这卵落在地下，每闻一次雷声，便自然入地数尺，直至下及黄泉，方才为止，便在那里涵育蛰伏。待至气候已足，及复闻雷一次，上升数尺。所以一蛟生成，往往经过数年。在地中时，常发有轰轰怪响，越是将要出地，那怪响越大。

"那会子俺在崖下所闻，正和俺往年在故乡不其山中所闻相似，所以俺知是伏蛟。这等凶物非同小可，依我看来，趁那蛟尚未成熟，赶快集众掘取。至于掘取之法，俺也略知一二。须多集壮夫，鸣金代鼓，方才成功。怪不得俺那日占玩卦象，知有灾变，或者就是这伏蛟为灾。如今事不宜迟，咱还须赶紧准备哩。"

王原等听了，虽是骇诧，但因这蛟患北方人都没见过，又因耿先生说得离奇，未免似信不信。大家相视一笑之间，早被耿先生料知其意，因正色道："这伐蛟之法载在古书，便是如今南省，也常有伐蛟之事。每年二月蛰雷发后，山民们相与入山踏寻。但遇有寸草不生之处，便是雉卵所堕的所在，就此发掘，往往便得那卵。饶是如此，南省中还往往发作蛟患，不过咱北方人众都不去理会罢了。"

王原等听了好不踌躇，欲待不信，无奈耿先生又言之凿凿，于是同众父老跟了耿先生趄向那崖下。徘徊一回，虽听得轰轰直响，究竟寻不出声发何地。依了耿先生的话，大家分头去寻那寸草不生之处，却也没得，闹得大家通没作理会处，便是耿先生也连连搔首。王原道："若说发掘这片地，这段工程可不在小处，只好转去邀请各村众，大家商议，再作道理。"

不提当时大家又回庙歇坐，七言八语地乱过一阵，方就归途。且说王原被耿先生一席话闹得惊惊耸耸，一夜也没好生睡。次日便同了绳其仍在那法兴寺召集红蓼洼各村父老，一述那耿先生的一席话。

大家听了，哪里肯信，有的嘴都笑歪，有的眣眼发怔。少时却有一人道："咱们北方向来没有蛟患，耿先生虽说得可怕，但是也未必便真有蛟；再者满山崖下发地乱掘，须费多少工程？倒是今年连旱连雨，又连着场大风。如今天气又阴晦得惨瘆瘆的怕人，真像个捣蛋的年头儿。说不定山洪暴发，还在情理之中。咱有这发地乱掘的人工，还不如修补金埔堤以防水患，方为正理哩。"

众人道："这话有理！既要修堤，咱便索性连那护堤会也操办起来。照老例的每家出一个人是不消说，还须添办些应用的器械，如钩竿枪刀之类。像这些事也都好办，咱们大家谁都可以操持。唯有这个会首，一时间却想不出人。既兴堤工，自然是王爷去承办，难道这会首，还劳乏王爷不成？"

大家听了，正在称是，却有一人鼓掌道："如今便有很相宜的会首，你们还怙惗怎的？"说着，向绳其一指。

这时绳其方饮了一口茶，扑哧一笑，喷茶于地。方要开口之间，众父老已都笑道："妙，妙！绳其果然相宜。他好在又会拳棒，便是那石幢峪的什么滚刀筋知咱修堤真个来寻是非，咱也怕不着他了。"

绳其笑道："岂有此理？俺小小年纪，哪里会做会首？"众父老道："方相公不必推辞，有智不在年高。你那机警能为，俺们都晓得的。再者俺等还拟恳请耿先生帮你的忙儿，你二人斟酌办起，自然会做会首了。"

王原趁势道："正是，正是！咱就如此定局，克日操办吧。"绳其笑道："王老叔，如何你也这等说？俗语说得好'宁管千军，不管一会'，你想俺这点儿年纪，发出话去，哪个肯听？"

王原大笑道："方老侄，我且问你，你既不会做头儿脑儿，怎的你和人顽皮起来，都是你做头儿呢？"众人听了，不由都笑。

绳其至此，除了干笑，也自无话可说。于是王原命人请得耿先生到来，一说众父老之意。耿先生听了，虽然心下怙惗，然因大家不甚信蛟患

214

之话，也就不便再提。

当时大家又议论回修堤并护堤会之事，即便散掉。次日王原、绳其等果然率领众父老分头操办起来，无非是鸠工庀材，通知各村人众，并检点应用等物等事；便就那法兴寺做了办事的公所，这都不必细表。

且说绳其连日价忙碌会事，都处理得井井有条。并于会中人众内选出精壮四人，协理堤事。那四人，一名张起，一名赵发，那两人一个便是带头，耿先生给他更名世禄，还有一人却是麻娘娘。因她泼辣辣的，奔走耐劳有逾男子。大家见绳其办事有方，都各欢喜。唯有方老太太，自闻得耿先生说有蛟患之后，好不心下怙悷。便连日价按时拜佛，又添了吃起准提斋，每晚人静，还要念回什么《高王观世音经》，为大家祈福。

这日绳其又在会中照料一回，瞧瞧天色依然是黄澄澄的。这时日西时分，细望那日光，仿佛隐罩于愁云惨雾之中，映照得那天色又似起了一层红晕，便如一幅浅绛纱横亘于偏西半壁。

绳其望了一会子，即便慢步踅转。刚出寺门不远，只见林树后人影一晃。绳其喝道："是哪个呀？"便闻树后哧地一笑，道："小人在此歇脚，因多日不曾去瞧望您，今天得了些稀罕物儿，正想到寺去寻您。巧咧，倒被您张见咧。"说着，笑吟吟转出一人，生得干筋瘦骨，削颊攒眉，两只圆彪彪的胡椒眼儿，顾盼间闪烁不定。更衬着耸鼻头、薄嘴唇，神情儿十分好笑。穿一身短裤褂，略有补缀痕迹。一手提着柄挖泥的短锹，腰带上却拴着个长长的麻布包儿，湿阴阴尚自水痕浸润。

绳其仔细一瞧，却是本村打闲的徐大山。原来此人并无正业，只以打闲为生。有时做个短工，有时做个小贩，终日价东跑西颠，觅取糊口。有时节没了落子（即贫窘无着之意），便是跳篱笆拔人菜蔬、摸人鸡狗的勾当，也都冷不防地干一下子。但是村人们虽明知是他，却没人去理论。因他为人伶俐和气，很不讨厌，又好说好笑，就似个有腿的告示一般。大家没事便去寻他听各处的新闻，消个遣儿。又因他虽偶然偷摸，却能尽心尽力地养活他老娘，以此之故，大家都担待他许多。绳其家偶用短工，往往都雇大山，所以彼此厮熟。

当时绳其见是大山，因笑道："徐伙儿，你寻我做甚？不消说，又是没落子咧！"大山耸肩道："哟！您倒会给俺说吉庆话儿。不瞒您说，俺这些日在外村里做工做贩，混得还不错。因为昨天俺从石幢峪转来，随便儿得了些新鲜食物，故此来孝敬您。方在此歇坐，巧咧，却遇着您咧。"说着，放下短锹，解开那麻布包儿，却是两只胳膊粗细的白莲脆藕，用一片

215

荷叶包裹，泥香犹显，好不新鲜。

绳其一见，不由哈哈大笑。正是：

护提兴会事，送藕有乡人。

欲知后事如何，且听下回分解。

第三十八回

徐大山闲情赠藕
挂月村学友留宾

且说绳其一见那藕，疑是大山偷摸得来，因大笑道："哈哈，徐伙儿你又干这个营生。这种贼腥气的物儿，俺是不吃的。"大山顿足道："您这是哪里的话！俺好心好意地来孝敬您，您却疑人做贼。这藕是俺在石幢峪得来的。因俺在王老一家做了几天工，末后，他叫俺挖他家的藕塘，便赏了工人们几段藕。俺因自己这张嘴不配吃这新鲜物，所以带回来孝敬您的。这藕俗名嘎嘣脆，好吃得很。您瞧咱这一片有这等藕吗？"

绳其听得"王老一"三字，不由心有所触，因笑道："真个的，你在王老一家做工时，没听见什么动静吗？俺想咱这里又是修堤，又是办护堤会，他们石幢峪人众不能不知道吧？"

大山道："他们怎的不知道呢？咱这里刚一插手办事，王老一便晓得咧。又因前些日咱红蓼洼各村求雨，不曾叫他们掺在里面，那王老一便老大地不是意思，扬言红蓼洼小看他们。及至探知咱们修堤等事，那王老一还曾召集峪众商议对付咱们的法儿，说咱们修堤是故意价逼阻水道，去淹没他们。依王老一之意，便要率众前来打降。亏得峪众们也有稍明事理的，便说道：'人家自己修堤，保护本洼，和咱们是井水不犯河水，没得相干。咱若怕水势逼到本峪，只好也自筹备水之策，方是道理。若去打降，却讲不到理上。'王老一听了，这才将高兴打掉。便是小人来时，石幢峪人们也忙着防备或有水患。大家添筑圩墙，或扎筏子，颇忙碌得一团糟哩。"说着，递过藕来。

绳其接了，便笑道："如此说，俺倒生受你了。但是你好容易得来的，却令人过意不去。"大山笑道："得咧！俺一年到晚，蒙你照应还少吗？您转去替俺问老太太的好，倒是正经。"说着，勘勘而去。

这里绳其晓得方老太太的性儿，虽是没牙老口，却单好吃个嘣脆的瓜桃李果。当时提了那藕甚是欢喜，一气儿往家飞跑。刚一脚踏入内院，只见方老太太站在廊下，正瞧着仆妇们洗刷一只多年不动的大甓缸，并且笑向众仆妇道："你们都瞧着些，庙前石狮石红了眼，就该发大水咧。你们还不快把各人的木脚盆收拾出来，准备着坐盆漂水哩。"（俗传某大湖未成巨浸时，原是一富庶村落。一日，来一贫妪沿门求乞，众悉拒以恶声。唯某善妇悯之，怜恤甚至，数日不倦。于是贫妪谓妇曰："此村不久当陷为湖，但视庙前石狮眼红时，速移家远避，当免此危。"言讫不见。妇信之，日侦石狮，往来频数。无赖某询知其故，嗤妇之愚也。则夜以豕血涂狮目，以资笑乐。妇见而返走，急移家去，而是村竟立陷为湖。贫妪盖菩萨化身，以试人只善恶者云。）

绳其听了，摸头不着，因笑道："奶奶，您老人家闹的是什么？便是发水，却没来由洗刷这大缸做甚？"方老太太道："你瞧你这孩子，念了一会子书，连这故事都不晓得！当年岳飞的母亲抱了岳飞逃水难，不是坐了大甓缸才得逃出吗？如今耿先生既有发蛟的话，所以俺早些准备。"

绳其大笑道："你老人家信起书上的话来，还有完吗？如今咱这里正在修堤，便有水患也不打紧。依我说，你老人家不但不必洗刷那缸，便连那吃斋念经，也都不必。"

方老太太笑喝道："你又胡说！"于是祖孙含笑厮趁入室。绳其便笑道："俺知奶奶好吃脆生物儿，如今俺得了两段藕，你老人家且尝尝，是否好吃？"于是一面笑述徐大山赠藕之事，一面从荷叶中抖出藕来。方老太太一眼望去，便笑道："这种藕名嘎嘣脆，倒是中吃。"

绳其诧异道："奶奶怎的便认得这种藕呢？"方老太太笑道："提起这话来，可有了年头咧！当年你葛垞庄吴家姑母每逢来家时，往往携来两样东西，一样儿就是嘎嘣脆，那一样儿便是大蜜桃，其名儿就叫佛见喜。因为这两样儿都是她那里特产的物儿，并且你姑母家还有很大的一片桃园，便坐落在本村杜家宅后，所以她来家时往往携此两物。如今见了这种藕，倒叫人想起你姑母来咧。"

绳其道："原来如此。既是葛垞有这样好藕，将来奶奶要吃时，俺便去买它些来，并且趁势瞧瞧俺吴家表兄，岂不甚好？"

方老太太道："提起你表兄吴思恭来，俺如今也不知他过活得怎样咧？皆因他为人老实，只守些田亩生活，也没空儿出门，所以这些年竟没向咱家往来。你将来去串个门儿，彼此认识认识，倒也不错。俺曾听你姑母说，葛垞庄人家大半养果园为生。每年有两季果秋（果熟收摘之时，俗谓果秋），春天是桃、杏之类，秋天是梨、枣、柿子等物。每至果秋，十分热闹，各处的贩果客人并游人等，都借住山家，游玩尽兴。庄中各家待客的待客，交易的交易，那远近的趁生意的人等，便如赶庙会的一般。将来你若瞧你吴家表兄去，趁果秋上去，且是有趣哩。"

绳其跃然道："既这么好玩，今年秋季俺便去吧！"方老太太笑道："你瞧，你又吉了屁（俗谓性急）似的咧！今年咱防发水还防不迭，还有空儿出门吗？"说话间，绳其已削好一只藕，切开来奉与祖母。大家一尝，果然清脆无伦，入口而化，一些渣滓也没得。

方老太太不敢多吃，只嚼了两薄片，其余都是绳其包裹儿。但是意犹未足，方要不客气地取那只藕，却被方老太太架住胳膊。绳其笑道："俺倒忘了与奶奶留着咧。"

方老太太笑道："你就说得我这么嘴馋？皆因这些日风咧雨咧的闹得人没高兴，　向也没打发人到建中家去。明天你趁空儿去上一趟，便携这只藕去，不是个新鲜物儿吗？"绳其道："好，好！建中这两日因耿先生和我会事忙碌，他也没大来上学，俺正要瞧瞧他去。这藕是趁新鲜，那么俺就去吧。"说着，要取那藕。

方老太太笑道："你总是这留不得隔夜屁的急性儿。便是就去，也须俺给你打点齐全，难道只送一只藕去吗？"正说着，忽觉室中一暗。方老太太只顾说话，还没理会，却闻院中仆妇嗓道："老太太快来瞧瞧，这天色才怕人哩！莫非秃尾巴老李（俗谓龙也）要作怪吗？"

绳其听了，先跑出一望，只见那天色从红黄灰白之中，又起了些黑点光气，并且西北方面簇起一缕云气，影绰似龙挂一般。

这里仆妇们正在指点惊诧，只见那光气已自不见。忽地残阳穿透云隙，又反映出些紫金颜色，于是方老太太道："如今时光不早，又这么怪怕人的天色。那么你就明天再去吧。"绳其道："不打紧的，这么近，俺开腿就到，索性住在建中家明日再回，奶奶请放心吧！"方老太太拗他不得，只得匆匆地打点了些食物果饼等类，并那藕包作　包，交与绳其。

不提方老太太瞧着绳其跳跃而去，自家用过晚饭，赶忙地漱口洗手，去到佛前，念她那《高王观世音经》。且说绳其一路上连蹿带跳，直奔南村。方出得自己村头，忽闻雷声隐隐，那天色越发黑暗。远望四围，真个是天低如盖。那郁热之气，便如身处蒸笼一般。有许多村人都在村头树底下相与歇坐，有的两眼望天，有的相与闲谈。

绳其都不管他，方匆匆趱近南村，只听岔道高坡后有人唤道："喂，大哥哪里去？俺在这里哩。"声尽处，转出一人。

绳其望去，不由大悦。正是：

　　　馈送相款曲，把臂且从容。

欲知后事如何，且听下回分解。

第三十九回

访同人深宵抵足
值灾变地震惊心

　　且说绳其见高坡后转出那人正是建中，手拎蒲扇，还把着一卷书。因欣然道："巧得很，俺要去瞧望你母亲，咱便一同走吧。你这会子热巴巴的，在此做甚？"

　　建中一面趈近，一面笑道："今天郁热得紧，俺方才在冈后林内歇坐着，瞧了些书。刚觉清爽些，不想天色又暝黯起来。"因见绳其提着大包儿，料是方老太太馈送的什么食物，便赶忙接过来替绳其提了。

　　建中刚要转身当头引路，只听轰隆隆一声响，登时从西面卷起个小山似的大旋风，尘沙抖乱，直上半天。一径地翻翻滚滚，由西而东，直刷过来。绳其等忙举袖障面，还没转眼之间，再望那旋风，已东驰里把地外；并且随势涡旋，顷刻散作十来道风气，平铺价向东飞腾，轰轰怒鼓。少时，飞腾得愈速愈高，直混合入天色中，黑点点的，化作一天暝色。

　　这时，四面价又复风声掣动，那天色暝黯愈甚。于是建中忙道："大哥，咱快走吧，看这光景又有风灾哩！"

　　慢表这里两人厮趁，一路好跑。且说许氏在家，因天色暝黯，那建中又没转来，正在挂念，忽又见旋风大作之后，那天色颇有昼暝之概，并且四面价风声乱响，只当是又有风灾。惊悸之下，便匆匆趈向门首去望建中。刚一脚踏到门洞，恰有一人闯然直入，两下里闪个不迭。那人啪地一脚正踏在许氏脚尖上，许氏只认是建中，因骂道："你这孩子，怎也跟你绳其哥学那慌张马似的性儿，就这么踏人一脚，快跟为娘……"一个"来"字没出口，只听建中在门外喊道："娘啊，俺在这里哩！那是俺绳其哥。"

　　这里许氏从暝色中定睛一瞧身旁那人，不由红了脸儿，便笑道："哟，可了不得！俺没想到这等天气你会跑到这里来，并且你和建中怎又走到一块儿了呢？"

这时绳其只是好笑，尚未答语之间，后面建中拎了那包已自踅入。于是绳其先向许氏问候过，然后一说来意，并恰遇建中之故。慌得许氏道："你家老太太真叫人过意不去，得个新鲜物儿，还巴巴地惦着俺们。又这等天气，老远地叫你送来，真是叫俺们做小的，怎么报……"建中笑道："娘真是被这天气又吓糊涂咧，怎的只管在门洞内谈起来咧？"一句话提醒许氏，忙去掩了大门，大家踅入内室。

这时天色业已遽然暝黑，又加以风声乱掣。虽不似上次风灾厉害，但是一时间户牖乱响，夹着满村中的呼唤之声，好不怖人。

当时许氏先匆匆掌上灯烛，大家就座。绳其料得今夜难返，唯恐许氏另与他整治晚饭，因笑向许氏道："婶婶若是客气，给我另备晚饭，我马上就走。"许氏笑道："就是吧。今天恰好是菜馎饦儿，咱们一同吃吧。"

正说着，顷耳院中，似乎是风声渐小。大家只顾说话，也没理会。须臾，许氏先将那只藕刮切停当，然后由外间食橱内端进菜馎饦，便就炕桌，大家围坐下来。

绳其一尝那菜馎饦，倒颇可口，于是把抓口唵，便不用箸，招得许氏又是笑，又觉得这等待客甚是过意不去。便拈藕一尝，连声夸赞。

建中吃了两片儿，也便不吃。那绳其因天气热燥，只顾拈藕来吃得口滑，不知不觉，一盘嘎嘣脆又已入肚。当时齿颊生香，凉沁心脾，好不快活。虽微觉肚儿有些嘎嘣，也没理会。

须臾，大家饭毕，由建中收拾过，又相与闲谈一回。约莫已有二鼓时分，许氏忽向建中笑道："你瞧，怪不得你那会子说我吓糊涂咧。你绳其哥干咽了些菜馎饦，连口菜都没吃哩。你快到前边室内先掌上灯烛铺设卧具，俺这里也就烹起茶来。"绳其听了，忙道不消之间，建中业已跑出房门。

这里许氏方才站起，却听得建中拍掌道："妙，妙。大哥快来瞧瞧，你瞧这场风，倒吹得云散天空，满天星斗咧。"

一句话不打紧，闹得连许氏一齐跑出。抬头一瞧，果见星光耿然，竟自一丝儿云影也没得咧。大家久处阴郁之下，这一来，好不畅快。于是绳其忙帮同建中搬置卧具，一面价就前院客室掌上灯烛。

不提这里许氏烹好酽酽的一壶清茶，便唤建中端入客室。自己就灯前小坐一回，即便和衣歇息。且说绳其因连日价忙碌会事没见建中，这当儿说笑起来，话头儿只顾不断。及至觉得口渴，那壶茶业已晾得半温不冷。绳其都不管他，便提起过壶来嘴对嘴灌了一半。两人又各自询问回近来的功课文艺，方才熄了灯烛，相与就枕。建中是头才着枕，即便睡去。绳其是思量一回会事，辗转良久，方才入梦。但是睡梦之间，总恍惚肚内辘辘响动。

绳其倦极，也便不去理会。哪知睡至五更敲过，恍惚中，身在法兴寺中料理会事，越忙得不可开交，越觉肚儿发胀，急欲出恭。偏偏地事务忙碌，那肚内胀痛得一阵紧似一阵。恍惚中，又似事务都毕，赶忙地跑向厕所。方才褪裤蹲身，要噗嚓一下子屙个痛快，忽地肚内一阵绞痛，遽然醒来，听听街柝业已五更敲过，喔喔晨鸡不断地远近鸣动。绳其但觉内急得势凶万分，刻不容缓，大有脱颖而出之概。

你道是怎的？原来绳其两次价食藕过多，又闹了一顿菜馎饦，灌了半壶半温不冷的苦茶，你想这些东西在肚内作闹起来，岂有不泻肚之理呢？

当时绳其一骨碌爬将起来，手忙脚乱，忙摸火种想要点灯，偏又不知建中放向何所。听听建中鼻息正酣，又不便惊动于他，只得暗中摸索，穿好衣裤。方一脚伸下榻来，但听啪嚓一声，可巧榻前的一个溺罐又被踏翻。这一来，倒登时惊醒建中，愣怔怔地只觉绳其在榻前瞎抓瞎摸，并且喘急急的。因惊问道："大哥怎么咧？这会子忙着起去做甚？"

绳其道："了不得，有个臭主儿急欲出头，俺委实拦它不得哩。"建中会意，便笑着摸取火种。先点上一个提灯，匆匆穿衣，下榻一瞧，只见罐破尿流。那绳其攒眉揉肚，只管在那里乱打旋儿。绳其不容分说，抢起提灯就要拔步。建中道："慢着，你自己去出恭却不成功，俺后院中有只劣性狗，虽不咬人，却好舐人的屎屁股，等俺和你去吧。"

绳其忙道："如此快走！再耽搁，便不妙了。"因慌忙之下，语声稍高，便闻后院内唰啦一声，接着便汪汪吠起。建中道："你听听，这只狗歹斗得紧，等我寻个棍棒再说。"绳其顿足道："哈哈，你老人家，快着吧。"说着，弯下腰去。

及至建中由壁下寻了个支窗的木棍，并由榻褥下取出一叠草纸。这里绳其早已急匆匆踅出室门，于是建中忙跟将去。只见晓风习习，那东方已发出些鱼肚白的颜色。这时建中接过提灯，提棒在前，一径地由前院夹道直奔后院。若说绳其虽常向建中家往来，却等闲没到过后院中。这时一来欲望厕所的所在，二来，须提防那劣狗冷不防地来敬一乖乖，不由得才到后院，便东张西望，逐处留神。只见后院中群房高大，堆有柴草并水瓮等类，西墙下还植有晾衣的长竿架儿。离架不远，靠墙根却是个小小的垃圾堆儿。瞧了半晌，却偏偏不见厕所并什么劣性的狗，但见建中将那提灯挂向竿架。

这里绳其方要动问，忽觉身后吠吠有声。赶忙回望去，早见个容长脸儿、伸着老长的一张毛嘴直闻将来。便见建中举棒一晃，那狗咻一声夹尾便跑，却大转弯地趔向垃圾堆后，猛可地回头瞧瞧，蹲在那里。

这时绳其业已吃紧十分，便顾不得再询厕所，三脚两步跳向垃圾堆前，双手解裤，向下一蹲。刚道得一声："建中弟站远些，你瞧俺这就……"一言未尽，忽然跳将起来，趁势向后一蹬脚，却闻那狗注的一声一气儿跑上垃圾堆，却又逡巡间站在那里乱晃尾巴。

这一来招得建中哈哈大笑，那绳其顾不得笑，一面价攒着眉头，一面俯拾土块。本想向狗打去，哪知只一弯腰之间，肚儿内一阵乱弯，为势已急。于是趋势下蹲，噗喳喳一声响亮，熏得建中掩了鼻孔，抛下草纸，百忙中虚扬那棒。方要去吓那狗，忽闻许氏在内院中问道："后院中是谁呀？莫非是建中吗？你这么老早地起来做甚，不打搅你绳其哥困觉吗？"

绳其听了正在好笑，便见建中高声道："娘放心吧，是俺绳其哥在这里出早恭，俺给他看着狗哩。"即闻许氏笑了一声。

这一来闹得绳其很不得劲儿，便赶忙胡乱屙毕，丢了草纸，束裤站起。刚离却那堆屎数步之远，猛听得耳轮中轰隆隆一声响亮，便如百道雷霹一齐震发，接着便四面八方回音震荡，如大海潮音，如万马蹴敌。从一片大声中又有许多似风似雨不可名状的声音，也不知是从天降下，由地奋起。但觉一身恍恍惚惚，身四外是隐隐磕磕，俨似身临战场，逐处里战鼓齐鸣。

绳其等大骇之间，便见院中群房竟似乎摇摇晃动，接着那提灯随了长竿便像个火球儿乱舞起来。百忙中，柴堆翻倒，瓮水泼出。再瞧垃圾堆上那只狗，业已前仰后合，一面价汪汪乱叫，一面价腿子乱抖。

说时迟，那时快。这里绳其猛悟是地震，忙抱住建中叫声不好的当儿，恰又轰隆隆又是一声大震。于是两人立脚不牢，一齐跌倒。那绳其手儿一松，业已仰翻出数步之外，一时间天旋地转，想要撑起，便似脚踏绵包滚球一般。还没转眼之间，竟已闹得随地乱滚，但是慌忙之下，还唯恐建中有失。

亏得这时晨光微微吐露，绳其退望三五步外，有一物黑魆魆的，似爬似滚，疑是建中，便趁了自己滚势，一把抓去；便是那物，猛叫一声，竟自人立起来。正是：

　　　修堤方备水，地震却成灾。

欲知后事如何，且听下回分解。

第四十回

经奇变街坊异相
笑忘情男女裸聚

　　且说绳其一把抓去，却抓着一条狗尾巴。因抓得势猛，所以那狗汪叫跳起，旋复栽倒。绳其都不管它，仍然从跌撞之中四觅建中。

　　这时但闻院外全村鼎沸，东轰一声，西响一记。一处处喧哗哭叫，一阵阵房倒屋塌，直闹得锅滚豆烂。

　　那绳其颠顿良久，势将眩晕，猛可撞入一片柴草之中。绳其知是柴堆都倒，暗想这所在离房太近，倘然房子倒下，却是不妙。想到这里，便尽力子一蹬两脚，想来个贴水游鱼的式子蹿离这里。却听得建中唤道："绳其兄吗？你快些扶我起来。别的不打紧，俺娘这当儿不知怎样，俺须快瞧瞧去哩。"说着，从草内钻出，业已跌撞得头脸略破，急忙忙抓住绳其，便要撑起。哪知绳其因颠顿得脚下无根，略一腿软，两人相拖着又已跌倒。

　　正在就地宛转之间，亏得地震已止。原来人经地震，便如晕船一般。只要船停，人便立时清爽。当时建中一骨碌爬将起来，头也不回，向内院便跑。后面绳其跟将去，刚刚一脚跨入内院的角门，只见正房前横七竖八躺了一地的人。

　　绳其大惊，仔细一瞧却不相干。原来是许氏日间洗濯的许多旧衣服，晾在房前晒绳儿上。这当儿绳断衣落，乍望去，却似人卧。还有那廊下的酱瓮草帽儿，也掀旁一落。

　　这里建中眼张失落，方要拔步入室，却听得许氏在草帽下唤道："建中快这里来。如今地震已过，不必惊慌。这会子你绳其哥在哪里？他没事……"一个"吗"字没出口，建中、绳其双双跑过来，早从草帽下扶起许氏。一时间大家相对，便如梦寐。

　　原来这夜里许氏恰是和衣困倒，及至被建中说话惊醒，本想再睡个回

225

头觉儿，哪知蒙眬之间，忽被奇震惊醒。初犹懵然，继而见满室中诸物摇摆，叮当乱响，这才知是地震，一时骇极，爬起来向外便跑。及到外面，越发觉得天旋地转。没奈何，趋势去扶酱瓮，想要倚靠。哪知那瓮竟活的一般，许氏手儿方到，那瓷便是一晃，闪得许氏登时晕倒。及至震毕醒转，那皁帽儿已不知何时合在自己身上。正在思量挣起，恰值建中等踅来哩！

登时三人惊定，且喜都各无恙。当由建中扶了母亲，大家入室。许氏这时惊魂初定，还是颤抖抖的，一面向建中等没头没尾地乱说方才地震的光景，一面笑道："真是晦气！你瞧你绳其哥等闲不来，昨晚在此便吃这老大的一惊。若在家时，怎会受这惊呢？"建中道："娘真是吓糊涂咧！咱南村闹地震，难道北村便不震吗？"

一句话不打紧，只见绳其啊呀一声，回头便跑。这里许氏见状，也便猛然想起方老太太，便和建中略整家具，即命建中随后赶去，这且慢表。

且说绳其因建中提起北村，猛提起方老太太，一气儿跑出王宅，便奔街坊。还没数步之遥，抬头一望，不由且惊且笑。只见各家门首，攒三聚五，围拢了许多男女，一个个惊眉怔眼，指手画脚。有的乱说房屋摆摇之状；有的摹效大家奔避之形；有的头面磕伤，直嚷晦气；有的自喜无恙，拍手打掌；有的道："好霸道家伙，那一响，俺只认是要天塌地陷哩！"有的道："看起来，还是咱这一方人没作孽。不然，再震一霎儿，咱们这伙人真成了滚汤泼老鼠咧！"

就这纷扰之中，又有许多妇女彼此乱噪道："哟！他大婶呀，你瞧咱们这另世为人，真亏了老佛爷子保佑。你说怎么这么巧呢？俺当家的轻易不回家，可巧昨晚他回来咧！不然，那五更头上，俺正睡得人事不知，还了得吗？"

一妇便笑道："哟！如此说，是老佛爷子硬把你弄醒咧。"那妇人脸儿一红道："你倒会说，什么弄不弄的？不过俺说是这样巧法，就是佛天保佑。"又一妇便笑道："某大嫂，你这话真有理。便是俺昨晚也再巧没有，俺那个醉猫似的当家的，你是知道的。他不差什么，便向人涎脸要钱，喝个夜酒。醉了，死狗一般，便睡大觉。休说地震，便是天塌，他也不管。可巧的，昨晚上他半夜里撞了回来，又向我要钱打酒吃。我一顿排揎，他没法儿，也只得偎在我脚后睡咧！及至我一觉醒来，你说怎么着？我只听得榻前头嘖咂的，疑是耗子作闹。当时我睁眼一瞧，真把人气煞！原有来他三不知的，摸起我新打一瓶酽醋，竟当酒喝，并且瞅着我，颠头拨脑，

226

十分得意。我光溜溜地爬起来夺过他那醋瓶。这一下子，他没得着落，却也不会安生。但是他不安生，我也满不在乎，俺两个正在那当儿，你瞧瞧……"便又有一妇，笑推那妇道："你这张没正经的嘴，还往下说？左不过是你两个正在那当儿便地震了，这才跑出罢了。"

众妇听了，哈哈都笑。那妇人却没事人似的道："俺是说这样巧法。至于那当儿的勾当，说它怎的？谁家烟筒不冒烟，又算个什么呢？"

绳其听了一面拔步飞跑，一面好笑。再望到众人结束，越发离奇。有的猱头撒脚，有的敞怀露肚，有的连裤儿都没穿，只披件被单儿，就这么在街上，乱成一片。

绳其不暇细瞧，一纳头信步如飞。刚赶到街中心一条横巷口上，只听巷内有妇人急匆匆地喊道："好了，好了，谢天地！那不是大丑子吗？你这孩子乱跑到哪里去，可把我急煞咧！快跟娘回家去吧。"

这里绳其略一驻足侧望，便见个二十米岁的媳妇子，一张脸儿业已吓得惨白，蓬头垢面，浑身是一丝不挂；偏又生得白致致的有八分肉彩，两只肥乳一走一哆嗦，便这般望着自己，两眼都直，唇儿颤动。一面价举手乱招，一面乱踏小脚，直抢过来。

这里绳其望见她小肚下一片乌影影的，甚觉好笑。料她是惊急之下，忘其所以，竟自赤体跑出来寻觅孩子。正想赶紧地闪身让路，说时迟，那时快，便见那妇人一个虎势扑过来，早将自己一把抱牢，道："你这小蛋蛋子，还不快家去！累得为娘这路好跑。"

绳其见状，知她是错认自己，便一面急挣，一面乱吵道："放手，放手，你是哪个的娘？哪个又是什么大丑子？好丧气！大清早晨，精着光着的，就这么撕撕掠掠。"说着，两手下劈，两膊一晃。本想是分开妇人双手，急为摆脱。哪知那妇人念子心切，有力如虎。绳其这一挣，不但摆脱不得，那插下的两只手，反被她张胯一夹，十分坚牢。趁势一把，又揪住绳其的小辫儿，却一面向街众道："你们快来帮个手儿，别叫他跑掉。这孩子吓迷了头咧，连他娘都不认得咧！"

这里绳其又气又笑，又觉两只手挤在她的一团胖肉上，温暖暖、汗津津的当儿，便见街众男妇呼一声都凑拢来。其中有认得绳其的，便笑吵道："某大嫂，快些放手。这哪里是你家大丑子，这是人家北村的方相公。"

那妇人听了哪里肯信，仍然是揪抱不放。绳其事在心头，不由急挣得气将起来，便将两只手连抓带挠，尽力地从她胯下喷的声拔将出来。那妇

227

人经绳其一推挣，揪辫之手也便一松。绳其索性闪向她身后，向她胖屁股上清脆脆便是一掌。

绳其方要放脚跑去，又闻巷口内有人喊道："媳妇哇，快些转来。咱家大丑子好端端地在驴棚里木槽后面。你这么闹法，不把人吓煞吗？"声尽处，由巷中抢出个老妈妈子，依然是赤然精光。两只丁瘪乳，衬着一身稀松的软搭皮，又开两只秒镐腿，大脚上却踹着双男人大鞋。远望去，便如树精一般。

大家见了，正在哗然，便又闻巷口内有人气哼哼地道："你这老货儿真是着事就迷头，便是追唤媳妇，也须穿上裤子呀！快着吧，给你裤子，这是怎么说呢？老佛爷这一震地，真把人都闹糊涂咧。"声尽处，唰一声又由巷内抢出一人。

大家眼光登时又是一亮，只见来人却是个精光的老头儿，手内拎着一条裤，一径地抛向那老妈子，却向大家拍手笑跳道："你瞧女人家究竟不成功，俺家里的为追媳妇，连裤子都忘掉穿。若不是我……"

大家哄然道："不错的，但是你老人家自己的裤子呢？"一句话提醒那老头儿，不由啊呀一声，急和那老婆儿并妇人闪入巷口。

不提这里大家也便喧笑而散。且说绳其一气儿蹅进北村，只见村中逐处里烟尘抖乱，闹攘攘的，还正在人语喧哗。绳其料那地震光景不下南村，正在心急似箭，两脚如飞，只听后面有人唤道："大哥慢走，且等等俺，咱一同去瞧老太太吧。"

绳其回望，却是建中喘吁吁地跑来。原来绳其被那妇人一阵撕掠，为时颇久，所以竟被建中赶上。

当时两人合作一处，不暇言语，拔脚便跑。方一步踏进村头，只见一人从对面如飞跑来。正是：

相看犹恍惚，乍遇且逡巡。

欲知后事何，且听下回分解。

第 五 集

第四十一回

众父老善后地震灾
小侠士误听风情语

且说绳其等正在跑发，只见一人从对面如飞闯来，两下里几乎撞着。仔细一瞧，却是王世禄（即带头），满脸上灰土狼藉，便似个土人儿。书中交代，你道王世禄为何撞到这里？原来地震的当儿，王原和世禄一齐地从屋中拔脚便跑。

王原是上年岁的人，慌急之下，腿脚迟慢，嗙一声绊倒在门槛之外，头脸磕破。世禄在后，收脚不住，扑通一下子，竟从王原身上一跤跌过，恰好前面有个淋灰水的灰篓子，被世禄一下撞翻，所以闹了一脸灰土。王原知耿先生那里有很好的止血创药，便命世禄去寻些来，就势望望方老太太和绳其，所以这时世禄由北村跑来。

当时绳其猛见世禄，正要开口，便见世禄失惊打怪地向绳其道："哈哈！你们来得正好，赶快跑去瞧瞧吧。可了不得咧，慌得咱先生连药都撮不上来。你家老太太，咳！不说咧。俺忙得很，你快自家瞧去吧。"说着，挥手便跑。

绳其大惊，急唤道："世禄哥别跑，俺家老太太到底怎……"一个"样"字没出口，世禄回头道："好啰唆，都穿戴上咧！"

一句话不打紧，直吓得绳其倒抽一口凉气。更顾不得再去问他，拖了建中，恨不得两步并作一步，原来乡里俗语妆裹死人就叫穿戴上哩。

当时绳其抢入村中，但见街坊上男女聚集，喧哗凌乱，一如南村，并且屋宇间有倒塌。一路所经，似乎比北村灾情较重。绳其见状，越发心慌。及至跑入家中，反倒心头一块石头落地。原来方老太太当地震惊慌中，不知所为，却由一仆妇搀扶，一路颠撞，避入佛堂中，以为佛地总比别处安稳些。哪知那佛堂屋子久已古老失修，偏又是很淳的泥坯顶棚。方老太太和仆妇方趑到对面的香橱经橱之间，那顶棚业已簌簌有声。

231

及至两人眩晕坐地，唰啦声顶棚塌下。说也凑巧，却被那两橱同时一歪，正支了个架儿似的一下子隔住塌棚。要说这泥棚，很有斤两，若非两橱支架，方老太太也便有性命之虞。

当时那橱儿虽隔住塌棚，方老太太一惊之下，竟自晕去。仆妇这时早已吓呆一张嘴，只有牙齿捉对儿厮打的份儿，哪里喊唤得出！后来震定，还是耿先生领了仆众寻到佛堂，这才从泥土堆中将个方老太太并仆妇挖将出来。虽然丝毫没伤，却都吓得半死。于是方老太太诧为老佛爷保佑，便不待收拾佛堂，登时趸回内室，裙儿衫儿的扎括整齐，从新来虔诚拜佛。

正这当儿，那世禄趸来先寻耿先生要药。耿先生挖取方老太太，惊悸忙碌之后，未免手儿撮药有些发颤。世禄得药，去瞧方老太太，又恰值拜佛方罢，所以他遇着绳其等便那么一路傻吵，倒将绳其吓了个魂飞魄落。

当时绳其、建中见过方老太太，各略述两外地震的情形，幸各无恙。彼此喜慰之下，又累得方老太太念了许多的豆儿佛，因叹道："怪不得耿先生曾说今年或有灾变，却不一定是亢旱成灾。你瞧近两月中淫雨暴风，如今又地震，这还不是灾变吗？只求老佛爷大发慈悲，别再发蛟应了耿先生的话，就算万幸了！"

绳其等听了，都各唯唯，便忙着去见过耿先生，大家又相与叹异一回。建中挂念家中尚未整理，即便匆匆辞去。到家后，又奉了许氏之命去瞧王原。见王原不过头脸上略有伤破，业已敷药，止住淌血，即便放下心来，趸回家去慢表。

且说那红蓼洼各村中，自经此次灾变，又是一番景象。那贫户小家，本是风吹就端的草房、一脚踏倒的土墙，经这么一震，大半是房倒墙塌。大家没奈何，只得暂搭窝铺栖住。男子们只顾奔走生计，倒还顾不得计较，唯有一班妇女们，无端地倭别在小窝铺中，吃不得好吃，困不得好困，又没心情去做活计。大家闲得没干，除了怨天恨地、呵神骂鬼之外，便是互相乱串门儿，只把那地震当了闲谈的资料。

有的说地底下，分东西南北有四个大鳌鱼，架着这地。那鳌鱼善睡，一睡就是上千年。只要它醒来，便闹缘故。因它一睁眼，便小地震；略摇头尾，便是大地震。它若一高兴，翻个身儿，对不住，那就该大地全陷咧！有的说，这地震是土地奶奶受不了天老爷子的欺压，所以闹得尥蹶子。因为天爷爷、地奶奶，也是一公一母，和人们夫妻一般。人们夫妻，打架凶的，还往往横蹦竖蹦，何况天和地老公母俩呢？

又有叹气的道："你们这些话都没要紧，却有件要紧的事，咱们提防着吧！什么叫地震？就是地气有变动。凡事都怕变动开头儿，越变越糟，都说不定。这小地震不过给你送个信儿，谁又敢说不久没大地震呢？"

于是大家听了，登时就大惊小怪，互相传说。那胆小些的，早已哭哭号号，连木架搭的窝铺都不敢住，恐怕冷不防地压煞，便这么幕天席地，随处栖止。又恰当炎热天气，那闺女媳妇们起初坐卧在街上，还真是羞羞惭惭，但是两日之后，也不以为意咧，一般地梳头洗脸，换衣裹脚。每当黄昏之际，您瞧吧，东一排白白的脸儿，西一行尖尖的脚儿，都是些横躺竖卧的妇女，并且招手可见，笑语相闻。从篝灯隐约之中，彼此的莺声燕语，解带宽衣，现出了许多的撩人妙相。

这当儿，却高兴煞村左近的无赖少年，只借天热就街坊上凉爽为名，迷齐着眼儿趱来趱去。不是这里怪咳一声，便是那里哧哧乱笑。更促狭的，便去替更大下夜，单弄个木梆了尽力了敲成—片，惹得众妇女乱吵乱骂。

如此光景，连闹个十来日，那王原见不成事体，便和绅耆召集各村父老，在法兴寺中商议善后之策。须臾，父老毕至。大家相见，先彼此慰问过，然后由王原提起贫户灾后的情形。大家议了半晌，只得由本洼青苗会所余款项之下拨出些来，作为振济贫户之用，不足时再为大家酌捐；并分头派人去开导那些露宿的人们，不必惊慌，赶紧借赈济之力，去整理自家的房墙。商议既定，大家便一面吃茶，一面闲谈起来。因为这时大家已知得地震之区其为广远，只这几日之间，大家耳朵内早已灌了许多新闻，所以一时间便争强赌胜地乱谈起来。

有的说，某处地裂丈余宽，向上咕嘟地直冒黑水；有的说某处河水倾发出多远，直到这当儿，夜里河沿上还冒绿火；有的说某处未震之先，忽闻鬼哭，又见许多异言异服神道似的人们在那里逡巡来往，就似乎踏勘什么一般。及至震起，却忽然不见；有的说大灾临头，非同轻易，这当儿才显出老天公道，能识善恶来。于是便某地某人历历地陈一阵，不是这家孝子负母逃出，便是那家恶人全家都死。

大家正在讲得起劲，却有一人拍膝道："你瞧咱们钻在乡村中，真是闷葫芦一般，直到地震时才知。原来人家北京人们好几个月之前便晓得该地震咧！因为北京地势，五行俱全，东西南北中各有一宝物坐镇。东有一根金丝楠木，据说着，长可数丈，粗可十围，坚黝似铁，奇香发越；西有广善寺的一口大钟，据说，单那钟纽儿就有两人来高，上面铸着风雷符篆，并有许多魑魅魍魉的奇形儿。那钟一鸣，能以声闻百里；南有五火神墓，便是那当年炮打乱柴沟的兄弟五人（旧说，五人者，善用火炮，称雄一乡，元世祖入据中夏，五人不服，东逃出关。世祖率兵，追之于乱柴

233

沟，五人者，出奇设伏，以炮反攻，大败元军，燔其众几祖。于是世祖知五人者不可力取，用谋臣计，以爵禄招致之。五人者，果入彀中。一夕，世祖遣勇士多人窃其火器，遂骈诛之。然五人者，英灵不昧，日崇于宫中。世祖勅立庙以妥之，其患始息云）；北有一柄真五爷的七星宝剑，以镇水方。至于中央戊己土，便是皇旁祭地的社稷坛了。那个圜丘，本用五方之土筑成，甚是坚牢。头几月之前，忽然那圜丘上滚下许多的泥弹儿，所以北京人们便料是地震之兆哩。"

众人听了，都骇然道："这等大灾劫，一定是先有个显兆的，不过事前人们都不理会罢了。"又有一人笑道："俺昨天也听到两段新闻，这事儿还千真万确。便是俺有个亲戚从遵化州来，他说起那里地震比咱这里还凶，连城垣民舍都塌倒了许多。当事儿未起之先，有一家大宅内正办丧事。向来的习俗，凡丧事宅前总围拢着许多乞丐，专候着执客（为主人帮忙办事者，俗谓执客）老爷们打发些残羹冷炙。其中有个丐妇，携着个四五岁的孩子候了半晌，因为众丐拥挤，将那位执客围了个风雨不透。自己没气力，携着个累赘孩子，只管挤不上去，眼见众丐大瓢小罐地都将残落讨得去，那丐妇好不着急。好容易，众丐渐少，方想趁势去讨，不想那位执客又被宅内人寻了去咧。丐妇无奈，只得耐性再候。正在饥火腾腾，燥不可耐，只见那孩子一掩面孔，便哭道：'娘啊，咱快去吧。'

"丐妇恨道：'你这业障，想讨打呀！咱等了老半晌，连个米粒也没得到，怎就去呢？'孩子越发哭道：'去吧，去吧，这里怕得紧！'说着，向丐妇怀内便钻。丐妇没法儿，只得领了孩子踅离大宅之前。但是饥困之下，哪里有好气。因一抢那孩子道：'该挨饿的小业障，不说是再等等讨些剩饭，却怕你娘的什么？'孩子道：'娘不晓得，俺见那宅内黑魆魆的便如窑洞，出入的人众，有一半儿脖子后面插面小旗儿，甚是怕人哩！'丐妇喝道：'别胡说咧！人家听了，打不坏你。'当时街众们有听得那孩子话的，都以为异。哪知当那夜里，地便震起，那大宅主人不但一家儿都死掉，还搭上好些会丧的人客，都被房塌砸煞。

"还有一段事，便是那州城北面，三屯营左近，有一处山崖，人都呼为'独乐崖'。这崖头，正在景忠山山口之旁。崖下因是进山的大路，每年山上娘娘庙香会时，甚是热闹，所以那崖下很有些人家儿做些小贩，专做来往香客的生意。便是那地震时，愣将崖头塌下一片。那塌处崖脚下，并现出个很深的洞口。侧耳听听，里面似有风雨之声，到夜里时，还似有光气发越。大家甚是诧异，却没人敢进洞去瞧瞧。俺那亲戚来时，远近村人们都去瞧洞，甚是热闹，并闻那崖下的人还想募取有胆量之人去探洞哩。"

大家听了，又是一阵称奇道怪。须臾，由了明设备素点，大家用罢，又说几句分头赈济贫户的话，即便陆续各散。绳其随众趑出，因想起方老太太自被地震惊吓之后，总觉着精神似减，胃口不开。不由想到麻娘娘那里必有收藏的好肥红枣儿，老人家常服用些，必可健脾开胃口，于是尾了王原，慢步趑去。

原来那麻娘娘劳动持家，有逾男子，自己种着一片菜园，收得菜来便发与小菜贩，又好收藏些枣栗山果之类。自家闲暇时，便提了大荆筐上街去卖。起初还有些无赖们欺她是妇人家，往往涎皮赖脸地向她抓白食吃。哪知她健步如飞，便如老鹰抓兔一般，赶上去一顿拳脚，打得无赖们只管叫妈。因此她的果筐儿便成日价扔在街上，也没人敢去动哩。

当时绳其趑到麻娘娘门首，推推门儿，却是关的。因暗想道："这会子她关了门儿，不是上街去了，便是在菜园中。"于是由宅旁趑向宅后菜园中一瞧，只见静悄悄也没得人儿。那靠后门的园边地上却有些男女脚印，又有一朵褪旧纸花也踏扁在地。绳其见了，也没在意。

逡巡间，趑近后门，用手推推，却是虚掩的。于是绳其侧身而进，没得几步已到正室后窗之下。刚要喊唤，只听室中有人喘吁吁的，似乎是用甚气力。接着便闻麻娘娘哧地一笑，道："脓包货，快着些吧，老娘被你磨蹭得不痛不痒，真有些等不得咧。"便闻一男子笑道："你只管说人磨蹭，你瞧瞧你这东西，翻皮露肉，又似坏蚌烂蛤，又似孩子的鼻涕，连嘴毛儿都掉光，并且滑腻腻地直淌水儿。闹了人一把黏抓抓，你又不肯将就，下下架儿（俗谓落价出售也），只管摆出这东西来，叫人……"

绳其听了，诧异之下正在好笑，便闻麻娘娘笑唾道："轻薄猴儿，你瞧老娘这东西还不好吗？你摸摸皮肉儿，多么细腻；你闻闻气味儿，多么正道。这一掐一股水的嫩货色，你还嫌好道歹，我看你也不懂好歹！快看吧，等俺舒舒腰，跷跷腿儿，你好歹地给俺个痛快是正经。你当是俺和你抢炕席玩吗？"说着，咕唧一声，两人一阵乱笑。麻娘娘又吵道："快看吧，小猴儿，再待一霎儿，都要冒水儿咧。"

绳其听了，不由诧笑非常，但是因麻娘娘虽然泼辣，平口价却是响当当的好朋友，并不烂污。当时暗笑之下，又是莫名其妙。于是悄悄地趿起脚儿就窗缝向内一瞅，不由一笑。正是：

闻声已入妙，见状更开颜。

欲知后事如何，且听下回分解。

第四十二回

掘苦菜引述笑谈
步村墟巧逢呆客

且说绳其向内瞅去，只见麻娘娘敞披着一件短衫儿，叉着腿子，坐向榻头，怀中接着个薄若叶（即檞叶也）编的大篓子。榻头斜着身儿站着一个半大小子的小果贩，正在那里一颗颗取捡桃子。那桃是种五月先的热桃儿，业已烂得皮破汁流。那小贩弯着腰子，低着脑袋，只管细捡，一面累得喘息有声。

绳其至此，恍悟方才所闻原来是这么一档子事。不由扑哧一笑，拔步闯入。这一来，倒将两人吓了一跳。于是麻娘娘置下篓子，含笑下榻，彼此厮见。

不提那小贩捡好桃子，将入一只提篮中，自先趱去。且说绳其就麻娘娘处小憩片时，取了一包上好的红枣儿，揣入怀中，即便从容趱出。瞧瞧日色，方才午后，因想起各村贫户的光景，便信步转向西村，逐处里瞧望瞧望。果见街坊上许多窝铺，并有妇孺辈出出入入。

绳其转了一霎儿，便顺步取道，大宽转地趱向北村。刚行得数步之遥，却见一个挑担的汉子，行尘扑扑，走得一拐一点从对面趱来。看那光景，是从远道奔驰而来。有二十四五岁的年纪，生得黑油油的面庞儿，浓眉大眼，顾盼间愣愣怔怔。头戴新草帽，脚端长脸布鞋子，却穿一件大氅似的毛蓝粗布长衫儿，兜裹得两只腿子撒撒拉拉，脸上是大汗直冒。再望到他担中，却是些大大小小蒲包儿，方圆长扁，各式都有，并且捆结得十分精致，每一包上还贴着红纸签儿。但见他眼张失落，一面自语道："啊呀！你这村儿莫非就是北村吗？"

绳其见了，正在暗想这汉子既不像小贩之辈，又不像送礼仆人的当儿，恰好从横道上又趱来个戴大草帽的老头儿，牵着一头葱白大叫驴。于是那汉子略为驻步，向那老者道："喂！这所在就是北村吗？"说着，担儿一晃。那驴猛一眼岔，便是一个劣蹶，几乎将老者牵跌一跤。于是那老者哼了一声，望望那汉子低头便走。望得绳其颇觉好笑，便见那汉子又欣然自语道："这一回俺可问着咧！他这一哼，这所在定是北村。既摸着村子，便不愁摸不着门儿。"一路嘟念，竟自蹒跚而去。

这里绳其也没在意，刚出得西村，却见一群村童在地里掘取苦菜。绳其想起方老太太好吃此物，取其清心明目，因笑道："你们哪个卖给俺些苦菜，俺给一百文老钱。"

一村童便笑道："人家是一百两银子吃盘苦菜，你一百文钱，只好卖给你一棵吧。"绳其听了，不解其语，又一村童便笑道："你别听他胡说八道，他是说的俺村中张大脑袋的笑话。这张大脑袋有些臭钱，却是冤桶。他还不甘老实实地当冤桶，还好抖个标劲儿。那笑话闹得就多咧。

"有一年正月里，他跟着朋友到北京去白相，总想闹闹标劲、露露阔绰才好，但是又想不出什么好法儿来。一旦被朋友拉到一处体面饭庄上吃酒，真是山珍海味，无所不备。人家入座之后，堂倌趸来点菜，大脑袋暗想道：'北京人们眼毒嘴损，若被他瞧出一头高粱花（俗谓乡人也）的样儿，不但多花钱钞，还须暗含着挨他的挖苦。总须一下子先叫了他的劲儿（即窘人之意），他便不敢小看你咧！'主意想定，正在眙起大眼，那朋友本知他简直地不会点菜，于是忙鸡鱼参翅地替他点过几样。堂倌唯唯，方要一路喊将下去，只见大脑袋一皱眉道：'过来，这会子，腻乎乎的，谁吃这个？难道你这里没些清淡菜吗？大爷不怕花钱，只要对俺口胃。'堂倌见口气来得不小，忙赔笑道：'清淡菜有的是，你就只管吩咐吧。'

"一句话不打紧，登时闹得大脑袋脸红筋涨，大汗直冒。暗想道：'这可罢了我咧。我只知清淡菜有白菜熬豆腐、香油拌面筋。这稀烂贱的东西，若要出来，不被他笑吗？'正在为难之间，已被堂倌瞧科，不由暗笑道：'哈哈，这才是遇着土鳖（即冤桶之意）不拿，是有罪的哩。'于是赔笑道：'你要用新鲜清淡菜，和九城里都寻不到的。却有一样儿，但是未免价儿贵些。'大脑袋欣然道：'多话，多话。大爷这张嘴生来就是吃贵物的。'堂倌听了，知道一杠子打个正着，便一抖精神，转身便喊道：'雅坐上来盘珊瑚玉芽菜呀。'前灶上一迭接声，闹得合座酒客都望着大脑袋嘻嘻而笑。这一来，大脑袋好不得急。

"须臾，荤菜先到，堆满一案，炙香扑鼻，只管向大脑袋喉咙里钻。但是大脑袋却箸儿不动，并且做出不屑下箸的样儿。须臾，珊瑚玉芽菜用五彩描金大瓷盘端将上来，红红白白，果然鲜艳非常。仔细一瞧，却是糖

237

拌苦菜嫩芽儿，配上些山楂糕的碎丁儿。大脑袋一见，越发欢喜。暗想道：'这下子真叫我闹着咧。花钱不多，又显得别致。凭这物儿，在俺乡下，数十文钱便买一大筐。他这里便是贵煞了，又能值几何呢？'想得得意，欣然举箸，嚼得脆生生一片山响，以示得意。不想想吃毕后，堂倌报账，大脑袋登时直了眼睛。原来不多不少，恰是一百两头。当时气得他一言不发，唰的声揪掉帽子，一拍脑门，向堂倌道：'来吧！你是好些的，快拿杠子来向这儿打。你便是拿土鳖，也须有个分寸，一盘苦菜，愣算俺一百两头，俺还没冤出紫花泡来哩。'

"堂倌笑道：'你老别着急。若说苦菜，本是有限的钱。但是俺特给你寻这东西，却跑死俺东家的一匹好马，难道说不算钱吗？您想这正月寒天，大城里哪里来的苦菜？这是西丰台（距京数十里多业莳花者）大花厂子里，用烘唐花之法烘出来的。这一趟来回，顷刻就是百十里地，所以跑死一匹马哩。大脑袋听了，这才恍然，自己标劲儿没抖出，倒叫人家捉了老土咧，只得如数付账。"

当时绳其听那村童说罢，不由一笑，便胡乱买了些。又见他们掘得好玩，便从他们借了只铲刀，自己动手。这一耽延，业已日色西斜。绳其用手巾兜了苦菜，缓缓地趑向北村。刚行到村后社庙一带槐树跟前，只觉脚下有物刺痛。于是就庙台一株老槐树后歇坐下，脱鞋一瞧，里面却有两颗蒺藜子儿。绳其急忙拈去，穿上鞋子，方要起行，只见夕阳影里老长的人影乱晃。

绳其从树后向庙台前一张，只见那会子所见的那挑担汉子又已喘吁吁趑到这里。一面气吼吼置下挑担，一面一屁股坐在庙台上，却自语道："好了，好了，毕竟也被俺寻着村头咧。叵耐那拉驴的老小子便那么促狭，故意地哼了一声，却累我转了半天磨，原来这里才是北村哩。"说着，抹抹额汗。忽望着担子，又自语道："真是远行无轻载，无奈那婆娘非叫我都挑来不可。又叫我记着包数，怕的是丢掉了，真他娘的累赘！"于是目注担子，一面价手指屈伸，似乎计数一般。

绳其见他有些呆气，正在暗笑，只听村落外驴声大鸣，接着尘埃抖乱。便见一头葱白驴子撩着脚子，没命地跑来。后面数步之遥，却有个老头儿追得跄跄踉踉，一顶草帽也颠顿得合在眼皮上。一面紧赶，一面向那汉子招手道："老兄，劳你驾，快替俺截截儿。"

那汉子听了，却一声不哼，坐了个四平八稳。眼瞧着驴子抢到，他却龇牙一笑道："一报还一报，老天最公道。谁叫你哼那一声赚得我跑冤腿呢？”说话间，老头儿赶到。因脚下跄踉，扑的声跌了一跤。这一来，招得那汉子哈哈大笑，看光景，得意之至。

这里绳其猛见追驴的老头儿，也以为是那会儿所见的老者。正在暗笑两个蠢物何其相遇之巧，便见那老头儿慌忙爬起，向那汉子恶狠狠哼了一声，且去捉扯住那驴子。这里汉子却颠头拨脑地道："你不用又来哼，这次俺就不能再上你的老当咧。"说话间，那老头儿就一株树上系了驴子，便揎拳勒袖地向那汉子道："喂！你这人真没有的。你不给俺截驴子，俺也不恼，你怎么瞧人哈哈笑，又说什么俺赚你跑冤腿呢？你别瞧俺土头怯脑，不瞒你说，这村里俺住了半辈子。你若拿俺当生虎儿瞧，咱就须说说哩。"

那汉子跳起来，一捻拳头，道："好嘛，说说，咱就说说。那会子在西村，俺问你这里是北村不是，你不愿告诉俺，便闭了鸟嘴也罢。你为甚使促狭，故意地哼了一声，意思是说止是北村，却赚得俺瞎转了半日。如今咱是二姑娘的裹脚带，一拉两直（报复之意）。怎么，你还不服气吗？"说着，一晃拳头就要动手。

那老头儿却愕然道："你说什么鬼话？俺直着脚子跑了几千里路才到这里，谁曾向西村去来？"那汉子喝道："你不用耍巧嘴子！你那鸟模样俺虽恍惚，但是你那葱白驴俺是认得的。可是你说的好来，拿人当生虎儿瞧（即欺侮外路生人之意）。但是俺吴思恭就吃你这一档子。说别的，这北村中俺还有点把亲戚，俺怕你吗！"

绳其听了"吴思恭"三字，又听他说此地有亲，正在心中一动，急忙端相那汉子的当儿，只见那老头儿气得一摘草帽，舒过脸子，向汉子道："你睁开眼仔细瞧瞧，我老汉就是你在西村所遇之人吗？"

那汉子见了，略为一怔。这里绳其猛见老头儿摘下草帽，望得分明，登时由树后跳跃而出，大笑道："老伙儿，你几时来的呀？"那老头儿望见绳其，也便满脸堆笑，道："原来大官官却在这里，如今老太太好啊？你瞧我多么别扭，刚一进村，就闹了一肚子闲气。"

书中交代，你道这老头儿是哪个？原来此人姓余名福，从小儿便在方老太太家佣作，为人忠诚，丝毫不苟。但是倔性发作，便是方老太太也护他三分。后来他便当了个打头儿的（俗谓耕佣之头领也），勤于耕作，方老太太很得其力。但是其余佣工都没人不恨他，背后都叫他老倔头。因为佣工习俗，争馋嘴、偷懒工以外，还有降制东家的本领。

怎么叫"争馋嘴"呢？便是每逢节令，都有逢赦不赦的犒劳，讲究是

239

大肉管够，总须吃得顶了嗓子眼，一咳一股油，方才罢手。以外还有什么开镰犒劳、动锄犒劳、打场犒劳，名目繁多，不一而足。每到暑月伏天，还有四大顿之说。这四大顿，又非同寻常犒劳，那大碗价酒、大块肉，自不消说，还须煎炒烹炸，碟碗盘盏地闹一大桌，直吃到天愁人怨、厨摔勺翻的地步，大家方才抹抹嘴，委委曲曲地散掉。其余夹零的名目，是冬至馄饨夏至面，立夏烧饼立冬馅（谓饺子也），端阳吃过大粽子，又盼中秋月饼干。简直一年到晚，总盘算着夹生地狠嚼东家。假如东家稍一疏忽，一吃不备，得咧！起初是大家沉着脸子念痒痒腔，继而便锄杠一丢，简直地奏（做字之意）不着咧。再譬如今年东家一高兴，犒劳中加点儿敬意，及至明年这点儿敬意便成了例了，不然大家登时给你个脸子瞧瞧。这便是争馋嘴。

怎么叫"偷懒工"呢？便是每到地里，大家光吸烟喝水、打牙逗嘴，老远地望见打头的，便忙着干两锄，打头的脸儿一转，这里锄头一丢，甚而至于就树荫下一睡半日。那更歹斗的，或东家的地与自己连边相去，他就可以去工作自己的地。其余便是磨工儿、蹭时候，一锄头下去，有气没力。不说别的，他也是干活儿哩。偷懒工既如此，那降制东家的本领越发可恨。单等地里事忙时，不是这个拉稀泻肚，便是那个告假回家。直恗得东家伏伏在地，做活的成了大爷。有时节还不如意，或值饭食上差一点儿，他们愣会挤挤眼、鼓鼓肚皮，可劲子把饭吃光，这就叫吃漏咧，东家照倒须从新另作。其余拿筋节、别象眼等事，一时也说不尽。

以上所述，便是佣工的一种恶习。但是自余福做了打头的，他们这一套本领都施展不出，所以大家都恨。余福都不管他，只按着他那老牛筋性儿做去。自方越夫妇殁后，绳其太幼，虽有方老太太支持一切，却也多亏余福之力。他四十岁上丧了老伴儿，只剩个务农的儿子在家，儿子媳妇又是个悫懒货，所以余福辞掉方老太太，自回家去帮趁过活，隔个三两年便来瞧望一趟。这时，因地震之事，所以又来瞧望。不想方到村外，那驴子偶一眼岔，竟自溜缰跑来哩。

当时余福和绳其互相问讯，倒闹得那汉子怔了一会儿，却掉头自语道："干鸟吗！俺好容易摸着村，还没摸着门儿，却没工夫陪你分证没要紧咧。"说着，唇吻翕合，又似乎是计算担中色数。梗着脖子，正要挑担上肩之间，这时绳其已含笑趋近，道："老兄，不要没好气。这位老者是俺认识之人，方从远道至此，并非老兄在西村所遇之人。老兄不信，但看这头驴子虽也是葱白色，却多了个黑尾巴梢哩。"

240

那汉子听了，一瞧那驴，不由欣然道："你这小哥倒好伶俐，俺今天寻了半日的方老太太也没寻着，如今还须寻去。"说着，就要拔步。绳其听了，料他便是葛垞庄自己的那位表兄吴思恭，不由暗笑道："怪不得俺祖母说他为人老实，不大出门，原来拤些呆气。"思忖之下，便笑道："老兄慢走，我且问你，为甚的寻方老太太不着呢？"

那汉子道："俺只知方老太太住在北村，却不晓得她的门儿。俺一路打听方老太太，他们都笑道：'这北村姓方的多咧，凡是上年纪的妇道都是方老太太，你寻的是哪一个呀？'亏得俺还仿佛记得方老太太跟前有个很淘气的孙儿，便是俺的表弟。"

绳其听了，扑哧一笑。那汉子接说道："当时俺向他们一打听俺那淘气的表弟，他们都大笑道：'若就老爷庙（俗呼关帝为老爷，又俗呼外祖为老爷）里论亲戚，咱们都是表兄弟。你这淘气表弟是哪个呢？'"绳其笑道："老兄，你好发呆！你不会说出你那表弟名儿来吗？"汉子顿足。"对呀！谁不是这么想呢？无奈俺不记得俺那淘气表弟的名儿，叫我怎么说出来？"

一句话不打紧，招得那余福也是扑哧一笑。绳其忍笑道："你老兄真可以呀，你虽不晓得你那淘气表弟的名儿，你就不会说出自己姓名、从哪里来的，并和方老太太是什么亲戚吗？若如此一说，他们自然晓得你寻的哪位方老太太了。"

那汉子笑道："小哥，真有你的，心眼真快。但是俺的心眼也不累赘。你这说法俺何曾没想到？但是俺来时，俺家婆子曾嘱咐俺道：'你没大出过门，行路勾当，切须仔细，不要对了人实巴巴就说实话。俗语说得好：逢人且说三分话，未可全倾一片心。'她的嘱咐说来有道理，你说俺能不听吗？"说着，举担上肩，又目注蒲包儿，唇吻略动，

正要趄去之间，这里绳其目视余福，不由哈哈一笑。正是：

姑表论昆季，相逢一辗然。

欲知后事如何，且听下回分解。

第四十三回

高娘子劝夫联亲情
吴思恭登堂拜方母

且说绳其见思恭如此呆法，望望余福，不由暗笑道："今天一个呆子、一个倔头，恰好碰在一处，倒也有趣。"逡巡间，不觉顽皮性起，因笑道，"老兄不要忙，你那个淘气表弟俺是晓得的，少时俺领你去寻他就是。但是俺却不白跑腿子，你这担里想是吃食物儿，你若先把出些谢谢俺，俺就领你去。"

那汉子欣然道："真的吗？谢你食物却不算什么，俺却不信你晓得俺那淘气表弟。那么，你知道他名叫什么？"绳其笑道："不瞒老兄说，俺有未卜先知之能。慢说你那淘气表弟叫什么，便是你老兄姓什么，叫什么，从哪里来，和方老太太什么亲戚，俺都晓得哩。"

那汉子听了尚未答语，余福这时站在一旁，忽觉那汉子有些面善，只是想不起从哪里见过他。正这当儿，便见绳其笑道："俺猜你老兄姓吴名思恭，大约是从葛垞庄来住姥姥家吧？"那汉子听了，方在大嘴一张，这里余福也便猛然想起，因向那汉大笑道："你不是葛生（思恭乳名）吗？可见你多年没住姥姥家，连门儿都摸不着咧。"

这时绳其也便哈哈大笑："你道我是哪个？我便是你那淘气的表弟哩。"于是和余福匆匆地各述所以。那汉子听了，方才恍然。于是一面端相绳其，一面从新放下挑担，弯腰便是一个大揖。

原来此人正是绳其姑母之子吴思恭，乳名葛生。还是五六岁时，曾随其母到过方家。那时余福还没辞去，所以这时忽想起思恭小时的面目来。这思恭当父母亡时，方才十四五岁，族中长辈们因他家中乏人照料，特与他说娶了个年长媳妇，母家姓高。这高氏娘子不但姿容甚美，且千伶百俐。飞针走线，当家理纪，简直是一百个成。虽是庄户女儿，却没有那扭头折项、撇唇撩嘴、行步瞅脚尖、扭腰八道弯小小气气的样儿。不但落落大方，并且待人处事八面圆到，可复好说好笑，和气不过。还颇有好胜性儿，总想着思恭漂漂亮亮，像个人儿才好。

无如思恭呆而且倔，又有点儿死心眼儿，只好是在家务农。你想思恭当犹有童心时，遇着这等一个能干浑家，不消说，寒暖调护，饥饱扶持，都须人家来料理。那高娘子既以妇道而兼母职，不消说，瞧得丈夫像个大儿子一般。寻常价呼来喝去，自不必说，偶值不高兴，揪过来，捶上两拳，踹上两脚，也未见容或有之。好在思恭奉命唯谨，由她去啾唧发落。那高娘子过了兴儿，仍然抚摸着他为大孩儿一般，因此夫妇间甚为相得。

但是务农人家本是土内刨食的营生，加以思恭呆板，通没抽展和生发的法儿，未免生计上日觉紧促。有片桃园，也便倩于本村杜家。亏得高娘子善于操持，就这一项园值，又添置了些地田。每日里起早睡晚，夫妇经管，因此家道虽少落，还能温饱有余。

那高娘子于闲暇时，常劝思恭趁农业闲时可以向亲戚家走走。一来温联情谊，二来也学点儿交往世路。将来遇有机会，说不定也可以出门做些事体，生发生发。难道一辈子只会捎锄头、顶高粱花不成！话虽如此说，无奈思恭一来农务忙碌，二来不善和人往来，耽搁因循，也不曾向亲戚家去走动。

一日，却因自己地里被某无赖挖去了好些土去筑夹板高墙。思恭去理论，那无赖不但是扬扬不睬，并且大笑道："像你这房顶上开门（俗谓不与人往来者）、死心瞎眼的人，只知上炕认得白脸的（谓妻子），下炕认得黑脸的（谓灶王），也居然敢来向俺说话，也就可笑得紧。"说着，竟自拂袖而入。后来，还是高娘子出头，齐合了街邻人众前去理论，那无赖方才赔礼不迭。于是高娘子便数落思恭道："你瞧瞧，你这等死板板的，连亲戚家都懒怠走动。谁不笑话你？谁不欺侮你？将来若摊上点儿大事小情，连个帮手都没得。俺一向劝你的话，你就不在乎。"

思恭嗫嚅道："你不晓得，俺不爱和人往来，并非是懒，皆因俺这张嘴特煞的拙笨，见了生人不知说什么好，并且到亲戚家，总须拘拘束束。"

高娘子笑道："你没的说，人是一辈子不出马，总是小卒。又没人割你的舌头，说话怕什么呀！什么叫拘束？依我看，你那是愣头怯脑，你哪里晓得，越是出不惯门，越是那样的，见了人先红脸，两只手搔搔脑袋，摸摸屁股，不知搁在哪里才好。及至出门惯了，那怯样儿自然就没得！何况走动亲戚，又用不着什么巧嘴子，只须实在在地谈些家常话也就是咧，怎还不知说什么好呢？便是红蓼洼咱姥姥家，像你这当外甥的，俺听说你还是五六岁时去过一次。后来竟一总儿没去瞧望，你想可有这个道理吗？像那方府上总算是高门大姓，和咱们又是至亲，你愣会不去走动，无怪人家笑你房顶上开门哩！"

当时思恭听了，甚是有理，便发恨地道："既如此，今年秋后农完时，俺先瞧瞧姥姥。然后一路过关，是亲戚俺都瞧到，你道好吗？"高娘子笑道："这便才是。你如秋后瞧姥姥去，俺还须先忙些针线。"思恭一愕道："什么针线呀？"高娘子抿嘴一笑，道："真是呆子！你想你轻易不去，既去了，俺这做外甥媳妇的，怎好不孝敬姥姥些针黹呢？"

当时夫妇说得入港，都各欢喜。那高娘子果然日忙针黹并随便准备所携的礼物。哪知为日不久，地震灾起，密云一带灾势虽不重，风闻得平谷地面却甚凶实。于是高娘子便不待秋后，忙端整了诸般礼物，满满地装了一大担，打发思恭向红蓼洼趱来。那思恭没大出过门，所以探听北村，闹了个别别扭扭哩。

且说当时绳其见思恭大揖作将来，连忙还礼不迭，又向他指引了余福，便趁势挑起那担，道："表兄，咱快走哇！今天你来了再好没有。俺奶奶前些日还说起你那里的嘎嘣脆好吃不过哩。"

不提思恭听了，忙忙举步，并余福拉了驴子，三个人嘻嘻哈哈便奔方宅。且说方老太太这日傍晚时光正在内室里和一个老仆妇兜搭开话，只听院中一阵脚步乱跑。方老太太和那仆妇由玻璃窗中望去，只见绳其笑嘻嘻挑了一大提蒲包儿如飞趱来。后面跟着一个黑油油面孔的汉子，大步小步地，一面价张着大嘴，眼张失落。

方老太太瞧那汉子眉目间很有些面善，正在暗诧这是哪个的当儿，那绳其却向窗内喊道："奶奶，快瞧瞧，如今有远客来咧！"说话间先自跑入，就外间屋中置下担儿，一径地跳到自己跟前，只匆匆数语之下，那方老太太不由大悦道："哟！这真个是远客，怪不得俺瞧他面熟熟的。"因顾仆妇道："你瞧葛生还有些小时的面貌，这孩子不到这里，转眼好些年咧。"说着，直喜得颤巍巍的，抹抹湿眼角。站将起来，方要迎出，哪知那老仆妇一抖机灵，先自趋出。恰好思恭业已趱到外间，他先就听得绳其喊奶奶。这时忽见个老妈妈儿，再搭着个老仆妇白白胖胖，很像个老太太样儿，于是思恭不复迟疑，赶忙地按按草帽，整整长衫，向那老仆妇一躬到地，却登时涨红了脸子。挣了半晌，然后吸溜着道："姥姥好啊，她也在那里，问你老好哩。"

这一来，闹得老仆妇躲闪不迭之间，这里绳其已扶了方老太太趱到外

244

间。思恭见了这位老妈妈另是一番风度，又有绳其扶侍，不由恍然，自己刚一进门，头一下子便闹拧咧。正在一忙之下，那方老太太业已欢喜得眼泪都出，一把拖住思恭，却笑道："今天是哪一阵好风儿吵得甥儿你来咧，你来到就是，怎还大远地巴巴拖这些东西来？难为你想得周到。你媳妇也好哇？她为什么不和你一块来，瞧瞧你们这个干瘪姥姥呢？"因顾绳其道："你快请你表兄坐下歇息，累乏了一道儿，不要行礼了。"

绳其听了正要伸手去拖，只见思恭直撅撅地向方老太太一个大揖，然后道："姥姥一向都好哇？俺今天道上并没遇着什么。依着俺，本不爱担这些累赘物儿，都是她愣给俺装了一大担，又说是外甥虽是姥姥家的狗，吃了就走，但是也不可空手登门。我呢，挑了来也没甚为难的；她呢，吃得白白胖胖，成日价吱吱喳喳，也都好在那里，却就是没空儿同来。"说着，望望方老太太，又笑道："俺瞧姥姥壮的，怎么说干瘪呢？像俺庄中有位老太太，才算干　　"

一言未尽，早已笑得方老太太两眼没缝，因推绳其道："你这孩子见表兄来，就欢喜傻咧！怎只管叫表兄站着说话呢？"于是绳其听了，一阵拖拉。思恭和方老太太就外间桌儿旁东西落座。绳其含笑侍立一旁，由老仆妇端上茶来。

这时绳其只顾了端相思恭眉目间一团浑然之气，便见方老太太叹道："真是这种年头儿，亲戚家又隔得远，这等灾变，彼此价怎会不惦念？这里灾情虽凶，还不妨事。我呢，偌大年纪，蒙佛天保佑，还好端端的，总算是万幸。甥儿，你那里灾情怎样？你两口儿没吓着呀？"

思恭道："姥姥别提咧！俺们闻自这里地震凶实，虽是惦记你老，但是俺还不怎样。因为人的生死有命，况且你老偌大年纪，依我看，睡梦中叫地给震煞，倒也罢了；便如做梦一般，就见西天老佛爷子去咧，不省得老来一丝两气地受罪吗？倒是你甥儿媳妇，一火心（急促之意）地叫俺来瞧望瞧望。俺们当五更头上地震时，还都光溜溜地睡得好觉。及至听得轰的一响，您甥儿媳妇先醒来。因为俺的腿子压着她，她便没好拉牙地一阵推搡。搡得俺醒来，俺一瞧她白羊似的爬起半身，又着腿儿，似乎要骑上我。我只当是她发起睡愣征，于是我便登时按倒她。俺两个正揪滚，却听得邻舍家乱吵地震，俺才悟会过来。嗬，都没吓着，只是您甥儿媳妇被俺按倒时一面乱吵道：'这是什么时光，你还高兴？'一面价乱抓乱挠，三不知地俺的腿子被她掐得长血直流哩。"

方老太太听了，直笑得颤颤巍巍，靠在桌上。那老仆妇扑哧一声，也

245

便跑向廊下，便闻帘外一片哧哧之声。原来众仆妇因有远客，恐怕方老太太呼唤，都在廊下伺候哩。

这时绳其却绷着脸儿没事人一般，因笑道："表兄，你被俺表嫂弄得长血直流，难道就干吃这一注吗？"思恭一挺脖儿，道："俺如何肯干吃她的？当时俺也弄得她满炕横蹦。"说着，又开大掌，作势道，"当时，俺便这等向她光屁股上啪啪啪便是几下。你说呀，那当儿真把我吓坏咧。我只认是劲头儿下得太大，一下子把她屁股打两半咧。"

绳其一眨眼儿道："表兄，你不会哩。你不会瞧瞧俺表嫂的腿……"一个"叉"字没出口，方老太太忍笑喝道："绳其你……"一言未尽，便闻帘外仆妇们哧哧哧哧。方老太太趁势笑唤道："你们还不快去整治晚饭！"仆妇笑应之间，忽见思恭猛然站起，自语道："该死，该死，我怎把人家嘱咐的要紧话都忘咧。"于是转身北面，向方老太太道："姥姥便升个座儿吧。"

方老太太见此光景，知他又想起行礼，忙笑道："不消，不消。方才说过，不要行礼了。"说着，方要站起，思恭两手一张，忙拦道："你老人家若客气，我就是个大王八。俺来时，人家嘱咐得明白，是要行个八叩大礼，连她那一份都有在里面咧！少个一叩半叩的，你老既不争，俺也不在乎，但是她却不答应。俺回去时，还须一五一十地和她明白交代。可是小事哩？"说着，便推金山、倒玉柱，直撅撅跪倒，一气儿便磕了八个大头。慌得绳其一面跪扶，一面向方老太太做鬼脸儿，尽力子挽起思恭，推他就座。

这里方老太太正要开言，只见思恭啊呀一声，又自直跳起来。正是：

拜仪方屈膝，闻令忆从头。

欲知后事如何，且听下回分解。

第四十四回

见甥儿满堂腾欢笑
谒主母一味叙家常

且说方老人人正要开言让思恭向里间落座，以便细叙家常。忽听思恭啊呀一声，直跳起来道："了不得，俺还忘了一件事，且点点数儿要紧。"说着，便奔挑担。绳其忙拦道："表兄且歇息谈话，这忙什么？"

思恭道："表弟你不晓得，你表嫂夹七杂八弄了这一担蒲包儿，她还叫我念记数儿。如今点明白了，就省得俺只管念记咧。"方老太太听了，简直笑他不得，便忙唤仆妇等进来卸担解包儿。众仆妇答应一声，一个个扭将进来，未免都向着思恭含笑问好。这一来，闹得思恭又自涨红了脸。

乱过一阵，众仆妇一齐动手检出蒲包儿。大大小小共有二十五个，都堆向方老太太面前。方老太太惊笑道："你瞧，像俺做长辈的还没些意思与你们，倒累你两口儿这么费心。大远地携这些礼物，这不像把你们的家都搬来吗？再者，俺没牙老口的，哪里吃得了这些物儿？"

思恭道："没什么稀罕物儿，只不过是庄家勾当。你老吃不了，便喂猪喂狗，谁不是吃？到谁肚子里，不是一样？横竖是变泡屎罢了。"说着，屈指道："对了数儿了吗？等俺细检检，这可不是玩的。"说着，趄近诸物跟前，一件件数罢，忽地一怔道："怪呀！"于是如飞地将担筐中铺的乱纸都揭起来，仔细一寻，不由得额汗直冒。大家不知就里，正在瞧他好笑，只见思恭忽然失笑道："还好，还好，有在这里了。这个包若丢掉了，俺可搪不起她。"说着，从怀中摸出个长方形的花布包儿，周围缝得严严密密，一径地置在方老太太面前。

大家见了，且不暇理会，便忙忙争解蒲包。须臾，各式各样，堆了一地。方老太太细细瞧去，只见除了米粮大豆之外，却是各色的晒干菜蔬。什么倭瓜片咧，葫芦条咧，茄子块咧，王瓜腌咧，还有鲜红的辣椒串儿、碧绿的菠菜把儿，又有些扁生生的荷叶包儿，里面却是大豆家常酱和诸般咸菜。内中还有个圆包儿。一个仆妇哧的声方拖过要打开，思恭忙道："慢着，这物儿不禁碰的。"说着，亲自去打开，登时滚了一地，原来是些煮熟的咸鸡子儿。

大家一面笑，一面正在乱拾鸡子。方老太太却笑道："可了不得，真难当你两口儿想得齐全，怎么连咸蛋都拿来咧！在庄村住着，这总算稀罕物儿，留着你两口儿吃吧。"思恭道："什么稀罕物呀！俺那里来个客，就是鸡蛋（谓以鸡子饷客也）。反正是家里下的蛋，通不算什么！便是俺来时，她还蹲向后院里闹了俩蛋哩。"

一句话不打紧，招得众仆妇也顾不得什么规矩，不由哄然大笑。因为都正在蹲在地下料理诸物之故，其中一个仆妇笑得肚痛，偶一仰脖儿，竟自往后便倒。说也凑巧，恰值她臀下有个没拾尽的咸蛋，扑哧一声，登时坐了一屁股白白渣渣。

这一来，不但大家摔破瓢似的又是一阵大笑，便连方老太太也只顾张开嘴，合拢不来。少时，却笑向众仆妇道："你们真是听得表相公说闹蛋，便立时滚蛋咧！还不快收拾完料理开饭，这时表相公想早就饿咧。"

众仆妇听了，一个个只顾擦笑泪，还未及答应，思恭又道："不饿，不饿。俺在家时，这时光正撅着腚干活儿，总须干得有天没日。瞧您甥儿媳妇那光景，正不大足意，哪里这时光就会饿呢？"众仆妇听到这里，不复能笑，只得借收拾诸物，大家次第踅出。

这里方老太太也便命那老仆妇取过剪刀，挑开那花布包儿一瞧，只见里面是四色针黹，是一对旱烟荷包、一对手帕、一对兜肚，那一样儿，却是青缎面扎花锁口的平底鞋子，都做得十分精致。方老太太见了诸物，只乐得眉欢眼笑。

正这当儿，只见绳其忽然一笑，便向方老太太一说思恭和余福相遇之状。招得方老太太又笑了一回，便道："原来余福也来咧。你表兄小时节来咱家时，常寻余福去玩耍，如今却彼此不认得咧。可见光阴真快，像我这个，怎会不老呢？"面上现出慨然之色，因向思恭道："就这我还壮实！甥儿，以后多来上两趟吧。你见了我，也算见了你……"

绳其料得方老太太是想起自己的姑母，未免伤心。正要用话岔开之间，恰好余福在前面安置了驴子，随了仆妇进来请安。方老太太一向重视余福，便赐个座儿，命他就下首坐了，彼此说回地震事儿。方老太太因叹道："余福，你瞧我也老得不像样了，如今我这里真还缺少你这样一个人儿。"因笑指绳其道："你别瞧他这么大咧，眼看看的就像个人儿似的，就

248

是顽皮起来，通没法说。"

余福笑道："老太太如何怎的说？人家远近各处的人提起大官官来，没有不称赞的哩！"方老太太笑道："这是人家抬爱着说罢了。"于是又询了回余福家中光景，因笑道："余福，我看你也是想不开。家中由你儿子和媳妇过活就是咧，你不会歇歇心，吃碗现成饭吗？那么咱们老东旧伙的，再好歹地混上些年，岂不甚好？依我看，你简直地还这里来吃旧锅粥吧！"

余福道："老太太的话，怕不有理！便是余福这些年，虽是身在家里，总是心在这里。但是余福每次来给您请安，见您精神甚好，下边伙伴们也不离谱儿，便是大官官，"说着望望绳其，又笑道，"虽然淘气些，却很能料理门户。因此余福也便放下心来。不怕老太太见笑的话，将来余福的儿子养不起余福时，怕不再求老太太赏饭吃吗？"

方老太太笑道："哟！你道说得好没兴头。俺听说你儿子本本分分，也罢了的。"余福道："别提咧！那小子心眼倒实在，就是直撅撅的，又似乎有个半吊子脾气。仗着一把子笨气力，动不动便和人打架，累得余福什么似的。老太太，你听这个笑话，人家两口子吵架，有他什么相干，他就可以跳过墙去，把人家这媳妇捶了个泰山不下土。"说着，一述其事，招得大家都笑。

原来余福隔壁是一家屠户两口儿，那屠户生得闷闷浑浑，虽然做宰杀营生，却是个脓包货，可称得怕老婆的都元帅。他老婆生得骚俏泼悍，又是个烂桃儿角色。不但整日价招得门前狗打莲花落，她有时吃醉了撒起酒疯，竟会猱头撒脚，敞怀露肚，手提捣衣棒槌，跑向街坊一骂便是几个来回，吓得街众们连大气儿都不敢出。

那屠户自不消说，被他老婆制服得小鸡儿一般。他老婆每日是饭碗一丢，插花戴朵地照照镜子，抹抹鲜红的嘴唇，腰包内装得满满的钱，款动金莲，便去卖弄骚俏。不是斜倚门儿丢眉拉眼，便是串八家子门，一屁股坐在人家炕头上，张家子长、李家子短地说笑尽兴。再遇着没正的女伴，大家便纸牌落地，梁山走走（俗谓斗纸牌为上梁山，据云：牌中梭万等皆系《水浒传》中人物。如五万为李逵，八万为朱仝之类）。赌罢，便互相打酒买肉，直闹到眼儿都也，脚下画符，方才慢慢趔转。丢得家中柴草连天，七横八竖，刷锅燎灶、看狗喂猪的许多事都是屠户料理。饶是如此，那老婆每回家来，还有时拿屠户醒醒酒儿。甚而至于倒马桶、洗脚缠，都须屠户摄官承乏。

那屠户有个老娘，业已六十多岁。说实了，也真不配人去抬敬她。因此六十岁的年纪，还踏了一家的门儿（谓再醮也）。偏巧，没得一二年，那家的老头子死掉咧。屠户忽然又孝心涌上来咧，便将他老娘重复接回。你想他老婆如何容得？不消说是手使大棍一条，将老娘赶出在外。屠户总是念母了情肠，便将老娘安置在别处，偷摸着供给柴米。有时得点儿新鲜食物，背了老婆，便与老娘送去。你想他老婆终日价去串街坊，一来二去，焉有不晓得之理？于是和屠户吵打了个天翻地覆，鸡犬为腾。

那余福的儿子本在隔壁，久已不平那老婆泼悍的行为。这时，便想狗拿耗子来管闲事，却被余福好歹地喝住。也是合当有事，过了些日，正当夏月，那老婆不知怎的被蚊子踢了一脚，便啾唧了两三日。慌得屠户求医问卜，乱了两日，老婆居然痊愈。

屠户想讨老婆喜欢，便烂煨了几副猪蹄儿，与老婆起病，却一面价留出一副蹄儿，悄悄地打发个小丫头与他老娘送去。那老婆见丈夫殷勤，也自欢喜。当时晚上洗了个澡儿，便浓妆艳抹就后院中月明之下，两口儿对坐下来，一面吃酒，一面说笑。

须臾，那老婆吃得高兴，便衣襟半敞，星眼微扬，露出一番娇容媚态，竟自伸出纤纤手儿，与屠户斟了盅儿。你想那屠户久处积威之下，这等光景，等闲是遇不到的。正在受宠若惊，不知说些什么讨浑家个双料的欢喜才好之间，便见老婆笑道："今天难为你煨得这蹄儿便这么可口，咱两个少吃些，留些与老娘送去，你道好吗？"

屠户听了，不知老婆用的是反话他之计，便登时笑道："还是你惦着咱娘。不瞒你说，俺早给老娘送了一副蹄儿去咧。"一句话没说完，那老婆一个虎扑势过来，连哭带骂，抄起院中一根晾衣棍，只管向那屠户雨点似的盖将下来。这会子，屠户奔避讨饶声、老婆破口秽骂声、小丫头惊极乱号声本已闹成一片，百忙中，又有一阵噼噼啪啪的皮肉声。

原来那老婆悍性发作，总要自拍屁股，就仿佛给她那四六句子的秽骂作拍板一般。正这当儿，忽地隔壁一声大叱，竟由墙上跳过一人。不容分说，捉住那老婆便是一顿暴打，并且张开大手，单拍老婆的屁股。原来这人便是余福的儿子，因这晚上可巧余福没在家，所以他愤气之下，竟自替屠户来整治老婆。当时这一哄，街邻都来，方才好歹地劝回余福的儿子。次日余福晓得此事，向屠户夫妇赔了许多好话，方才没事。所以这时提起来，还有些恨恨。

当时余福又向方老太太谈了些家常话儿，也便退出。这里方老太太一面命仆妇等收好诸物，一面让思恭里间落座，畅叙情话。因余福是得力的老仆，便命将晚饭摆在前室，和思恭等一同去用。

慢表绳其陪了思恭且去用饭，且说方老太太，因多年不见葛垞来人，今见思恭到来，十分欢喜，便在灯下从新将那四件针黹展玩一番。又一面向仆妇们笑道："你瞧表相公呆实实的，倒娶了这么个能干媳妇，你们瞧这针黹，做得多么精致！但看她这巧手儿，就是个伶俐精似的把家虎儿。"众仆妇笑道："老太太说得不错。俗语云：表壮不如里壮。俺看表相公，真还须有这么个伶俐媳妇来调理他哩。"

方老太太听了，正在扑哧一笑，只见绳其笑嘻嘻跳跃而入。正是：

> 亲情远来好，随处得欢娱。

欲知后事如何，且听下回分解。

第四十五回

因备盗演说乌云豹
扮货郎巧值商兰姑

　　且说方老太太正在扑哧一笑，只见绳其含笑跳入。方老太太便道："你们用饭便这么快当，你表兄怎么没进来呀？"绳其笑道："奶奶没见俺们在前边用饭，才是笑话哩。余福说东，表兄偏说西，两人直至饭罢，一条硬杠也没抬完。如今耿先生又被俺表兄抓住咧，只管向先生谈些耕种刨锄。不想先生偏就懂得，两人竟谈得十分高兴。俺听得不耐烦，所以先踅进来。"

　　方老太太笑道："耿先生原是个百事通，你快去请表兄进来拉呱儿（俗谓谈天也）。这些年来，他那里怎生光景，我还没细问他哩。"绳其听了，扑哧的声，一转身儿，方老太太道："你别没正形儿，将来你到你表兄家，不叫你表嫂笑话吗？"于是一面命仆妇去烹新茶。

　　须臾，思恭等踅入，大家便围着炕儿围坐下来。方老太太向思恭问了一回家常话儿，因笑道："凡事都有个先兆，前些日子，俺偶和绳其说起你那里出的嘎嘣脆并有可喜的桃来。俺念诵了你们一会子，如今就真个来咧！真是活人好念诵。俺记得你家一片很大的桃园，如今里面树株想越发茂盛。"因望望绳其，又笑道："俟明年桃子熟时，我想打发你这个馋嘴巴子的表弟去瞧望你们，别的不打紧，先解解他的老馋是真的。"

　　绳其笑道："奶奶倒会说，不说是自己想桃子吃叫俺去取，倒说俺嘴馋。"一句话招得大家都笑。思恭便道："不错的，俺那片桃园不但地势很好，并且产的桃子在葛垈一带山园中要属第一，真是馨香扑鼻，一兜子蜜水，到口便化。"绳其听了，不由咽地咽口唾，拍掌道："妙，妙！"

　　方老太太正在一笑，思恭却道："但这如今想吃那桃子，势比上天还难。"绳其愕然道："怎么呢？"思恭道："都是你表嫂出的主意。她说果园出产总不如田地妥当，因为经营果园费工费手，如修理枝条、培壅根本，

252

并剔捉蠹虫、截续新株等事，少一不到，结实上便差的多。又有歇枝落挂等事，仔细算来不如田地省工省手。因此之故，便将那桃园卖掉，添了些田地哩。"

绳其笑道："那又难什么呢？咱只出钱买那桃子吃，不是很现成吗？"思恭摇头道："不成功！人家这新园主，不但富足，并且是葛垞庄中响当当的角色。那园中桃子除了自己吃，便馈送人，是不肯卖的。"绳其笑道："那也不要紧，将来我到那里，给他冷不防，嘣跳进墙去，偷也偷他几个尝尝。"

思恭吐舌道："表弟，你说的好轻松话儿，人家那园主可不怕人去偷哩。"绳其听了方要问那园主是哪个，方老太太却笑向绳其道："你也没臊，如何竟想偷吃起来？"于是大家一笑，又复闲谈。

方老太太因话及话，说起绳其遇着拐匪马二混之事，因叹道："甥儿，你瞧如今年光，各处里都不很安定，俺想你那里准还安定。怎么呢？因为那白头商老太的女儿兰姑嫁在葛垞杜家，有那么条母大虫在庄中，那不尴不尬的人们自然不敢去踏脚了。"

思恭笑道："你老这话却没说对，俺那里本是个小山村儿，起先时节，真是再安定不过。虽不敢说是敞着门儿过夜，但是大家辛苦一天，还可以倒头便睡。如今却不然，大家是破夜防贼，不怕有个风吹草动，大家就须各抄家伙，警锣响亮，闹得乌烟瘴气。"

方老太太诧异道："这是何故呢？"思恭道："这就是那商兰姑闹的。"方老太太越发诧异，道："此话怎讲？莫非那兰姑自仗本领，竟自行为不端吗？俺想她是商大侠的女儿，当年你母亲住家来时，常夸她为人甚好。想还不至于胡作非为吧？"

思恭笑道："你老又想差咧！俺不是说兰姑闹得本庄不安定，是说因兰姑惹了一个凶实大盗。那大盗名叫丁顺，绰号儿乌云豹，来去如风，甚是了得。他是关外郁子沟地面占山的一名剧盗，后来，被官中拿问咧，便独自跑向关里，隐伏在密云北境青柯山中，时时地变易服装出来作耗，抢人采花，委实地凶恶无比。自兰姑惹了他，他如何肯甘心？有一夜，竟夜入兰姑宅中，又被兰姑痛创而出。因此，庄中人怕他纠伙来报复，那时未免连累全村，所以大家只得夜夜防备。若说起兰姑怎的和他结怨，那话就长咧。"

绳其听到这里，不觉坐得石佛儿似的，两眼都定。方老太太偷瞧他听得入神的光景，正在好笑。恰好有个仆妇蹭进来换热茶，因笑道："表相公累乏了一大天，还不困吗？那么早些歇卧，明天再……"一个"谈"字没说出，被绳其跳起来，撮了那妇肩头向外便推，并噪道："你若困了，先去挺你的尸，这里很不用你来照应。"招得方老太太笑喝道："你这孩子，只知听热闹话没够，却不晓得给你表兄斟杯茶润润嗓子哩。"

思恭笑道："若说起兰姑怎的和乌云豹结怨来，真须润润嗓子，因为就似很热闹的一段评书哩。"于是吃过一杯茶，便滔滔汩汩说出一席话来。

看官你道这兰姑怎和乌云豹结怨？待作者先从这乌云豹叙起。原来这丁顺是沈阳地面一家大粮户的子弟，自幼儿劣性异常，并且膂力绝人，天生的一种贼相，滴溜溜的一对刀眼，兔子似的两条飞毛腿。七八岁时，劣性上来，杀打不在乎。不怕很高的楼房，一踩脚便到楼脊。其时，他族中有个叔子也是富户，便向他父母道："我看此子不是善相，与其等他大起来败坏家业，或出意外之事，还不如趁此时想个法儿哩。俺听说这等贼腿，他脚后跟上有一条异样的缆筋，与他挑断，他那劣性便没得咧。"

丁顺之父听了很以为然，于是趁丁顺熟睡当儿，命人来将他缚定。磨得风快尖刀儿正要动手，只见丁顺凶睛一张，大喝道："你们要我死，就来痛快的。"说着，两膊一挣，臂缚立断，但是腿上绳儿依然牢缚。那丁顺哭号之下，由榻上一头抢到地下，未免扎挣宛转。

他父亲正在下手不忍的当儿，恰好又有族中人闻信赶来。不但立时解了丁顺的绳缚，并且派了丁顺族叔一身不是，说他不该出这个主意。那富户没奈何，只得叹息而出。从此丁顺劣性日甚，气力日大，十来岁上便已无所不为。除了交朋结友、打熬气力、学习拳棒之外，便是吃喝嫖赌，整日价钱串倒提。那钱流水似淌去，见了父母，便如仇人一般。

他父母这时业已畏之如虎，因为他一瞪眼睛，好似凶神。起初是被他推搡得跌跌撞撞，后来便挨他那拳头巴掌，就如家常便饭。族中人有时不忿，偶来解劝，那丁顺就可以破口大骂。有时竟脱得一丝不挂，缩起小鬏儿，手提明晃晃短刀，一径地闯入那族人家中，闹个山摇地动。大家至此，方觉往年那富户所见不差，但是业已后悔不及。

你想丁顺父母本以勤俭起家，今儿丁顺凶逆破败，一至如此，老两口儿也只好日盼早死了。果然天从人愿，那丁顺到二十岁上，老两口儿双双气死。哈哈，这一来，丁顺那厮越发地没天没地。真是天是老大，他就老二咧。

不消两年光景，铁桶似家业被他抖个一干二净。但是家业化去，武艺却学成，丁顺飞檐走壁，高去高来，善用一柄鲫鱼头折铁单刀，端的是泼

254

水不入。你想这种人，本是贼坯，既失恒产，又恃武艺，所交的朋友又是些驴球马蛋。不消说，一来二去，便小试身手，做些没本的营生。既得了甜头儿，哪里还肯罢手？起初是伏路剪径，不过寻单身行客的晦气。继而便跳墙爬寨，探囊取箧，大展能为，终至于纠众行劫，大干明火。

这时他那个富户族叔业已避之他去，因为自丁顺为盗以来，那富户家便成了丁顺的外府，真是予取予求，不敢道半个不字。并有时丁顺行劫，回头便领了一班盗友愣闯入富户家，歇马落脚。那富户一家儿惴揣栗栗，赔酒搭饭，自不在话下，成大锭的银两，成大套的衣服，转眼间就没影儿。但是丁顺还居然拘着面孔，对了富户，仍是老叔长、老叔短，所取钱物，只说借用。

这时富户新续了一个婆子，只有二十四五岁年纪。那丁顺赶着喊唤婶婶，且是亲热。富户暗料事儿不妙，便趁丁顺远出行劫的当儿，便忍了个肚子痛，收拾枳蓄弃家而去。那丁顺还算罢了，虽明知富户迁移之所，还没追去胡搅。但是富户许多房舍田地，一旦都为丁顺所占，如何便肯甘心呢？不消说是暗作计划。

一日丁顺痛饮于一处娼家之中，那娼妇极尽媚态。两人正在甜洽，丁顺忽见那娼妇面有恐惧之色。及至问她，说是怕见刀剑，丁顺大笑，便将所佩的折铁刀解付娼妇。不想醉后醒来，已被一班捕健缚得猱头狮子一般。当时众捕健喜跃之下，早噪出那富户的一番计划。

原来那富户暗探得丁顺和那娼妇情热，使用重金买嘱娼妇哄醉丁顺，登时去知会捕健前来办案的。

当时丁顺既闻得这般底细，自然是恨那富户入于骨髓。于是一声不哼，随捕到官。不待拷问，自供出许多劫案。照例砸镣入狱，不必细表。且说当晚那富户计既成功，忽剜去心头大病，好不痛快。二更以后，在内室置酒相庆，和他婆子谈论回明日转去料理房产，又说笑回丁顺被捉的情形。

那富户高兴之下，便笑道："俺这番心计，就是为你。那厮不除，还恐他撞到这里向你胡缠。如今却可以放心，俺也痛快咧。"一言方尽，只听房檐上唰的一声，便如鸟堕。接着便有人大笑道："老叔，对不住，今晚俺且叫你痛快个大的。"声尽处，闯入一人，咔嚓一声，先抛下血淋淋一个人头，随后将单刀向案上一插，战战有声。

这里富户慌吓中，一瞧那人头是那娼妇。方叫得一声"不好"，早已被那人一脚踢翻，随手儿揪下帐带捆缚停当，堵了嘴子。那富户惊得半死，晕去片时，再一睁眼，不好了，只见自己的浑家已被那人脱剥得光溜溜，被揿倒在榻，高举着两条白生生的腿儿，来了个大敞辕门。那人已经不客气挺着个妙相物儿，凑上身去。

这里富户既惊且愤，只剩了索索乱抖，偏偏那人也登时乱动索索。就这番光景之下，那富户恍惚如梦，早已和婆子身首异处，血溅满地。及至次日，便哄传丁顺越狱，杀死了某娼妇和那富户夫妇。从此丁顺亡命远出，到处里所作血案，不一而足。后被官中捕急，便索性纠合群盗在榔子沟地面占山为盗。那声势越发凶实，甚而至于拦劫官饷，杀死解饷官员。这才恼了当地大吏，发兵剿山。

丁顺情知安身不得，便舞动单刀，杀开一条血路，一屁股逃入关内密云县境青柯山，于是飞贼乌云豹之名又盛传于京北、京东之间。原来这时丁顺又已幡然变计，不去合伙硬抢，只仗了一身本领，竟做些高去高来、神出鬼没的勾当。这一变计不打紧，却苦了许多富翁并有姿色的妇女。任你有铜墙铁壁，密阁深闺，只要丁顺一注眼，登时便祸到临头。金银珠宝不翼而飞；淑女娇娃辱身失节，这也不在话下。

一日丁顺又变装而去，却扮作个货郎儿模样，携了摇鼓，背了个小货筐儿，里面略有针线等物。他原为借此为名，物色了有姿色妇女，夜间便去采花。因单刀不便，却暗藏了一把锋快匕首。当时他出得青柯山，便沿着山脚下一带村落徐徐行去。每入一村，当就那高门大宅前，摇动那"唤娇娘"（货郎摇鼓之名），果然就有闺女媳妇们应声跑出，许多的俏庞儿都到眼下。

丁顺踅过几处，没遇着中意的，便信步向南行去。须臾，得一小小村落，只有百十户人家。除了两条短街，便是些农场。丁顺瞧着没有高门大宅，料没有什么出色妇女。瞧瞧日色又将薄暮，意兴索然之下，便就一家门前歇凉石上稍息倦足。

正在眙起了灼灼眼光，手持摇鼓，欲摇未摇，只听这家邻户内有人笑道："杜大娘难得到这里，如今既住在你的佃户家，想还须耽搁几天，闲着便来坐吧。"便闻有妇人笑道："咱们改日见吧，俺明天便回葛垯去哩。"又闻有人笑道："自是杜大娘有本事，这么远的荒僻山路，一个人儿说来就来，说去就去。不要说别的，倘半路上钻出个马虎子（俗谓狼子），是玩的吗？"即又闻先语的那人道："这很不用你操心。便是钻出个大老虎来，杜大娘也怕不着他。"声尽处，踅出三个妇人，后面两个是四十年岁的农家妈妈子，前面那妇人生得长眉俊目，窈窕身量，穿一身朴素青布衣，甚是整洁。看她光景，已有四十来岁，但是顾盼之间十分精神。手持一朵棠梨花儿，一面举手向髻子上插，一面回头向两个妈妈道："你瞧俺手儿欠打不呢？便揪了你们一朵花儿。"

这里丁顺正在贼眼瞟去，暗想这青衣妇人不类农家。恰好那妇人头儿一回，狠狠地望了自己两眼，即便从容踅去。一径地越过三四家儿，走入一家门内。

当时丁顺也没在意，便一面歇息，一面东张西望。心下盘算着今夜在这村中好歹做点儿活儿，以贼无空过之意。逡巡之间，不由举起摇鼓，向着各家儿指指戳戳。无意中鼓儿一响，那余音正在摇曳，便闻门内一阵价莲步细碎。有人娇滴滴地唤道："货郎儿慢走，你有三铢丝线没有？"声尽处，走出一人。

丁顺一望，不由心头怪痒。正是：

　　无心遇侠女，有意觅娇娃。

欲知后事如何，且听下回分解。

第四十六回

剧盗瞰艳上柴庄
店翁酒款乌云豹

　　且说丁顺抬头望去，便见从门内趔出个二十来岁的媳妇子，生得容长脸儿，略有碎白麻子，眉目间一团娇俏，穿一身素布衣服，甚是整洁。一面由髻子上拔下个拖线的针来，一面问自己笑道："你有这样的线没有？只须像俺这鞋子似的颜色便好。"说着，趱近歇凉石前，略蹴脚儿。

　　丁顺忙望去，不由心头怪痒。只见她尖尖脚儿上着双鸦青色小鞋儿，好不伶俐。于是丁顺赶忙站起，一面眼儿乱瞟，一面笑道："有，有，这线的颜色是各人的随心草，娘子随意挑拣吧。"说着，打开小货篮。

　　那媳妇漆光似髻子一低，这里丁顺只作去扶篮盖，低探脖儿，正闻得一股甜蜜蜜发香之间，忽闻背后有人笑唤道："施娘子，少见哪！今天怎的自家来买针线呢？"那媳妇听了，忙一抬头，也便笑道："杜大娘吗？且家里坐吧。您不晓得，这两日俺婆和他都没在家，所以只得自己出来买。"背后那人便笑道："哟！怎么连你那个他也没在家吗？你不大会自己买物，等我来吧。"说着，由背后转过一个。丁顺望去，却是先见的那个四十来岁的妇人，一径地便帮同那媳妇俯捡货篮。

　　这时丁顺殊不为意，只顾了眼光灼灼注定那媳妇，一面怙惙道："人家叫她施娘子，这家儿想是姓施。她又说婆婆、丈夫都没在家，且是个好机会。"

　　正这当儿，忽闻那妇人咻地一笑，道："你这个货郎子倒罢了，丢给人家货篮儿，自己眼睛通不管。莫不是你没做过生意吗？趁这会子，俺们偷你些针线，你晓得吗？"丁顺听了，赶忙转过眼光，恰那妇人眼光亦到，两下里碰个正着。丁顺但觉那妇人眼光十分锐利，却又满面上堆着笑靥。

　　若说丁顺也是久闯江湖的大盗，江湖勾当专讲瞧人气概，那明眼的朋友若遇着有本领的人，无论怎的乔扮不露真相，当一瞧眼光，便能心下了然。如今丁顺既遇到这锐利眼光，就该注意。无奈他这时一来色心涟涟，只顾了怙惚那媳妇，二来，又以为是一个妇人家，不过眼色伶俐罢了，于是仍然不去理会。反暗想道："这个婆娘虽是上些年纪，倒洒脱得紧。"便趁势笑道："娘子们倒会取笑，便是连篚儿你都拿去，也不打紧。"说话间，只见那媳妇挑好了一绺鸦青色线，一面瞧瞧线，一面又瞅瞅自己的小鞋儿。一张俏脸忽扬忽抑，荡得两只耳环只管乱晃，更一面嘟念道："这绺的颜色还是浅些。"瞧得丁顺正在出神，便见那妇人笑道："啊哟！施娘子，你好发呆。你不会提起脚来，比上一比吗？"

那媳妇脸儿一红，道："杜大娘惯好说笑话，谁家当着货郎，便……"说着抿嘴一笑，略瞟丁顺。丁顺见状，正心下模糊，那妇人却笑道："怎么说笑话呢？比较颜色，总须凑在一处。你瞧俺也买些元青色丝线哩！"于是拣起一绺元青色线。这里丁顺一双色眼不由萦注着她的半老俏脸，又胡想道："这妇人若在少年时，倒也罢了。"

正这当儿，忽见她自己微笑道："俺们是属老土拣瓜的咧，越拣越眼化，请你这生眼儿瞧瞧这颜色深浅还般配吗？"说着，提起脚儿，蹬在石上，将线去比。招得那媳妇方掩口笑道："大娘你是怎么咧，真个倚老卖老吗？"

这里丁顺早望见她那瘦生生脚儿上穿着双元青色凤头软帮平底小鞋儿，鞋尖上簇起一朵菊花式白绒结就的鞋花儿，映着斜阳，只管闪闪烁烁似有光彩一般。

这时丁顺一面去照顾那媳妇的娇姿妙态，一面又爱这妇人的脚儿瘦小得可怜，哪里还理会人家鞋尖上有什么光彩！于是忙趁势哈着腰儿，眵着眼儿，凑上来笑道："俺瞧这线和您那鞋颜色，也似乎不差什么咧！"说着，自从篚内拣起一绺线。逡巡间，目注鞋儿，忽地口涎拖下。说也凑巧，那口涎恰滴在那线上。丁顺也觉得自家这副丑形儿不大够瞧的，忙拭去口涎，正瞧着那妇人的面色。逡巡间，便见妇人笑道："你瞧你这蝎螫形儿。俺既借你生眼用用，你就比上一比，不结了吗？"说着，一挪脚儿，尖翘翘地直送过来。这一来，招得那媳妇只顾了掩口而笑。

可笑丁顺这等一个凶实大盗，一时间竟被那妇人俊笑不拘之气给镇住咧，反倒张口结舌，不知说些什么才好。于是妇人大笑道："原来你这生眼儿更是稀松，连个深浅都不晓得，还做什么营生呢？"说着，放下脚来，一径地丢下那线，却向那媳妇笑道："今晚上你那个他若不转来，你可要醒睡些儿。你这里浅门窄户，说不定便有马虎子来背你哩。"

这里媳妇子笑唾一声，丁顺望那妇人时，仍踅入那家儿门内。但是临入去时，却又回头瞅瞅自己。

不提这里媳妇子买好色线，给过价钱，自行趄进门内。且说丁顺喜匆匆收拾货篓，背将起来，一面记了这家门户，一面瞧这街坊上虽是寥寥数户人家，傍晚时光倒也颇是热闹。因为这时正当夏月，各家妇女们大半在门口歇凉儿。有的携了孩子，随便凑拢来，彼此闲谈；有的手内还拿些零碎活计；又有叉着腿子坐在门限上，卷起撒脚裤，露着雪白小腿儿搓麻线的。

就这光景之中，那下地的农夫、放牛的牧童并割草捡粪的孩子，也都纷纷归来。一时间，大家迎门笑语，竟自是满街人众。丁顺暗想道："这前门口，却不方便。不如转向她宅后，探探路径。"想罢，一径地转向宅后，抬头一瞧，不由大悦。只见那宅后墙十分低矮，墙外便临旷野，距墙百余步外还有一片丰茂树林，正可藏身。

丁顺逶巡间穿过树林，遥见里把地外还有一处小村，从一片苍然暮色之中，隐隐望见那村头上一处酒帘还未收落。丁顺料得有小店，暗喜道："巧咧！今夜且宿在那村中，晚间做事，且是方便。"于是匆匆趄去。

到酒帘处一瞧，果然是处黄泥覆壁、茅檐打头的小小野店。门首正有个老店翁跋着脚子摘取酒帘，一面自语道："今天好晦气！这劳什子，丧幡似的，白挂了一天，连个鬼也没引得来。"一回头望见丁顺，不由笑道："你老从哪里发财来呀？敢是要住店吗？俺这里屋子干净，饭食可口，外挂着价钱公道，是再好没有。"

丁顺笑道："俺方从前村来。你这里可有单间儿没有？"店翁沉吟道："有，有。您尽管进来瞧瞧，合意便住，你道好吗？"说着，转身引路。

丁顺跟入，一瞧那院子倒还宽敞，只是仅有三间正房儿，窄巴巴的，看来还像内室模样。丁顺道："这就是单间儿吗？"老翁笑道："您不晓得，小村中不比大镇聚有正经大店道。俺这是开店挂住家，就是这三间屋子，没得什么单间儿。你老若不如意，只好住庙去咧。"说着，接过丁顺背上的货篓安置停当，十分殷勤。丁顺料得没有别的店道，只得拂拂行尘，落座歇息。那老翁先自忙碌汤水。

这里丁顺一面歇息，一面暗想道："今晚虽有店翁同室，少时，只须如此如此，料他没有不爱喝盅儿的道理。"怙惚间，店翁趄来，端到茶水。丁顺一面吃茶，一面道："你这里有什么方便食物吗？咱一个小生意人，也不用什么好饭。"

店翁笑道："对劲儿。你老若想用好饭，还真没得。小村中左不过是青菜豆腐、家常大饼。要煞煞淡口，炒上盘香油鸡蛋也就是咧。"丁顺笑道："如此甚好。你……就是鸡蛋吧。"店翁笑道："你老不要取笑，那么咱就用饭带酒来吧。"

丁顺笑道:"怎么你这里居然有酒?"店翁道:"咳!什么话呢?不瞒你说,我老汉就有这没出息的毛病,好喝盅儿,所以店中酒是不断的。"丁顺听了,心下暗喜,便就榻歪倒歇息。只见店翁从一只立柜里摸了半天,摸出只退颜落色的蜡烛,把来安在短烛台上,从容容点好那烛,置向地案,方才从容踅去。

这里丁顺神思忽倦,便伸伸腿子,正仿佛已经跳入那媳妇子宅中的光景。忽闻榻前汪的一声,便闻店翁骂道:"没出息的东西!你倒做得好梦。三不知地便想寻俏食吃,我且加你屁股上着标。"

丁顺睁眼一望,却见一只瘦狗夹着尾巴跑去。那店翁正端到热腾腾的酒饭,在地案上安置。于是丁顺爬起就座,一瞧那菜蔬,是一碟盐卤咸豆、一碟王瓜丝儿、一碟白渣渣的粉皮加些辣椒,那一碟,灰澄澄的似和灰的湿泥一般,仔细一瞧,却是人蒜拌茄子。以外是两个人盘,一盘便是炒鸡子,那一盘竟是大块的白煮鸡,配着些鲜红的辣椒丝儿,好不鲜亮夺目。于是丁顺笑道:"老店东,你不说没得可口的食物吗?怎又有这鸡呢?"

店翁道:"你老既吃酒,若没点下酒菜儿还成功吗!不瞒你说,这是老汉的一份敬意哩。"说着,斟上酒来,便笑道:"你老请用着,少时小米水饭和蒸馍也就得咧。"丁顺笑道:"饭倒不忙,老店东,你既好喝盅儿,请来同用,俺还有话问。"

这里店翁龇牙一笑之间,已被丁顺拖就下座。彼此举杯,吱喽一声,业已一杯入肚。店翁大悦道:"你老兄准要发财。俗语云:越喝越有,是不错的。"说着,与丁顺斟满。丁顺随口道:"你这人真个和气有趣,俟后俺再来时还住你这里。我且问你,我那会子从前村来,那村儿叫什么名呢?"

店翁道:"前村叫上柴庄,俺这里便叫下柴庄,因为两村相距不远之故。怎么叫上、下柴庄呢?因为两村左近,惯出一种细枝儿山柴,简直像木炭一般,每年价销路……"

丁顺忙笑道:"横竖是叫上、下柴庄就是咧。我且问你,那会子俺在前村做生意,在一家门首瞧见个很俊样的媳妇子,人家叫她施娘子。她是个什么人家?家中都有什么人哪?"店翁笑道:"哈哈!你老一个做生意的人,怎么也踏到那所在去咧?你见的那施娘子,准是细高身量,长长脸盘儿略有几个俏麻子,小脚儿行动间好似风摆柳,一笑两个酒窝,说起话来便如一管箫,是不是呢?咱们今天一端盅儿,就是好朋友。我劝你的话,咱生意人讲究本分,你怎么向那里踏脚呢?不该,不该。那所在的踏脚的都是些梳光辫、刮白脸的漂亮小伙儿，招得人家门前狗咬吵吵，你来我往，委实地不成模样。咱一个生意人，学他们怎的！"

丁顺欣然道："如此说，那施娘子莫非是个私窠子吗？"店翁道："罪过，罪过。你这话又讲到哪里去咧！人家是清白白住家妇道，不过因长得俊俏，那些没人样的王八蛋便癞蛤蟆想吃天鹅肉。属剃头担子的，一头热，只管没早没晚向人家门前装他娘的滴搭孙。有一天被施娘子的婆婆赶出来，骂了个狗血喷头，其中一个屁股上还挨了人家一棒槌。你老说，像这等转人念头、没好杂碎的混账东西，屁股上挨戳，总不算多。"

丁顺听了，正在干眨大眼，店翁又道："施娘子是庄户人家，没多人口，只有婆婆和丈夫。你老问她怎的？"丁顺笑道："俺因那会儿卖给她些线，所以随便问问。但是俺给她线时，还有个四十来岁的妇人，施娘子叫她杜大娘。俺看她不像这一带的庄户妇人，那是何人呢？"

店翁笑道："杜大娘吗？到底你们生意人眼光亮，她果然不是此地人。她家住葛垞庄，好体面的大户人口，颇有田地，都租与佃户们耕种，人称为杜大娘。上柴庄中有她几家佃户，所以她高兴时常来瞧瞧。"

丁顺随口道："我看她倒也能干，田地等事竟自家料理。"店翁笑道："料理田地算甚事？人家能干得多哩。"丁顺听了，也没在意。说话间，听听村柝已交二记。这时店翁只顾了酒到杯干，丁顺是心中有事，便接二连三地只管与他大杯斟起。

少时，那店翁一面前仰后合，一面道："咱哥儿俩不错呀，说实话，这酒俺不吃咧。因为俺有个酒后伤心的毛病，又好撒愣怔。如今时光不早，且待俺取得饭来，你老慢慢自饮罢。"说着踅去。须臾，取到蒸馍水饭。这时丁顺早做准备，便道："老店东，你且陪俺吃两杯，哪里就醉咧？"店翁听了，只是憨笑，不知不觉又坐下来。原来好酒的人推说不饮，都是牙关上劲头儿，是禁不得三劝两让的。

当时店翁被丁顺一路价灌，不多时，业已舌头都硬。丁顺见了正在暗喜，忽见店翁捧了杯子，欲饮不饮。少时，颜色沮丧，对了杯子点点头儿，那眼泪竟有黄豆大小直落下来。

瞧得丁顺正在诧异，只见他一蹾杯子，拍案道："好你个王八蛋，抛得老子好苦哩。"说着，嘴儿一咧，放声大哭。正是：

中怀既抑郁，老泪自滂沱。

欲知后事如何，且听下回分解。

第四十七回

施娘子险遭凶淫
杜大娘戏显身手

且说丁顺忽见那店翁放声大哭，不由且惊且笑，暗想道："这老头儿果然便有酒后伤心的毛病，但是俺还有事体，快叫他醉后挺尸是正经。"想罢，忙来拉劝。哪知店翁越发哭得抽抽搭搭，并摇手道："你索性由我哭个痛快的吧。不然，这酒闷在心里要作病的。你不晓得，老汉一辈子，实在是个苦小子。自幼儿驴子似的给人佣工，好歹地说了个老伴儿，不想没两年，她便挺着腿子去咧。"

丁顺忙劝道："老店东，不要伤心，死了一个再说一个，不算什么！"店翁道："咳，她死了不打紧，却留了个孽障孩子。那小子不学好，你别瞧他外面上像个人儿，坐在那里也会交朋结友，吃酒谈话。其实他心里，不定想着干什么没天理的事去哩。"

丁顺听了，不由心头怦然一动。店翁接说道："原来那小子是生就的贼骨头贼肉，从十几岁上便偷偷摸摸，钻钻弄弄，一直长到你老这么大的岁数。哈哈，这一天，他却遭了天报咧。"说着，满满地斟起一杯，一吸而尽。却向丁顺张目道："好你个贼小子，真把老子毁苦咧！你说他这一天就仿佛该倒运似的，不知怎的，瞧上了人家一个媳妇子。他也不怕伤天害理，便去偷摸。本来他的贼腿贼脚，跳墙爬寨子满不在乎。当时，他嗖一声跳进墙去，两只贼眼还没定神，便觉背后有人蹐的　脚登时将他放翻，随后便棍棒齐下。并且有人将他剥得光溜溜，从人家后门口拖狗一般直拖出来。原来那家人众早为防备，所以他吃了大亏。后来不多日子，他因惊恐受伤，贼命死掉，却抛得老汉这般苦楚。"说罢，嘴儿一咧，又要大哭。

这时丁顺未免有些不耐烦，便好歹地劝慰两句，赶忙地连连劝酒。原想他快快醉倒，自己好去行事；哪知店翁酒有八分，钩起伤心，只管絮叨，话头儿总是不断。端起盅儿，沾沾唇，又复搁下。丁顺倾耳村桥，已二记敲过，不由心下着急。略一沉吟，忽然得计，便径地取过店翁的杯子，道："老店东，你这光景是要醉咧，咱们用饭吧。"店翁道："不醉，不醉。你瞧我喝个样儿。"于是引起酒壶，嘴对嘴，便是一气。

这里丁顺一笑站起之间，那店翁已颓然仆地。丁顺都不管他，便匆匆用罢饭，一径结束停当，就腿裹里中掖了那把匕首。瞧瞧店翁，仰着脸子在地下，醉得死人一般。要说夜行人规矩是事事仔细，当时丁顺还恐店翁睡得不实在，便轻轻踹他一脚，见他不动，这才放下心来。于是先跑去关了店门，准备着走墙头上出入。方匆匆趱回室来想吹灭灯烛，一瞧店翁，竟自不见。闹得丁顺正在一愣，忽闻店翁在屋后院中嘟念道："不醉，不醉，你老且闹这一盅儿，咱便打个通腿，睡大觉吧。"又听得那只瘦狗哼哼两声。

丁顺觉得诧异，便秉烛趱去一瞧，不由失笑。只见店翁正卧在狗窝边，睡得扎手舞脚，并且身下压了狗的尾巴，所以那狗也只管从睡梦中汪汪有声。于是丁顺一笑趱转，匆匆吹灭灯烛，便从短墙上一跃而出。

不提这里店翁一梦融融，次日起来，虽白搭一席酒饭，却笑纳了一个货篓。且说丁顺撒开大步出得村头，一气儿穿过树林，又行得百十步，从微月朦胧中早望见施娘子宅后那片短墙。要说丁顺这等剧盗，在这小小村落中做点把活儿，本用不着什么眼观四路、耳听八方。但贼人的胆子总是虚的，那偷鸡摸狗的贼将入人宅，固然是怯手怯脚，便是高去高来的贼将要行事，也未免溜溜瞅瞅。这大概是什么心理上的作用了。

当时丁顺望见短墙，不由得脚下放慢，先伏在墙外草间听听动静。正在伸长脖子，撑起耳朵，忽觉脖颈上哧溜的一家伙溜得生痛，便如个火蝎子敬了一钩子一般。闹得丁顺激灵跳起，方要趁微月俯寻草际，却见身旁数步外似乎是萤火一闪，飞向远处。丁顺不由暗想道："原来萤火虫儿还这么歹毒，没来由却叫它螫了一下子。"思忖间，倾耳墙内，微闻脚步行动之声。少时，哗的一声，似乎是倾泼盆水，又见那墙外高树上隐约被墙内灯火映照。

丁顺料得宅中人还未安歇，正要爬上高树觇觇光景，忽闻背后窸窣有声，又仿佛人影一晃。慌得丁顺闪向树后，向外瞅时，却又没得什么。

正这当儿，忽觉脑后啪的一掌，这一来，丁顺大骇。赶忙一回身，使个旗鼓，先自用手护住面门，仔细一瞧，不由暗道晦气。原来他所立之处，头顶上面正有一个很大鸟巢，他以为定是鸟巢上落的土块，似乎掌击，他却不想想巢土直落，应当砸向头顶，却怎的闹到脑勺上呢？

当时丁顺更不怠慢，一径爬上高树，向墙内张时，只见正室后窗内灯光耿然，正有个髻鬟俏影儿映上窗纸，微微晃动，似乎是低着头儿操作什么。少时，髻影一起，便现出半截人影，似乎是敞披衫儿。

丁顺瞧那人影儿绰约之状，料是施娘子。暗喜之下，略转眼光，却见正室后门旁挂着一个半明不暗的壁灯儿，靠墙脚下，竖置着一具大浴盆。再瞧地下，乌影影的一片，似乎是水痕流溢。丁顺见了，不由恍然所闻倾水之声，定是施娘子洗罢澡儿倾的浴水。不由暗喜道："活该俺老丁今晚写意。少时，光滑滑地将她放倒，由我摆……"

一个"布"字没暗道出，忽见那后窗纸上又映出伶俐的半弯小腿儿，衬着一捻香钩，半拖缠昂，好不有趣。于是丁顺兴致大动，不暇再觇，便施展出飞贼本领，径由树上轻轻提气，一缩身儿，猛可地一蹬脚下，方要跃上墙头，但闻哧啦一声，后衣襟竟自撕落。仔细一瞧，那撕落的后衣襟却结系在背后一枝树杈上。这一来，闹得丁顺只管发怔。但是逡巡之间，却又自为解说，心下释然。以为是衣襟拖长，偶然缠结在树上，理亦有之。

看官要晓得，人当着迷的当儿，分明觉得些蹊跷形儿，他偏能自为解说。古语云：利令智昏，这"色"字又何尝不然呢？看官不信，但瞧古今来多少聪明人，被"色"之一字弄得颠颠倒……

说到这里，便有笑于座中的道："作者先生少说闲话，你只顾拉长字数，图多得钱，不打紧，却不晓得俺们急于瞧下文哩。"作者叹道："诸位要瞧下文，只好向俺这胡诌乱谤的书中去瞧。你看如今的世事，哪一段、哪一件是有下文、有结束的？但祝诸位，寿同山岳，还须有条结实穷命。不死于匪，不死于兵，不死于敲骨剔髓，不死于怨气疫疬，或幸能瞧出世局的下文来。但是作者年已老朽，恐怕没福分陪诸公瞧这世局的下文，只好向这书中寻寻下文，且博得几个钱来，闹顿饱饭是正经哩。咳！才说着少说闲话，如今闲话又多。没别的，俺这里向诸位有礼了。"

且说丁顺不暇理会衣襟，趁那脚下一蹬，便是个轻燕斜掠的式子，唰一声飞向墙头。两只脚方才踏稳，还未及跳下之间，忽觉右腿里边飕的一股凉风儿。这时丁顺只顾了一面瞧着后窗上的倩影儿，一面张望院中，靠东壁下却有一个小小柴堆，西壁下是两间矮矮的草房儿，黑魆魆的，内中灯火都无。再倾耳听听，除得正室内微有剪刀声响，却没得什么动静。

于是丁顺放下心来，一径地轻轻跳落院内，直奔后窗。只就窗隙向内一张，不由登时浑身酥融，心头怪痒。只见施娘子头梳懒髻，云鬟蓬松，只披一件短衫儿，露着雪白的酥胸玉乳，果然是新浴之后的光景。正在榻脚边，灯光之下，斜弯起一只白生生的小腿儿，一手握着尖尖脚儿，一手撑着只软底睡鞋儿，将穿未穿；身旁放着一柄剪刀并一个白矾小盒儿，似乎是修理脚甲才罢。瞧得丁顺正如雪狮子向火一般，恰好施娘子穿好鞋子，解却腰间围的一条浴巾，分叉两条腿儿去穿睡裤。不但浑身饥肤豁然呈露，便连那最妙之处，乌影影的一丛茸翠，丰满满的一团肉阜，也都耀入丁顺眼中。

这一来丁顺大悦，不暇再觇，便轻移脚步趑向后门，用手一推，恰是掩的。方暗道一声"惭愧"，就要挨身而入之间，说时迟，那时快，忽觉背上砰的一拳，一个趔趄，险些栽倒。

丁顺大骇，赶忙一稳足下，方要回望，早被人咯噔一家伙揪住辫发，并且觉手势捷急，似有千钧之力。接着便闻那人哧地一笑，道："好你个货郎儿呀！怎的做生意半夜三更地做到人家院中来咧？俺白日在门前就瞧你不是东西，今果然便来偷摸。俺自你伏在草间便留了你的神，特敬你一下热烟锅报你个信儿。可笑你这笨贼，通不觉得，如今你偷摸也罢，怎又鬼鬼祟祟偷瞅人家娘儿们？这一节越发可恶。但是你辛苦一场，岂可叫你白跑腿子，有道是贼无空过。如今快随我来，扰我点儿敬意如何？"说着，随手一提。丁顺不由脸子高扬，想要回望，哪里转得过脖儿。

丁顺一时间心下着忙，却又暗暗诧异道："这背后人的语音分明便是那个杜大娘，她竟有如此力量，已经可怪，怎的她又会在草间烙我一烟锅儿？由此看来，俺脑后挨的那巴掌，大约也是她的把戏。不要管她，且待我给她一下子再说。"想罢，更不去挣扎回顾，一抬右腿，忙伸手下探，正在悚然一惊，便闻背后大笑道："你这笨贼，真笨得令人长气！你的小刀儿便在这里，你不放心，且搁在你脖儿上吧！"说着，哧溜一声，那凉飕飕的匕首的尖儿已由项后伸到额下，并且手势一紧，眼睁睁就要不妙。

这一来，闹得丁顺又惊又气，又是诧异。百忙中正在倒抽凉气，便闻背后喝道："你这厮，好不识抬举！俺好竟要敬你些好物儿吃，你这光景，不想动手动脚，如今你若动一动，俺便是一小刀儿。你不是向人家打听施娘子、杜大娘吗？俺杜大娘便在这里。且叫你见见施娘子，也不枉你贼手贼脚地来这趟。"

丁顺听了，这才恍然。不但自己的匕首三不知地被人家摸去，便连和那店翁吃酒的一席话也被人家听得去咧。这个杜大娘，你说是有多么奇

266

怪！正在惊诧得开口不得、动身不敢的当儿，却又闻杜大娘笑唤道："施娘子，快这里来。如今体面客来到，主人家怎么躲着不见呢？有我在此，不必怕他。你且来替我扇他两记耳光，打掉些贼气。"说着，那揪辫之手向下一紧。丁顺咯喽一声，顷刻来了个犀牛望月的架势，一张脸子早已摆放停当。

正这当儿，烛光一闪，便见施娘子双揎玉臂，拎着一柄剪刀，如飞跑出。丁顺一望，却非那会子所见光景。但见她蛾眉倒竖，杏眼圆睁，恶狠狠咬着牙儿，挺起剪刀便奔自己咽喉。

书中交代，你道施娘子遽闻室外哄闹，为何不但不吃惊，反倒气吼吼地大起胆来？原来那杜大娘白日里见丁顺去后，便踅向施娘子家，嘱咐她夜间醒觉，须防那货郎子不像好人。施娘子却不肯信。及至这当儿，闻得哄闹，又因杜大娘壮了胆儿，所以便拎起剪刀直抢出来。

当时丁顺眼睁睁见剪锋戳来，止要挣扎，便觉杜大娘猛地将自己脑袋一歪，躲开剪锋，却笑道："这等笨贼，且给他留条狗命。快给他出出灾殃，打发他滚蛋就是！"

丁顺听了，还待倔强，便见施娘子置下剪刀，手儿起处，唰唰唰，便是几个耳光。这时丁顺被杜大娘匕首所逼，哪里敢稍为转动？脖儿扬着，脸儿舒着，两背两腿虽攒足气力，却不敢贸然发作。但是他那股愤气可就大咧，暗恨道："好，你这泼辣婆娘，料你还不晓得俺乌云豹是什么人！且待我显显本领，叫你晓得。"想罢，更不去理会脸子，却猛可地一沉气息，又略直腰身向前一挺，那脚下踏的砖儿爆然立碎之间，早招得杜大娘暗笑道："瞧这厮不出，还晓得些运气功夫。"于是左脚踏稳，右脚微提，顷刻间，潜气内转，暗做准备，并索性拿开匕首，那揪辫的手势也便略松。

那丁顺哪知就理，只顾了运浑身全力都向后臀，趁大娘手势略松，大喝一声，向后便偎。

这一来，不打紧，但闻砰的一声，一阵价跌跌撞撞，中有一人直撞出四五步远，又是噼里啪啦一阵响，这才大叫栽倒。正是：

强中有强手，栽破老头皮。

欲知后事如何，且听下回分解。

第四十八回

饮脚水一场笑话
得匕首又逞凶锋

上回书交代到丁顺和杜大娘中有一人，大叫栽倒。你道这栽倒的是哪个？原来丁顺运全身之力都到后臀，准备用个老虎大偎窝的式子，后劲成功。哪知杜大娘且是乖觉，便运足气力都到右膝头，给他个一顶之下，瞧滚屎蛋。

当时丁顺喝一声，躬身撅腚，后臀偎到，恰是杜大娘撒手扔辫，膝盖拱起，两下里气力既猛，那丁顺又出于不意，所以砰的一声竟撞出四五步远，一头抢跌于地；这还不算，又恰撞倒穿堂内放的一张小桌儿，所以才噼里啪啦一阵乱响。

当时丁顺跌势既凶，越发地气涌如山。正要挣扎爬起，早见杜大娘飞步赶到，啪一脚踏住胸口，便笑道："你这笨贼，会两手狗儿刨，还敢向人张致！看起来，我就……"说着牙儿一咬，脚下加劲。

这一来，不好了，那丁顺登时觉胸膛欲裂，不由大叫道："放手，放手。俺一时冒昧撞到这里，且请饶过我吧。"

杜大娘笑道："你既讨饶，这事好办，俺本没想难为于你。如今咱彼此都歇歇儿，少时，你扰过俺的敬意，再去如何？"说着，脚儿略踹。

那丁顺倒也听说，登时一个骨碌，又是个狗嘴啃地。一时间羞愤交攻，竟自呆在那里。杜大娘都不管他，便索性大咧咧地坐在穿堂内椅儿上，竟从衣襟底下取出只短短的花竹管烟筒。一面装烟，就施娘子所持的烛上吸着，一面笑道："傍晚时分，俺那么向你说，你只是不信；不信也罢，你偏又洗澡儿、修脚地闹个不了。如今被这厮狗眼张去，虽说是不碍什么，但是总叫人……"

施娘子脸儿一红，恨一声，置下烛台，拎起剪刀，刚要奔向丁顺，杜大娘却笑道："不必理他咧，少时咱好好送客就是。"说着，向椅背一靠，微合眼儿，一面吸得那烟筒白烟圈儿相逐价续续直冒，一面又笑道："好没来由！今晚俺赶了半夜的急懒狗，真觉着有些疲倦咧。"

这时丁顺在一旁偷瞧杜大娘暇逸之状，简直是玩弄自己。气愤之下，不由暗想道："俺丁顺久闯江湖，这么一条汉子，不想却被个妇人家玩弄至此。"想到这里，越发气不可遏，就要拼命价跳将起来，去夺匕首。

正这当儿，但见杜大娘从容跑起，向自己笑道："你此刻既来做客，总须略扰主人家。快随我来，见个意思。"说着，命施娘子持烛前导。这时丁顺眼瞧着杜大娘手内亮莹莹的匕首，只管在自己面前晃来晃去。百忙中，又不晓得人家是何用意。逡巡之间，只得随了人家，拔步便走，并一面斜瞟眼儿，意在趁势夺匕首后再作道理。这时反拿定主意，给他个百依百随。

不想方出后门，趄到壁灯旁，墙脚之下，浴盆之前，杜大娘却回身笑道："如今俺仓促请客，委实个成敬意。料想你这客人也没得什么挑拣儿，就请你恭敬不如从命，老实给我蹲下吧。"

丁顺一听，越发摸头不着，只得气吼吼如命蹲好。杜大娘道："给我放平那浴盆。"丁顺如命。才一放平，便闻盆内一股腥腥的臭气直冲喉咙。顷刻间，一阵恶心，便觉那会子和那店翁吃的许多酒饭，在肚内一阵奔腾，就要呕吐。

正这当儿，恰好施娘子烛光一低，这时丁顺瞧得分明，只见那浴盆擦底却存有倒不尽的洗脚汤水。白哗哗，稠如米汁，味赛鲍鱼，那浓厚处便如虾条蟹沫一般。丁顺见了，正在发愣，倏地烛光一闪，那凉飕飕的匕首，又压到脖颈上。便闻杜大娘笑喝道："你这厮既如此下作不堪，好偷瞧人家修理脚儿，俺今便如你之意，请你尝尝这洗脚汤水如何？"说着，笑嘻嘻匕首下按。

说到这里，便有明公起问道："作者先生，你这书诌离了板儿咧。虽说是杜大娘艺高人胆大，但是乌云豹也是当时有名的剧盗劲手，今两敌相遇，那杜大娘如何只管顽起皮来咧？"作者道："足下此问却也有理，但是还不曾说到筋节上。你想杜大娘白日所见只是个贼眉贼眼的货郎儿，哪里便晓得就是剧贼乌云豹？不过因那货郎眼光有异，有垂涎施娘子之意，所以便一时高兴，跟侦下来，以为那货郎儿不过是个色鬼或系小窃之流。所以一路上用烟锅烙他脖子，掌他脑勺，赶他上墙之间暗盗了他的匕首，都是出于游戏，便如猫儿玩鼠一般。及至丁顺运气后偎，杜大娘虽略觉有异，却也没搁在心上。所以这当儿，还是出于游戏哩。话既表明，咱且瞧

269

这响当当的乌云豹，吃人家的洗脚水何如？"

　　且说丁顺听得杜大娘愣叫他吃洗脚水，这时便是个泥人儿，也要发些土性咧。于是不管好歹，猛然脖儿一挺，大叫道："你这婆娘也就太煞不知进退，俺被你羞辱如此也就是咧。要杀便杀，何必只管这样儿。你道俺是哪个？提起俺的大名，无人不晓。俺曾经大闹关外，久搅关内，高去高来，绰号人称'乌云豹'丁顺的便是。你这婆娘若只管赶尽杀绝，且叫你从此后睡里梦里仔细俺的手段！"说罢，一摆脑袋，很透着不含糊。

　　哪知不说这话还倒罢了，一说时，登时觉得匕首下按，堪堪就要入肉。原来杜大娘游戏至此，业已尽兴。明知他难吃这洗脚水，不过借此羞他一场，也就放他去咧。今听他一报字号，不由怒从心起。

　　当时杜大娘一面力按匕首，一面冷笑道："哈哈！原来是你这厮就是那罪该万死的乌云豹！既如此，越发可恶，俺不难一下子割了你的狗头。但是你既想显显你的手段，俺便暂留你一条狗命，看你有何能为！如今闲话少说，你是识窍的，快吃这水，不然……"说着，匕首一按，略挫刀锋，哧一声，鲜血飞溅，丁顺脖儿上登时便是个寸余长的大口子。于是丁顺着忙，大叫饶命，只好属光棍的不吃眼前亏，且自顾命要紧。没奈何，低下头去，伸出舌头，咕唧一下子，添得一嘴浓腻腻糨糊似的东西。不但奇臭难当，并且觉得里面片片粒粒一径地溃入牙缝，大概是施娘子的身垢脚皴之类。

　　先时丁顺是恨不得一口儿整个地吞了施娘子，如今却吐弃不迭咧。正在双眉紧皱，欲吐不敢，欲咽不能。那股脚水只管在嘴内打旋儿之间，偏偏杜大娘见他吃得不甚快活，便猛可地从后面一掏脖儿。这一来，咯喽一声，脚水入肚。那股妙味，正噎得丁顺干眙大眼。

　　你说杜大娘真也促狭，便趁势掏脖下按。那丁顺大嘴一张，咕噜一声又是一口。这时丁顺嘴贴盆底，那脚水已漾到鼻孔，想要不咽，不但气噎难当，并且要鼻孔水入。正急得脑袋乱摆，脖儿乱挺，想要挣起，忽然那脚水一晃，却有一根二寸长短乌黑的弯曲毛儿一下子戳入鼻孔，闹得丁顺一面阿嚏连连，一面大呕大吐。说也不信，便是这当儿，他居然会涉起遐想来咧。

　　当时丁顺一瞧那弯曲黑毛儿，不由想到施娘子叉腿穿裤时那片乌影影的所在。不禁不由，尽力子抬起头来，方向着施娘子龇牙一笑。哪知施娘子持烛旁立，也自张见那根毛儿。你想她羞气之下，哪里会有好气，便跑过去帮着杜大娘向下力按。

270

这一来，丁顺嘴儿不但直撞盆底，并且咯嘣一声，碰落两个门牙。一时间鲜血流溢，搀和着满口脚水，竟闹得一塌糊涂。这一来，丁顺怒极，正要拼命跳起，便觉杜大娘手儿一松，一面啪啪地磕动烟筒，一面大笑道："乌云豹，你听仔细。俺今晚手下留情，你要晓得，你若不服气，只管向葛垞庄寻我就是。"

丁顺听了，只气得浑身乱抖。赶忙站起，转身一瞧，只见杜大娘却没事人似的坐在院中晒衣竿儿旁一块大青石上，一面弯起一条腿，用那匕首刮削鞋底上的泥土。烛光之下，但见鞋尖绒花间光彩闪闪；一面却又用烟筒一磕匕首，向自己道："你这家伙儿，留着给我刮鞋底，倒也不错，但是主人家反叫惠贼客，世界上却没这个道理。你此后再去偷摸人家，不要属猪八戒带腰刀的，夹塞这种累赘兵咧！你瞧瞧这家伙什么用处？只好作成你吃洗脚水罢了。"说着，啪的声，一抛匕首。

这里丁顺正在气怔，恰好那匕首落在脚下，再瞧杜大娘却又就施娘子吸着烟筒，一时间烟气续续，好不遐逸。你想丁顺自入院以来，皆因被人摸去匕首，刀压脖儿，所以才受了许多气。如今既见匕首，不由登时气壮，化怒为喜。略一沉吟，毒计早生，便一面抢起匕首，一面大言道："杜大娘，不必如此，俺丁顺总算认得你咧。闲语抛开，咱们是改日再见。"说着，转身移步，双脚一跺，向后墙虚作跃起之势，却猛地旋身，挺匕首直奔大娘。

这时丁顺左臂单撑，气极之下，简直势如猛虎，吓得施娘子啊呀一声烛台落地。百忙中，去拖大娘，叫声苦，不知高低一把抓去，却抓着晒衣的竿儿。

这时施娘子心急脚乱，不及去寻望大娘，扑的一跤方跌在青石之旁，早见丁顺白亮亮匕首搠到。慌得施娘子趁势一滚的当儿，闻得咔嚓一声，青石上火星乱爆。那丁顺因搋得力猛，匕首儿噌一声就石上滑出多远，牵得身儿向前一探，赶忙稳住步势，张皇四顾。方道得一声"怪呀"，这里施娘子眼光一闪，不由忙叫道："大娘快来！"

丁顺听了，正在四下乱望，忽觉脑后啪的一掌，接着便闻杜大娘喝道："你这厮，头有反骨，等我与你抽去再讲。"声尽处，火星一闪，一支热烟筒不但从背后又复烙向脖儿，并且猛可地烟锅一起，热烘烘戳向鼻头。

好丁顺，也是惯家，情知这时敌人已到背后，若贸然转身，一定要大吃横亏。原来这武功家最忌的是背后来敌，抄袭后路。因为人家瞧得明

271

了，自己背上却没长眼睛。这当儿，若贸然四顾，十有八九便须立败。因为自己眼光未定之时，人家业已瞅个冷子扼取你的要害咧。所以高手武功家未从瞻前，先须顾后。不怕在千军万马中纵横驰骋，来往如风，他那耳目精神却有一半儿用向背后，断没有只顾钻脑袋，不顾屁股的。诸公不信，但瞧那习把式（俗谓武功也）的老哥们，平常价上街坊，走起路来，便与众人不同。他总要溜溜瞅瞅，便如骡子瞅鞭一般，又仿佛背后有人要抽他屁股似的，那就是因习武功，记牢了顾后一句话。久而久之，成了个习惯咧。

说到这里作者忽然想起一段笑话，便是吾乡当有清咸丰年间，因发捻之乱，地面上读书士人们不差什么，也都好习武功。其中有两位滑稽先生，一个姓郑，一个姓许。两人见面再无别事，除了口给交御，便是抠抠摸摸。许先生身材伶俐，无奈郑先生手势飞快。许先生屁股上，也不知被郑先生打过多少次，但是想报复一下，却不能够。因为郑先生虽生得肥痴笨汉一般，那顾后的功夫却机警异常，许先生手指未到，他早觉得。

一日两人相遇，郑先生跨头驴子，一张脸儿红扑扑的，是从友人处吃酒方回。许先生趁他有酒意，方逡巡趋向驴后，想暗中动手。不想郑先生一带驴子，却拿出剧白口吻道："今天是俺心中有事，若是无事，待俺下得驴去，抽你二十四把（为《丑观阵》剧中之科诨）。"说罢，竟自策驴跑去。恨得许先生什么似的，却也没奈何。

一日，时当夏月，城外瓜田中游人颇多，一来逛野景儿，二来随便拣取好瓜，大吃大嚼。大家聚在树荫下，一面瞎三话四，一面嚼得满口中清脆有声，凉沁心脾，倒也是桩乐事。

这日傍晚，许先生趋向瓜田，一眼便望见郑先生怡然在一处瓜棚边，正背着脸子，撅起屁股，一面就地下拣瓜，一面嘴内还嚼着大块西瓜，和那看瓜的大说大笑。

许先生得此机会，哪肯放过？于是悄悄蹩去。但因他顾后功夫委实神妙，未免老远地便揎臂勒袖，并恶狠狠伸出中指，预作打势。须臾渐近，许先生因报复心切，一来止不住心头乱跳，二来总想这一指戳去，把自己累次被戳的恶气都发泄出来才好。怙愀之间，倒闹得手儿乱颤，一个指头竟成了金鸡乱点头的式样。

便是这般光景，眼睁睁已到郑先生臀缝之间，不想对面价看瓜人早已望得好笑。至此，忍不住扑哧一声。就这声中，那郑先生早飞跳而起，一回身，却向许先生大笑道："哈哈，武王缵（与钻同音）太王，武王缵太王。"

许先生听了，干笑之下，不由又有些长气。因为一指没戳着，反被郑先生嘲骂了去。当时两人诙谐一回，也便各散。但是许先生总想报复。两人本住在一条巷中，且是邻家。许先生每值郑先生出门，便听得他与街众们喧笑之声，由家门起一路不断，直至出得巷口，方才迤逦渐远。因为郑先生与人无所不狎侮，人家都想他戳一家伙出出恶气。所以郑先生一脚踏出门，便须拿出手眼身法步的全副功架，且战且走，准备人家来抄后路。

许先生既蓄志报复，便往悄蹑郑先生，想乘隙而动。过了两天，还是无隙可乘。一日微雨之后，天色傍晚，许先生又听得郑先生喧笑声动，忙悄趁将来。只见郑先生左提酒瓶，右挈钱袋，似乎是行沽的模样。这时，各家门首许多的乘凉人们望见郑先生，便彼此一使声儿，都伸出直挺挺的中指，作势而待。于是郑先生笑吟吟丢开身段，一路上轻趋巧步，闪占腾挪，或如细柳空莺，或如轻波掠燕。

就这一片喧笑声中，郑先生早闯出重围，清脆脆一拍自己的屁股，竟自大笑而去。许先生通不作声，只给他个腔后跟。直转过热闹大街，一拐弯儿，眼前已是一片敞旷所在。菜畦柳岸，映带着疏落落一带人家。前面横亘着一处很高的沙土冈儿，冈下靠着左边还有一处小小酒肆，一列敞窗，门前搭着松棚儿。棚下矮凳上却有个酒家婆儿正在那里一面引逗着孩儿玩耍，一面乱瞟行人，却又回头向肆旁一处秫秸围的野厕前望望。那婆儿生得白白致致，水也似两弯眼波，很有些骚俏风致。许先生赶近肆前，早望见郑先生猛见那婆儿不由色然而喜，便一连两个俏步直蹑向婆儿背后。将那钱袋归并到左手，右手一伸，做个螳螂捕蝉之势，直向那婆子乌黑的大髻子上摸将去。

这时郑先生全神凝注，目无旁瞬，脖儿伸着，腰儿哈着，脚尖怪踏着，臀儿略耸着，外带着鼻儿略掀着，似乎是逢嗅人家的发香汗气。

许先生见此光景不由大悦，因为郑先生遇着人便诙谐，无论是女人孩子，他都要递个爪儿（即引逗之意）。他这副形儿，原不足异，许先生喜的是得此机会。

当时许先生不敢怠慢，刚赶向棚柱之旁，忽见郑先生猛一回头，慌得许先生慌忙闪向柱后。便听得那婆儿自语道："真他妈的晦气！也不知是什么物件，就刮了俺髻子这么一下子。"因喝那孩子道："都是你这小孽障，累得人连泡尿都没工夫去出脱。你且自己好好地玩，等我去……"

许先生向外瞅去，不由一愣。那郑先生不知何时，连响儿都没得咧。

只见那婆儿两手抄入襟底，似乎是预先解裤，三脚两步，一径地便奔野厕。刚一低髻子，钻入厕门，却忽的惊笑道："啊哟！我的妈，难为你也是个先生家，难道你听不着俺的脚步响，就这么悄没声的，蹲了个四平八稳？还向人龇牙（谓笑也）儿哩！哦，哦，这不消说，方才是哪个王八爪子刮人家的髻子来呀？"说着，缩身出来，咯咯乱笑。便闻厕内郑先生大笑道："酒来，酒来。"

这里许先生正在又是好笑，又是暗恨失此机会，索性老实张张，再作道理。便见郑先生从厕内踅出，笑向婆儿道："你莫冤屈人，俺来打酒，忽然内急，所以先到这里。谁又曾刮你的髻子来呢？如今闲话少说，快给我一瓶瓮头云（酒名）是正经。"

婆儿笑道："你将就吃些醉煞鳖（村酒之劣辣者）吧。那酒，还没瓮过来哩（谓未熟也）。并且高高地摆在架顶上，为你一壶酒，谁耐烦爬高登坡的呀？"郑先生道："那不打紧，俺替你取酒便了。"两人说话间，踅入肆内。

许先生从那一列敞窗中望得分明，便见郑先生就那酒架之下，以高凳接脚，踏上高桌，耸起身儿向架顶上取酒，可巧是屁股向外。正这当儿，许先生又遇此机会，岂肯放过？正要从柱后疾步抢去，忽见郑先生一掉屁股，跳下桌儿，却笑向婆儿道："还有须是劳您大驾，架顶上许多酒器，哪个是瓮头云呢？"

婆儿笑道："你好废物，那个茶叶末颜色的瓷坛儿不就是吗？"说着，便踏凳上桌，由郑先生递去他的酒瓶子。那婆儿双臂一扬，身儿一耸，那撒脚裤向上一提，登时露出一段雪白的小腿儿。郑先生绷着脸儿，一面随手摸去，一面笑道："站牢稳了，我给你挂着腿儿，省得闪跌。"说着脚下略动，踢开那桌旁高凳。张得许先生正在暗笑，便见婆儿一面淅沥灌酒，一面笑唾道："你只管使促狭，等我摔了你的命根子（指酒瓶也），就好咧！"

这里许先生眼光略眨之间，但闻嘻嘻哈哈一阵笑。再瞧郑先生时，竟硬生生将那婆儿抱落于地。许先生自料柱后隐身不得，忙趁势闪向沙冈旁一株大树之后。正一时间没作理会处，忽闻吱扭扭小车响动，接着又闻郑先生笑道："哟！张老爹吗？今天真是豁着干咧。虽说老汉推车是在本的，怎么你推这个车便这么卖气力？若推起那个车来，不把你活累煞吗？"便闻一人喘吁吁地笑道："郑先生不要取笑，如今正要上沙冈。劳您驾，快来帮俺一把吧。"

许先生从树后望去，却是与自己同巷的张老者正推动一辆独轮小车。上面坐定他新娶的后老婆儿，一般地插花戴朵，装模作样，业已推到沙冈之下。那郑先生却笑嘻嘻提着酒瓶，站在一旁。

正这当儿，便见张老者一梗脖儿，晃晃两膊，向后略退两步，甩动腰劲，哈的声向冈上一推。不想咯噔一声，险些人翻车倒。那老婆儿便噪道："你若这么没好的推，俺可受不得。人家推到这个吃紧的当儿，是用一股巧劲儿，高高地掀起把手，煞煞腰，提提气，便不用松搭松赤地只管拱送。只须巧劲攒足了，一下子送上去，便都痛快咧。不然，弄得人不上不下，饶是累得你蔫头耷脑，俺还觉着不痛快哩。"

许先生听了，正在忍笑不住，便见张老者一鼓作气，又向上推。偏偏那沙冈颇为陡峻，张老者累得脸红筋涨，通不成功。郑先生大笑道："张老爹，你是怎么咧？你没听见人家说你不会使巧劲吗？你瞧我来点儿巧劲，保管一下子就送上去。"说着，置下酒瓶，一径走上前去。

张老者笑吟吟卸下绊（手车绊也）来，这里郑先生接绊在手，套进脖儿，拿稳车把，两膊一晃，猛可地一甩屁股，向张老者笑道："喂！您上眼吧，您瞧巧劲儿是这么用。"说着，撒身退步，方才哈了一声。树后许先生不由暗道一声"惭愧"，赶忙地挺起指头，拔步蹿出。

那里郑先生探身耸臀，吱扭扭车轮碾动，一气儿推上半路沙冈之间；却正是许先生哈哈大笑，喝声"着"，手指戳到之时。这一来，郑先生不由着了老辈的急咧。但是势已如此，没法遮拦，只得急忙运气，下封函关。一张屁股正和许先生的手指互相抵牾的当儿，不想张老者只怕他那老伴儿栽下车来，便大噪道："使巧劲呀！使巧劲呀！"

就这声中，郑先生扑哧一笑，顷刻车倒人滚，连许先生都爬在地下。招得街众们哈哈大笑。但是许先生却跳起来得意万状，总算报了屡次被戳之仇了。这便是武功家顾后功夫中的一段笑谈。至今吾乡留着两句浑语，是"郑先生的屁股，真有个后招儿"，便是称赞他顾后功夫哩。

哈哈，这段横云断岭的笔法，未免插叙得太长些咧，咱快来正文吧。且说丁顺觉得杜大娘已到背后，便赶忙一斜身儿，嗖一声，蹿出数步之遥，这才娇转身形，仔细一瞧，又是一怔。正是：

局形输一着，胜负在须臾。

欲知后事如何，且听下回分解。

第四十九回

显异能赤手夺刃
雪奇耻白昼探庄

　　且说丁顺猛可地矫转身形，只见杜大娘依然好端端地坐在青石上，却微笑道："你这厮真个不识好歹，既如此，你便等着。"说着，一磕烟筒，紧紧鞋子，倏然站起。这里丁顺早取先发制人之势，喝一声，略矬身形，风趋而上。匕首起处，先奔杜大娘小腹之间，却倏地一翻手腕，用一个俊鹘摩空的势子，明闪闪上奔咽喉。哈哈，这一手儿歹毒得紧，在武功中名为"拨云取月"，先作虚势，使敌人遮挡下路，然后却直取要害。若是敌人稍为含糊，马上就要上当。

　　当时丁顺恶狠狠匕首刺去，哪知杜大娘早已准备，只略偏脖儿，随意用那下面护腹之手，骈起二指，向丁顺胁下便是一戳。亏得丁顺闪得伶俐，饶是如此，那胁下略沾指尖之处，还如中铁凿一般，一个趔趄，霍地倒退出三五步远。方才立定，只见杜大娘摇着头儿，笑道："你这厮，好作狗跳，倒也有趣。但是俺携支烟筒十分累赘，且待俺寄放起来。"说着，从容容置下烟筒，双拳一摆，霍地放开门户。

　　丁顺一望，不由十分怙惙。原来他见杜大娘所放的拳势却是花拳招儿，但是方才那胁下一戳，分明又是内家拳派。再一回想她跟蹑自己，种种神妙不测，并玩弄自己的许多情形，越发地令人难测。

　　正在怙惙之间，只见杜大娘大喝一声，踊跃便上。双拳飞舞，果然是锦簇花团。昔人有几句口号，单道这花拳形势，说得好来，是：

　　　　凤舞龙飞作意来，前超后越几徘徊。
　　　　撒花盖顶矜形势，古树盘根立柱台。
　　　　拳击真堪碎虎豹，脚踢未许起尘埃。
　　　　怜君使尽江湖气，一遇真拳便化灰。

当时丁顺见杜大娘果是花拳，暗喜之下，又自恨道："俺早知这婆娘不过是有些气力，只仗着这种本领，为甚那会子甘受她许多羞辱呢？"想至此，摆动匕首，即便交手。并且一气儿钩拦劈剁，耸跃如飞。但是还没得三五回合，丁顺不由大吃一惊，一时间，竟闹得眼花缭乱。只见杜大娘纵横挥霍，虽是花着拳数，不知怎的，每到筋节上，便立时拳法一变；并且花拳真拳，两派杂糅，夭矫变化，出奇无穷。一个身儿，简直似风团一般，只随着自己匕首霍霍乱转。于是丁顺大怒，只好气吼吼狠劈恶剁。哪知不但如搏虚空，并且总觉着前后左右，目所及处，便有个杜大娘影子。但是忙去攒刺，却又没得，反累得自己撞东撞西掏头蠓似的。

这期间，更歹毒的便是自己吃的暗亏，不是脑袋上挨一拳，便是屁股上着一脚。其余的胁腋腰眼，被人家点点戳戳，还不算数。少时，索性杜大娘人影都无，只觉在四外哧哧乱笑。

这一来，丁顺转怒，便发起牛性，不管他前后左右，给他一阵乱戳。正在乱乱当儿，堪堪已至在壁下柴堆之旁。这时丁顺气得两眼都直，模糊中忽见柴堆前似乎人影一晃，于是大呼奔去。噗嚓一家伙，因为去得势猛，连匕首带胳膊却陷入柴堆之中。正在赶忙缩出之间，却有两根湿布条儿一径从柴上飘落到脑顶之间。

气得丁顺正在撕掠，不想那布条气味便如脚水。于是丁顺猛悟这布条儿一定是施娘子洗脚时替换下来的脚缠。既想到此，不觉登时引起那会子吃脚水的恶心，便觉咽喉中一阵上翻，再也忍耐不得。

正在大嘴一张，哇哇大吐，忽觉脑后扑的一掌。丁顺料是杜大娘，忙用个黄龙转身式，翻手一刀。哪知气极目迷之下，脚欠根柱，杜大娘略摆纤腰闪开来，用一个蹬倒泰山式只向丁顺腿胫上轻轻一踹。说也凑巧，那丁顺大叫一声，往后便倒的当儿，说时迟，那时快，但闻呼啦一声，顷刻间尘土迷空。及至丁顺由倒柴堆中如飞跳起，那屁股腿胫之间早被杜大娘的小腿儿踹了个不亦乐乎。

原来杜大娘直至这当儿还是以游戏从事，虽也闻得乌云豹是个剧贼，但是大娘自负本领，哪里把他瞧在眼里！所以交手半晌，只用些轻小绵软巧的手法。一来是显显自己赤手夺刃的能为；二来，便是使丁顺知难而退，免得被创后结下深怨。虽是游戏，却还有一半点醒他的意思。

哪知乌云豹强梁性成，不懂好歹，越被挫辱，越发气将起来哩！当时丁顺被杜大娘一阵乱踹，真个怒从心上起，恶向胆边生，便咯吱吱一挫牙关，大骂道："你这臭花娘，休得张致！你等我捉住你时，先剥得你光溜溜，由我快……"一个"活"字没出口，杜大娘喝声"着"，一掌掴去。

这一下不打紧，直打得丁顺倒退数步，险些栽倒。眼前是金花乱爆，耳内是寒蝉乱鸣，哇的一声，便是两口鲜血。那右颊之上登时便似发了火一般并觉得右边槽牙个个活动，痛入心髓。

好笑丁顺，真个是气迷攻心。既挨到这等斤两的巴掌，就应当怙惙怙惙人家是怎么个来头。哪知他更不怙惙，只剩了哇呀呀一声怪叫。就这声中却又拿出了看家本领，便登时缩身退步，就地一滚，一紧刀锋，一片银光泼开来，便似乱泉涌地一般。那刀锋横旋竖跃，旁出侧见。有时似贴地流云，有时似奔潦赴涧。一气儿旋转盘回，闪闪霍霍，只管向杜大娘下三路攒刺将来。

原来丁顺当年创字号叫响儿时，便全仗这套刀法。他在关外占山称雄，曾以这套刀法降服了五六股骁悍大盗。后来被捕事急，从官军马蹄下爬将起来，也仗了这手能为。这套刀法在武功中名为"滚盘珠"，是从飞剑跳丸诸般神妙解数中变化集合出来的。不过是改易形势，专以飞滚为用。并且忽上忽下，起落莫测。真有上则九天、下则九渊之妙。若敌人稍一含糊，哪怕不立刻断胫截趾！诸公大概都晓得武功中有一路滚堂刀法，是单刀中最妙的路数。这滚盘珠，便仿佛其法，不过更加神妙罢了。

且说杜大娘见丁顺破口秽骂，不由大怒。今见他拼命价施展出滚盘珠刀法，也便不敢怠慢。于是轻躯飘瞥，赤手纵横，顷刻显出商家拳派。单就那刀锋乱卷之中，蹈瑕抵隙，高骞舞势，俨若花雨漫天；低蹙飞旋，又似凌波微步，那一双脚儿便如不沾地一般，只随着丁顺刀势盘旋流走。

少时，丁顺越发破口秽骂。杜大娘略一退步，正想料理他，恰好施娘子惊定而怒，忽地从石旁抄起那根晒衣竿直闯将来。

这一来，大娘大骇，只略一回顾，大叫"慢来"之间，便见胸前刀光一闪。大娘叫声"不好"，赶忙连环退步。但闻砰的一声，叫声苦，不知高低，竟撞得大娘身儿猛可向前一撞，原来后面已临后墙咧。

当时大娘忽踏脚势，方想斜蹿。说时迟，便见丁顺虎也似平挺匕首；那时快，丁顺长啸一声，喝声"着"，健腕一翻，那明晃晃刀锋只离大娘胸腹分寸之间。吓得那个施娘子啊呀一声，正胡乱用那长竿在丁顺屁股上乱戳乱搠，便听杜大娘嗖的一声，凭空价贴着后墙，愣飞起两丈多高，一矫身形，竟从丁顺头顶上飞舞而过。

说到这里，作者窃瞧诸公，愣着眼儿，微微含笑，似乎是怙惙作者无聊，该弄些玄虚笔法咧。不然杜大娘一般地是个肉人，又没雷震子的肉翅膀，又没孙大圣的筋斗云，怎么愣会飞呢？诸公不要怙惙，作者弄笔多年，却从来不夹杂那玄虚笔法。只就"情理"二字，描写些侠徒剑客、世态人情。年来承海内文人谬赞，说是什么北方小说家赵焕亭的著作，能熔铸武侠社会于一炉而冶之。见笑，见笑。这句话虽有些奖饰过当，但是也能道得出作者苦心。如今杜大娘忽然会飞，自然有个道理。但是人家两家头正在性命相扑的当儿，咱若只管解说这档子，不透着没紧没慢吗！等消停些，诸公拼着破破钞，买上四两瓜子，烹上一壶香茶，咱们是慢喝慢慢磕，再来解说这道理如何？

且说施娘子忽见杜大娘飞向丁顺背后，正在慌忙后退，便见丁顺那猛击之势急切间收脚不住，噗嚓一匕首，直击得墙土簌簌乱落。赶忙掉转身儿，方在眼张失落，这里杜大娘娇吒一声，也便飞步迎上。恰好丁顺单臂攒力，向大娘分心刺来。大娘喝声："来得好！"略一闪身，一摆拳头，用一个海底捞月式，轻翻妙腕，只向丁顺后肘一磕，并趁势向上一扎他的胳膊。

这一来，丁顺陡觉一股酸麻的劲头儿直彻半身，不但嘟一声，匕首飞起丈把高，并且止不住哈哈狂笑。一张嘴子再也合不来，顷刻间浑身无力。还亏他也是行家，晓得杜大娘是用的交手拿法中的点动笑脉一招儿。便赶忙回手，向自己后脊穴道上猛地一拍，这才止住狂笑。一面价勉撑住大娘拳势，瞅个冷子跳出园子，回头便跑。

丁顺嗖一声，跃上墙头，屁股悬空，还未及跳下之间，这里大娘飞身赶去，纤足起处，但听咕唧一声。一来是大娘巧招儿与众不同，随便就来个别致花样；二来是丁顺作恶多端，只知采花占人家便宜，如今该得此报；三来是大娘穿的是铁尖鞋儿，那枪头似的家伙，便隐在绒花之中。只这么诸缘辐辏，便把小子的屁股给作成咧！原来不偏不倚，那大娘一个脚尖正踢入丁顺臀孔。

诸公请想，那大娘的脚尖无论怎的纤细，总比手指威实的多。并且头锐上壮（壮，俗谓粗也）趁了猛踢的劲头儿，你想丁顺一个肉屁股哪里当得呢？

当时丁顺狂叫一声，谷道欲裂，便趁那急痛劲儿，一个跟头栽下墙去。大娘虽知他屁股着标，百忙中，又在夜里，却不晓得他受伤之巧而且重。于是飞身下墙，随后便赶。

这里施娘子先从地下拾起烛台并那柄匕首，也顾不得料理院中，趦进室内，从新点了灯烛。正在歇息发怔，只听门外杜大娘笑道："且便宜那

279

厮，但是因此，俺又须耽搁两天。不然，那厮再撞来寻你的晦气，却不是耍处。"说着，踅入室内，坐向榻头。一面弯起右腿，慢慢捶着，一面道："那厮蹬开兔子腿，一径窜入前面树林里，所以俺也便转来。"施娘子听了，只剩了连连称谢。

杜大娘笑道："闲话少说，料那厮挨我一脚，不死也要脱层皮。今晚是一百个没事，等明晚俺再伴你吧。"说着，随手儿一抹脚尖，忽地就鼻头闻闻。不由向施娘子匆匆数语，彼此咯咯乱笑。

不提施娘子千恩万谢，送得杜大娘出去。回到室内，简直恍惚若梦，且说……一语未尽，便有人道："喂！作者先生，你这会子总算消停些咧。难道骗吃了咱们的瓜子香茶，就罢了不成？"作者听了，猛然想起，方知抄人家白嘴吃真不容易。还须搜索枯肠，给人家说黑道白，来一段"老妈开嗙"哩。

你道那杜大娘怎的愣是会飞？原来当年那老英雄白头商老太生平有一桩绝技，名为"倒贴碑"，便是直立在高墙之下，垂手而立。那脚步不许离方寸之间，全凭着运用那转身的罡气，倏然上升，至四丈多高，竟似个纸人儿背后抹胶一下子贴在墙上，能以一小时不落于地。这便仿佛那古来剑客踏壁飞行的一种功夫。这种绝技就防备的是被敌人迫于险地。商老太门下弟子虽多，但是能略领会这倒贴碑的只有两人，一是兰姑，那一人便是辽东施照。施照运足气，能飞至三丈有强；兰姑女子家，气力上未免差些，所以只能飞起两丈余。话既表明，您的瓜子香茶总算没白搭。人家乌云豹还等着星夜回山去治屁股哩。

且说乌云豹一头撞入树林，幸喜杜大娘按着江湖中的规矩（俗谓败者躲入树林，即表示屈服，胜者不得再赶）没赶进来。但是一时间，臀痛欲死，当即晕去。及至醒来，业已晓风习习，将及天明。

丁顺回手摸摸尊臀，不由暗恨道："好个歹毒婆娘！怪道俺昨天白日里见她鞋尖上似闪光彩，原来竟穿的是铁鞋子。"逡巡之间，只觉臀孔赛如刀剜。没奈何，挣扎起来，想踅向那店翁家再作道理，又恐杜大娘趁热火儿，再寻将来。沉吟一回，只好悄悄转取小路，一径回山。不消说是求医问药，又不敢说出被创之故，只好说是偶然向野地上出恭，向下一蹲，却被矮树根子穿了屁眼。直鸟乱了个把月，那屁股方才复其原状。

丁顺这口恶气，简直地说就大咧！便将施娘子抛在脑后，仍然乔装下山，一径地混入葛垞庄左近村落，探听杜大娘之为人，不由惊得舌挢不下。暗诧道："怪得这婆娘出手不凡，原来她却是白头商老太的女儿！"

当时丁顺盛气一馁，也便拼吃了哑巴亏，就此罢手。不想过得几日，自己被创一段事哄传得同道朋友个个皆知。你来我往地争相慰问，还不要紧，最使人难当的，便是大家瞅着眼儿，总仿佛紫注到自己臀后。于是丁顺老羞成怒，便愤然混入葛垞庄，先想着踏明道径，再作区处。但见杜宅墙垣并不高峻，遥望里面，屋宇参差，似乎分东西两院。那西院从竹树葱茏中，隐约见高楼一角。

这当儿，正在午后光景。丁顺一面徘徊，一面绕向宅后，望望墙垣，如前面一般。但见里面树株甚茂，其中还有几间草房儿，仔细觇去，却是一片桃园，料那草房儿便是看园人值宿之所。当时丁顺贼头贼脑，闪在园门旁一株大树之后，一面张望，一面怙惚夜间出入的道径。忽闻那楼上清磬一声，冷然飘落。丁顺正在暗想那楼上或是供佛之所的当儿，便闻园门内脚步乱响，接着便有人道："这里走，你不必鬼头鬼脑，俺早就张见你咧！"

丁顺听了，不由一惊。正是：

　　　　胆虚方怯步，语到又惊心。

欲知后事如何，且听下回分解。

第五十回

买山柴开门揖盗
入杜宅冥夜寻仇

且说丁顺吃惊之下，急忙留神，便闻有妇人笑唾道："小猴儿，你张见俺什么？这会子忙忙碌碌的，你待怎的？俺是趁大娘娘上午香拜佛的当儿到这里瞅瞅，你又尾巴似的跟人来做甚？"说着，哧地一笑。即又闻有男子道："好人，快看吧。上午香究竟须耽搁一会子，你瞧瞧，这……这这……这还不马上停当吗？难道你就割舍不……"

妇人唾道："没人样，快躲开我，什么稀罕物儿！你与其这会子像个人儿似的，为什么昨晚在后院场房里，人家还没坐在榻沿上，你就像醉汉出酒一般，三不知地却闹了人一腿胯。这会子，迭死忙活，你又……呸！"

男子笑道："你还说哩！你自想想，昨晚那场没趣不都是你闹的吗？分明大娘娘上夜香去，有好一会子耽搁，你偏说马上就回。你若一径地躲开我也还罢了，你想想，你那浪张致，抿着鬓角儿，咬着汗巾儿，瞅了人似笑非笑，百忙中又跷起一只脚来，只管在人家那要紧所在，那么……"

丁顺听了，正在好笑，便闻妇人笑唾道："小猴儿，快些去吧，你瞧这是什么时光咧！"说话间，脚步响动，已近园门。丁顺正在注目，却又闻妇人呵欠道："好困，这些日无端地夜夜防贼，困得人什么似的。好容易到园里瞅瞅，又被小猴儿混了半晌，这是哪里说起！"

丁顺听了，料是杜大娘已防备自己来寻是非。正在怊惋间，便见园门启处闪出个二十多岁的仆妇，生得伶伶俐俐，颇颇骚俏。方在那里迈出一只脚，手扶门框，慢闪秋波。忽见她身后，悄手蹑脚趄来个十八九岁半大小厮，短衣蓬头，似乎是个佣工模样。只见他一面前却，一面回顾，先张两手作个扑势，恰好那仆妇伸了个懒腰，揉揉眼睛，方要回步。那小厮噌的一声，从后一把即便紧紧抱牢。不容分说，嗻的声，便香了个嘴儿。

这里仆妇一阵推扭，方笑骂道："该死小猴儿，原来你还没滚去！快些放手，你瞧后边有人来咧。"那小厮一面嬉笑，一面拖拉之间，果闻后面有人拍手道："噫，噫？俺瞧见咧，你两个香得好嘴儿。等停会子，我不告诉大娘娘才怪哩！怪得大娘娘寻你们刷腌菜瓮，只是寻不着，原来你们却在这里玩得起劲。你们既会玩，我也来来。"声尽处，跑来一人，莽熊似的，抱住那小厮便去香嘴儿。

丁顺望去，几乎笑出，只见来人是个十来岁的大脚丫头，圆胖胖的脸上尘垢堆满，露着一双迷齐眼儿，豁牙露齿，嘴角鼻孔之间拖着一道黄脓似的鼻涕，扎一个小撅辫儿，便如蝎尾一般。当时两人一阵撕扭，招得那仆妇正在咯咯乱笑。恰那园内又有人声唤，于是三人一哄而入，砰的声关了园门。树后丁顺又觇望半晌，却也没作理会处，只好俟夜间入去，再作道理。

这时丁顺却扮作个柴贩模样，只背了一捆山柴，正从树后闪出，将柴卜肩，只听岔道上有人唤道："喂，你这汉了，这山柴敢是卖得吗？俺夜间上夜，正愁没山柴煨酒，你却来得正好。俺便是看这桃园的，你爽快说个价儿，便与我送进去，也省得我费手费脚。"说话间，已到背后。

丁顺回望，却是个老园丁，业已红扑扑的脸儿，挂了八分酒意，手内还提着个酒葫芦。丁顺听他说送柴入园，不由暗喜有机会可以觇探一切。因笑道："你老要买柴，还不好说吗！您瞧着给价就是。"园丁笑道："话不是这等讲，俺家宅主虽有个听头儿（俗为有声望也），却没有发官价的道理。你多少说个价，咱就成功。"于是丁顺一说，园丁喜道："你这价倒还不离谱儿，既如此，便随我来。"说着，当头引路，趄进园门。

丁顺背柴后随，四处留神，只见园中树株茂盛，地面宽广。靠园南面便是内宅的后墙，墙外有一片矮竹、三两株棠梨高树，墙下东边有个角门儿，虚掩在那里。两人脚步响动，便闻角门内豹子似的汪的一声，园丁便骂道："瞎眼的王八蛋，你等夜里再龇牙儿，还不晚哩！"

丁顺听了，料是内院蓄有夜犬。逡巡间，趄近草房，那园丁道："伙计，劳你架，便把柴放下吧。"说着，放下酒葫芦，却由怀中掏了半晌，掏出钥匙，自行启门入内取钱。这里丁顺一面安置山柴，一面又延项觇望一回，早已略得出入的道径。

正这当儿，却闻园丁自语道："真他妈的丧气！俺好端端的一吊钱藏在裤套里，愣会少了二百文的钱帽儿，不消说，不定是哪个浪张货偷了俺的钱买嘴吃去咧。夜夜防贼，弄得人昏头奋脑，自己却丢了二百文。今晚俺也想开咧，给他个吃饱喝足，困他娘的抹鼻子大觉，管他什么老虎豹子的撞进来呢！"

丁顺听了，正在心中一跳，便见园丁先取酒葫芦入内，然后一手揉着眼，一手托着柴钱，刚一脚踏出房门，忽地脚下跄踉，几乎跌倒。丁顺忙赶去扶住，随手接过钱来，因笑道："你老敢是吃醉了吗，怎这么脚下画符呢？"

园丁笑道："没有的话！我老汉再多吃些，也不会醉。这会子，脚下无根似的，皆因夜里少睡。"丁顺笑道："你老上年纪的人，未免思虑多，一定是要少觉困的。"园丁道："你不晓得，我老汉孤身一口，吃饱了，一家子不饿。跳墙挂不住耳朵，有什么可思虑的呢！皆因俺家主人近些日夜夜防贼，命宅中都须警醒些。我一个上年纪人熬不得夜，所以弄得失魂落魄的。"

丁顺听了，情知是杜大娘防备自己，因要探探怎的防备，便笑道："莫非这宅里失过窃吗？为甚夜夜防贼呢？"园丁道："失窃却不曾。皆因俺家主人个把月之前，曾向上柴庄去了一趟，不知怎的惹了个什么飞贼乌云豹。据说这小子的屁股眼子，几乎没被俺主人一脚踢穿。所以俺主人恐他贼心不死前来闹鬼儿，所以夜夜防备。"

丁顺听了，正在干眨大眼，想要问怎的防备，只见那仆妇从角门边一探头儿，向园丁道："老王啊，大娘娘叫你将菜瓮移向廊下哩。"说着，向自己略瞟一眼，回头便跑。

不提这里园丁一面答应，一面送出丁顺，自去移那菜瓮。且说丁顺一路怡愆，转向村店。随路就肉肆中买了两只生猪蹄儿，用麻批捆好，以备应用。到得店中，即便沉沉鼾睡，蓄养精神。及至醒来，业已初更敲过，只见店翁趑来道："你一个虎也似的小伙子，却这等没精神，好鼾睡。你要晓得，夜间不可出去胡撞。俺这庄中因杜宅上防备飞贼，庄中人们都要轮替下夜。你愣怔怔撞向街坊，恐有不便。再者年轻人做生意，总要学老成。你这般没精打采，怕不是夜里出去胡钻弄吗？"

丁顺听了，颇觉好笑，便道："多承指教，有什么晚饭快来些吧。"

须臾，店翁端到晚饭，丁顺用毕，业已二更敲动。那店翁一面收拾，一面又唠叨良久方去。这里丁顺歇息一回，一面倾耳街坊动静，一面结束伶俐，佩了百宝囊，腿里中藏了短刀，又就行装中取出一条蛇蜕攒花的九节紫鞭盘向腰际。原来丁顺善用索鞭，舞开来真有泼水不入之能哩。

当时丁顺结束停当，匆匆地熄灯掩户，趑向院中，只见疏星满天，耿耿浮动。侧耳街坊远近间，果然略闻巡锣响亮。丁顺都不管他，便从店后墙飞身而出，一径按白日所踏的路径，直奔杜宅后身而来。

刚趋至桃园墙外，略驻脚步，想要伏觇动静。忽见身旁数十步外篝灯一闪，便有人喝道："喂！什么人哪？"吓得丁顺唰一声钻向草际。即闻又有一人笑道："喂！王第八的，你喝得醉猫似的，别耍眼神儿咧。那不是野狗，便是打夜食的大兔子，有什么人呢？据我看来，杜大娘闹的合庄人都不安生，其实是捧着卵子过河，太小心咧！你想乌云豹，那王八羔的，既挨了那么一家伙，不是我嘴损的话，他不是悄悄地养伤，便是趁着大眼儿当兔去咧。他还敢前来报复吗？咱这下夜，不过是二大爷拜年，走走好瞧。你真事似的，乱的是什么？干脆说，你既扰了我的酒，你一旁挺尸。你那口子闲着，也是晾着，那么该我替你……"便闻先语的那人笑道："屁话！俺不瞧你是个小把弟子，还不待见吃你的酒哩。"说着，篝灯一暗，巡铃响动，一径转向岔路。

这里丁顺俟他两人入远，方由草际起出，奔向园墙。略一倾耳，即便飞身而入。先向草房外听听，但闻那园丁鼻息如雷，于是放下心来，便奔那内宅后墙。先悄悄推那角门儿，不想手儿方到，便闻门内唰啦一声，又砰的一头撞在门上，接着便闻爪声挠动。丁顺一听，便知这种不声不响暗下口猛犬甚是歹斗。便一面准备，一面转身，径登那墙后高树。向内张时，只见正房高大，一列五间，后窗紧闭，外有铜丝窗罩，望不见什么灯火。那后院中却甚是宽敞，东西配房大半没得窗牖，里面庋积些凌杂物事并柴草之类。再望向西院，除那外高楼后窗上稍见灯亮之外，也没得什么动静。

于是丁顺略为沉吟，便就树上一个寒蝉过枝式，斜身一耸，跃上墙头。一面略稳脚下，一面伏身掏出那准备的猪蹄儿。恰好那位馋嘴的老客也不客气，望见人影，早从角门边它那休息室内摇摇尾巴，嗖一声直扑过来。但是来势虽凶，却当不得人家给点儿甜头儿。

当时丁顺猪蹄抛去，那狗扑哧一口接个正着。既得了甜头，哪里还会再翻狗脸，不消说是夹着尾去自己享用。便是外人都进来，它也不管咧。说到这里，诸公莫单笑这只狗，吾思国事，吾思世局，咳！不须说咧。

当时丁顺见那狗既去，便趁势跃落院中。先取出火扇来，向东西院房中晃照一回，见没得人，这才直奔正房。一面暗想杜大娘这当儿定在正房安歇，但是她既有意防备，说不定，也许安歇在别处，只好由前院觇觇，再作道理。怙惚间，已到正房后身，轻轻一推穿堂后门，却已关牢。于是略为退步，顷刻施展出耸跃能为，双足略顿，嗖一声跃上房去。

一路蛇行，翻过前坡，轻轻溜到前檐。稍为存息，便用两脚尖钩住檐椽，霍地一垂身，便是个夜叉探海的式子。用一手略扶廊柱，向东间前窗内张时，只见里面灯火耿然，榻上是罗帐高揭，衾枕之类都已铺设停当，似乎是将要就寝的光景。但是靠窗案上还著具未收，余烟犹袅，一眼便张见烙自己脖子的那支烟筒也置在案上。

丁顺见了，料是杜大娘的寝室无疑。逡巡间，忽见西间窗内也自闪出灯光，倾耳听听，却悄无人声。这时丁顺不敢耽延，忙两手略扶廊柱，放开钩脚，折将下来。趋就西间窗外觇时，不由心头突地一跳，便要掏出短刀拔步闯入。仔细一瞧，却不相干。原来里面榻上，一般地设有衾枕，并且似有人面里而卧。细看来，却是一叠洗濯出的衣服摊置在榻上。室内陈设简略，除一盏半明不灭的油灯外，别无他物。看光景，似乎是仆妇们料理衣服并歇坐之所。

丁顺一面觇望，一面正怙惙杜大娘的所在，忽见靠西壁下，黑乎乎的，便似黑矮汉一般。趄近一瞧，不由想起日间所闻那仆妇叫园丁移瓮的话。原来壁下置着只很大的矮瓮，有半人来高。可瓮口的平木盖儿上面还蒙着层软布，似乎是扎盖瓮口之用。那壁角下堆着许多干菜，还未入瓮。

当时丁顺随手儿略移瓮盖，向内探探，却空空的没得什么。正要转身掩入室内之间，忽闻二门外脚步微响，接着便有人轻轻地用手指弹门，低唤道："喂，睡了吗？"丁顺猛闻，赶忙伏向瓮旁黑影中。逡巡间，便闻西厢室中一阵窸窣，接着便提灯光闪。

丁顺忙偷望去，不由略怔。正是：

　　寻仇犹未得，入瓮且从君。

欲知后事如何，且听下回分解。

第 六 集

第五十一回

听春声请君入瓮
恣酣战恶客坠楼

且说丁顺向灯光处望去，只见白日里所见的那仆妇松着髻子，拖着鞋子，一面揉着昈睡的倦眼从西厢中趋出，一径地便奔二门，一面嘟念道："小猴儿，恨煞人的，你这会于又浪了来怎的。大娘娘犹在西院楼上上夜香，业已去了这一会子，停会儿也就转来咧。"

丁顺听得杜大娘的所在，正在心头暗喜，便见白日所见的那小厮一溜烟似从二门边黑影中闯将进来，一声不哼拖了那仆妇，便想奔西厢。两人一阵价嬉笑推扭，提灯早灭。

这里丁顺也便想起瓮旁藏身不得，百忙中，猛地计上心来，便掀起瓮盖，跳身入去。方将那瓮盖盖好，便闻得两人脚步已近瓮前。那小厮低笑道："好人不要耽搁，咱快向厢屋去。你瞧着，今晚就不能像昨晚一般吃你的奚落哩。"

仆妇笑道："糊涂虫，你不晓得厢屋中有那妮子困觉吗？依我说你将就着，就在这里吧。一来可以听门儿，提防着大娘转来，二来你瞧瞧这上面多么舒适，且是省劲儿哩。"说着，一拍瓮盖。

丁顺听了，又惊又笑，不由暗想道："好嘛！你两个若真个在这上面那么着，我这一身晦气，算是一辈子也去不掉咧！"

正在怙惙，便又闻小厮笑道："你倒会端相好所在。你这身个儿仰坐上去，翘翘腿儿，向后靠靠，俺再向前凑凑，真个再好没有。等我掇掇这瓮盖，铺铺这布，省得少时拱送得盖儿离缝，一个不小心，瓮口合盖边子磨了你那娇嫩物儿，不闹得大家扫兴吗？"

丁顺听到这里几乎笑出，连忙忍住之间，忽觉瓮盖真个略动。慌得丁顺急向下缩，却闻啪一声，瓮盖盖好，接着便闻仆妇笑道："快着吧，你瞧你这些蝎蜇！"说话间，窸窣响动，又觉小厮脚蹴瓮外，并低笑道："好来，好来！你再后仰仰，腿儿扬些，不碍事的。"

仆妇道："哟！你这笨货，只知尽力子掀人家，你却立得树精似的，俺还没本事悬起下半截来哩。"小厮笑道："这事现成。"说着脚步一动，接着便闻两人一阵价哧哧低笑，竟似乎动作起来。

这一来，听得丁顺正没作理会处，即闻两人声息渐渐地越来越妙。丁顺没法儿，只好默性儿给人家点儿数度。始而听得轻轻款款，间以微笑，继而却风狂雨骤，一片模糊。两人嬉笑，早已不闻，却从一阵醋战春声中，杂以吁吁喁喁，也不知是喘是颤。

正这当儿，忽闻仆妇鼻息似乎倒噎一般，那小厮两脚也似乎乱动乱蹴，百忙中又复滑哒声动。这时仆妇却止不住低声唤起来，闹得个瓮中丁顺抓耳挠腮，浑身火热，恨不得立时顶盖而出，但是又怕误了正事。

正这当儿，忽闻西院高楼上钟声徐作，丁顺料是杜大娘，一时间好不着急，只好盼他两人快快了事，自家好趁空出瓮。不想那小厮听得钟声，忽笑道："该咱两人消消停停地快活，你听大娘娘今晚敲的是那念《金刚经》的功课咧。她老人家每逢念经之后，还须在楼上用回趺坐的功夫。这一耽搁，就须三鼓大后，咱还只管忙怎的。"

仆妇颤声道："不害臊！今晚你支持了这么一会儿，就夸嘴咧。不愁没工夫，只怕你忍不得那股劲儿。少时你不丢丑，才算数儿。这会子便说嘴，别叫瓮中耗子听了去咧！"

丁顺听了，着急之下，又暗笑得肚痛道："可叹俺响当当的乌云豹，竟做了人家瓮中的耗子。"逡巡间，又闻小厮一面抽动，一面笑道："只嘴说也不算，你瞧着就是咧。再者，今晚既有工夫，咱须闹个写意。你可晓得，你一件件别扭俺的许多事，俺都记着哩！有一次，俺央你凑个嘴儿，你说俺吃了大蒜；又一次，俺稍一歇劲，你说俺像个腌黄瓜；又一次，俺想掮你两脚，你叫俺不要卖菱角；又有一次，越发叫人长气！俺正在要紧当儿，你却三不知地去摸人家的带皮栗蓬。如今既有工夫，便不忙了。你总须一件件抵还我许多的别扭，才算数儿哩。"

仆妇嗤道："没臊的，你有工夫闹，哪个便怕你不成？"于是两人又一阵哧哧乱笑。

瓮里丁顺听得分明，原来两人又从新地轻轻款款颠耸起来。但是哑声撕揉之下，更有一种使人听了当不得的声息。

当时丁顺蹲缩在瓮中，闻得腿麻腰酸，头抵瓮盖，连大气儿都不敢出。唯恐头儿略动，上面人家的屁股便要觉得。但觉仆妇在上面似颠似簸，又似左摇右摆，闹得瓮盖儿有时略移，便磨得头皮生痛。没奈何，狠缩脖子，觉得两肩都酸麻异常。亏得那瓮内还宽阔，可以舒展两臂。这时耳朵内肉麻声自不消说，唯有件最难受的，便是气不得舒。竟闹得眼迷头晕，悄悄地举手摸摸瓮盖，偏又盖得严丝合缝。

丁顺无奈，只好将脸子仰向瓮沿边，一面引手遍摸，冀得隙缝，以透气息；一面心生一计，趁仆妇颠耸的当儿，便从里面轻托瓮盖，悄悄略挪。

少时，觉得小厮和仆妇又自大颠大弄，丁顺趁势也便越托越挪。如此光景，直过了两盏茶时。说也不信，真被丁顺托挪得那瓮盖儿略离瓮沿，竟透出一指宽的隙缝。因为盖上面蒙的软布，已被两人搓揉得卷向一旁。

丁顺忽觉得气息略舒，心下欢喜，百忙中仰着脸子，张着大嘴，挤溜着一只眼，将脑袋偏贴着瓮沿，想要就缝隙大大地换口新气。哈哈！哪知人该别扭，什么巧当儿都赶上咧。

当时脸子方扬，正值那仆妇一阵啊哟，接着便渐的一声，那小厮连道爽利。两人一阵价咻咻乱笑之间，这里丁顺还只顾张嘴吸气，上扬脑袋，不含糊，新气是吸得一大口，但是却有一股温暖暖、滑腻腻的水儿，一径地从盖缝边上，直泻入丁顺大嘴之中。

这一来不打紧，弄得丁顺欲躲不迭，欲呕不敢，只得一面价咽个不迭。百忙中，还恐呛入鼻孔阿噎起来。

偏偏这当儿上面两人高兴大作，小厮是连称爽利，仆妇是低唤快活。你想一个瓮子加个木盖，又仰坐着一个人，再搭上一个人只顾拱送，那瓮子岂有不活动之理？当时丁顺在瓮中，便如小儿坐摇车一般，正在恶心上翻，堪堪地就要大呕大吐，但闻那小厮喘吁吁地一阵动，接着仆妇连叫不好。说时迟，那时快，但闻吭哧一声，似乎是两人同跌于地。

这里丁顺顿觉气息大舒，急瞧瓮盖，却已移开了很宽的一条缝隙。向上略一抬眼，早瞧见那仆妇一只小脚儿就瓮沿边一晃。这里丁顺气息虽舒，却怕他们起来张见。

正慌得不知所为，只听西厢中有人从梦中吃语道："某大婶，你快起来瞧瞧，怎的院中直有响动。不是野猫拖咬干菜吗？"

丁顺方辨得是那大脚丫头的声音，便闻仆妇道："可了不得！那妮子醒来咧，你快去吧。"于是两人一阵价脚步乱动，似乎是分头各散。

这里丁顺直待至西厢门儿吱扭一响，料是仆妇入去，方急忙跳出瓮来。略舒气息，定定神儿，听听街析竟已三更响尽。于是更不踌躇，便从西墙下跃上墙头。先伏定身儿仔细张去，只见西院中各室内灯火都熄，唯有后面高楼上，楼窗半启，灯光射出，那楼窗边还挂着一碗提灯，似乎是杜大娘登楼时用以照路。

丁顺见墙下便是厢房，一带回廊，接连正室。取路既定，即便游目四瞩，再觇出路。原来夜行人的规矩，是讲究"未入先出"。这句话虽然粗些，诸位若要误会到未入流上去，可把夜行朋友糟蹋苦咧！这"未入先出"是说的未曾入去，先须准备出路，提防着倘有个风势不顺，好做退步。不然，一头撞进去，直待退时现寻出路，岂有不手忙脚乱之理！凡事都须先寻退步，不独夜行人一端哩。

当时丁顺游目望去，但见正房西偏墙外连连延延，还有一带平房直连到偏北面一片墙，墙外却有森郁郁的许多树株。倾耳听听，那墙外唯有树戛微风、栖禽偶噪，并深草萧瑟之声。

丁顺料墙外便是野地，没得街坊，心下暗喜，便从囊中掏取石子，轻轻地抛向院中。见没动静，这才一跃价上得厢房，便从回廊上面一气儿跃登正室。一矬身形，嗖一声，翻到屋脊后坡，用一个兔儿卧垄式，背贴屋脊。略扬头儿，向那高楼上下一张，不由略为踌躇。只见那楼共是三层，上层并下层内黑魆魆的，料是没人，那灯光却从中层楼窗射出。下层楼檐既窄且峻，丁顺却不理会，唯有楼前一条细路，从疏星光中隐约望去，竟似波痕晃漾一般。

当时丁顺心下踌躇，正在渐长身形，一面想投石问路，忽微闻上层楼窗略有响动。丁顺急望去，仍然是黑魆魆的，便以为是微风所拂，也没在意，于是一径地趋向檐端，取石子轻轻投去。但闻啪的声，石子立止。

丁顺略一沉吟，不由恍悟下面是碎石子儿所砌之路，星光下望去，好似鳞叠波纹一般。逡巡间，便就檐角两手攀椽，悬身而下。提口气，用一个悬崖堕石势，撒手稳足，轻轻落地；然后抽取短刀，一路价前瞻后顾，直奔楼前。就丛花下隐住身形，略倾耳下层楼中，料得没人，这才嗖一声跃上楼檐，取斜势直奔那灯光射出的窗儿。就窗外斜稳身形，探头儿向窗内张时，只见里面佛龛香案摆设庄严。案上是木鱼悬磬，位置楚楚，鲜花茗果，十分精致。炉内旃檀，尚在余烟缭绕。在壁下没有经橱，佛案旁置有蒲团，一派清虚光景，衬着空空四壁，果然是供佛所在。

丁顺见静悄无人，正在怙惚杜大娘的所在。略转眼光，忽见西壁前设有一列围屏，屏上挂有巾帨并绳拂之类。屏前还有漆几矮凳，似乎是上香罢坐落之所。再向屏后西壁上觇时，隐隐绰绰，稍露榻帏。

丁顺一面觇望，一面暗想那小厮所语。或者杜大娘在屏后榻上趺坐用功，亦未可知。想到这里，更不怠慢，便一撒身势，紧握短刀，想要由窗间斜窜进去，只脚下捻劲之间，忽闻脑后嗖一声便是个金刃劈风。

好丁顺，究竟是江湖惯家，猛惊之下，便知是背后敌到，于是急闪身形，更不回顾，用一个苏秦背剑式略侧身儿，先是反手一刀。但听当啷一声响，便有人娇喝道："你这厮，好大贼胆！不去一旁养伤，还敢到此胡为？"说着，白光一闪。

这里丁顺急转身儿，霍地使个旗鼓，先用刀护住面门，忙望时，早见杜大娘穿一身家常衣服，手提长剑，伶俐俐站在面前。

原来杜大娘自那日踢伤丁顺，恐他还要寻施娘子的晦气，只得在上柴庄耽搁数日。见没得动静，方才转来。仔细一探听丁顺之为人，方知是个积年的剧盗。

杜大娘虽不以为意，但是当不得庄众们并家人等闻知此事，都怕丁顺定不甘心，必来报复。那庄众们便乱嚷嚷，先自警备起来。

大娘见大家如此，也便暗暗留意，每至夜间，本宅两院中必要亲巡两回。那西院楼上中层，素为大娘供佛之所，每晚必亲去上香。有时念经毕，还做回跌坐的静功儿。但是跌坐之地却在上层楼中，里面是一几一榻，不设灯烛，取其静默存神之意。

这晚上大娘念经罢正在跌坐，偶一张眼，忽从窗子隙中望见正房后坡脊边黑魆魆的一个长条影儿，似乎还微微移动。你想这等把戏，如何瞒得了杜大娘。当时大娘注目片时，见那黑影趋向檐端的姿势，早已知是丁顺。因为那夜里和丁顺交手时，便已记牢他的身步形象。于是大娘暗笑之下，悄悄下榻，先就壁上摘下长剑，然后潜启楼窗，伏觇一切，便见丁顺投石跃檐，一路鸟乱，直向中层楼窗内呆瞅起来。

这里大娘料他是寻觅自己，也便从上层窗中跳向中层楼檐，径由檐角飘落下层檐上。一路摄步，直奔丁顺背后。因身法轻妙，那丁顺又在伏觇正酣，所以直至剑风儿起于背后他方觉得哩。

当时丁顺猛见大娘，情知暗刺不成，但是他自恃能为，也便不以为意。于是一抬左手，嗖一声，先是一石子打去。这里大娘轻躯略摆，举剑一格的当儿，丁顺喝声"着"，一挫短刀，向大娘小腹便刺。恰好大娘剑势飞下，一翻手腕，拨开刀锋，趁势便是个白蛇吐信的式子，一道寒光，直奔丁顺咽喉。

丁顺喝声"来得好"，急忙低头，平旋刀势。用一个玉带横腰的式子，唰一声，方要骗（俗谓横斫也）向大娘腰胁之间，哪知大娘矫捷如风，只掣低剑势连身一旋，但听当啷一声，剑触刀锋，火星乱爆。就这声里，两人霍地一分，顷刻间，彼此易向。

看官们要晓得这楼檐之上，没得多大的场儿，所以两人虽是刀剑周旋，却都用的是手搏的死招儿哩。

当时丁顺见大娘剑势非凡，料想楼檐上难以得手，正想跳下去，再旋展索鞭绝技，那大娘一摆剑势，早已当头斫来。于是丁顺旋身换步，即便接战。这一番相距咫尺，短兵相向，彼此间各展能为，剑去刀来，都是实胚胚的毒招儿。顷刻间，互相进退，堪堪地绕檐一匝。

那丁顺百见大娘剑势飘瞥，步下如风，连点儿檐瓦声息都没得，自己脚下虽说是勉可支持，但是闪避击刺之间，业已践踏得檐瓦一片山响。丁顺急欲跳下，无耐大娘一柄剑翻飞上下，紧紧兜裹。

正这当儿，恰好来至楼檐左角。丁顺一面抵敌，一面得计，便向大娘虚晃一刀，用一个鹞子翻身式，嗖一声跃过檐角斜坡，就地下略一伏身，早已掖起短刀，掏鞭在手。后面大娘就斜坡上略柱长剑，方要跃过。说时迟，那时快，这里丁顺趁暴起之势，喝声"着"，抖手一下，一条飞蛇似的索鞭直向大娘当头盖来。

这里大娘急起长剑，当一声正中鞭头。哪知剑起太猛，那索鞭被反震之力，唰一声，一径悠向丁顺身后。只余力一顿之间，竟牵得丁顺身形一晃，急收脚势已来不及。一个蹳踵，方到檐边，恰好大娘飞步赶到，喝声："哪里走？"一足蹳去。哪知这一下，倒助了丁顺下跃之势。

当时丁顺见大娘脚到，俗语说说好：吃过长虫（俗谓蛇也）咬，见了条井绳都害怕。你想丁顺既吃过了大娘脚的苦头，如何还肯再扰一下子！于是不管好歹，急闪来脚，猛地一个悬空筋斗，唰啦一家伙，连索鞭直滚下去。

好丁顺，真会借助巧劲，便就空中抖舞索鞭，赶着兜紧风力，飘然落地。方自以为很够瞧的，哪知足方站稳，眼未及瞬，白亮亮一道光华，也不知是人是剑，竟随着自己的脚踪儿飞舞将来。兀的白光一定，早从里面现出个俏生生的杜大娘，用一个怀中抱月式竖剑当胸，却载手喝道："好你这厮，真个的不知死活！便是这等怠懒本领，还只管向人前卖弄怎的？"说罢，一摆长剑，直奔过来。正是：

胜棋高一着，步步点先机。

欲知后事如何，且听下回分解。

第五十二回

断索鞭强盗潜踪
叙逸事亲戚情话

且说杜大娘提剑奔去，丁顺倏地一抖索鞭，却大笑道："饶你这婆娘且张致一霎，少时，叫你晓得俺乌云豹的本领！"说着，荡开鞭势，风鸣屯掣，一片光影，直及数丈之外。便这般翻飞游走，向大娘这里将来。

原来这索鞭在诸般兵器中最为霸道，单讲的是兜、顿、抄、掠，加以迅掣猛扫，其中还有许多的变法巧妙招数。因为这兵器刚柔兼备，远近咸宜，其运用之妙第一在手法、指法。据人家说起来，练这索鞭，先须运指及腕。初练时，用极细很长棉绳儿，能以抖掣得不致缭绕乱圈，然后换用稍粗绳儿。绳儿既粗，自然抖掣越易。如此地愈换愈易，直至用到称手的索鞭。那手法、指法自然越发灵动，真有指动及寸、手动及尺、鞭动及丈之妙；第二便在身法、步法。旋折进退，须趁鞭势以为用，方能人器一气，行若无事。不然，一条鞭索，自己先料理不清，或兜了腿脚，或缠了腰项，一高兴鞭头被敌人磕架翻转，打了自己脑袋，都是有的。若说破这索鞭，最好是飞滚单刀，再不然，便是宝剑。因为刀剑短利，加以飞滚之势，冷不防闯进肘腋之间，那索鞭回旋一个来不及，便要吃亏哩。

当时丁顺盛气之下，一团风似直奔大娘。哪知大娘更不慌忙，倏地掣开剑势，直从那索鞭光影中奋路而入，一路价钩、拦、劈、剁，挥霍如风。两人这一阵纵横驰逐，此往彼来，登时闹着满院中寒光乱掣。

端的是怎生光景？但见：

> 横飞匹练，荡开鞭影重重；
> 高掣青虹，散到剑花朵朵。
> 龙蛇取势，兜掠处大气盘旋；
> 虎豹避威，击刺来流光飘瞥。

月阑风晕，矜几番连套双环；
电闪雷奔，看此际巧揸猛斫。
交会处一团白气，
豁分时两簇寒光。
真个是商家剑派不寻常，丁氏索鞭夸绝艺。

当时两人一气儿盘旋腾跃，各逞能为，顷刻间绕院两匝。

那丁顺既得这宽敞地势，便放出生平本领，一条鞭使开了神龙戏海一般，招招逼、步步紧，直迫得个杜大娘身形乱转，只顾了前遮后挡，左格右拒，就仿佛手忙脚乱一般。

丁顺大悦，便越发摇头晃脑，瞎鸟似的直抢上来。哪知大娘是故意价虚与委蛇，一面堕其锐气，一面趁空儿蹈瑕抵隙，要觑准破绽，给他个单刀直入，一击成功。说个俗话儿，便是：老娘没那么大的瞎工夫，哄小子滚屎蛋玩哩！这静以制动、后起者胜的道理，当年白头商老太生平得力，便在这两句话。所以时时地以此理诏告门人。杜大娘自然是听得烂熟，因之这当儿也便用此法制胜。

当时大娘见丁顺进攻愈猛，暗察他锐气渐竭，已成外强中干之势。于是暗喜之下，趁他鞭头飞到，霍地一变剑法，用一个漫天盖地大撒手的招数。一柄剑直起直落，上如天花满空，下如流云贴地。就这一片光影凌乱之中，喝声"着"，嗖的一剑顺索削去，那鞭头铮的一声，直飞起丈把高，滴溜溜地落在地下。这里丁顺猛地鞭势一松，吃惊不小。那索既去了鞭头的重势，唰一声，方如死蛇落地。

丁顺急掣，尚在未起之间，好大娘，一挺剑锋，业已风趋抢入，急翻手腕拨开缠索，用一个叶底偷桃式，明晃晃剑尖儿便奔丁顺左肩。

丁顺急闪，哧一声却划破肩皮，痛得丁顺猛可地向后直退。说也凑巧，那落地的索儿因牵动之势，不知怎的一下子绊住丁顺左脚，慌得丁顺急忙撒手丢索。逡巡之间，向后便倒。哈哈，这一来，完了小子的能为。但是俗语说得好：贼生飞智。当时丁顺势在危急，却猛然得计。便趁这一倒，登时来了个就地十八滚的怯招儿。然而就这翻滚之中，他已抽取短刀，并做准备。

哪知杜大娘心思更快，一见他那滚的光景，早已心下了然。因为那穷迫的滚势，一定是没头没脑，便如屎壳郎推的屎蛋一般，说不上什么姿势。如今丁顺一路价旋转如风，并且现出刀光霍霍。大娘因见他能以趁势抽刀，所以便想到他或有歹毒准备。

当时大娘暗笑之下，急注眼光，一面价如飞赶去。只长剑才起的当儿，果然不出所料，便见丁顺猛用一个风鱼跃浪式霍地跳起，左手一扬，喝声："着！"但闻唰的一声，这里大娘却嗤然一笑，左手起处，早已接过一支钢镖。于是丁顺大骇，回身便跑。后面大娘喝声未已，丁顺嗖一声蹿上正房屋檐，一气儿跳向前坡，便奔那偏西一带平房。

这时大娘紧跟在后，两人一阵价腾跃飞逐。那丁顺心慌意乱，践踏得满屋上瓦碎尘飞。百忙中，又须照顾背后的剑光，闹得毛毛贴贴，汗流气喘，很不够个飞贼的交代。

好容易过得平房，正要向偏北矮墙外跳落的当儿，只听平房左右黑影中忽地一棒锣鸣，接着簧灯齐闪，早有一班人，七长八短，乱嘈嘈各执枪棒，一面大叫捉贼，一面蜂拥而来。

慌得丁顺忙望人，早见火燎闪处，从枪棒丛中跳出两个虎也似的庄汉。一色的蓝布包头，短衣伶俐，每人手内一杆花枪，很像个样儿。一个生得长而且瘦，更趁着小头挤脸，晃悠悠赛如沙槁；一个生得闷闷浑浑，肥而且矮，便如压油碾一般。便见他向自己一望，便噪道："哈哈！你小子真不含糊！你觉着你会高去高来，咉！小子休走，瞧我的吧。"说着，一拄花枪，方要悠跳上房，不想脚下一滑，累得那枪杆一歪，扑味声却爬在地下。于是那瘦子一摆花枪，跳过来道："喂！黑老笨，你这身瞟头儿，快歇歇吧。不是我挖苦你的话，癞狗上墙，简直没有的事。咱们是这么办，等我上去，你接着我的。我在上面使劲，你在下面兜紧了（意谓防备逃逸），咱两个这么一哈味（用力之意），管保闹个大小子。"

那矮子听了，一面作势胡乱爬起，一面道："就是吧，你瞧我虽然笨些，但是若讲到劲头儿……"说着，索性儿不去拾枪，两臂一张道："保管跑不了……"一个"他"字没出口，忽见众人火燎高举，喊声大作。原来房上丁顺早顾不得再瞧他两个，业已被大娘追逐得走投无路。没奈何，舞起短刀，拼命价作起困兽之斗咧。

这时房下众人是喊声大举，房上丁、杜是搅作一团，慌得那矮子上瞅下瞧，一面连催那瘦子上去使劲，一面还是两臂作势。

正这当儿，便见嗖嗖两声，登时由房上蹿下两条人影。前一条，略为着地，倏地翻起，唰一声，一径地飞出短墙。这里矮子一抖机灵，一个虎势方跳起来，恰好后条人影瞥然抢到。于是矮子大呼，两臂一搂，不想乒乓两声，自己嘴巴上愣挨了两记肥耳光。再瞧那人影，也便飞向墙外，接

297

着便闻杜大娘娇叱频频，一径赶将下去。

矮子听了，这才恍悟自己错拦了杜大娘，误了捉贼，挨两记耳光并不为多。于是匆匆拾起花枪，和瘦子开了院后门，领了众人一路价吆吆喝喝，也便赶将下去。

原来这矮子、瘦子都是本庄联庄会中的少年，因他两人略会些笨手脚，矮子里面拔将军，大家便推他做个会中头脑。当杜大娘和丁顺在楼上交手时，宅中佣仆等早已惊起，便连忙飞报会中。及至大家都齐集，各抄家伙，业已耽搁一霎儿。所以大家来到这里，已是丁顺蹿到平房的当儿，于是大家便分伏在房下哩。

且说矮子和瘦子挺枪当头，一种耀武扬威，顺着杜大娘叱喝之声，如飞便赶。约趄过里把地，刚到一片树林之旁，那矮子一抬头，忽见一株树前分明有个人影只管在那里晃来摆去。矮子大悦，猛地向后一退，不想瘦子正在走发，砰的一声，彼此几乎撞跌。

瘦子噪道："你这冒失鬼，瞧见什么，便这等瞎撞？"矮子低声道："别嚷！你顺着我手儿瞧，那小子在那里歇腿儿，打秋千耍子哩。如今咱这么办，快别惊走他。你从前上，我抄向他后面，给他个前后夹攻，你道好吗？"

瘦子听了，迷齐着眼，望了一回，却笑道："你别胡说咧，俺瞧那影儿不像个人，既是那小子，杜大娘怎不捉他呢？"矮子道："不要管他，咱且给他一家伙再讲！"于是两人各挺花枪，如言奔去。哈的一声，前后价双枪齐到，但听噗的一声，仔细一瞧，哪里是什么人影儿，却是一件短衣挂在树身，衣领之下还钉着一支钢镖。

这时后面大家也都赶到，正在拔镖取衣地鸟乱，恰好杜大娘从前路趄回，于是匆匆一说所以。

原来杜大娘被那矮子一拦的当儿，及至追出墙外，已不见丁顺的去向，便姑且向树林一带追去。及至望见人影，便一镖打去。奔近前一瞧，知是被赚，便不顾拔镖，又追了三四里路，不见丁顺踪迹，方才趄回哩。

以上所述，便是商兰姑和丁顺结怨的缘由。

当时思恭滔滔述罢，听得个方老太太只管点头。一瞧绳其，越发坐得纹丝不动，扬着脸儿，睫毛乱挤，明灼灼眼儿还瞅着思恭的两片子嘴，呆了半晌道："表兄，怎么咧，难道这就完了吗？这热闹当儿，多么好听。"一句话，招得方老太太和思恭都笑。

方老太太便道："你这孩子，只要听到拿刀动杖、踢跳的勾当，便属

298

师婆（俗谓女巫）奶奶掉裤的，慌了神儿。你表兄说了半天评书，你也不给人家斟杯茶润润嗓子，还只管刨下文。你表兄倒不打紧，将来人家作书的先生，虽说是为了几个钱胡诌乱嗙，难道不要歇歇业、喘喘气吗？"

绳其笑道："那是他天生穷命，寒酸骨头。既会作书，终是喝过多年的墨水子，却不去奔走功名，钻求富贵，当个响当当的伟人志士，成几十、几百万地抓银子；放着大洋楼不住，单要住个破草房；放着牛叫的汽车不坐，单要来个步辇儿；放着大华饭店的大餐不吃，单要嚼那黄虀粗饭；放着花枝似的姨太太不讨，单要和他那黄面婆子讲什么举案齐眉的臭酸款子。他是活该穷断筋，应当吃这碗嚼蛆数白嘴骗人的饭儿。像这种没用的人，累煞都不多，却干我甚事？"

方老太太笑道："你小小人儿懂得什么？人家那是乐天知命的人。古语说得好：驷马高盖，其忧甚大。富贵之畏人，不如贫贱之肆志。人家笔耕墨耨，与世无争，劝善惩恶，附春秋之义，伤今吊古，著警成之篇。凭锦心绣口，赚几个太平钱；卖气力精神，混一碗自在饭。不比那提起来叫老百姓皱眉的伟人志士强得多吗？你怎说无用呢？并且你不要嘴挖苦，没好没歹地说人家，须知作书人的一支笔，是写龙像龙，写虎像虎，写个大王八，不能说是像了螃蟹，是能叫人千载如生、永远不灭的。你若挖苦恼了他，把你编到书内，怕不像个小猢狲吗？"绳其笑道："你老只管放心，我一百个怕不着他，他还许怕我不像猢狲、做不得他书中的好材料哩。"

大家听了，都各一笑。绳其说得高兴，不由一阵价手舞足蹈，因向思恭道："我看商兰姑终是个妇人家，不成功的。便如给丁顺那一脚，怎还叫他跑掉了？以致而今葛垞庄众都跟着不安生。若是我，这么给他一下子踢煞他，不结了吗！"说着，向后略仰，猛地一蹬脚，但听哗喇一声，顷刻间水溢坑沿。

便有仆妇含笑跑入，一把抄住一个水壶。正是：

已具知牛气，终成跃马名。

欲知后事如何，且听下回分解。

第五十三回

绳其送客步村墟
大山无赖卧麦场

且说绳其高兴之下猛蹬一脚，不想那会子那仆妇进来换茶，随手儿将个白水壶置在炕儿之前炕沿边，一下子被绳其蹬个正着，登时壶倒水流。当时仆妇抄住那壶，方老太太便笑喝绳其道："你这孩子，说着说着，便样上来哩！怪不得你表兄不晓得你的名字，倒晓得你是个淘气表弟。你这样毛手毛脚，八根线提的似的，将来瞧望表兄去，不惹你表嫂见笑吗！我虽没见过你表嫂，但瞧她料理许多礼物那么精致，一定是个精明伶俐的人。你提防着人家笑掉下巴吧。"

绳其眎着眼道："奶奶没猜对，俺想俺表嫂不一定便伶俐。"方老太太道："怎么呢？"绳其因一瞟思恭，却笑道："既是俺表嫂那么伶俐，为甚没把俺表兄料理标标致致，像那《西厢记》里张生似的呢？"

一句话不打紧，招得大家都笑作一团。方老太太一面直擦眼泪，一面忍笑道："你这欠撕的嘴，怎和表兄顽笑起来！你不用只管逞顽皮，将来我还想托你表兄嫂给你说个媳妇儿。像你这顽皮小女婿子，若到岳家，不叫丈母娘一脚踢出来吗！"

绳其笑道："那不要紧，打是稀罕（即爱之意）骂是爱，丈母娘稀罕拿脚踹，这是在本的哩。"方老太太笑道："没膘的。"因向思恭道："你瞧你表弟这么大唡，还是孩子腔儿，如今俺红蓼洼的人们都不嫌弃他，有个大事小情的，还把他举弄出来。前些日子，又叫他操办护堤会的事，所以他越发得意，猴儿似的踢跳起来。等过两天，你到他会所瞧瞧，什么枪儿刀儿的摆设得艺场一般，倒也煞是热闹哩。"

思恭摇手道："不成，不成！等我再来时，再去瞧吧。俺来时，人家说得明白，叫俺今天到了，明天便回。却是因庄稼事体忙，挑粪与开锄，刷锅带喂猪。随个红白事，都须费工夫，再搭去赶集，越发忙碌碌。"

方老太太听了，正在笑得头儿乱颤，绳其忙道："打住，打住！表兄听我道来，你既来到此，事事须由东。表嫂若不依，有我去应承。你若不放心，我替你顶灯。"

思恭听了，还在发怔，那方老太太和仆妇已笑得不可开交。方老太太笑颤得气岔，仆妇置下水壶，忙去捶背。恰好其余仆妇也闻笑趱来，大家争着献勤儿，登时三四个大拳头就要都上，慌得方老太太连忙摇手，一面忍笑道："你们这么办，我倒成了破鼓万人擂了。你们还不快给表相公盛饭，只管麻林似的围着我做甚？"

众仆妇哄然道："老太太，真是见了表相公欢喜糊涂咧。表相公用过饭才进来的，怎又盛饭呢？"于是大家乱过一阵，方老太太才止笑劲儿。

绳其没事人似的道："也没见奶奶这么好笑，俺在这里和表兄对诗句，好歹的总还合辙押韵，有什么可笑的呢？"

方老太太道："就是吧，我没空理你。"因向思恭叹道："你轻易不来，怎的才来了就吵走呢？实对你说，我今天这么欢喜，真是头一遭儿。你瞧今年的许多天灾，不叫人烦煞吗？再者，我这树老春残的样儿，知道还能再见你……"

绳其恐方老太太伤感，忙道："奶奶，你老人家也就是吧。反正表兄算交给我咧，跑不了他。人家说得明白也罢，糊涂也罢，反正她已撒手不由人。她若等表兄等得着急，自己寻将来，奶奶不越发欢喜吗？这个计策，就叫打着孩儿妈出来。奶奶若想瞧瞧俺表嫂，咱就这么办。"

几句话不打紧，招得大家又是一阵乱笑。于是方老太太十分欢喜，又和思恭谈了会子家常，便索性唤进老仆余福，赐坐室偶，大家谈些没要紧的话儿。当时方老太太是絮絮叨叨，思恭、余福，一个是愣头愣脑，一个偏声偏气，再加着绳其嘻嘻哈哈，东插一嘴，西插一杆子，这期间，还有仆妇等有的拾个笑儿，有的接个下音儿，顷刻间满室笑语闹成一片。直至三鼓大后，方才各散，内外价分头安歇。

次日余福因家中事忙先自转去，思恭虽吵着也要走，当不得方老太太极力挽留，并绳其尾巴似的只管跟在他屁股后头。思恭没奈何，只得暂住下来。连日价被绳其拖了，偕同耿先生，大家游逛些村景山景并金墉堤、法兴寺等处。

那王原父子并建中知得思恭到来，也趁空儿前来款洽。方老太太欢喜之下，一来因思恭轻易不来，二来因自己地震遭险之后，村中父老都来问候，这时趁着款待思恭，便就势端正筵席，请了两天酒。在方老太太本是款待远客的盛意，哪知暗含着倒把思恭拘束坏了。

当时思恭攒眉赴席，被一班老头儿举弄在首座上，眼观鼻、鼻观心的，老实实坐在那里，连个哼哈也不能轻易放出。只管见人家又吃不喝，又说又笑，自己要举举箸儿，就仿佛有人不答应一般。虽是有人给布菜让酒，济得甚事？一时间，只觉头沉眼晕，浑身起刺。虽是筵会终日，倒落得饥肠辘辘。席散之后，只好推说是荤腻难当，却悄悄向仆人讨碗白水泡锅巴吃。

这里思恭正被拘束得十分难受，不想方老太太这一请酒，登时招起由头。于是众父老争请思恭、绳其等，就势还席。这一来，思恭可顽不克化咧，于是无论如何，非走不可。绳其笑道："你这时若去了，把我的口福儿也闹掉咧。你好歹地耐两日，等咱扰过他们，再去不迟。"

思恭听了，如何肯依？当时便自己向方老太太一说连日拘束之故，倒招得方老太太笑了一场。情知留他不得，便赶忙准备回礼，收拾挑担，打发他即日登程。不提方老太太扶杖送出门首，眼看着思恭挑担上肩，直望得他影儿不见，方才踅回内室。且说绳其一路和思恭说笑，一径送至村头里把地外。一抬头，望望天色，却阴沉沉地就似待落雨一般，因笑道："雨落天留客，表兄，你瞧这天色不妙，何不明天再去呢？"思恭道："不打紧的，表弟请回。你有空儿，向葛垞庄来玩玩哪。"说罢，撒开脚步，直奔大道。

这里绳其遥望一回，逡巡转步。因连日价陪侍思恭没到会里，便信步踅向南村。须臾，经过一处菜园之旁，只见篱落上挂着两条大长的放羊绳鞭，篱门之旁还有许多乱踏的印迹。

这时绳其正行到一株大树之后，因瞧那绳鞭，正在略为驻足，只听篱内有人嘟念道："他妈的，真丧气！只这转眼的工夫，咱偷摸的一大抱菜蔬盖在王瓜架底下，愣会都没得咧。这不消说，准是那小子描着咱的影儿，趁咱们去瞧羊的当儿，他就动了手咧。这才是狼衔了肉，叫虎吃了哩。"即闻又一人道："这还用说吗，准是他，没含糊！那小子明仗着身大力不亏，欺负咱两个。便是那会子，他在园门口硬生生拔我的萝卜，撕得人腮上生痛，好不可恨！便是你屁股上也被他招呼了两把。难道这个横亏，咱就白扰了他的吗？"先语的那人道："那小子鬼头鬼脑，又有气力，咱不白扰，待怎样呢？"说话间，从园内踅出两人，一径地取下绳鞭，相与眊着眼儿。

绳其仔细望去，却是两个十六七岁的放羊牧童，都挂着些顽皮并气愤

302

愤的神气。绳其料他们是随手儿摸索人家的菜蔬，又被别个摸得去咧。正在暗笑，便见一个牧童道："咱要不白吃这个亏，我倒有个主意。咱们便解下这鞭绳来，藏在身边。到他那里，我先埋伏好了，你就喊骂连天。赚得他出来追你，我从后面便给他个倒背老羊，一下子先套住他脖儿。你翻回来，便兜他的腿，咱两个悠起他来打夯（夯者，筑实地基之物，以石为之，扁而圆，又有所谓杵者，则长而圆，均坚实地基之具）玩，才解人的恨哩！"

那一牧童道："你这计儿虽不错，却是没用。那小子是个没把流星，你知他这会子钻到什么所在，便去寻他？"

先语的牧童听了，不由耸肩道："俺若不知他的所在，还不出这条妙计哩。你顺着我手儿瞧，他就在那里。这会子，俺就留上他的神咧。"说着，向园东一指。绳其瞧去，只见距足下数十步之遥却有一所野麦场，场角边有两个孤丢丢的草房儿，衬着房儿左右几株树木，颇有野趣。

绳其方在怙悢，只见那一牧童道："哟！那不是看场房蔡婆子的住处吗？他一个稍长大汉，钻在人家娘儿们屋内干吗呀？"先语的牧童笑道："你真罢了，他钻向那里，自然方有点儿没要紧的事干干。你想想蔡婆子，没家没业，只给人家看场房，她也梳得光溜溜的头，她也裹得俏生生的脚，她也该穿什么穿什么，她也该吃什么吃什么，一高兴，腰包内装得满满的下个梭儿湖（俗谓斗纸牌）场子，简直还满不在乎。你想想蔡婆子是干吗的，便晓得那小子是干吗去咧。"

那一牧童道："哟！如此说，那小子越发可恨。咱好容易摸索的菜蔬，他倒把去钻骚洞。这个亏，咱一定不扰他的。事不宜迟，咱快去将羊群交给王狗子，咱回头就如计行事。他妈的，那小子近些日夹尾巴狗似的在各村里乱撞，大概是没落子咧，他还有高兴干这个。哈哈！"说着，各托绳鞭，一路价挤眉弄眼，匆匆而去。瞧得绳其颇觉好笑，又因会中没甚要紧的事，便想到场房那里，觑觑所谓那小子的是哪个。

正要举步之间，恰好踅来一位本村的父老，一见绳其便笑道："这两日你曾见王原不曾？"绳其道："前天俺还见他来哩，你老问他怎的？"父老望望天色，道："你瞧这天色又不妙，说不定便闹连阴雨。俺想寻他商量，多加工人修那堤，早些完成才好。"于是两人又闲谈一会儿，那父老自去。这一耽延，已是半晌。

当时绳其逡巡踅到那场房外面，就树后隐住身儿。从土窗中向内一张，不由暗笑。只见所谓那小子的，非别个，却是徐大山。敞披短衫，穿

303

条破裤，正狗也似爬在那里，睡得呼呼酣响。草榻头土锉上有一堆青菜蔬，还有个沙酒壶，横不郎子倒在那里。土锉边，却有个三十多岁的妇人，生得白致致的面孔，眉目间挂几分俏意。松松的髻子上稍沾尘土，乱着鬓角，眼儿乜乜的，也敞披一件短衫，露着胸乳，正蹲在那里，似乎是洗濯什么。但听得浪浪水响，却一面瞅大山，一面自语道："害邪的！这会子他才泄了疯劲了咧。真是老娘没作好势，得了他一堆烂菜，被他闹了个头晕眼花。这会子，还须人烧汤掇水，费手费脚。一堆烂菜，怕不值一壶子醋钱，倒搭了人一壶酒去！瞧他那光景，还想扰人顿中饭才是意思，少时，等我掀起他来再说。"

绳其听了，正在暗想大山，绝好一个伶俐人却这么无赖。忽见大山猛一翻身，接着便如冻狗子汪汪一般，又略为动动身体，仍复睡去。

这一来倒招得那妇人扑哧一笑，似乎是手儿一忙，咕唧一声，溅了一地水。便唾道："该死的！挺个尸还不安生，难道你睡梦中还觉着不够本吗？你等着我的。"说着，忽然站起。

这里绳其不由眼光一闪，只见她一手提裤，略弯腰儿，用一块破蓝布在臀阴之间略为拭抹，即便束好裤儿，掇开地下放的脚盆。

绳其瞧到这里，方要趄去，只听麦场外一阵脚步微动。绳其望去，不由好笑。正是：

> 一人方窃望，二竖又潜来。

欲知后事如何，且听下回分解。

第五十四回

红蓼洼集众祭金堤
耿先生望云惊患气

　　且说绳其听得脚步行动，忙从树后张去。只见两牧童各提一条鞭绳，悄手蹑脚，一径趄进麦场。前一个回头一使眼色，便趋向场房旁一块大石后，向下一蹲；那后一个，登时一跳丈把高，便噪道："喂！处徐的小子，快滚出来！老子们怕不着你，你偷摸俺的菜蔬也还罢了，你不该把到这里来孝敬你妈，便连那个浪婆娘也没臊，得人家几把子菜，便又拉着那个，由人家翻弄。你们都给我滚出，怕你们咬掉我鸟哩！"说着，紧走两步，向场房门上蹚的一脚，却赶忙一扭身段，倒拖鞭绳作个跑势。

　　张得绳其正在暗笑，便闻屋内咕咕咚咚一阵响，接着妇人便噪道："你瞧人家都寻来咧，难为你还只顾挺尸。"说着，似乎是推搡大山。大山模糊道："不打紧的，两小蛋蛋子，算什么事，等我打发他上路。"

　　这里绳其眼光略瞬之间，便见大山喝一声，一个箭步蹿出，便奔房前那牧童。牧童扭身撒脚刚跑得两步，这里大山咯喽一声，早被那石后的牧童一个绳套飞将来，一下子套住腿儿，不容分说向后便拖。徐大山出于不意，向后仰倒。方才手舞足蹈想挣起来，前面这牧童翻回身，急绊鞭绳，又是个拖死狗的招数，猛可地兜绞住大山两脚。

　　两牧童喝声"起"，各紧鞭绳。说也不信，竟将个偌个的徐大山唰的声悠起空中，吭唦一声，向地下一落，恰好屋内那妇人冷不防跑将出来。本想是喝逐牧童，不想脚下一蹶，正跌在大山身下。这一来，两人一齐啊呀，大山是滚出两步，那妇人被砸得昏头奔脑，竟是一时间转动不得。张得绳其慌忙跑出的当儿，那两个牧童见有人来，却疑是大山的帮手，于是呼啸一声，各自跑掉。

　　这里大山望见绳其，不由涨红了脸儿。便一面和妇人爬起来，一面笑道："大相公办会事忙碌碌的，今天怎么有空趄到这里来咧？便是这两个小厮，无端地来寻俺晦气。"绳其笑道："得咧！你别只管怨人家，想也是事从两来咧。"

大山一听，料是绳其已知一切，因哈哈地笑道："别提咧，俺这些日只管手头紧，又知你老事忙，不便去寻您起腻，所以胡乱抓抓，换顿饭吃。那会子俺在这里只打了个盹儿，却没有别的。真个的咧，咱穷虽穷，若那么不体起来，还像话吗？再者，人家蔡大嫂，也不能就……就是她肯，俺还……"

一句话没说完，不提防那妇人攒着眉头趄将过来，照准大山脸子便是一口酽唾。于是绳其大笑，拉了大山便走。不提那妇人嘟念晦气，自行入室。且说绳其趄过十来步，方笑向大山道："你这些日怎又混得没落子了呢？这般瞎抓，却不是个常法儿。"

大山笑道："告诉你不得，俺近些日不知怎的，东干东不着，西干西不着，做点儿小生意便赔本儿。下个耍钱场，防的人家遇着抓赌的，真是刚想烧香，老佛爷便掉屁股。就着昨天说吧，俺闻得石幢峪王老一想要挖修宅中的阴沟水道，俺巴巴跑得去，本想做工混两天再说。您猜怎么着，俺到门前一望，先听得里面大厅上划拳行令，大说大笑，鸟乱得恨不得掀起房盖。那大门前，你出我进，都是些歪戴帽子、敞披大衫、说话就瞪眼的角色。夹着宅中佣仆等奔走忙碌，就仿佛有甚事体一般。俺瞧那光景，一时间挤不上去，只得候在宅外墙下，且为歇息。但听得宅内跨院中咕咕咚咚跳得一片山响，并一阵阵喝彩之声，似乎有人比试拳脚一般。

"王老一本好踢跳，又是个烂板酒性儿，是人都交，俺听了也没理会。少时，恰好有个俺向来认识的佣工趄过，俺便迎上去，向他一问挖修阴沟的事体。他便笑道：'徐老哥，你这趟来得却是不巧，如今宅中没空儿挖修阴沟咧。你听听，宅中多么热闹。少时，俺主人陪客吃酒罢，还要请那客人玩玩拳脚哩。俺仔细一问所以，方知不早不晚，前一日，王老一因些事体由北京回头，却认识了一位远方的朋友，便一径请到家来。今天特为那朋友置酒请客，只忙碌着闹应酬，所以便没空开工咧。大相公，你瞧我够多么别扭。'

绳其随口道："你当时没瞧回玩拳脚的吗？"大山道："俺照例瞧了一霎，但是俺那时只顾心下发闷，也没细瞧。但见那远方客人，长相儿颇颇威实，一面横蹿竖蹦，一面侉声侉气说大话。王老一腆着肚皮，和大家只管叫好。鸟乱过一阵，也就拉了倒咧。"

绳其听了，也没在意，因笑道："老徐呀，不是我说你的话，像你这人，只管打游飞，也不是事；还是找点儿妥当事占着身子，才是道理。"

大山叹道："您这话，怕不有理！但是人家总瞧我是个大咧咧的样儿，没成头，谁家肯要呢？其实，俺也不憨不傻，给人家跑个腿儿，探个事儿，且是煞利。但是没机会，也就没法说了。"

绳其因笑道："既如此，刻下护堤会里倒缺个跑腿的人。那么，你便暂在会中混混。一般给你开份工食，不比你闲荡好吗？"大山听了，自然是喜出望外，当即应诺。行至岔路，自行去了。

慢表绳其到得法兴寺中料理回会事即便趱回，并那徐大山从此便在护堤会中奔走一切。且说王原自承首修筑金塘堤以来，真个是不辞劳瘁，一切的培基添料，都精心异常；又因近来天气阴晦，恐再告雨患，便越发督工赶修。恰好，那日会着那位北村的父老，由父老提议，多加人工，好早日完成。王原应诺，便连日多集人众。时间，那金塘堤上你呼我应，人多于蚁，好不热闹！又在堤上搭起几处窝铺席棚，为了是工人歇息，并执事人等夜间在此驻守。原来近些日，颇有风闻，传说着那石幢峪的人众，被王老一一片言语所惑，说是红蓼洼人众修堤是准备着倘有水患，便以邻为壑，大有趁夜间遣人来扒堤毁埝之意。既有此风闻，王原等未免心头怯惙，所以堤上夜间遣人驻守。又因红蓼洼各村父老大半都敬信神道，因修堤之事，却想起方、王二老当年创始筑堤的好处。大家会议，就一处席棚中设了方、王二老的神位。并且议定完工之日，在方、王二老神位前上回祭筵。大家饮福食胙，以庆功成。

王原和绳其不便拦阻，只好由他。从多加入工之日起，这金塘堤上便如小市场一般。王原既听得那等风闻，便令护堤会众不时价也上堤巡行一番。绳其和耿先生佩刀带领，会众们一色的包巾抹额，结束劲健，各执挠竿标枪，端的是威威武武。因此堤上越发热闹。

转眼间三五月，真是众擎易举，那一带屹屹长堤，渐次将要完工。王原等和众父老见此光景，都各欢喜。便一面开发工人，一面准备祭筵并福酒喜鞭等类。特择吉日，于后日上祭完工。

这时已是七月下旬，但是那天色自阴沉以来，不是蒙蒙细雨，便是堆棉铺絮的大块浓云，再也没个清爽，并且湿雾蒸腾，早晨间白幕漫天。遥望那北面卧牛山一带峰儿，便如点点青螺浮于海面。有时节云气游走，搀入白雾之中，便如波浪翻动。直至日中，雾气消尽，却又渐晕起一天灰白白气色，非烟非云，十分难看。大家因经过淫霖地震之灾，看了这天色，未免又胡猜乱想。唯有耿先生心头，越发怙惙蛟患之事。但是因前者既不

307

见信于人，至此也就不便再说。转眼过得一日，次日便是上祭之辰。

这日，王原父子早晨起来，忽觉凉爽异常，瞧瞧天色，依然阴郁如故，却有一溜子北风儿吹着飘飘飒飒、待落不落的细雨。两人匆匆略用早饭，先趱向法兴寺中，只见绳其、耿先生并各村父老都已到齐。张起、赵发、徐大山也都结束整齐，准备赴堤，唯有麻娘娘还未到来。大家只得就会厅上，一面闲谈，一面等待。

正这当儿，只听院中会众们哄然道："哈哈！麻大嫂，你这么一扎括，叫我受得了吗？你是想闹出刘二姐逛庙呢，还是想来个背娃子入府呢？不用说别的，便是你这双簇新的鞋子叫人见了，就有些心头痒痒哩。"即闻麻娘娘笑唾道："猴儿们，搁着你那贫嘴，老娘今天有正事，没空儿跟孩子胡吱喳。你想今天上祭庆功，俺能不梳洗梳洗吗？偏他娘的越忙越忙，俺那褪旧鞋，被俺使劲子这么一蹭，哧的声龇了鞋口。幸亏俺对门胡奶奶，她的脚丫比我也不累赘。俺向她借双鞋不打紧，你说怎么着？却招出麻烦来咧。也正因向东村里当送亲客去，嫌这个屎抓抓（俗谓褯褓之儿）拖累，却叫我给她看半天孩子。你说咱既穿了人家的新鞋子，能说是不应人家吗？你们瞧了这鞋子发浪痒，哪知我穿了这鞋子却受了罪咧！走一步一格愣（即蹒跚之意），皆因人家胡奶奶好俏生，鞋里面还有裹高底哩。俺若是脚下得劲，只这么一脚，不把你们的蛋黄子都踹出来吗？"说到这里，会众们哈哈都笑。

这里王原等忙望时，便见麻娘娘梳掠得光头净脸，穿一身大镶大沿的花绸裤褂，腰系花布短裙，手拎一条大红挂穗的汗巾。望到脚下，果然踹双簇新的花鞋子。

王原等见了正在好笑，忽听她背上呱呱一声，大家望去，却见她背上真个褯着个数月的小孩儿。便这等扭扭捏捏，直入厅中。这一来，招得大家又是一阵笑。因时光不早，大家没空儿打趣于她。于是由王原瞧瞧众人都已到齐，便一径率众，出得寺门。众父老是整冠束带，绳其、耿先生分领会众是带剑佩刀，再搭上张起等气概昂昂、麻娘娘花枝招展。

就这一片笑语声中，早已趱向村坊。这一来，满村男女都来耸观，偏那麻娘娘逞起性儿，一路上扭个身段，来个俏步，便如那戏场上丑婆子一般，瞧得两旁男女们正在嘻嘻哈哈，恰好噼噼啪啪落下几个钱大的雨点，接着便是飕飗飗一阵风儿。

这时王原等领众疾趋，慌得麻娘娘一面紧赶，一面噪道："真是那没正经的胡奶奶，不干好事，只顾自己图清爽。夹着□坐在人家坑头上，俐

308

手俐脚地准备着胡拉桌子（俗谓饕餮者），却弄个小累赘抛给俺。"说着，足下一蹳，只颠得背上那孩儿呱呱乱叫。

正这当儿，便有个媳妇子抢上前，笑道："麻大嫂，你还说人家没正经，我看你也是个二百五，只顾了卖老俏，借人家新鞋子穿，却找这个麻烦。这孩儿叫你就大堤上耍个来回，还不成个王八蛋样吗！如今这样办吧，你把孩子交给我，停会子我给他妈送去，不好吗？"说着，便从麻娘娘背上解下孩儿。不提防麻娘娘回身，便是一个万福道："哟！他大婶呀，你这真是救了俺的命咧。不然，这一路俺就须累煞。没别的，你等他妈赴席回头带两个肉圆子、一条灌肠儿谢谢你吧。"说着，回头便跑，恨得这里媳妇子方唾了一口，那麻娘娘已一阵风似跑出数步之外。

不提这里村众们都喜悦堤工完成，直瞧得王原一行人趔出老远，方才纷纷各散。且说王原等滔滔走去，随路上望望天色，细雨早住，似闪光亮。那成堆成片的湿云，虽是四面乱涌，奄互相逐，却有个解驳的样子。但是向北一望，仍是白漫漫的，那卧牛山色便如笼罩着一层灰幕，山腹之间更有一缕恍惚的云气。约略云所起处，便是鼋神庙、自响崖一带。大家因上祭事忙，只顾纳头走去，也没在意。

须臾，长堤在望，早见堤上许多执事人正在上祭的席棚前安置一切。祭筵香烛、喜鞭之类却已位置妥当，靠左边还有一处宽敞席棚。棚外地平如砥，棚内就地设坐，便是准备撒祭饮福之所。两棚上各悬彩绸，十分整齐。

这时堤上众人也有向北面指点那缕云气的，耿先生见了，不免顿起怙惙，只得随大家上得堤去。地势既高，望那云气越发分明。不由登时失色，大叫不好。正是：

云气飞扬处，潜蛟欲起时。

欲知后事如何，且听下回分解。

第五十五回

自响崖雷雨起潜蛟
金塘堤父老防溃岸

且说大家忽见耿先生大叫不好，忙问所以。耿先生指那云气道："那缕云气委实不妙，怕不是俺先说过的那话儿！"

大家早就不大信耿先生蛟患之话，至此，便笑道："先生你又来咧！天气阴郁，山中云气萦回，何足为语？咱不必管他，且上祭要紧。"于是王原、绳其领众向前，就祭筵前叩拜如礼，一时间喜鞭响动，加以会众们欢欣鼓舞，闹得个耿先生也就不便再说那败兴话。

须臾，王原等退出祭棚，敬待撤祭。张起、王世禄等也都雄赳赳站在一旁。其中一父老便笑道："今天这场福祭，一切都备只是缺少一班鼓乐，似乎欠热闹些。"便又有一父老笑道："若要热闹，倒也现成。古人拊节安歌，婆娑乐神，可见祭祀事儿也有用歌舞的。如今鼓吹手虽没处去抓，若要歌舞，还不为难。"因指着世禄等道："像他们在护堤会中不断地习练踢跳，舞是不消说，便是粗调歌儿，想也会些，便请他们歌舞侑神，不就登时热闹了吗？"

大家听了，都各称妙。慌得张起摇手道："俺连个痒痒腔儿都不会，别算着俺吧，倒是徐大山哥，九腔十八调的还来两下子，但是一个人儿唱独调，也没趣儿。"

大山听了，正在微笑，只见世禄一拉绳其道："没别的，这只须你与大山帮帮腔咧。"绳其笑道："我却不成功，现放着会家子有在那里，你拉我做甚？"说着，向祭棚旁一努嘴儿。

大家望去，不由好笑，只见麻娘娘低着头儿，四平八稳地坐在地下。一面斜跸一只腿儿，脱却花鞋子，露着白亮亮的大脚，只管用汗巾扇抖那脚上的热气，一面嘟念道："真他娘的丧气！越是脚下不得力，偏偏蹶了脚尖子。真难为胡奶奶，整天价穿了这种鞋，跳格蹬儿哩。"这时世禄业已跑到她跟前，不容分说，拉住她一只胳膊，向上便拖，一面道："走，走！人家叫我来弄你咧。"慌得麻娘娘一伸大脚，穿了鞋子，一面跳起，一面笑噪道："好吗！你憨头傻脑的，不会说这种话。是哪个主儿，叫你来耍嘴？等我找他说话去。"大家见了，不由都笑，于是拥向前一说所以。

麻娘娘笑道："这就是了，但是俺只会唱支秧歌儿，不知用得用不得。"大家笑道："如此便好，不必耽搁，咱就快办起来。"说着，簇拥了麻娘娘趄向祭棚之前。

这时大家闪在两旁，场中赵发、世禄、大山、麻娘娘，由麻娘娘当头，四人一字排开。麻娘娘笑吟吟先向四外飞了个眼风儿，然后低眉扬袖一摆汗巾使个身段，即便碎步趋风，翩跹作态，就场中徐绕一周。后面赵发、世禄是笨手笨脚，唯有大山轻身巧步，单学那麻娘娘肉麻的形儿。张得大家正在好笑，便见麻娘娘斜扭身儿，高骞两袖，来了个凤凰双展翅的姿势，倾开响喉咙，即便唱个《逍遥歌》道．

富贵功名，由命不由俺；
雪月风花，无拘又无管。
清闲即是仙，
莫怨身贫贱。
好月初圆，新菊倾几盏；
好花初开，奇书读一卷。
打油歌，将兴遣，就里情无限；
留着待知音，不许俗人看。
须知道识货的他，另是一只眼。

那麻娘娘一面唱，一面扭，甩得一条汗巾慌蝴蝶一般。后面大山和声，刚柔协韵，并一面觑准麻娘娘的姿态，亦步亦趋。招得大家业已笑作一团，不想后面世禄虽不会唱，偏要学人的舞势，闹得摇头晃脑，丑态毕露。大家见了，越发大笑，便连王原、绳其也抛了耿先生，只顾来瞧麻娘娘。

正这一片欢笑声中，却微闻北面雷声隐隐。大家喧笑正酣，哪里理会。须臾，四人歌舞将停，大家又拍手道："麻大娘，这支曲儿好虽好，但是太文雅些，不像秧歌，来段近俗些的方好。"麻娘娘听了，登时一变身段，又是一番姿态，即便唱道：

311

猫一窝来狗一窝，半夜闻人打老婆。

秀子跟着月亮走，出门碰着武大哥。

男要铜钱女要步，老婆要吃肉馎饦。

叫声老天罢了我，这个拉重车的老牛当不得。

不如寻棵歪脖树，一条索子吊煞我。

麻娘娘唱到这里，大家正在鼓掌欢笑，忽地唰啦啦一声响亮，便有个蠢天蠢地的大旋风由北面山脚下扶摇直上。顷刻间，四面价风声掣动，恍如春潮怒卷。那天上阴云一阵价翻翻滚滚，势如乱絮平铺，都随着风势向南飞驶，疾如奔马。

大家因天气久郁，忽起大风，或有放晴之望。正在一齐翘首，便见那风头呼一声已到堤下，吹得那堤下群树狂舞乱拜。那风头被堤势所阻，正在轩轩怒鼓。说时迟，那时快，便遥见北山山半兀的云气一压，刮啦啦一声霹雳，那云气势如蒸釜，白茫茫地直盖下去，接着便飘飘洒洒，雨点乱落。再望那天上山头，两下里的云气已自混成一片，便如絮海一般，一时间从风雨声中又夹着轰轰怒响，竟觉得那北山似有岌岌摇动之势。

这一来，望得大家不由相顾失色。麻娘娘等也顾不得再跳猴儿，那王原方道得一声："天气不妙，咱们快点儿撤祭。"只见耿先生慌张张从堤上北面跑来，道："咱大家还不准备快些护堤，如今祸事就到咧。"

王原听了，方愕得张了大嘴。但闻刮啦啦霹雳连震，那北山山腹间就如天崩地塌的一声怪响，接着哗的一声，又似万牛齐吼。就这声里，早有一道水帘似的水光，竟从那自响崖下奔放而下，兀自浪头一拥，直喷起数丈高。说也奇怪，那水所及处，平地下便水涌丈余。还没转眼之间，业已白茫茫水势滔天，飞花滚雪，斗大的石块被冲得弹丸一般。惊得大家正在乱噪，便见那水头翻江倒海似向下直灌，猛地轰然一声，盘回跳荡，便如两条白练霍地一分，竟顺着山腹间两条山径奔流直注。

这时大家望得分明，只见向石幢峪的那条山径水势特猛，更奇怪的是水势壁立，更不散漫。远远望去，竟似由山径边陡起一道银墙，汹汹然向下推移。水头所到，真个是声如雷吼。未及转瞬之间，大家目光到处早已一白无际。

这当儿，风声、雨声、山下村落人众号呼声惊得大家正在不知所为。不好了，但听震天价一声响，大家竟恍惚身儿乱晃。再瞧堤下，早已翻波蹙浪，一片汪洋。一个激浪飞起，轰一声打在堤上，竟有些水沫溅到大家脸上。原来水头初到，猛烈异常，震撼得大家竟似晃动哩。

当时大家惊极之下，一望北面许多村落漫在一片明白（俗谓大水也）之中，有的微露屋脊，有的仅露树梢，那靠近水道的村儿竟已逐波而没。遥望那石幢峪一带村墟，如凫如鸥，若非有那石幢峰做个标识，简直不辨方向。

大家见此光景，一时间都蒙住，只管被雨淋得浑身都湿，却都呆立不动。有的还指手画脚，乱噪远处。耿先生忙向王原道："为今之计，快些分段守堤。一面多集会众，以防出险才是。"

一句话提醒大家，登时分头乱跑。当由众父老偕同张起、赵发、徐大山、麻娘娘等各领堤上会众，分头瞭望。绳其、世禄各抄起窝棚中素备的警锣，尽力子喤喤大鸣。唯有王原来得更别致，竟直撅撅向北跪倒，颠三倒四，嘴里也不知祷告的是什么，一面价乱拜起来。亏得这时风雨已止，人家望堤下水势还没飞涨，这才心下少安。不多时，红蓼注一带村落警钟响应，加以各村中筛动走锣，四面八方价响成一片。

这里堤上大家一面守望，一面准备夜间应用之手的当儿，便遥见各村会众蚁儿相似，都由各道上结队赶来。须臾，一队队渐近，便如许多赶庙会的贩客一般，从密丛丛钩竿枪棒之中夹着些灯笼襀被并随身现支的布棚。每一队后面还有干粮担子，俨如行军的辎重。原来这护堤会中早已准备好守险应用之物，所以闻警即至，也便是耿先生帮助绳其的一番筹备。

当时各村会众登堤一望水势，都各吃惊。当由耿先生、绳其指挥他们，分布安置。顷刻满堤上布棚星罗棋布。每棚之前，竖起灯竿，便就那祭棚做个议事之地，仿佛中军帐一般。当由王原和众父老在祭棚内商议一切，请耿先生主张夜间守险诸事，并命绳其、世禄专管巡瞭。乱过一会子，大家轮替着吃些干粮，算是晚饭。

这时，已近黄昏，那天上浓云渐薄，一条条间露蔚蓝，似有放晴之势。但是被下面水气所漫涵，又簇起一天湿晕。举目一望，真个是水天相接，浑然一气。大家巡望堤下，幸得水势渐落。原来这暴发的山洪来势虽凶，却是过而不留，退落亦速。此次是因蛟患，裂地崩崖，奋迅而出，引起地泉之水，却与寻常山洪不同。

当时大家巡望之下，不敢怠慢，即便分段价准备守夜。须臾，天光已暮，虽是七月下旬，月黑天儿，那一片夜色并不甚暗，因为被下面水光所照。不一时，由王原发出口令，传知会众，各席棚、布棚前点起竿灯。远望去，繁星映带，便如一条烛龙。一时间铃柝相闻，口号迭应，登时将这逶迤长堤布置得好不森严。

此时夜静，但闻堤北面除水声激荡外，便是远近村落男妇呼号，并且间有似乎在水中相与叫骂的，大概是些乘筏逃难的人，恐夜间相撞；并那种大胆无赖的人，趁这当儿争由水浅处捞取漂来的什物。

作者说到此，想起一段奇事，因为敝处自那无终山只十余里路。那无终山因战国时无终子嘉父国于此地，故得此名。山虽不甚高，却峻峭得紧，恰又东接麻山，两山相峙处都是峭壁巉岩。中有一处，形同石阙，偏又是山水交汇之处，由此奔腾而下，十分汹涌。往年时，偶值秋霖过甚，也便山洪遽发。

那村中悍恶无赖们竟有专习泅水捞取物儿的，分明见水中被难之人呼号求救，他们连瞅都不瞅，只顾了拼命价逐捞什物。那水中漂物一到，真是平铺多远。什么箱笼咧，牲畜咧，整捆的棉布咧，大包的杂货咧，一概都有。这时您瞧众无赖，一个个精神百倍，一个猛子扎下去，便能追出半里地，一把拖住。因此每逢发水，倒成了他们发财的机会。

作者曾听老年人说起一桩事，甚是怪异，并且确凿不虚，今且叙来，以明善恶之报。便是某村中有一无赖，自负精通水性，诨号儿"海夜叉"。其为人，酗酒滋事，蛮横万状，却有一件好处，讹诈所得的钱财，还能奉养他的老娘。他邻村中还有两人，一名瞎摸海，一名浪里鳅，更是凶恶角色，每逢发水的年头儿，您瞧吧，这三个宝贝便各领手下人，就水路要口扎住阵式，钩竿抬网一齐下，捞得来物如山集。

只他们就地分下之间，那水中已不知漂去多少性命。正是：

乡哄传故事，果报见分明。

欲知后事如何，且听下回分解。

314

第五十六回

谈水患信口开河
守堤险飞矛赴敌

当时海夜叉等既干惯这营生，每逢秋潦连雨之时，他们便盼望发水。有时三人醵钱，整备很丰盛的供筵，叫一班鼓乐手就这么吹吹打打向龙王庙中给龙工爷上供，祝告着连年发水。他们的供筵也便岁岁米上，恨得村人们什么似的，却是没人敢惹他。

有一年，又值山水大发。这次水势，都汇向山之西南一片大洼中。中有一处，名"鲇鱼窝"，积水最深，俗呼那里为"龙母的养老宫"，必待来年春月间，那水方渐渐干涸。当时海夜叉等既在寻路要口捞取了许多什物，大得彩兴，但是还贪心不足。正在沿着大洼一路搜寻，却听得人说鲇鱼窝地面每值夜间往往光气腾踔，说不定下面沉有宝物或成箱的金银，所以金宝之气夜间发露。海夜叉等听了，不由喜得打跌，便如飞地跑到那里，将小船儿系在窝岸上，一望那黑沉沉的水势，未免惊心，当不得被贪念所迫，便大家略为扎拽，正要争先下水，只见一人道："你们三位且慢着，若这么一齐下水，或因捞摸宝物争打起来，未免有伤和气。依我看，不如用拈阄法儿，定了下水的次序。每人在水中，只许耽搁半个时辰，便须上来交替。摸着摸不着，听天由命，是各人的财运。这么一来，省得争打，岂不甚妙。"

海夜叉等听了都道有理，于是乌乱着拈毕阄儿。海夜叉不由噘了大嘴，原来自己恰在第三。第二是瞎摸海，第一却是浪里鳅，拈了那阄儿，咧开臭嘴，哈哈大笑。海夜叉没法儿，只好瞧着他用一个顺水投鱼的式儿，哧一声刺开水面，蹿将下水。但见波纹一晕，寂然无声。

这时大家瞧着水中，眼中冒火，都暗羡浪里鳅合该发财。少时，说不定拳头大的明珠、胳膊粗的金条就许捧上岸来。那瞎摸海便满身上挂好兜囊，摩拳擦掌地预为之备。逡巡间，半时已过，那浪里鳅竟不上岸，并且

315

远近间波纹平静，更不见他泅水踪迹。

海夜叉和大家正在诧异，瞎摸海便噪道："了不得！他这一耽搁，耽搁我多少财物。没别的，我快顶他上来吧。"说着，哧一声，跃将下去。那波纹照旧一晕，寂然无声。这时却急煞个海夜叉一面巡行岸上，觇望水中，一面暗道："这次真正晦气，下面便是有金银财宝，经他两个一阵捞摸，便是剩点儿零星渣儿也就有限了。少时，俺多少摸点儿残落，先叫俺娘瞧瞧，欢喜一霎儿再说。"

怙惚之间，半个时辰已过。休说浪里鳅没得影儿，连那瞎摸海也如泥牛入海，于是岸上大家越发诧异。有的说下面金宝太多，二人舍不得上来；有的说积水太深，二人或者迷了性，泅向别处。海夜叉都不管他，登时一跃入水，沉了一口气，直到水底。先向四处摸了半晌，除淤泥烂沙之外，更无别物。少时，摸向一处，忽觉有许多鱼盘旋游走，相聚不散，海夜叉分开群鱼向下一摸，不由暗恨道："这两个人真不够朋友，想是这里有宝窟，他们竟豁出命去向里摸，却不管我等得着急。"怙惚间，伸手乱拖。

这一来，登时大诧。原来他初次摸时摸着一只脚，这次却四只腿子全都摸着，并且直挺挺的，不像活人。

当时海夜叉拖他们不动，越发惊诧。百忙中，摸至他两人腰背之间，又是一惊，原来他两人脊背朝上，腾在那里，上面却压着一口大瓮，那瓮沿已陷入脊背半寸来深。于是海夜叉惊急之下，力掀那瓮，哪里动得分毫？乱抓间向瓮上一摸，只吓得魂飞千里，便一蹬双足，蹿出数步之遥。赶忙钻出水面，向大家一说所以。

大家听了，正在吓呆，只见水面上咕嘟嘟一冒水泡，泡花开处，早浮上两个断腰折脊、血迹模糊的死尸，正是浪里鳅、瞎摸海，一个个手抓淤泥，口渍鲜血，想是痛极所致。原来海夜叉摸到瓮上，却摸着一个很大的毛茸茸的屁股坐在那里，只觉他那毛腿就有大抱柱粗细哩！当时海夜叉料是水中有怪，忙领众人跑掉，从此竟改行为善，得以奉母善终。

且说那金堤上布置夜防都毕，耿先生和众父老巡视一回，便踅向祭棚中和王原闲谈，并略议明日守堤等事，这且慢表。且说绳其、世禄既奉了专管巡瞭之命，满堤上竿灯都上之后，两人便各持器械，从长堤东首巡起。绳其本就佩刀，世禄却特地拣了一根长矛，向绳其笑道："这样大水，那老鼋趁势作怪，是说不定的。它要一探头儿，俺就给它这一家伙。"

两人说笑间，逶巡向西，便听得各布棚内乱谈发水的故事。便有一人笑道："怪不得说书唱戏闹那什么水漫金山咧，鲇鱼乘姥姥水淹州泗咧，原来这水中怪物真是有的。有一年，俺舅舅那里发水，你说那水才来的怪样哩。由野地里横亘二三里长的一片水头，齐压压地直涌过来。说也不信，那水竟会时行时止，一时逃水人众，竟得生了许多。大家都见水头中有个大牯牛似的东西，黑毛斑驳，头矗独角，一昂头儿，水势顿高数尺。你说不是怪事吗？"

又有一人笑道："那并不为怪，你想水患一发，关系若干生命，岂是小事？默默中，定有神道主持。那牯牛似的东西，怕不是龙王驾下的鼋将军、龟丞相之类吗？"绳其等听了，正在好笑，便闻又一人拍膝道："喂！你们若说发水异样，再也没有异样过龙伐木的。怎么叫龙伐木呢？便是龙土爷的宫殿该当修理之时，他便要伐木取材。俗话说什么龙王住在水晶宫，那全是瞎话。他一般须用木料，并且须摄取巧匠与他修埋。因为龙宫高大，须用大材，那龙工派的神将们在那老山老峪里伐得大木，势须借水运走，所以这种发水，名为龙发木。说起来，真是异样，那好几丈长、两搂粗的大木料，愣会直竖竖地漂在水中。夜里望去，木头上都有火亮，浮浮漾漾，便如荷灯一般。

"说起这话来，有年岁咧！还是俺小时节在俺姥姥家，听得俺大舅母说，说起她娘家那里，有一年未从发水之先，那村中忽然来了四五个怪模怪样的彪形大汉，一色的头裹青巾，短衣伶俐，背着斧凿，提着利锯，就似一群木匠，都走得一颠一拐。见了村人们便探问皇姑峪离此地还有多远。言语之下，形状慌忙。原来这皇姑峪在那村儿正北面正阳山中。峪内是古木参天，都是大材。当时村人等见那班大汉像是木匠，又探问出产木材之地，因笑道：'众位想是入山取木的吗？但是那皇姑峪距此地还有百余里之遥，你们今天是赶不到的了，只好在此权住一宵吧。'众大汉听了越发慌忙，便相与自语道：'如今期限已迫，说不得，咱拼着累乏，连夜下去吧。'说着，便要拔步。

"村人便笑道：'如今天色将晚，便是入山取木，也不是什么急如星火的事，何妨在此且住呢？因道一指旁一处村店道："那里便是客店，并且卖得好酒。诸位到那里闹两盅，困一觉，歇歇劳乏，不省得黑夜奔波吗？'众大汉攒眉道：'您不晓得，俺那主儿是限期取木，克日兴工。若误了他用，须不是耍处。'说着，匆匆地又要趱去。

"不想大汉中有一个褐衣人，生得长脖儿，小脑袋，两只碧荧荧的绿豆眼，一嘴碎糯米小牙儿。听得村人说店中有好酒，不由馋涎滴下，一晃宽膊道：'干鸟吗！咱走得气还没喘过来，放着好店道不歇一宿，解解酒馋，只管连夜里奔他娘的什么丧！明天咱大大的起个早儿，伸伸脖子，晃晃膊子，卖点儿力气，一铣子赶到峪里，哪里便误了他的鸟期限咧？没别的，你们先行一步，我可要受用一宿咧！'说着，一路蹒跚，便奔客店。其余大汉见褐衣人这样，瞧瞧那苍然暮色，也委实没法再走，相与踌躇一回，只得也一齐奔店。

"这时却忙坏店翁，因为那褐衣人一进店门便大喊来酒，闹了个乌烟瘴气。当时店翁引客入室，一面请他们自己安置，一面去准备酒饭。众大汉落店之后，便各自动手，乱抓盆水，闭门洗浴一回。须臾，店翁端进酒饭，安置停当，自去忙碌。却听得众大汉在室内一面欢呼痛饮，一面说笑。什么南京、北京的巧匠，东海、西海的宫殿图样咧，只管谈个不了。店翁听了，也没在意，只顾忙碌着与他们送酒。

"少时，却听得那褐衣人似乎要醉，说话间舌头都硬。便闻其余大汉道：'喂，老大哥，您少喝盅吧。少时饮醉，走不得路，误了咱主儿期限，可不是玩的。'褐衣人大笑道：'你们不要拿咱主儿来吓我，如今世界上都没头没脑，谁是主儿呀？拳头大、胳膊粗的，便是主儿。休要惹我性起，一拳打倒他，盖起宫殿来我老大哥还许住住哩。'说着，又是一阵欢呼闹酒。不多时，也便静悄下来，接着便见他们熄灯安歇。

"店翁料他们是行路累乏，酒罢之后，早早歇息，便不去惊动，自在前面关好店门，也便就寝。不想睡到后半夜，蒙眬之间，似闻店门响动，忙爬起一瞧，只见店门业已大开。忙回头瞧瞧客房窗上，又已透出灯光。于是店翁大诧，只认是那班大汉骗顿白食吃，竟自起了黑票（俗谓不辞而去也）。忙趄向客室窗外，向内一瞅，不由惊得失声大叫，一跤栽倒。忙爬起，再向内瞅时，只剩了一穗残灯，映照四壁咧！原来店翁初次瞅时，室内大汉等一个也没得，却有个车轮大的老鼋趴在地下。似乎是因多贪了一盅儿，还在那里困自在觉哩。

"当时店翁情知有异，也不敢声张。便是这日夜里，忽然狂风暴雨，正阳山山洪暴发。左近居民有离水道远些的，但听得水中呼噪终夜，并望见波面上许多火亮儿，于是大家恍悟是龙伐木的山水。更奇的是次日那客店门前高楼上竟挂着一个血淋淋的鼋头，大概是老大哥误了龙王的期限，已被斩首咧。

"这时店翁向村人一说所见，大家方悟那班鸟大汉却是龙王遣去伐木的。如此事已然奇异，哪知当时水过之后，还有件奇事，便是水道浅淤处滞搁下一段大木。左近居民以为是神木，都不敢去动。那大木每于夜间自发光亮，如鳞火一般，于是居民更以为神，便将大木拽置于高敞之地，盖起一座小庙，都呼为'木将军'。居然有向木将军祷疾祈福的，并且颇颇灵验。俺那时曾随俺舅舅到过那小庙中，只见木将军苍皮老干，俨如鳞甲，果然有些神气。当时俺舅母坐在炕头上说这话时，正是月黑天儿，偏又有一溜子风儿吹得窗纸式式地响，吓得俺和俺表弟争着向俺舅母屁股后头藏。你说这等地发水，不异样吗？"

绳其等听了颇觉有趣，正在略驻脚步，便闻一人由鼻孔中哧地一笑，道："你这话，真是炕头上妈妈子论哩，一味的大俚话，倒好编古迹哄孩子去。如今老哥哥告诉你吧，那山中的木材，是人家开木厂的老板在春月时光斫伐停当，因为山路不易转运，所以单等秋后发水，借水势冲出。至于木发光亮，更不足怪。木老本能生火，况且那伐下之木在深山老峪中弃置多日，受足阴湿之气，郁阴中郁，所以儿精发焉。那光亮和腐草为萤都是一个道理，又有什么龙伐木、木将军呢？像你这般撩天摸日头地胡诌，将来你谈起今天起蛟的事来，怕不说得那蛟头如山岳、眼赛电光、身长数百丈、大嘴一张好似城门吗？究竟咱大家谁又瞧见根蛟毛呢？"便闻众人哄然笑道："咱说是说、笑是笑，今天这水中若说没蛟，谁也不信。你瞧向石幢峪去的那股水多么异样吗？想这当儿，石幢峪人们正恨得咱们牙痒痒哩！"

一人便道："那算他活该，他恨咱们，咱们也怕不着他。"绳其等听至此，便相与一笑，漫步而过。瞧瞧天色，却已流云四散，疏星耿动，夜光压水，但见一片白蒙蒙的。那世禄一面走，一面倒拖长矛，画得堤面沙沙作响，并且东张西望，仿佛精灵的了不得。

不多时，趄过中间祭棚，又行得百余步，行近一堆所剩的桩料之间，绳其忽欲小解，因道："王老哥先行一步，俺随后就到。"说着，从后面斜趋几步，就一处布棚旁方要解裤，只听前面世禄嗖的声一个箭步，接着便舌尖上起了个霹雳。大喝道："什么人？着家伙吧！"正是：

　　矛头飞电彩，一喝奋雄威。

欲知后事如何，且听下回分解。

第五十七回

庆安澜父老谢神庥
贺堤工中秋开盛会

　　且说绳其听得世禄大叫，便顾不得小解，一径奔去一瞧，只见世禄一条长矛插入桩料堆缝中，正使出全副力气向外力拔。这当儿，却微闻堤下水声晃响，似乎鱼跃一般。

　　这一来，闹得全堤人众都呼有警，一面价警锣响动，一面纷纷跑来。少时，连耿先生、王原都到。绳其见没得什么，忙向世禄道："你这呆子张见什么咧，便这等大呼小叫？"世禄足道："别提咧！俺这一矛没刺着，竟自被他跑掉。方才俺分明见个黑魆魆、穿短衣的人在桩料后面一探头儿，又至俺一矛刺去，他已翻身下水，并且落到水面。还似乎和人喊喳了两句话，想是还有同伙哩。"

　　大家听了，忙又就各处搜查一回，当即各回原处。也有说是世禄眼花的，也有猜是石幢峪人们雇了水鬼子趁夜里来扒堤的。你道这水鬼子是甚等人？原来各村中无赖少年有一种习泅水的，专做些水中无赖的勾当，如拔人鱼箭、偷摸鱼虾、毁人池塘、摘挖菱藕等事，甚而至于争水口、霸渡头，平常价颇以水路英雄自命。及至发水时光，他们算是又高其兴，除成群结队下水捞取漂物之外，便是受人雇使，扒掘堤岸。他们专有些穿壁打洞之利器，如长锥大凿之类。在水中就那堤身被水冲啮的虚松险薄之处施展起来，不消顷刻，便能立陷一洞哩。

　　不提这里大家纷纷议论，且说绳其、世禄两人一直巡到堤西，见没得什么，也便逡巡返步。绳其便笑道："都是你这呆子一阵子大惊小怪，闹得俺连泡尿都没出脱。"世禄笑道："不打紧，撒尿很现成，如今俺陪你去撒。"

　　两人比着，起劲些儿，于是两人一笑，趄就僻处，正撒得哗哗山响，不想两人肚儿内一齐辘辘雷鸣。世禄道："不妙！俺还是那会子嚼得一块干粮，如今肚皮发空，怎么办呢？"绳其笑道："活该你挨饿，我也同你一样，只好紧紧裤带，撑到堤东头再作道理。"

世禄笑道："你说我是呆子，我看你也是傻子。如今祭棚中撤下的那桌祭筵，丢在祭棚东面第三个席棚中。当撤下时，大家只顾了望水守堤鸟乱，想还没人去抓吃，咱为甚不悄悄地去受用呢？"绳其笑道："你怎的便知那祭筵在东面第三个席棚中呢？"

世禄听了，吸溜声一滴口涎，却笑道："你不晓得！皆因俺见祭筵中有一盘红烧整个的猪蹄儿是煮得稀烂，老远的香气便钻入鼻子。所以撤祭时便是那等忙乱，俺还巴巴地留了这份神哩。"

绳其笑道："你这呆子，就是好吃。"说话间，两人举步，遥见东面第三棚中烛光隐隐。刚一脚踏近棚前，便闻里面一阵咕嘬之声。接着徐大山便低笑道："咱们背人的勾当，你可要放轻些，弄得咕咕嘬嘬，什么意思呢？你那个张张唰唰，捱些汤水子。你瞧我这个，胖胖胀胀、粗粗壮壮，多么写意！合该咱两个比着受用。"即又闻麻娘娘笑道："快着吧，咱快捣操完了离开这里，没的被人撞见，不好看相。"

绳其等听了，就棚缝向里一张，只见麻娘娘和徐大山相对箕距，每人手中一只猪蹄儿，正嚼得起劲。于是两人先笑，一步闯入，倒将麻娘娘吓得一哆嗦。世禄便噪道："了不得，俺们特来偷些嘴吃，不想你们也这么嘴馋？"当时大家都笑之下，绳其、世禄也便抓吃祭筵，一面说回方才警动之事。麻娘娘便笑道："依我看，是王相公饿得眼花咧，哪里有人在桩料后面探头儿呀？"

大山沉吟道："这话也别如此说，等消停些，待俺留神探探。俺往时不断地向石幢峪往来，常闻得王老一扬风卖嚷要设法儿破坏。咱这堤如今又大水灌了王八窝，他焉有不怀恨于咱之理？方才那警动说不定便是他们闹的鬼哩。"

麻娘娘笑道："闹鬼也罢，下神也罢，但是今天谁也不如我晦气！别的不打紧，俺只愁见了人家胡奶奶没法交代哩。"说着，一伸大脚，只见簇新的花鞋子业已乱踏得泥榔头一般。于是大家笑了一回。

须臾吃罢，仍去分头照料。直至天光大亮，见堤下那水业已落下尺余，方才都放下心来，各自稍为盹睡。即便起来，仍旧守堤。

那王原和众父老一面照料一切，一面派人去运来锅釜米粮、柴草食用等物，便就堤下埋锅做饭，汲水劈柴。一时间，万灶升烟，棚幕棋布。会众们结队往来，轮班值守，枪棒簇簇，辉映于一片水光之中，好不威实热闹。这时，堤北面村落中男女很有些乘了木筏，直抵堤下，呼号着向红蓼洼一带避难的。

王原、绳其都命人一一引上，有亲友可奔的，便令其自去，没得着落的，便将他们安置在挂月、剑虹并东西村中。一俟水退，再为回家。直忙了一日，引上许多男女，却没得石幢峪一带村中的人。大家因此又是一阵胡猜，有的说石幢峪人们都做了滚汤泼老鼠，一个没剩；有的说他们如此齐心，都不向红蓼洼避难，这其中就有蹊跷。抢扰之间，天色已晚。再瞧堤下水势，又已落了好些，于是大家越发放心。当夜，如前的小心守护，终夜安静。

话休繁絮，便是如此光景，直过得四五日那水方落尽，大堤下仍现出静荡荡一片平沙干地，唯有距堤不远偏西面一处茂林，其中小些的树株却被水冲拔了许多。

这四五日中，绳其恐方老太太不放心，曾转向家中述说水势并守堤情形。听得方老太太合了掌只管念佛，并登时到佛堂中焚香拜祷，还出粮米散给那避难的男女。

不提方老太太好行其德，且说王原等见水势既落，全堤无恙，大家欣然之下，回想起来，真个是犹有余惊。这日便撤堤回村，先命各村会众分头散去，又命人运去锅灶柴米、席捆布棚等项，然后大家方整队而回。刚趱近挂月村头，已听得法兴寺中鸣钟伐鼓，十分热闹。

原来王原因蛟患已过，大堤无恙，以为是神佑，便先期遣人去知会了了明，命他准备香烛供品，单等大家一到，就要拈香谢神哩。

当时大家既近村头，仍由绳其、耿先生分领会众，按队而进，王原和众父老在后面慢步而行。这时街坊下早围拢了许多男女，便如瞧庙会一般。见大家连日守堤，都辛苦得神气憔悴，不由都争着上前慰问。那妇女们有的只顾念佛，有的便拖了绳其、世禄问长问短。

那绳其口角伶俐，还可应对一二。世禄本已跑得汗流气喘，被一群婆娘围上，偏又问得没头没脑，一时间如何应得来？方一晃膊子，冲出重围，不想又被一个媳妇子一把捉住，便笑道："那水儿怎么样咧？那东西究竟有多么长哪？"

世禄一面挣，一面嚷道："咱那股子水儿都已出脱咧，难道你还不觉得？你管那东西多么长呢？反正你这会子放心舒齐，也就是咧！"

大家听了，正在哄然一笑，便闻后面有人大笑道："你们只管闹舒齐，却苦了俺这两只脚咧。某大嫂哇，你来得正好，你快把胡奶奶这鞋子给她

322

捎去吧。"说道，啪哒一声，即有两只污泥鞋子落在那媳妇面前。

大家一望，早见麻娘娘甩动那挂穗红巾，如飞跑来，脚下却踹着双男人的流子大鞋，并且衣裤上面沾了许多泥土。原来她行近村头时跌了一跤，正气得坐在那里脱了鞋子收拾脚下，恰好有她一个素识的小贩从后赶来，两人玩笑素惯，那小贩一声不哼，从后伸手抢了花鞋子便跑。哪知麻娘娘手头飞快，登时跳起来，一把按倒那小贩，就势脱了他的鞋子穿在脚上，夺了他抢的鞋子，便如飞跑来哩。

当时大家见状，又是一阵哄笑。不提那媳妇眼睁睁见世禄挣脱，只得拾起那花鞋去寻胡奶奶交代。且绳其等一行人众，穿街过巷，直抵寺门，早见了明和尚引了本寺僧众，各披袈裟，合掌迎出，里面大殿上也便奏起了笙箫细乐。于是绳其、耿先生分立寺门外，先遣散会众，随后王原并众父次第都到，这才人家厮先入寺。赶就大殿上，拈香礼罢，然后退入会事厅中，落座歇息。

大家吃过两杯茶，彼此相看，未免惊定而喜。王原便向众父老叹道："咱们都因不信耿先生蛟患的话，却吃了这场大惊恐。但是毕竟因耿先生的话，咱们才赶紧修堤。不然，怕不都成了顺水鱼儿吗？由此看来，等消停些，咱们应当敬谢先生才是。"

众父老道："正是，正是。"耿先生听了，连忙逊谢。正乱着，了明趱来，细问起发水情形，自是骇然，因拍膝道："好孽蓄，竟自这等猖獗！俺僧家有咒龙伏虎之能，何况条把小蛟？可惜当时贫僧没在堤上，若在时，待俺略显神通，捉得它来，抽筋剥皮，蒙一面蛟皮大鼓把来永镇山门，岂不妙相！"说着，连晃秃头。正在绷着面孔，装模作样，不想有个肉腻腻的大蝎虎子，啪哒一下，正由屋梁上掉在他秃头上，老长的一条尾巴顺着他脖儿一扫，哧一声，竟钻入他圆领之中。

这一来，吓得了明啊呀一声，脸色大变，跳起来一阵抖擞，一面嘴内喃喃，似乎默祷一般。

大家见了，正在都笑，恰好那蝎虎由了明僧衣中掉落，跑近绳其脚下。绳其过去赶忙按住，因见了明这阵抖擞，宛如那年抖擞那装火炭的女鞋似的，不由招得大家哈哈大笑。

了明因变貌变色地道："方相公，你不晓得，这蛟龙之类都能化身。方才俺说了两句玩话，这个蝎虎儿怕不是老蛟所化，给我个见过儿吗？亏得俺还有两句痒痒咒，方才俺咒了一番，想是把这位蛟老官给咒走咧。"

绳其一抬脚道："你瞧这个蛟老官。"了明一望那蝎虎业已扁在地下，因合掌道："罪过，罪过！此物虽微，大小也是个性命。"于是大家笑过一阵，当由了明命沙弥等端上素点。大家吃着，一会儿又谈回护堤会并发遣难民等事。便有一父老笑道："咱这堤平安筑就，没出岔子，总算罢了。如今蛟患已过，咱大家也该皆聚会聚会，就在这寺中。一来叩谢神佑，二来庆贺堤工，三来劳动耿先生照料会事，咱就势借花献佛，大家痛饮一场，你道好吗？"

众人欣然道："正是，正是。这场子酒是少不得的，便是会众们也该犒劳一下。如今咱索性开个庆功大会，凡是会众都来吃酒。一来凑个热闹，二来摆摆咱红蓼洼的威风，也省得石幢峪人们自觉着不错似的，只管风言风语。"

便有一人笑道："此话有理！若说吃酒凑热闹，倒是真的，若说石幢峪人们，便是咱不摆威风，他们敢咬掉咱鸟不成？"大家听了，都各大笑，于是登时议定，这庆功大会一俟发遣难民毕，即便择日举行，仍请王原、绳其主持其事。

不提当时大家又小坐谈笑一回，即便各回本村。且说王原、绳其，次日里仍就法兴寺中料理发遣难民等事。就这连日忙碌之中，却已闻得石幢峪这次所被的水患委实不小，所有各村圩，大半毁塌。还亏得由北山下来的那股水头将到石幢峪，却忽地略偏北向冲去，不曾正冲将来。所以石幢峪一带田地虽漂没无余，那庐舍人畜还各无恙。

这当儿，却是由王老一料理善后的一切。连日价聚集峪众，挑沟泄水，抬夫修圩，也正忙乱作一团哩。绳其听了，也没在意。

转眼间，过得四五日，那难民还未发遣完毕。因为堤北一带，虽是水落，那被毁的房屋一时哪里便能筑起？当由众父老商议，就红蓼洼各村中筹募钱钞，把给难民等，暂就原居搭盖窝铺栖身。绳其因此便和耿先生到堤北一带查看一回，便顺步到那自响崖下。一瞧起蛟之所，不由骇然，只见崖壁崩裂数丈余，形同斧劈。壁下陷为亩余大的深潭，兀自水沙翻涌。更奇的是那雹神庙正当其冲，却居然无恙。当时，两人趑趄，向大家一说所见，无不称奇道怪。

又过得几日，难民等发遣已毕，已是八月中旬光景。天高气清，豁开了累月的玄阴苦雾。大家高兴，便订于中秋这日庆功大会。一面知会全洼会众，一面分头准备应用等物。先就寺外广场树荫下搭起席棚，埋好锅灶。整崖地抬器皿，整车地拉柴草，厨棚高搭，厨夫十余人先已叫妥，接着便杀猪宰羊，焯的焯、剥的剥，嘻嘻哈哈，好不热闹。

这时，更有两人跑来跑去，便如开索猇狃一般，足迹所到，便招得大家笑声一片。你道这两人是哪个？一个是王世禄，那一个便是麻娘娘。

原来王原因寺外会众人多，势须有两个头脑人照料一切，便模模糊糊派了他两个经管寺外。至于寺内，却忙煞了了明秃厮。因为寺内一来是众父老到来坐落之所，二来，便在那会事厅上设席吃酒。了明既是本寺主持，自须帮忙一切，所以也跟着忙乱起来。这次了明高兴，甩了僧衣，提提鞋子，小打扮儿（俗谓短衣），竟领了小沙弥等，自己动手，先洒扫庙院，然后将会事厅收拾整齐，摆好桌椅，单备设筵。却就东厢中为大家坐落之所，又就寺门外搭起一座玲珑剔透的彩棚儿，棚额上横缀八个大字，是"金堤巩固，永庆安澜"。只这三两日间，法兴寺内外竟闹得熙来攘往，人声浩浩，便如小小庙场一般。那左近的小男妇女竟有准备着扎括齐整去瞧热闹的，这且慢表。

且说中秋这日，绳其绝早起来，瞧天色澄清，不由欣然。因时光尚早，不便去惊动祖母，便洗盥过，结束停当。正兴冲冲地要同耿先生先到寺内照料一切，忽见一个仆妇，猱头撒脚，呵欠连连，一面蝎蝎螫螫地蹭到跟前，一面呲毛栗子（俗谓略带惊怔之状者）似的望着自己，想要说话。

绳其因道："你这会子不在内院扫地，收拾屋子，出来做甚？"仆妇道："俺们一夜也没睡，早就扫了内院。因听得大相公业已起来，所以出来张张，难道这么早大相公便上庙吗？"绳其随口道："今天会众都来，须要照料，所以须早去。"

仆妇道："那么大相公须几时回头呢？"绳其道："及至会散后，再照料着收拾一切，大概就须天晚时哩。"仆妇道："哟！既是那么晚方回，依我说，你不如稍待一霎儿，候老太太醒来，你瞧瞧她老人家，再去不迟。"

绳其惊道："老太太怎样咧？"说着就要举步向内。仆妇道："老太太也没别的，不过夜间就似魇梦一般，睡得很不安生。似哭似笑的，闹过一霎儿，方才沉沉睡去，如今却睡得很安稳哩。"

绳其听了，忙忙举步。刚到二门，便闻里面一个仆妇一面跑，一面叫道："某大嫂哇，你大清早起，头也不梳，脚也不裹，先跑出去浪张什么？如今老太太醒来只管啾唧，百忙中又叫你不着，真把人恨煞！"说着，一步跨出，几乎和绳其劈面相撞。因笑道："大相公，来得正好，您快瞧瞧去吧。"

绳其听了越发吃惊，三脚两步撞到内院。却听得方老太太在室内唤道："老张哪，你们这些人有点点事，便大惊小怪。俺偶然魇梦，什么大紧？你们放着早晨的活计不做，只管嘀咕的是什么？"

绳其听了，心下少安，忙轻轻揭帘踅入室内。只见方老太太业已起榻，正猱着头儿坐在梳妆台前，用细梳儿通理那几根飘萧白发，一面略瞟壁上挂的那乾元宝镜，面上似略有慨然之色。一见绳其踅入，又已结束整齐，因笑道："你今天起得恁早，又扎括得客儿似的，大概是馋着嘴巴了，要向庙里吃嚼去咧！你可晓得，办事头脑人是做在前头，吃在后头。你去了别只顾嘴头子，叫人家笑话！"

绳其趁势笑道："奶奶就说的俺这等好吃，方才俺听仆妇说奶奶魇梦着，一夜也没好生睡，不知这会子身体怎样？奶奶若身体不舒适，俺便不上庙咧。"

方老太太哧地一笑，便说出一番话来。正是：

梦征见衰气，落叶渐归根。

欲知后事如何，且听下回分解。

326

第五十八回

方母谈梦见衰征
了明击磬逗逸趣

且说方老太太笑道："你快别惊惊诧诧的，今天大会，你还是个头脑人儿，怎好不去呢？俺昨天晚饭罢，见仆妇们嚼米饭锅巴，脆生生很有趣儿，俺也嚼了一大块。哪知牙凼儿究竟不成功咧！想是因嚼得囫囵半片，及至睡下，肚内便只管喊嚓；又搭着胡梦颠倒，没头没脑，想是因这几日，听得大家只管吵发水，俺恍惚之中，就似至一片大水跟前，正在徘徊，又似闻得隔水有兵仗呼噪之声。一会儿，俺又恍惚坐在前院料理家事，就如当年你父母在时的光景，清楚楚的。

"你父亲在我面前晃来晃去，你母亲想着你，在厅廊下一面拍呜着你，一面轻叩槅扇，口内还嘟念道：'你饿咧，吃口咂咂儿（俗谓乳也）呀！'喜得我正要接过你来，不知怎的，一打岔，俺又恍惚身在一片荒草树林之中，远远的乱峰合沓，幽气袭人。上望天光，阴沉沉的，林内是寒风萧瑟，草虫乱叫，便如人家的墟墓一般。慌得我急欲趸出，但是转来绕去，东撞是树，西碰且墙，总摸不着道儿。气得我坐在土地下，靠了一株树，仔细一瞧那所在，原来就是咱家的茔地。一惊之下，俺也便醒来，却闹得仆妇们在俺榻头乱拍乱唤，说我是魇梦着咧。看起来，人老了多吃一口也不成功，并且逞不得强。俺年轻时专好嚼个脆生物儿，如今却闹得食多梦多，真是笑话。俺现在好端端的，你惊诧怎的？"

绳其听了，这才放下心来，便又向方老太太略说今天大会的光景。及至趸出去寻耿先生，却已先去多时。绳其不敢怠慢，也便匆匆赴寺。

才出村头，早见各路的会众，行行队队，都赴南村。于是绳其逐队行去。大家笑语之下，早将方老太太所语的梦境忘掉。须臾，到得寺前，业已会众如蚁，都在各席棚前攒三聚五地纷纷笑语，并有相扑为戏，彼此驰逐，以示矫捷的。那橱棚中是刀砧乱响，人众奔走，并杂以相与诙谐之声。

327

原来村中习俗，并无所谓真正厨夫，凡有聚会吃喝的事，便讲究请落忙的。落忙者，即帮忙之意。这落忙的，大概都是左近村中好吃懒做、游手无业之徒，都学得两片子贫嘴、一身的夹带本领。偷酒偷肉，自不消说，如委实无可捞摸，便葱尾蒜头、肉皮油渣、煳饭锅巴之类，也要夹塞些去。把给他那馋嘴老婆，献个勤儿。这班人，手快如风、脸厚如革，你便眼睁睁从他身上搜检出来，他就可以面不改色，没事人一般。同辈见了，都笑他没用，他反因此大发其奋，再精研夹带之法，务期神出鬼没，处于不败之地而后止。

　　这班人无事时便打扮得滑头滑脑，拎了画眉笼子，穿胡同、溜小巷，恨不得谁家灶眼朝哪里他都晓得。不怕张家娘子失了奶（俗谓乳曰奶，失奶者，俗谓受孕），李家奶奶脚上长个鸡眼，这期间，也有他们一份，总要大家公开评论。有时抬起杠来，就可以立赌东道，吵得脸红脖子粗，相骂而散。这班人常去的坐落之所，便是茶馆酒肆以及剃头棚儿。有时乌合，有时兽散，及至被人邀请落忙，他们便登时攒起一把子人儿，抱了个风雨不透。任凭那监厨灶的怎的精明，只要身影一转，他们还是为所欲为。因为党羽众多，随处都是接手。这班人行为既如此，但是凡村中有事，还总须请教他们。习俗相沿，并非是牢不可破，因为倘若雇用别处的真正厨夫，他们便来愣给你眼里插棒槌，必要将那外路厨夫摆布得狼狈跑掉。那有事的主儿，也便就此塌台哩。

　　当时绳其无暇细瞧寺外，刚一脚踏进山门，忽闻大殿上人众喧笑，杂以磬声。绳其以为是王原等业已到齐，在殿上拈香，赶忙趱去一瞧，却不相干。原来是两个老妈妈子领着三四个七长八短的村童，正在那里拜罗汉佛，一面各掏出四五文香钱置在案上，一面向着那敲磬的小沙弥问长问短。那三四村童，有的手掏着嘴，眙着眼，乱瞧壁画，有的偎在老妈妈臀后，藏谜谜喧笑。

　　正这当儿，却闻了明在佛龛后面自言自语地趱来，道："啊呀，真忙坏咧！怎的这么巧？俺刚到后殿上打了个转儿，施主们便来拈香。"说着，一个呵欠，从龛后转出。绳其这时隐在殿外槅扇旁，瞧着了明那干眉燥眼的样儿，料他是连日忙碌，夜来失眠。

　　正在好笑，只见了明一望那两个老妈妈子，便登时喝那沙弥道："你怎的这样不晓事？冒冒失失便敲磬儿。俺刚到后殿上想趁空打个盹儿，却被你一槌子敲起来咧。是个人来烧香，你都敲磬？还把你手腕累脱节哩。"说着，赌气子推开沙弥，恶狠狠夺过槌，又没好没歹地瞪了两个老妈妈一眼。顺手儿将那案上四五文香钱唰啦声向案角一堆，却都落在地下。

那两个老妈妈见他没好气，正想领村童趑去，不想有个村童儿见铜钱落地，便仰起脸儿向一个老妈妈道："奶奶呀，人家和尚不要香钱咧。等我拾起来，买烧饼吃吧。"了明听了，方一瞪眼，那两个老妈妈子忙领了村童等赶忙退出。

这里了明却一面颠弄磬槌，一面发话道："烧个香也不睁眼，偏趁着大会上来麻烦人？再者，那么大年纪，等着死，罢呀，还有心有肠的来烧香哩！"说着，望望那沙弥，又要发话。嘴儿一张，却闹了个大大呵欠。

瞧得绳其正在暗笑，忽地一股香风飘过，接着便有人娇滴滴地笑道："大嫂哇，你瞧你这鞋儿都跑得倒褪咧。咱两个真来得不巧，巴巴跑到这里，偏遇着人家开什么大会。方才那两位老妈妈说的好，咱为什么讨和尚厌烦呢？依我看，咱转去是正经。"即又闻有妇人笑道："他大姑哇，你倒说得好轻松话儿，敢是的，你俐手俐脚，跑白腿不算什么，没事还上庙白相哩。你瞧我揹着个活累赘，刘二姐逛庙似的，和俺那天杀的好说歹说，他才放俺出来。如今汗津津、喘吁吁的，方到这里，跑得人脚尖子都生痛，再一气儿趑将回去，你可是吃想人肉哩（意谓累煞也）？"说话间，已到殿阶。

绳其从槅扇旁望去，却是两个俏生女人并肩扭来。一个是闺女模样，有十六七岁，生得喜眉笑眼，挂些憨态，团团的俏脸儿，衬着个漆光似的大髻子，手内执着一把散香，一面走，一面笑道："大嫂，你不转去，那两位老妈妈说，她们烧的整香，和尚还嫌麻烦。少时，咱麻烦起来，他还有好气吗？"那一个却是二十多岁的媳妇子，生得长长身段，红红白白，一张鹅蛋俏脸儿，梳一个松松髻子，穿一身家常衣裳，腰系流云短裙，脚踏凤头锐履，再望她背上，长带文裸，却褙着个玉雪可念的小孩儿。但是业已走得香汗吟吟、娇喘细细。一面含笑上阶，一面扭头儿向那闺女方要说话，不想脚下一滑，险些栽倒。忙一扭腰儿，扶住殿槅，却咬着牙，皱起眉儿，笑道："都是你这妮子，烧股子浪香，只管嘀嘀剥剥，管他和尚麻烦不麻烦，横竖咱们舒心畅意地完了事，也就是咧。俺不是只顾向你说话，怎会滑这么一脚呢？"说着，提起只尖尖脚儿，踏在门限。

正在欲进未进，这里绳其早听得了明吵那沙弥道："你这孩了，真没成头！我那么嘱咐你，今天大会，那好热闹的奶奶姑娘们就许有来烧香的。人家是心灵眼活，会体会人，趁咱们伺候方便，所以趁热闹上来。我早叫你将阶前打扫干净，就怕的是土块瓦岔的绊跌人家。方才若不是这位奶奶身儿灵便，还了得吗？这会子，我没空理你，等消停时再说。"

绳其听了，几乎失笑，暗想道："了明这秃厮，真有他的。看起来，妇女上庙，真须论个年纪哩。"正这当儿，便见了明直着眼儿笑吟吟迎出，

329

一面略瞟那门限上的脚儿，一面笑道："女菩萨们，既到这里，怎还嘟念什么转去？您别听那两位老妈妈的话，如今殿上正消停，快来拈香吧。"说罢，略闪身儿，那媳妇和闺女翩然趑入之间。可巧那媳妇一转身本是想接那闺女所执之香，不想了明见她背朝自己，以为是叫自己来解下那背上的褓儿，于是大悦之下，一阵价手忙脚乱。

百忙中，一支磬槌没处安顿，便胡乱插在脖儿后衣领之中。方高张两手，恰待来解，可巧那媳妇接过香，一转脸儿，只吓得哟了一声。了明也觉得有些不大仿佛，忙笑道："俺瞧您背着孩儿拈香拜佛不大方便，所以想解下他来，替您抱一霎儿。"说着，连连哈腰，那副贼形儿好不难看。

瞧得绳其正在越发好笑，便见那媳妇和闺女两人分头拈香，从佛前起，以至两旁的十八罗汉，每位跟前是三炷清香。上香已毕，即便深深万福。

原来这等烧散香，名为"满堂红"，凡来烧这种香的妇女，却是经过产难，许下心愿的。至于妇女生产和满堂红有什么相干，这大概是妈妈经上的典故，作者也就无从考究了。当时了明嘻着嘴，跟着人家，忽东忽西，忙了个不可开交，没得搭趁，只得给人家净香炉。佛台上乱过一阵，一面瞧着人家烧香都毕，将要拜佛，便如飞地跑向佛案旁准备敲磬。这时小沙弥站在一旁，只好光着眼乱瞅。

须臾，那媳妇和闺女双双扭将过来，就佛案前盈盈站定。正要款折纤腰、轻屈香膝拜将下去，只见了明，直着眼儿，就旁一抄磬槌，忽地啊呀一声，不容分说，随手向小沙弥头上便是一个暴栗，并骂道："你这孩子真正该死，那会子命你敲敲磬儿，你就不知把槌耍到哪里去咧。"

那沙弥被凿，不由杀猪也似叫着，矮了半截，只苦丧着脸子，向了明衣领一望之间，不但招得那媳妇和闺女咯咯乱笑，便连殿处偷张的绳其也不由扑哧一声，忙趄下殿阶。方要去瞧王原等人，忽闻背后喟的一声，接着便眼前一黑，却有两只大手从脖儿后抄掩将来。

绳其料得是世禄，更不回身，便向旁略歪身儿，猛地回过手来，模模糊糊，向后一戳。

这一来不打紧，但觉有处松丢丢、绵软软的肉儿触了手指一下，便闻世禄哈哈大笑。当即释手，慌得绳其跳转身，仔细一瞧，也不由笑得打跌。正是：

殿中觇逸趣，阶下遇同人。

欲知后事如何，且听下回分解。

330

第五十九回

触羁愁先生题壁
闹村坊世禄伏桥

且说绳其回身一瞧，只见世禄站在那里鼓掌憨笑。那麻娘娘却弯着腰儿，一手揉着小肚下，似笑非笑地只管乱皱眉头，却猛地一推世禄，道："跟你这呆子走，是到处吃亏的。你瞧三小知地便被方相公戳……"

世禄笑道："谁叫你多管闲事？俺掩他的眼儿，你腆着肚皮来扯我做甚？他不戳你戳哪个？"麻娘娘唾道："你还胡说！"于是三人都各大笑。

绳其问世禄，方知他和麻娘娘老早地便已到场，这会子在庙中转了一遭，又要向庙外照料去哩。

不提世禄等匆匆趱去，且说绳其一径地趱向跨院，直奔会厅。方一脚踏入院门，已闻得众父老在厅事内刮刮而谈。厅事阶下，却围拢了一簇人，似乎向地下瞧望什么。便闻有人道："你家伙凿得虽精致，就是斤量压手些。咱们习练着玩，还是轻妙些的，方好玩个花样，来个架势。"

一人道："不错的，这家伙少说着也有百十来斤重。方才麻娘娘也只翻了个撒花儿，悠了个四门儿，便红着脸儿搁下唡。像咱们这把子劲，是不成功的。"即又有一人道："此话不差，我看这家伙，除了耿先生和方相公还能耍耍。"

绳其听了，方要近前瞧望，只见其中一人一抬头，便拍手道："你瞧兀的不是方相公来也。"绳其望去，却是徐大山。

正这当儿，那簇人豁地一闪，连张起、赵发都在其内。绳其趱近一瞧，地下却置着个白石新凿的石锁儿，花纹玲珑，够为精致，粗估去果有百十斤重。原来护堤会众闲来没事时，不是耍石锁，便是盘杆子。为的是活动筋骨，增益气力。原有个旧石锁，耿先生嫌它太轻小，所以又新置一个哩。

当时大家一见绳其，便噪道："方相公来得正好，且来试试手吧！俺们方才便如狗熊滚球似的，只是耍不转它。"

绳其听了微微一笑，便迈步撩衣走上前去。骑马式蹲裆踏稳，左手叉腰，挺起腰板，轻伸右手抓住锁纽儿，略略地前推后揽，向上一提。虽觉得有些斤两，却正称手合用。于是暗运臂力，倏地提腹，趁那锁儿悠荡未定之间，忽然一翻手腕，喝声"起"，接着便是个翻天印的架势，单臂独撑，业已高举过顶。

这里大家一阵价连声道好，那绳其已置下石锁，含笑入厅，却还听得徐大山乱吵道："俺就不服这羊上树，怎么方相公便要得这么妙相？等我再来来。"说着，咕咚一声，似乎是石锁落地。便闻大家哄然道："徐大哥，这劲头儿可不是逞得强的。你别瞧你鬼头鬼脑，跑个腿儿，探个事儿，再妙相不过，若讲到真气力，便完了你的能为咧。"

绳其听了，也不管他，便与厅内众父老一一厮见。一问王原，却还没到来。众父老便向绳其道："怎么耿先生也没来呢？"绳其道："俺来时先生早就向这里来咧，或者在别处耽搁，也未可知。"

说话间，大家落座，众父老自去谈他的耕种刨锄。绳其闲得没干，便靠窗坐下，一面瞧着众父老眨着眼儿，捻着胡儿，争纵谈锋，一面向厅阶下望去，只见赵发雄起起地趑近石锁，双手抄起来，尽力子向前一悠。原想趁势上举，哪知用力过猛，脚未踏稳，那石锁虽然悠出，却牵得吭哧一声一个狗吃屎趴在地下。

大家见了，正在都笑，便见张起赶过去抢过石锁，先端正正置在地下，然后一面勒袖，一面向赵发笑道："赵老哥，莫怪我说，你这么玩法，不栽掉门牙两个，算是你好运气。玩这家伙，先讲究脚下生根，上身不动，攒足劲，沉住气，这还不算；第一你记着，有十分气力，只可使出七八分，然后方能恢复有余，举重若轻。说个俗话儿，便是瞧后劲儿。像你这一晃膊子愣来，不成了王八扯车，有前劲没后劲吗！喂，赵老哥，俺如今教你个乖。你看清了，这可不是胡吹乱嘹，这是磅的力的（俗谓真本领也），档子上看箭的勾当。"说着，一拉身段，砰啪扑哧，一阵价托肩靠肘，外挂着鸳鸯飞脚，却笑道："玩这家伙是讲究飚、抛、悠、丢。飚是起劲儿；抛是接劲儿；悠是要欢了巧劲儿；丢是收煞的标劲儿。你们不信，就瞧着。"

于是双手挥舞，上下作势，道："喂，诸位上眼吧！你瞧这么一来，又这么一来，更要这么一来！哈哈，还挂着这么这么一来。这便是飚、抛、悠、丢，单玩个干脆落利。诸位瞧清了，你瞧这是吹火不成气？"说

332

罢，啪的声，双足一踏，一伸右手便是石锁。

这一来，不但招得阶下大家顷刻间众目齐注，便连厅内绳其也不觉聚精会神，并一面暗诧道："瞧他不出，这张起素日价笨实实的，不想他倒会玩石锁儿。"方一转眼之间，只听大家失笑道："喂，张老哥，岂有此理！难道你说得好听，便算你的本领吗？"张起笑道："你不晓得，你瞧如今的大人大位，哪一个不是嘴头子上的本领？所以俺也学学他哩。"

大家听了，哄然一笑。这里绳其一瞧张起已将石锁置向原处，逡巡之间，和徐大山等陆续各散。这时厅内众父老谈锋益纵，并且互敬烟筒，吸得满厅内烟气腾腾。绳其候了半晌，还不见王原、耿先生到来，于是信步趔出庙，想去觇望。

趔过一带席棚跟前，只见会众纷纭，各自忙着铺设座位，准备吃酒。遥望厨棚是棚窗四启，其中鸾刀奏响，灶烟翁郁。一阵阵风儿吹过，早挟着酒炙之馨，扑人鼻观；并有些丐妇等人都携篮提罐，就厨棚左右随意坐地，意思是等候饭罢后乞取残剩。

绳其正在觇望，忽见世禄和麻娘娘由一带席棚前趔过。绳其因他们照料事忙，也没声唤，便信步趔向村头。抬头一望，不觉心旷神怡。只见天高气肃，秋气澄鲜，远近间山光如沐，映带着一处处疏林红叶便如一幅画图。遥望那剑虹、挂月两峰，萦青缭白，好不令人悠然意远。

绳其一面眺望，信步行去，一面暗想耿先生最好游览，连月以来，既闹天灾，又忙人事，把他的游兴竟自打断。今天庆会，又恰值中秋令节，他或者高起兴来径去游览，所以这会子还没到庙哩。

怙惚间，趔过一处疏林，却得一斜披的高冈坡垞。坡垞上，松树数株，偃蹇入画。从草树映带中，露出一段新垩的黄泥土墙，循墙望去，露出参差茅檐，接着个小小的松棚儿，那檐角边却挑出一面酒帘。绳其见了，暗暗喝彩道："好幽雅所在，今天若不是会中有酒吃，在此沽饮三杯，倒也有趣。"

徘徊间，趔上坡垞，忽闻酒帘下有人骂道："你这崽子，便恁地手儿嫌。叫你去拾柴捡粪，干正经，你不是脑袋痛便是屁股痒！懒得你压油儿，却嫌着手爪子没得干，害你娘的鸡爪风。你瞧瞧，新垩的土墙，被你胡划得麻老婆脸似的，什么样儿呀！你等着我的，少时烧住火，腾下手来，我不把你手爪子打烂，就完不了。"便闻有童子笑道："嘻！娘娘不瞧清楚了便来骂人。你瞧那墙上，歪歪斜斜，小长虫似的一大串，不是些字儿吗？俺要会划字，倒好了。那是那会子吃酒的先生他划的。娘只顾在灶

333

上忙碌，所以没瞧见。俺眼睁睁见了他摇头晃脑，蚊子似的哼哼了半天，便拾瓦片向墙上乱划的哩。"

　　绳其听了，望向土墙，果见上面有些瓦锋划的纵横字迹。正想趋去瞧瞧，便闻先语的那人道："你这崽子，不用和我嘀嘀剥剥（意谓辩理也），我就不信人家先生们便来胡划。我也见过些酒账本子，却没见过这种字。"

　　童子笑道："娘晓得什么！人家划的，想是草字哩。"绳其听了，正在暗笑这童子颇颇有趣，即又闻先语的那人道："呸！小猴儿，等着娘揍你吧。"说着噼里啪啦一阵脚步乱响，早从酒帘下跑出两人。前面是个短发村童，一径地笑嘻嘻倒退着走，一面手舞足蹈，乱做鬼脸儿；后面却是个村婆，灰头土脸，穿着围裙，似乎是方离灶下，拖着一根柴棒，一面揉着烟熏的眼，一面如飞赶来。忽地望见绳其，便叫道："方相公来得正好，快给我截住他。这小猴儿，真把我气煞咧。"

　　这时童子已退到绳其跟前，便嗖的声闪向绳其背后，却拍手道："好了，好了！如今方相公识文断字，且瞧墙上是字儿不是？"于是绳其一笑，拦住那村婆，便和她们走到墙下。一望那画的字儿，道：

　　　　年年落拓向江湖，漫诩男儿意气粗。
　　　　避戈自怜成久客，海云东望一踟蹰。

　　　　弹铗年来骨相寒，望门投趾愧平安。
　　　　遥怜此夕楼头月，虚幌何人带泪看。

　　绳其见这两首七绝，词旨感慨，像个遭家难的人久客在外，对景思家的光景。并且其中有避戈弹铗、望门投趾等字样。大概这位先生还许是侠徒剑士之流，在家乡和人结怨，所以才潜踪于外。

　　沉吟间，正要问那童子这划字的先生是个何等模样的人，恰好酒帘下有人喊道："喂！大毛儿呀，你娘儿们不瞧着酒灶，都挤到那里瞧什么呀？俺趁这当儿，给你灌两壶子去，你们连影儿也不知哩。"

　　村婆听了，忙推了那童子道："你快瞧瞧去，你那个醉鬼二舅又来咧。他说得出，便办得出。你快灌给他一壶酒，打发他去吧。"那童子听了，如飞跑去之间，这里绳其细瞧那划的字势并诗后署款，不由一阵怙惙。原来署款是"东海生"三字，字势雄强，恰似耿先生的笔迹。

　　当时绳其一面怙惙，回头望望却不见童子。只有村婆愣怔怔地立在背

334

后，见自己望她，便笑道："方相公，你瞧墙上真上字吗？如果是字，那先生也就岂有此理！人家新垩的墙，他就划得一塌糊涂。"

绳其笑道："你不必着急，墙上划字倒显雅趣。我且问你，这划字的先生是何模样呢？"村婆笑道："哟！方相公倒会问，一个先生家，左不过是斯斯文文，长衫大帽的扎括着罢了。"绳其笑道："俺不是问他穿戴，是问的他是何相貌？"

村婆凝思道："俺因当时忙碌，也没细端相他。但见他坐在松棚下，对着一片野景儿一会儿含笑点头，一会儿叹口寡气，把着酒盅儿，似饮不饮。少时却啪的声蹾在案上，一振两膊，作个开弓的势子，扬起头来，向东愣了一会子，这才又复吃酒。俺瞧他面庞儿，似乎是不肥不瘦，身量儿仿佛是不长不短。敢好也有三十来岁年纪，一般地舒眉展眼，他就是这个相貌哩。"

绳其听了，正在好笑，恰好那童子跑来，道："方相公，你还问那先生相貌怎的？他吃了两杯酒，也没给钱，叫我过两天向你家去取钱。莫非他就是你家教书的那位人人闻名的耿先生吗？"

绳其听了，不由恍然一笑，便道："过两天我与你酒钱便了，你没见耿先生向哪里去吗？"童子指着一条小径道："他画罢了墙，便跄跄踉踉从那里趱去咧。方相公且向俺家坐坐吧！"绳其随口道："不消，不消。"逡巡间即便转步，不由一路暗想道："耿先生真古怪，到此游学以来，连封信也不肯向家寄。今瞧他诗中之意，分明是有不得已之故，所以久客于外，但不知因何事故。俟消停时，待我且探个底细。"

沉吟间，趔回庙前，只见会众往来越发热闹，各棚中喧哗笑语。那厨棚前人众越多，都围着酒灶肉锅嘻嘻哈哈，摩拳擦掌，很透着顷刻大嚼的神气。原来今天这吃局是酒肉尽量，以多为胜，并且是自吃自盛，大家动手，所以大家都先围在这里。

这时，却忙煞了几个落忙的，一面价龇着油晃晃的大嘴来回奔走，一面还向棚旁的丐妇等挤眉弄眼。

绳其见此光景，料是王原和耿先生都已到齐，大有坐席吃酒之势。刚要转身进庙，忽老远地望见世禄和麻娘娘从厨棚后面转出。那世禄本是呆头呆脑，这时忽仿佛机灵得不得似的，倏地一拉麻娘娘的衣襟，头也不回，向厨棚东面一处小桥边便走。后面麻娘娘回头瞅瞅，即便跟去。

绳其暗笑道："这呆子又捣的甚鬼？今天厨棚中有的是肥猪蹄儿，说不定，他两个借巡查为名，冷不防地捞摸了去吃体己哩。待我悄去张张再说。"于是从人众往来中趁向小桥，就丛莽间隐住身儿。只见世禄和麻娘娘正凑在桥石上交头接耳，相与密语。但见世禄将手比式道："俺瞧见的，便有这么粗、这么长哩！"

麻娘娘道："哟，真的吗？你可别瞎闹！那老婆诨号儿'刘彪（《法门寺》剧中之刘彪）他妈'，鸒鸡似的眼，刀子似的嘴，是个翻滚不落架的角色，便是厨棚内掌灶刘四的老婆。刘四那么歹斗，都被她降服得小鸡子一般。那老婆有时不高兴，再喝两盅儿，向街坊家找个邪岔儿，一骂便是半趟街。拍得屁股一片山响，木头鞋底子（木制女鞋底，略作弓弯式，俗名为'仙人过桥'，此三十年前闺阁助娇装饰品，盖早成《广陵散》矣！亦考古家所当知也。一笑）往往跳断。你若含糊了，捉不着她真赃实犯，恐怕打不着黄鼬，倒闹一身骚哩。"

世禄道："真真的不会错的。俺明明见她有棚后茅厕中鼓捣了半天，大概是藏在这里了。"说着摸摸裤裆，又笑道："她那提篮中倒没什么，不过是葱头蒜脚之类。少时，咱只须如此如此，定然成功。"

绳其听了，暗笑之下，正在诧异世禄居然也能胜照料之任，便见麻娘娘扑哧一笑道："这种老婆，真没有的。人都说我把权（粗鲁之意），若那么粗、那么长的大物儿，我就不能夹塞在那里。别的先不用说，只那油晃晃、肉渍渍的，在那里蹭来蹭去，可是没物儿煞痒儿咧。既如此，咱就在此等她，此处是她必经之路，她既夹塞那物儿准备向家跑，事不宜迟，咱就分头埋伏罢。"说着，彼此一笑，一径地都趄向桥底。

绳其见了，正在游目四瞩，便见从厨棚后小道上遮遮掩掩趄来一人。及至将近桥，望得分明，却是一个四十多岁的肥胖婆娘。生得五短身材，油晃晃一张大脸，扁而且横。衬着两道吊梢眉，翻眼撩睛，血唇一咧，露着一嘴黄板臭牙；穿一身肥大裤褂，右臂跨一只很大的荆篮，上盖一块油透的厨裙。左手提着一串白岔岔的带筋带膜的猪羊骨头，便这么一扭一拐，叉开两只大脚，如飞走来。但是行步之间，却一面东张西望。将到桥头，忽自言自语地道："他妈的，累煞我咧。虽是摸着点儿劳什子，这一路的前遮后掩，浑身功架，真也够人受的。越是人走得慌，偏他娘的后灶上蔡石头那小子嘻开嘴只管瞅着人发笑。莫非俺收拾得还露相儿吗？"说着，四下瞅瞅，忽欣然道："好在这里没人，待我再收拾收拾再说。"说着，一扭屁股，便趄桥下。

这里绳其恰在眼光略转，便闻那婆娘惊笑道："哟！王相公吗？三不知你就吓了我这么一跳，我到此方便方便。你放着许多事不去照料，却蹋蝎蝥蝥蹲在草棵下做甚？俺还当是一只野狗哩。"

便闻世禄笑道："刘大嫂悄没声的，你方便，什么打紧？只好憋一霎儿再说。你不晓得，俺那会子张见一个人，也是妇道，敢好也有你这么大的年纪，那长相儿也和你差不多，至多比你瘦点点儿。俺因那时只顾了瞧她做手脚，却不大理会了。你说她怎么着？她竟将这么粗、这么长的一条大东西，愣会这么着夹塞起来。"

绳其听了，正在好笑，便闻那婆娘笑一声，说出几句话来。正是：

　　　　词锋何呰呰？对面审偷儿。

欲知后事如何，且听下回分解。

第六十回

设疑兵四面埋伏
闯重围拖肠大战

且说绳其听得世禄狡狯言语正在好笑，便闻婆娘强笑道："你小小人儿不要学剜口拔舌，糟蹋人没够。俺就不信，真有这样没臊的人！"世禄道："信不信由你，但是俺蹲在这里，单等的就是她。少时，俺定要剥脱她裤子验验她，不但我在这里，桥前面，桥左右，都有我的人安置下咧。她想跑掉，那算是不中用。刘大嫂，你来得正好，少时，你帮着我瞧个脱光腚，才有趣哩。"

那妇人唾道："不要胡说！咱只管在桥底嘀咕，什么意思呢？如今我要去咧。"世禄道："你去也好。若见了我安置的人，都叫他们小心点儿。这桥左右是张起、赵发，桥后面是徐大山。"那婆娘忙问道："那么桥前面呢？"

世禄道："你好糊涂！俺在此专等她，那桥前面，还用安置人吗？但是俺也略有安置，此时不必细说。"说话间，两人趱上桥，便就短栏上相与歇坐。世禄是得意扬扬，那婆娘是低着头儿，只管发愣。招得绳其正在含笑目张，只见那婆娘放下手中所持诸物，便向世禄道："我看你不必在此呆等。简直的，干你的去是正经。如果有那样没臊的人从此过，我替你搜搜她，岂不方便？你这么一个大小子，难道真个脱人家的裤吗？"

世禄一眙眼儿，道："那可难说，她既没臊，向那所在夹塞东西，难道我就不许从那所在搜检吗？"那婆娘听了，不由面色惶急，忙笑道："话不是这等讲，俺是因你和麻娘娘今天在大会上还有许多事照料，如果只管在此呆等，不耽搁了别的事吗？我呢，是闲着没事，那会子到厨棚中瞧了瞧，俺当家的检了点儿零碎弃物，随手携来。这会子，我替你等她，不省得你误了别的事吗？"

世禄笑道："既如此，便劳乏你一回。但是你可别含糊了，放过她去。

如今麻娘娘还在桥前面呆等，我且知会她去。"说着，匆匆拔步。方要下桥，却又回头道："刘大嫂，你可要仔细呀！"那婆娘笑道："你快去吧。"世禄听了，这才一笑下桥。

绳其这里正瞧世禄的身影儿似乎混入桥旁林影之中，便闻那婆娘嘟念道："人该着丧气，什么别扭勾当都遇着了。那会子，俺本想将这物件盘入篮中，都是那天杀的会出主意，却叫俺夹塞起来，说是千妥万当，反倒弄些破零碎填在篮中。夹塞着受累，还倒罢了，偏又被这呆小厮张见。还亏他没瞧准是我。他愣头没脑，没里没面，说得出，便干得出，真叫他脱个光腚，才是笑话哩。如今那呆子终呆性，幸亏被我赚走咧。事不宜迟，待我鼓捣好了再讲。"说话间，窸窣声动。

慌得绳其连忙望去，只见那婆娘正提起篮儿，揭起油裙，一面向桥下力倾，一面自语道："这些零碎白倾掉了，真正可惜，但是如今等这篮儿用也说不得。千不怨，万不怨，都怨俺那天杀的下死恨地埋塞。若是傻样些的物儿，何至于夹塞到那个所在呢？"说着，就栏上磕磕篮儿，十分恨恨。忽地一转身，置下篮儿，先向四下瞅瞅，便欣然道："快着吧，那呆子没准性儿，说不定还许转来哩。"于是一抄两手，插入襟底，便去解裤。嗍一声，裤落及膝。

这里绳其眼光一亮之下，急切间却望不清爽。但见那婆子白花花的臀腰间，似乎盘着一条黑紫长虫一般，一段头儿正荡悠悠地挂在她要紧所在，亮油油的，很不雅相。及至定睛一瞧，哈哈，说也不信，却是一条整挂的血灌猪大肠盘在那婆娘腰间，就有两匝。那驴肾似的肠头儿，正垂在她腿叉之间。

当时绳其见状，赶忙掩口。便见那婆娘一面手忙脚乱地去解盘肠，一面又四下乱望，又自语道："还好，今天是遇着呆子，三言两语就被俺赚走。若遇着那张麻囗（指麻娘娘），她那鸡精似的眼睛，怕瞧不穿人的骨头，更是歹斗哩。"说话间，那盘的肠儿松下一匝。

绳其瞧她胯下，挡幕既去，越发难看。不由一扭脸儿，想要暂去。忽闻桥下麻娘娘笑道："刘大嫂，你不对呀，怎能背后骂人呢？"

这一声不打紧，但闻那婆娘哟了一声，接着便噗唧噗唧一阵乱响并麻娘娘咯咯地笑。绳其忙望，早见那婆娘两手提裤蹲在地下，一条肠儿断作两截，旁边置的篮儿翻倒在数步之外。那麻娘娘却一面笑得腰弯，一面去扶那婆娘。

原来麻娘娘一总儿伏在桥下丛草中，偷觇她解脱盘肠，便趁势闯出。

339

那婆娘猛见人来，心急手慌，所以拉断肠儿，蹾倒提篮哩。

当时麻娘娘便笑道："刘大嫂，不要着急。像这种把戏，也是俺干老了的营生。前些年俺给人家当里场落忙的时节，不瞒你说，哪一次俺也没少捞摸。但是俺却玩得妙相，不像你这么笨煞人的。如今闲话少说，你把肠儿交给我快些去吧。少时那呆子若转来，便麻烦了。"

那婆娘听了，哪里还抬得起头来！便就蹲势系好裤儿，嗖一声，站起便跑。刚下得桥，却闻世禄在后面大笑道："刘大嫂，慢着跑，磕掉牙，不是要处。劳乏你替俺等着那没臊的，俺还没谢谢你哩。"这一声不打紧，但见那婆娘去如脱兔。原来世禄那会子故意价说是去掉，其实早又绕回桥下，和麻娘娘偷觑一切咧。

当时世禄、麻娘娘笑了一场，一瞧地下滚的篮儿并那串猪羊骨头，世禄便笑道："这刘四的老婆，真是个生馋痨的。既摸了一条灌肠，还要这猪羊骨头，想是准备着煮油水吃哩。如今倒闹得鸡飞蛋打，反倒丢了一只篮儿。不要管她，咱且把来用用。"说着，将地下的断肠儿装入篮中，提将起来。咱一脚，踢开骨头，便向麻娘娘道："如今诸事完毕，咱也走吧。少时，也该坐席吃酒咧。"

麻娘娘笑道："今天你真罢了，真被你查落出这件事儿。其实这干落忙的，哪一个不偷？不过刘四老婆该晦气，被你撞着罢了。但是你将这赃物怎样消发呢？"世禄毅然道："这还有别的说法吗？咱公事公办，将这东西交回厨棚便了。"麻娘娘笑道："你这呆子这样没抽展，便是当了税关上的稽察阔差，保管也发不了财。这样赃物还想交回公中，你想交回这东西去，不把刘四给臊煞吗？为此小事，何苦去伤个人？依我说，你将此物交与我，等消停了，咱俩慢慢地吃体己吧，哪些不好？"

世禄笑道："哈哈！真有你的。这不成了狼衔了肉，叫虎吃了吗？却有一件，这肮脏东西在她那所在蹭了半日，只好你去受用，俺却不吃。"

麻娘娘笑道："如此更好，你不吃便罢，俺正想吃个独食哩。"一言未尽，只听桥旁树后有人笑道："慢着，你们商量吃体己，也该有我一份。王老哥虽怕肮脏，我却不嫌，吃这等加异样香料的熏肠儿，还许避瘟气哩。"声尽处，跳出一人，却是绳其，一径地莛向桥上，一说自己寻望耿先生并偷觑之故，于是三人拍掌大笑。

世禄便道："那会子，俺在村头恍惚望见耿先生和俺父亲两人，厮趁向着北面小道上乡村中来咧。这会子，想早已到庙哩。少时，咱们庙内见吧。"说着，真个的将手中篮儿递与麻娘娘。

不提两人转步下桥，即便说笑趱去。且说绳其就桥下略为徘徊，对此清虚野景，又怙悷回耿先生诗中之意。刚转身下桥，想赴庙中，只听岔道上有人笑唤道："大哥慢走，咱一同赴庙吧。"须臾，来人近前，却是建中。原来建中自蛟患发后，恐母亲独居害怕，连日价也没敢出门。今天因寺中大会，所以也便趱来。

当时两人厮见，因连日未晤，各自欢喜，便一面说笑，一面慢步赴庙。绳其因说起耿先生所题之诗，彼此未免猜测一番。少时，绳其又说起方老太太之梦，建中便笑道："都是这场大水，吓得老太太们全都胡梦颠倒。便是水发后，大家守堤那夜里，俺母亲梦中恍惚，也似在一处大河岸上徘徊。从一片洪流浩荡之中，却见一很大的金色鲤鱼追逐着一只顺风帆船，悠然而逝。正在恍惚之间，却又似来在一处园林之中，里面是繁化如锦，日丽风和。更奇的是丹桂银杏一齐着花吐蕚，都开得花山似的。及至俺母亲恍惚醒来，还似闻得桂杏花香似的哩。"

绳其笑道："咱不要只管说梦，老弟，你若早来一步，瞧个绝好的笑话。"于是将世禄等摆布刘四老婆之事一说，招得建中哈哈大笑。

须臾，将近庙前，只见各棚前会众喧笑往来越发热闹。棚内是刀勺乱响，传呼着端饭端菜；棚外会众，挨肩叠背，是盛肉的盛肉，提酒的提酒，彼此价你冲我撞，嘻嘻哈哈。

绳其见此光景，料是坐席在即，便拖了建中。一转身，刚想赴庙，只见对面间呼的一声人众一拥，登时围了个栲栳圈儿，接着便喧笑连天，喊声大举，道："抢哪！见一面，分一半，咱须大家尝尝哩。"

一声未尽，兀的一个荆篮儿从人丛中飞起。便闻麻娘娘大笑道："你们不怕油污的只管来，俺好容易从人家那所在挖下来的东西，就不能叫你们抢吃了。"说着，便有两条紫油油的东西，恍如双龙天蛟，一径地从人丛中飞舞起来。慌得绳其拉了建中，趋就高处。向人丛中一张，只见麻娘娘已被人众困在垓心，正舞动两条血灌肠，做出了撒花盖顶的式子，向外便闯。

哪知大家更不放松，喊一声，众手齐上，你揪我掠，一阵乱抢。你想一个热肠儿有什么结实，经这一舞一抢，不消说是纷纷断落。被大家一阵乱踏，都已成了肉泥。闹得个麻娘娘连笑带嚷，手中只剩了三寸来长的一段肠儿，正东扑西赶，没作理会处。恰好有个近视眼老头儿，闻得喧闹，也挤来望瞧。一见麻娘娘手中之物，便失笑道："麻大嫂，你这可不像回事。你这只角先生是背人的东西，如何这么显摆起来，怪得大家这么起

341

哄。"说着振振胡儿，嘴儿一张，方要大笑。哪知麻娘娘手疾眼快，唰一声，将那段肠儿直塞入老者口中，并笑骂道："你这老货，不睁眼睛，且叫你尝尝这只好吃的角先生吧！"

这一来，招得大家哈哈大笑。就这一片喧闹中，麻娘娘赌气子折转身，即便进庙。原来麻娘娘提了篮儿，本想是先送到家里去，哪知世禄愣怔怔先跑进庙，向大家一路乱讲搜出肠儿之事，所以大家都哄出来围住麻娘娘取笑儿哩。

当时绳其和建中一笑之下，即便匆匆赴庙。方入得山门，只见一人，从对面如飞跑来。正是：

　　　　酒场犹未设，同辈且相寻。

欲知后事如何，且听下回分解。

　　　　　　　　　　　　　　　《惊人奇侠传》正编完

图书在版编目(CIP)数据

惊人奇侠传 / 赵焕亭著. — 北京：中国文史出版
社，2019.3
（民国武侠小说典藏文库·赵焕亭卷）
ISBN 978 - 7 - 5205 - 0954 - 1

Ⅰ. ①惊… Ⅱ. ①赵… Ⅲ. ①侠义小说 - 中国 - 现代
Ⅳ. ①I246.5

中国版本图书馆 CIP 数据核字（2018）第 276259 号

点　　校：顾　臻　杨　锐
责任编辑：卢祥秋

出版发行：**中国文史出版社**
社　　址：北京市海淀区西八里庄 69 号院　邮编：100142
电　　话：010 - 81136606　81136602　81136603（发行部）
传　　真：010 - 81136655
印　　装：廊坊市海涛印刷有限公司
经　　销：全国新华书店
开　　本：720 × 1020　1/16
印　　张：23　　　　　字数：400 千字
版　　次：2019 年 3 月第 1 版
印　　次：2019 年 4 月第 1 次印刷
定　　价：69.80 元